远方的茶山

郝耀华 著

新华出版社

图书在版编目（CIP）数据

远方的茶山 / 郝耀华著. —— 北京：新华出版社，2022.6
ISBN 978-7-5166-6280-9

Ⅰ.①远… Ⅱ.①郝… Ⅲ.①长篇小说－中国－当代
Ⅳ.①I247.5

中国版本图书馆CIP数据核字（2022）第076771号

远方的茶山

作　　者：郝耀华	
责任编辑：李　成	封面设计：华兴嘉誉
书名题写：韩亨林	咨询顾问：王方辰　陈向军　曹江雄

出版发行：新华出版社
地　　址：北京石景山区京原路8号　　　　　邮　　编：100040
网　　址：http://www.xinhuapub.com
经　　销：新华书店、新华出版社天猫旗舰店、京东旗舰店及各大网店
购书热线：010－63077122　　　　　　　中国新闻书店购书热线：010－63072012

照　　排：六合方圆
印　　刷：北京鑫瑞兴印刷有限公司

成品尺寸：170mm×240mm　1/16　　　　字　　数：463千字
印　　张：29.5　　　　　　　　　　　　印　　次：2024年11月第2次印刷
版　　次：2022年6月第一版 2024年11月修订

书　　号：ISBN 978-7-5166-6280-9
定　　价：88.00元

序言

不平凡的寻茶之旅

　　在自然界数不胜数的植物里，我对茶抱有特殊的感情。茶是山茶科山茶属植物（Camellia sinensis），常绿乔木，是影响世界的中国植物。野生种可见于我国长江以南各地，主要分布于云贵川地区。茶叶通常是由茶树栽培种的树叶加工而成。

　　"茶之为饮，发乎神农氏。"根据《神农本草》的记载，"神农尝百草，日遇七十二毒，得茶而解之。"先秦以前的古书中，没有"茶"字，直到唐代中期起才正式采用"茶"字。国人饮茶的历史源远流长。陆羽所著《茶经》，详细记述了茶的栽培、制茶、饮茶及其历史评说。到了宋代，茶叶已成为百姓日常生活中的必需品，开门七件事："柴米油盐酱醋茶"。王安石称："茶之为用，等于米盐，不可一日无。"从清代及至民国，我国福建武夷山等地生产的茶叶，伴随着华夏茶文化和饮茶习俗，通过漫长曲折的水路旱道，逐渐传入周边国家乃至欧美和非洲的纵深地带。中国茶叶作为大宗输出商品，继丝绸、陶瓷之后成为丝绸之路上的新主角。显而易见，茶叶是承载着友谊、文化的天然绿色商品。正是基于这样的认识，联合国教科文组织"人与生物圈"计划中国国家委员会于2017年开始组织了"绿色茶叶之路"的专题科考，有关科考成果集中反映在《人与生物圈》期刊随后出版的两期专辑之中。中国"人与生物圈"专家咨询委员会委员郝耀华先生多次参加专题科考活动，足迹遍及我国的主要产茶区，采访了数十位茶叶界人士，撰写了多篇科考文章。在实地考察的基础上，耗时四年写出了长篇小说《远方的茶山》，旨在利用文学作品宣传茶科学、茶生态和茶文化，倡导建设绿色茶叶之路，复兴我国的茶产业。

《远方的茶山》是一部全景式反映我国茶产业发展的长篇小说，作者借熟悉之人，演茶山茶事，人物众多，事件纷繁，涉及到的茶叶知识点甚多。小说中的主人公王远山出身京城茶叶世家，潜心研究茶叶生态科学，并根据祖父交给他的传家之宝—《茶道茗事》和续集的线索，经历了大半生的寻茶之旅，遍访世界各地的茶山茶人。

作品构思缜密新巧，以主人公寻茶展开叙事，经纬全书，脉络了了分明。值得称道的是，作品独具匠心地在社会学和生态学的交叉点上，将茶科学和茶文化交织起来，在叙述武夷山红茶村、岩茶村和云南澜沧江畔新老茶山等产茶区的历史，以及制茶大师、茶官、茶商等茶叶世家家族变迁史的同时，科学地讲述了武夷岩茶、正山小种、西湖龙井、普洱茶等名茶的繁衍演进过程，从生态的视角阐述了"好山好水出好茶"的科学道理。同时，通过茶叶之路的延伸，不断扩张其叙事背景，如画卷般地描绘了中国人的饮茶习俗和相关生活场景，并联系起中外交往史上与茶叶有关的一系列重大历史事件。作者从"人与生物圈"理念中汲取思想资源，从实地考察中积累创作素材，为撰写茶叶题材的文学作品奠定了坚实的基础，也使得作品别开生面，不仅具有史诗性和文学力量，还表现出一定的纪实性和科学品质，并形象地诠释了"茶"字的微言大义、体现了人与自然和谐共处的理念。

世界上三大饮料：茶、咖啡、可可中，以茶为首。如今茶已在全球 50 多个国家和地区商业化种植，全球有 160 多个国家 30 多亿人喝茶。读《远方的茶山》，使我们仿佛跟着主人公王远山经历了寻茶之旅。是寻茶、寻根，还是寻路、寻梦？我们所要追寻的，是绿色的家园、诗意的远方。作者想告诉人们，茶叶主产区与茶叶之路与生态是息息相关的，保护茶叶产区的生态环境和绿色屏障具有非常重要的意义。我们知道，中国茶文化融合了儒释道三家的哲学思想，凝聚了中华民族"天人合一""以和为贵""清静雅和"的优秀文化精髓，具有很强的包容性、亲和力和"君子之风"。如果将包含在茶叶里的生态理念和科学品质加以诠释，茶叶一定会成为中外交流的最佳媒介和载体。万里丝路亦是茶路，在茶从中国走向世界的过程中，这条人类文明的大动脉上凝结着"中国基因"的茶叶一直在讲述着美丽中国的故事；随着现代科学技术渗入茶树的遗传改良和茶产业，它也像一个澄莹滴翠的方向标，指出了未来我国茶产业发展的正确途径。

应作者邀约，我写下了自己的一些感想，是为序。

许智宏

中国"人与生物圈"专家咨询委员会主席

北京大学生命科学学院和现代农学院教授

2022 年 5 月 14 日

一

　　京师北面的鼓楼，巍然矗立在皇城中轴线上，饱经风霜犹仪态从容。由此向西行数百步，向南拐进去，有一条沿着什刹海的北岸往西偏北延伸八百多米的胡同，幽深而静谧。因胡同里有座广化寺，明代称为广化寺街；又因临着后海北沿，老住户唤它"沿儿胡同"，音谐而讹传，久之便叫成了"鸭儿胡同"。醇亲王扩建北府时，蚕食了这条胡同的不少地方。20世纪50年代初，定名为"鸦儿胡同"。

　　敕赐广化寺乃京城名刹之一，始建于元代，明万历年间、清咸丰年间两度修缮过。1908年，旧历光绪三十四年，清末名臣张之洞将此寺辟为京师图书馆，自此书香盈街，留下了许多文人墨客的踪迹。当代作家萧兵，大前年搬到胡同东头的一座木结构的小楼居住，起名叫"清隐斋"。

　　说起来，居住于此的还有作家周立波、诗人田间等儒雅之士。胡同西头，邻近甘露胡同，巷北有一处四合院，门口有棵枝繁叶茂的大槐树。院子的主人是王传茗，一如其名，他是京城名头最大的茶人，供职中国茶叶总公司，负责茶叶进出口业务。因了王家宅院，鸦儿胡同书香糅着茶香，还临着碧水轻漾的什刹海，分外清雅。

　　王家的宅院是祖传下来的，单进，不大不小，在这条胡同里算不上阔绰也不是寒碜的。院门照例开在风水八卦中的巽位东南角。两扇朱漆门板，三级台阶。凸起的门簪上镌有"传茗"二字，赵体行楷，甚为醒目。入门便是一堵照壁，其上的浮雕是茶山春景。方形院落的四面统共有十多间房子。三间正房是王家的客厅、茶室和老爷子王传茗的卧室，两侧的耳房是放杂物的，东侧的专门用来储茶。

三间东厢房，住着王传茗儿子一家人。西边三间，一间用作书房，两间当客房用。院门一侧的倒座房，旧时是家仆住的，如今两间用作厨房，还有两间空着，门环上吊着锈渍斑斑的大铜锁。

院里植有几株海棠、石榴树，树旁砌着石桌、石墩。院子东北角有一方空地，原来立着架秋千，被王传茗拆卸后栽了一畦竹子。竹下放着一口鼓肚石缸，养着十几尾金鱼。四合院讲究的是"天棚、鱼缸、石榴树"，王家一样不少，还营造了"居有竹"的幽雅环境。这个家居工程，老爷子足足鼓捣了大半年。院墙上攀爬的藤蔓，也是绿意盈盈。王传茗本想在院里种几株茶树的，撒过籽，插过枝，不是活不了就是长不旺，只好作罢。但细心的来客不必进那间茶室，就看得出这是一户茶叶世家。除了门簪上的"传茗"二字，院里石桌的桌面上，还刻着傅山写的"茶"字，饰纹也是茶树叶子。四个石墩面上，分别刻着种茶、采茶、做茶和饮茶的图案。炎热的暑天，此处便是家人饮茶纳凉的地方。

春暖花开，又赶上了礼拜天。天未亮，王传茗就钻进了那间储茶室，使掸子轻拂茶坛茶罐上的微尘。一年前，公历 1953 年春，正是茶树萌芽时，他的大孙子远山出生了，今儿正好满周岁。依着习俗，他要为孙儿办抓周仪式。通常都兴摆周岁宴，王家却是品茶，聊备些茶点和便餐。接了请帖的均是故交，今日老爷子想拣几样稀罕的茶与老友共饮。

王传茗是光绪二十九年生人，年逾半百了。这处院子，是其六世先祖王彬在乾隆年间置下的。

打 18 世纪起，王家就与茶结缘。祖上本是晋西北的名门望族，王彬考上进士后在京做了翰林院编修，不惑之年放外赴四川盐茶道署理茶政，复转任云南普洱府，主管思茅厅茶务。在滇越十年，复被调往福州，以道员衔掌管八闽茶政。王彬积劳成疾，于任上病故，依其遗愿，就葬在了闽赣交界处的深山老林里。

王彬的后人，不论入仕还是经商，统是与茶叶打交道的。其子王晋北，帮助晋商开辟了一路向北的万里茶道。王传茗的父亲王世严，是清末民初时顶尖的茶叶科学家。及至他这一代，照旧捧着茶叶的饭碗。

京城里上些档次的茶客，无人不晓得王传茗；若是喝上一杯老爷子泡的茶，便会吹嘘一辈子。王家的茶尽是极品，有的茶只采了一株茶树的鲜叶，茶师只做了一二两干茶。因世所罕见，这些茶是难以估价的。

这样的陈茶，连自个儿都舍不得喝，久的已存了数十年了。今天，为了小孙子可要破例了！老爷子挑来拣去的，日上三竿时方选好待客的茶叶。

兴致来了，王传茗又寻出祖传的六只茶碗来，这是福建南平建盏大师仿大宋官窑珍品烧制的。民国时，日本茶人泉下大郎慕名来华，想用一万块"袁大头"求购，王传茗硬是不肯。

萧兵住在胡同那头，赶早就过来了。他见王家院门新贴了副茶联，便朗声念起来："扫来竹叶烹茶叶，劈碎松根煮菜根。"

闻得动静，王传茗乐呵呵地迎了出来。

"是郑板桥为青城山作的茶联吧？"

"萧老师好学问啊！"

"这话淡泊脱俗，不是凡夫俗子能写出来的。"随着主人，萧兵进了储茶室，看着啥都新鲜。

屋里摆满了各式茶叶盛具，有铁筒、锡筒、陶瓷罐子，还有深色的玻璃瓶子，连篾皮暖壶里都盛满了茶叶。

萧兵说："想来存茶是大有讲究的。"

王传茗取出一册《快雪堂漫录》石刻本，掀开一页给萧兵看。萧兵念道："实茶大瓮，底置箬，封固倒放，则过夏不黄，以其气不外泄也。"

"这书是明代冯梦祯写的。"王传茗揭开一个陶罐，里面盛满了岩茶。

罐里有几个小纱布袋子，萧兵问："这是什么？"

"干燥剂，我用木炭、石灰做的。"王传茗说，"存茶必得防潮，若是潮了，得赶紧拿出来焙火。"

"看来，最要紧的是密封保存。"

王传茗指着墙角一个紫砂瓮说："通常如此，亦须灵活掌握。譬如存白茶，密不透风如何陈化呢？这瓮有许多微细气孔，既阻止了异味侵入，也不会扼杀茶叶内部的生机。"他又指向一个暖壶，"壶里装着云南晒青茶，也要陈化的，壶嘴的木头塞子也透着气呢。"

萧兵请教："我平日喝绿茶，该如何存放？"

"绿茶是不发酵茶，受光受潮就会变质，定要放在荫凉通风的地方，最好赶紧喝掉。我家久存的大多是乌龙茶、红茶和紧压过的黑茶、普洱茶，这些茶好存放。"

"那识别茶叶，如何入门呢？"

"头一件，要学会看干茶。"王传茗打开盛具——指点着，"你看，六安瓜片是片状，龙井是剑片状；香片被切成细条，信阳毛尖的条索是弯曲的；还有球形的，冻顶揉成半球形，铁观音结成球状，泉岗辉白像一颗颗圆珠；江山绿牡丹呢，外形成束；有的形状如名，君山银针圆直如针，碧螺春就像螺丝一样。"

王传茗取出几样干茶，让萧兵嗅着，他讲着："绿茶清爽，白茶有毫香，乌龙茶有好多种花果香，红茶散发着蜜甜香味，老黑茶都有陈香。一泡，香味就出来了。"

萧兵摸摸下颏道："领教了！"

临近正午，客人们陆陆续续地上门了。

陈志清老爷子六十有五了，身子骨依然硬朗。陈家烧制建盏已历五代，这次他是特意从福州赶过来的。接踵而至的是王传茗的同事曹平章，他四十出头，是云南晒青茶制茶工艺的传人。住在雍和宫附近的阿尔泰，与王传茗同庚。这位蒙古末代王爷腿略有些罗圈，但精神矍铄，说话声像驼铃般洪亮。和阿尔泰结伴而来的是于靖边，于家是山西茶商，世代经营口外生意。除了萧兵统是世交，老哥们儿说话了无隔膜。

这间茶室是王传茗悉心布置过的，一应器具俱见雅意。墙上挂着《万里茶道图》，横幅，长五尺，是清代山水画家林松的真迹。于靖边进门后，一直瞅着这幅画，这画让他想起了跑草地拉骆驼的日子。"赶车下夜拉骆驼，世上三般没奈何。"拉骆驼是件苦差事，多年风雕雨琢，颧骨突起，他的模样也有些像蒙古人了。

萧兵说："记得先前挂着的是字画呀。"

王传茗回说："茶室通常只挂一幅茶挂，这画是我昨日才换上去的。若能'坐卧高堂而近泉壑'，那是最好不过了。你我身处闹市难避喧嚣，挂幅山水图好寻些清静。"

萧兵说："日本的茶室讲究清寂，茶挂也是茶道的一部分。他们时常更换茶挂，用来表明志趣，或是点出茶席的主题。"

"我换这画也是费了心思的。" 王传茗指点着说，"这位于老爷子，还有那位蒙古王爷，可都是茶道上的要角儿啊！"

阿尔泰穿着紫色锦缎蒙古袍，腰部系着大红束带，他一撩袍子道："我只晓得大碗喝茶，家里挂了幅字画，只仨字，'吃茶去'！简单，痛快！"大家听了都乐了。

宾客逐一就座后，王传茗泡了今春头采的西湖龙井。

萧兵看着问："不用洗茶吗？"

王传茗说："洗茶是醒茶的泡饮手法，行家叫温润泡。像这么嫩的绿茶，还有用芽尖做的红茶、白茶，是不必洗的，泡茶的水也不可太烫了。"

啜了一小口茶水，萧兵又问："龙井不是豆香嘛，怎么这茶喝着有栗香味？"

王传茗回说："茶师的做法不一样，有豆香、兰花香，还有这种栗香味的。"

陈志清捏了一小撮茶叶，是黄绿色的，便说："这茶必是狮峰山茶师手工炒制的。"

王传茗点点头说："正是。"

萧兵与这几位爷一见如故，他说："搬到这条胡同后，发现挨着个大茶人，便常来讨碗茶喝。主雅客来勤，喝着喝着就上瘾了。"

于靖边问："萧老师也好喝茶？"

萧兵笑着说："年轻时，常去鲁迅先生家里蹭茶喝。先生写作时，案头总是放着一杯茶水，口燥时喝两口润润嗓子，提提精气神儿。"

"先生喝什么茶？"

"绿茶，不大喝红茶。"

"为啥？"

"他说喝清茶可赏鉴茶叶的色香味。"萧兵道，"先生还写过一篇《喝茶》的文章呢。"

王传茗接着说："老作家里，我认识老舍。舒先生跟我说，'茶馆是三教九流会面之处，可容纳各色人物，一个大茶馆就是一个小社会'。还说打算写部话剧，剧名也想好了，就叫《茶馆》。"他看着萧兵说，"萧老师喝了好茶，准定会文思泉涌！"

萧兵打趣道："先前没什么好作品，原来是没喝上好茶啊！我在京城也住了多年，跟着街坊喝茉莉花茶。"

王传茗说："做花茶，重在窨制。"

萧兵说："读明清文人笔记时，常看到叙述花茶的文字，好像不止茉莉茶、菊花茶，还有好多种呢。"

王传茗起身找来一册《茶谱》："这书是明朝人顾元庆写的。"他翻开来念道，"木樨、茉莉、玫瑰、蔷薇、兰蕙、橘花、栀子、木香、梅花，皆可做茶。"

"如何窨制呢？"

"先要采花，啥时采，采什么状态的花呢？《茶谱》里说了，'摘其半合半放蕊之香气全者'。"

阿尔泰插话说："我也常喝花茶，一直纳闷着呢，这花香是如何浸入茶叶的？"

王传茗说："举一个莲花茶的例子吧。待黄昏时，拨开半闭的莲花蕊，将一撮稀碎茶叶盛入，过一夜后摘花倾出茶叶，用纸包茶焙干，再将焙过的茶叶装入别的花蕊中，如此反复多次后，焙干后就做成了花茶。"

"这种窨茶法，与现行的工艺原理其实是相通的。"曹平章补充道，"沈复在《浮生六记》中，记录了夫人芸娘自制荷花茶的技法。用宣纸轻轻地裹一小撮茶叶，放入花心。把花放到室外，让它汲风饮露，次日便可取出噙香的茶叶泡饮。这就是速成的花茶啊！"

萧兵赞道："二位不愧是茶叶专家啊！"

王传茗告诉萧兵："我这位同事，可是云南晒青茶的传人呢。"

曹平章说："萧老师可知道，传茗兄的祖上王彬老前辈，清代当过云南的茶马大使呢。"

于靖边接上了话茬儿："王大人后来转任福建做茶官，他的儿子王晋北接任后，又扶持晋商开辟了万里茶道，功莫大焉！"

萧兵闻言啧啧称羡，问："茶叶是何时传到边疆的？"

王传茗说："最初在唐代，《新唐书·陆羽传》上写着呢，'回纥入朝，始驱马市茶'。唐至德元年，就有了茶马交易，并逐渐代替了绢马贸易。元明逐步普及开来，到清代茶叶成了大宗边货，那时就有很多像我这样的茶商了。"

萧兵闻言，吟起了白居易《琵琶行》的诗句："门前冷落鞍马稀，老大嫁作商人妇。商人重利轻别离，前月浮梁买茶去。"吟罢又说，"这位琵琶女的丈夫，为了买茶，竟撇下媳妇跑出去一个月啦。"

"那是去浮梁，要是跟着于家人跑口外，兴许一年也回不来呢。"王传茗指着于靖边说，"清代，他们山西茶商，将闽赣、两广、两湖的茶叶装入竹筒、篾匣，甚至用大牲口的尿泡严密封裹，一路北上，越过草原，跨过人迹罕至的西伯利亚，翻越乌拉尔山，一直把茶叶送到莫斯科、圣彼得堡这些大城市，再转运到欧洲腹地。"

于靖边摊开长满腒子的双手，说："拉骆驼汉子，就是吃得苦的人嘛！"

阿尔泰说："当年随着茶路的延伸，数十万商人做起了跨国买卖。于家在大库伦、恰克图、乌里雅苏台、科布多，都有商铺、货栈。"

于靖边说："莫提于家祖上的荣耀了，与我没甚关系，鄙人是白手起家打拼的。"他似有隐衷，神色黯然。

在座的唯有王传茗晓得于靖边的心事，他是庶出，连亲爹都没见过，祖上的事都是听娘絮叨的，知之不详，平素也不愿对人提起。

萧兵又问："国人是何时喝茶的？"

王传茗回答："说法不一啊！《日知录》说，秦人取蜀后开始喝茶；《华阳国志·巴志》记载，周武王伐纣时巴蜀已产茶叶；蒙山碑文记述，西汉甘露年间吴理真开始种茶。这三种说法，都说茶叶源于巴蜀地区，但时间相差了一千余年。"

萧兵听了说："即便按最晚的说法，也有两千多年了。"

曹平章补充道："老古人对茶叶的利用，大概经历了药用、食用和饮用三个阶段。"

王传茗说："光顾着说话了，再泡壶红茶吧。"说着，用一个茶则从罐里取茶，说这样可掌控茶水比，茶汤才浓淡适宜。倒茶时，又用茶针疏通了几下壶嘴，茶汤便顺畅地流了出来。

"怎么有烟熏火燎的味道？"萧兵又闻了闻，"还有松脂味呢。"

陈志清夸道："萧老师嗅觉灵敏。"

王传茗介绍说："这是武夷山桐木关的正山小种，用松柴火熏过，又叫'烟

7

小种'。这茶最合老外口味，一直都是大宗的外销茶。"

说话间，王传茗的儿媳抱着小远山进来了。

几位爷都喜欢这个眉目俊朗的孩子，轮着抱来抱去的。

末了，王传茗接过孙儿来，抱着上下颠颠说："这大胖小子，是林巧稚大夫亲自接的生。出生那日，我一大早就跑到协和医院的产房外候着。辰时方到时，林大夫出来道喜，说分娩顺畅，新生儿的大脑没受一丁点儿损害。"

这时，王传茗的儿子王平顺也进了屋，向各位长辈请过安，就开始布置抓周了。他把一块红线毯铺在矮桌上，取出早已预备好的 12 样物品，有毛笔、印章、算盘、银圆、木尺、剑鞘、笛子、毛绒熊猫等，还有一个锡制的茶叶罐。王传茗走过来，将这些物件散放开，还故意将茶叶罐摆在边角上。

众人悠悠地品着茶，看小远山摆弄那些物件。只见远山娃先抱起了毛绒熊猫，随后咬咬毛笔杆子，抓住剑鞘瞅瞅，别的东西概不理会，末了竟将所有的物品东扔一个，西撂一件，只将那个茶叶罐子紧紧地搂在怀里不放。

王传茗拊掌大笑："看来，我孙儿这辈子，又要和茶叶打交道了！"

萧兵问："远山这名字是谁起的？"

王传茗觑着自个的鼻尖儿道："我呀。"

萧兵嘿嘿一笑："武夷山奇秀甲东南，三三秀水清如玉，六六奇峰翠插天。若是我没猜错的话，那远山指的就是武夷茶山吧？"

大家说，不愧是大作家，明察秋毫。

喝过三泡小种，王传茗拿出那六只黑瓷茶碗："志清兄是建盏传人，帮我鉴定一下吧。"

陈志清的老眼陡然亮了，扶扶老花镜，小心翼翼地捧起一只细细端详。

在窗棂透进来的阳光映射下，茶碗釉面上的光晕一圈圈地向外散射，影影绰绰，飘忽不定。陈志清直打量了一袋烟工夫，才嘘了口气说："这几只碗，必出自我陈家先人之手！"

于靖边也拿起一只细细观察，问："是铁红晶花吗？"

陈志清说："铁红晶花是有形状的，这是曜变斑，飘忽不定啊！"

于靖边又问："这些白色圆点是鹧鸪斑吗？"陈志清点头称是。

萧兵赞叹道："这就是老子讲的灵物吧！"

陈志清介绍道："建盏烧制技艺，要经过选瓷矿、瓷矿粉碎、淘洗、配料、陈腐、练泥、揉泥、拉坯、修坯、素烧、上釉、装窑、焙烧，计13道工序。曜变是瓷釉艺术的神品，像这种鹧鸪斑形变无常，已无人烧得出来了。"

萧兵请教道："日本茶人为何把黑釉茶具称作'天目'？"

陈志清说："北宋时，在天目山寺院学禅的日本僧人，归国时带走了磁州窑烧制的黑釉茶具，简称为'天目'。后来，这个词就成为中国黑釉陶瓷茶具的统称。"他指了指茶台上的茶具说，"建盏宜于观察茶汤，加上壁厚保温，是最受推崇的茶具。"

王传茗说："北宋人斗茶用的就是建盏，好茶的汤花能凝在盏沿儿上，叫'咬盏'。"

陈志清说："宋徽宗认为，盏色贵黑青。那时文人都喜欢用建盏饮茶，蔡襄作诗说：'兔毫紫瓯新，蟹眼清泉煮，雾冻作成花，云闲未垂缕。'观察得非常形象！"他凝视着茶台的茶具说，"传茗兄，这几只碗该物归原主了！"

王传茗笑着说："志清兄果然好眼力！这茶具确是你家先人送的，可送人之物岂能收回呢。再说了，你家有好茶碗却没有好茶，留着也白瞎了宝贝！"

这时，阿尔泰从挂在袍子左边的绣花荷包里摸出个碧玉鼻烟壶，在王传茗面前晃晃说："拿这个换你的茶碗，如何？"

于靖边接过那只鼻烟壶，端视了一阵子："壶里还画着一只岩鹰呢。"

阿尔泰说："这玩意儿，就是从你们山西买卖人手里换来的。"

王传茗逗他说："当初出了多少匹骏马？"众人听了，哄地笑了。

阿尔泰说："还真不是说笑话！为了整鼻烟壶，老夫几乎搭上了一半家当！我收藏的鼻烟壶，有瓷器、玉石、玛瑙、水晶、琥珀、蜜蜡的，有金属、珐琅、料器、紫砂的，有雕刻、绘画和镶嵌的，一应俱全，够开一个鼻烟壶陈列馆的。"

王平顺请教道："这鼻烟壶原是一种烟具吧？"

萧兵说："南美印第安人的古老部落，将烟叶磨成粉末，再掺入花卉香料，发酵之后密封陈化，便制成了鼻烟；鼻烟壶就是放鼻烟的。"

阿尔泰拧开鼻烟壶的盖子："这壶里还有鼻烟呢，不像水烟、旱烟、纸烟，用不着点燃，把鼻子凑过去，就能吸了。"说着做起示范来，样子甚是贪婪。他把鼻烟壶递给萧兵，"萧老师也嗅嗅。"

萧兵轻轻地吸了："是有一股特殊的香味，平顺也尝尝。"

王平顺接过来，也是小心翼翼地吸着。阿尔泰在一旁指点："用些力呀！"王平顺稍一使劲，便呛了鼻子，接连打了几个喷嚏，泪眼汪汪的。

王传茗说："若是感冒了，鼻塞，嗅一下，便通嚏了。"

于靖边介绍说："欧洲人把鼻烟壶带进紫禁城、颐和园，不久这玩意儿就在士大夫和八旗子弟间时兴起来。被称为'茶叶世纪'的18世纪，鼻烟壶也很盛行。这个玉烟壶，就是那时的作品。"

王传茗对阿尔泰说："收好您的宝贝，咱还是喝茶吧。"说着，他拿起一个茶罐，上面贴着一个标签，写着"武夷老枞"四个字。

萧兵指着标签上的"枞"字问："是不是该写'丛林'的那个'丛'字啊？"

王平顺笑了："不少人写作'老枞'，我也查过字典，'枞'是多音字，读'丛'时指的是冷杉，读'纵'时是地名——安徽枞阳，这都与'老丛'不搭界。"

"这是习惯性错误。"说着，王传茗从茶罐里取出些条梗状的茶叶泡上了。

萧兵端起茶壶来闻闻，问道："这茶汤像是上好的红酒，是乌龙茶吗？"

王传茗回道："萧老师常喝铁观音，这茶也是乌龙茶，不过茶树是长在武夷山的石头缝里的，独有一种岩韵。"

王平顺说："武夷岩茶，过去又叫'石乳'。从唐宋起，文人就喜欢喝武夷茶。苏东坡说'武夷溪边粟粒芽，前丁后蔡相加宠'；范仲淹说'溪边奇茗冠天下，武夷仙人从古栽'；陆游的评价最高，直说'建溪官茶天下绝'。"

陈志清说："唐代有粗茶、散茶、末茶，但饼茶是主流茶品。做团饼茶，有采、蒸、捣、拍、焙、穿、封七道工艺。到了宋代，北苑的贡茶叫'龙团凤饼'，有四千多个品种呢。这北苑是官焙，专制龙凤饼茶，就在武夷山不远的建瓯凤凰山一带，当年名动一时，所谓'建安三千里，京师三月尝新茶'。"

王传茗呷了一小口茶汤，用舌尖抵住上齿根部，双唇微启，然后稍稍抬起舌头，使茶汤留在舌头中部的凹处，复收腹徐徐吸气，让茶汤在舌面轻微滚动。他对萧兵说，"这样子，才能喝出真滋味来。"

萧兵说："我的味蕾迟钝些。"

王传茗说："人的味蕾午时最灵敏，此时正当品茶时。"

曹平章说："传茗兄厉害！他喝茶，竟能喝出品种、工艺和山场来。"

王传茗说："好茶，闻着喝着都香，香气喝下去又从喉间深处转出来，清清悠悠，这就是喉韵啊！"

萧兵有些好奇："喉韵？"

王传茗解释："就是喉部那种茶香盈盈充溢的感受。"

萧兵说："作文吟诗讲究韵味，看来喝茶也是如此。"

"品着这茶，像是置身武夷山间。"王传茗抬头凝视着林松的画，"一杯好茶，就是一幅好山水啊！"

小远山听闻，凑过来咿呀学语："好茶，好，好山水……"

阿尔泰将小远山揽过来说："蒙古人给小孩子过周岁，要请草原上的长者给孩子剃胎发，家长向长者敬献哈达和砖茶。剃发仪式结束后，长者就会给这个孩子喂奶茶的。"他叹息了一声又说，"元顺帝北归时，我们部落有一支南下的族人失散了，后来就留下了这个习俗；这样做能得到佛爷的保佑，孩子长大了不论走多远，都会平平安安回家的！"

听阿尔泰这么一说，王传茗立刻吩咐儿子热了盆水，找来把剃刀，请阿尔泰给孙儿剃胎发。

小远山不哭不闹，剃完胎发后调皮地爬到茶台前，盯着泡好的茶叶，双目放出异样的眼光。

"就用这岩茶代替奶茶吧！"阿尔泰端起茶碗，凑在小远山嘴边让他咂了咂。

这是王远山来到这个世上头一回饮茶。这一饮，饮出了他跌宕起伏的茶叶人生！

一

　　3岁那年，小远山有了个妹妹，名叫近泉。王平顺夫妇都是公家人，又要照顾两个孩子，忙得顾头不顾腚的。见此情形，王传茗就把孙子带过屋来同宿。

　　那些圆的方的各种茶叶筒子，居然成了小远山爱不释手的玩具。

　　打早泡好茶，王传茗说声"好茶入口饭自香"，便招呼孙子先闻闻，嗅了茶汤，再嗅杯盖碗盖，饮尽了还要嗅嗅杯底碗底。让老人家得意的是，孙子长了只狗鼻子，泡了什么茶，他总能嗅得出来。

　　得暇，老爷子便教孙儿识字，从"上下、左右、大小、天地人"学起，还特意备了块一尺见方的石板。令人诧异的是，小远山头回写字就没写笔画少的，而是端端正正地用滑石笔写了个"茶"字。

　　正巧萧兵过来讨茶喝，坐下喝了杯茶暖了身子，老爷子拿出那块石板显摆。

　　萧兵问小远山："你咋会写'茶'字呢？"

　　小远山用手东指西指，果然这屋里到处是"茶"字啊！壁上挂着四季茶事四扇屏，窗上贴着"茶"字剪纸，墙角的黑釉瓷罐上饰着大红"茶"字图案，躺柜上各色茶叶罐子上也印着"茶"字哩。萧兵嘿嘿一笑，小远山的食指又指向茶几，桌面上也刻着一个"茶"字呢。

　　王传茗蹲下问："爷爷没见你写过这个字啊！"小远山撩起夹袄，用手指头在肚皮上写起来，一边写，一边顽皮地笑着。

　　萧兵仰头笑道："天意如此啊！传茗兄，你这'茗'传得下去啦！"说罢，细细打量起墙上的四扇屏来。有一幅图上画着三个挑夫：一个挑着一担茶叶；两个合力抬着一个大号茶叶箱子。画面远端，青山浓翠，绿水渊环。

王传茗居旁提醒："您再细瞅瞅。"

萧兵定睛一看，画上印着一行说明文字："挑夫们将包装好的茶叶，从作坊挑运装船，经水路运往外地。"慨叹道："好辛苦啊！"

王传茗解释说，旧日外销茶，通常是以"担"计量的，一担100斤。若去武夷山，至今还会看到挑夫呢。因茶叶长在山里，从产地到集散地，尽是弯弯绕的山道，要靠人力先挑到码头上。

"先走水路吗？"

"是呀！茶叶装箱落船后，船工们就启航了。二三百年前，中国茶，尤其是正山小种，畅销海外啊！"

"于掌柜走的是北上的茶道吧？"

"对！从清初到嘉庆年间，经销武夷茶的大多是晋商，于家的先人也在那里购置茶山，开设茶厂。"

"那时茶叶是大宗出口货物啊！"

"没错！1886年，外销的茶叶达到了268万担，赚的银子几乎维持着清王朝的财政。"说着，王传茗脸色阴沉下来，"那以后兵荒马乱的，茶叶出口每况愈下，至今未见起色啊！"

萧兵安慰道："抗美援朝刚结束，百废待兴，随着国家建设的展开，茶叶出口必会好转的！"

这时，萧兵看到小远山站在玻璃窗前，哈着热气，使食指当笔，在凝着冰霜的玻璃上作画呢。他看过去，像一幅浮雕画，有山有树，便问："画的什么呀？"小远山晃着脑袋说："大茶山。"

"好有气势啊！"说着，萧兵攥住孩子冰凉的指头，给他暖手。

告辞时，王传茗取出一包宁红茶递给萧兵："这是九江修水的特产，那里宋代就产双井茶，黄庭坚送给苏东坡喝，说是提神。你爬格子累了，也喝些解乏。"

回黄转绿，又见春阳当空，小远山5岁了。过生日这天，王家照例举办品茶会。当年抓周时的来客，像曹平章、阿尔泰、于靖边、萧兵这几位老友，都来上门道喜。只有陈志清腿脚不利索，打发儿子代为致贺。陈文彦正在清华园读书，今儿是礼拜天，带了些茶点，早早就赶了过来。

久别重逢，王传茗甚是感慨："'欢笑情如旧，萧疏鬓已斑'啊！"

于靖边有些遗憾："只短了志清兄。"

王传茗赶忙介绍："这位年轻人，就是志清兄的小公子文彦，在清华园读书呢，学物理的，大三了。"

陈文彦彬彬有礼，逐一向前辈请安。

王传茗泡了壶九窨茉莉银针，用青花瓷茶漏滤了茶汤，然后按着年岁给众人一一斟茶。说声"请喝茶"，在座的便回说"莫拘礼""莫客气"。

给阿尔泰斟茶时，阿老伸出食指，轻轻叩了下茶台。

王传茗道："这叫叩指礼，京城的老茶客都晓得这规矩。"呷了口茶又说，"乾隆爷当年下江南时，带人微服私访，考察民情。有一回，君臣一行来到路边的茶肆歇脚。乾隆爷正在兴头上，就亲自为随臣斟茶。臣子们诚惶诚恐，本想三跪九叩谢恩的，又恐暴露身份，便急中生智，因手、首二字同音，便用叩手礼代以宫廷大礼，后相沿成习。"说着，他用三个弯曲的指头在茶台上轻轻叩了九下，"这就是三跪九叩首的大礼啦！"

小远山听了，伸出小手不停地敲打，一不小心，碰翻了一只茶杯。众人笑着帮着拾掇。

王传茗佯嗔道："孙子，你是行礼呢，还是犯上作乱呢？"

小远山眨巴着黑瞳仁不言声儿。萧兵伸手摸摸他的小脸蛋儿："其实我和孩子一样懵懂，也不知该如何施礼？"

王传茗说："场合不同，叩法也不同。怎么敲，敲几下？统是有礼数的。"

阿尔泰说："叩手礼传入市井后，便成为一种茶俗。通常饮茶时，都是晚辈给长辈斟茶倒水。"他伸出右手食指，轻微地敲了一下，"接了茶碗，用食指或是中指轻轻敲一下，就是点头致谢啦！"

王传茗补充道："若是敲三下，情意便重了一层，表明长者特别疼爱为他斟茶的小字辈儿。"

小远山好像听懂了，伸出右手中指连击三下。

萧兵笑着对小远山说："学这个还早。"他转身问王传茗，"朋友间茶叙，该如何施礼呢？"

王传茗做着示范说："将食指和中指并拢，同时敲击，意思是抱拳作揖了，敲三下便是三作揖。"

萧兵试着做平辈间的叩手礼，见小远山也并拢两指跟着敲，便逗他说："你这还是犯上作乱呀！"

阿尔泰这时给小家伙的杯里续了热茶。

王传茗指教孙儿说："遇到长辈给你斟茶，你要五指并拳，然后拳心冲下，用手指关节处轻轻敲击桌面，一般敲三下，意思是五体投地。"

小远山照着爷爷示范的样子叩击，可他一连敲了九下。

萧兵在一旁说："你爷爷说了，敲三下就成。"

小远山不服："可这是谢王爷呢！"

阿尔泰闻言喷茶，小远山忙凑过来，用手巾擦拭溅在他蒙古袍上的茶汁。

阿尔泰搂着小远山说："这是给阿爷爷行大礼呢！"

王传茗解释道："旧时若是向阿王爷这样的贵人致谢，就得连敲九下谢恩呢。"

众人连声称奇，都说小远山悟性高。

王传茗忽有些伤感："如今茶叶不景气，懂茶的人也越发少了。我们这些老茶人，后继无人呀！"这时，小远山捋着他的胡须说："爷爷，我就是您的接班人呀！"

众人乐了。萧兵把小远山写"茶"字的这些趣事，一五一十地告诉大家，讲得绘声绘色的。

于靖边取出一个生锈的铁皮罐子，让众人传看。罐上的图案是一列运茶的驼队，上方写着"长裕川茶庄"五个隶书字，下方的楷体小字是"绥西包头总号恰克图支店"。他对王传茗说："这个，你留着做个纪念吧。仰仗你们王家鼎力相助，于家的先人才把茶店开到了俄罗斯。"

王传茗拿起茶叶罐打量了一阵后，起身寻出一叠发黄的票据，轻轻摊开来让众人看。这些票据，有茶行编着号的股票，有盖着商号椭圆形印章的发货单据，还有印着"至此两清"的付税清单。众人惊叹道："太珍贵了！"

王传茗递给于靖边一张："这是回礼了。"于老爷子展开一看，竟是于家商号的"开业请领营业执照申请书"，具名的经理人"于耀祖"正是他的祖父。

抚今追昔，感慨万千。于靖边慢悠悠地说起了平日讳言的家族经商史——

"打清初起，山西人做口外生意的越来越多。可若要做到俄罗斯去，那家底得殷实，胆魄也得大。我们于家创业的老祖宗，本没甚财力的，但人勤谨，也善于经营。那时，榆次的常家富甲一方，他们看中了我家先人，请去做掌柜子，专门打理口外生意。我家先人带着十几个精悍的伙计，跑到俄罗斯的恰克图，扯起了常家商号的旗帜，很快就成为晋商对俄贸易的老大。常家从乾隆时做外贸，一直经营到宣统年间，前后历清代七朝，长达一百五十多年。我爷爷于耀祖也在常家做过，后来被祁帮的渠家请过去，负责长裕川茶庄的业务。我大大于承勇是独子，敢作敢为，商界号称'于大胆'，是清末民初最威风的旅蒙商。痛心啊！我大最后一次跑口外，就一去不归，杳无音信了……"

自叹身世，愁怀难遣啊！于靖边哽咽了，无人晓得老爷子难言的苦衷！他的生母是父亲私纳的外姿，于大胆跑到口外后母亲才生下他。父亲一去不归，他没见过大大，爹也不知世上还有他这么个儿子。于家的旧事，于靖边也是从娘那里零零碎碎听来的。

王传茗赶忙劝道："甭想那些伤心事了，喝茶！"他找来些牛皮纸信封袋，里面装着各色茶叶，信封上都标着品名呢，什么"半天妖""铁罗汉""白鸡冠""水金龟"……

阿尔泰探头看看："什么茶？我一样都没喝过。"

于靖边说："我是倒腾茶叶的，也有没见识过的。"

王传茗说："这些茶，是叶青前些日子寄来的。"

曹平章接口说："叶青是武夷山茶农，我跟着传茗兄去过他家，那里的三坑两涧长满了茶树，做出的茶叫岩茶。"

王传茗说："武夷山大多是古老的有性群体茶树，当地茶农叫菜茶。所谓岩岩不同，株株有异，经过长期自然杂交，留下不少优良的单株，最具代表性的是几种名丛。今儿凑齐了，都泡着品品。"

王传茗先泡了壶"半天妖"，不到一分钟，香气便溢了出来。

萧兵嗅嗅壶盖："这茶一如其名，花香袭人，果真有些妖气！"

王传茗说："这款老丛，来历不凡啊！"接着，讲述了"半天妖"的传说——

武夷山永乐禅寺的方丈，夜里梦见一只白鹇在巨鹰的追击下，无奈将口中衔着的发光物吐落。次日，方丈派僧人登峰寻找，千寻万觅，终于找到一粒青碧闪光的茶籽。方丈在寺院旁种下茶籽，待其长到尺余高时，复又移植到茶籽发现处——三花峰的一个崖头上，并将其命名为"半天鹞"。因谐音的缘故，后来叫成了"半天腰""半天妖"。这茶树长在山腰上，只有飞鸟、蜂蝶上得去传授花粉，故香气馥郁，蜜香幽远绵长。

众人品饮罢，王传茗又斟上茶汤。

"似有梅花香，换茶了吧？"于靖边问。

王传茗说："这是'水金龟'，香气清冽，确如梅花之香。"

萧兵不禁吟起陆游的诗句："零落成泥碾作尘，只有香如故。"

王传茗接着泡了壶"白鸡冠"："这茶出自武夷道观。"

曹平章靠近嗅嗅："有药香味。"

"武夷岩茶实为乌龙茶之上品！茶汤橙黄明艳，气味甘泽馥郁，性和不寒，久藏之香气愈清，茶味益醇。"王传茗说，"我有一句座右铭——'人在草木间，唯与茶有缘。'"

萧兵说："上古时，神农尝百草，听说茶叶也是这位老祖宗发现的。"

小远山好奇地问："神农是谁呀？他在哪里发现了茶树？"

萧兵说："神农是咱中国人的老祖宗，他在神农架发现了野茶树。"

小远山说："长大了，我也要去神农架找野茶树！"

孩子这么机灵！众人心神为之一畅。

王传茗说："要说药香味，最浓的是'铁罗汉'了。"说着，他将陈茶新茶掺着泡了，看着萧兵有些茫然，便解释道，"新茶滑而无骨，老茶浓而少芬，饮铁罗汉必新旧合拼，才色味俱佳呢。这茶，打宋代起就出名了。"

萧兵问："耐泡吗？"

王传茗回道："少说也可冲十来泡。"

萧兵又问："哪一泡味道最好呢？"

小远山稚声念起了茶谣："一道水，二道茶，三道四道是精华，五道六道也不差，七泡有余香，八道有余味，九道十道仍回味。"

众人听了，齐刷刷地鼓起掌来。

萧兵说："那我就等着喝第三第四道茶吧。"

王传茗解释说："茶叶初泡时，可溶物还没泡出来。到了第三第四泡，茶叶舒展了，味道也出来了。说起来，文学描述可就多了，第一泡'人生若只如初见'，第三泡'豆蔻梢头二月初'，第六泡'最是橙黄橘绿时'，第九泡'意犹未尽不思还'。"

大家捧起杯子品尝，都说这茶药香浓烈。待到第三泡，萧兵饮完了，闭目养神片刻，说："隐隐有当归的气味啦。"

王传茗赞道："萧老师喝茶越发有品位了。"

萧兵说："守着大茶人，多少也懂些茶啦！前几日作协开会，我请巴金喝了您送的祁红，他喝着好，还写信告诉了夫人萧珊，回上海前上街买了半斤祁红。"

王传茗听了，又取出好几样红茶来。

萧兵说："古人论诗，有'二十四诗品'；今日品茶，也会有'二十四茶品'了。"

于靖边说："萧老师若有雅兴，就写一本《二十四茶品》吧。"

萧兵说："论茶，我是个门外汉。这事急不得，等远山长大了，茶事必兴，下一代会做大文章的。"

王传茗说："萧老师总是给远山鼓气。好了，让小孙子和我一起泡茶吧。"

小远山听了，端坐在茶台前："我来司炉，当回柜长。"

陈文彦问："什么是柜长？"

王传茗回说："就是管冲茶泡茶的人呀！"

小远山冲洗了茶具，然后泡茶、洗茶、斟茶，动作甚是麻利。说着，他悬壶高冲，泡了一壶大红袍老丛，又用匀杯小心地给客人斟茶，每杯只七分满。

于靖边看了夸赞道："传茗兄调教得好，孩子懂得高冲低斟，还懂得茶满欺客的理儿呢。"

小远山笑笑，又请大人们嗅茶壶的盖子。

王传茗说："这茶稀罕着呢，要记住它特殊的味道。"

萧兵感叹："物有千变，茶有多味呀！"

小远山接过话头："爷爷说了，茶无定味，适口为好。"

萧兵摸了一下他的脸蛋儿，问："那你喜欢什么茶呢？"

小远山答道："武夷岩茶。"

于靖边问："为甚？"

小远山回说："因为岩茶是长在石头缝里的。"

于靖边追问："长在石缝里的茶就好喝吗？"

小远山反问："于爷爷，您读过《茶经》吗？"接着摇头晃脑地吟起来："上者生烂石，中者生砾壤，下者生黄土。"

这时，王传茗取来赵佶的《大观茶论》，翻开折着角的一页念道："至若茶之为物，擅瓯闽之秀气，钟山川之灵禀，祛襟涤滞，致清导和，则非庸人孺子可得而知矣，中澹闲洁，韵高致静。"

萧兵听了说："宋徽宗说武夷岩茶非同寻常，喝了身心舒畅，还能修身养性，是君子之茶呀！"

王传茗接着说："这位皇帝真懂茶！岩茶好，好就好在武夷山的生态呀！"

小远山大声说出了爷爷的口头禅："好山好水出好茶！"

阿尔泰对王传茗说："您这个孙子，简直就是转世小活佛啊！"说着，从袍子里取出一只鼻烟壶来。

萧兵看了一眼，问："小远山抓周那次，您带来过吧？"

王传茗定睛一看："不是那个。"

"好眼力！"阿尔泰说，"我收藏的鼻烟壶，有康熙时传教士带来的洋货，还有乾隆爷赏给我家祖上的。可我最喜欢的，就是这一个。"说着，他将鼻烟壶递到王传茗手上，"您瞧瞧，里面画的是啥？"

王传茗一看，壶内竟然画着《万里茶道图》呢。他又找出放大镜来，细细地看了好一阵子，惊叹道："竟是林松的画，宝贝呀！"

萧兵说："说起鼻烟壶内画，我听过一个传说。乾隆末年，一个小官吏进京办事，等候期间寄宿在一所寺庙里。这人嗜好鼻烟，当鼻烟用尽时，便用烟签去掏挖壶壁上粘着的残余鼻烟，无意中在内壁上形成了许多划痕。一个有心机的和尚看见了，就把竹签烤弯削出尖头，蘸上墨在鼻烟壶内壁上作画，鼻烟壶内画就这样诞生了。"

阿尔泰颇为自矜："我见过的鼻烟壶,内画也好,外饰也好,不是西洋景就是梅兰竹菊、山水和侍女画,将万里茶道图绘上去的,恐是仅此一件了。"

在座的传看那只鼻烟壶,个个称羡。

"巧夺天工啊!"萧兵说,"在鼻烟壶内壁作画,壶口狭窄,几乎看不到笔锋的位置;壶内的体积也小,多为磨砂,略一走神,就会前功尽弃。"

于靖边赞道："这画意境开阔啊!"

萧兵评点道："以武夷茶山为中心,上连北上之苍茫驼道,下接南去之烟雨行舟,于咫尺间绘出万里茶道的别样风景,得天人感应之灵、臻物我合一之境,品味间令人壮思飞远呀!"

王传茗说："这作画的技法也是前所未有,像建盏的曜斑,灵异得很啊!"

于靖边说："王家祖上有功啊!正是王晋北老前辈,帮我们晋商辟出了万里茶道。"

阿尔泰取回鼻烟壶,把玩了片刻,一脸庄重地对小远山说："于爷爷的话,你听懂了吗?"

小远山脆生生地答道："听爷爷说过,我知道爷爷的爷爷的爷爷……反正是我们王家的祖先,把中国的好茶叶一直运到老远老远的地方,换回好多好多银子呢!"

阿尔泰又问："你长大了,还会把咱中国茶运到国外换银子吗?"

小远山说："当然会啦!我要换回好多好多银子!"

萧兵追问："换回银子做什么用呢?"

小远山说："修铁路,买飞机,我还要盖好多漂亮的学校呢!"

众人有的拍手,有的竖起大拇指夸赞小远山志向高远。

阿尔泰俯就孩子,一本正经地将那只鼻烟壶放到小远山的手心里："这件宝贝归你啦!先让你爷爷存着,等你长大了带着它,把中国茶运到世界各地!"

小远山连连点头,将鼻烟壶交到爷爷手里。王传茗说："一看到这件宝贝,我就喜欢得不得了。好了,这宝贝咱收下了。远山,快给阿王爷磕头啊!"

小远山凑近阿尔泰,一连磕了好几个响头,众人笑个不停。

曹平章常来王家，小远山见到他，总是缠着他讨普洱茶。曹平章也给小远山讲过不少普洱茶的知识。这时，他特意提醒小远山："除了这万里茶道，大西南还有许多茶马古道，你的先人王彬大人，还当过云南的茶马大使呢。你长大了，也要想着普洱茶，想着茶马古道啊！"

小远山回道："那当然啦！"

曹平章从衣袋里掏出一个纸包，又展开来，里面包着些普洱茶，条索粗大，呈黄褐色。小远山凑过去闻了闻说："古树茶吧？"

王传茗说："像是西双版纳的古树晒青茶。"

曹平章道："是的。勐海西部的巴达大黑山，漫山遍野都是野生茶树，树王有二三十米高呢。"

王远山静静地听着大人说话，默念着"巴达大黑山"，脑间想象着西双版纳美丽的茶山。

萧兵说："我去那里采过风，住过布朗族的寨子，和哈尼人喝过茶。过了澜沧江，就是缅甸了。"

曹平章对王远山说："这可是树王茶啊！送给你这个小茶人。"

王远山说："多谢曹老伯！那咱就泡一壶，让各位长辈尝尝。"他看了看冲泡后的茶叶，舒展，肥大，嗅了嗅，香气厚重持久。

大家品着古树普洱茶，忽有远客上门，神色匆匆。"是振华啊！"王传茗喜出望外，"你来得巧，小远山过生日，我邀了几位老友喝茶呢。"

"快坐，坐！"曹平章时常去武夷山，与那里的茶人也很熟。他逐一介绍了在座的人，又指着姜振华说，"这位姜师傅，不到四十，可他是正山小种的传人啊！"

王传茗接着说："桐木关是红茶的发源地，最初的红茶就是姜家老茶厂做的。"

"喝杯老曹带来的古树茶吧。"爷爷一招呼，小远山恭恭敬敬地递上一杯茶水。

"这孩子懂礼貌。"姜振华亲亲小远山的脸蛋儿，"听说你是个小茶人，叔叔也给你带了茶。红茶村有 12 个自然村，我把每个村的茶叶都带了一包，你好好品品，看哪里的最好喝。"

说完，姜振华从绿帆布包里取出 12 包茶叶来，每个包上都用油笔标着产地，"麻栗"什么的。

萧兵笑道："《红楼梦》有十二金钗，桐木关有十二茶品，妙哉，妙哉！"

姜振华苦笑着说："萧老师，我们那里可是不妙啦！"

众人关切地问："出啥事了？"

姜振华喘了口气说："我这次进京，是代表桐木的父老乡亲，向林业部门反映情况的。"

王传茗说："甭急！慢慢说。"

姜振华呷了口热茶，说起了桐木关的情况。

原来林业部门把伐木队派到了桐木，从山脚到山腰的树都砍光了。崇安县正在宣传"钢铁元帅升帐"，各个机关、学校都在大炼钢铁，也派人四处砍树当燃料用。县里还说农村要"以粮为纲"，有的村子就毁了茶田改种水稻，红茶大队的茶园也快保不住了。

桐木关是红茶的发源地，也是外销茶的主产区，如今岌岌可危。大家听了无不忧心忡忡，屋子里顿时沉寂下来。忽然间，小远山哇地哭了起来！

姜振华赶忙抱起小远山："孩子，咋了？"

曹平章说："茶山有难，孩子能不伤心吗！"

小远山抹着眼泪说："我爷爷说，我们王家的祖先还在桐木关呢！"

王传茗从姜师傅怀里抱过孙子来，一时神情黯然："我家先人王彬，离世后就葬在了桐木关的山头上。若是在天有灵，老祖宗该多么伤心啊！"众人闻言，相顾肃然。

萧兵说："日本有句谚语，'山不在高，有树为宝。'砍了树，山就荒了！"

阿尔泰说："我的老家克什克腾草原，还有锡林郭勒盟南面的旗县，也在开荒种地呢。照这样下去，牧场面积越来越小，不仅影响畜牧业生产，久了还会严重沙化，沙尘暴迟早会刮到北京城来的！"

于靖边拍着大腿说："得不偿失啊！"

萧兵问姜振华："向上级反映了吗？"

姜振华回答："去过林业部了，还给梁希部长留了书面材料。"

萧兵说："据我所知，国家已经建立了一些自然保护区。武夷山如能成为保护区，茶山就有救了！"

阿尔泰说："这个主意好！我也要在政协会上呼吁，争取在草原上多建几个保护区。"

王传茗说："我和平章，从茶叶出口的角度写份材料，说明保护武夷茶山的重要意义。写好了，有劳萧老师斧正啊！"

萧兵说："我是外行，也说不出个子丑寅卯来。不过，喝了您那么多好茶，也该出些力的。"

曹平章说："传茗兄，十万火急！您还是跟着姜师傅去趟桐木关吧，了解一下具体情况。您手头的工作交代给我好了。"

小远山嚷起来："我也要去武夷山！"小家伙端着把木制玩具枪，举着枪高喊，"我要去抓砍树的大坏蛋！"

众人被逗乐了，可又笑不出声来。萧兵对王传茗说："陆羽也是个旅行家，他翻山越岭四处寻茶，最后在苕溪草堂写出了《茶经》。这一趟，你就带上小远山吧！"

三

王传茗领着孙儿，跟姜振华一道，坐火车南下江西，换乘刚刚开通的鹰厦线列车。车到南平，姜振华先下去了。王家爷孙俩坐到终点站厦门，转乘客运汽车到了福州城。

陈文彦已给父亲报过信儿了，陈志清早早就来到长途汽车站迎候。老友相逢，满面春风。

"齐腰高了！"陈志清搂住小远山说，"本该上京给孩子过生日的，无奈腿脚不利索了。"他抱了抱拳，"接个站，算是赔礼了。"

陈志清雇了辆黄包车，带着王家爷孙俩穿街过巷。晨雾犹浓，车轮碾过巷子的石板地面，嘎吱嘎吱地缓缓而行。天空烟雨朦胧，三坊七巷的街面上冷冷清清。

"好几年没来啦，福州城没啥变化呀！"

"海防前线嘛，战备当紧，顾不得搞城建了。"

"也好，省得乱拆乱建！北京拆了好多古建，快看不出四六城的模样了。"

"老东西都不吃香啦，我们烧建盏的也快歇业了。"

"这不，桐木那边在砍树，若是毁了茶山，我的饭碗也砸了！"

"造孽啊！您得想法子呀。"

"恐是人微言轻啊！"说着，老哥俩一阵长吁短叹。

陈志清察觉，小远山方才还东张西望的，这阵子竟沉默下来，垂首倾听大人谈话。

"我这个孙子，一说到茶就会上心的。"

"我那孙子小强，也好喝茶，最爱喝烟小种啦。"

到了陈家巷口，小强早在牌坊下候着了，他牵起小弟弟的手，连蹦带跳地与大人们一起回家。

陈家客厅的壁橱里，摆满了琳琅满目的建盏。小远山像是闯进了藏宝密室，一件件打量着。他看到一套仿宋茶具，顿时眼都直了！有茶碾、茶臼、汤瓶、茶盏、茶笼，还有斗笠式茶盏呢。别看年纪小，每样茶具的用途他都晓得。

中午，陈家摆了一桌闽南家常菜，有香酥芋泥鸭、萝卜饭。陈志清还亲自下厨，烧了一道拿手的花椒酒醉河田鸡。

小远山瞅着端上桌子的春卷说："忘了油炸了。"

小强驳他："春卷可不是炸的！"

王传茗笑着讲了南北不同的春卷做法，末了还语重心长地说："做茶也是一样，各地原料不同，做法不同，滋味自然也不一样。"

陈志清泡了壶茉莉花茶："平日我是喝安溪铁观音的，京城来客才泡花茶。"

"春饮花茶惬心怀，夏饮绿茶消溽暑，秋饮青茶舒筋骨，冬饮红茶养肺腑。正合时令呢！"王传茗尝了一小口，"当地产的吧？"

"是呀！'窨得茉莉无上味'，除了福州，哪里还有这茶呢！"

"苏州，还有广西横县、四川宜宾，都产茉莉花茶呢；当然，你们福州是发源地！"

"是呀！京城张一元茶庄进的就是福州茶。"

"老北京人最讲究的是，听广德楼的京戏，穿瑞蚨祥的衣裳，吃全聚德的烤鸭，喝张一元的茉莉花茶了！"王传茗接着说，"这两三日，我要出去办公事，远山就留在这里，让老哥受累了！"

陈志清忙说："小强的学校修缮房屋，刚好放了几天假，两孩子正好搭伴玩呢。"

王传茗叮嘱孙儿："喜欢上哪儿，让小强哥哥带着去，不可跑得太远啊！"

小远山听了便说："我只想上茶馆瞅瞅。"

陈志清仰头大笑："好说！陈爷爷天天都上茶馆听书呢。"

次日一早，陈志清就带着两个孩子去吃早茶。

出了陈家，巷口便有一家小而雅致的"近泉茶苑"。一看门头牌匾，小远山就乐了："我妹就叫近泉，她竟然抢先开了家茶馆。"

陈志清逗他："你要开，就开一间高雅宽敞的'远山茶馆'。"

茶苑设在临街的私宅里，一进院门，就看到一口水井，石头井栏上雕刻着笔迹不一的"茶"字。王远山走过去，用小手指指戳戳，说这是苏东坡写的，那是蔡襄的字……出来迎客的茶苑主人惊呆了，询陈老爷子："何方神童？"

陈志清笑了："赶紧泡壶好茶，坐下说话。"

主人姓黎，潮州人，他泡了茶，说："喝我家乡的乌龙茶吧。"

小远山瞅瞅茶汤，啜了一小口说："这'鸭屎香'地道！"

黎老板惊讶了："小孩子怎能喝得出来？"

小远山回说："我喝过好多种凤凰单丛呢。"

陈志清逗他："你真喜欢鸭屎味吗？"

"我爷爷给我讲过的，这茶树从原产地引入时，栽在了'鸭屎土'里，长出的茶叶跟着叫'鸭屎香'。这茶，一点不臭，可香呢！"

"那什么是'鸭屎土'啊？"

"鸭子拉过屎屎呗。"

"记住了！是栽在了白垩类的黄土壤上，含有很多矿物质，当地老百姓叫'鸭屎土'。"

"我爷爷为啥不早告诉我呢？"小远山嘟噜起了小嘴。

黎老板抬头看看茶室正中挂的陆羽画像，又俯身瞅瞅小远山，连声说："茶圣再世啊！"

陈志清用茶水清清嗓子，慢悠悠地对主人交代了王家的底细。

"怪不得呢，原来是王彬大人的后人呀！"黎老板说，"我的先人，就是在王大人管理八闽茶务时，在闽粤间经营乌龙茶的。"说着，他将一罐茶塞到小远山手里。

"'鸭屎香'吗？"

黎老板露出神秘的笑容，反问："知道'宋种'吗？"

"知道啊！我爷爷说过，宋朝有个皇帝，路过一座茶山，发现茶树叶子长得像鸟嘴，喝了那茶又解渴又提神，就叫人把这种茶树种满了山头。这茶叫宋种，我家也有呢！"

"那你知道'大叶香'吗？"

"你说的是那株茶树王吗？我爷爷说它活了好几百年啦！"

"这茶采的就是乌崇山那棵茶树王的叶子！"

小远山疑惑地问："那你怎么舍得送人？"

黎老板呵呵一笑："识得茶的人，也识得人啊！"

小远山似有所悟，收了茶，道了谢，又对黎老板说："我想去看茶树王！"

清静的茶室里爆出一阵欢笑声。

黎老板回了趟内室，抱着刚满月的孙儿走过来，让远山摸了小家伙的脑门。他满意地说："我这小孙子，长大八成要做茶叶生意的，让神童摸了，定会脑洞大开！"

两老叟捻须大笑！

笑过了，陈志清问："给你孙子起名儿了吗？"

"还没呢，老兄给琢磨一个吧。"

"单字'捷'如何？敏捷的'捷'。"

"好极了！"黎老板将孙子举过头顶，大声嚷嚷，"不论干啥？你可要捷足先登啊！"

过了两日，王传茗来陈家领孙子。中茶福建分公司的货车要去武夷山星村收茶叶，正好搭上顺车。分手时，两个老的、两个小的，都是恋恋不舍。

一大早，车子出了福州城，江边的沙洲上长着一丛丛茉莉花，远处的山上茶树连绵不绝。王传茗说："早在北宋时，这一带就是'山丘栽茶树，沿河种茉莉'了。福州人窨制的茉莉花茶，咱北京人最爱喝了。"

孙子问："茉莉花啥时开？"

爷爷说："采过春茶，就会闻到茉莉花香啦！"

车子驰向西北，在南平吃了午饭，又上路了，天黑时才进了崇安县城。王传茗本想去岩茶村访旧的，可时间紧，找旅馆住了一宿，又搭车直奔星村而去。

离开崇城镇时，王传茗向着天心岩那边眺望了好一阵子。他对孙儿说："大红袍母株就长在那里，那可是天赐的宝贝啊！"

"为啥叫'大红袍'呢？"小远山问。

远处桃红茶绿，王传茗在车上给孙儿讲了大红袍的故事——

有位朝官来崇安视察，因不服水土身染重疴。天心寺有个僧人，用九龙窠天心岩崖壁上采来的茶叶熬成汤药，为朝官治病。这位朝官痊愈后还京，临行前脱下红袍，命人覆于茶树之上，以表谢忱。

王传茗说："类似的故事多了去啦，真假难辨；但大红袍确是茶中之王啊！"

武夷山雨水多，朗朗艳阳天，转瞬就下起雨来。待云开雾散时，明媚的日头当头一照，那一<u>丛丛</u>一株株茶树，像春闺梦醒的睡美人，陡然间丰润生辉。几乎一夜之间，鲜嫩的新芽和翠叶就缀满了枝头，新茶的清香沿着山谷弥漫开来，整个武夷山都氤氲着茶的味道。

小远山四处张望，缠着爷爷问这问那的。

"为啥要赶着采春茶呢？"

"经过大半年的休养生息，茶树蓄积了丰富的营养物质，春萌的叶芽又嫩又鲜，滋味好，香气也纯呀。"

"别的季节能采茶吗？"

"春夏秋都能采的，不过春茶最嫩，名茶大多只采一季春茶。"

孙子问个不休，王传茗的心却是沉甸甸的。一路上，到处矗立着土法炼钢的小高炉，堆着木头垛子，路边丢弃着烧出来的硬疙瘩，铁不像铁石不像石。

星村位于半山，西北挨着江西铅山县，上方是桐木关，再往上走就是海拔两千多米的黄岗了。这里自古就是武夷红茶的集散地，街面上设有茶叶收购点。爷孙俩在镇子上转悠了个把时辰，沿街寻访茶叶铺和制茶作坊。

镇北的路口旁原是茶叶集市，现在成了粮站，码着许多米袋垛子。大院门前停着一大片骡马车，间有排子车。几个收公粮的，有拨拉着算盘算账的，有守着磅秤过磅的。有个管质检的汉子，拿着把带凹槽的刺刀，猛地扎进粮袋忽又抽出来。刀槽里带出几粒稻谷，他摸摸，瞅瞅，又取一粒咬咬，便报出个等级来。引人注目的是，粮站墙上用红漆写着四个大字——"以粮为纲"。

后晌，爷孙俩又搭上林业局的一辆苏制嘎斯卡车，一路盘折而上，前往桐木关。

司机姓林，性子随和，操着四川口音。原来他是当兵的，在东海舰队后勤基地开车，退役后被分配在国营林场了。

王传茗对他说："我去过四五回桐木，先前路不通，都是徒步上去的。"

林师傅说："这两年采伐任务重，要修路先砍树，这不，我这车也是拉木头的。"他紧紧握着方向盘，不停地选择路面，时而踩一脚刹车，车子摇摇晃晃地爬坡缓行，"山路险，胆小的司机不敢上来的。"

小远山说："那叔叔胆儿肥！"

林师傅笑了："我是从峨眉山来的，听说过'蜀道难'吗？"

"蜀道难，难于上青天……"小远山吟起李白的诗来，他又说，"我也想去峨眉山。"

"看猕猴吗？"

"是呀！我要去驯猴，让它们帮着采茶。"

林师傅扑哧一声笑了："我家就是做茶的，帮叔叔驯几只猴，我带你去喝万年寺的禅茶。"

王传茗说："那禅茶可是上品啊！传说是汉代高僧吴理真传下来的。"

小远山一歪脑袋，问："吴理真是谁？"

"最初种茶的人呀！"

"茶树不是早有了嘛。"

"那是野生种的，要想人工栽培，就要驯化野茶树，这比你驯猴子采茶难多了！"

林师傅说："这孩子是个茶叶迷啊！"

车子开到半山腰，路断了。林师傅把车停在堆满原木的缓坡上，笑着告别："储木场到了，我要装车。上桐木不过四五里路，可都是山道，要辛苦些了！"

王传茗说："我识得路，擦黑前准定上去了。"

红茶村位于闽北之端的武夷山脉断裂垭口，山势异常险峻。一畦一畦的茶树顺山坡而生，远望"山云吞吐翠微中，浅绿深青一万重"。曲折如带的溪水流过坡底，民居多临水而筑。穿过桐木关，就可直抵闽赣交界处了。

路边坡上茶树葳蕤，小远山不停地发问，王传茗忙不迭地回答。走了两个多时辰，爷爷已是气喘吁吁，孙儿还是活泼泼的。又翻过一道岭，王传茗说："再努把劲儿，就到了。"

眼前草丛凌乱不堪，一大片芒草都倒伏下来。王传茗观察着，像是什么动物打过滚儿。

突然，不远处的松林里掀起一阵躁动来，隐隐似有动物呼啸，还夹杂着呼救声。

"不好！有野兽。"王传茗忙捡起两根松木棍子，爷孙俩一人攥了一根，躲在一块巨岩后探头观察。

"救命啊！救命！"凄惨的呼叫声，骇人的虎啸声，让山林的黄昏格外恐怖。

"华南虎？"王传茗说，"救人要紧！咱弄得动静大点儿，兴许能吓跑老虎。"说着，扯着嗓子叫起来！

小远山双目炯炯，面无惧色，摸出一把自制的响器，鼓足了气吹起来。那哨音清脆嘹亮，山谷间荡起阵阵回声。

暮霭沉沉，四境苍茫。大约四五十步开外，有一条大尾巴左右摇摆，接着露出了方头宽额，还张着血盆大口，样子甚是狰狞。果然是老虎！它气势汹汹地张望了一会儿，一甩尾，调转身子消失在了密林里。

不一会儿，一个山娃子惊慌地跑过来了。

王传茗迎上去抱住那孩子，安慰道："莫怕！那畜牲跑了。"

小远山将木棍交给惊魂未定的小伙伴，拍着胸脯说："咱人多力量大。"

待山娃子镇静下来，王传茗就和他聊起来。原来这孩子名叫青山，也是属蛇的，和小远山同岁。他是红茶大队大队长边茂盛的孩子，这天出来捡柴火，不料遇到了险情。

王传茗问："山里野兽多吗？"

小青山答道："过去常听到野兽嗥叫，自打伐木队进来，再没看到过大家伙啦。"

王传茗长长地喘口气："有惊无险啊！"他对两个孩子说，"一只华南虎，需要一二百平方公里的生存空间呢，现在哪有那么多人烟稀少的地儿呢！老虎快要绝迹了，今儿见了，倒是蛮有眼福的！"

小远山问："为啥老虎都没啦？"

"砍了树，就是抄了老虎的家。"王传茗催促道，"天黑了，快进村吧！"

一到村口，就看到边茂盛夫妇焦急地候在路边。小青山迟迟未归，夫妻俩是出来寻娃的。看到王传茗爷俩儿，边茂盛赶忙迎上去说："贵人来了！老姜说你们要来的。"

"啥贵人？我是卖茶的，茶农才是我的衣食父母呢。"

"哎！也不知这茶树留得住不？"说到茶，边茂盛夫妇便唉声叹气起来。

"在福州时，我已反映了情况。"

"青山娘煮好了饭，就去我家住吧。"

"不啦！这次就在姜家住两宿，明儿带着孙子上山走走。明晚你召集大队干部，咱好好合计一下。后天我就下山。"

"那我送你去振华家。"

"不用啦！几步路嘛。"王传茗说，"还没和你说呢，方才在村外遇上老虎啦！你们回去，给孩子压压惊！"

"稀罕啦！别说老虎，这两年连短尾猴也难得遇到啦。"边茂盛说着，心疼地抱起了儿子。

第二日，曙色熹微时，姜振华就带着王家爷孙俩儿，还有大虎二虎，绕着山头转悠。

这一带有三十多万亩山林，几无可耕之田。全村不足千人，散居在南北长35公里、东西宽25公里的大峡谷里，守着茶树过日子。

因地势高，气温也低些，清明了，刚刚开始采春茶。山路上，背着竹篓的茶姑行色匆匆。

姜振华说："人误茶一时，茶误人一季，采茶要赶早。"

小远山问："做茶也辛苦吧？"

姜振华答道："这一季茶，做得好赖，关系着整年的生计呢。这几天，请来的碧竖没明没黑地赶着做茶呢。"

"碧竖是啥人？"

"武夷山人管茶师叫碧竖，种茶的叫山户，贩茶的叫螺司。"

王传茗补充道："老书上写着呢，清明后谷雨前，山户都上山采茶了。从泉州请来的碧竖，把鲜叶按粗细分开来做茶。零星的山户把茶卖给螺司，聚多了，螺司再卖给行号。"

忽然，旁侧茶田闪过一个身影。二虎叫起来："茶寇！"

再看，大虎提拎着裤子从茶田里钻了出来。

"哪有茶寇？是你哥解手去了。"姜振华说，"山里人把偷采偷卖茶叶的叫茶寇。"

说起昨日遇到老虎的事，姜振华问小远山："害怕不？"

"不怕！"小远山指指身后的大虎二虎说，"这不，还跟着两只呢？"

姜振华说："皇城根儿下的孩子就是伶俐。"

王传茗说："抖机灵呢！"他接着问，"大虎二虎官名叫啥？"

"大虎叫姜闽，二虎叫姜赣。"姜振华笑了笑，"我讨的媳妇是山那头的。"

看到孙子一脸疑惑，王传茗解释说："桐木地处福建和江西的交界处，福建简称闽，江西简称赣，大虎二虎的名字就是这么来的。"

小远山问："江西那边产茶吗？"

王传茗说："产呀！咱大中国，有一大半省区产茶呢。不过，你要记住，这个小山村是红茶的发源地，正山小种就是这里产的。"

他们攀上一个山头，四望松竹竞秀，茶园喷翠。

姜振华指点着说："咱站在村东北的江墩，紧挨着庙湾，这一带都是正山小种的原产地。"

小远山问："为啥叫正山小种呢？"

王传茗指着身边的茶树说："武夷茶树是个独立的变种体系，你看，叶片不大，细嫩可爱。正山小种很早就出口到国外了，叫正山说明是原产地呀！"

看过几处茶树林，他们又顺着弯弯山道，去村里做茶的"青楼"。

远远望去，青色的作坊就像一座阁楼，沧桑古朴。这座楼房长五十多米，三层，每层都有不同的功用，分别用于摊晾、萎凋、烘焙和存放。

茶师们正在用水筛萎凋，一筛一筛地翻动着。姜振华说："手摇一筛，最多四斤茶叶，很费工的。"

王远山睁大眼睛问："为啥不用机器？"

姜振华说："崇城镇的茶厂用摇青桶，一次就能摇上400斤。还有链板式自动萎凋机，效率高，但容易损伤鲜叶。"

"手摇，能更好地走水。"王传茗说，"做手工茶需有好手艺呀！"他嘱咐大虎二虎，"你们哥俩儿，一定要把姜家的手艺传下去。"

来到揉捻车间，小远山仔细地看茶师操作。

姜振华说："出手见高低！好茶师眼一瞥，就能察觉到茶叶成型的样子、浸出了多少茶汁，随时调整手劲儿和揉捻的时间。"

王传茗说："我给远山讲过做茶的基本工艺。这孩子总是打破砂锅问到底，有时弄得我都语塞。"

姜振华摸摸小远山的后脑勺说："问百人，通百事嘛！"

王传茗嘱咐孙儿："到现场了，有啥不懂的尽管问吧。"

这时，大虎发问了："王爷爷，发酵究竟是咋回事？"

王传茗说："长大了，你们要学生物、化学的。简单说吧，苹果切开后会变色的，这就是氧化。萎凋、揉捻，都是为了促进红茶中的茶多酚氧化。茶多酚本身是一种无色的物质，其中的儿茶素在加工时形成茶黄素、茶红素，因此红茶的茶汤红亮、叶底也是红色的。"

小远山问："那松烟香是咋整出来的？"

姜振华领着大家下楼，走到楼房底层，有火坑和烟道，还堆着不少马尾松劈材。他说："这就是用松木熏烤茶叶的地方。"又解释道，"有了这道特殊工序，正山小种又称烟小种。"

王传茗补充道："干燥工序中用了松柏，便会产生松烟香。做六堡茶、黑毛茶，也有用枫球、黄藤等熏烤的。烟小种保存一段时间后，松烟香会转化为干果香，香气纯正高扬。"

"怪不得小强哥爱喝呢！"小远山又问，"啥时开始做红茶的？"

姜振华说："清代顺治、康熙两朝间，桐木的茶人就掌握了茶叶发酵技术。究竟是什么时间，我也说不大清楚。"他俯身摸了摸小远山的脸蛋说，"这个问题，你长大了一定要考证出来，好不好？"

小远山自信地回答："准定。"这时小虎忍不住了，大声说："我也要研究。"

王传茗哈哈大笑，牵起孩子们的手鼓励道："人小志气高！你们就比试比试，看谁先整得门儿清。"

姜振华说："我们姜家世代经营茶叶，关于红茶的起源，还有个传说呢。"

"快说！我想听呢。"小远山催促姜师傅。

"好，好！你爷爷要去伐木点看看，路上说给你听吧。"

一行人顺着简易公路往下走，路上姜师傅讲了那个传说——

明末某年的一个茶季，一路北来的军马驻扎在庙湾茶厂。夜里，兵士们就躺在茶青上和衣而睡。第二天部队开拔后，茶青自然发酵了，叶片泛红。老板舍不得丢掉这些茶青，就让茶工揉搓茶叶，最后用马尾松做柴火把茶叶烘干。大家尝了这样做的茶，口感大不一样，还散发着一股松脂味。桐木人喝不惯，就挑到星村贱卖。不料转年后，便有茶商赶过来，愿意出高价订购这种茶叶。从此，烟小种名扬四海。

小远山一脸认真地问："这个传说可靠吗？"不待姜师傅回答，小虎忙说："我爹不会哄人的。"

姜振华停下脚步，郑重地对大虎二虎说："你看这个弟弟，多走心啊！咱姜家是祖祖辈辈做茶叶的，到你们这一代，24代了。你们哥俩儿，有责任把祖辈传下来的制茶工艺掌握好，传下去！"大虎二虎连连点头。姜师傅又和蔼地对小远山说，"叔叔讲的，只是个传说，可靠不可靠，也留给你考证吧。"

王传茗对孩子们说："这个传说，讲的是自然发酵启发了茶人。安徽的茶农杀青后，偶然将堆放的茶叶阿黄了，由此激发出灵感，就开始做黄茶了。"

姜振华说："福鼎那边的茶人，也是观察了晒青时鲜叶的变化，积累了多年的经验，形成了白茶制作工艺。"

王传茗说："黑茶也是如此！早期茶马古道上运送的是绿茶，日晒雨淋，一些茶在湿热条件下变黑了。受此启发，湖南安化形成了揉捻后渥堆发酵工艺的雏形。桐木关红茶发酵的缘起，乌龙茶摇青工艺的产生，皆出于偶然，都是效仿大自然的结果。"他叮嘱三个孩子，"记住了！大自然就是茶人的老师。"

王远山默默地重复着爷爷的话："大自然就是茶人的老师。"

又行了半个时辰，来到一个伐木点。现场没有工人作业，一片狼藉。整个山坡的松树都被伐掉了，露在地面的树桩断面上黏糊糊的，像是战场上那些缺胳膊短腿的尸体。留下的灌木也像经过一场劫难，残枝败叶在风中呻吟不息。路边堆着被砍下来剪去枝叶的树干，周边杂草丛生。

王传茗板着脸，一言不发。三个孩子也像被感染了一样，刚才还活蹦乱跳的，现在都耷拉下了脑袋。

半晌，王传茗才缓过神来，他从挎包里取出一台德制徕卡小型相机，从不同角度拍摄。接着，他招呼姜师傅和三个孩子，要给他们拍张合影。

姜振华说："要照相，咱到绿水青山的地方去。"

"不！"王传茗语气坚定，"就在这儿，立此存照。"

"爷爷，啥意思？"小远山一脸稚气地问。

王传茗肃然答道："你们听好了，毁树容易种树难！"

姜振华恍然大悟，带着几个孩子并排站好。王传茗啪嚓摁下了快门。

姜振华说："转了大半天了，该回村啦。"于是，一行人掉头往上走。

路上再没有看到采伐的山林，但总有一棵两棵零星被砍的树木。

王传茗问："谁砍的？"

姜振华答道："钢铁元帅要升帐，人们就砍树去烧。山上好多了，山下都被砍得光秃秃的了。现在山洪也厉害，不知和砍树有没有关系？"

"当然有了！"王传茗忧心忡忡地说，"再砍下去，水土流失，后果不堪设想！"

走过桐木关，到了闽赣交界的山头。姜振华说："这武夷山呀，那头山势陡峻，还有很多断崖。这边像阶梯一样下降，舒缓多了。"

王传茗站在山头上，极目远望，心潮澎湃。他对小远山说："爷爷给你起名'远山'，就是要你记住这座山。这是咱中国最好的茶山啊！我们的老祖宗在这里管茶，人走了，还葬在这里！"

姜振华忙问："葬在哪里？我们桐木人该去祭奠的。"

王传茗说："葬在何处？我也不明。之前下工夫找寻过，毫无踪迹。"

小远山暗暗记住了爷爷的话。

吃罢晚饭，边茂盛，还有几个大队干部，前后脚到了姜师傅家里，商议用什么法子保护住茶山。

王传茗告诉大家，我在省城已说动中茶福建分公司、林业部门的同志，他们答应协商后会上报省政府，建议在武夷山设立自然保护区。回到北京，我也要写份调查报告，让单位领导签注上意见，行文到林业部。你们呢，也该向乡政府和县上反映情况。我这次来，时间紧，顾不上到岩茶村啦，茂盛也和那边通通气，争取层层向上反映问题。

边茂盛说："王老师是替咱们茶农说话呢，您是中央的大干部，懂得政策，我们都听您吩咐！"

大家异口同声地说："麻烦王老师啦！一定要保住茶山啊！"

姜振华说："保得住茶山，我们在桐木给您立块碑！"

王传茗说："使不得，使不得！乡亲们一起使劲好了。"

次日一早，王传茗带着孙子踏上归程。这一次上武夷山，让小远山大开眼界，他对茶叶的事情也愈发上心啦。

回京不久，经有关部委协调，省政府的文件下来了，说要就建立武夷山自然保护区的建议，组织有关部门进行前期调研。虽没有明确何时建立，但做了些规定，要求林业部门合理利用武夷山的森林资源，尽量保护桐木红茶产地和正岩区岩茶产地，不许乱砍乱伐了。

四

年年茶香溢，岁岁漫芬芳。每逢茶季，王传茗都会上茶山的。

不知不觉七八年过去了，王远山读完高小了。这一年，山雨欲来风满楼，从春到夏，不光气候多变，社会氛围也越来越反常了。

王传茗给孙子订了好几样报刊，除了《中国少年报》，还有《儿童文学》《少年文艺》，想到孙子就要升学了，近日又破订了一份《中学生》杂志。王远山早慧，这些报刊只是浏览一下，倒是喜欢看成人读物，像爸爸订的《收获》《新观察》、妈妈订的《光明日报》，甚至抢着和爷爷看《参考消息》。爷爷说这是内部刊物，不许随便看的。听爷爷这么说，他越发好奇了，时常偷来瞅瞅。报上批判《海瑞罢官》的文章充满火药味，少年王远山隐隐感到要出大事了。

王远山品学兼优，自打读书起，年年被评为三好生。二年级时戴上红领巾，一直担任中队长，还兼着班长。初小最后一年，佩上了"三道杠"的臂章。

谁知一夜之间，一切都颠倒过来了。那些日子，大字报满天飞。这股风很快也吹进了校园，同学们找来旧报纸，用歪歪扭扭的字写大字报，矛头直指校长和"出身不好"的老师。不少大字报还捎带上了王远山，说他是"黑崽子""修正主义小苗子"，还诬他爷爷是个"大茶霸"。居然有人揭发，说他上学前就跟着"大茶霸"去武夷山"煽风点火"，反对"大炼钢铁""以粮为纲"，攻击"三面红旗"。

那年王远山刚满12岁，平素与他交好的同学，这时都像遇着瘟神一样躲远了。一日放学后，他独自回家，偶一回头，发现萧娅萍蔫不声地跟在身后。

萧娅萍是萧兵的女儿，自打上学两人就是同班。王远山放慢脚步，待萧娅萍走过来，便用感激的眼光看了看她，二人也不搭话，默默地相跟着进了胡同口。

胡同里人声鼎沸，不时传来"打倒萧兵"的口号声。"不好，出事了！"萧娅萍说罢，撒腿向前跑去。王远山也紧跟着追了过去，颠得背后的书包直打屁股蛋儿。

清隐斋小楼前聚集着好几十号年轻人，全都戴着"首都红卫兵"的红袖标。那几个领头的气势汹汹，硬摁着头发乱蓬蓬的萧兵低头。萧兵虽是一介书生，却一身傲骨，少时曾练过拳脚功夫。人家越野蛮他越不服，腰刚被压弯儿就又挺直，头刚被摁下去复抬起来，不时仰天大笑，弄得那几个红卫兵气喘吁吁，样子颇有些狼狈。这伙人蜂拥而上，一阵拳打脚踢。萧兵鼻子冒血，满脸血污，可犟得像头牛，索性把挂在脖子上的黑帮牌子摘下来摔了。萧娅萍见状，哭喊着对施暴的人喊道："不许打人！"小远山也跟着举起小拳头："不许打人！"围观的老街坊大多同情萧兵，更钦佩他是条汉子，有几个胆子大的也喊起来："要文斗不要武斗！"扎堆儿瞅热闹的人，都异口同声地应着。

那些红卫兵见状，便收敛了些。一个当头儿的呵斥萧兵："老实交代罪行！再敢扳杠，小心砸烂你的狗头！"说着歇斯底里地呼了一阵口号，带人撤了。王远山听到那个头儿走时悻悻地说："庙小妖风大，池浅王八多！这条胡同的落后群众太多了！"

安慰了萧娅萍几句，王远山就往胡同深处走，沿街到处糊着大字报。走到自家跟前，发现门大敞着，院里人声嘈杂。这时，玩伴栓子跑过来，神色慌张地对他说："坏醋了，抄你家呢！"

院子里一片狼藉，有人烧书，还有的在房间里翻箱倒箧。

王传茗厉声抗议："我是国家干部，犯啥罪啦？"

打头的呵斥道："大茶霸，老实点！就是你挑动茶农闹事，破坏社会主义建设！"

翻腾出那么多茶叶，抄家的开始哄抢了。王传茗挺身阻拦，反遭一顿毒打。正在裉节儿上，忽有一只芦花大公鸡发疯了！满院子乱跑乱叫，拼命挣扎了一会儿，栽倒在当院没了声息。

栓子妈放声喊冤："谁害死了我家的鸡？葬良心的，我可是苦出身啊！"她俯身去看那鸡，嘴巴里尽是茶叶和小米粒。"茶叶有毒！"栓子妈一阵狂叫。

抄家的红卫兵傻了眼，将茶叶乱抛一气，作鸟兽散了。

王传茗站在当院发怔，栓子妈过来问："远山爷爷，茶叶咋有毒呢？"

栓子凑近悄声说："这些茶叶是王爷爷的宝贝，我怕他们抢走了，就抓了把茶叶，拌了耗子药，掺了些小米粒喂了鸡。"

栓子妈说："弄啥幺蛾子呢！不过，远亲不如近邻，咱平日受着王爷爷的好处，也该帮衬老人家的。"

王传茗抚摸着栓子的板寸头说："往后甭裹乱，会吃瓜落儿的。"说着，掏出两块钱硬塞过去，"赶明儿再给你娘买只鸡吧。"

近几年，王家宅院陆续住进了几户人家，平日相处和睦。这时，众人都帮着王家收拾东西呢。

这一回折腾，王传茗虽受了皮肉之苦，却保住了不少茶叶。

整个夏日，鸦儿胡同躁动不安，今儿揪出一个，明儿揭出几个，广化寺门前成了运动中心，隔三岔五地开批斗会。不少落后群众变得积极起来，一些受冲击者也杀起了回马枪。俗话说，墙倒众人推，鼓破众人捶。萧兵、王传茗这些"牛鬼蛇神"的日子越来越难挨了。

不久，王传茗被单位的造反派拘了起来，囚在小黑屋里写交代材料。那些日子，王平顺夫妻做好饭菜后，就打发儿子去送饭。王远山最体贴爷爷啦，每次都要选些好茶叶，藏在饭盒夹层里送过去。在那些与世隔绝的日子里，只要泡上一杯好茶，王传茗就觉得舒坦些。

王传茗患有风湿性心脏病，被隔离审查了一个多月，人萎靡不振。在一次批斗会上，他争辩了几句，又挨了揍，导致老病复发，当场晕了过去。有人往他头上泼了几瓢凉水，总算缓了过来。造反派见此情形，谁也不想担责，就把王传茗放回了家。

回到家里，王传茗的身子骨日渐羸弱，走道常拌蒜，王远山给爷爷买了根拐杖。王平顺夫妻在学校也受到了冲击，一家人战战兢兢的，度日如年。

王传茗自知来日无多，便着手料理后事了。

一天深夜，白日的喧嚣散去了，院子里静悄悄的，幽深的胡同也静悄悄的。

王传茗将孙儿唤醒，压低嗓音说："爷爷有事要托付给你。"借着一帘月色，他在孙儿手心里写了个"奥"字。

"爷爷，有啥秘密？"

爷爷指指室内的西南角，带着孙儿起身，站在一个躺柜前，柜子上面先前一直挂着陆羽画像。王传茗说："古人都在这个方位设神主，后来'奥'的词义演化为隐蔽的地方，咱王家的秘密也在这里。"说着打开柜子，抱出两个大黑瓷罐来放在炕上，掏出里面的东西，一样样指点给远山看。

一个瓷罐里面，放着裹着棉纱的建盏，阿尔泰赠送的鼻烟壶，还有几件古器物，上面盖着几册本子。另一个里面都是写着字的茶叶包，全是稀世珍品。

"什么茶，何时存的，何地产的？都写在上面了。"王传茗叹了口气说，"老了走背运，这些老茶也跟我遭殃啦！"

"咋没被抄出来？"

"我看风声紧，在你文彦叔那里放了一阵子，昨日才取回来的。"说着，王传茗声音哽咽了。他强压住一腔悲愤，从罐子里取出三本册子，郑重地对远山说："这册厚的，是老祖宗王彬、王晋北和你曾祖父写的亲历笔记——《茶道茗事》；这一册薄些的，是爷爷花了三十多年工夫续写的。"他用手电筒照了照，上面写着"茶道茗事续集"六个字，接着说，"看了这两本笔记，就知道咱王家二百多年来做过啥，去过哪里，与啥人交往过？"说着，又拿起最后一册来，小远山隐约看见"王氏族谱"四个字，轻声道："家谱？"王传茗说："咱中国人，家有谱，州有志，国有史。三世不修家谱为不孝。咱王家的家谱，修到了爷爷这一辈。现如今不兴这个了，可谱牒不存，人都不知个来处。爷爷托付你，要把咱王家的家谱接续下去。"

王远山像是接受了一项神圣的使命，伏在爷爷身边，顺势磕了两个头，复又抬起脑袋来，瞧爷爷清癯的样子，禁不住泪流满面。

王传茗说："论理儿，这事儿该交代给你爹娘的，但他们生性怯懦。我琢磨许久了，你机灵，小孩子也不会引人注意。"嘘了口气又说，"保住保不住，听天由命吧！最紧要的是保护好自个儿。"

王远山悄声说："等天亮了，大人们上班走了，我先藏到栓子家去，他家成份好。"

"那会连累人家的。"王传茗把孙子拉进被窝里，紧紧搂着，嘴贴着耳朵说出个闷得密的事儿——原来，栓子家外面的墙角下，就是现今搭鸡窝的地方，有个废弃的地窖。

爷孙俩就这样躺着唠叨着，合计着。天蒙蒙亮时，爷孙俩把所有的物件妥妥地装在罐子里，放了干燥剂，用白蜡封了口，又用油布裹包了、麻绳捆好。

吃过早饭，大人们前后脚地出门了。王传茗叮嘱了孙儿几句，就拄着拐杖出去放哨了。

爷爷一出院门，王远山打个唿哨，将栓子招呼进屋。

他一脸凝重地问："是哥们儿吗？"

栓子怼道："咱俩不是，谁是？！"

"那你要帮我！"

"啥事？我愿两肋插刀！"

"这事儿，我瞒着家人呢，你也得保密！"

"听你的！"说着，二人拉钩起誓。

王远山压低声音说："我爷爷怕惹事，要我把茶叶丢到海子去，我舍不得，想藏起来。"

"扔了，都对不住我家死去的大公鸡。这么着，藏我家吧。"

"家里没啥藏着掖着的好地儿。"说着，他和栓子耳语了一番。

两个小家伙说干就干，麻利地扒去鸡窝上铺的油毡和搭的木板，然后出溜进去，用铁镐撬开下面的石板，果然露出了地窖口。晾了约摸一刻钟，王远山钻了进去，居然潮气不重。用手电筒照照，窖里铺着一层白灰呢，还有许多石块和青砖。栓子把两个罐子递下来，王远山把它们安置在暗窖深处，又铲土将罐子掩埋住。都弄好了，就钻出来。两人又依原样，铺好石板，封住窖口，把鸡窝上面的木板搭好、油毡依原样铺好。

安置停当了，王传茗也颤巍巍地回来了。他站在院里打量了一阵子，看到孙子使的眼色，晓得东西藏好了，便掏出五角钱，对孙子说："你和栓子去外边吃午饭吧。"他就是想犒劳一下两孩子。

王远山收了钱，牵着栓子，一阵风地上了街。

临街有个烧饼铺子，垒着用劈柴烧火的烤炉。上方的梁木上拴着铁链，挂着用来烘烤烧饼的大铁盘子。主人用白面做饼，上面粘些芝麻，放在炉内铁盘里，不一会儿工夫，热腾腾的吊炉烧饼就出锅了。王远山和栓子一人抓起一个，一转身就吃上了。

王传茗走到鸡窝那边，没看出异样，心想两孩子做事够利索的。

藏好这些东西，王传茗的精神头儿好多了，正好学校停课，就在家里辅导孙儿自学。闲时喝茶，还会给孙子讲茶山茶事。栓子居旁听了，也激起了兴趣。

一天晚饭后，见爷爷气色还好，王远山问："造反派为啥说您是'茶霸'？"

"照理说，'茶霸'是旧社会欺行霸市的茶商，要么勾结官府，要么有黑社会撑腰。爷爷一直在给国家做生意，咋能是'茶霸'呢？"

"这是膈应人呢！"

"不过咱家过去是有钱人，挨整也不算太冤。最屈的是时传祥啦，人家是苦出身，一个淘粪工人，不嫌脏不怕累的，这不，也被打成'粪霸'了！"

"那些打砸抢的家伙，才是恶霸呢！"

王传茗忙道："小孩子口无遮拦的！"说罢，悄声安顿了孙子一件事。

当天夜里，王传茗放哨，远山和栓子又将那罐子茶叶从窖里取出来，放到那间储茶室里。老爷子说："茶叶怕潮，这间屋子干燥，通风也好，放在这里才存得住。"说着将一把钥匙交给栓子，"把你家的杂物也搬些来，如果再有抄家的，就说这屋子是你家的。"

过了几天，赶上个礼拜天。半晌午时，陈文彦来到王家。许久没来客啦，王传茗颇感欣慰。

大学毕业后，陈文彦被分配到中科院半导体研究所工作。他拎来一包稻香村点心，坐下后说："我爹捎信来，说有人去外调，了解您上福建的事儿。他不放心，叮嘱我来看看。"

"你爹身子骨可好？"

"腿脚不大好，很少走动了。现在窑都封了，耍手艺的尽散了。"

"嗐瘪子啊！你呢？"

"那些老科学家，有被批斗的，有被关牛棚的，还有自杀的，好惨！我们干的营生是国家重点项目，这不，我才是个助理研究员，就让我负责，力不从心啊！"

"你年轻，上进好啊！"王传茗叹了口气，"这斗批改，也不知啥时到头？"

王远山泡好茶，给陈文彦斟了一杯。

"烟小种，稀罕啊！"

"小强哥好这口，我猜您也爱喝。"

"唉，红卫兵抄家，我收藏的茶叶都七零八散了。"王传茗吩咐孙子，"给你陈叔取些烟小种，搞科研的费脑筋，喝茶提神儿。"

王远山包好了茶递过去。

陈文彦收下茶叶，从挎包里取出一台半导体收音机："我自个装配的，效果蛮好，王叔留着解个闷儿吧。"

王传茗说："我都在阎王爷那儿点过卯了，用不着了。学校停课了，这个倒是能帮远山自学呢。"

王远山兴奋地抱着收音机听，栓子听到声响也凑了过来。

王传茗说了自己的境况，叮嘱文彦道："你爹都快八十了，经不住惊吓，我家的事，报喜不报忧吧。"

"这运动像是一场风暴，卷进去的人太多了！前些日子，我爹让我去探望阿尔泰叔叔，到了他家一看，门口贴着封条，墙上、窗户上糊满了大字报。打听了一下，有人说阿叔叔被赶回草原去了。有个收破烂的说，你认识阿尔泰？那可是个王爷啊！红卫兵抄家，光是鼻烟壶就抄出几十个呢！"

"前几日，远山还问我，你那些老茶友咋不来了？怪不得呢，萧兵被关，阿尔泰被赶出京城，都落难啦。我寻思，你于叔的处境也不会好，他家是山西老财，富甲一方。"

"我听爹说，抗战时于家将大部分财产都捐了，解放后又为抗美援朝捐了架飞机，当时还登过报呢。"

"唉！造反派斗红了眼，哪里会讲道理！你那个小叔叔曹平章，家里就是茶农，历史清白，就因为不积极，也被打成了保皇派。"

唏嘘了一阵，陈文彦起身告辞，别时不免戚戚然。

又过了一旬，入伏了，骄阳似火。一大早，王家大院又闯入一队红卫兵，都戴着"扫残敌"的袖章。这帮人二话不说，进了王家四处搜寻，居然砸了水缸，扒了火炕，刨了地面。

王远山和栓子并排坐在鸡窝顶上，怒睁着小圆眼瞅着。

"活土匪啊！"王传茗悲怆至极，踉跄着走了几步，一头栽倒在门槛上，口吐白沫。

王远山哭喊着跑过来，跪下摸爷爷的胡子。他发现爷爷嘴唇干裂，紧忙端来茶水，用嘴一小口一小口地喂他。王传茗睁开眼，牙缝里含混不清地嘟囔出一个字，在场的人都没有听清，唯有远山听清楚了，也记在心底啦！

栓子急忙招呼邻居，众人找了个排子车，急匆匆地往医院送。

抄家的红卫兵见状也不言语，都散去了。

王传茗走了！因心肌梗塞而死。在这条胡同里，短短两三个月，好几人死于非命。

王家草草地为老爷子办了丧事。从殡仪馆归来，王远山突然间变得少言寡语起来。爹娘怕他伤心，在屋里搭了铺，让他搬过去住。王远山不肯，非要在爷爷的老屋住，爹娘拗不过他，就让栓子陪他过夜。

每晚睡觉前，王远山都要站在爷爷的遗像前，恭恭敬敬地鞠三个躬。起先栓子悄不声地旁观，过了几天，他也站在远山身边一起鞠躬。时年13岁的王远山发誓：一定要继承爷爷的未竟之业。

大串联开始了，紧邻恭王府的十三中腾出好多教室，接待外地来的红卫兵小将。

立秋后的一天，王远山、栓子去了学校，发现有好几个串联报名点。一打听，说是首都的学生也要走遍大江南北，经风雨见世面。传达室的墙上还贴着一纸通知：凡是参加革命大串联的，每人补助27元。

栓子激动地说："听说坐车、住店，都不要钱，走哪儿都白斋。"

王远山也说："这些日子憋得慌，该出去透透气了。"

同学们兴奋极了，都想去自己向往的地方。近的就去西柏坡，远的还有偷着上越南打美国鬼子的。

栓子问："咱俩上哪儿呢？"

"我听娅萍说，咱胡同里的几个哥哥姐姐，要上井冈山，咱就随着吧。"王远山心里揣着小九九呢：那里也是产茶区，顺便还能去趟武夷山。

说罢，二人就去报名。打头的叫曾建军，高一学生，起初嫌他们是新生就拒绝了，耐不住他俩叫着"曾哥"死缠烂磨，又是街坊，抹不丢的就允了。曾建军交给他俩的任务是，沿途散发传单。

隔天黄昏，一拨人就到了北京站。可南下的车爆满，座位下躺着人，过道和厕所里也站着人，挤得密不透风。瞧这情形，曾建军当机立断："搭货车走！"

于是，这些血气方刚的中学生，打着一面红旗，火速赶往丰台火车站。子夜时分，搭上了一趟南下的货车，挤进了一个闷罐子。车厢里大多是要返回南方的学生，像沙丁鱼一样挤着。闷罐车里通风差，空气污浊，但人们情绪激昂。那些南方学生更是谈笑风生，侃着他们在首都的见闻，回味着在天安门广场被接见时的每一个细节。

曾建军这拨人挤来挤去的，终于占据了一个角落。大家倚着厢壁，半卧在车厢旮旯里。

火车慢腾腾地，车轮碾压过钢轨连接处的缝隙，发出有节奏的咔嚓咔嚓声。

又燥又闷，曾建军自言自语："渴死了！"王远山把军用水壶递过去。曾建军拧开壶盖子，仰脸喝了一口："茶水啊！"便问，"啥茶？"不待王远山回答，栓子抢先说："菊花茶，去火的。"

曾建军一脸坏笑地问王远山："你家的茶不是有毒吗？"他又喝了一口说，"抄你家时，我在边上看热闹。看到死了鸡，觉得挺蹊跷的。"

栓子侧过身来，一五一十地对曾建军诉了实情。

曾建军听了直乐："鬼精！"接着说，"听说王爷爷被气死了，我心里也不是个滋味。你俩往后跟着我，没人敢欺负咱儿。"

晃荡了一夜，曙色熹微时，车停在石家庄站。这一停，就是个把钟头。学生们都下了车，有解手的、透气的、活动筋骨的、吃东西的，还有的跑到车站，用手提喇叭宣讲革命形势。王远山、栓子也取了一沓子油印传单，在车站附近散发。

火车又开动了，闷罐子车里异常沉闷。有个南方学生大声说："新的一天开始了，咱们拉歌吧！"说着带头喊，"北京的红卫兵战友来一个！"南方的学生一起应着："来一个！来一个！""来就来！"曾哥打着京腔洪亮地回答，然后指挥自己的人唱红歌。车厢里立刻火爆起来，这边一首那边一支，对着唱了两个时辰，把李劫夫谱的语录歌统唱遍了。

消停了片刻，那边有个剪着平头的学生站起来，转过身，才看清是个女的。这个女生自告奋勇地说，我给大家唱段样板戏吧。说着摆开丁字步亮了嗓子，"爹爹，你听我说——"声情并茂地演唱了京剧《红灯记》小铁梅的唱段，车厢里爆出一阵掌声。

王远山嘟囔道："哪有京剧味儿啊！"曾建军特好强，正思谋着怎么盖过那边的风头呢，就撺掇道："咱不能跌份儿，你来一段呗！"

王远山说："人艺有个节目，学叫卖声的，那才够味儿！"

旁边有个叫徐广青的同学说："我爸我妈都是人艺的，我晓得这个特经典！起先呢，是演《龙须沟》的那帮老戏骨鼓捣出来的，有于是之、英若诚，好多腕儿呢，指挥是李滨。后来加工成单独的节目，从早到晚，有五十多种叫卖声呢。"

徐广青这么一说，早有忍不住的，小声吆喝了起来。曾建军连忙招呼，凡是会吆喝的，都围拢他的身边，一下子凑了七八个，还有两女生。

曾建军对徐广青说，这阵容咋样？徐广青说，吆喝起来，本该配合各种响器的，像"唤头""小云锣""小梆子"什么的，没有效果大差了。栓子忙说，这个好办，王远山有这能耐。这时，王远山从挎包里取出几个自制的响器，拿起一个来吹了几声。徐广青赞道，这声响就像是"小皮鼓"啊，你可太神了！栓子得意地说，他还会口技呢！曾建军说，太好了！他让徐广青给大家分一下工，谁吆喝啥，咋吆喝，咋接续，王远山专管各种音效。

酝酿了一刻钟，曾建军站起来宣布："接下来，我们首都红卫兵也给大家表演一个北京味儿的小节目。"话没说完，已是掌声一片。稍静下来时，曾建军接着说，"这个节目叫《老北京叫卖组曲》，包括话剧《龙须沟》《骆驼祥子》和《茶馆》里的各种叫卖声，请欣赏——"

于是，在徐广青的指挥下，王远山先学着公鸡打鸣，接着，各种吆喝声此起彼伏。一大早是卖青菜、卖馄饨、卖报纸的，晌午是卖雪花酪、卖冰棍儿、卖小金鱼、磨剪子戗菜刀的，天黑了又是卖臭豆腐、卤煮炸丸子、落花生、葵花子、硬面饽饽的……大家听着，也跟着吆喝起来，整个闷罐子车厢里，炸开了锅！

当夜里的最后一串叫卖声消失后，随之便是雷鸣般的掌声。车厢那边有人喝彩，喊着："再来一遍！"

"停！"大家一怔。只见那个假小子站起来，凶巴巴地吼着，"这个节目有问题！"

"啥问题？"曾建军大声质问。

"跟着投机倒把的人瞎叫唤，觉悟太低了吧！"假小子义正词严。

"投机倒把？你是在诬蔑劳动人民吧！"曾建军针锋相对，"什么觉悟低？我们首都红卫兵起来造反的时候，你丫在哪儿？"

就这样，两拨人乱糟糟地斗起嘴来。曾建军招呼自己人，咱接着吆喝，气死丫的。

栓子带头吆喝起来："茄子咪黄瓜，架扁豆——"王远山跟着喊："麻豆腐，酱豆腐，王致和臭豆腐——"一拨人跟着起哄："臭豆腐，臭豆腐！"

那边假小子站起来，大张着嘴巴，可没人听得见她在说什么。只见她铁青着脸，鼻子一抽一抽的。

栓子又冲着假小子吆喝起来："萝卜赛梨，辣的去火！"王远山也跟着喊；"冰激凌，雪花酪，冰棍儿败火，败火的冰棍！"顿时，这厢市声滔滔："酥皮的铁蚕豆喔脆瓢的落花生哦！""看报，瞧报！瞧一瞧首都红卫兵的报！革命大串联，坏人挡不住！"

这样一来，那边也有人学着喊起来，但内容都变味了，变成了互相谩骂攻击，车厢里的青春荷尔蒙混合着造反情结、地域歧视，火药味越来越浓。

那边站起几个男生来，撸起袖子，像要打架的样子。可他们站着不动，只是嘴里用方言骂着，究竟骂些什么，这边的人一头雾水。

曾建军和几个性子急的，还有栓子，也都腾地站起来。"想动粗呀？逗秧子没劲儿，不怂，你丫有种的上来！"曾建军一边嚷着，一边就往前冲。那边胆小的纷纷躲避，还有的女生吓得哭叫起来。

眼看就要群殴了，只见那边领头的男生站起来说："我们都是为了一个共同的革命目标走到一起来的，大家不要意气用事！"

曾建军这厢理直气壮："是你们的人在挑衅！听说过北京西纠东纠吗？老子就是西纠的，天王老子也不怕！要说，咱们遇上了，本是缘分，我们也是讲理的。"

刚才那几个想打架的，都悄没声地坐下了。那边领头的又对曾建军说："咱们都是红卫兵，要团结一致干革命！"说着，举着拳头喊，"向首都红卫兵学习！"南方的学生跟着喊："向首都红卫兵学习！"一看风向转了，曾建军也领着自己人喊："向来自全国各地的战友致敬！"众人喊得累了，车厢里也消停下来。

这趟闷罐子车走走停停，直熬了一天两宿，总算到了南昌。

一下车，就有人打着旗帜、举着牌子迎过来。牌子上写着："热烈欢迎来自祖国各地的红卫兵小将！"

有人领着他们到了站前广场，那里摆着几张桌子，后面挂着横幅，写着"南昌市红卫兵接待站"。周围停着几辆破旧的大巴和解放车，还有苏式嘎斯车、吉尔车。

登记完毕，有人把王远山他们引导到一辆大轿子车上。接待站的一个中年人随着，脸上堆满了笑容。待大家坐定后，他站在前面说："欢迎大家来到红色城市南昌！39年前，这里发生了南昌起义！最近，来井冈山串联的红卫兵小将特别多，我们准备把大家安排在南昌最好的宾馆——省招待所，因为你们是毛主席身边来的客人嘛。你们先在市区走走看看，等安排好车子，就送大家上山。"曾建军带头，车厢里响起了一阵掌声。

待了整整两天，车子还没安排好。这天晚饭后，众人聚在一起，商议下一步如何行动？王远山动情地说："上小学时，清明节到了，学校大队部组织少先队员到烈士陵园扫墓，我们聚在纪念碑前，听老红军爷爷给我们讲井冈山的故事，从那时起，这座英雄的山就扎在我的心里了。"曾建军说："大家心里都有这座英雄的山，现在离它不远了，我们不能再等了，我提议，徒步上山！""好！这样可以磨炼革命意志！"大家纷纷说好！曾建军吩咐，那咱们回去准备一下，明儿一早出发！

这时栓子站起来说："我一刻也等不及了！"有人喊："高擎火炬向前走，

艰难险阻挡不住！"澎湃的激情已难以遏止。曾建军说："那好，咱连夜挺进井冈山！"

这支北京来的红卫兵队伍雄赳赳地开拔了！南昌接待站给他们派了个向导，走了一天，在半道歇了一宿，接着前进！终于进入了山区，盘山公路像绚丽的彩带环绕在崇山峻岭间。

那个向导就是井冈山人，他带着大家，一路介绍着井冈山的情况。

这座山好美啊！绵延五百余里分布着险要峻峭的大小五井，苍松翠竹，还有兰花，让山岭雄伟而又美丽。一路上有不少茶田，王远山喝过"井冈翠绿"，那茶很甜。让他兴奋的是，还发现了几株野生茶树。

在茨坪住下后，大家参观了革命文物陈列室。那几天，他们满山寻觅老红军留下的革命踪迹。去了黄洋界，站在哨口，听当年的赤卫队员讲述打井冈山保卫战的往事；去了龙源口，走过青石拱桥，面对潺潺溪流，曾建军带着大家宣誓："做井冈儿女，接革命班！让井冈山红旗飘万代，让井冈山精神代代传！"

从井冈山下来，串联队伍分成了几拨：曾建军带着十几个人要去贵州遵义；还有几个要打道回府；王远山带着栓子，说是要去海防前线。

大家分手后，王远山和栓子在茨坪西部继续游走。这天，从大井村出来，进了深山老林。林子里杳无人踪，走到深处，连荒路也消失在草丛里了。

"啥都没有呀？"栓子唠叨着。

"这世上难道只有人吗？"

"啥意思？"

"这里啥都有呀！清新的空气，纯净的泉水，数不清的动植物……知道吗？井冈山是生物多样性最丰富的地区。"栓子似有所悟，点了点头。

两人往前走了一会儿，眼睛陡然亮了：眼前有十几株树，顶部伸出片片超长的大叶子。栓子问："什么树？"王远山走近观察，树干不足两米，树叶却长达两三米，像羽片一样交互伸展。"小黑桫椤！"他激动地喊了起来，跟栓子说，井冈山被科学家称为"第三纪森林"，这里的小黑桫椤、大果马蹄荷、观光木，还有附生的兰花，半空悬挂的抱石莲，都是热带亚热带才有的植物。

"和你比，我就是个傻冒！"栓子刚说完，就惊叫起来，"蛇！"

前面窜出一条蓝黑色的蛇，身子细长，脑袋是椭圆形的。王远山说："甭怕！这蛇没毒。"

话音未落，那条蛇窜到草丛里去了。王远山说："咱们有眼福了，这是井冈脊蛇呀！濒危的特有种啊！"

听老乡说，长古岭一带有大片的野茶林，两人就跑去寻访。他们在山岭间转了大半天，发现了一个茶园。这里早就无人打理了，园内荒草丛生。他们碰见一个农民，正在园子里采叶子呢，于是过去搭讪。那农民说，早没人种茶了，附近的村民上山采些茶，回去炒了做些绿茶，都是自己喝的。王远山问："秋茶好喝吗？"那人说："比不上春茶，对付着喝呗。"

在北京时，王远山就根据爷爷留下的《茶道茗事续集》，花心思绘制了一张联络图，他决心沿着爷爷的足迹，走遍中国的茶山。脱离了队伍，王远山和栓子像是出笼的鸟儿，自由自在啦！

五

王远山和栓子辗转到了福州，一出长途汽车站，栓子指着一个远去的背影说："好像是那个假小子。"揉揉眼再看，啥也没了，"是我瞅花眼了。"

福州的市面更萧条了。商店门面上刷着"购销两旺、市场繁荣"的标语，柜台里却没啥东西，摆放在那里的棉花、布料、烟酒糖茶，样样都要票券。

王远山带着栓子，凭着记忆，找到了七八年前去过的陈家。

陈爷爷已过世了。陈强看到长大的远山，高兴极了！他带着两个弟弟逛街，先去了三坊七巷，这里是老福州标志性的街市。

陈强说："我家曾在这条街上开过铺子，我爷爷在世时常来溜达，他老是嘟囔，这里凝着城市的魂呢！"

王远山说："上次来，陈爷爷告诉我，禁烟的林则徐，写《天演论》的严复，都曾在这里住过。"

陈强说："没错！还有老作家冰心的故居呢。"

栓子说："我们鸦儿胡同也住着不少名人，可现在这些人都遭殃了。"

街头摆着木案，有人正在制作红袖章。栓子灵机一动说，咱们也整三条袖章吧。王远山也说有个名头好。陈强说，那咱们成立一个战斗队吧，叫"红心向党"怎么样？王远山说，好是好，可三个人弄个战斗队，行吗？陈强说，没问题，三人为众嘛，我们学校还有一个人的"孙大圣战斗队"呢。于是选了三块条状红布，让摊上的师傅印上"红心向党"四个字。栓子说，我看街对面有刻章的，我去弄个章子吧。陈强说，那好，就刻上"红心向党京闽联合战斗队"。等了半个时辰，袖标就制作好了。栓子也走回来，说明天一早取章子。

回到陈家，三人商议去武夷山串联的事情。陈强说，我们该写篇战斗宣言书。栓子说，这好办，远山写的作文都是范文。于是，远山写好了，陈强连夜刻了张蜡纸。

次日一早，陈强和王远山在家里用油印机印传单，栓子出去取章子。

栓子取回章子来，王远山一看愣了："咋比部委的章子都大？"

栓子说："破旧立新嘛，我选了尺寸最大的，瞅着威风！"

陈强笑着说："还是栓子的气魄大呀！"

王远山说："那是，他叫栓子，却是一头拴不住的野马驹子。"

当天，陈强三人乘火车到了来舟站，在南平转乘长途汽车去武夷山。

车至崇城镇时，已是暮色苍茫，影影绰绰的武夷山显得分外神秘。这个小县城，只有几万人，宁静安谧，空气清爽。

栓子赞道："世外桃源啊！"

王远山说："我爷爷常说，好山好水出好茶！"

"武夷山还是很闭塞的，福州人很少来，有些山民连县城也没来过。" 陈强说，"街上有家茶店，是我爷爷的徒弟开的，咱去那里借宿吧。"

出了车站，沿着一条长街走过去，约摸一刻钟，来到一个十字路口。

陈强指着斜对面的一爿店铺说："大概就是那间店。"暮色里看不清招牌，隐约看到门楣上写着个"茶"字。这时有个年轻人走过来，瞥了他们几眼，就神色匆匆地赶路了。那人一路疾行，穿过马路，斜刺里走向那间店铺。

栓子眼尖，发现那人走到店铺前，里面又出来一个人，两人开始关闭门窗了。"快！要打烊了！"三人加快脚步，向店铺赶去。那店铺外的人向这边张望了几眼，也加快了动作。

店主人姓邬，陈强跑过去喊了声"邬老伯"。邬师傅端详了一阵，高兴地说："是小强吧！都长成小伙子了。"

"要打烊了？"陈强问。

"嗨，本来不急的。我徒弟看到戴着红袖标的人过来，就催我关门。"

"怕李鬼打劫吧。"陈强一句话，惹得众人哈哈大笑。

邬师傅将三人迎进店里，吩咐徒弟泡茶。

"他俩是北京过来的。他叫远山，是我爷爷的老朋友王老的孙子。这个栓子，是远山的同学。"邬师傅听了陈强介绍，立刻让王远山挨着他坐下，问："你爷爷身子骨还好吗？"王远山眼角里立刻滚出泪珠来。陈强忙说："王爷爷过世了！"

唏嘘了片刻，邬师傅说："怪不得没人来收茶了，山上的茶农可苦了。"他接着对王远山说，"王老是活菩萨啊！武夷山的茶叶，都是中茶公司统购统销的，你爷爷走了，我们的生路也断了。"

邬师傅的店是前店后院，院里有好几间房子。听到动静，邬师傅的媳妇抱着儿子亮亮迎上来。只有两岁的亮亮见了生人，一点都不怯，让这个抱抱那个亲亲，末了赖在王远山的怀里，他娘都抱不走。王远山说："小弟弟跟我亲。"说着，取出几块"大白兔"奶糖，递到亮亮手里。

吃过晚饭，邬师傅让徒弟打扫出一间房子，找来铺盖，安顿三人住下。

赶了一天路，人很疲乏。躺下后，栓子呼呼睡着了，王远山和陈强悄声聊天。

说到邬师傅学艺的事儿，陈强想爷爷了："老人家病危时，粒米不沾，滴水不进，看着家人，嘴唇努着，却说不出话来。可临走时，却忽地张开嘴巴说，'出窑喽！'声音微小，却很清楚，眼睛也放出了光芒。这是他留给世间的最后一句话。"陈强接着说，"我猜想，老人家定是梦见出了一窑好建盏。"他问王远山，"见过建盏出窑的场面吗？"

"没有。听我爷爷讲过，他参加过你们陈家的开窑仪式。"

"开窑前，师傅们会穿上宋服，敬罢天地再敬窑神，期待着出一窑好瓷。陶泥与釉色，经过窑火的洗礼，有时会呈现不可思议的质感来，像是天赐的宝贝！"

王远山说了声"我懂"，声音有些哽咽。

"你也想爷爷了吧？"陈强伸手摸摸他的额头。

王远山泪眼里尽是祖父的影子，耳畔回响着爷爷临终时吐出的那个泣血的"茶"字。

陈强也睡了，独王远山辗转反侧难以入眠。明天就要去九龙窠了，他想起爷爷谈起大红袍的神情是那么虔诚，那可是大红袍的圣地啊！上次跟爷爷来武夷山，没有去九龙窠，他一直遗憾着呢。这次来，正像爷爷说的，是朝拜来了！情难自抑，直到后半夜，他才迷迷糊糊地睡了。

第二天一早，三人和邹师傅一家告别后，就出了门。走出几十步了，还听见亮亮在哭喊。王远山说："这孩子，舍不得咱们走呢。"

从崇安县城向西南望去，便是逶迤连绵的大茶山。有单面山，有块状山，还有的像柱子一样矗立在水边。山头上飘着的云，白如雪梅。

陈强说："这边产岩茶，人称小武夷。"

栓子说："这里的山头好怪呀！啥模样的都有。"

"武夷山的水，也是绕来绕去的。"陈强问，"想不想到九曲溪漂竹筏？"

王远山赶紧说："还是先去九龙窠吧！"

"噢，惦着大红袍呢！"陈强笑了。

三人顺着幽深的峡谷往里走，但见峰峦对峙，曲如游龙。陈强指点着说："这山势像九龙飞舞，那座圆形的小峰峦又像一颗珠子，人说这是'九龙戏珠'呢，就称'九龙窠'；山民都管它叫'大坑口'。"

山谷两侧的缓坡上，畦畦茶树相接。王远山时而停下脚步，俯身观察那些灌丛茶树。他问陈强："啥品种？"陈强答道："我也不识得，老乡都叫菜茶。"

风急了起来，喝杯茶的工夫，朗朗晴空已是彤云密布。

"变天了。"陈强指着前面说，"那就是天心岩，赶紧些！"

攀了几处山阶，拐过去眼前危岩巉兀。三人爬上小山包，只见面前峭壁的岩罅间长着几株茶树。岩壁上镌着"大红袍"三个大字，笔力遒劲。陈强说，那是40年前天心寺的和尚刻上去的。

这就是母株大红袍啊！王远山激动不已，心想：纵然山高水深，人迹罕至，这些茶树也能找到扎根之地，竟会从悬崖上的石头缝子里钻出来，保定是造物的精灵！

伫立眺望，足足有一刻钟。陈强说该撤了，王远山非要攀过去就近察看。陈强拗不过他，三人开始寻找可攀援的地方。

蓦地骤雨突降，间有响雷炸起，闪电耀空。三人站在峭壁前，一时手足无措！

这时，一个披着绿帆布雨衣的人跌跌撞撞地赶过来，竟扑通一下跪倒了，声嘶力竭地喊着："这茶树，糟践不得啊！"

王远山他们愣住了，缓过神来，忙将来人搀扶起来。那人脸色黧黑，细打量是个中年汉子。

陈强问："咋回事儿？"

那人恳求道："我叫陈斌，看林子的。求求你们啦！万不能毁了这几株茶树，它们活了三百五十多年，不容易啊！"

三人听了连忙解释，只是想就近瞅个仔细。

陈强说："我也姓陈，我爷爷是烧建盏的陈志清，您兴许听说过。"

"原来是陈大师的孙子啊！我听过陈老的讲座呢。"陈斌立刻轻松了，问，"老人家身子骨可好？"

"去年得病走了。"

"天妒英才啊！建盏再无大师啦！"陈斌不禁仰天长啸。

陈强介绍说："他叫远山，那个叫栓子。远山爷爷是中茶公司的王传茗先生。"

陈斌立刻揽住王远山说："听说王老过世了，老人家对武夷山人有恩啊！这里的茶人，无人不晓得他。我呢，中专毕业后被分配到茶研所，如今单位乱了套，就来看护林子。"

"陈叔，可要保住大红袍啊！"王远山神色凝重。

陈斌语气坚定地说："拼了命也要保住！要不，愧对先人，也愧对苍天啊！"

一阵山风吹来，云散了，雨也住了，秀峰秀水间空明澄碧。

"那边草木间掩着条小道呢，今儿破例了！我带你们迂回过去看大红袍！"陈斌话音刚落，栓子就欢呼雀跃起来，险些滑倒。

"不！就在这里看吧。我爷爷说，看大红袍就是朝圣，可远观不可亵玩。"

陈强也说："咱就在这儿，听陈叔讲讲大红袍吧。"

"难得你们这么懂事！"陈斌平静下来说，"这大红袍得天独厚，生得其所啊！"

这时已是朗日当空，四望草木争荣。几个人随着陈斌的手指，再看那天心岩，壁面覆满苔藓，有缝隙和石阶的地方草木丛生，最奇的是那联袂逸出的四株茶树。

陈斌说："从上滴落的泉水，带着矿物质和苔藓之类的有机物，使得茶树根部的土壤十分肥沃；周边的岩壁如同屏障，既挡住了风寒，也挡住了烈日，日光经反射后柔和了许多。"

大家看过去，那几株茶树在阳光反射下翠里泛红，若枫叶初丹。

"方才急风暴雨，若在别处怪骇人的。这里呢，有岩壁遮挡风雨，为茶树创造了最好的生境。窠里的茶树，都是珍贵的老丛名丛！"陈斌提议，"先歇歇吧，午后我带你们逛逛坑涧。"

王远山站得定定的，又向那几株茶树行了注目礼，依依不舍地尾随陈斌离开。

五六十步远的半山腰上，搭着间简陋工棚，内有一床一桌，两个矮脚木凳。陈斌烧了壶水，泡了茶，又找来几块糙米饼子，让大家充饥。

王远山啜了一口茶水："味道真好！"

"这茶，可是天赐玉液啊！"

"莫非是母株大红袍？"

"正是，这可是皇帝喝的贡茶啊！"

茶杯小若半拉核桃，王远山连罄数杯。

看他贪婪的样子，陈斌呵呵笑了："这大红袍确是极品，前几年省里茶研所来人，剪了母株的枝条拿回去研究，可惜停顿下来了。我想看护好这几株茶树，待日后无性繁殖育种成功了，就栽种在附近的坑涧里。"

栓子说："我们一定帮您保护好大红袍！"

日头偏西了，众人去看山间的茶林。出门时，王远山掏出塑料袋，收了壶里的叶底。陈斌说："还能泡七八泡呢。"

一路上，王远山紧随陈斌，连珠炮似的发问。聊起茶，陈斌也是兴致盎然，滔滔不绝。他介绍说，岩茶属于乌龙茶，也叫青茶。岩茶核心茶区，旧称"八大岩""三坑两涧"。有人描述说，"溪流贯川，云雾氤氲，岩石奇丽，迥非山外可及"，这里可是茶树的风水宝地啊！

王远山请教："为何叫'三坑两涧'呢？"

陈斌回说："'三坑'指的是三个宽一点儿的谷地：慧苑坑、倒水坑和牛栏坑。转过弯儿向东就是牛栏坑了；'两涧'呢，指的是两个相对窄而有溪水的峡谷：悟源涧和流香涧。"

王远山明白了："不同的山地，山民有不同的叫法。"

陈斌说："对！除了'坑''涧'，还有'窠''峰''岩'呢！"

王远山又问："怎么区分呢？"

陈斌回答："'窠'指的是山壁凹陷之地，比如母株大红袍就生长在九龙窠；'峰'一般都是较高的山。"他指了指西边的山峰，"那是景区最高的三仰峰；'岩'大多是成片的峭壁，像'马头岩''虎啸岩'等。"

栓子问："牛栏坑产的茶就是'牛肉'吧。"

陈斌答道："不错，'牛'是牛栏坑的简称，'肉'指的是'肉桂'，岩茶的一个品种。牛肉、马肉、龙肉什么的，前面的牛马龙可不是动物哦，它们指的全是地名。"

栓子说："我在远山家喝过岩茶。"

陈斌笑了："这回儿，让你们把三坑两涧的好茶尝个遍。"

说话间进了牛栏坑，这里的茶树分枝很密，叶片是长椭圆形的，呈水平状横生逸出，阳光下碧色莹然。王远山摘了一片，端详叶面、叶身、叶尖、叶齿、叶脉的细微特点，他问："是肉桂吗？"

"是呀！你竟然看得出来。"陈斌接着说，"肉桂原长在马枕峰，慧苑坑也有些，这树易扦插，发芽也密，清末就有人栽培了，现在是这里的主栽品种。这个坑的石砾土壤，看似坚硬，实则松软，温度、光照、水汽、水质等条件也好。'牛肉'桂皮香气足，岩韵也足，茶人说它'霸道'！"

天又被云翳了，淅淅沥沥地下着绵绵细雨。一行人不知疲倦地转了一后晌，走坑涧，爬山头，还去了永乐禅寺、水帘洞、慧苑岩、流香涧……

夕阳西下，暮曛给远山近峰染上了不同的色彩，看着就像一幅幅流动的画卷。

陈斌说："我寄住在茶农家里，紧挨着天心岩。主人给我腾出一间偏房，搭着大通铺，今晚你们都去那里歇着吧。"

陈强说："时辰还早，远山想去看望叶青伯。"

"上了那坡就是叶家了。"陈斌笑着说，"我带你们过去。"

岩茶村是个老村，富裕些的人家都住在山脚，守着一亩三分地过日子。后迁来的多是茶农，散居在半山腰上。叶青家半坡造屋，周围还有四五户茶农。

人民公社成立后，岩茶村是一个大队，年富力强的叶青当了大队长。叶家是茶叶世家，家里还有九十多岁的爷爷、年过花甲的父亲。无论种茶、做茶，叶家人代代相传，都是顶尖好手。叶青膝下一子一女，女儿刚满十八就嫁到县城去了。儿子属蛇，和王远山同岁，但月份晚些。这个四世同堂的茶户，在村上威望甚高。

王传茗的笔记里，记着许多与叶家交往的旧事。过去他来岩茶村，通常都住在叶家，还跟叶老爷子学过做茶手艺。王远山到了武夷，自然要去拜访叶家的长辈。

大家跟着陈斌走，途经一个作坊，茶工正忙着做茶呢！

王远山请教："做岩茶有多少道工艺？"

陈斌回答："采来鲜叶就是萎凋，摇青和晾青交替着来，这都是促进茶叶氧化呢。接着要杀青，终止茶叶的活性。之后还要揉捻成型，待干燥了再捡梗，毛茶还要焙火。"

王远山又问："萎凋时发酵几成？"

"三红七绿，看着是绿叶红镶边。"陈斌来了情趣，又对大家说，"教你们一首做茶的民谣吧——一采二倒青，三摇四围水，五炒六揉金，七烘八拣梗，九复十筛分，道道工夫精。"

三个小伙子跟着陈斌一路哼着这首民谣，不知不觉就到了叶家！

石块垒筑的院墙上，爬满了绿莹莹的藤蔓。跨入柴门，便是石径，院里遍植草卉，绿油油的。

"陈老师带客人来了！"叶青眼尖，"这是小强吧，一晃长成小伙子了。"

陈斌指着王远山："这后生的爷爷是您的熟人。"

叶青瞅瞅眉眼，激动地说："可是王老的孙儿？"

"好眼力！"陈斌笑道。

王远山上前请安，指着栓子说："我的同学，栓子。"

陈斌乐呵呵地讲了天心岩巧遇的情状。

叶青说："北京王家、福州陈家，就是住在远处的武夷山人啊！"

走进宽敞的正房，两位老人正捧着茶碗下棋呢。不用猜，这就是叶青的爹和爷爷了。

叶青一一介绍了来客。二老笑上眉梢，推散棋子，与客人围着大樟木茶台坐定了，唠起嗑来。

叶青爷爷饱经风霜，气定神闲。他让孙子泡了壶自家做的茶，自豪地说："民国时来了批科学家，在山上建了茶场，教乡亲们种茶做茶。我做的毛茶，他们都说好呢。"

王远山询问："那时如何评定毛茶呢？"

老爷子寻出片泛黄的纸来，王远山一看，是民国 29 年的《福建示范茶场毛茶审查表》。从中可见，当时鉴定茶叶质量，要看形状、色泽、香气、水色、滋味，除了五个感官指标，还要看叶底和火候。

陈斌接过去看了，还念起了表底的注解："岩茶之看色，尤属困难，唯老茶师知之。"

老爷子听了喃喃自语："茶有上中下，货分三等价，看色识茶要功夫的！"

陈斌说："岩茶在八十多年前就是高档茶呀！这上面写着呢，'同是茶也，岩茶价特高'。"

老爷子说："记得当年三仰峰的茶最好，比其他坑涧的要贵一点儿。"

王远山问："为啥？"

老爷子回答："那些茶树种得晚些，地势也高，叶子肥嫩啊！"

陈斌说："栽培的茶树，盛产期的青叶质量最好。"他拿着表格说，"这可是珍贵资料，您老要妥妥存着！"

老爷子说："陈老师觉得有用，就收着呗。"

陈斌谢过老爷子，把那张表格小心翼翼地叠好，揣在上衣兜里。

邻人听说叶家来了远客，都聚过来打探消息。原来县里强调"以粮为纲"，准备让茶农改种稻谷。茶农不会种庄稼，无不忧心忡忡。去年入冬时，南平还来过一个宣传队，说大红袍是封建王朝赐封的大毒树。幸好村民们人多势众，才保住了天心岩那几株茶树。

一说到大红袍，老爷子就动情了。他含混不清地用方言说着，大概意思是大红袍乃天赐之物，历朝历代都要保护的。

陈斌接过话头说，清代的崇安县衙专门派兵守护大红袍母株，民国也有兵士驻守天心岩。解放后，崇安县人民政府也发过红头文件，明确规定大红袍母株属于国家财产。

王远山说："陈叔，您赶紧找来文件呀！"

叶青让儿子叶岩把大队干部招呼过来，一起商议如何保护茶山，聊天变成了开会。

人齐了，叶青向大家介绍了陈强三人，然后言归正传。

王远山提议：以首都和福州红卫兵的名义，到处张贴文件和散发传单，郑重重申母株大红袍是国家资产，任何组织任何人不得毁坏！

叶岩正在县城中学读初一，他想带着远山他们去学校串联，让北京的、省里和县上的红卫兵，联手打一场大红袍保卫战！

老爷子说："要让乡亲们守规矩，须请出神灵才行。"

叶青爹说："老辈人传下来的，祭山，祭风水林，老古树是树神呢。"

老爷子说："母株大红袍就是神圣，谁毁了会遭天谴的。"

叶岩说："太爷爷这是讲迷信。"

王远山说："其实这是有科学道理的，人们破坏大自然，迟早会遭到报复。"

叶青让大家在村里私下放话，说大红袍母株是神树，谁要是毁坏会遭天打雷劈的。他还安排大队民兵，配合陈斌巡山守护。

夜深了，人散了。叶青说，大队部的房子宽敞些，三个小伙子就去那里歇着吧。陈斌独自回去了，叶岩带着客人去大队部过夜。过去一看，客房里的床铺都收拾好了。年轻人聊得投机，叶岩也不想回家，和他们一搭儿住下了。

第二天听见鸡叫，大家都起来了。王远山一出门，看见大队部房子前竖着电线杆子，上头扎堆似的挂着几个高音喇叭，喇叭口对着四面八方。

七点整，喇叭响了，寂静的山村响起了《东方红》的乐曲声。接着，一个铿锵的女声响起来："岩茶村大队广播站现在开始播音！"

大队部是一排砖瓦房，客房在最东头。王远山走到西头，凭窗一看，有个女子正端坐着播音呢。

这时叶岩跟过来了："这是大队广播站。"

王远山有些惊奇："村里够时髦的。"

叶岩解释说："茶研所散摊子了，我们搬来用上了。"

房子里摆着扩音收音设备，那个女子恰好播完了一段新闻，就放起了歌曲，起身和叶岩打招呼。

叶岩连忙介绍二人认识。那女青年叫张嫒嫒，福州来的插队知青。

王远山夸她："普通话讲得蛮好。"

"你们北京人才讲得标准！"

"我们儿音过重，还是南方人说普通话悦耳。你的语气再柔和些，就像聊天这样，就更好听了。"

"领导要求洪亮有力！"

"都播些啥？"

"主要是县上和公社的文件，还有大队部的通知。"张嫒嫒递给王远山一份报纸，上面有些段落被红笔圈住了，"念完了，就读报纸呗。大队部订了两报一刊，还有两份地方报纸。报刊来了，我浏览一遍，把重点文章号住，念完头条新闻，就接着读圈住的段落。"

"定时播音吗？"

"从早到晚，要定期播几次，除了读报念文件，就是插播大批判文章，放语录歌和样板戏片段。如有紧急通知随时口播，有时大队干部直接拿起麦克风给社员讲话。"

这里可是岩茶村的信息中心啊！走出播音室后，王远山对叶岩说："咱和你爹商议一下，赶紧在路口装些喇叭，让进山的人都能听得到。"

这几天，陈强、王远山帮着张嫒嫒调整了广播内容，利用大喇叭反复宣讲，提出了"爱护茶树、保护茶山、维护茶农利益"的宣传口号。为了让广播的内容丰富些，王远山建议张嫒嫒少读些报纸，适当地口播一些农业科技和茶叶知识，插播一些老百姓喜欢的地方戏曲和内容健康的民歌。张嫒嫒照着做了。许多村民走出家门，端着饭碗蹲在大树底下听广播。

隔天夜里，睡意朦胧中王远山听到了张嫒嫒的呼叫声，"出事了！"他披了件外衣就冲了出去，陈强、栓子也跟着跑出来。

不远处有几个黑黢黢的人影，听到响动立马消失在茫茫夜色里。这时，电线杆子发出吱呀呀的声响。张嫒嫒用手电筒一照，那杆子摇摇欲坠，眼看要冲着广播室倒下来了。王远山奋不顾身地冲过去，用肩膀使劲抗住杆子，陈强、栓子也跑过来，合力扶住杆子，在张嫒嫒的指挥下，让杆子缓缓地顺势倾倒，支在屋前的一个柴堆上。

张媛媛察看后说："喇叭还好着呢。"

王远山累得满头大汗，用手一抹黏黏的。张媛媛拿手电筒一照："呀！你受伤了！"王远山问："哪儿伤了？一点儿都不痛呀。"大家回到广播室，在灯下一看，王远山的手上脸上都是红油漆。

众人又出去察看，电线杆上用红漆写着一行字："砸烂黑喇叭！砍掉毒茶树！"

王远山气愤地问："谁干的？"

张媛媛说："睡梦中听到动静，我就出门察看，有人正在锯杆子呢，我就叫起来。没看清，好像有一个是假小子。"

"假小子，哪儿的假小子？"

"邻村的知青，叫赖萍萍，也是福州来的。"

"她为啥搞破坏？"

"这人一直是知青模范，最近查出她大伯是国民党军官，解放前跑台湾了。这次县里召开知青积极分子大会，公社让我顶替她参加，估计她是忌恨我了。"说着，张媛媛取出一张相片，"我们合过影的。"

栓子一看："这就是车上那个假小子。"于是，王远山讲了来时车上的情景。

"不错，她去北京串联，前几天刚回来。"张媛媛说。

天大亮了，叶青派人重新栽好电线杆子，还亲自去公社反映情况，要求派公安人员来调查。

又过了几天，在一个晴朗的日子，叶岩招呼上本村的同学，带着陈强三人去县中串联。

七八个年轻学生聚在一起，臂上的袖标格外显眼，他们意气风发地向县城挺进。一路上，还散发了许多传单。

叶岩有个堂兄叫叶维林，家住县城，他是高二的学生，也是县中红卫兵的头儿，说话很有号召力。叶维林在学校礼堂组织了一个宣讲会，请陈强和王远山分别介绍省城和首都的革命形势。

陈强介绍了福州的红卫兵运动情况，特别强调，有一些别有用心的家伙，企图扭转运动大方向，煽风点火，煽动毁坏茶园，这是损坏集体财产和贫下中农利益的罪恶行为!

王远山年纪虽小,却很沉稳。他讲话时,首先向武夷山的红卫兵战友致敬!接着讲了他们去井冈山的经历和感受,最后强调,我们是向革命老区的父老乡亲学习来了,有人跑到这里侵犯贫下中农的利益,大家要坚决抵制!

这时,陈斌派人给王远山送来了县政府的文件,他看了看,当众展示并宣布,母株大红袍是国家财产,文件上写得清清楚楚!

此时,叶维林带头呼喊口号:"誓死保护国家财产!""向福州红卫兵学习!""向首都红卫兵致敬!"整个礼堂,呼喊声经久不息,场面振奋人心!

待声浪平息下来,陈强三人也并排站着,高呼: "坚决声援武夷山的红卫兵战友!"

接下来的几天,陈强他们和县中的红卫兵一起,在县城、景区和茶山中心的村庄,举行了好几场誓师大会,所到之处,张贴了许多大字报,散发了好多传单,在小武夷这一带造成了一种保护茶林的浩大声势。

一天晚饭后,叶家来了个年轻人。王远山惊喜地迎上去,来人是桐木关的姜赣。

原来姜赣也是县中的学生,听说王远山他们来了,就寻到这里。他对王远山说,也有人跑到桐木造反,想破坏茶园。

几个人合计了一下,决定趁热打铁,转赴桐木关串联。在岩茶村住了一宿,姜赣先回桐木报信儿去了。

六

隔了两天，叶岩带着村里的两个同学，一个叫黄林生，一个叫尤岩生，与王远山三人一起，打早赶到崇城镇。

街边，停着一辆挂拖斗的拖拉机，司机正在打火，马达轰隆隆地响着。王远山认出了那人，叫了声"林师傅"就聊上了，他跟爷爷上桐木时搭过人家车的。林场早撤了，林师傅只好给土产公司开拖车拉货。唠起来，林师傅也认识叶岩的爹。他要去星村拉货，去时是空车，就带上了这帮年轻人。从县城到星村四十来里路，但路况差，晃悠了将近两个钟头才到。

嘉庆年间，王彬在闽掌管茶务时，将星村辟为茶叶集散地，江西汀州，还有漳泉二地的茶商云集于此。当地至今还流传着一句话："茶不到星村不香。"

下了拖车，黄林生带着大家走进一户沿街人家。主人黄大叔五十上下，是他的堂伯。寒暄过后，众人围着茶桌坐下来歇着。茶桌是小叶黄檀做的，桌面上雕着山峦水流，还刻着一对儿山雀。

黄家祖籍泉州，清末迁来落户，也是世代经营茶叶的。

黄大叔取出一个茶叶盒，说："民国初年，星村有家华记茶栈，参加过 1915 年的巴拿马万国博览会。"

王远山接过来端详，盒上印着一段介绍文字："华记选庄：本庄开设福建崇安星村地方，所有采办武夷各种名茶，精益求精，以臻美备。督办人隆韶九。"

黄大叔泡了茶，王远山喝了一口："好久没喝到桐木茶了。"

茶碗上有"桂圆香汤"的字样，栓子有些疑惑。王远山笑着解释，当年来华的英国佬喝了这茶，觉得有桂圆的味道，遂有了这个说法。

黄大叔有些惊诧，便问堂侄："京娃子咋懂得武夷茶呀？"

不待黄林生回答，叶岩就得意地说："他是中茶公司王老的亲孙子，叫远山，他家的先祖就是王彬大人。"

"原来是王大人的后人呀！"黄大叔喜眉笑眼地打量着，连声说："像，像王大人。"说着从樟木躺柜里翻出一张画像来，上面画着一个清代官员，气宇轩昂。他恭敬地说，"这就是王大人啊！'来了王彬，旺了星村'。过去，祠庙里还有王大人的塑像呢。不好意思，运动来了，塑像也被毁了，我就把这张画像收藏了。"

王远山目不转睛地盯着那幅肖像，感觉画里的先人也在凝视自己，目光殷殷，似有所期待，不禁泪盈交睫。

栓子说："王爷爷为了保护茶山，被人害死了！"于是，王远山讲了爷爷的事。

黄大叔听罢神色黯然，动情地说："王彬有个儿子，也在福建当过茶官，他找来山西老财开通了茶道，武夷山里茶叶才运了出去。"

王远山说："做这事的是王晋北。"

黄大叔道："我有本小茶书，好像是王大人编的。"说着，他又去翻动那个躺柜，取出一本薄薄的线装书来，递给王远山看。

王远山一看，是清代石板印刷的，书皮子上印着一个大大的隶书"福"字，上署"王抚远编撰"，喜出望外地说，"踏破铁鞋无觅处，得来全不费工夫。就是这本小册子，叫《武夷山茶景全图》。"

黄大叔问："王抚远是谁？"

王远山回道："就是王晋北啊，我家先人名三关，字晋北，号抚远。"

"你家也有这书吧？"

"抄家时被烧掉了。"大家一边传着浏览，一边听王远山介绍这书的来历和内容——

18 世纪是茶叶世纪，武夷山红茶畅销海外。为了让外国人了解茶事的全过程，王晋北叫画工画了十几张图，描绘了栽茶、采茶、担茶、拣茶、晒茶、筛茶、熏茶、洗茶、装茶、运茶、落船，每一道工序的劳作情景，还配有简要说明，使用了中英文两种文字。

陈强指着封皮上的"福"字说："明着指我们福州，暗里蕴含的是福文化。"

叶岩说："武夷山人认为，守着茶山就是福。"

陈强喜欢读鲁迅的书，他随口就背出了先生的话："铁壶盖碗，色清味甘，微香小苦，有好茶喝、会喝好茶，是一种清福。"

黄大叔将小册子递给王远山，嘱他收好了，又喟叹道："这清福怕要享到头了，上面让茶农改种谷物呢。"

王远山听了心尖儿战栗，缓了口气问："我家王彬老祖宗，过世后就葬在桐木，您听说过吗？"

"听说葬在悬岩峭壁间，该是悬棺吧？可没人晓得确切位置。"

"居高山之巅，临桐木之关，人猿难攀缘，茶岩伴我眠。"王远山吟诵着，这是笔记记载的，也是王彬先人的愿望。

黄大叔让媳妇焖了一大锅红米饭，准备了一桌子泉州风味菜，土笋冻、炒沙茶牛肉什么的。

"苏东坡说过，'古来百巧出穷人'，武夷山食材多，家常饭也是各有奇巧。"王远山说着，将一碗白鸭汤一饮而尽。

陈强也赞道："吃食好，茶好，山水好，真是好地方！"

吃饱喝足了，黄大叔领着几个小伙子在镇子上转悠。

行至路口，王远山注意到，粮站墙上"以粮为纲"的标语换成了"以阶级斗争为纲"。

送行的黄大叔恋恋不舍，竟随着陈强他们走出十多里路。

来到黄溪口的岔道处，黄大叔正要辞别，忽有几只鸟儿从山上飞下来，扇着翅膀在他们头顶上盘旋，鸣叫不已，其声呜呜，听来宛若人语。

王远山问："是不是茶介鸟？你家茶台上也刻着一双呢。"

黄大叔说："你咋识得？"

"我家先人的笔记里有记载的。"王远山讲了一个传说——

很久以前，泉州有个姓黄的商人，聪敏过人。黄老板耳闻正山小种已漂洋过海，成为英国贵族喜爱的饮品，就打起了如意算盘，想把茶叶贩运到南洋，便随茶帮来到武夷山。武夷山是座大茶山，究竟何处的茶叶品质好，黄老板茫然不知。正在犯难，发现满载茶叶的木舟、竹筏，首尾相衔，沿九曲溪顺流而来。他在一个泊船处询问船工："茶自何处运来？"答曰："这茶产自桐木，经星村中转，代客运到赤石茶庄。"黄老板当机立断，随当地人赶往星村，又沿着崎岖山道，来到桐木关下的红茶村。进村后，黄老板发现，这里家家户户种茶做茶。入户茶叙，闻之茶香扑鼻，饮之沁人心脾，细品竟有桂圆风味，不禁喜上眉梢："好茶，好茶！"彼时福建分为八府，北有上四府，南有下四府，统称"八闽"。因此，闽北人称漳泉一带来的茶客为"下府郎"。很自然地，村民们都叫黄老板"下府郎"。桐木地处偏僻，却是古风翩然，村人知礼尚义。正逢茶季，黄老板索性住了下来，同村民一起上山采茶，回村制茶，不仅熟悉了正山小种的制茶工艺和技术，还在村里结识了许多茶友。来年，黄老板筹了一大笔款子，再来桐木，一出手就收购了上百担茶叶。桐木人走山路，将茶叶挑至星村水运。载茶之小舟，沿九曲溪而下，顺流入闽江，抵福州台江后改装大船，出海远达南洋。不料茶叶运抵星岛后，赶上一场大灾荒，人们食不果腹，哪有闲钱买茶呢？黄老板蚀了老本，走投无路，竟投海自杀了。黄老板死后魂魄不散，化作飞鸟，每岁采茶时，都会飞到桐木关来，不停地鸣叫着："下府郎上，下府郎上……"匪夷所思的是，这种鸟一来一叫，茶叶必定丰产。茶季过后，鸟又四散而去，到处探听茶市的行情，待来年归时再告知桐木茶农。因了这个传说，当地人称这种鸟为"茶介鸟"，并视之为神鸟，呵护有加。

王远山讲完，黄大叔感叹道，我家祖居泉州，族里人都说，那个黄老板就是我们的先人。我曾祖父也是做茶叶生意的，他到了这里后，就带着家人定居下来了。

陈强道："你们黄家人就是茶介鸟啊！"

黄大叔说："岂敢！当代称得上茶介鸟的只有一位。"

栓子应声道："远山的爷爷。"

黄大叔说："正是王传茗老先生呀！"

大家目送着那几只远去的茶介鸟，挥手和黄大叔别过了。

叶岩指着不远处的溪流说："那就是九曲溪！"

大家加快脚步，不一会就到了溪畔，沿溪有一条七拐八折的山路。

叶岩说："九曲溪的源头就在桐木关西北角，咱溯流而上，上去就到了。这条路平缓些，但绕来绕去的，会多花费些工夫。"

王远山说："我上次来，好像走的就是这条路。"他向下张望，"有没有顺路车？"

叶岩说："今春雨水多，山洪冲垮了好多桥梁，车子上不去了。"

王远山抬头仰望大山："抄近道吧，径直上去！"

尤岩生说："只怕你们城里人吃不消。"

陈强说："我老来山区，不怕走山道的。"

栓子拍着胸脯道："我和远山，常去香山爬'鬼见愁'呢。"

一帮年轻人血气方刚，揎袖攘臂的，雀跃而上。

陈强叮嘱道："跟紧些，前后搭照着。"

这样一来，他们俨然成了一支探险小分队。

流动的云雾缥缈轻灵，绕着山头变化着各种造型。这里的茶田几乎没有方方正正的，散乱地分布在溪边和山坡上。山间的茶树更是杂乱无序，这里一垄，那里几丛，像是野茶山的样子。

王远山只要看到茶树，要么缓步浏览，要么驻足观察。

"这边地势高，天气冷，茶树长得也凌乱些。"叶岩在一株茶树前停下来，采了一片叶子让王远山看。

"好像比小武夷的肥厚些。"

"没错。"叶岩说，"正山小种的条索粗壮，颜色也深，老百姓说'样子像乞丐，茶叶当宝卖'。"

越往上爬，山风愈烈。

叶岩对王远山说：这里的土质肥沃，种上茶树，不用施肥浇水。气温呢，也比下边低得多，入冬还会下雪呢，几乎没有虫害，也不要打杀虫剂。茶农做的，就是一年翻两回土，采一季春茶。"

王远山问："有野茶树吗？"

"有啊！"叶岩带着大家拐过山湾，在崖畔一株孑然孤立的茶树下停下来，"这就是野生的。"

王远山围着野茶树绕来绕去的，从根部、树干到树冠，凝神细观，还掐了一枝，盯着看叶片上密密麻麻的叶脉。

栓子说："远山爷爷最爱喝武夷野茶啦，我俩儿也是。"

陈强笑着说："怪不得像山里的野娃子。"

叶岩说："喝野茶喝的。"众人开怀大笑。

王远山说："索性就野一回，寻寻，看有没有成片的野茶树？"

歇了好一阵子，又吃了些干粮，小伙子们长了力气，精神抖擞地往高处攀爬。山势更加险峻，连一条野径也看不到了，他们闯进了无人区。

日头西斜，青翠的植被看上去变成了赭红色，四围阒寂无声。

陈强说："不能再耽搁了！"

叶岩说："还是向西走吧，找到九曲溪就好了。"

这时，忽有几只茶介鸟在不远处的崖头上盘旋。王远山不甘心，说："这鸟会给懂茶的人送信儿，去那边看看吧！"

陈强拗不过这几个半大后生，就带着大家爬上了那座山崖。

站在崖头上一看，下面有一片茶树，在火烧云的映照下绚烂多彩。

王远山问叶岩："是野茶树吗？"

叶岩说："肯定是呀！这里荒无人烟，谁来种茶？"

王远山像觅着了宝贝，欢喜得手舞足蹈。

大家想走过去察看，发现崖头那边竟是绝壁，像斧头劈出来的。几个人绕着看了看，无路可行。

叶岩说："活人不能叫尿憋死！"他和黄林生、尤岩生，找了两抱树枝和藤蔓，不一会儿，就拧编出一条草绳来。他们把草绳挂在崖头的树杈上，叶岩打头，先借助绳索下去了。等他站稳了，就吆喝大家下来。王远山等人依次下去了。尤岩生下来时，咔嚓一声，草绳断了，幸好他身手矫健，又有伙伴们在下面护着，砸在了人堆里。王远山觉得额头发热，一摸满手是血，是刚才被尤岩生的脚砸伤的。

"伤了？"尤岩生问。

"蹭破点儿皮，不碍事的。"王远山说，"绳子断了，待会儿咋上去呢？"

叶岩说："这路不通那路通，天无绝人之路！"他们互相扶持着，走向那片茶树林。

在依山傍谷的山坡上，是一片稀稀拉拉的野茶树林。

王远山采了片叶子，嗅嗅说："这里海拔高，采这样的鲜叶做茶，准保是极品！"

日落远山凹口，天暗成了浅灰色。"我们得赶紧找到九曲溪。"陈强催促着。

崖危谷深，进退失据，几个人被困住了。

叶岩说："还得找原路上去。"

他们又寻到刚才下来的地方，往上看，足有丈半高。

叶岩说："搭人梯吧，先上去一个，编了草绳再挂好。"陈文强个头最高，做了底座，栓子踩在他的肩头，其他人扶持着，又让岩叶踩在栓子肩上立了起来。可就是这样叠罗汉，依然够不到崖头。陈文强气喘吁吁地支撑不住了，无奈撤了人梯。

风云突变，山风呼啸而来，继而暮雨骤降，噼哩啪啦的。陈强带着大家，找到一处岩石凹陷进去的地方躲雨。

夜色笼罩了大山，四境凄寂，风雨潇潇。山里的孩子还好，王远山和栓子冻得瑟瑟发抖。

叶岩说："要遭一宿的罪了，天亮了再想办法吧。"

栓子问："有野兽吗？"

王远山说："我和爷爷上次来，遇到了华南虎。"

栓子吓得一哆嗦："老虎？"

叶岩说："这些年没人遇到过老虎，不过这里是无人区，备不住有野兽出没。"

陈强说："雨小些时，咱们找些木棍、石块，防备着点儿。"

说话间，穿过雨帘，不远处有一个鬼魅似的黑影窜了出来。

"野兽！"栓子惊叫了一声。

"从那棵树上下来的，可能是猴子，不要怕！"三个乡下人把三个城里人护起来。

"什么人？"有人喊着。

"我们要去桐木，迷路了！"栓子大声应着。

不一会儿，那人循声而来。

"多险啊！"来人也是个小伙子，十七八岁，瘦小机灵。他叮嘱道，"别急，一个跟着一个，走稳当些。"

行了百余步，那人带着众人走进茂密的灌木丛里。大家学着他的样子，猫着腰拨开枝条往前走，咦！灌木丛里竟匿着一个暗洞呢。

那人蹲在洞口，待陈强他们逐个进了洞，也跟了进来。他从身上摸出手电筒，借着亮光，大家倚着洞壁坐下来。

陈强对那人说："大哥，我们把你当猴子了。"众人都笑了。

那人挺幽默："我姓许，没错！村里人都叫我猴子。"

王远山说："猴哥，你是哪个村的？"

猴子没有回答，用手电照着他和栓子，反问："你俩，哪个是北京王老的孙子？"

听了这话，大家都有些诧异。

"我是，叫远山。他叫栓子，我的同学。"王远山说着又问，"你咋知道的？"

猴子调侃道："我是武夷山的神猴呀！"说着用手电照过去，"这个说福州话的，是建盏陈大师的孙子吧？你们三个，是岩茶村的，有一个姓叶吧？"

叶岩说："猴哥，我是叶岩，叶青的儿子。"

王远山悟过来了："猴哥一定是红茶村的，是从二虎那里得的信儿吧？"

"是听二虎说的。"猴子好奇地问，"这条野路子，没几个人知道，晓得的也不敢走，你们咋上来了？"

陈强说："远山一路找野茶树，就这么上来了。"接着，讲了迷路的经过。

猴子说："从这里上路，七绕八拐的，要走个把时辰呢。咱抄近道，半个钟头就到。"

大家又累又饿，听猴子这么说，高兴得不得了。

"你们要允我一个条件。"猴子说，"野茶树、山洞，都是我寻见的，得给我保密。"

陈强拍着胸脯说："严守秘密！"

栓子插嘴道："猴哥，出去了，我们再想来也找不到呀！"

猴子走出洞口，瞭了瞭说："雨停了，出发吧！"

栓子急匆匆地要出洞口，猴子用手电照着，发了口令："向后转！"

怎么，穿山洞吗？大家跟着猴子，蹑手蹑脚地往前走，不久便钻出了洞口。出口也掩在一片灌木丛里，和入口一样隐蔽。

此时，天已大晴，夜空星光闪烁，往下看，两三灯火闪烁。

猴子说："先到我家吧。"

怎么，这就到了？大家都觉得匪夷所思。王远山蓦地豁然开朗，大声念起了先人笔记里的话："距桐木关不足五里，有一武夷桃源，四围皆山嶂，唯有一幽洞与外界相通。彼处罕见人踪，有飞鸟衔来茶籽，遂有野茶丛生。采其青叶所制之茶，乃人间绝品也。"

陈强道："这是你家先人写的？"

王远山说："是王晋北笔记里的话，当年他发现了这个地方，还采过鲜叶做过茶呢。"

猴子似懂非懂，王远山就逐句给他讲解。听完了，猴子一把揽过王远山，感叹地说："你们王家和桐木有缘啊！"他一挥手，"走！进村。"

风雨之后，空气清爽，大家有说有笑地跟着猴子进了红茶村。

猴子去年结婚后盖了新房，就住在桐木人最集中的居民点，紧挨着通向桐木关隘的路。一进门，猴子就吩咐新媳妇赶快生火烧饭，自己动手泡了壶热茶。

"这茶，就是那片野茶树的茶，去年春上做的，只有四五两，我自己馋了偷着喝些。"猴子大声说，"老天赏的好茶，稀罕啊！这世上远山先人喝过，我喝过，再就是你们几位啦！"

大家纷纷端起茶碗，茶汤红艳油润，泛着明晃晃的金圈；闻着奇香扑鼻，入口直沁心脾。

进村时，狗吠得厉害，消息很快就传开来了。猴子的邻居来了，边青山来了，姜振华带着大虎二虎也来了！不一会儿，屋子里挤满了人，猴子和年轻人们吃饭，其他人喝茶，大家天南海北地聊着，说着新鲜事儿，保护茶山自然是中心话题。

子夜时分，众人散了。边青山带着三个城里人去他家歇息，叶岩和两个同学就留在猴子家过夜。

昨夜折腾得厉害，到了半晌午，大家才起来。猴子把叶岩三人送到边家。边青山的爹边茂盛还是红茶村的大队长，他打发人通知各个小队，让所有的干部来大队部开会，听红卫兵宣讲大好形势。

后晌，各个自然村的小队干部都集中到大队部开会。台下的人直嘀咕，这是红卫兵上山造反来了吧？

看这场面，边茂盛猜透了大伙儿的心思。他一开口，就送上了定心丸："乡亲们，这些红卫兵小将来咱红茶大队，是考察茶叶生产的，他们表态了，种茶也是社会主义建设的需要！"

大家放下心来，使劲拍着巴掌呱唧。

陈强带着小兄弟，起立向台下的人敬礼，他还带头喊着："向贫下中农学习！"

猴子机灵，领着众人喊："向红卫兵小将学习！欢迎红卫兵小将来桐木串联！"台上台下嚷成一片，屋子像烧着了大叶狼衣草的焙窟，气氛火爆。

边茂盛说："红卫兵小将有首都的，省城的，还有咱县中的，他们这么辛苦来咱这深山老林，图啥？就是支持咱桐木人搞好生产，保护好青山绿水！"接着，他介绍了陈强等人，然后动情地拉着王远山的手说，"这个小后生，叫王远山，前几年跟着他爷爷来过咱村的，他就是王传茗老先生的亲孙子！"

猴子站起来大声喊："王老是咱武夷山茶农的恩人啊！"

边茂盛激动地说："那些年咱这里砍树，王老来看过了，回去就向上面反映问题。可气的是，运动来了，这都成了罪行，王老被那些黑心肠的人整死了！"

这么一说，台下群情激愤！边茂盛很会煽情，语气铿锵地说："咱桐木人，保护不好这块山林这些茶树，对不住冤死的王老啊！"下面泪目闪烁，一片唏嘘声。

待人们的情绪平静下来时，边青山请陈强做形势报告。

陈强简单地讲了一些报纸上的消息，然后话题一转，详细叙述了他们在县城参加串联的情况。接着让叶岩讲了岩茶村的情况和茶农的想法。

王远山最后说："桐木人与我们王家的感情，真叫我感动啊！回去了，我要跟我爸我妈说，如果在北京待不下去了，就来这里种茶！"桐木的乡亲听了，异口同声地说："桐木就是你们的家！"

王远山说："桐木虽说地处偏远，保护起来没有岩茶村难度大，但也不能马虎大意，大家都要提高警惕，提防坏人破坏茶叶生产！"

最后，边茂盛和大家伙合计出几条措施：一是各个小队召集社员开会，传达今天的会议精神，动员群众保护山林；二是组织民兵在路口和重点茶区站岗放哨，防止坏人破坏；三是向公社领导请示，落实"以粮为纲"的指示，组织劳力下山租田种庄稼。

会散了，陈强问王远山："还想去哪儿转转？"

上次来没登黄岗，王远山一直遗憾着呢。一问，陈文强和叶岩三人也没上去过，大家都乐意一起去征服这座华东最高峰。

王远山查过资料，黄岗山最高点为2158米。他惦着黄岗，还有个心思呢，有回做梦，梦见王彬老祖宗就葬在那里。他感觉，老祖宗居高临下，正在呼唤他呢。不过，这话他没有对别人讲过。

这天吃过晚饭，大虎小虎和青山都来了。一问，青山跟着爹上过黄岗，他自告奋勇地要当向导。

边茂盛有事，又有些不放心，就请猴子带人上去，还说这是队里的事，会给他记工分的。这可是美差儿呀，猴子爽快地应允下来！

次日，天蒙蒙亮时，大家在猴子家门口聚齐了，统共十个人，雄赳赳地向黄岗进发。

猴子对陈强说："今儿我是队长，大家都要听号令。我识得路，约摸晌午就上去了。"

一行人向北，穿过庙湾，先到了桐木关。关隘地处武夷山脉断裂垭口，古代驻有戍卒，据坚防守，为武夷山八大雄关之一。大家站在关头向北望去，只见两山对峙，间有"V"形的大峡谷，伸向江西铅山。

过关后折向东北，便进入了郁郁葱葱的原始森林，往远眺去，重岩叠嶂，隐天蔽日。绿云笼罩的最高峰就是黄岗，当地人也写作"黄冈"。

猴子说："这边是江西铅山了，黄岗是闽赣两省的界山。"

姜赣说："我娘就是铅山人。"

猴子说："桐木的男人，大半找的是江西女人。今天碰上俊俏的，看上了就定个亲。"众人一路说笑着，也不觉得困乏。

上黄岗，就是一路拔高的行程。王远山对生态非常着迷，一路观察着自然界的万千景色和变化。

武夷大峡谷，南北纵横80公里，垂直落差1600多米，地质构造为断裂带。前日在山脚下，满目都是常绿阔叶林木，随着海拔上升，桐木一带针阔叶混交，密林森森，古木苍苍。

大约过了两个时辰，猴子带着大家翻过一座山头，眼前是另一番景色，上面的山坡长满了铁杉和黄山松。

王远山说："这是针叶林带，海拔接近2000米了。"

猴子羡慕地说："还是远山懂得多，我们祖祖辈辈待在山里，花呀草呀，鸟呀兽呀，只唤土名儿，不晓得官名叫啥。"

大家在一块平整的岩石上坐下来休息，崖边悬着一挂小瀑布，下有一潭清水。他们喝了些泉水，洗了把脸，陡然长了精神。

站上一个崖头，王远山远远望去，黄岗山、读书尖矗立峡谷东西两侧，谷底云蒸霞蔚，山溪水像一条飘舞的白练，幽岫含云，深谷蓄翠，茶树杂处山间，好一派高山美景。

王远山说："再往上走，该是矮曲林带了。从低海拔到高海拔，我们这一趟长见识了，看到了好几个森林植被带。"

陈强说："远山喜欢野山野茶，该学生态的。"

王远山点点头："强哥懂我。"

栓子累得直喘粗气："咋成了磨道驴，尽兜圈儿呢？"

猴子鼓励道："加把力！没有爬不上去的崖。"

陈强拍了栓子一巴掌："不怕山高，就怕脚软。"

"这可是华东第一峰啊！"王远山异常兴奋，走在头里，"冲啊！"

一路攀爬，又过了半个时辰，来到峰巅一侧，进入一大块中山草甸，野青茅、沼原草，还有芒草，都由枯黄转青绿了。登顶成功后，大家聚在"华东屋脊"的标志牌前，环顾四野，壮怀激烈！

王远山忽然想起了老祖宗，他又临风吟诵起来："居高山之巅，临桐木之关，人猿难攀缘，茶岩伴我眠。"其他人立刻安静下来，听远山反复吟诵了好几遍。这时，山风呼呼地吹过来，零散的白云也凝聚成一团，就挂在他们的头顶上。

栓子说："远山，说不定你家先人就葬在山顶上，转着找找吧！"

一行人分散开来，四处搜寻。找了约摸半个时辰，没什么发现，又聚在了一搭儿。

大家站在峰巅上的垒石堆前，陈强建议："寻找王彬老前辈的墓地，是王家的心愿。拜托猴哥啦，你和桐木的乡亲们惦着这事。今天，咱们就在垒石前，向王老前辈默哀致敬吧！"

大家自动地站成一排，低头默哀了一分钟！

王远山心里想：在这乱糟糟的日子里，有一帮人为王家的先人、一个与武夷茶山同在的老茶人致敬，真是一件值得记载的事情啊！这一刻，有一种使命感油然而生。他意识到，该把爷爷的茗事笔记续写下去！

山风飒爽，王远山牵着猴子的衣袖低声说："强哥说的事，拜托猴哥了！"说着，对着猴子深深地鞠了一躬。猴子急忙扶住远山："王老前辈就是武夷山茶农的菩萨，真找到了，年年岁岁都要祭拜的！"

栓子问猴哥："为什么叫黄岗呢？"

猴子指着铺满山顶的萱草说："到了夏天，金针花开了，一片金黄。"

坐着歇了一会儿，大家吃了些干粮，就踏上了归途。

天擦黑时，一行人回到了桐木。第三日吃过早饭，陈强、叶岩和他的两个同学和大家告别，先回去了。

王远山和栓子在村里又住了几天，姜家兄弟带着他们走遍了桐木所有的自然村和茶园。边青山还领着他们去拜访了桐木的另一个茶叶世家——章家，看了章家的茶叶作坊。

临走的时候，去星村公社开完会的边茂盛，带回一个好消息。公社党委经过讨论，批准了红茶村实施"以粮为纲"的方案，红茶村用松木抵租金，租种星村附近的 10 亩稻田。

那天，王远山跟着边茂盛，还有桐木的十来个村民，一起下山到星村。桐木人是去整理土地、搭建临时住所的。到了星村，王远山、陈强和栓子搭车踏上了归程，结束了一场属于他们自己的大串联。

七

这次串联，对王远山来说，是一次改变人生方向的经历。无论是井冈山，还是武夷山，产茶区总体上保持着良好的生态环境，果真应了那句话，"好山好水出好茶"。

回京后，王远山很少去学校，宅在家里研读爷爷留下的王家笔记，许多段落都背熟了。他还到处寻觅生物、植物、化学和茶叶方面的书籍，下功夫自学。有时，栓子喊他出去玩耍，他也不搭理。

一天，王远山从收破烂的老叟手里弄到一堆旧书，竟然有好几本是茶书。午后，栓子又来唤他。王远山端坐在书桌前，头也不抬地说："一边去！"

王远山正在啃大部头呢，栓子一瞧，嘿！封皮上写着《茶叶全书》四个繁体字，便问："古籍吧？"

"美国人威廉·乌克斯写的，民国初年的中译本。"

"现在谁还读书？瞎子点灯白费蜡。"

王远山却听到了一个声音，那是爷爷的叮咛，话音沧桑而坚定："肯读书就好！"而另一个声音也从更为遥远的地方传来——"知识就是力量！"

他冲着栓子大声说："知识就是力量！"

"谁说的？好像是名言呢。"

"英国人培根说的。告诉你，你也听不进去！"

栓子绕着弯子说："今儿咱去一个你想去的地儿？"

"哪儿？"

"香山。"

"不去，登过黄岗了，'鬼见愁'没劲儿！"

"我说的是中科院的那个植物园。"

"不是闭园了嘛！"

"我得了个信儿，咱校高一有个女生叫盛晓晶，盘儿靓，但人也傲气，曾哥变着法儿拍她，人家不搭理，还当众骂他是流氓。曾哥跌了份儿，搓火了，打听到她爹是植物园的头儿，就吆喝了一帮人，今儿要去抄人家的办公室！"

"这也太损了！甭跟着打联联！"

"我寻思，准保会抄出一堆书来，咱俩儿顺手捡点落儿。"

王远山笑了："你这家伙，鬼精！"

两人骑着自行车一路狂奔，赶到植物园办公区时，曾建军带着好几十号人马，加上植物园的几个造反派，正在开现场批斗会呢，被揪斗的正是盛晓晶的父亲。那人四十出头，两鬓却已斑白，面容清癯，笔挺的鼻梁上架着厚厚的近视眼镜，一看就是个大知识分子。他被两个红卫兵架着，脖子上挂着大牌子，上面写着"牛鬼蛇神盛昌之"，名字还用黑墨汁打了叉。说是批斗会，发言的也没啥可抖搂的，就是扣了一大堆帽子，什么"反动学术权威""走资派"……植物园的人说盛昌之反对米丘林，栓子悄声问姓米的是谁？王远山说，苏联的一个园艺学家。

曾建军还是不解恨，冲上来对盛昌之拳打脚踢。王远山想上去阻拦，被栓子硬拽住了。曾建军领着人声嘶力竭地喊了一通口号，当众宣布：从今日起，由植物园的革命群众对盛昌之实行群众专政，监督劳动改造。

这时，一拨人从办公室出来了，把抄来的书尽堆在门前，准备一把火烧掉。栓子赶忙拉着王远山迎上去，满脸堆笑地说："曾哥，我们也来参加革命行动，来晚了！"曾建军说："你俩儿帮着烧黑书吧！"栓子凑近悄声说："你带人走吧！烧了不如弄到废品收购站，给哥弄几包烟钱。""好！就交给你俩儿办了！"说着打声呼哨，曾建军领着人撤。植物园的人又把盛昌之呵斥了一顿，说了些"老实交代"的话，也都散了。

盛昌之摘下牌子拎在手里，缓步走到书堆前，扑腾一声跪下呜咽起来！王远山走过去低声说："我俩都是您闺女的同学。这书，这些资料，我们不会烧的，一定替您保藏好。"盛昌之一句话没说，呆滞的目光里透出几丝亮色。王远山和他眼目相对，只是那么几秒钟，便感觉"心有灵犀一点通"。王远山把盛昌之搀扶起来，说声"挺住"，看着他耷拉着脑袋回办公室去了。

栓子说："你守着，我去雇辆车来，可藏哪儿呢？"

王远山想到了奶妈。京城旧俗，城里人家诞下婴儿，母亲奶水不旺的，都要雇奶妈子的。过去代人哺乳的，大多是京东乡下人，而王家雇的却是西郊的农妇。王家除按月付给酬金外，逢年过节还会送给奶妈子簪子、茶叶、衣服等物品。后来，王家去私营的"丰年奶场"打牛奶，不用奶妈了，但两家人仍过从甚密，像走亲戚一般。王远山说："我奶妈住在香山脚下，就搁在她家吧。不用雇车啦，你守着，我先去言语一声，他们生产队有辆手扶拖拉机。"

王远山奶妈一家，是朴实勤劳的农户。奶妈的丈夫姓邵，祖籍河北保定府，世代习武，其人亦有燕赵男儿之风，为人仗义，在村子里也是说一不二的人物。听远山一说，邵大伯急了，"是盛老师啊！"原来他们认识，盛昌之曾带着人帮村里育过良种。邵大伯立刻驾着拖拉机赶到植物园来。

所有的书籍、资料装上了车，邵大伯打着火，拖拉机突突地响起来。正要出发了，只见办公室的一扇窗户打开了，盛昌之伸出半拉身子，朝着他们抱拳致意！三人连忙回应，向那边挥了挥手。王远山还拍拍胸脯，那意思是打保票呢！

邵大伯再向那边望去，窗户已关上了，他吁了口气说："好人遭殃啦！"

忽有一个女孩哭着跑来！栓子说："盛晓晶来了！"

"噢，我见过她，咱校最亮眼的女生了。"王远山嘱咐栓子，"过去安慰几句吧，让她照顾好盛老师。"

栓子急忙迎上去，说了些宽慰的话，又告诉她转移书籍、资料的事儿。盛晓晶说，你告诉那个同学，说盛家会记住他的好处。说着快步走了。

邵大伯说："好水灵的丫头片子！"他叮咛两个后生，"生为男人，就该讲义气！"

邵大伯开着拖拉机头里走，王远山和栓子骑车跟着，向着西山脚下的樱桃沟出发了。

日沉西山，晚霞似胭脂欲融，村庄在夕曛中显得美丽而安宁。邵家住在一片山林间，傍着溪涧，野趣横生。院子里有几间正房，东面还有两间厢房，对着厢房的是一个齐人高的大粮仓。邵大伯腾出一个板箱，放入粮仓紧里面，下面都是黄澄澄的麦粒。他们将所有的书和资料装进去，码得整整齐齐的，还苫了层油布。邵大伯让远山奶妈找来把铜锁，将箱子锁好后，郑重地将两把钥匙交到王远山手里："东西我存着，钥匙你拿着。"邵大伯和媳妇又用麻袋把箱子遮盖好。

都弄妥了，邵大伯说："这粮仓通风好，仓里也干燥，你们尽管放心。"

远山奶妈说："回头儿，我把山娃舅舅家的大黑狗牵来看家护院！"

在邵家吃了顿农家饭，王远山和栓子骑车返回城里。一路上月色如昼，光华熠熠，老天爷向他俩投下赞赏的眼采。

学校停课了，在城里待着百无聊赖。过了半个多月，王远山又去了邵家。奶妈知道远山憋屈，便让他在乡下住着，说守着香山空气鲜爽。

王远山给父亲打了电话，就在邵家住下了。他觉得这里挺安全的，就将家里东掖西藏的东西，包括爷爷留下的茶叶，也统统转移过来了。

奶妈的大儿子叫邵峰，奶名叫山娃，和王远山出生的日子只差着两天。奶妈收拾了一下，让远山和山娃住一个屋。王远山在城里总睡懒觉，来村上鸡一打鸣就起来了。邵大伯练得一身好拳脚，尤擅"八闪翻"。他喝上一壶酒，能抓住两口酒坛肆意闪翻，像旋风般猛烈，几个壮汉也近他不得。王远山就和山娃一起，每天清晨跟着邵大伯练功，学那闪翻腾挪的功夫。

白日里没事，王远山想搭把手帮着做些营生，奶妈硬是不肯："山娃迟早要伺候庄稼的，就跟着做些农活儿。你不一样啊！王家祖辈都是读书人，奶妈知你聪明伶俐，可甭撇下书本。"

王远山应允了，可邵家实在没有可读之书。忽然，他想到粮仓里的书，就钻进去翻检起来。一看，尽是专业书籍和科技期刊，他把好读点的拣出来，顺便整理了一下盛先生的资料、笔记，发现了一部书稿，叫《高原生态学》，里面还有许多手绘的地图。他翻了几页，一下子就迷住了，吃午饭时还在津津有味地读着。

奶妈发现远山不见了，就出去寻他，转了一圈儿未见踪影，又返回院里。那只牵来的大黑狗，冲着粮仓汪汪叫着。奶妈过去一看，王远山正躺在麦粒堆上，枕着几本书，借着通风口的阳光读书呢。"书呆子！咋不在屋里看呢？"

王远山啃那些书，不是"拦路虎"，而是"拦路羊"，通篇是不识的字和生词儿。他想，自己毕竟只读过小学，要想提高自学能力，还得系统地读课本。住了半个多月，和奶妈打过招呼，他就回城里来找课本。

东方泛起鱼肚白时出来，将到家时，已是日上三竿了。王远山正要进胡同口，听见有人唤他，定睛一看是盛晓晶。她穿着一身素净的蓝衣裳，却掩不住顽身妙曼。

"你咋在这儿？"

"我家就住在街对面的胡同呀！你上哪儿去了？"

"我在香山奶妈家住了半个月啦。"王远山压低嗓音说，"你爹的东西藏得好好的。我这次去，想看看他的书，啃不动呀！就想找些课本自学。"

"上我家去！我的初中课本一本没丢。"

13岁的王远山感觉到，16岁的盛晓晶不像是陌生的同学，更像是失散多年的姐姐，而她的绮年玉貌，让情窦初开的他心旌摇曳。

盛家住在中科院的一幢四层苏式楼房里，一单元顶层把边，一室一厅。家里没他人，盛晓晶很麻利地给远山找齐了课本，统统装进一个帆布包里。

盛晓晶是个冷美人，平时不苟言笑，同学们私下说她"盛气凌人"。可今天，她像换了一个人样，温柔极了。

王远山说声"谢谢晓晶姐"，拎着包就要走。

"急啥？瞅瞅我的闺房。"说着，盛晓晶打开一扇屏风，一间小巧玲珑的居室出现了。

这个迷你闺房是利用封闭阳台改造的，靠窗摆着一张床，铺着花格子床单，床上堆满了芭比娃娃和毛绒动物玩具。床头前一桌一椅，桌子上也放着个木制的洋娃娃。

盛晓晶拿起那个娃娃打开来，里面一层层套着十个洋娃娃，一个比一个小。她说："我爸妈都是留苏生，这些套娃是从列宁格勒带回来的。"

王远山第一次在闺房里和一个大姑娘待着，心头甜滋滋的。

盛晓晶拉开淡绿色的窗幔，小小的房间顿时豁然开朗。王远山凭窗眺望，眼前就是胡同口，再往远些，就是自家的院子。

屋子里响起了低沉的大提琴琴声，王远山回头一看，盛晓晶正在拉琴呢。不知是什么曲子，像是从蓝色海洋上漂来，如泣如诉。

"你会拉琴？"

"我妈是中央音乐学院的，教授大提琴，我跟着学了些曲子。"盛晓晶反问，"你会啥乐器？"

"啥也不会。"王远山有些窘，"不过我喜好音乐，自己做了些响器，吹着玩儿。"

"自制的响器？"

"是呀。"说着，王远山从兜里摸出个钻过眼儿的贝壳来，吹起了刚才那首曲子。

"你也会杰奎琳·杜普蕾的《光影》？"

"不知道，刚听了记住的。"

"天才啊！"盛晓晶走过来，摸着王远山的后脑勺说，"远山，你要记着读书，别耽搁了自个儿。这些课本，你从初一的看起，有不懂的地方就来问姐。对！往后你就管我叫姐，我喜欢懂事的小男孩。"说着，她用双手捧住王远山的脑袋，在他额头上轻轻地吻了一下。

王远山浑身像过了电一样麻酥酥的，脸唰地一下羞红了，应了声"是"，就匆匆离开了。

那个阶段，盛昌之被隔离在单位的办公室，隔三差五地还要挨批斗。为了就近照顾丈夫，盛晓晶的母亲也住进了植物园的职工宿舍，每天在过道里用蜂窝煤炉子，给丈夫准备一日三餐。王远山的父母也在学校参加学习班，礼拜天才回家一次。

盛晓晶和王远山不屑跟风打砸抢，根红苗正的同学也不想搭理他们这些黑崽子，家长不在，学校不管，两人自然就成了逍遥派。王远山每天早上去后海边上压腿练功，在街上吃根油条喝碗豆浆，就去盛家学习。他自学初中的课本，晓晶姐读高二高三的书，还不时地给他做辅导。周末，两人骑车去香山，王远山去邵家跟着邵大伯练拳，盛晓晶去植物园看望父母亲。一来二往的，走得越来越近乎了。

这天王远山从盛家出来，刚要过马路，突然有辆自行车噌地横在他面前。一看是曾建军，来者不善，一副凶神恶煞的样子。

"奶奶的，"曾建军出言不逊，"活腻歪了，竟敢抢我看上的女人！"说着，他将车子撂在马路牙子上，冲着王远山挥拳就打。王远山躲闪不及，被打得鼻血直流。他用衣袖抹了抹出血，一时怒火中烧，抄起路边小店墙角立着的大扫把，学着邵大伯"八闪翻"的样子，劈头盖脸地向曾建军扫过去。曾建军恼羞成怒，从腰间摸出把半尺长的尖刀来，举刀威胁道："小兔崽子，老子宰了你！"可有那柄大扫把挡着，他一时找不到下手的机会。

看热闹的人围拢过来，把路都叉上了。有的街坊认得王远山，就给支招儿："封丫眼，扫个乌眼青就老实了。"有的冲着曾建军喊："大小伙子欺负小孩子，有理讲理呀！"还有的喊："动刀子了，要出人命啦，快喊警察来！"

曾建军见状，只好收起刀子，接着扑过来争夺扫把。正拉扯着呢，只见七八个孩子呼啸而至，手里都拿着棍棒，为首的正是栓子，一伙人团团围住了曾建军。

曾建军瞪了栓子一眼："关你屁事，甭噁雷！"

栓子说："曾哥，平日敬你，是因你仗义。今儿你要欺负远山，我们这帮小兄弟就和你拼了！"

曾建军自知寡不敌众，撂下句"小混混，等着瞧"，就抓起车把，一股风似的溜了。

栓子看看远山的脸："花了！"这时盛晓晶来了，她从路边熟人家里端来一盆清水，帮着远山清洗干净。大家一看，洗去鼻血，也没受什么伤。

王远山谢过晓晶姐，就被小弟兄们簇拥着回家。像是凯旋一般，栓子带着大伙儿唱起"团结就是力量"的歌。

临散时，栓子说："打明儿起，大家就跟着远山练功！远山的师傅是保定府出来的武林高手！鬼缠胆小的，练好功夫，就能保护咱胡同的人不受外人欺负了！"

进了院子，栓子叮嘱远山："准备好家伙，小心姓曾的报复！"又说，"这几天，咱哥俩儿一起住吧。"

夜里，栓子不肯睡，缠磨着问："咋泡上大美女的？"

王远山心里美滋滋的，嘴上却呵斥道："白话！人家是大姑娘了，咱还是小屁孩儿。"他贴着栓子的耳根说，"我俩认了姐弟，你也跟着我叫姐吧。"

"先这样吧，等你长大成人再娶她。"栓子认真地说，"我娘就比我爹多大三岁，我们河北老家有句话，'女大三，抱金砖'，大女人懂得疼男人。"

王远山说："早熟吧？谁引诱你的？"

栓子说："引诱？我不招人待见。你有女人缘啊，晓晶姐、娅萍，都喜欢你？"

"尽胡扯！"王远山说着，眼帘里都是晓晶姐的影子，她那抱着大提琴的样子，婀娜的肢体，飘逸的秀发，胸部的峰丘、沟壑和弧线，让他有些意乱情迷。他对栓子说，"说点正经事吧。"

"啥事？"

"甭打漂儿了，找点儿书看。"

"我不是念书的料呀！"栓子说，"现在还能陪你玩玩，我爹说了，半大小子不吃闲饭，找些零活儿做，一天能挣一块七毛二呢。我家不像你家，穷得叮当响。"

"不说了，睡吧。"王远山背过身去，他假装打鼾，却毫无睡意，晓晶姐的身影像睡莲花魂，怎么也驱不走，扰得他后半夜才迷迷糊糊地睡着了。

夏末初秋的什刹海，水色映着秋光，风日悠悠。王远山和栓子正在后海北沿放风筝呢，晓晶姐兴冲冲地赶来了。

"姐，今儿好心情啊！"王远山把风筝线轳辘交给栓子，自己迎过去。

"我爸被解放了，外调的人回来，没查出啥问题。造反派夺了他的权，但允许他搞科研。我爸说这样更好，他本来就不是当官的料儿。"

王远山一听特高兴！他们又放了一会儿风筝，晓晶姐说："今天我爸亲自下厨了！"

王远山问："来贵客了？"

盛晓晶俏皮地说："请的就是二位小爷呀！我爸说了，过几天还要上远山奶妈家登门道谢呢！"

栓子是个吃货，听了赶紧收了风筝。

"姐，你先回去帮厨，我和栓子回家捯饬一下就过去了！"王远山一激灵，就地来了个空手翻。

"功夫有长进啊！"

"那是！要不凭啥给姐当保镖呢。"王远山扮了个鬼脸。

"少贫嘴！赶紧过去。"盛晓晶转身先走了。

王远山和栓子进了院，各回各屋，洗脸更衣，像是要赴一个重要晚宴。约摸过了一刻钟，他俩就相跟着到了盛家。

今日盛家喜气洋洋的。王远山和栓子一进去，就撸起袖子要帮着干活儿。

"不用啦，都备好了，马上开饭！"

王远山说："晓晶姐，你和栓子摆桌子，我来泡茶！茶壶茶碗我都带来了。"

四个冷碟上来后，盛晓晶又开了瓶红酒。

盛昌之上桌后，看到远山带来的茶具，饶有兴趣地说："考究呀！"

盛晓晶说："远山爷爷是大茶人！"

"哦，是王传茗先生吧！我虽无缘相识，却和他的孙子结下忘年交，也是缘分啊！"

王远山泡了茶，盛昌之闻到熟悉的茶香，甚是惊喜："碧螺春！"

晓晶妈妈抿了，直呼："香得吓煞人。"

栓子有点儿疑惑，王远山说，这茶产自太湖边上的洞庭山，山上的茶树长在果木林里，有一股花窨茶味，苏州人叫它"吓煞人香茶"。我爷爷有个徒弟是那里茶厂的，我问他讨来些，让伯伯、婶子尝尝故乡的茶。他让栓子看那茶叶，白毫隐翠，卷曲如螺。

盛昌之饮了，兴奋地说："'碧螺春'是康熙爷赐的名字，有句诗说，'洞庭无处不飞翠，碧螺春香万里醉'。"

饭后王远山又泡了壶茶，盛昌之嗅了嗅脱口而出："烟小种啊！这么好的茶，英国贵族也未必喝得到。"

栓子有些惊奇："盛伯伯也懂茶啊？"

王远山说："不仅懂茶，盛伯伯还在研究高原生态和野生茶呢！"

盛昌之忙问："你怎么知道的？"

王远山得意地说："我偷偷地看了您的书稿。"

盛昌之佯怒道："这是我正在研究的课题，你怎么就看了！"看到王远山有些紧张，连忙笑着说，"只有一个法子，你跟着我做这个课题。"

盛昌之本是逗乐呢，不料王远山离开椅子，走到他跟前一连鞠了仨躬，连声说："谢谢老师！"

盛昌之有些尴尬，晓晶妈赶紧打圆场："君子一言，驷马难追，那就认了呗。"

盛晓晶也居旁帮腔："别看远山年岁小，又聪明又勤学，正跟着我补初中的课呢！"

盛昌之问王远山："你真的喜欢研究高原生态吗？"

"太喜欢了！我还在学武术，把身子板锻炼结实了，往后我要走遍咱中国的高原和大山！"

"那要允我两件事！"

"您尽管吩咐。"

"这头一件，就是要好好补课，直到把高三的课本都学完。"

"行，都在计划中呢。我爸我妈是文科的，您是搞自然科学的，老师都齐啦！"

"再就是，不许见异思迁，半途而废。"

"我很轴的，认准的路子，十头骡子也拉不回来。"

"那好！咱就由浅入深，我先帮你打打基础。"

王远山说："忒棒了！跟着老师，再不塔儿混啦！"

吃过饭，盛昌之啜了一小口茶水，说："很久没喝到这样的好茶了！"他看着王远山说，"这个礼拜天，你带我去邵家，得好好谢谢人家，顺便把我那些劫后余生的东西，再放回办公室去。"

王远山眨巴着眼说："盛伯伯，这是闷得儿密的事儿，再送回去，说不定会塌了秧儿。我看呢，咱整理一下，急用的先搬回您家来，剩下的还是存在我奶妈家吧。您去看看就知道了，那儿是最保险的地方了。"说着，他掏出两把钥匙，递给盛昌之，"这是书箱的钥匙，给您！"

盛昌之只收了一把："一人一把。"

晓晶妈说："远山年纪虽小，可虑事周全。"

"那就依远山的。"盛昌之喝了口茶又说，"学生态的到处跑，要同天南海北的人打交道，日后最好讲普通话。"

"得嘞。"王远山忙又改口，"好！"

礼拜天，盛昌之带了两盒稻香村的点心，跟着王远山、栓子骑车去了香山邵家。

邵家人见到盛昌之，热情得不得了。奇怪的是，平日来了陌生人，大黑狗总是猖猖狂吠，可见到盛昌之直摇尾巴，还支棱起后蹄欢迎呢。

道过谢，盛昌之开始整理书箱，翻检了一遍，乐呵呵地说："完好无损啊！"他挑拣出一些需要的书和资料，放在一个提包里，让两个孩子把其余的又放回箱子，依旧藏在仓里。

盛昌之虽被放了出来，却被冷落在一边。他牵头做的北方植物迁地保育项目也停顿下来，科研工作都无法正常进行。起初不习惯，后来倒觉得轻松惬意。有了大把的时间，他一边修改《高原生态学》，一边辅导女儿和远山补课，并给他们由浅入深地传授专业知识。

上海二月夺权后，各地各单位纷纷效法，建立起一元化体制的革命委员会。

一天，盛昌之让女儿把王远山唤来。原来，街道办事处交给他一项任务，让他在临街的墙面上画幅中国地图，配合宣传"全国山河一片红"，他让王远山做个帮手。

王远山愤愤不平："怎么让科学家干这种营生！"

盛昌之苦笑道："人家这是抬举我呢！说我懂得地理，欢迎我回到革命队伍里来。"

王远山说："您写您的书，这事儿交给我和栓子做吧。"

栓子的爹是房管所的维修工人，栓子也会做些泥水活儿。他们父子俩搭起了施工的木架子，先修补了墙面。

王远山用薄木板琢磨着做了个比例尺，照着盛老师给他的地图，按比例放大，在墙上绘出了中国地图。按说，只要在图上标出各省市自治区的省会、首府，然后在上头画上面小红旗，就能交差儿了。可王远山来了兴致，他和栓子把白灰、黏土、麻丝和胶搅拌在一起，按照海拔地形，把地图塑成东南凹西北凸的样子，像浮雕一般，又在上面涂了各种颜色，画出了山脉河流的大致走向。

他们的作品引来不少路人围观，王远山有些得意地对街道大妈说："这里有地理、气候、水文、生态，好多好多的自然信息呢！"

盛昌之下楼一看，发现地图做得相当精致，不禁脱口赞道："好一幅大好河山图！"

王远山悄声提醒："全国山河一片红！"

盛昌之赶忙改口："好！全国山河一片红！"

其实，真正让他高兴的是，他收的这个学生聪明勤奋，是个可造之才呀！

八

这两年来，王远山在盛家父女的帮助下坚持自学，日子过得很充实。

将入秋时，盛昌之接到了大学女同学娜布其的长途电话。娜布其是蒙古族，毕业后回到家乡锡林郭勒草原，在畜牧局草原站工作。她得知盛昌之在单位靠边站了，便请他帮助开展草原生态调查。娜布其是这个项目的负责人，因运动来了，事情拖延至今。盛昌之欣然应允，说要带个助手去。娜布其在电话里大声嚷着："你能来就好，就是带来千军万马，草原也容得下哦！"

当晚，盛昌之把王远山唤来，说了出行计划。王远山听了，高兴得手舞足蹈，这可是他梦寐以求的事啊！

盛昌之说："咱先到晋西北看看，从杀虎口出塞。"

"这是走西口的路，也是清代的茶叶之路呀！"

"这么选择，合你的心意吧！"

栓子闻讯后也要跟着去，王远山不允，说这回是去工作的。

启程那日，栓子非要去送站，就随着到了北京站。上车后，栓子帮着把行囊安置好，就挥手告别了。

上大同路程不远，但车过昌平后老是钻隧洞，走走停停的。中午上车，到站时已是暮色苍茫。一出检票口，王远山就看见了栓子。

"怎么跟来的？"

"鱼有鱼路，虾有虾道嘛。"

"逃票过来的吧！"

"嘘，悄声点儿。"栓子用手指指出站口的检票员。

"既然来了，补张票，就跟着走吧！"盛昌之和蔼地说。

在大同待了三天，他们去了周边的云冈石窟、悬空寺，还上了恒山。临走那天，王远山带着栓子到古城区九龙壁附近的街道，去探望于靖边爷爷。不料于家门庭冷落，紧闭的门扇上还交叉贴着封条。墙上有几张残破的大字报，说于靖边是黑心老板于大胆的私生子，于大胆解放前就逃到蒙古国去了。王远山向邻人打听，只知道于家的房产被没收了。有人说于家人被撵到偏关乡下了，也有人说是去口外投亲去了。王远山再三询问，也没有得到准信儿。

悻悻然回到旅店，盛昌之已入睡了。王远山闷闷不乐，拽着栓子上街散心。

遛弯的路上，王远山向栓子讲述了于家经商的往事——

大约从明朝开始，晋商就是中国商界的王者，前后称雄五百余年。就是到了清王朝国势颓败时，山西几个县的富户把银两凑在一起，就能凑够甲午战争的半数赔款。于家是从平遥做钱庄起家的，在全国各地都有分号。后来北迁大同，专做茶叶出口生意，在蒙古乌兰巴托和俄罗斯恰克图都开设了茶庄。

王远山说："这么牛气的一个贸易家族，说败落就败落了。"他捶胸叹道，"于爷爷的爹下落不明，现在于爷爷也失踪了。"

栓子说："消停些时，再来打听吧。"

离开大同后，三人坐长途公交车到了右玉县右卫镇，然后徒步来到杀虎口。

杀虎口是外长城的重要关隘，东依塘子山，西傍大堡山，两山夹着苍头河谷地，长城蜿蜒盘旋于山间。

盛昌之说："长城是一道分界线，口外是游牧文明，口里是农耕文明。过去的茶路，要从大同折向东北到张家口，再往西到杀虎口。我们直接奔北来了。'扼三关而控五原'，杀虎口自古便是沟通长城内外的要塞，走西口的农人，贩东西的商人，打仗的士卒，都要从这里去草原。"

"这个地名，好凶啊！"王远山说。

盛昌之解释道："这里隋唐叫白狼关，宋元叫哑狼关，历来是兵家必争之地。明代，蒙古骑兵南侵，明王朝派兵北征，大多从这个关口出入长城，所以得了这么一个杀气腾腾的名字。"沉吟了片刻，又说，"清代杀虎口还是繁华之地，有上千家店铺呢。最出名的是'大盛魁'，这家字号从这里起家，后来成为最大的旅蒙商。"

王远山说："我于爷爷带着货物，从这里跑口外，到了归绥再去北走。"

盛昌之指着西北方向说，"咱们能搭车就搭车，搭不上就步行，大体沿着走西口的路走过去。"

出了杀虎口，三人沿着晋蒙公路进入内蒙古和林格尔县境。这里地广人稀，有山，有丘陵，还有平川，处在内蒙古高原与黄土高原的过渡带，属半农半牧区。

栓子四处张望，有些失望地说："这就是草原吗？"

"有些荒凉吧？"盛昌之说，"从生态上划分，草原有好几种类型呢。有草甸、有荒漠，呼伦贝尔草原，还有我们要去的锡林郭勒草原，都是典型草原，水草丰茂。往西走，到了阿拉善，那就是荒漠草原了，千里戈壁植被稀疏。"

王远山请教："这里是草原还是草地？"

"算是草原边缘地带。草原上是地带性植被，有什么气候就有什么植被；草地呢，不仅包括地带性植被，还包括草甸、人工草地。"

"是不是可放牧的地方，包括荒山，都叫草场。"

"没错。"盛昌之摊开地图指点着，"你们看，阴山横亘在中部，山南是农区和半农半牧区，城镇集中，蒙汉杂居。山北，老乡叫后山，就是纯牧区了，那里就该是栓子想象中的草原了！"

路边有家小饭店，门头悬着"红卫莜面馆"的招牌。盛昌之说："莜面是这一带的风味食品，进去尝尝。"

甫一落座，店主人就端上了热茶水，茶碗里还漂着茶梗。

王远山问："砖茶？"

店主人说："是呀，口外人都喝砖茶。"

"听说牧民喝茶还要掺牛奶呢。"

"我们就是从牧区搬过来的。"店主人掀开后厨的门帘，"我娘，蒙古族叫额吉，正要熬奶茶呢。"

王远山和栓子，赶忙去看熬奶茶。

老额吉使一把砍刀，将一块青砖茶放在木墩上劈成薄片，又掰碎了，扔进滚水的铜锅里。

店主人顺口说了句谚语："熬水胶要请老木匠，熬奶茶要找老额吉。"

大约熬煮了一刻钟，茶汤变得鲜红。出锅后，老额吉又用细筛滤掉汤里的茶渣子。她取出一小勺黄油放入锅里，添加了半碗糜子米，炒到金黄色后，又加了奶皮子、奶嚼口，翻炒几下，再把茶汤倒入锅里。茶水沸了，老额吉添入一小勺盐面儿，尝尝咸淡适口，又慢慢倒入奶汁，用长柄铜勺不停地搅和，时不时还将茶汤扬起。

店主人说："讲究的，要扬九九八十一次呢。"

茶汤在锅里沸腾了几分钟，老额吉先盛了三碗，递给盛昌之三人，然后把剩余的奶茶灌入保温瓶里。

店主人说："在北面牧区，每天清晨，牧人第一件事就是煮一锅奶茶，一边喝茶，一边吃炒米。然后将剩下的茶放在小火上煨着，或者装进暖壶，随时都能喝。通常只是放牧回家才正经吃顿饭，但一天总要喝几回奶茶的。"

栓子喝得有滋有味，就说："回去，我要学着熬奶茶。"

王远山说："回去了，去哪儿找鲜奶、奶酪和砖茶呢？"

店主人说："我们是牧区来的，这里的农户也搞不到原料的。砖茶也是凭票供应，只供应蒙古族居民。"他接着说，"熬一锅香喷喷的奶茶，也不容易。用的锅，放的茶，加的水，掺的奶，火候大小，时间长短，放茶汤、炒米、奶豆腐、奶嚼口的次序，都要拿捏好才行，弄不好，奶茶的香味就淡了。只有器、茶、奶、盐、温这五样搭配得当，才能煮出美味可口的奶茶。"

王远山问："奶嚼口是奶酪吗？"

店主人说："晾晒后凝结的奶乳有两层，上面发黄的奶油就是奶嚼口，蒙古语叫'朱和'。"

栓子说："怪不得这么香呢！"说着又喝了一大口。

盛昌之感慨道："煮奶茶也这么讲究呀！"

王远山说："我听爷爷说过，牧区缺少蔬菜、水果，砖茶里含有丰富的维生素C、单宁、蛋白质、酸、芳香油等人体必需的营养成分。所以，牧民是离不开奶茶的。"

盛昌之说："道理很简单，茶叶顶替了蔬菜，让游牧民族有了吸收维生素的来源。那些欧洲人喝茶以后也改变了喝生水的习惯，煮沸的茶水还抑制了病菌传播，能避免瘟疫流行。"

喝过奶茶，三人点了两笼屉蒸莜面，一屉是条状的，一屉是卷起来的薄片，当地人叫"窝窝"。然后要了三碗羊肉土豆汤。两孩子没见过这种吃食，就学着盛昌之的样子，用筷子夹了莜面泡在汤里吃。也许是饿了，一会儿就吃完了，便又添了一屉。

邻桌有个大汉，方脸阔耳，他问盛昌之："北京来的？"

"是，上呼和浩特。"

这位大汉吃的也是莜面，蘸的是凉汤。他说："萝卜丝、黄瓜丝，再兑点儿腌菜汤，浇上热油，撒些葱花，就得了。"

栓子抹抹油嘴："还是羊肉汤香啊！"

大汉说："逢年过节，或是待客时，我们才吃羊肉汤。平日就是将土豆片蒸熟捣烂，加上酱油醋做成山药汤。"说完又问，"咋不坐车？"

盛昌之说："没赶上。"

店主人一边和客人结账，一边说："十里地的馒头，三十里的莜面；吃莜面抗饿！"

大汉对盛昌之说："我从山西出来，顺道，搭我的车走吧。"

"太好了！师傅贵姓？"

"免贵，姓唐。"唐师傅接着说，"后生俩坐后马槽吧，车上装的是饲料包，地方宽敞着呢！"

一辆嘎斯车就停在馆子门口，两后生身手敏捷，嗖地就跃上车槽里；盛昌之和司机也钻进了驾驶庐子。

王远山和栓子坐在鼓囊囊的饲料包上，边看风景边聊天。

王远山告诉栓子，旧时贩茶的商旅用车马载着茶叶，出了杀虎口，穿过和林格尔的丘陵地带，过了大黑河，就到了呼和浩特，旧时叫归绥城。在归绥，就由驼队运输茶叶了，要向北翻越大青山，穿越蒙古高原进入俄罗斯。

说着说着，他眼里嚬满了泪花。

栓子问："想于爷爷了吧？"

"于家好几代人，都是大茶商。"王远山说，"这条路，就是他们带人踩出来的。"

"如今不要说是大茶商，咱胡同里那些做小本生意的，也都撤了摊子。"

"咱没找到于爷爷，到了呼和浩特，一定要去看看阿尔泰爷爷！"

"阿爷爷不是住在雍和宫旁边吗？"

"运动一来，就被撵回老家了。"

说起这些就郁闷，也无心看风景了。王远山索性和栓子半躺着，醒一会儿，眯一会儿。夜幕降临时，唐师傅把车停在路边，说是快进城了，招呼大家下车撒泡尿。

星月依稀，四境凄寂，不远处有个影影绰绰的大土包。王远山撒完尿，一直痴痴地望着它。唐师傅说，那就是昭君坟。王远山想起了两句古诗："三春白雪归青冢，万里黄河绕黑山。"

穿过大黑河，就到了呼和浩特旧城。车到一个路口，唐师傅把三人放下来，他还要去西郊卸货呢。谢过唐师傅后，三人就近找了家旅馆过夜。

次日，三人起床后去吃早点，走到玉泉井东边，有个"大召饮水站"。一进门的泥土灶台上，放着把铁皮茶壶，冒着热气。他们坐在排骨凳子上，每人要了碗酽酽的青砖茶，一个喷香的白焙子，就吃饱了。

旧城的街道旁还有不少老建筑。盛昌之说："起初归化城不大，因为处在旅蒙商道的南口，建了不少戏楼、饭店和茶馆。古书上说，南来北往的生意人'整日间燔炙煎熬，管弦呕哑，选声择味，列座喧呼'。"接着，他把这段文言解释了一番。

王远山问："过去这里是旅蒙商的大本营吧？"

盛昌之说："是的，大盛魁、元盛德、天意德，是旅蒙商的三大商号，清代在乌里雅苏台、科布多、库伦都设有分号。"

刚回到旅店，娜布其就开着越野车过来了，接上大家，住进了新城区的畜牧局招待所。盛昌之单住一间，王远山和栓子合住一屋。

盛昌之和娜布其要商议工作，王远山就领着栓子去探望阿尔泰老人。城区不大，他们走上新华大街，很快就到了阿爷爷的单位——政府参事室。不料正赶上一场批斗大会，他们挤进人群，看见一排挂着大牌子挨斗的人，其中有阿爷爷，牌子上写着"反动王爷阿尔泰"。有个大脑壳的家伙特凶，不时地往下摁阿爷爷的脑袋。乘着场面混乱，王远山挤到跟前，从身后狠狠端了那个恶徒一脚。

批斗会结束后，挨斗的人又被押走了。王远山、栓子一直随着，来到造反派私设的牢房。

回到招待所，王远山气得饭也不想吃。深夜，他叫醒栓子，两人又摸黑跑到囚禁阿爷爷的地方。

他们蹑手蹑脚地走过去，隔着窗户听到一阵剧烈的咳嗽声。王远山叩一下窗棂，阿尔泰失眠，听到动静就贴着窗户发问："谁？"

"我，远山，还有我的发小栓子。"

"深更半夜的，咋跑这儿来了？"

"阿爷爷，我们是跟一个专家来的，要去锡盟，路过呼市特意来瞧瞧您。白天就来了……阿爷爷，那些家伙太野蛮了，我们救您出去吧。"

"孩子，爷爷领情了，可不能蛮干呀，快离开！小心被人瞅见了。"

"阿爷爷可别想不开啊！"

"我都半截身子入土的人了，没啥可顾虑的了。"

"撂高儿打远儿，您要挺住！"

"爷爷啥风浪没经见过？阎王爷不招呼，我才不会自个去呢！孩子，快走吧！"

王远山隐隐看见，钉死的窗户上方有个碗口大的通风口，便踩着栓子的膀子，朝里扔进个布袋子。

"啥？"

"茶叶。"

"好好，这个收下了。快走吧！爷爷要是命大，日后请你俩吃烤全羊！"

"阿爷爷多保重！"说完，两人又猫着腰溜走了。跑到大街上，王远山倚着根电线杆子，失声痛哭。

次日一早，大家上了娜布其驾驶的越野车出发了。向北出了市区，就是阴山中段的大青山。

盛昌之对王远山说："大青山南麓，从这里向西到包头，就是敕勒川，知道那首北魏民歌吗？"

王远山吟诵起来："敕勒川，阴山下。天似穹庐，笼盖四野。天苍苍，野茫茫，风吹草低见牛羊。"

栓子问："哪里有牛羊啊？"

娜布其爽朗地笑了："别急，会看到的。"

盛昌之心情沉重地说："其实，过去的敕勒川水草丰美，就是一望无垠的大草原。近现代，大量移民迁入土默特和河套平原，垦荒一直没有停止，把不适宜种植的林地草场也种了地，天然草原被破坏了，风沙也越来越大。"

娜布其说："阴山北面也开始垦荒种地了，还有开矿的，照这样下去，草原生态也会被破坏的。我们这次考察，一定要拿出有说服力的数据来，向上反映情况。"

盛昌之说："我听伊克昭盟的朋友说，鄂尔多斯高原沙化严重，库布齐沙漠、毛乌素沙漠吞噬了不少草场和农田，不少地方变成了干旱硬梁和砒砂岩裸露地。"

娜布其生性爽朗，说到这些脸却阴沉下来，握着方向盘不再言语，只是闷着头驾车。

沿着盘山公路穿过大青山，到了武川县境内。娜布其说，这里还是半农半牧区，再往北走，就是大草原了！

果然，人越来越少，草越来越深，满目碧色一望无际。

一路颠簸，盛昌之困了，眯着眼在副驾驶的座位上睡着了。王远山和栓子昨夜折腾了半宿，今儿又起得早，但两人毫无倦意，吃了些干粮，一直趴着车窗看景色。一顶蒙古包，一群羊，几匹马，都会让他们兴奋不已。

初秋时节，骆驼草、矢车菊、野苜蓿，覆盖着辽阔的原野，在微风中轻轻摇曳；葱绿的草莽间，还开着火焰般的萨日楞花。羊群，白如山谷流云；驼群，紫如晚霞一片……

王远山指着一个垒石堆问："是敖包吗？"

"是！"娜布其哼起了《敖包相会》。

栓子说："好浪漫啊！"

娜布其笑了："敖包，古书上叫'鄂博'，实际上是牧人祭祀的地方。"

盛昌之说："敖包也是草原上的交通标识呢！骑马的人靠着它辨别方向。"

"没错！"娜布其接着说，"还有句诗呢，'鄂博遥看知远近，如飞一骑马蹄忙'。"

栓子伸长了舌头："草原大得没边没沿儿啊！"

王远山叹道："真不知道于爷爷的驼队，当年是怎么穿越这茫茫大草原的。"

傍晚时分，夕阳五彩竞宣，草原愈加美丽。王远山陷入沉思之中，他取出笔，在笔记本上写了起来。

栓子问："写啥呢？"

王远山悄声说："续写《茶道茗事》呢。"

到了锡林浩特，等待北京客人的是一场蒙古式晚宴。手把肉、奶茶，拉着马头琴，唱《嘎达梅林》，跳顶碗舞，这一切，都让远山和栓子感到新奇。久困出柙，他俩敞开肚子吃喝，跟着主人又唱又跳，一直闹到后半夜才睡。

两天后，考察队继续北上，沿着中蒙边境从西向东，准备考察乌珠穆沁草原，然后折向南，再从东到西考察锡盟南部五个旗县。

这条自然公路，穿行在广袤的乌珠穆沁草原上，多半是沿着中蒙边界修筑的，不时可以看到边境哨所。路坑坑洼洼的，当地人叫"搓板路"。这时秋雨连绵，泥泞不堪，亏得娜布其驾驶技术好。车子颠簸着，人也昏昏沉沉的，天一放晴，大家就精神抖擞起来。一路上看不到几个人影，看见羊群、牛群，就很开心。一次归牧的羊群挡住了道，娜布其索性把车停了下来，耐心地等它们通过。王远山打开车窗，羊儿咩咩的叫声，让他心神为之一畅！

娜布其说："要是立夏时过来，就会看到数千名牧人，赶着几十万头只牛马羊，分成几路迁往夏季牧场。迁场的队伍绵延几十里，那阵势真是浩浩荡荡！"

前面有个牧民定居点，娜布其停了车，带大家看嘎查风貌，嘎查就是牧业生产队。牧户附近都有堆放有序的牛粪堆，矩形的像风干的巨型奶豆腐，圆圆的形似穹庐，还有排列成各式花墙的……有的人家还用稀牛粪把粪堆抹得平整光滑。

娜布其说："这样能防止风化。"她接着介绍说，这些大块的粪饼，是从牲畜棚圈里起出来的板结牛粪，它是草原上传统的燃料，用来熬茶、煮肉、做饭、取暖……在草原上，牧户牛粪堆的体积，无声地显示着畜群的大小、财富的多寡。最重要的是，它反映了游牧民族的生态智慧，牧人在循环往复的生态系统中，祖祖辈辈过着绿色环保的生活。娜布其像一个诗人一样，开始抒情了，"你们看，牛粪燃烧的轻烟袅袅升腾，蒙古包里喷香的奶茶和手把肉都煮好了。在草原上行走的人，又饿又困时，倘若远远嗅着干牛粪的味道，就意味着走近了草原人家。"

这天，他们来到西乌旗的一个兵团知青点。王远山遇到了一个北京人。那人穿着平纹布做的兵团服装，肩部、膝盖处还打着补丁。定睛一看，原来是徐广青呀！串联回京不久，他就下兵团了。当天晚上，他俩睡在一个蒙古包里，聊了大半夜。

徐广青偶遇熟人，便一倾积愫——

锡林郭勒草原海海漫漫的，平均一平方公里只有三四个人，骑着马跑几十里路，连个人影也瞅不见。我们刚来时，自己动手盖房子。到山间河槽里找石头，挖土和泥托土坯，跟着当地民工烧砖烧瓦。我所在的小组，任务是垒火炕。我跑了好多当地人家，琢磨着怎么让盘火道和烟囱又好用又省煤，怎么烧炕更暖和。打夏末干到初冬，我们终于住上了新房。

牧区一个苏木相当于一个乡，跑马一百里，才能从西头到东头。回趟北京，我们得坐从二连开往集宁的火车，一路向南，转到京包线上，折向东去，经大同、张家口回京。

你知道吗？每年口里春暖花开时，我们西乌旗还是冰天雪地。就是在这么艰苦的条件下，我们用几十台大型康拜因，开垦荒地 70 多万亩，第一年就上交了 400 万斤公粮。我们是放牧的，师里从澳大利亚、新西兰引进了细毛种羊，又从苏联引进了高加索种马、种牛，畜牧业搞得红红火火的。

"可今年遭殃了。" 徐广青说着，呜呜地哭了，"我刚捡了条命回来。"接着讲述了他死里逃生的故事——

我是团部电影放映组组长，带着两个助手。前不久，我们用马驮着放映机和影片拷贝，骑行了一百多里路，去四连连部放电影。来到宝日格斯台，发现牧场上浓烟滚滚，到处蹿起了火苗。影影绰绰地看到，火场上好多人正在扑火，呼喊声此起彼伏。

火情就是敌情！我们急忙把放映设备和装拷贝的圆形铁皮桶从马背上卸下来，放在一块凸起的高地上，吆喝三匹马围着卸下的东西卧倒。然后大步流星地冲向火场，还大声喊着："冲啊！"离火场越来越近，我们忽然意识到，赤手空拳怎么救火？于是停下来观察火情。不久，风转向了，火团燃着地面的草，发出吱吱的声音。火头前的气团猛地压过来，让人喘不过气来。起初还有些犹豫，火势越来越大，灼人心肺。我赶紧对两个助手说："赶快回去保护放映机，那可是国家财产啊！"说声"撤"，我们掉头就往回跑。我们将放映机和拷贝桶重新放到马背上，然后骑上马避开火头，绕行到过了火的地方。渐渐地火势小了，原来火头遇到了一片凹地，那里积着齐脚深的雨水。大火烧过的草场上，空气里弥漫着难闻的气味。我们和连队还活着的人，四处寻找战友的尸体。到了晚上，连队队部门口的坡地上，躺满了被火烧得面目全非的战友，有男的有女的，大多是我们北京知青。

那是 1972 年 5 月 5 日，这个连队扑灭草原大火时，69 人牺牲，100 人被烧伤。

惨啊！王远山听着，黯然泪下。

第二天唏嘘醒来，徐广青正熬奶茶呢。他在牛粪灶上的大锅里烧水，水烧开后，将装满茶叶的纱布包投入锅里煮，等茶香溢出后，用勺子取出茶叶袋后，在锅里添入牛奶。

王远山说："这样熬奶茶呀！"

"这样方便呀！入冬后没有水，就用存下的雪水熬奶茶呢。"徐广青用勺子搅着奶茶，"对牧人来说，奶茶就是宝啊！无论凉热都喝不坏肚子。"

"这里的牧民，竟然和广州人一样，管吃早点叫喝茶。"

"蒙古话叫奶茶'苏台才'，说吃早饭是'乌林才乌'。"

"'才'是'茶'的意思吧？"

徐广青点点头，说着将茶渣捣碎了，添加到牲口饲料中："这样能补充牛羊的维生素和矿物质。草原上的人畜兴旺，离不开茶叶啊！"

王远山回去说到那场火难时，大家听了无不叹息。

沉默片刻，盛昌之沉痛地说："怎么能逆着风头救火呢？'野火烧不尽，春风吹又生'，只要来一场透雨，草原依旧是一片碧绿啊！从生态学上讲，草原，包括森林里的火，也是一种火干扰形式，过了火，枯枝败叶烧尽了，害虫也烧尽了，大自然用这种方式进行自我修复！"

唉！王远山远眺草原深处，仿佛看到了几十个生龙活虎的兵团战士……他念叨着："魂灵归来兮！"

九

越野车沿着边境线驰向东北。靠近大兴安岭余脉的草甸草原，与森林、沼泽和湿地犬牙交错，公路两侧的山腰上长满了白桦、樟子松……

一路上，王远山不停地询问，盛昌之兴致勃勃地讲解。娜布其感叹道："这是游学呢！"

驶入大兴安岭边缘地带，夹道林木森森，盛昌之又讲起了森林生态——

我国的森林主要分布在东北、华北、西南地区和长江中下游及江南地区，这些地区属于湿润半湿润地区，降水量大致在400mm以上，这是森林发育的最低要求。由太阳辐射、海陆位置、大气环境、地形等多种因素构成的作用力，影响着地区气候的形成。只要人类不去过度砍伐林木，生态系统基本上处于一个良性循环状态。

跟着盛老师徒步考察时，栓子发现北坡上的松树只有碗口粗，就问是不是新栽的？盛昌之解释说，高寒地带的树木长得慢，这些松树也有四五十年的树龄了。王远山听着，耳畔响起了爷爷的话："毁树容易种树难。"

踩着林间齐膝深的草丛，翻过山脊，南坡又是一番景色：绿草如茵，密密的，软软的，空气都是甜甜的。金莲花、马下芹、百日红、百日紫，还有火焰般的野百合花迎风摇曳。大家采集了几十种花草，准备制作标本。

连续工作了半个多月，折向南，进入了半农半牧区。松柏之外，杨树、柳树和槐树多了起来，河谷里蜂鸣蝶舞。路边的庄稼也连成了片，糜子地，玉米地，还有瓜园呢。

穿过浑善达克沙地，考察队进入低山丘陵，到了草原东南边缘的正蓝旗上都镇。

娜布其自豪地说："我们正蓝旗，曾是元上都呢。忽必烈离开后，在北京又建立了元大都。"

王远山向南眺望："转来转去，我们快转回北京了。"

盛昌之说："元代以大都、上都为中心，形成了四通八达的交通网络。马可波罗说过，当时有一万多所驿站，二十多万匹驿马呢。"

王远山想象着当年车水马龙的景象，感叹道："草原上的路好长好长！"

娜布其捋了捋被风吹散的头发说："奔西北去，这路通往草原腹地。贴里干道是车道，木怜道是驿马道，还有专运军事物资的纳怜驿站呢。这里就是木怜驿路的起点，向西北穿过凉城到丰州，就是呼和浩特。然后穿过阴山，向北过了武川、达茂旗，最终到达元代岭北行省的首府哈喇和林。"

盛昌之说："蒙古人称这条路是白道，它既是军事要道也是商贸大道。"

王远山插了一句话："也该是一条茶道吧？"

感慨了一番后，娜布其说："群艺馆的山丹姑娘，是我丈夫的侄女。明天她就要出嫁了，我得去帮着张罗呢。你们也歇口气，跟着我见识一下蒙古族婚礼吧。"

盛昌之说："我要整理考察资料，你带两个孩子去吧。"

见到山丹的时候，王远山有些吃惊！瞧她那相貌，厚嘴唇，高颧骨，活像一个牧羊姑娘。

娜布其看出了王远山的疑惑，说："初中一毕业，山丹就来牧区插队了。那时候，她叫于小芸，山丹这个名字是我给她起的。山丹在那日图公社放了两年羊，因为能歌善舞，被抽到群艺馆工作了。"

看到婶子带来两个北京孩子，山丹异常兴奋。她熬了香喷喷的奶茶，还找来牛肉干、奶酪，用好多吃食款待两个弟弟。

栓子说："山丹姐熬的奶茶，倍儿香！"

山丹说："掺了刚挤出的鲜奶，做法也地道。"

王远山说："自打来到牧区，只要走进蒙古包就有奶茶喝。"

山丹说："草地上有句谚语：'有好茶喝，有好脸看。'客人来了，主人就会给你捧上一碗奶茶。'食之初茶'嘛，对牧人来说，一天没吃饭没啥，没有奶茶就过不去。积久成习，蒙古人把吃肉也说成'喝汤'，把羊肉说成'汤物''汤羊'。牧人喜欢吃流食半流食，像奶稀饭呀，霍零饭呀。"

栓子问："啥是霍零饭？"

山丹说："就是稀肉粥。"

王远山问："姐在群艺馆做啥呢？"

山丹说："现在搞运动，单位没啥事儿。我喜欢在草原上采风，顺便到牧业队组织一些文艺活动。"

"跑着跑着，就被一个牧马人迷住了。" 娜布其这么一说，山丹的脸顿时羞红了。

屋外传来一阵喧闹声，迎亲的人来了！领头的是仁钦大叔，推开门就嚷嚷上了："山丹姑娘，别磨磨蹭蹭的，阿拉坦毡包里的奶茶早就熬上了，乡亲们都等着闹红火呢。"

山丹想，娘家人只来了个姊子，真有些孤单啊！

娜布其善解人意，对仁钦大叔说："远山、栓子，都是山丹的娘家人，他们是从北京赶来给姐姐送亲的。"

姊子这么一说，山丹看看远山、栓子，还真像娘家人的样子。

从旗里到扎格斯台公社阿拉坦所在的牧业队，有三百多里路。娜布其张罗着大家吃过饭，喝了上马酒，就上路了。

娜布其开着那辆越野车，栓子坐在她的身边。王远山和新娘子坐在后排。

一大早就起来梳妆打扮，但山丹没有一丝倦意。幸福的往事像火锅里的羊肉片在心里上下翻腾。忽听到王远山发问："姐是怎么认识姐夫的？"娜布其催着山丹："路远，人也闷，你就说说呗。"

山丹说："那就打头说起吧——"

那年8月，山丹到那日图公社落户，途经上都镇，走在街道上。砰的一声，山丹脚下一滑，站稳了身子，才看清踩着了一个空酒瓶子。目光扫过街边的供销社，发现门口有个年轻牧人，敞开褂子，蹲在一个木箱前，咕嘟咕嘟地往肚子里灌啤酒呢，四周尽是随手扔掉的空酒瓶子。

"别喝了，这可不是水啊！"山丹过去劝他。

那个牧人醉眼朦胧地看着山丹，也不吭声。山丹这才看清，是个相貌英俊的小伙子。"跑到大街上酗酒，不学好！"山丹气愤地指责他。

那牧人突然变得清醒起来，辩解道，"日头在天空待多久，我就在牧场待多久，我懒吗？现在连祖辈传下来的民歌也不让唱了，不喝酒咋打发日子呢？"

牧人说完，站起来走到拴马桩前，解开缰绳跃身上马，一溜烟地消失在远方……

"接着讲啊！"王远山听得津津有味，"后来怎么又遇上了？"车里弥漫着甜蜜的气味，山丹接着讲她的浪漫故事——

过了一个多月，正是初秋时节。山丹从那日图骑马去扎格斯台，学习优质牧草培植技术。

到了目的地，仁钦大叔带着山丹参观牧草培植场。好一片草库伦！看得令人心醉。铁丝围栏环抱着姹紫嫣红的花草，踏入栅门，满目芳菲。仁钦大叔打了一个呼哨，一个小伙子就从齐腰深的高秆苏丹草丛中冒出来。小伙子走过来说："我是阿拉坦，撞过架的牛犊子又遇上了！"山丹赶忙说："我是向您学习来的。"

娜布其说："一来二去的，就对上眼啦。"

山丹说："我在扎格斯台待了一个月，发现阿拉坦不仅勤学上进，还多才多艺，是个牧民喜爱的歌手。最重要的是，我发现了一个秘密。"

"啥秘密？"王远山好奇地问。

"我们聊着聊着，聊到了身世，原来两家居然是世交。"山丹接着说，"他爷爷是草原上的王爷，我爷爷是跑后山的，老交情了。"

王远山赶忙问："阿拉坦姐夫的爷爷是谁？老人在哪儿？"

山丹说："老人家正受难呢，过去也在北京住着，运动来了，被抓到呼和浩特了。我们的婚礼他也来不了。"说着，哽咽起来。

栓子从座位上跳了起来："原来是阿尔泰爷爷啊！"

王远山也激动地说："于小芸——对！姐是于靖边爷爷的孙女啊！"

娜布其、山丹都大吃一惊！山丹忙问："你俩儿咋知道底细？"

王远山说："我们几家都是世交啊！"

"噢！远山是王爷爷的孙子？"山丹恍然大悟。

无巧不成书，几个人感叹不已。王远山把去大同找于爷爷，在呼和浩特见到阿爷爷的经过，一五一十地说了一遍。

听到老公公挨斗的情形，山丹泪盈于睫。

"于爷爷在哪儿？"王远山急着打听。

"爷爷好着呢。"山丹压低声音说，"我们把老人悄悄转移到锡林浩特了，办完婚礼咱们一起去看他。老人一直惦着王爷爷呢。"

王远山呜呜地哭了："我爷爷被他们整死了。"沉默了片刻，山丹搂紧王远山说，"别伤心了！我们都是你的亲人！"

"看来，这送亲车，真是亲人才能坐呀！"娜布其万分感慨。

车子进入沙地草原时，最后几缕微淡的夕曛也从天边消失了。虽说夜色墨得像黑山羊一样，山丹姑娘还是把头紧傍着车窗，深情地眺望着远处的草地。

栓子醒了，睡眼惺忪地问："快到了吗？"

娜布其说："你看，前方是什么？"

栓子的头向挡风玻璃凑了凑。

"那是迎亲的马队打着火把过来了！大家打起精神来！"娜布其激动地说。

随着踏踏的马蹄声和嘈杂的欢呼声，一团团火球越来越近，染红了半个夜空。

开路的吉普车停了下来，仁钦大叔站在路上，放开嗓门带头唱起来——

金色的金色的百灵鸟，

在草原上展翅飞翔；

比柳枝还要窈窕的姑娘，

做了牧人的新娘。

银色的银色的百灵鸟，

在鲜花丛中婉转歌唱；

比泉水还要纯洁的姑娘，

从远方带来了嫁妆。

车开过去时，迎亲的马队把送亲的车子团团围住。有几个人上来，用牛角杯斟满马奶子酒，给娜布其、远山和栓子敬酒。喝完了下马酒，两辆车子在马队的簇拥下，开到了牧业队的一个定居点。

一个英俊的小伙子走过来，二话没说，就把刚下车的山丹抱起来，抱到一顶新扎的蒙古包门前。不用问，他就是新郎阿拉坦。包前的拴马桩子上吊着两盏汽灯，照亮了一大片空地。队里的牧人全都聚拢过来，围着一张桌子后的新郎新娘。

娜布其介绍了王远山、栓子，山丹又在阿拉坦耳边咕叨了几句。阿拉坦激动地大声说："原来是我王爷爷的亲孙子啊！"他把王远山抱起来，转了好几圈，"你们是山丹的娘家人，也是阿尔泰家的亲人啊！"

阿拉坦的姐姐过来，把她绣的吉祥荷包分送给送亲和参加婚礼的人。

婚礼开始了，任钦大叔既是主持人，也是证婚人。大叔自己打了半辈子光棍，可他却热心给年轻人当月老。山丹和阿拉坦虽说是自由恋爱上的，因为喜欢这对年轻人，仁钦大叔就当了他们名义上的介绍人。他领着新郎新娘拜了天地，拜了嘎查的长者，又互相拜了三拜。然后说："新郎新娘的老人这次来不了了，找机会再拜双方的父母吧！"现在呢，该拜我这个月老啦！"说着，整理了一下紫色镶金边的蒙古袍，端端正正地坐下来，两个新人向他恭恭敬敬地鞠了躬。

接着介绍恋爱经过，阿拉坦简单地说了几句，山丹却讲了一个浪漫的细节——

山丹在扎格斯台待了一个月，临走那天清晨，她拎着一把铜壶到井上汲水，发现阿拉坦又站在查干敖包前向东眺望。他为什么总是这样？山丹也走过去，多美呀！朝暾初起，晨光给前方的孤山染上了浓浓的玫瑰色。

"看日出吗？"山丹问。

"不，瞭孤山呢！"阿拉坦的神情庄重。

"听说山势险峻，有多远？"

"看山近，走山远，好马也要跑一个时辰。"

"它有什么吸引你的？"

阿拉坦沉默了一阵儿，然后缓缓地讲述起来——"早先这片草原，除了褐色的沙丘和流浪的风滚草，光秃秃的。这里的人们生活艰辛不说，更寂寞得可怕！他们祈祷腾格里，于是长生天给草原降下了这座花草繁茂的山。最不可思议的是那孔神奇的岩穴，时常发出各种声响。有时胡笳悲鸣，有时羯鼓雷动；有时海涛澎湃，有时百鸟争鸣；还有的时候，会响起少女唱的情歌，那袅袅余音让孤独的小伙子心如火燎……"

"莫非是天然音乐宫？"

"嗯。"阿拉坦连连点头。

清爽的晨风吹拂着山丹的一头秀发，她远眺着孤山，若有所思。

"要走了？我送你吧。"

"不用了。我放在仁钦大叔那里一个包，里面都是歌谱和演唱材料，还有我的通信地址，那是留给你的……"

山丹有些羞怯地对大家说："从那一刻起，我就喜欢上了阿拉坦。我发现，他不是一个酒鬼，而是个有追求的男子汉。"她的话引起一片笑声。

阿拉坦对大家说："我还要公布一个秘密呢。山丹那次离开这里，我一直骑马尾随着她，一直跟到了那日图公社的边上，她才发现了我。她问，你怎么跟来了，我直接说，我想娶你。她说她爷爷早就给她订了娃娃亲，我一听就急了！嗨，追问下去，山丹爷爷给她选的女婿，原本就是我阿拉坦呀！"大家听了，无不啧啧称奇。

仁钦大叔说："缘分啊！都是长生天安排好的。"说着给大家斟满酒，"来，干了这碗喜酒！"他大声唱起了祝酒歌，众人跟着唱起来。

安静些时，阿拉坦把王远山拉过来，对大家说："他们王家，我媳妇于家，还有我们阿尔泰家，都是好几代的世交。"

仁钦说："有茶慢慢熬，有话慢慢说。这么美好的夜晚，大家唱起来，跳起来吧！"说着，他点燃了柴火、牛粪，众人围着熊熊燃烧的旺火跳起了安代舞。

婚宴开张了，最隆重的是吃"羊背子"。任钦大叔对客人说："我们将全羊由脊上第七肋骨到尾部割一段肉，再割四肢、头、颈、脾，各取一部分，带着尾巴入锅。"说话间，有人端着盛着羊背子的大铜盘，摆到了桌面上。任钦大叔用刀子将肥腻的羊尾切成条状，逐一献给尊贵的客人。王远山一看，人们用右手托着长长的羊尾条送入口中，就像吸溜面条一样。人们吃着肉，喝着奶茶、马奶子酒，还不停地唱着跳着，后半夜才陆续散去。

"就住蒙古包吧。"娜布其带着王远山、栓子，来到一顶毡包前，"蒙古包是穹庐结构，那隆起的圆顶，代表长生天。"

王远山用手摸摸说："这可是软体建筑，不怕地震，还便于移动。"

娜布其说："过去都是就地取材，用沙柳条编造网格状围子的骨架，牧民叫'哈那'。包顶的骨架叫'乌尼'，是用粗些的沙柳杆或桦木椽子呈射线状搭建的。搭好架子，覆盖上毛毡，用鬃绳勒紧了，五六级大风也吹不动。"

包门是朝南开的，王远山问："蒙古人是不是把南面当作前方？"

"对呀！前山的人向北走，就是跑后山呢。"

"前是南，后是北，左为东，右为西。"

"没错！"

"那我晓得前后左右旗的方位了。"

三人进了毡包。中央是个火炉，上有天窗。娜布其说："草原上的习俗，靠北为尊；西边呢，是男人的半边。"她让王远山、栓子去西边坐下，她在对面坐下了。

王远山一看，身边还放着一个马鞍，一把弓箭呢。娜布其那边，放着烹饪用具，还有一个摇篮。

"若是人多，年轻人只能坐在门那边。"娜布其说，"蒙古族的宇宙观和方位意识，和他们的原始信仰萨满教有关。"

王远山说："我觉得，牧民的生活生产方式是与生态环境蛮适应的。"

娜布其催他们赶快睡觉，就离开了。

王远山看着天窗外的星星睡着了，他梦见去了一个外星球，那里的房子竟然也是穹庐造型。

第二天早上，阿拉坦醒了，山丹已经熬好了奶茶。她盛了一碗，递给自己的新婚丈夫。阿拉坦接过来，走出包房，端着茶向孤山瞭了瞭，然后把奶茶洒向蒙古包周围。他依着风俗，表达了对大自然和神灵的敬意后，又回来盛了一碗茶，捧着递给自己的爱妻。

王远山和栓子睡到天大亮，睁眼一看，盛昌之端坐在包里喝奶茶呢。原来娜布其调整了考察计划，决定在扎格斯台一带调查草库伦建设情况，她让人连夜把盛老师接来了。

新郎官阿拉坦带着考察队的人去参观草场。

在浑善达克沙地，盛昌之看到的大多是退化的，甚至沙化的草场，这里却是满目碧色，水草丰美。他和阿拉坦走在前面，不时停下来，察看人工培植的牧草。好多植物，他也是第一次见到。

盛昌之看到一种不认识的草，叶片宽厚，就俯身采了一棵细细察看。阿拉坦说："我们叫它'友谊草'，是从澳洲引过来的。"

盛昌之说："这里有好多外来种牧草啊！"

阿拉坦说："我有个亲戚，在国外专门培育优质牧草，他捎来好多草籽。"

忽听到栓子哎哟了一声，原来他采了一棵长满花斑的草，被上面的小刺扎破了手指。娜布其连忙掏出绷带给他包扎起来。"这是'水飞蓟'，也是一种药材啊！"盛昌之看了看说。

不远处，一片火红，红得耀目。原来是一片"千谷穗"，长得像火焰驹的尾巴。盛昌之抬头看了看阿拉坦，心想：一双握惯了套马杆的手，还会种草育花，不简单啊！可他也在担忧，光有干劲没有知识也不行啊！

娜布其猜出了老同学的心思，问："这样圈起来种植外来牧草能行吗？"

盛昌之委婉地说："好的草原，大多是多年生草本植物，而不是一年生的长秆草。"

阿拉坦忙问："为什么呢？"

盛昌之指着眼前的栽种草说："这些一年生的植物，天热有水时长得很茂密，天冷了就枝叶枯萎。开春和深秋的风最大，也是草原沙漠化最严重的时候。而这些草都变成光秆了，怎么能起到保持水土的作用呢。"

出了园子，草场上的草稀疏低矮。栓子说："外面的草场比园子里差多了。"

盛昌之蹲下身察看，大多是旱生丛生的杂草，有大针茅、羊草、冷蒿等，还发现了沙参、北柴胡等药用野生植物，就说："这些自然状态下的牧草，其实生命力非常顽强，虽然生长缓慢，却是营养价值很高的优质牧草。"

阿拉坦说："草原上天冷得早，过完八月十五，草就发黄变枯了，到处铺着枯草层。"

盛昌之说："可不能小看枯草层呀！它透水透气，能吸收雨水，也能融化雪水，还能积蓄土壤的水分养分。"

娜布其说："草原上有老规矩呢，不允许挖坑和连根搂草。草原春季返青时，全靠枯草层维持土壤水分呢。"

盛昌之说："对自然草场，最好不要人工干预。过去牛羊转场吃草，能够刺激牧草再生呢。牲畜、牧草，共生共存。网围栏分隔了草场，食草的野生动物少了，草原生态系统的平衡机制慢慢也丧失了，反而不利于牧草生长。"他转身对阿拉坦说，"回北京后，我给你寄一本英国人汤因比写的书，他认为游牧不仅不消耗资源，相反是一种改善生态环境的生产方式。"

阿拉坦说："我们懂得太少了，就是闷着头干。"

娜布其在旁边说："我这个侄女婿是老高三的，要不是这场运动，该大学毕业了。"

阿拉坦说："听说盛老师收了远山做学生，要不把我也收下吧。"

盛昌之说："我本是植物园的园长，却没有机会接触花花草草，而你却在沙地草原上开辟出一处植物园，是我该向你学习呀！"

娜布其笑着对阿拉坦说："盛老师这么说，是看上你了！"

阿拉坦一听，忙口不迭地叫"老师"，恭恭敬敬地向盛昌之鞠了三躬。

王远山高兴地跳起来："好啊！阿拉坦哥哥成我师兄啦！"

阿拉坦打趣道："若按入门先后，你该是师兄啊！"众人听了大笑。

盛昌之说："你既然叫我师傅，我就该对你讲真话。美国的一位专家说过：'任何单独的草场都是没有价值的。'为什么？因为有的草场适合春牧，有的适合夏牧，最适合冬天放牧的是荒漠草原。如果用围栏把草场全都围起来，起初草长得茂盛了，但过几年草场就会老化掉。天然草场大多是多年生草本植物，牛羊把上面的草吃掉，根部才能发出新芽来。还有一个问题，随意引种国外草种，也会造成外来物种侵入的危害。"

阿拉坦听了耷拉下脑袋，陷入了沉思。

盛昌之说："这些话我本不想说的，怕给你泼凉水。可我觉得，草场建设也要讲生态科学，蛮干是不行的。"

阿拉坦说："我们说是知青，其实是中断学业的人。您指出的问题，我也有所警觉。盛老师日后多指点啊！"

"有事尽管给我写信。"

"在牧民心里，一等财富是朋友，二等财富是知识，三等财富才是牛羊。"娜布其拍了拍侄子的肩膀又说，"跟着盛老师，你会拥有财富的。"

临走那天，阿拉坦也要带着山丹回娘家，就是娜布其在锡林浩特的家，山丹的爷爷正在那里避难呢。于是大家结伴，开着两辆车回锡林浩特。

出发前，王远山对新郎新娘说："你们说的那座孤山，好神秘啊！"

阿拉坦说："草原上到处都是路，我们绕个弯儿，这就去孤山看看！"

阿拉坦开着一辆吉普车带路，里面坐着山丹和王远山。娜布其的车里，坐着盛昌之和栓子，在后面跟着。

吉普车剧烈地颠簸起来，阿拉坦手中的方向盘左右晃动。车子正在穿越碎石满地的魔水河谷，前面一侧出现了一座突兀而立的山峦。"就要到了！"山丹对王远山说。萌发于松布尔山洞的初恋之情，此刻让她感到分外温馨。

两辆车停在山口，大家步行进山。

盛昌之一看，这里是玄武岩台地。孤山像一瓣月牙，它怀抱的地块，因为有山泉水滋润，草木旺盛。山前的魔水河谷，是排泄山洪的通道，山谷里堆积着被洪水冲下来的凝灰岩石块。山的外弧山势平缓，内圆一面却是巉岩壁立，异常险峻。

阿拉坦说："大家在山谷里转转吧，运气好的话，会遇到奇石呢。我要带着远山去看松布尔山洞。"

山丹叮咛着："一定要当心啊！"

栓子非要跟着去，阿拉坦就带着王远山和栓子去找那个神奇的山洞。

咦！陡峭的山壁间果然有一孔火山熔岩洞，被一株古树半遮着，在寂静的氛围里显得诡谲奇幻。

王远山问："我们能上去吗？"

阿拉坦说："上去干啥？"

王远山说："听那些奇奇怪怪的声音啊！"

阿拉坦哈哈大笑："你也信了！那是我忽悠山丹的。"

傍晚时分，两辆车开到了锡林浩特。娜布其家里的人早已准备好了晚宴，众人又聚在一起，为新郎新娘祝福！

让王远山欣慰的是，他见到了于靖边爷爷。那天夜里，于爷爷要远山陪他睡。

王远山掏出《茶道茗事》来，给于爷爷看。于爷爷翻了翻，激动地说："这不只是你们王家的传家宝，也是研究茶叶的重要史料，你可要保存好啊！"

"我一定小心存着。"王远山翻开一页："这上面抄录了清代史学家赵翼的一段话——'寻常度日，但恃牛马乳。每清晨，男、妇皆取乳，先熬茶熟，去其滓，倾乳而沸之，人各啜二碗，暮亦如此。'记载了蒙古人喝奶茶的情形。于爷爷，草原上的蒙古人是什么时候开始喝茶的？"

于爷爷慢腾腾地讲述起来——

说起来，藏族和西部各少数民族的上层人士，从唐宋起就开始喝茶了。元代蒙古人入主中原，开始接触到了茶叶。那些派到产茶区的官员和贵族，也养成了饮茶的习惯。《元史》还记，末代皇帝惠宗妥欢贴睦尔喜欢喝茶，有侍女专门为他沏茶倒水。明代隆庆时俺答封贡后，土默特部首领俺答汗皈依藏传佛教，也开始饮茶了。受藏族影响、按蒙古方式改造过的茶类，如炒茶、兰膏、酥签，都是在茶中加入了酥油等物制成的。到了明万历五年，俺答要求开设茶市，用草原上的马换南方的茶叶。当时青海那边的蒙古部落势力强大，明王朝担心以茶易马，蒙古人会控制市场，就没有答应。元明两朝，蒙古贵族都有喝茶的。但在北部草原，广大牧民喝奶茶，该是清代的事了。清初社会安定下来后，边口互市兴盛起来，旅蒙商也多了起来。内地生产的砖茶，源源不断地进入草原，很快奶茶就成为牧民每日不可缺少的饮品。

王远山问："砖茶是啥时候出现的？"

"明代嘉靖年间已见砖茶，不过那时的制作方法是'躐'，就是将茶用脚踩成方块。后来有了蒸压技术，黑砖茶的产量才越来越大。我们于家，也在湖北羊楼洞做过黑茶呢。"于靖边慨叹道，"此一时彼一时，我愧对祖宗啊！"说起宅院被查封的情状，老人哽咽了，"听我娘说，祖上兴盛时在正街有三处院子，鼎足而立。每处都是前庭后院，东西厢房，亭台连着楼阁，街坊都叫'于家大院'。唉，如今惨哟，连个安身的窝也没有啦！"

王远山连忙打岔："于爷爷，给我讲讲驼道上的故事吧。"

老人说："你来时的呼和浩特旧城，叫归化城。那时跑后山，出城向北走六十多里路，到武川城南的沙尔登，是第一天的路程。第二站是召河西北的牧场……第六站是百灵庙……一天天，一站站，走到新疆的迪化城，还有大库伦，就是现在蒙古国的乌兰巴托，一走就是一年半载的！"

"有固定线路吧？"

"是有，可那时兵荒马乱的，路上常有劫匪，敲诈的关卡也多，驼队经常要绕道走。只要城头上有水，就高兴得不行。"

"路上险啊！"

"都雇着保镖呢，有时也有官府的兵丁护送，可难免有意外呀！"于爷爷说，"我也是九死一生啊！"说着，讲起一桩往事——

那年，于爷爷跟着一支驼队，给大青山深处的抗日游击队运送给养药品。走进一条山沟，突然日本鬼子的摩托车队追了上来，一时枪声四起，夹着惨叫声和骆驼的哀号声。于爷爷急中生智，吆喝骆驼卧倒，掏出蒙古刀割断捆绑货垛的牛毛绳子，手里紧攥着锋利的刀，咬牙切齿地躲在驼身与货垛中间观察着。时不时，有子弹呼啸着飞过。那一回惨了，人死伤了好几个。幸亏游击队及时赶来接应，打跑了不谙地形的小鬼子。

于爷爷沉默了片刻，说："爷爷老了，睡梦里老是梦见走在驼道上。"他问远山，"过去见过骆驼吗？"

"小时候，跟爷爷在石景山模式口见过。"

"见过白骆驼吗？"

"没有。"

"爷爷带驼队时，有一只白骆驼驮着我，来来回回，走了十几趟。最后那一趟，它已疲惫不堪了，挣扎着走道。我不忍再骑它，就牵着它，一步步走回归化城。回到商号一卧下，它就不能动弹了，三天三夜不吃不喝。那天夜里，我就挨着它睡下，就像我们这样，对它絮叨着驼道上忘不了的经历。直到天明，爷爷还唠叨着，那驼却静静地没了声息。"说着，于爷爷老泪纵横，泪珠都滴在了远山的胳膊上。

王远山听得稀奇，问："一般驼队有多少骆驼？"

"有十来头吧。"于爷爷的话音亮了，"爷爷带领的驼队可威风啦！我们把

17头骆驼用绳子串在一起，叫'一连子'。我的商队，通常有五六个'一连子'。"

王远山的眼帘里，立刻浮现出那壮观的图景：一百余峰骆驼相衔而行，驼铃前后呼应，浩浩荡荡。他问："都挂着驼铃吗？"

"'一连子'的最后一只骆驼，脖子上挂着用黄铜铸造的'叮铃'，只要听到'叮铃'的声响，就说明尾驼没有掉队。还有一种'咚铃'，声响沉闷些，固定在双峰驼的货垛上，防止货物滑落丢失。"

"我在博物馆见过，生铁铸的，样子像庙里的钟。"

"那就是'咚铃'啊！爷爷半生都是在驼背上度过的，在驼背上吃干粮，打瞌睡。"老人兴奋起来，学着驼铃的声响，"叮呤……咚哒……"声音有些沧桑，还有些悲切。

王远山也跟着发声："叮呤……咚哒……"声音铿锵有力。

"远山，你学得真像！驼铃就是驼队的进行曲啊。"于靖边说，"也怪了，爷爷本是带领大商队的掌柜子，可在梦里，我总是一个人牵着那头白骆驼走。你知道吗，只拉一头骆驼做生意叫'打拐'，他们是驼道上最孤独的人啦。"

王远山知道，于爷爷又想起伤心事啦。是的，此刻于靖边想着，他从未见过的大大，带着一支驼队，在飞沙走石的大沙漠里迷了路，人与驼，都一个个倒毙在杂乱的蓬蒿丛里。他情不自禁地喊道："大大，你在哪儿呢？"接着，老人哼起了娘常唱的山西梆子："这忧愁诉于谁？相思只自知，老天不管人憔悴。泪添九曲黄河溢，恨压恒山峰头低……

那一夜，爷孙话茶，彻夜无眠。

在锡林浩特待了一个礼拜，盛昌之、娜布其写出了草原生态考察报告。这期间，王远山一直陪着于靖边爷爷，听老人讲了不少驼道茶事。他听得非常仔细，重要的事情都记在笔记本上了。

历时一个月的考察要结束了，临走的时候，于爷爷请大家喝奶茶。

于爷爷取出一把蒙古刀来，捧在手上看了又看，说："牧民顿顿离不开肉，也离不开割肉剔骨的刀。一个老牧人对我说，冰冷的蒙古刀是有灵性的，他使了半辈子的蒙古刀，不知用它吃过多少只羊了，刀刃都磨窄了，却从未割伤过主人的手。"说着，他取来白酒，涂抹在刀刃上，然后双手托刀向天，虔诚地说了声，

"上天保佑阿尔泰大哥！"

一片肃静，在场的人神情庄严。于爷爷祭罢刀，复又晃了晃说："这刀，也是好茶刀呀！"说着，他左手摁住一方砖茶，右手持刀，找到一个平行的角度，将刀锋从靠近砖面的边缘插入，轻柔发力，撬松一片后，再从相邻处插入撬动，一层一层地将茶剥离，剥下来的茶叶条索依然完整。王远山想，这也是茶人的一种功夫啊！

喝完茶，于靖边取出三块小砖茶，送给盛昌之三人每人一块。最后，他小心翼翼地收起那把蒙古刀，对王远山说："这把刀，有故事呢。阿拉泰王爷家祖上有一支族人南下未归，分手时他们带走了刀鞘，刀留在这里了。这是王爷家的信物，我先替他收着呢。"

草原一行，如久困出柙，王远山快活极了！可一回到北京，见到的却是愁眉不展的父母。原来迂腐的父亲不识时务，人家都在搞运动，他却躲在学校图书馆研究先秦文学，还让母亲利用工作便利，翻出不少已被封存的特藏古籍来，结果被人告了密。造反派一查，他正在写赞美孔子的文章，于是给他上纲上线，说他是孔老二的孝子贤孙，批斗了几回，竟把他逐出校门，还停发了工资。母亲也被赶出图书馆，安排到学校食堂帮厨。街道上也苦苦相逼，只给王家留了两间房，院里又塞进两户人家。按当时所谓"给出路"的政策，"可以教育好的子女"王远山被分配到二七车辆厂当学徒工。

厂子在丰台，王远山索性搬到职工宿舍去住。那时厂里的秩序也很混乱，好好上班的人不多。参加运动的人也分成了两派，整日里互相攻击，还时不时武斗。王远山被分配到机修分厂，跟着一个叫李福全的老师傅学钳工。李师傅是天津人，老劳模，是从三条石调过来的技术大拿。李师傅绝活多，用手工刮研出的物件，比磨床加工的还好。机加工车间的车床坏了，不论是车床、铣床、磨床，还是牛头刨、龙门刨，他过去一瞅，就知道是哪儿出了毛病，一上手，立马修好。更让人敬佩的是，不论厂里多乱，他永远是第一个来上班的。也有人说他走"技术第一"的白专道路，可李师傅根红苗正，平时不多言语，人缘也好，想整他的人实在抓不到什么把柄。

李师傅有两闺女，大的叫金凤，小的叫银凤。因为家里没有男孩，李师傅非常喜欢勤奋好学的徒弟。他跟王远山说了掏心窝子的话："咱是工人，干活才是本分。学艺终生福，是艺不亏人。你要信这个，师傅的手艺全传给你。"

王远山肯学，李师傅肯教。一年半载的，王远山就在徒工中冒了尖儿，他不仅技术出众，还会吹拉弹唱，是文艺队的骨干。但受家庭问题的连累，在参军、入团、提干等事上，他接连受挫。后来，他也死了心，除了工作，有空就琢磨茶叶生产的工艺。过去李师傅只喝茉莉花茶，一上班就用搪瓷杯子泡一大杯。王远山给他泡上好的绿茶、红茶和乌龙茶，他也上了瘾。师徒俩一起画了许多图纸，还鼓捣出一套车载绿茶制茶装置。下班后，王远山一边补文化，一边研究爷爷留下的《茶经》等茶书，还与武夷山的边青山、姜赣等人书信来往，开始研究中国茶叶史。

十

从北疆草原回来后不久，栓子就远赴云南，去西双版纳当了兵团战士。转年王远山的妹妹也去了那里，和栓子一个连队。

栓子每次写信来，都会说到那里的茶山。西双版纳的勐腊、勐海两个县，都是普洱茶的主产区。勐腊是老茶区，历史上曼松茶是上贡给皇帝的。老的六大茶山，攸乐、蛮砖、倚邦、易武、莽枝和革登，出名的弯弓寨、刮风寨，大多在勐腊境内。勐海呢，也有布朗山、南糯山、勐宋和格朗等茶山。又要过泼水节了，栓子让远山一定来看看。

王家存着几饼老茶庄的陈茶，曹平章说百年蓝票宋聘号都是文物啦！这天晚上，王远山躺着看爷爷续写的笔记，里面写道："唐代蒸青制茶渐入佳境，宜兴阳羡贡茶闻名天下。然云南晒青之茶，未有采造之法，谓之'滇青'。及至明末清初引入紧团茶技法，此为普洱制茶工艺之雏形。徐霞客见而述之曰：'采摘乔木茶树鲜叶，焙而复曝，不免黝黑。'采乔木大叶经烘青日晒所制之茶，名曰'滇绿'。先祖王彬于茶马大使任上，督导勐腊、勐海茶农，蒸而成团，循茶马古道远市西番……"

依祖父笔记所述，王远山制作了一张寻茶联络图。用积攒了十来天的调休日，借着探亲去探访向往已久的神秘茶山。

到了昆明，游了滇池后，王远山乘长途公交车来到景洪。

那日正是泼水节的第一天，傣语叫"麦日"。大街上人头攒动、熙熙攘攘，一队身着傣族盛装的年轻人跳起了舞，边舞边唱，每唱一段，就会围着领舞的姑娘反复吟唱"依拉贺"。还有一群人刚从佛寺浴佛归来，呼喊着"水、水、水"，互相往身上泼清水。王远山看得着迷，冷不丁被当头泼了一瓢凉水，用手抹抹眼睛看过去，正是刚才那个领舞的女孩子，拎着长柄木瓢，冲着他粲然一笑。

有些饿了，王远山走进路边的一家国营饭店，取出毛巾擦了把脸，拣了个临窗的座位坐下来。不一会儿，有人走过来，原来就是向他泼水的那个姑娘。姑娘肤色发黑，却秀气扑人，颀长的身材曲线玲珑。她大方地端坐在他的对面，两人相视而笑。

"多谢啦！听说被泼的人有福气。"

"是呀！北京来的吧？"

"你怎么晓得？"

"听口音呗！我男朋友是北京知青。"

"噢。"

"能换些粮票吗？你在这边用地方粮票就行。"

"成。"说着，王远山掏出十斤全国通用粮票，与那姑娘兑换。

这时，有人走进来，冲着那姑娘喊："依拉贺，点菜了没有？"

这声音好熟呀！王远山一扭头，两人都怔住了，接着紧紧地抱在一起。原来那人是曹平章的小儿子曹勋。

曹勋介绍说："我的女朋友——依拉贺，在州歌舞团跳舞呢。"又对依拉贺说，"这是远山，他爷爷和我爹是同事，咱请他吃傣家菜吧。"

"早知道，该多泼他几瓢的。"依拉贺点了拌洋芋、折耳根、干煸苦瓜，一竹筒米饭，还要了三碗米酒。

王远山打趣曹勋："乐不思蜀啊！也不回京，也不和哥们儿联系。"

"哥们儿？论辈分，你该叫我叔叔的。"

"可你只比我大六岁呀！"王远山看看依拉贺，故意问，"叫你婶子，还是嫂子呢？"

依拉贺有些羞涩："我比你还小一岁呢。"

"得，那就称兄道弟吧！"曹勋接着讲述了他在这里的经历，因为自己会拉二胡，被选调到了歌舞团乐队，就这样认识了依拉贺。他还说，这阵子，栓子正领着一帮人闹着返城呢。

王远山听了说："栓子这人拴不住！"

曹勋问王远山："他和你妹好上了，知道吗？"

"不晓得呀！版纳好浪漫呀，那么苦，还顾得上谈情说爱呢。"

"你在厂里没寻摸一个？"

"榆木疙瘩不开窍。"

"那就等着找个茶姑吧！"

一说到茶，王远山立马来了精神头儿："我这次来，就想看看老茶山。"

依拉贺插话说："让我阿哥陪你去。"

"她家祖辈都是做茶的，他哥叫元青，做烘青茶的高手。"曹勋道，"我先陪你去看近泉，返回来再上茶山。"

王远山说："我爷爷留下的笔记里说，西双版纳这一带的产茶区，是茶马古道的起点。"说着，他掏出一个本子来，上面有他自己绘制的路线图，"你看，滇藏路从这里起，经丽江、中甸、德钦、芒康、察雅至昌都，就进入藏区了。还有川藏道呢，从雅安进入康定，之后分南北两支线，向北经道孚、炉霍、甘孜、德格、达江到昌都，向南经雅江、理塘、巴塘、芒康、左贡到昌都。"

"怎么？你想沿着这些路都走一遍吗？"

"当然了！"

"路得一程一程走，这次陪你看看老茶山，如何？"

王远山高兴地说："好呀！"

饭店的服务员端来三杯普洱生茶，王远山喝了一口说："有些苦啊！"

曹勋说："茶叶里的茶碱、咖啡碱、可可碱、茶皂素、花青素、苦味氨基酸，都是发苦的，做茶留不住芳香物质，就会苦的。"

王远山夸道："老兄懂得不少啊！"

"团里也没啥演出，我正在补习功课，看生物、化学方面的书。"曹勋问王远山，"晓得熟普吗？"

"你是说渥堆茶吧？广东那边早有人做了。"

"前几年，勐海茶厂也开始做了。"他凑近远山说，"我正在研究熟普发酵过程中微生物菌群的变化情况呢。"

曹勋又泡了熟普："一看汤色就知道了，生茶黄绿色，熟茶是红亮的。"王远山对比着品饮，生茶的茶气纯净，没有仓味，也没有返潮的草木湿气味；熟茶呢，柔中带香，茶汤滋润爽口。

王远山说："王曹两家都是茶叶世家，到咱儿这一辈，可不能失传！虽说眼下乱哄哄的，但我相信，柴米油盐酱醋茶这七件事，断不会少的。"

吃过饭，依拉贺回团去了。曹勋带着王远山到了农垦局转运站，在大院子里找到一辆准备下去的给养运输车，说明情由，就搭车去距离景洪城二十多里的农场。曹勋说，云南生产建设兵团一师所属的团场都集中在西双版纳州内，兵团撤销建制后，都改成农场了。

一条向东的砂石路，曲折地通向热带雨林深处。路边望天树高耸入云，青梅树碧绿怡人。刚下过雨，路面湿漉漉的，车子行驶缓慢。王远山和曹勋坐在车斗里，一边看风景，一边唠家常。

曹勋的老家在勐腊，和依拉贺好上以后，就打算留在版纳了。他告诉王远山，50年代的好茶，像红印圆茶等，都是用勐腊的茶青做的。王远山说，我家有红印、蓝印，还有60年代美术字七字黄印，上面印着"中国土产畜产进出口公司"的字样。

曹勋说："那都是咱们老人定制的出口茶叶。"他告诉远山，依拉贺父母的山寨周围，有许多古茶树，最老的已有好几百年了，可一到春季，还是一片青翠。元青让乡亲们采了鲜叶，在自家作坊里做茶，那茶喝着爽口！"

黄昏，车子到了农场场部驻地。两人下了车，谢过司机，就直奔职工住的竹楼。竹楼下层是敞开的，高约六七尺，竹架上拴着几道晒衣物的绳子。

近泉刚从平坝下的河水边洗完衣裳，远远地瞭见了，三步并作两步地跑过来，一放下盛满衣裳的搪瓷盆，就紧紧地搂住了哥哥。

"你来，咋不捎个信儿。爸妈好吗？"近泉的眼角湿了。

"走得急，就没和你打招呼。咱爸咱妈身子骨好着呢。"王远山掏出手绢，帮妹妹擦干眼泪。他仔细打量近泉，人晒黑了，手臂上还有不少蚊虫叮咬后留下的疤痕，但长高了许多，身子板也结实了。

闻得动静，栓子急忙从竹楼里跑下来，抱抱远山，又抱了抱曹勋。大家说笑着，一起把近泉洗好的衣裳搭在晾衣架上，然后聚在栓子的宿舍。栓子的两个室友是上海人，结伴回沪探亲去了，王远山和曹勋正好在这间宿舍过夜。

近泉要洗刷杯子，栓子说："我来沏茶，你和哥好好聊聊。"

王远山打趣说："懂得疼人啦。"

"擎小一个院儿长大，我不照顾她，谁照顾？"

"这就对了，要是对我妹子不好，看我咋拾掇你！"

一听这话，近泉的脸飞红了。

栓子问："曹大哥告诉你的吧？"

"我有内线，你对近泉如何，随时都有情报传来。"

曹勋听了开怀大笑。

栓子把泡好的普洱茶端过来，王远山看着茶汤问："生茶吧？"

"没错，生茶就是黄汤，放久也会转红的。"曹勋看看桌上的茶饼，"这是烘青茶，放了三五年了，饼面都是松散的。"他拍了拍，一些条索就脱落下来。"要是晒青茶，因是自然晾干的，茶叶里活性物质多，放久了会发生氧化反应，产生胶质物，茶饼紧凑，茶叶不会轻易脱落的。"他又尝尝茶水说，"这种烘青茶，高温一烘，香气都激出来了。可放久了，香气就会越来越淡。喝陈茶，还是要喝晒青茶，那种晒出来的香气，沉稳浓郁，也没有杂味儿。"

栓子说："这茶是寨子里年轻人做的。"

"回头请元青过来指点一下吧。"曹勋说着，泡了自己随身带的茶。

王远山捧着茶碗看了看茶汤："这是传说中的曼松茶吧！"

曹勋惊诧地说："你居然看得出来？"

王远山掏出笔记念道："平章弟乃西双版纳勐腊人，其故乡曼松寨处王子山间，海拔一千又三百米，茶田为赤红壤，中有烂石，所产之茶色香味俱全，冲泡后站立不倒。相传明宪宗饮后，以为此茶寓意'大明江山屹立不倒'，遂定为皇家贡茶。"

曹勋说："怪不得呢，原来是你爷爷写的，曹家的事他老人家底儿清啊。"

大家喝了曼松茶，都说味道好极了！

曹勋说："藏之年久，味愈胜也。"

王远山说："白族进士李元阳这话，指出了普洱生茶的陈化价值。"

曹勋夸道："远山不愧是茶叶世家出来的，也肯用功。"

这时，听说近泉的哥哥来了，场长特意来看望，还吩咐食堂添几个菜，为客人接风。这天晚上，场部十分热闹。场长姓关，是原来连队的指导员，甘肃人，性格豪爽，他带着大家又唱又跳的，喝了一大罐子傣家米酒。

近泉跳了一段篾帽舞，舞步轻盈，神态自若，活脱脱一个傣家女。栓子痴痴地看着，面有矜色，他对远山说："近泉一到景洪，就会找曹勋，她和依拉贺成了好朋友，总是缠着人家学傣族歌舞。"

次日一早，王远山就和曹勋返回景洪，元青已候着他们了。午后，元青驾着一辆手扶拖拉机，带他们上勐宋山。不足百里的路程，一路向西，到石头寨时又折向西北。

王远山知道，西双版纳、思茅、临沧、保山，还有红河、大理、德宏都产茶，就问："哪里的普洱茶最地道呢？"

曹勋答道："勐海、勐腊，还有景迈山，都是老产地啦。用这些地方的大叶种晒青毛茶做的茶，都算得上是正宗普洱茶了。"

日头偏西，却是暖暖的。他们到了勐宋山下的一个寨子，山坡上分布着不少吊脚楼。寨子前有一条流沙河，沿河的水田在夕照下金光闪烁。远望河那边，是草木翳荟的南糯山。

这个寨子有十几户人家，半是稻农，半是茶农。元青与父亲都是当地有名的茶师，每逢茶季，一边做自家的茶，一边还要指导其他茶农。

寨子里的人都忙着呢，有人揉捻茶青，有人将揉捻好的条状茶叶装进簸箕，倒在清扫好的晒场上晾晒。那日阳光温煦，曹勋说："晒青的温度一般保持在60℃以下。"路边有间作坊，主人正在烘青作业，把鲜叶放置在烘干炉上。

曹勋说："烘青省时，晒青费时。晒青，留得住酶等活性物质，茶叶还会后续转化，味道比烘青茶浓得多。"

儿子、女婿带着客人回来，元青爹心情大好，拿出一饼存了很久的茶。那块茶饼饼面光泽油润，呈棕褐色，白茶毫已变成金黄色了。

"这是老人做的晒青茶，存放十多年了。"曹勋在一旁说，"云南普洱茶、广西六堡茶、湖南黑茶，在后发酵过程中都会产生陈香陈韵。"

那茶泡开后，王远山尝了一口，花蜜香味很浓，便说："还是晒青老茶有味道。"

曹勋说："滇红有名气，外面知道滇青的人不多了。"

王远山说："我听爷爷说过，把普洱的晒青茶归入绿茶类是不大科学的。绿茶是不发酵的，而这种茶在晒青发汗和储存过程中，微生物菌群的变化很大。"说着，他又呷了一口，直夸"好茶"。

"这茶，我只招待贵客和懂茶的人。"元青爹得意地说，"女儿的对象，我挺中意，曹家是老茶人啊！"

曹勋说："爹，您就不要夸我们曹家了。远山爷爷是我爹的老领导，王家的先人是皇帝派来咱云南管茶叶的大官。"

元青爹听了，连声说："有眼不识金镶玉。"

王远山忙说："老爹客气了！王曹两家是世交，说起来都是一家人。"

"是，是，一家人。"元青爹催着婆娘上酒上菜。

王远山说："只喝茶如何？"

元青爹说："那就喝！"他说着找来一个箬壳，取出些茶叶泡了，"尝尝这茶。"

王远山细瞅那包茶的竹箬。曹勋说："竹箬是包普洱茶的天然材料，结实透气，还避光防潮呢。"

王远山品了口茶："可是用野茶树叶子做的？"

"是呀！"

"这茶放了五年多了吧？"

"对呀！"元青爹惊叹不已。

王远山请教曹勋："存放晒青茶时，微生物菌群的变化让茶叶别有风味，有规律可循吗？"

"这里做茶全凭经验，存放也用老法子。我听说，香港人正试着用科学手段保存普洱茶呢。你讲得没错，要解开普洱茶的秘密，必须懂得微生物知识。"

"是该上些心琢磨，茶叶也是门大学问呀！"

墙上挂着一张照片，上面的姑娘正在扦插茶穗呢！

王远山问："依拉贺也会种茶？"

元青爹说："那是我大闺女。"

王远山又问："出门啦？"

"哎，家里穷，这闺女要强，刚满16岁，就背着半卷破铺盖，上澜沧县种茶去了。"老人掉泪了，"这十来年，她只回过两趟家，可一到年底，就把抠牙缝的钱寄回家来。"

元青安慰爹说："别难过了，我姐带人种茶，种满了景迈山。"他侧身对王远山说，"我姐说，澜沧江边自古出好茶，她一定要打出这块牌子来！"

王远山说："下次来一定去趟景迈山，看看大姐，也去看看布朗人的古茶园。"

元青爹对王远山说："明儿一早，我就带你上山看古树，最老的听说洪武爷时就有了。"

第二天天麻麻亮，元青爹带着王远山、曹勋上山看茶园。

在勐宋公社的街上，有几家哈尼土菜馆。老板特意推荐一款叫"德达"的野菜，说是吃了舒筋活血，爬山有气力。王远山就点了一盘，吃着挺爽口的。

他们沿着山谷边的路一直往前走，穿过好几个哈尼人、拉祜人的寨子。

山脚流淌着一条小溪，水浅而清澈。元青爹走着头里，王远山、曹勋跟着，拎着鞋赤着脚，踩着卵石就淌过去了。对面的山脊上，是一个哈尼人的寨子，屋子错落有致地散布在树林里，在繁枝茂叶的掩映下，平添了些神秘感。一朵朵白云从山谷盘旋而上，在青翠的茶园上缭绕嬉戏。王远山他们穿过山脚下的一片水田，看见田里有几个农人和两头水牛。他们沿着芭蕉林里的小路往上走，来到一块山坡上的茶园。王远山立刻蹲下来，用相机拍摄叶片的特写镜头。

向北走了一个多时辰，前面的山脊地十分开阔，好大的一片茶园啊！看上去有几十亩，满目翠色。他向对面的山梁一瞭，是郁郁葱葱的原始森林。元青爹说，那就是滑竹梁子，是西双版纳州境内的最高峰。他们歇了一会儿，就奔那山梁去了。

进入山林，苔藓味道扑鼻而来，虫声不绝于耳，鸟雀穿来穿去。在沟底两侧的山坡上，长满了形形色色的植物。王远山兴奋极了，他时而弯腰，时而抬头，对元青爹说："林子里到处是好东西啊！木耳，蘑菇，还有灵芝！"在山岭北坡的一条沟谷边，王远山看到了大片的花椒树。拐过去，竟然发现了一片成林的桫椤树，叶子长得像凤尾，树冠像伞盖一般。这可是原始森林的活化石啊！半山腰的一片开阔地上开着紫色的野牡丹、蓝色的野兰花。

他们沿着崎岖的山路一直往上走，遍山散生的野竹间有不少零散的野茶树呢。王远山只要见到野茶树，就要停下脚步来，细细打量一番。

"转过这个山头，就能看到古茶树了！"元青爹说。

王远山一听，来了劲头，脚下生风。果然，山那头长着不少饱经风霜的古茶树。这些茶树，尽是石头缝里长出来的，树高两三米，树干是花白色的，叶子有密有疏，看上去还是青葱的。

元青爹领着他们找到一棵大茶树，高约三丈，基部的树干粗大壮实。

元青爹说："这些茶树，大多是清末民初留下的，短的也有七八十年的树龄，那棵树王有二百多年了。"

王远山从树下捡起一片落叶，叶子壮硕，叶脉清晰，叶边的齿状不甚规则，叶背上茸毛稀少。

曹勋说："这是介于野生和栽培的过渡型茶树。"

王远山问："有纯野生的古树吗？"

"有啊！听说省茶科所的科学家，在巴达大黑山发现了一株野生大茶树。你猜多高？"

"有20米吗？"

"32米高。"

"那就是'伟乔'了！"

"重要的是，这就证明茶树起源于我国。"

"云南的茶树资源太丰富啦！"

"可不！云南发现过史前第三纪的宽叶木兰化石、中华木兰化石，千家寨、香竹箐等地都有野茶树，邦崴也有不少像这样的过渡型古茶树。"

王远山问："多久算古树呢？"

曹勋回答："宽泛些讲，超过百年的就叫古树啦！"

王远山围着"树王"转来转去的，他指着山间的瀑布说："这些老树根扎得很深，尽情汲取着岩缝间的泉水与各种矿物质，根深自然叶茂，树叶也会从空中抓取营养物质。"

元青爹说："昨晚喝的茶，就是用这些老树鲜叶做的茶，你竟然喝出来了！"

王远山说："那茶汤不一样啊，充满了岩香冷韵。"

曹勋说："老茶树一旦发出嫩叶来，做出来的茶鲜美醇厚。"

元青爹说："'红酒论酒庄，普洱讲山头'，好的古树茶，都长在山头上。"

曹勋说："勐宋是勐海的四大产茶区之一，周围都是茶山呀！"

"我们去看看寨子的台地茶吧。"元青爹领着二人往山下走，绕过一处山包，一片一片的茶树分布在平坡缓阜上。

王远山走过去察看，发现台地茶的叶子单薄多了，叶子的裙边呈波浪纹，边缘的齿状也很规则，叶背多毛。他问："这些台地茶树，都是山上那些野茶树驯化的吧？"

元青爹说："是的。要把深山老林的野茶树驯化成台地茶，不易呀！先要砍树，烧了枝干，把木灰压在茶树根部，让它长出新的枝干来。这样反复做三次，才能驯化为台地种植茶。"

曹勋补充道："这样折腾三次，也是茶树矮化的过程，矮化后种植在台地上，不仅高产，也便于采摘。另外，台地茶茶多酚的含量也提高了。"

在山上山下转悠了整整一天，三个人才回去吃晚饭。夜色很美，他们一边喝茶，一边聊茶，直到后半夜才睡下。

从勐海回到景洪，王远山对曹勋说，我爷爷留下的笔记里说："普洱方志称，武侯遍历六大茶山，唯留铜锣于攸乐。山中基诺土人，以木架房，覆以杉皮，曰帽儿房。其风俗奇异，奉孔明为茶祖，以舅为尊，所产之茶为晒青上品。"曹勋说，基诺山离景洪不远，山民们解放前还过着"刀耕火种"的生活呢，我陪你去看看吧。

统共五十多里路，曹勋和王远山骑着自行车往东去，过了澜沧江就进了山林。山上雨林茂密，草木葱茏，还有许多橡胶林。快到寨子时，山坡上长着好多茶树。

基诺人住的寨子很破，住处都是简陋的帽儿房。他们走近一户人家，女主人正在火塘上蒸米饭呢。忽听见房后传来猪的哀号声，走过去一看，几个男人正在宰猪呢。男主人收好锋利的杀猪刀，擦了手上的血迹，过来招呼客人。得知是远方来的客人，男主人就请他们留下来一起吃炖猪肉。

过了半个时辰，被宰的猪又被掏了下水褪了毛，收拾干净了。只见寨子里的人都来了，男主人在案板上分割猪肉，一条一条地送给村民。王远山问："集体养的猪吗？"男主人笑了："基诺人有肉同吃，有酒同喝。"曹勋说，这一带有一万多基诺人，他们正在申请呢，希望国家确认他们是少数民族。基诺人认为，不该拥有多余的东西，不管谁家宰了猪，都要分到每家每户共享。

基诺族有句俗话，"汉炒、傣蘸、基诺舂"，平日做菜以臼舂为主。他们还保留着古老的吃茶习惯，把茶叶和其他食材混着舂了吃。主人家炖了猪肉，还做了酸西奄鱼。王远山尝了那鱼，有股特殊的酸味，还带着竹筒和芭蕉叶的清香呢。

王远山端起一个茶碗，感觉有些异样，茶汤冒着热气，碗壁却凉凉的。细看，原来是由两只碗粘合而成的。喝完茶汤，他问男主人："这是什么碗？"

男主人指着碗底中间的小孔说："孔明碗。"

曹勋仔细看了说："这是仿北宋龙泉窑的，应该是明代景德镇烧制的。"他叩叩碗壁说，"照这个结构，可以生产隔热水杯。"

"好主意！"王远山伸出了大拇指。

曹勋说："基诺人用孔明碗，是纪念茶神的意思。"

王远山接过那茶碗，用嘴对着碗底的小孔，居然吹起了小曲。

在场的人听了，无不称奇！

饭后，寨里好多人都聚集在茅草屋前的平地上，男主人燃了一堆篝火，大家围拢在一起自娱自乐。

王远山一高兴，用竹子做了个响器，即兴给基诺人伴奏。一会儿，来了十几个中年人，跳起了大鼓舞。

夜里，就住在主人家里。王远山发现，寨子里的茅草屋里都是黑灯瞎火的。曹勋说，这里太穷了，连煤油灯也点不起。主人家有个女婴，叫阿嫫，半夜突然哭闹起来，大人怎么哄也哄不乖。王远山起身，取出那个竹子响器吹了一曲，又把它递给阿嫫。她接过去立刻就不哭了，笑着当玩具摆弄起来。

王远山对曹勋说："守着基诺山，有橡胶林，有茶树，不该这么穷啊！"

第二天临走的时候，男主人找出两把看着像干菜的东西递给客人："这是头春把茶！只有大叶种古树茶，才能做成这个样子，你们带回去尝尝。"

刚回到景洪，依拉贺就对王远山说："你师傅打过电话，催你回去呢！"王远山本打算去思茅、临沧的，这一来，赶忙打道回府了。

一到北京站，王远山家也没回，就直奔厂子。原来师傅接到一个急活儿，要徒弟做帮手。

一青一黄，转眼又入秋了。这是个礼拜天，萧娅萍上门报了个大喜讯，说是国家要恢复高校考试招生制度，催王远山抓紧复习功课，准备参加考试。王远山赶紧跑到盛家，把这个消息告诉了晓晶姐。

"真的吗？"盛晓晶有点疑惑，转身看到新出的《人民日报》，拿起来一看，果然在醒目的位置上，刊载着恢复高考的消息。

王远山一字一句地读了一遍新闻，赶紧给曹勋打电话。

"怎么样？"王远山问曹勋，"你是老高三，准备报考吧！"

曹勋说："我和依拉贺商量一下吧。"

"商量什么？这个机会可要逮住了！"

依拉贺就在曹勋身边，话筒里传来她的话音："没关系！考上了，就是嫌弃我，也值得！"

王远山对着话筒大声说："曹勋哥，你可不能当陈世美！"

从这时起，王远山和萧娅萍，还有盛晓晶，结成了一个学习小组，一心一意地备考。

眼看就要考试了，从来不生病的王远山却得了重感冒，高烧41度，人昏昏沉沉的。两个女生，一个姐一个妹，都顾不上备考，轮流陪着他上医院打吊针，回来还要照顾他。

这天，金凤银凤闻讯来了，姐妹俩说，两位姐姐也要参加高考的，让我们来照顾远山哥吧。栓子悄悄地问远山："你究竟要娶哪个？"被王远山厉声怼了回去："我打光棍！"

考试那天，一量体温，39度。盛晓晶有些担心："这样子能进考场吗？"

"头脑还算清醒。"王远山坚持着要进考场，这个机会咋能错过呢。

王远山支撑着病体进了考场，一坐下，监考老师就开始宣布考场纪律，他觉得脑子一片空白，没听进去几句话。发了语文卷子，考场阒寂无声，只听见沙沙的笔尖碰触纸面的声响。大约有一刻钟，他一直在发呆。监考老师惊诧地看着他，然后走过来轻声问："身体不舒服吗？别紧张！先做会答的题。"王远山打起精神来，一看那些试题也没有预想得那么难，后面的作文题目竟然是《毁树容易种树难》。他想起了在桐木关爷爷说过的话，思路顺畅，就低着头只顾答题了。等他交了卷子走出考场时，才意识到自己是交了头卷的。

铃声响了！盛晓晶从邻近的考场走出来找他，发现他早已出来了，着急地问："当逃兵啦？"

王远山得意地说："姐，我抢着交了个头卷！"

过了不久，放榜了。王远山凭着自学和机灵，考上了北大生物系。萧娅萍考上了北大中文系，盛晓晶考上了外语学院。曹勋也来信了，说他被云南大学生物系录取了，依拉贺也考上了云南师大艺术系的民族班。

上了大学，王远山不愿死读书，一到假期，就跑到外地四处寻茶，几乎跑遍了中国所有的产茶区。

十一

王远山上大三那年，盛昌之调到北大生物系教书。他对王远山说："命中注定，你就是我的学生。"

本科毕业后，王远山如愿考上了盛昌之的研究生，硕博连读。转年，盛昌之又新招了个女生，名叫苏莎，哈尔滨人，混血，她妈妈是俄罗斯族。刚见到这个深目隆准、面庞白皙的师妹，王远山感觉怪兮兮的。

盛昌之认为，生态学的大课堂在野外，他总是带着弟子往高原跑。这正合王远山之意，读万卷书，行万里路嘛。他佩服的古人，除了陆羽就是徐霞客了。苏莎也吃得了苦，只要老师说声走，两个弟子二话不说，背起行囊就出发。

6月的一天，王远山挎起背包，要去盛老师家会合，准备去祁连山考察。一出门，抬头看见了萧娅萍。原来王平顺在中文系讲授古典文学，萧娅萍跟着读硕士，她是来交作业的。萧娅萍放下本子，便拉着王远山去看修葺一新的广化寺。

修缮后的寺庙前，一对石头狮子威风凛凛。拱形大红门前的黑底金字楹联写着："烟波淡荡摇空碧；楼阁参差倚夕阳"，匾额上书"敕赐广化寺"五个大字。然而物是人非，胡同里的许多老人都已过世，娃娃们都长大成人了。看过寺庙，两人又相跟着走到胡同底儿，拐进甘露胡同。路上想着儿时往事，时不时慨叹几声。

萧娅萍忽然发问："远山，你多大啦？"

"你多大，我多大。"

"又要出远门啦？"

"野惯了，从甘肃回来再聊吧。"

"听说你有个漂亮的混血小师妹？带来认识一下。"

王远山憨憨地冲着萧娅萍笑笑，没言声儿。

分手时，萧娅萍递给他一本旧的《人民文学》，是 1977 年第 11 期。翻开一看，上面有刘心武的小说《班主任》，还有作者的签名。刘心武是他们的语文老师，上课时总爱讲故事。

王远山逗萧娅萍："得空，你写篇《我的同桌》吧。"

盛昌之师生三人来到兰州，在兰大招待所住了一夜。兰大管后勤的副校长是盛昌之的同学，派了车，让一个姓古的司机带着他们去考察。

吉普 212 开出市区，一路向西疾驰。车子就是流动课堂，盛昌之不停地讲着河西走廊的历史沿革，还有祁连山的生态变迁。

车过武威，路南就是祁连山。祁连山是界山，这边是甘肃，那边是青海。

盛昌之兴奋了："瞧，那就是乌鞘岭，向西绵延一千多公里，一直到金山口，又接上了阿尔金山。"

苏莎凭窗远眺，满眼重峦叠嶂："好雄伟啊！"

盛昌之对王远山说："给苏莎讲讲祁连山的构造吧。"

坐在副驾驶座位上的王远山，回头看看挨着老师的师妹，不疾不徐地说："祁连山是一个巨大的地质构造，它由一系列西北 – 东南走向的山峦，还有宽谷盆地，平行排列组成。从东到西，有冷龙岭、托勒山、托勒南山、疏勒南山、党河南山等大山；自北向南，也有 8 个岭谷带，其间夹杂着无数的湖盆、河流和谷地。"

"我要你俩思考的问题是，祁连山的生态价值和意义——这也是我们这次考察的目的。"盛昌之说完，让古师傅把车折向南边，开上自然公路驰向山脚。然后又折向西，沿干涸的河槽路走了半个多时辰，进入山口，又开上为战备修的盘山路，深入祁连山腹地。

下了车，四人站在一处高坡上，远望皑皑雪峰。

王远山激动地大喊几声，顿时回音在山间激荡。苏莎也嗨了，扯着嗓子喊："祁连山，我来了！"山谷也回应着："祁连山，我来了！……"

盛昌之端着双筒望远镜瞭望了片刻，之后垂手不语。

苏莎关切地问："哪儿不舒服？"

盛昌之把望远镜递过去："你也瞭瞭。"

苏莎端着望远镜观察了一阵子，只见山间植被稀疏，没发现一株乔木，只有稀稀拉拉的灌木丛，看着像黑柳。好多山体都是光秃秃的，远处还有一大片裸露的山岩，一片疮痍，像是个采矿点。她又把望远镜递给师兄。

站在一边的古师傅说："我就是山里人，村子紧挨着青海。小时候，山里长满了树，高的有云杉、圆柏、杨树，矮的有黑刺、山柳、鞭麻……"

"什么是鞭麻？"苏莎问。

"就是桎柳。"王远山一边眺望一边说，"青海那边的原始森林里，还有狼、鹿和雪豹呢。"

古师傅说："在村外，时常会看到鹿群奔跑，鹿跑起来的样子潇洒极了！它们在溪边饮水时悠闲自在，人来了也不躲避。"

苏莎问："啥时砍树的？"

古师傅说："我是大跃进时参加工作的，赶上大炼钢铁，在伐木队砍了十几年木头，当年有句话，叫'吃得苦中苦，为了两万五'。"

"两万五？"

"每年要完成25000立方米的采伐任务呀！"古师傅叹了口气，"进入80年代，又开始采矿，开发小水电，现在大山已是遍体鳞伤了。"

王远山半晌没吭声，听了古师傅的话，有些悲伤地吟诵起来："失我祁连山，使我六畜不蕃息；失我焉支山，使我嫁妇无颜色。"

苏莎问："什么诗？"

"霍去病攻占河西后，匈奴人伤心地唱起这首哀歌。这首民歌包含着一种生态意识，匈奴人把祁连山看作是生存之根。植被是生态的基础，也是生产者，而动物是消费者。祁连山的大山之间，怀抱着许多水草丰美的盆地和河谷，汉代匈奴人就在这里牧马。"盛昌之说着又问，"知道祁连山名字的由来吗？"

王远山回答："古时匈奴人呼'天'为'祁连'，他们把这座山看成是天山。"

古师傅激动地说："在我们山民心里，祁连山就是一座救苦救难的神山呀！"

盛昌之取出地图，摊开来指点着说："祁连山的北面，是北山戈壁和巴丹吉林沙漠；南面呢，是柴达木干旱盆地；西头又靠着库姆塔格沙漠，东头连接着黄土高原。它横亘在如此贫瘠艰苦的环境中，就像一个超级条状形湿岛，为这块干旱贫瘠的土地带来森林、水流、绿洲……"

苏莎说："说到底，它带来的是生命和活力！"

盛昌之赞道："说得好！它带来的是生命和活力！实际上，祁连山是一个巨无霸的生态屏障。没有祁连山，就不会有河西走廊，不会有丝绸之路，也不会有沿线链条般的绿洲城市。"

王远山望着远处的雪峰说："祁连山的造水功能太厉害了！"

盛昌之说："不错！祁连山脉不断地阻截、收纳和利用着往来的气流、云雾，在它的控制范围内，生成发育了三千多条冰川。"

苏莎说："这是一座天然固体水库啊！"

盛昌之说："祁连山是大西北水系的主要发源地。河西走廊西部的疏勒河，流经玉门、瓜州及敦煌三地，它的支流党河滋润着敦煌平原，让莫高窟这一世界艺术宝库免于为风沙埋没。"他放眼四顾，"倘若祁连山这一生态屏障被破坏掉，内蒙古西部的几个大沙漠就会继续向西扩张，直至与柴达木盆地的荒漠连接起来，漫漫黄沙就会侵逼青藏高原，这是多么可怕的事情呀！"

王远山忧心忡忡地说："青藏高原可是'中华水塔'呀！"

盛昌之念叨着："中华水塔，亚洲水塔……"他拍拍弟子的肩膀说，"这个说法好！"

蓦地变了天，一时山风呼啸，竟夹着雪片而来，苏莎忙戴上了风衣帽子。

古师傅说："这里春不像春，夏不像夏。"

盛昌之说："要不，怎么会有'祁连六月雪'呢。"

苏莎问："气候这么反常，对生物有影响吧？"

盛昌之没有回答，转向王远山："你说说吧。"

王远山听了，指着远处的雪峰说："雪线之上，常会出现逆反的生物奇观。在积雪比较薄的山层之中，生长着雪山草甸植物的蘑菇状蚕缀，还有珍贵的药材高山雪莲，在风蚀的岩石下还有雪山草。雪莲、蚕缀、雪山草，被称为祁连山雪线上的'岁寒三友'。"

盛昌之指着疏勒河的方向说："这条河也曾流向罗布泊，那里曾是百水汇聚之地，产生过辉煌的楼兰文明。然而，唐玄奘途经此地时，已是'城廓岿然，人烟断绝'了。"

苏莎问："啥原因呢？"

"主要是环境恶化，气候变异，雨洪暴发，冲刷成河谷，堆积成土丘，形成大范围的雅丹地貌，足足有3000平方千米呢。再加上与日俱增的人类活动，破坏了本就脆弱的生态环境，于是胡杨死亡，植被减少，河道干涸，昔日的湖泊变成了千里荒漠。"盛昌之二目炯炯，直盯着两个弟子说，"罗布泊之殇，给了人类一个警示：我们要善待大自然！"

古师傅居旁也怦然心动，对盛老师说："这趟出来，受教育啊！"

盛昌之想攀登乌鞘岭，车开到半山腰，实在上不去了。古师傅就地看着车，师生三人徒步攀登。

盛昌之在野外跑惯了，常走在头里，转眼间就不见了踪影。王远山的脚力甚健，人又年轻，可他不能撇下师妹呀，就拖后关照着苏莎。

盛昌之打头儿，不时留下些记号做路标。山路坎坷，逼仄处只能容一人通过。起先王远山走在前面，不时回头拉扯气喘吁吁的师妹。路越来越陡，人往上攀，身子几乎直立起来。在一个山势稍平缓处，师兄妹喝了点泉水。王远山让苏莎在前，他在后面托着。仰头望去，眼前的峭壁约莫垂直70度，斧劈刀削一般。一些急着晒太阳的杂草，从细小的缝隙里拼命挤出来，齿锯般的叶缘锋利扎人。二人没带任何装备，只是手脚并用，攀一阵歇一阵。忽然听得一阵炸雷，抬头一看，空中彤云密布，上方的岩壁愈加光滑，王远山从挎包里掏出一个镁粉袋，将镁粉抹在岩面上，用来增加摩擦力，然后铆足劲儿攀爬。

"盛老师咋丢下咱们了？"苏莎往下一滑，身子软绵绵地掉在师兄怀里。

"说什么呢？本该是我们年轻人照顾老师的，还好意思埋怨！"王远山有些恼了。

怀里的师妹泪眼盈盈，怯生生地说："我拖累了你们。"

忽听见盛老师在呼叫，上面垂下一条帆布带。苏莎攥紧带子，王远山后面托着，总算爬上了崖头。

哇！天又放晴了。站立崖头，但见群岭森然罗列，连绵不绝。

盛昌之激动地说："这就是乌鞘岭！东边是季风区，西边是非季风区。它是陇中高原和河西走廊的天然分界线，也是我国大陆半干旱区向干旱区过渡的分界线。往下走，基本上是大戈壁和沙漠了，许多地方的年降水量不足 100 毫米。幸亏有了这座祁连雪山，它孕育了近千条大小河流。"他指着西边说，"祁连山中段，也是放养战马的好地方。"

盛昌之随即讲起了历史——《后汉书》有句话："马者，甲兵之本，国之大用。"在冷兵器时代，马匹是最重要的战略物资。中原及以南地区，都是产茶区，却养不出体魄健壮的战马来；而"胡焕庸线"的西北一侧，在草原、沙漠和雪域高原上，游牧民族养的马剽悍威猛，还可奔走远道。他指着远处的山丹军马场说："这个军马场有年头了，汉代初建时就拥有一百多万亩草场。"他叹了口气说，"北宋时朝廷军力衰弱，失去了对边疆的控制，只好花银子买马，或是进行帛马交易，几十匹帛才能换来一匹马。因为游牧民族需要茶叶补充人体必需的维生素和其他微量元素，宋人后来就用茶叶代替布帛换马。宋朝不缺茶叶啊，光四川一地，每年就能产出三千多万斤茶叶。"

苏莎问："这么说，茶马交易是从宋朝开始的吗？"

盛昌之说："远山说说吧。"

王远山说："我家先人在笔记里写道：'以茶易马，始于中唐。宋神宗时，朝廷设立茶马司，统管茶马交易事务，并颁布律令，绝禁私贩。'"

苏莎问："当时怎么个换法？"

"两驮茶换一匹马。"

"一驮多少茶？"

"100 斤。"

"唐代茶马互市的初衷是交好西北游牧民族，促进物资交流，后来变成了以茶治边，绸缪边防。"盛昌之说完，指着山谷的河水问王远山："知道河西走廊的三大河流吗？"

王远山不假思索地回答："石羊河、黑河，还有疏勒河。"

"对！乌鞘岭往东是外流区域，河水东流入大海；以西是内流区域，河西三大水系都是南北走向。我们看到是石羊河水系，它滋润着武威盆地，还流向沙漠深处。我们再往西走，就是黑河水系了。黑河水在张掖、临泽、高台之间及酒泉一带造就了大面积绿洲。河西走廊的西端，是疏勒河水系。据史书记载，秦汉时期，祁连山脉曾生长覆盖着广袤的植被，从乌鞘岭到与西域交接的敦煌，全是森林和草原。"他缓口气接着说，"河西走廊是个十字路口，有东西通道，还有南来北往的。这条走廊不仅为中原带来了异域文化，更重要的是，它在西晋末年成为儒家士族的避难所。永嘉之乱后，西晋士族，一支随司马皇族'衣冠南渡'在江左生根；另一支迁往西北河西走廊地区。《资治通鉴》提到，'富庶者无过陇右'。"

苏莎说："看来，生态环境变化直接影响着文明的演替与兴衰。"

盛昌之总结道："河西走廊、黄土高原都曾水丰草茂，由于毁林开荒、乱砍滥伐，致使生态环境遭到严重破坏，进而加剧了经济衰落。唐中叶以来，我国的经济中心逐渐向东南转移，很大程度上同西部生态环境恶化有关。"他语重心长地强调，"保护生态，是我们一辈子的职责呀！"

两个弟子听了频频点头。

到了张掖，盛昌之接到电报通知，学校有个国际学术活动，要他立即赶回去参加。他向两个弟子交代了下一步考察的重点事项，就先回去了。

按盛老师做的计划，王远山带着师妹，从张掖的山口再次深入祁连山腹地考察。这天早上，刚刚上路，就瞭见一辆吉普车尾随而来。只听见一阵鸣笛声，那辆车从一侧超越过去，又一个急刹车，停在了路边。古师傅说，好像是电视台的车子。王远山让古师傅也停下车，只见前面的车里下来几个人，当头的竟是栓子。

王远山下了车，迎着栓子跑过去，使劲拍打他的肩膀："你小子咋来了？"

"远山哥，我和近泉都回城了，正等着分配工作呢。闲着没事，就追过来了。"

"怎么还有电视台的？"

"远山，又见面了！"一个汉子大步流星地走过来。

"关场长啊！"王远山连忙打招呼。

栓子说："老关转业后，被分到省电视台了。我从北京过来找他，一说这事，他特感兴趣，说要跟着拍个短片子。"

说话间，两辆车的人马聚到一搭儿了。老关还带着一个司机、一个摄像，说是一切听王远山安排。

电视台的司机说："山里我熟，想去哪儿，我在前头领路。"

王远山说："奔黑河吧！然后沿着河边往山里走。"

大家各自上车。栓子上了古师傅的车，一路聊着，车里热闹了许多。

很快到了黑河的一条支流边，看起来水势平缓，河床凸起的地方，已干涸了。在一个水电站前，车停了下来。众人下车，聚在水边。

王远山说："这条河可是河西走廊中段的生命之水呀！没有它，就没有张掖这座城市。"

老关说："'金张掖、银武威'，正是有了黑河，张掖才成了甘肃的商品粮基地。"

王远山说："黑河不止是你们甘肃的生命河。它全长九百多公里，流经青海、甘肃、内蒙古，最终汇入了巴丹吉林沙漠西北缘的两片戈壁洼地，形成东西两大湖泊，就是东西居延海。现在，黑河中游地区进行大规模农业开发，用水量不断增加，下游的额济纳草原已经断流。西居延海早就干涸了，如不采取补水措施，东居延海也快干涸了。没有水，那里就会是千里沙漠，变成西北、华北地区的沙尘策源地。"

老关说："我去年去那里拍摄过胡杨林，当地牧民喝水都成了大问题，只能超量开采地下水，许多井都见底儿了。"

苏莎说："看来，这些地区的生态就是靠这条河呢！"

王远山问她："那黑河靠什么呢？"

苏莎抬头看看南边的祁连山说："祁连山的生态系统。"

王远山点点头。

栓子问："守着雪山，守着河流，沙化咋这么严重？"

王远山说："明清以来，内地来的移民到处垦荒种地，导致黑河水系的生态环境恶化。现在上游建电站、开矿、伐木，使得祁连山水源涵养林减少，冰川面积缩小，雪线上升，草场退化，水土流失；到了中游地区，就是那些绿洲，农田严重盐渍化、沙化，有的变成了盐碱滩和戈壁；到了下游地区，包括内蒙古西端的草原，海子干涸了，沙生植物枯萎了，沙尘暴肆虐，一直刮到了北京城。"

老关问："有啥好法子吗？"

王远山说："盛老师和国内一些知名专家，已向水利部门提出建议，希望建立一个跨地区协调管理机构，尽早启动黑河干流水量调度，实现全流域水资源统一管理。盛老师说，可以考虑从位于甘肃张掖的黑河中游调水，保证下游内蒙古额济纳的用水、地下水补充及生态恢复。"

栓子说："但愿这个建议不要落空。"

王远山说："实际上，这也是亡羊补牢，最重要的是保护好整个祁连山的生态系统。"

就这样走走停停，溯源而上，过了好几条河流。走到车子上不去的地方，大家就徒步登攀。在黑河的发源地整整转了一天，傍晚时分，两辆车子掉头向阳面行驶，准备找一处避风的缓坡，搭帐篷野宿。

前面有条河，野水横溢，来时车子是从水里过去的，最深处也只没了半个车轮，一加力就开过去了。这时，看上去水涨了些，也没甚大变化。电视台的车在前头，哗啦哗啦地溅着水花开过去了。

古师傅没在意，跟着开过来了。不料到了河心，水流湍急，河水一下子就没了车轮，感觉是个坑，底子是淤泥。古师傅一轰油门，车子陷得愈发深了，发动机也熄火了。古师傅一看不妙，匆忙打开车门出去了，招呼大家赶快下车。栓子坐在古师傅旁边，跟着也钻出去了。

王远山觉得，大概水就这么深了。他惦着车里的摄影设备和考察资料呢，就招呼苏莎，两人一起往车后面安置东西。不料车子的脑袋须臾间就扎下去了，车子竟支棱起来了，车尾的东西骨碌碌地往下滚落，河水哗哗涌进来，大半个车身被淹没了，从车门逃生已无可能。苏莎急得哇哇乱叫，王远山使劲托住她，她的头抵住了车子的后窗玻璃。外面的人都急了，栓子找了把铁钳，伏在露出水面的车屁股上，狠命击打。终于打碎了玻璃，王远山托着，栓子拽着，苏莎终于脱离了险境。这时车子眼看就要沉没了，王远山脚踩在后座椅背上，水已漫过面部，他使劲憋住气，感到一阵窒息，身子像棉花一样，一点力气都没有了，恍惚间听见栓子在喊："抓紧我的手！"在黑暗中的一线光明里，他看到了一只手，就用尽最后一点力气抓住了，栓子、古师傅，两个人合力把他拽上来。王远山趴在车屁股上使劲喘气，大家七手八脚地把他拖到岸上。苏莎抱着师兄，大哭起来！

缓过气来的王远山，嬉皮笑脸地从防水旅行袋里掏出一小罐红茶，吆喝着："泡茶喝吧。"看着苏莎破涕为笑，又说，"古人呢，就喜欢在大自然的怀抱中品茶。梧荫之下、寒溪之畔，或是含露梅边；要么是'明月松间照'，要么是'曲径通幽处'，要么是'野泉烟火白云间'。咱们今天在雪山下饮茶，如何？"

栓子说："大野外的，咋喝呢？"

王远山道："林间采薪，泉下掬水，击石取火，活火煮茶，我们也潇洒一回吧。"

听了这话，有人去山坡拾柴，有人去河里打水，有人用石头垒起了炉灶。不一会儿，就用军用水壶烧开了水。

老关问："西双版纳的茶树是大叶种的，其他地儿是小叶茶，是吗？"

王远山说："世界上主栽茶树有两个变种，一个是中国种，小叶，我国茶叶产区广泛栽种；另一个是阿萨姆种，大叶，主要分布在热带和亚热带地区，包括你待过的云南。"他开玩笑说，"关导别干电视了，跟着我学茶吧！"

众人来了情绪，开始野炊，吃着烤肉，喝着香甜的红茶，唱起了花儿。

老关乐呵呵地说："爽啊！"

"对着山水，望着几片闲云，才品得出茶味来！" 王远山说着又泡了壶茶，"老祖宗给茶起了许多好听的名字，嘉木、叶嘉、瑞草、灵草、灵芽、雀舌、花朵、雏鸟……不是植物就是动物。"他拿起茶壶给众人倒茶，"古人把茶壶叫'注春'，竹茶匙叫'撩云'，煮茶罐叫'鸣泉'……呵呵，这些名儿，也都是从大自然中来的。"

老关说："我从云南带回一把紫砂飞天壶。敦煌壁画上是抱着琵琶飞天，喝茶的人想抱着茶壶飞天。"

王远山抬头看了看，山尖上空的星星贼亮！他动情地说："写《茶经》的陆羽，也是个旅行家，一生流连山水。为何叫飞天壶？爱喝茶的人，梦想着添双翅膀，去外星看一看呢。"

夜深了，众人在一片避风的地方撑起了几顶帐篷，然后钻进睡袋过夜。

苏莎独自住一顶小帐篷，为了安全，王远山就在师妹的帐篷口安置了自己的睡袋。苏莎没经验，让一只蚂蟥钻进了睡袋。蚂蟥咬她的时候，起初并没觉得疼。蚂蟥吃饱了，又钻出了睡袋。等到后半夜，苏莎隐约觉得痛痒，就使劲挠，一摸腿上尽是血。她怕妨碍众人休息，只是轻声呻吟。

王远山醒了，连忙过来察看。他用手电筒照着，找出药用棉球、碘伏和皮炎平来，帮师妹处理伤口。抹了敷了，要离开时，苏莎说她害怕。王远山只好把睡袋搬进帐篷来，隔着一枕的间距，伴着师妹睡下。苏莎怎么也睡不着，侧着身子，不由自主地靠向了师兄，感觉乳峰触到了宽大的背部，立刻害羞地缩了回来。王远山睡得死沉，毫无反应。后半夜，师兄突然打起呼噜来。苏莎有些失望，甚至恼怒，竟然失控地拍了师兄一巴掌！王远山惊醒了："咋还不睡？""鼾声如雷，我咋睡？"

天亮了，河流的水退去了。众人一起动手，用电视台的车子把古师傅的车子拽上岸来，在阳坡下晒着。两个司机鼓捣了半晌午，古师傅一试，车子又启动了。

到了张掖，老关他们向东回兰州。栓子又坐上了古师傅的车，跟着王远山师兄妹，沿着河西走廊一直向西走。

路上下了一场雨，雨过天晴，放眼望去，张掖的丹霞地貌群色如渥丹，灿若明霞。

苏莎说："太美了！"

王远山说："这就是'七彩丹霞''冰沟丹霞'。"

车子经过嘉峪关、酒泉，一直开到了敦煌。

敦煌之北是马鬃山和戈壁滩，南侧是祁连山，西侧是库姆塔格沙漠，东边不远就是巴丹吉林沙漠。

苏莎正在写关于响沙的科普文章，古师傅就带着大家到了鸣沙山。

东西走向的鸣沙山蜿蜒40千米，与莫高窟朝夕相伴。这日天晴，万里无云。大家把鞋子放在车里，赤脚去爬沙山。几个人像疯了一样，欢欣鼓舞地往上冲，不时抓把沙子扬起来，等冲上沙岭时，眼前一泓碧水，状若新月。

这月牙泉长约100米，宽约25米。它曾是党河的一段古河道，由于断层升降，导致潜流渗透为涌泉。也有一种观点，认为这里是风蚀洼地，当风蚀积累达到潜水面深度时形成泉湖。听说在二三十年前，水面有二十多亩，最深处有八九米呢。

众人异常兴奋，顺势下滑，身子与沙子一摩擦，耳边就隆隆作响，像飞机低旋般的轰鸣。几个人先后滑行下来，到了月牙湖边，把脚放在水里，周身清爽。

苏莎挨着师兄坐着，她的脚丫子下意识地触到了师兄的脚踝，王远山连忙往外挪了挪身子。

"唉！沙子都会说话呢！"苏莎定了定神说，"宁夏中宁县的黄河边曾有座古城，现在还留着一座六层残塔，塔前是'鸣沙洲'，当时人们就站在塔上倾听沙洲鸣叫的声音。"

王远山说："内蒙古鄂尔多斯高原还有一个响沙湾呢。"

栓子请教苏莎："沙鸣究竟是如何产生的？"

苏莎说："俄罗斯的科学家认为，沙子石英含量过半时，受到外力挤压变形，其表面就会产生电荷，发出奇幻莫测的声响来。法国的科学家根据膨胀原理解释沙鸣现象，认为沙子流动时隔层间的空气被挤压出来后会产生振动，从而发出一种声波。我国的一些专家认为，鸣沙是大自然中的共鸣现象，其所处的位置便是一个天造地设的共鸣箱。鸣沙之处有三个特征：一是沙山高而陡；二是背风向阳，呈月牙形；三是附近有水流或湿地，日照充足时山下蒸汽氤氲，形成立体屏障，与半月形沙坡共同构成一个天然共鸣箱。人畜搅动，风卷沙滚，发出各种频率的声音，恰巧引起共鸣箱的反应，就产生了沙鸣。"

栓子钦佩地说："远山哥的师妹好有学问！"

王远山对师妹说："我们这一路，看到了连成片的沙漠。我在想，人类没有理由鄙夷、疏远甚或遗弃沙漠，因为它也是大自然的一部分。在沙漠的记忆里，也有过鸟语花香，是人类的贪婪让它变得满目疮痍。从塔什干、罗布泊到居延海，沙尘暴到处肆虐，一步步进犯着人类的生存空间，我们已无从躲避！"

"所以，我在文章里写下了这样的话——'人类该归还原本属于沙漠的话语权，倾听它的诉说、它的哭泣、它的诅咒和它的疾声呼号，接受它的拷问，对它说一声抱歉，安抚并给它一份人类迟到的关怀。否则，我们将永无宁日，我们的子孙会比荒漠更加孤独无助。'怎么样？"苏莎得意地扬了扬一头秀发。

王远山说："这一段写得好！倾听沙鸣，就是自我反省，人类应当端正自己对待大自然的态度；倾听沙鸣，就是尊重对方，我们也会减轻对沙漠化的恐惧。倾听沙鸣，我们会懂得另一种语言，它同我们人类的语言一样重要；倾听沙鸣，让彼此的心灵一起震颤，形成和谐优美的共振。"

苏莎高兴得手舞足蹈起来："我要把师兄这些话，写到我的文章里。"

参观了莫高窟后，一行人就从敦煌返回兰州。当晚，老关做东，摆了一桌子酒菜，招待客人。他还特意请来自己的堂弟关城，让他做专题片的撰稿人。关城在《读者文萃》杂志社当主编，他在兰大时读的是地理，席间和王远山师兄妹聊得很热络。

老关说："我回到台里，把黑河遇险的素材编了个短片，叫《祁连惊魂》，警示探险的人不可盲干！"

王远山说："你让我出丑呢。"

老关回说："做一回反面教员吧。"众人笑了。

兰州人用盖碗喝三泡台。王远山打量着盖碗说："我爷爷就喜欢用盖碗喝茶，他老人家也喜欢收藏茶具，从唐碗、宋盏、明壶到清盖碗，什么都有。"他拿起一个盖碗来接着说，"不同的茶具反映着饮茶风习的演变。唐代盛行煮茶，那时的茶碗盏口比较浅；宋人斗茶，要在杯盏中点茶，茶盏自然深一些；明朝人喝散茶，变成了瀹饮法，茶壶，特别是紫砂壶就流行起来了；到了清代，乾隆帝喜好用盖碗喝茶，盖碗又成了主流茶具。"

关城说："我刚编了一篇文人品茗的稿件。鲁迅先生说过：'喝好茶，是要用盖碗的。'梁实秋先生在回忆文章里也写道，有人送给他一只从大陆带回来的瓷盖碗。梁先生说他在大陆时，一直用盖碗喝茶，还感叹道：'盖碗究竟是最好的茶具'。"

苏莎说："这回出来，感觉西北人太实在了，吃一大碗牛肉面，再喝碗三泡台，就美滋滋的。"她转向关城，问，"为啥叫'三泡台'？"

关城指点着说："你看这茶碗，上面是碗盖子，下面是茶船子，三个构件，所以叫'三泡台'，也有人把'泡'写成'大炮'的'炮'字。"他接着阐释，"天盖之，茶盖；地载之，茶船；人育之，就是茶碗啊！"

王远山颇有感悟地说："这茶具内涵的生态意识和人文精神，朴素而又深刻啊！"

老关说："在我的老家，家家都有红红的陶罐子，那是用红江泥烧的，把它搁在灶台的火盆上，熬出来的大叶茶香喷喷的。"说完，唱起了荡气回肠的花儿：

"喜鹊登枝叫喳喳,远方客人来我家。油饼腊肉罐罐茶,填好热炕你睡下。"听着,众人和着节奏拍起手来。

关城说:"我最近跑发行,发现广州人喝早茶,大多在饭店酒楼,一壶茶加几碟点心,很讲究的。"

王远山说:"到了广东乡下,傍河临水处,常可看见茶寮。就是用竹子搭起骨架,上面盖着树皮的茶居。老茶客讲究慢饮,面对一把铁嘴壶,一个瓦茶盅,许久才啜口茶汤,懒懒地消磨闲暇时光。"

关城说:"他们将饮茶叫'叹茶',我听得像是'啖茶'。究竟'叹'什么呢?叹岁月蹉跎,世事无常?还是叹人生如茶,有苦也有甜?"

老关说:"文人想得就是多!我看杭州人就随意多了,跑到西湖沿岸的茶室,拣个座位喝一杯早茶,只花毛儿八分钱。不少人是自带茶杯和茶叶来的,茶室提供开水。人们在湖边喝茶,聊天,跟着收音机唱戏,有的打麻将、玩扑克。很多老茶客,天不亮就来了,等游人多了,他们就散了。"

苏莎对关城说:"您到北京时,记着到我师兄家喝茶,他家藏着许多稀罕茶呢。"

关城摆出垂涎的样子:"那我一定要去讨茶喝!"

饭后,关城请大家去看舞剧《丝路花雨》。王远山看完后对关城说:"还该编一出《茶道驼铃》的戏!"

在兰州住了一夜,次日师兄妹和栓子乘火车回到了北京。

十二

转年就要毕业了，王远山正在写博士论文呢。暮秋时节，盛昌之派给他一个活儿，要他跟随一支探险队去川藏高原考察："那里分布着许多山茶科植物，多整些第一手资料回来，好充实你的论文。"

王远山谢过老师后，说起他刚刚在《英文通讯》上看到的消息：瑞典打捞出了"哥德堡号"海轮。

"这条船是1745年触礁沉没的，过去240年了。"盛昌之一边翻资料，一边问，"有什么重要发现吗？"

"船上清理出好多宝贝，瓷器、丝绸、藤器，还有366吨乾隆年间的茶叶呢。"

"366吨！清代中国茶的外销量好大啊！"

"这批茶叶装在2677个木箱里，箱底儿铺了层铅片，还垫了涂满桐油的桑皮纸，茶叶被紧紧地包裹起来。这样里软外硬，双层间隔，减轻了氧化，不少茶叶还没有变质。"

"这证明中瑞之间也有过一条茶叶之路。"盛昌之直视着王远山说，"陕西、甘肃、四川、云南，古代在这些地方设置专门机构，管理茶马交易。你的先人当过茶马大使，这次出去，要关注一下大西南的茶叶之路。"

王远山频频点头，先生的话正合其意。近一年来，他一直在整理、分析茶区的生态环境、太阳光谱、气候、土壤资料，还利用古代地理和气象史料，研究论证茶树的发源地及繁衍传播的路线。

从盛家出来，王远山去了趟邮局，把"哥德堡号"的外文资料寄给了边青山，他一直在研究茶叶外销史呢。

得信儿后，苏莎闹着要跟师兄同去，盛昌之对她说："带不带你，远山说了算。"

那段时日，苏莎总是缠着师兄，不管他是去图书馆、操场，还是食堂，她都紧随不舍。

萧娅萍碰上了几回，这日擦黑时又在校园遇到了，便悄声问王远山："和小师妹好上了？"

王远山没言声儿，走在后面的师妹快步追了上来。苏莎指着萧娅萍的背影问："你对她有意思？"

王远山恼了，反问："你说这个，啥意思？"接着铁青着脸说，"别指望跟我出去了！"

一听这话，苏莎呜呜地哭了。

王远山赶紧劝道："别哭了！要带你去的。"

苏莎立刻破涕为笑："我请客，打个牙祭。"

"省点钱！跟我回家吃炸酱面吧。"

"听说你家存着好多茶呢。"

"让你开开眼！"王远山接着叮嘱，"走以前，多搜集些资料。"

进了家门，王远山麻利地煮好了面条，切了些黄瓜丝，肉酱是前几日炸好的。

吃罢饭，王远山泡了壶茶："品品，野茶啥滋味？"又一本正经地说，"出去莫添乱！"

"我是累赘吗？这些天去图书馆，看的尽是茶书。"

"你找的都是文史类的书啊！什么《西藏政教史鉴》呀，《汉藏史集》呀！知道吗？你是学生态的，不是学文史的。"

苏莎做了个鬼脸，从挎包里掏出好多复印资料和手抄卡片，让师兄过目。

王远山一看愣住了，师妹摘录的全是茶叶史料。他拿起一张卡片，上面写着："文成公主入藏后倡导饮茶，且亲制酥油茶赏赐大臣。"之后是苏莎的批语——"由此证明，茶叶在唐代已向周边少数民族地区流动了，由川入藏是一个主方向。汉人认为茶树是吉祥植物，枝叶繁茂，象征多子多福，故茶叶也成为男婚女嫁之礼。文成公主和亲入藏时，就从内地带去大量茶叶。她在藏区以茶待客，亲自煮茶泡茶，教藏民饮茶。西藏牧民以肉食为主，饮茶后有益于消化油脂，补充维生素，于是公主向松赞干布建议，用牦畜、皮毛等物品，到川陕一带换取茶叶。从此，藏民养成了喝茶的好习惯。"

王远山接着说："所谓'青稞之热，非茶不消；腥肉之食。非茶不解'啊！"他夸师妹，"走心啦！"

苏莎笑嘻嘻地说："该搭把手的！"

王远山为师妹续茶，像考官一样发问："真是文成公主把茶叶带入西藏的吗？"

苏莎没吭声，双手捧着茶杯低声唱起来——

"龙纹茶杯啊，

是公主带来西藏，

看见杯子啊，

就想起公主慈祥的模样……"

"是山南藏族民谣吧？"

"是的。要是去问藏民，他们都会说，茶叶、茶具，制作酥油茶的方法，都是文成公主带来的。《西藏政教鉴附录》也有记载：'茶叶亦自文成公主入藏也。'不过，我看了藏族史学家根敦群培写的《白史》，书里叙述吐蕃初期的饮食时没提到茶叶，更没有说酥油茶。我也查阅了其他文献，松赞干布宴请宾客也没有饮茶的记载。"

"文成公主与茶叶的事儿，难道只是个传说？"

"也许是吧。萨迦时期有位僧人，叫达仓宗巴·班觉桑布，在他写的《汉藏史集》里，讲了一个茶叶的故事。"

"讲给我听听。"

"都松莽布支是松赞干布的孙子，在位时身患重病，无药可治。正在静养时，一只小鸟衔着树枝飞来。赞普命人将小鸟衔来的树枝取下，发现上面有些翠叶，就摘下一片咀嚼起来，顿觉神清气爽。他命人四处寻找这种树叶，想用来治病。有位臣子不远万里，在邻近内地的高原上发现了一片野茶树，就采了许多青叶，让白鹿驮着、鱼王背着，跋山涉水带回拉萨。赞普命人将这些叶子用水煮沸后做成饮料，连续喝了些日子，病很快就痊愈了。从此，茶饮就进入藏区。"

"还有什么说法吗？"

"唐史中也有记载——唐德宗派人出使吐蕃，使臣在帐中烹茶时被赞普看到了，便说我这里也有茶，说着叫人取来内地各处的茶叶，唐使看了大为吃惊。"

"这么说，即使不是文成公主带过去的，早在唐代茶叶就进入藏区了。"

"有报道说，阿里地区发现了茶叶残渣，经过碳14分析，距今已有1800多年了，大约是中原地区汉末到魏晋时代。"苏莎微笑着说，"不过，那时喝茶是当药喝的。到了宋代，普通人也开始喝茶了，'开门七件事，柴米油盐酱醋茶'。通过茶马互市，吐蕃、蒙古、回纥和周边的其他少数民族，都陆续开始喝茶了。"

"那时茶叶也开始向域外传播了吧？"

"没错！向东传到日本、朝鲜、韩国；向西传到中亚和伊朗。"

"用功啦！"王远山拿着一张卡片说，"我同意你的见解，茶叶入藏可能和那些传说没多大关系。我看过一则资料，随着丝绸之路的拓展，茶叶也沿着南疆通向藏北的支线进入藏区。我们应该结合人类活动，深入研究这一地区的生态变迁。"

"我也是这么想的。"苏莎盯着看了师兄几眼，秀颊飞红了。

"醉茶了？"王远山说，"酒是感性的，让人情难自抑，越喝越亢奋，直至迷狂；茶却是知性的，在微量咖啡因的刺激下，难免有些小兴奋，却是可控的。"

"怪不得你总是那么理智！"苏莎好像话中有话。

沉默了片刻，王远山说："我国野茶树的分布较为零散，主要分布在我们这次考察的大西南；两广和海南岛也有零星分布，再就是东南一带了。"

苏莎颊上的红晕散去了，说话的声调愈加柔和了："三千多年前，巴蜀地区的先民就开始饮茶了。茗、槚、蔎、荼这些古茶字，大多来源于古代巴蜀人的方言。"

王远山说："起初，他们采来茶叶是嚼着吃的。慢慢地，懂得了摘下叶片，晒干收藏了，后来从直接食用变成煮茶羹饮用。"他指着家里的茶叶罐子说，"你看，武夷山的大红袍，还有铁观音、福鼎白茶……这些名气大的茶品，最初都是用野茶树叶子做的。"

"怪不得你说，研究茶叶要从野茶开始呢。"苏莎钦佩地说。

"茶叶呢，像一张小小的试纸，从中透露出大量的生态环境信息。冲泡时，这些信息会以茶多酚、芳香烃、茶氨酸、茶多糖、茶碱等形式，带给品饮者特殊的感受。数千年来，茶叶已成为传递科学文化信息的植物载体，今后它还会更深刻地影响人类。"王远山又说，"这野茶，在山间任风吹雨打，做茶时任日晒火炒，历经磨难的茶叶，味道醇厚久长，冲泡十多次余香犹在。"

苏莎品着茶，也品着师兄的话，心想："这真是一个懂茶的人。"

这时，王远山端起茶杯嘬茶，呷呷有声，他见苏莎冲着他笑，就说："口腔与茶汤充分接触，才能品出深蕴的茶味来。"

看着王远山喝茶的样子，苏莎心里嘀咕：这人只懂得茶，却不懂得女人。幻觉中，师兄嘬的不是茶汤而是她的唇舌，恍惚间听到师兄说："这次探险很苦的，你要做好思想准备，咱们回学校吧。"

出发前，盛昌之把两个弟子叫到家里，一起看墙上的中国地形图。挂图上用不同颜色标示出中国大地的三级阶梯：青藏高原平均海拔 4000 米，至高点是"世界屋脊"，为第一级阶梯；内蒙古高原、黄土高原、云贵高原，海拔 1000 米到 2000 米，是第二级阶梯；大兴安岭、太行山、雪峰山一线以东地区，大部分海拔在 500 米以下，属于第三级阶梯。

苏莎请教先生："三大台阶基本对应着中国的三大自然区：东部季风区、西北干旱区和青藏高寒区，它们究竟是如何形成的？"

盛昌之先从"行星风系"讲起——

地球上接近地面的大气层，原本是以非常规律的方式进行流动的，科学家叫"行星风系"。在北纬 30° 附近地区，行星风系控制下的气流不断下沉，使得地面温度升高，水汽不易凝结，难以形成降雨。所以，从北非到西亚，北纬 30° 附近出现了连片的大面积干旱地带。

苏莎说："可我国江南也处在这一地带啊！"

盛昌之说："这是个例外！"

王远山问："这个例外与一台阶有关吧？"

"没错！海拔最高的青藏高原，接收到了更多的太阳辐射，尤其在夏季，大气受热上升，地面气压降低，高原开始抽吸外围的气流进行补给，它就像一个超大型抽风机，把南亚季风、东亚季风都抽吸进了大陆。"盛昌之指着地图上的印度洋，"南亚季风裹挟着水汽从印度洋而来，山间的峡谷就是水汽通道。有的水汽在喜马拉雅山脉南缘聚集，藏南的墨脱、察隅等地，雨水丰沛。"他又指向地图上的太平洋，"太平洋上的东亚季风也带着水汽，驱散了我国北纬30°附近地区的干旱，造就了一个'烟雨江南'！"

苏莎问："大西北为何那么干旱呢？"

盛昌之解释说："大自然是追求平衡的，青藏高原也阻挡了印度洋水汽的深入北上，地处内陆的中国西北地区，变得更加干旱，出现了大范围的戈壁、沙漠。到了冬季，受阻的西风不得不改变路径，吹起漫天沙尘，沿着青藏高原北缘向东推进，沙尘颗粒在太行山以西、秦岭以北降落，这样就形成了黄土高原。"他指向墙上的字幅，上面写着"伞把背行囊，处处是家乡"，转过身来对两个弟子说，"这是句谚语，也该是我们的座右铭。趁着年轻力壮，你们多在高台阶上跑跑！"

过了一周，王远山带着师妹乘火车到了成都，与先期到达的探险队会合了。总共十来个人，分乘四辆车出发。

探险队长郭炳涛旁听过盛昌之的课，也是关城的朋友，见到王远山师兄妹十分亲热。他叫过来一个小伙子："阿诺，彝族人，给你俩儿开车。咱们有分有合，路上你们单独行动，进城休整时再会合。一定要注意安全，遇到困难，我们随时赶过来支援。"

第一站是甘孜州。

王远山问师妹："知道为什么先来这里吗？"

"熊猫的故乡呗。"

"有熊猫的地方就有竹子，有竹子的地方往往有茶树，还有橘树和杜鹃花。"

"别忘了，这里也是情歌的故乡！"

阿诺听了，立刻唱起了《康定情歌》，王远山师兄妹也跟着唱起来——"跑马溜溜的山上，一朵溜溜的云哟……"

车子沿着盘山路一直往上开，大约到了海拔三千多米的高度，阿诺停下车来。三个人下了车，只见四处层峦叠嶂，云雾时聚时散。

"那是贡嘎山吗？"苏莎指着远处耸立的雪峰。

"是啊！海拔7556米，四川境内的最高峰。"王远山举着望远镜回答。

走过一处山崖，岩壁上凿出一尊雕像：宽额方脸，浓眉大眼，伸出的双手托举着茶具，神态威风凛凛。阿诺说："这是镇守茶山的神灵。"

康定是川藏茶马古道的要冲，雍正年间设为打箭炉厅，是边茶的重要集散地。听阿诺说，他的一个远亲是做康砖的，王远山就让阿诺带着去拜访。

那家人是茶叶世家，仍然用传统方法制茶。除了茶叶、茶梗和茶末，加工时还要添加糯米浆。看着苏莎一脸疑问，主人笑着解释："这是祖传的老法子，铺一层茶洒一次糯米浆，这样不仅能增加茶叶的黏性，还能提香呢。"王远山师兄妹尝了主人家的煮的茶，果然喷喷香。

王远山眼尖，发现主人家墙角有一个牛皮包，皮包上还有用牛皮绳缝缀的花纹，就问："这就是装茶叶的花包吧？"主人应道："是呀！早年间，康定人好多都是甲注娃。"

苏莎问："什么是甲注娃？"阿诺替主人回答："这是藏汉语结合的说法，就是缝茶的人。"

主人接着说："过去康定城的缝茶业是很兴旺的。从雅安过来的茶，到这里要拆掉竹篾包装，装在牛皮包里再走山道。"他拿起牛皮花包来，感慨地说，"这包多坚实啊！耐磨耐用，还能防风霜雨雪呢。"

又要上路了，王远山翻了翻地图，指着远处的折多山说："翻过这座山就是北线，经甘孜、江达，到了昌都再去拉萨；南线呢，经雅江到芒康，从林芝去拉萨。"

车子沿着大峡谷一侧的山路前行，进入了阔叶林带。这里空气潮热，生长着桦树、胡桃、椒树、山毛榉，还有茶树。在茂密的樟树林里，有一群猕猴在树间攀爬、游窜。停好车子，阿诺守着。王远山带着苏莎徒步往上走，走入混交林带时，听到噗嗤噗嗤的声响，两只松雀鹰飞过来，落在一株大茶树的枝杈上，注视着他们。

王远山说："就在这一带转转吧，上面该是针叶林了，不会有茶树了。"

苏莎也兴奋了："真是长茶树的好地方。"

王远山问师妹，"气温多少？

"20度。"苏莎看了看温度计。

"这就好，人舒服，茶树也舒服。"王远山站在一株茶树前，采了片叶子，"你看，这叶子多嫩啊，叶面也舒展。低于20度，影响茶树抽枝发芽；超过30度，树叶就会枯萎。"

转过一个弯儿，山坡上长着零散的野茶树。

苏莎快步走过去，转身问跟过来的师兄："为何这里有野茶树？"

王远山用手指指日头："这坡半阴半阳，没有日光直射。茶树呢，耐荫，就喜欢弱光和漫射光。"他接着解释，"从叶绿素的吸收光谱分析，光波较短的蓝紫光部分最多，而漫射光主要是波长较短的蓝紫光。有了这些漫射光，茶树才长得好。"

苏莎蹲下身子，用手指抠出树根下的土来，放在手心里用鼻子嗅嗅："又潮又松软，酸性土壤。"

王远山也随着蹲下来细细观察，接着师妹的话头说："入秋后，时不时下雨，土壤的含水量增高，这样的雨量和湿度，对茶树生长来说正合适。你说得对，这里是酸性土壤。这种土壤也为茶树根菌提供了理想的共生环境，茶树的根部汁液含有多种有机酸。"

苏莎取了土样，采了茶树的枝叶标本。王远山掏出笔记本，蹲在树根下写起了考察记录。

苏莎摘下一片叶子，上有虫啮的孔眼，便问："野茶树是如何抵御虫害的？"

王远山说："老茶树和饱经沧桑的人一样，不仅生命力旺盛，还富于生存智慧。在长期抵御虫害的过程中，茶树内部形成了响应机制，如遇到小绿叶蝉等害虫的侵袭，就会释放特殊气味报警，引来害虫的天敌，保护它的安全。"

苏莎问："我若遇到危险，你能闻到我的气味吗？"

王远山一本正经地说："我只能闻见茶味。"

苏莎佯怒，随手冲师兄的肩膀给了一拳。

"挠痒痒啊！"王远山咧嘴笑了。

师兄妹站起身来，爬到山头上，居高临下地察看地形。

王远山说："你看，野茶树多的那面坡，坡度该在30度左右，周围是一个挨一个的山峰，一道接一道的山谷，终日云雾缭绕，早晚温差也大。在这样的环境里，茶树的芽叶持嫩性强，做出来的茶也香。"

"怪不得有好多野茶树。"

"真正的野生茶树，是没有被人类栽培驯化，自然生存的茶树。"

"这不是野茶吗？"

王远山没有回答，笑了笑问："在植物分类学上，茶是什么？"

这些基础知识，苏莎早已背得滚瓜烂熟："在植物分类学里，茶树被列为植物界、被子植物门、双子叶植物纲、原始花被亚纲、山茶目、山茶科、山茶属、茶亚属、茶组、茶系。"

"不错，现在我来回答你的问题。科学意义上的野茶，是农学里茶系以外的近缘茶树植物，是没有经过人工驯化栽培的。"

"噢，我们看到的这些茶树，是驯化过的茶树种子，散落在野外自然生长的茶树。"

"你很有悟性啊！"王远山接着说，"这样的茶树，没人种植，也没人管理，茶农都叫野茶树。细究起来也有两类，自然型和栽培型。这些是自然型野茶，在山野林间长出来，零零散散的，这一棵那一棵，性状不一样。还有一种原本是人工栽培的茶树，茶田荒芜了，但好多茶树还顽强地活着。"

"后一种好理解，可前一种呢，就是我们面前这些茶树，种子是从哪儿来的？"

"从野生到人工栽培，还有个过渡期呢，这就是茶树进化的三个阶段。野茶的种子，是自然落地的，因为人工搬运中的失落、动物啃噬、山风与流水运载等多种原因，就跑到深山里来了，刚好土壤肥沃，周遭的环境也好，就发了芽，长成树了。"

"这样说来，野茶树密集的地方，都该是产茶区，甚至就挨着茶园。"

"对呀！到了寨子附近，一定会看到人工栽培的茶林。"

在山林深处，他们发现了一株高大的野茶树。王远山量了主干树围，又用三角法测量了茶树的高度。

苏莎仰着脑袋问："这株茶树，为何能鹤立鸡群？"

王远山说："我刚读研时，不大用功。自打你来了，就不敢懒散了。"

怎么答非所问？苏莎见师兄一脸坏笑，方恍然大悟："这是生存竞争的结果。"

王远山答道："这株茶树，长在密林间，周围都是植物。为了吮吸土壤里的营养，它的根扎得越来越深；为了突出重围沐浴阳光，它就铆足了劲拼命地往高长。"

苏莎取出相机，啪嚓啪嚓地给这株野茶树拍照。准备离开的时候，他让师兄站在这株野茶树前，拍了一张工作照。

按下快门，收好相机，她对师兄说："你站在茶树前的样子，最帅！"

"不对。"王远山眯着笑眼说，"我和你站在一起时的样子，最帅！"

说完，他用三脚架把相机支好，选择了定时自动拍摄，然后牵着师妹，站在刚才的位置上拍了张合影。快门啪嚓落下时，苏莎把脑袋倚在了师兄的肩头。

收拾好相机和其他测量仪器，师兄妹挎上背包下山。一路上，还是聊着野茶。

苏莎说："在你家喝的野茶，哪儿来的？"

"西双版纳。"

"谁送的？"

"上学前，我去过云南的茶山，交了不少茶友。"

"找野茶，就是探险。"

"还真是探险！那些野茶树，有的长在绝壁，有的生在裂谷，寻茶的人进了山，没有地图，没有标识，靠的是祖传下来的秘密路线，每一棵野茶树的位置，都是寻茶人刻在脑子里的藏宝图。"

"这叶肉，好厚实呀。"苏莎摩挲着一片叶子。

"野茶树地处偏僻，昼夜温差大，茶树生长缓慢，但果胶质含量高。"王远山说，"野茶耐泡，喝着有山野气息。"

师兄妹俩一路聊着，回到了停车的地方。阿诺开着车，顺着山路驰向山麓。

盘旋的山路穿越石灰石巉岩山区，那些云杉、冷杉、栎树，越往下走越是茂盛，树株也高大挺拔，直插云天。拐过去的坡上，秋阳照着栎树的黄叶子，与蓝天白云交相辉映。

"下面果然有茶园。"苏莎兴奋地说。

阿诺把车停在路边，他们去看坡上的茶园。

好一片梯田茶树，排列有序，一看就是当地茶农精心培植的。

"这些茶树矮多了。"苏莎又开始拍照了。

"横断山脉一带的野茶，大多为小乔木或乔木，树龄在几十年至几百年。驯化了的茶树变矮了，这样便于管理，也好采摘鲜叶。"王远山说，"这些小乔木茶株，还带着明显的野性呢,你细细瞅瞅树叶,再拍几张特写。"

苏莎说:"叶片墨绿墨绿的,没有被毛,边缘也没啥锯齿。"

"这些叶子片革质肥厚,主副叶脉粗壮明显,确实很像野茶。"王远山看了看日头说,"天擦黑了,进寨子去吧!"

这是一个多民族杂居的山寨,有汉族、彝族,还有藏民。阿诺带他们进了一户彝族人家。他和主人用彝族话打招呼,听说是研究茶叶的,彝族老人就热情地把他们迎进院子里来。

院里有石桌木凳,大家坐下来聊了几句,女主人取出一包自家做的茶来。

苏莎一看,茶叶条索粗细长短不一,还有碎块。

王远山看出了师妹的疑惑,便道:"人不可貌相,茶也一样。这里的茶树叶子墨绿肥厚,很难揉捻出齐整的条索来。但这是好茶呀!耐泡,香气特异,口感也好。"

主人也会说汉话,听了王远山的话儿,高兴地说:"遇上懂茶的了!"

茶已泡好,一揭壶盖,浓浓的茶香就弥漫开来。

主人斟了茶,王远山小抿一口,甘甜润醇,滑柔质重,回甘也明显。他赞道:"彝族茶农不简单,种茶顺天应时,做茶也很讲究,留住了自然精华。"说着拱手作揖,要拜主人为师。

那位彝族茶农连忙摆手:"我们做茶,都是祖传的旧法,也说不出个子丑寅卯来。"

夜里,三个人就宿在这户人家里。一开始,男主人想把师兄妹安置在一间屋子,苏莎羞得脸色通红。阿诺说:"人家是同学,不是两口子。"主人才反应过来,让苏莎和她老伴同宿。

离开山寨,阿诺驾车到了康定,与探险队会合后,在城里休整了两日,又前往西藏昌都地区考察。

车子沿着横断山脉的谷地一路前行,时常要穿越山口,或是盘旋向西。苏莎不停地看地貌地形图,时不时就向师兄请教。

王远山说:"看不完的山啊!西有伯舒拉岭 – 高黎贡山,东有大凉山,中间的山岭海拔都有四五千米高呢。"

苏莎说："我去过丽江，那里的玉龙山白雪皑皑。"

"横断山脉，一般高于5000米的山峰，大多是雪峰、冰川。像玉龙雪山，海拔高达5596米，是我国纬度最南的现代冰川分布区。"王远山说，"我们走过的这些山区，山岭的褶皱非常紧密，形成一束一束的断层，样子像是百褶裙。各条断裂带在第四纪都有活动。横断山脉实际上一直在活动，古老的山脉偏近东西走向，现在呢，基本变成南北走向了。"

"这些山岭隔断了东西向的交通，所以才叫横断山脉。"

"是的，东西走向的喜马拉雅山脉和冈底斯山脉，像两堵高大厚实的墙，挡住了印度洋上吹来的暖湿气流，而横断山脉间却成为一条条通道，给青藏高原东南部带来丰沛的雨水。"

"我也注意到了，这里高山深谷相间，植物、土壤垂直分布明显，具有热、温、寒三带景色。"

"这样一来，这里的生物在进化中形成了特殊的适应性，成为动植物学研究的热点。盛老师说得对！我们就得时常来高原上走动。"王远山用望远镜观察着远方。

苏莎说："在这个大断裂带里，还发育出数不清的河流呀！"

"是啊！怒江、澜沧江、金沙江、大渡河、安宁河……如果把这些水调到大西北地区，该多好啊！"说着，王远山把望远镜递给师妹，"那边是一条山路。"

苏莎端起望远镜瞭望："好险好长啊！"

"从唐代起，就有了通向云南、四川和西藏的路，绵延数千里，来来往往的马帮，大多是搞茶马互市的，这就是'茶马古道'。"王远山说，"现在这个地方，处在横断山脉东侧的川滇交界地带，自古就是产茶的地方，也是茶马古道的重要节点。这条路，穿过横断山脉和金沙江、澜沧江、怒江、独龙江、雅砻江等大江大河，向西直奔拉萨，最后通往喜马拉雅西部的南亚次大陆。"

苏莎接着说："川藏、滇藏，这两条线在昌都交汇后，向西走还有两条路通往拉萨。硕达洛松大道由昌都经洛隆宗、边坝、工布江达、墨竹工卡至拉萨；草地路往西北方向到拉萨，是一条古代的茶道。"

王远山纵目四眺："昌都啊昌都！东走四川，南达云南，西通西藏，北通青海！"

吉普车进入芒康县。阿诺说："芒康是西藏的东南大门。"王远山补充说："也是茶马古道进藏第一站。"

车子沿着澜沧江东岸的茶马古道，到了紧挨着云南德钦县的盐井乡。

阿诺说："这是纳西族聚居的地方，云南茶都是从这里进藏的。"

苏莎说："在历史上，这条路就是南诏国通往吐蕃的交通要道。"

车子在一处盐井旁停下来，三人去参观盐井、盐田，有人正在用土法晒盐呢。阿诺用藏语打过招呼，就和一个盐工聊起来，那人叫阿康，藏族，会说汉话。

阿康介绍说，明代纳西土司木天土率兵征讨康巴，这里的纳西人大多是那时留居于此的士兵后裔。他们祖祖辈辈靠晒盐卖盐为生，所以叫盐井乡。他指着不远处的澜沧江说，过去大江两岸到处分布着盐井和盐田，纳西人叫盐井为"察卡"。乡里还有些人，在茶马古道上往西藏运输茶叶。

王远山测了测，海拔2400米。他问阿康："乡里还有贩茶的人吗？"

"有啊！晒完盐，等天凉了，我也要驮着茶跑趟拉萨呢。"

"那您肯定熟悉这条路啦！"

"我还当过马锅头呢！"阿康接着说，"我们邦达家族是旧日西康江卡县人，先人是萨迦寺的差户，到了清光绪年间，邦达·宜江这一代，不仅贩盐、贩马，还贩茶叶，生意越做越红火，后来成了藏区最有钱的商人。"

苏莎惊喜地问："您是邦达·宜江的后人？"

阿康面带矜色地说："当然了，我家还供着祖先的牌位呢。"

王远山从挎包里取出爷爷留下的笔记，从"茶马古道"一节里，找到一段文字，他看了一遍，又交给苏莎看。上面写着："茶马古道支线甚多，入藏之道，亦有川藏、滇藏之分线。印藏开通商埠之后，藏人邦达·宜江，率先赴印，于噶伦堡、加尔各答两地开设'邦达昌'分号，经营茶叶等货物。由此，茶马古道的西藏线得以延伸至印度。"

苏莎看了说："我出来时查阅文献，也有邦达家族的资料。"说着，她找出一张手写的卡片——"1910年，十三世达赖遭遇困厄时，藏商邦达·宜江赐以援手，在竭力资助的同时，还为达赖奔走效劳。达赖回归拉萨后，授权'邦达昌'独家经营全藏的羊毛和贵重药品，并予以免税优惠及运输之便利。之后，'邦达昌'

商号成为藏区首富，其经营规模几占全藏贸易总额之半。"

这样说起来，阿康也分外高兴，放下手中的活儿，带着王远山他们回寨子。

山坡的台地上，零散分布着两层木结构小楼，底层是土色的，上层涂着白漆，在阳光映射下，色彩对比甚为强烈。

苏莎问阿康："这是藏式的，还是纳西族的民居？"

"我也说不清，多数人家住这样的房子。"他指着远处的几间房子说，"过去都住土坯房。"

王远山向那边瞭望，还有几间低矮破烂的土坯屋，门窗已损坏了。

阿康说："都是旧社会留下的，现在没人住了。门只有一米半高，出入都要猫着腰，里面黑漆漆的。屋子里也没什么家具，凳子、灶台都是石头做的，墙壁被烟火熏得乌黑。"

走到村口，路边有几处崭新的砖石房，两层，米黄色的。阿康说："我家到了。"

苏莎说："好漂亮呀！"

"那年山洪下来，冲塌了不少人家的土坯房，民政部门拨了些款子，帮我们盖了新房。"阿康指着路对面的院子说，"要说漂亮，是那几家。"

望过去，对面山坡上有几处相邻的院落，院子里是框架结构的白楼房，房顶在阳光下闪着橘红色的光芒。阿康说："那几家是村上的富户，都是做茶叶生意的。"

阿康把客人请进屋子，墙面上有藏族风格的图案。他揭下灶台边上的木桶盖子，里面是熬好的酥油茶。阿康说："我们把酥油、茶汁、盐都放进桶里，用木杵把这些东西捣成稀糊糊。"他说着用长柄木勺舀出来，放入一把铜壶内，添上水，放在灶台上加热。阿康端上酥油茶时，又在每个碗里撒了把糌粑，让客人拌在一起食用。

阿诺说："藏民喜欢喝茶，无论是日常生活、盛大宴会，还是英雄出征、婚姻丧葬，都要熬奶茶的。"

"我们这里，向寺院供奉布施，就说是'熬茶'。"说着，阿康往茶碗里撒盐，"没有比喻的话难讲，没有盐巴的茶难喝。"

让王远山惊喜的是，阿康把许多家族留下的资料，包括商队的路线图，茶山的分布图，都找出来了。

王远山一边翻看着，一边对苏莎说："在茶叶之路上，货物的交易是以接力的方式进行的，每个城市和绿洲都是货物的集散点，不同的商人负责不同的路段，有可能存在鲜为人知的进藏线路。"

苏莎也在翻阅资料，她接着说："宋代的骑兵，是用茶叶来换取战马的。金人是游牧民族，喜欢食肉喝奶，必须靠饮茶消除膻味、帮助消化。金朝每年要从南宋输入大量的茶叶。"

王远山说："明清两朝也一样啊！那时设立了茶马互市，必须遵从茶法交易。我家先人王彬去云南，就是要解决私茶影响官市的问题。"他说出了《茶道茗事》里的话，"茶户新制砖茶，多潜入边区，私下交易，致官市不振，宜设法整治也。"

苏莎说："《明史·食货志》也说，那时仅雅州茶马司往西藏输出茶叶就达百万斤，年马匹交易量达万匹之多。这一带茶叶之路的支线应该很多的。"她接着说，"后来朝廷控制了牧场，军队也不缺马匹了，茶叶变成了以茶治边的东西，中央政权用茶叶赏赐听话的地方首领，关系不好的想买都不给。"

阿康说："藏区的人，天天吃牦牛肉、青稞饭，喝茶时加些酥油和盐巴，能解油腻呢。"

苏莎说："16世纪时，藏传佛教格鲁派的势力很大。到了16世纪末，蒙古人第二次接受了藏传佛教，同时也学会了喝奶茶。"

苏莎拿着阿康家的商旅路线图爱不释手。

阿康说："你们用得着，都拿去吧。"

王远山说："那就不客气了。"他从口袋里掏出20块钱，硬塞给阿康。

阿康又熬了酥油茶端上来。苏莎喝了一口热腾腾的茶水："好香啊！"她请教师兄，"我平时常喝咖啡，茶叶里也有咖啡因，是吧？"

"是的。不同的茶叶咖啡因含量也不一样，像后发酵的黑茶，六堡茶砖、云南普洱熟茶，咖啡因含量就低一些。这酥油茶，用的是雅安茶，咖啡因的含量是最低的。"王远山喝了口茶说，"在内蒙古草原上，牧民煮砖茶时，会加盐，加奶子，有时还会泡炒米，加黄油和熟肉。藏区老百姓喝酥油茶，也是老传统了。"

阿康在旁边兴奋起来，讲了一个神话故事——

藏区有两个部落，因械斗结下了冤仇，但两个部落中的一对青年男女却倾心相爱。二人恋情曝光后，女方父亲派人杀死了男孩，女孩在男孩火葬时，扑入火海殉情了。后来，女孩变成了茶叶，男孩变成了盐湖里的盐。每次藏族人打酥油茶时，两个恋人便能再次相遇。

听了这凄婉的爱情神话，苏莎掉泪了。

喝了酥油茶，吃了些干粮。三人辞别了阿康，又上路了。

从盐井乡出来，驱车通过公路桥时，他们看到了澜沧江大峡谷。这条峡谷300里长，梅里雪山与白马雪山隔江对峙，峡谷的最大高差达到4734米。果真是壁立千仞，惊涛拍岸。梅里峡谷江面束窄，水流湍急，难以摆渡，旧时人、货骡马全靠溜索过江。江边的村子就叫"溜筒江村"，因其扼滇藏交通之咽喉，故有"溜筒锁钥"之称。从溜筒江村到对岸盐井，总共有7个溜索。村民将竹子剖成四条结绳，总共要用360根竹篾，才能拧结成一道溜索。过溜索凶险万分，人，马匹，还有载货的驮架子，弄不好就会坠落到滔滔江水里。老乡说，当年每年来回的骡马有上万匹呢！进藏的主要是茶叶、红糖、布料等货物，出藏有皮毛、虫草、麝香等物资。抗战胜利后，跑藏区的生意人集资架了座铁索桥，解放后才先后建了两座公路桥。

现在，江上的溜索成了一道景观，很少有人用了。王远山瞭过去，只见竹篾溜索上，有个老妇坐在筐子里，风驰电掣般地溜了过去。他非要体验一下溜索的感觉，三人就到了江边。王远山把绳子扎在腰间，拴在滑轮上，先从一条索上溜了过去，又从对岸的溜索上溜了回来。苏莎看得花容失色，师兄回来后却嘿嘿一笑，连声说过瘾。

车子从公路桥返回来，继续奔驰在古老的茶道上，苏莎激动地说："这条路好长好长呀！"她又聊起了茶叶外销的历史——

当茶叶逐渐取代丝绸，成为主要的出口大宗商品时，茶饮向西一直传到了波斯和阿富汗。从11世纪到15世纪，马背上的蒙古族和突厥民族一直在向西征伐。奥斯曼土耳其帝国兴起后，控制了前往欧洲的骆驼商队。这样一来，促使欧洲人进行航海探险，哥伦布向西，达伽马向东，都是为了找到一条畅通的海路。在大航海时代，葡萄牙、荷兰和英国的海船，都会装载中国的茶叶，因此又出现了海上茶叶之路。

王远山嘟囔着："师妹懂得比我多呀！"

阿诺也说："苏莎妹妹是个大学者。"

苏莎问："大学者？有我这模样的吗？"

王远山和阿诺都笑了。眼前这个女人，皮肤晒得黝黑，活像一名土生土长的藏族姑娘。再说他们携带的东西，只有一顶帐篷、一些支帐篷用的铁柱子、绳索，修靴子的皮子，睡觉时防潮用的帆布等，再就是食物：酥油、茶叶、糌粑、干肉。挎包里是指南针、相机、测量仪等物品。

阿诺说："还是像探险家！"

接下来的日子，他们在一二台阶的过渡地带，到处寻找野茶树和川藏茶道的遗址。

回到成都，探险考察要结束了。临别那晚，郭炳涛把队员们召集起来，吃了顿麻辣火锅，饭后又去城外一个古镇去坐茶铺。

镇子有条"船形街"，首尾窄些，中间宽敞，俯视像是一艘船。老街是典型的穿斗式建筑格局，沿街一侧的店铺均有檐廊，川人叫"凉厅子"。

临街有个狭长的驿站，是一处川西风格的四合头院落，木结构，青砖灰瓦。看到门额上"茶源盛"的商号，王远山说进去瞧瞧。一进客栈，便是一个方形天井，两侧统是客房。再往里走，又是一进老院子，地面的砖石上覆满青苔，散发着陈年气息。在院子的厢房里，王远山看到一套背夫使用的工具，他看了又看，还比试了一会儿。

成都人爱喝茶，"一城居民半茶客"。老街上开着几家茶馆，生意都不错，听说赶集时，茶馆更是顾客盈门。乡人、工匠和小贩，都来围着桌子喝茶摆龙门阵，还有不少打纸牌的闲人。

郭炳涛带着大家走进"船肚子"边的一家老字号茶馆喝茶。低矮的黑木茶桌，泛黄的竹椅，还是老茶馆的模样。

王远山发现，把角有个老茶客，面前放着一壶茶，一碟糖渍核桃仁，瞥了他们一眼，啜了口茶汤，一副悠然自得的样子。再看，那茶客背后的柱子上写着："何事慌张，余生很长。"

一个老茶房一手拎着锃亮的紫铜茶壶，一手卡着一摞茶船一摞茶碗，信步走过来。他用眼扫了一圈茶客，杂耍般地一扬手，"啪啪啪"，十一个铜制茶船便落停了，接着旋来转去的，眨眼工夫，所有的茶船上已妥妥地放好了茶碗。老茶房道一声"看茶"，便退后一步，于三四尺开外举起壶来，用手臂挽住壶梁，壶嘴一倾，汤水便如飞瀑一般急泻而下，每只茶碗都倒得满满的，却没有一滴淋在茶桌茶船上。众人还在惊叹间，老茶客已将茶碗盖子一一扣好。

看着苏莎惊奇的神色，郭炳涛说："茶房，成都人也叫堂倌、么师，像这样要得活的，就尊称'茶博士'了。"

王远山早就听爷爷说过，旧日有"吃讲茶"的茶馆习俗，茶桌上有一套独有的秘密语系统，有时只需拿出盖碗摆个切口，便可进行无言的对话。譬如，将茶盖朝外，斜靠茶托，说明这人遇到了棘手事，约请来喝茶的袍哥鼎力相助。他说："我从小就喜欢泡茶馆。旧时成都茶馆功能可多啦！饿了有茶点，有的茶客还在这里煲鸡汤、煨草药呢；不少人来茶馆会友，谈事，扯闲片；娱乐呢，打麻将、推牌九，说书、唱戏、变戏法，热闹着呢；还有做生意的，什么药材、布匹、粮油，都来茶馆卖卖。"

苏莎说："你看，现在茶馆里老人多。我看，可以在茶叶实体店开展读书会、交友会、研讨会，吸引年轻人过来。"

郭炳涛说："这是个好点子！"说着，他让老茶房上一壶好茶。

不一会儿，老茶房送来了茶水。王远山一喝，惊呆了："紫笋茶吧？"

老茶房说："是紫笋茶呀！"

王远山问："哪儿产的？"

老茶房说："峨眉黑苞山林家坡出的。"

王远山脱口吟了陆游的诗句："雪芽近自峨眉得，不减红囊顾渚春。"

老茶房钦佩地说："这位年轻人竟懂得茶！"

王远山连忙说："爱喝而已。"

郭炳涛问王远山："明天回京吗？"

"我想去趟黑苞山。"

"又要去寻茶啦！"郭炳涛让阿诺开车带他们去。

离开茶馆时，坐在灶台后的么师幽幽地吹起箫来。

第二天，阿诺就带着王远山师兄妹，按照老茶房指点的路线，上了峨眉山。

峨眉山地处北纬30°附近，处在黄金产茶带上。王远山想起了一句古话："峨山多药草，茶尤好，异于天下。"他对师妹说，峨眉山也是出好茶的地方，竹叶青产自海拔600到1500米的高山茶区。白水寺的僧人种了上万株茶树，是唐代有名的贡茶。陈毅元帅回四川老家时，喝了一款峨眉新茶，特意取名"竹叶青"。竹叶青是明前采摘茶芽，经过漫长冬季，明前茶树养分充足，营养价值高。

林家坡坐落在峨眉山的半山腰，最高的地方海拔1600米。这里云缥缈，雾缭绕，夏可听雨，冬可观雪，木结构的民居掩映在青翠的草木之间。

进了村，王远山打听哪里有紫芽茶，有人带着他们到了山上的茶园。

在茶园的入口处，王远山看到一个熟悉的身影，走过去一看，竟是武夷山跑运输的林师傅。林师傅也认出了他，两人都欣喜异常。原来林师傅大前年回到家乡种茶，现在经营着这处高山茶园。

大家进了大门口旁的屋子，林师傅取出茶来待客。王远山一看，古铜色的条索修长，茶毫纤细，茶骨紧结壮实，便说："我就是寻这茶来的。"

"巧了！"林师傅说，"这就是我们林家紫笋茶。"

王远山说："古法不是失传了吗？"

"成都有个大茶人，帮我们做出来的。"林师傅说着，斟上了泡好的茶。那茶汤金蜜透红，喝着滋味醇厚，口齿留香。

王远山打听那大茶人是谁？林师傅说只知道姓钟，说那人常年在茶山跑，来去匆匆，有些神秘。苏莎吟道："云深不知处，只在此山中。"

喝着茶，聊了一会儿，就去看茶园。茶树与草木混杂相伴，遍布山间，错落有致。

王远山测了海拔，1200米。看了看茶树，都是高山野生小叶种。

苏莎说："这茶园有点野性。"

林师傅说："不野，哪里能做得出紫笋来呢？"

忽有响动，远处有条黑影窜走了。苏莎说："像是猴子。"

林师傅说："峨眉猴，山上有许多野生动物呢。"

王远山说："山里人懂得保护生态，保持了天然的生态系统。"

他们仔细地查看茶树，枝干上覆满苔藓，不少叶子上还有虫眼。

苏莎说："看来你们不打农药。"

王远山说："实际上，侵害茶树的害虫也有天敌，茶树生了虫子，也是通过生物相克的方式驱除。不喷农药、不施化肥、不用除草剂，这才是真正的有机茶园呢！"

林师傅说："我们只做三件事：除草、修枝、采摘。入冬前，把修剪茶树留下的枝条，还有那些枯枝败叶，统统堆在茶树根部，这样就形成了厚实的腐殖质土壤。尽管不施化肥，土壤仍很肥沃。"

出了茶园，他们往山里走。在一片森林里，王远山还找到了几株零散的原生老茶树，高兴得手舞足蹈！

苏莎调侃道："怎么见到野茶树，就像见到了久别的恋人？"

王远山一边拍照，一边说："陆羽也是这样啊！他时常跑进深山里寻茶，'远远上崖层'，路远回不去了，'时宿野人家'。"

有几个成都来野游的人，在树林里野炊。王远山正想过去阻止，只见一股风过来，火苗嗖嗖地蹿了起来，直扑向一棵野茶树。王远山脱下衣服上去扑救，苏莎、阿诺、林师傅，还有那帮野炊的人一起打火，总算把火扑灭了。

回头看，王远山被烧伤了，他在昏迷中喊："快找人输液！"阿诺开着车，把王远山送到乡镇医院打吊针。王远山醒来说："给我输什么液，快通知林业部门，给那棵烧伤的茶树输液呀！"还惦着茶树呢！苏莎听了呜呜地哭起来。

苏莎陪着师兄住院，悉心照顾，无微不至。临床的大娘对王远山说："小伙子娶了个好媳妇！"王远山没言语，抓住师妹的手轻吻了一下。苏莎美丽的大眼睛，噙满了泪珠，像春茶初展时绿叶上的露珠，晶莹闪亮。

分手时，林师傅大声对王远山说："赶紧娶媳妇吧！"

阿诺也跟着喊："我也要参加婚礼！"

师兄妹回京后不久，苏莎家里来了电报，让她回一趟哈尔滨。过了一周，苏莎回来了。刚好是周末，盛老师请两位弟子到他家餐聚。

在盛老师家里，苏莎聊起了家事。原来她这次回去，看到了从未见过的父亲。

苏莎的父亲是俄罗斯人，中文名字叫苏华，他一直跟着父亲在中国做生意，是个"中国通"。他娶了个叫岳丽的哈尔滨姑娘，后来中苏关系恶化，苏华要回到苏联，岳丽不肯离开故土和亲人，死活不跟着去，两人谈崩了，离了婚。苏华不知道，当时媳妇已有了身孕，他走后，苏莎出生了。此后运动开始了，因为这段姻缘，岳丽吃了不少苦头，也不敢把详情告诉苏莎。好在哈尔滨的华俄后裔不少，苏莎就当自己没有父亲，跟着母亲长大了。这几年开放了，对外的联系也热络起来，苏莎的父母又联系上了。

盛老师说："好啊！我下厨炒几个菜，祝贺苏莎亲人团聚。"

苏莎非常兴奋，拿出一个相册，让大家看。翻着翻着，王远山发呆了，有一张图片竟是爷爷和一个俄罗斯人的合影。他急忙问苏莎："这个俄罗斯人是你爷爷吗？"苏莎点点头说："是呀！"

王远山激动地叫了起来："你爷爷是彼得吗？老头是个'中国通'。"

"你咋知道的？"

"这一张，是你爷爷和我爷爷的合影啊！彼得爷爷在北京时，常到我家喝茶的。"

这一下子热闹起来。盛老师说："今儿破一次例，喝些白酒。"说着找出一瓶剑南春，大家一边吃一边喝，一边听王远山讲祖辈的故事。

席间，盛昌之指着一盘刚端上来的"四喜丸子"说："我今天添了这道菜，是有说法的，大家都尝尝。"他站起来，给在座每人夹了个丸子，"我们真的有四件喜事呀！"

师母在一旁说："远山、苏莎完成了考察报告是一件吧，苏莎见到父亲也是一件……"

苏莎说："远山找到他爷爷的朋友、我的爷爷，我知道我爷爷和他的爷爷是好朋友，也是一件吧。"大家听了都笑起来。

王远山说："像说绕口令，但这确是一件喜出望外的事。以后，我爷爷的孙子要照顾好她爷爷的孙女。"大家笑得喷饭。

盛昌之说："还有一件开心的事呢！猜猜。"

大家谁也猜不出来。盛昌之对王远山说："你先吃了分给你的丸子。"他看着学生一口就吞下去了，清了清嗓子说，"我和远山、苏莎，一直在西南山地和青藏高原开展野生动物物种、生态学以及保护生物学的研究，这次他们又扩展到生态学与文化、社会、经济以及政策关系的跨学科研究上了。你们都想不到吧，远山他们写的考察报告，顺便提到了将大西南的水调到大西北去。一些专家看到后非常重视，写了专题报告，有关单位已经下拨专门费用进行可行性研究。课题组的组长是一个老科学家，他特意提出，这样的大工程，必须做生态环境评估研究，点名要远山参加这个课题组。"众人听了，都为王远山高兴。

因了爷爷辈儿的交情，从此之后，师兄师妹走得更近了。王远山的父母也很喜欢苏莎，逢年过节，就会叫到家里一起吃饭。胡同里的人也传开了，说王家找了个混血媳妇，人长得花枝招展的。

读博期间，王远山跑遍了所有的高原地区，到处观察野生茶树。"平生茶炉为故人，一日不见心生尘"。王远山有点闲暇，尤其是夜里写东西时，总要喝点儿茶，不喝就不舒服，也没有情绪。不论去哪里，他随身总是带着茶叶，遇到懂茶的人，便泡了一起品饮。由此也学了不少知识，认识了天南海北的茶友。

入冬了，郭炳涛打来电话，告诉王远山，说是在西藏阿里发现了大量的茶籽。王远山急忙带着苏莎去一探究竟。师兄妹飞到拉萨后，郭炳涛从西藏探险协会借了部车子，亲自驾车，带着他们走了十多天，一路颠簸，直到中尼边境地区。

行走在沟壑纵横的阿里札达盆地，王远山异常亢奋。就是在这片看似荒芜的土地下，挖掘出了大量化石。数以千计的脊椎动物化石标本证明，不仅是豹亚科，许多北极动物也都起源于青藏高原。

苏莎惊叹道："从第三极到北极，动物的迁徙太不可思议了！"

王远山说："青藏高原蕴藏着太多的自然之谜了，这里是好多动植物的原乡啊！"

原来，青藏高原隆升后，栖息于此的动物不断演化，长出了厚厚的皮毛，早已适应了严寒的气候。当距今 260 万年前大冰期降临时，温暖的北极地区也变寒冷了，北极狐、披毛犀，好多动物从青藏高原迁徙，一直扩散到了北极。青藏高原动物的演化与扩散，奠定了第三极及周边地区的生物多样性。直到现在，青藏高原众多的垂直山地间，依然生活着我国 40% 的维管植物，43% 的陆栖脊椎动物。

王远山喃喃自语："我们研究生态的人，就该常来这里。"

进入札达县境内，他们看到了大地奇观——土林。随着高原不断地抬升，在干旱气候条件下，经过长久的风化、雨水冲刷、水系切割等自然力的作用，形成了特殊的地貌景观，层峦叠嶂，远看如林，沿河谷绵延百里。来到霞义沟时，更是惊呆了：这里的土林，有的像立柱，有的像列队的兵卒，土层从上到下，有银色、白色、褐色、土色，在阳光的映照下，五彩斑斓。

听说噶尔县正在进行考古挖掘，他们就赶了过去。那天郭炳涛要整理探险资料，就留在招待所了。王远山自己驾车，带着苏莎去挖掘点。

雪封的高原没有尽头，看不清哪里是路，哪里是草地，哪里是结冰的水泽。王远山扶着方向盘，凭感觉驱车往前闯。车轮疯狂地转动着，旋起纷扬的雪片和冰碴子。车子开进了雪堆里，轮子打着滑空转了一阵子熄了火。王远山想下车看看，车门却被冰雪封住了。海拔4800米，气温零下30摄氏度，车子熄火后没了暖气，变得越来越冷。幸好手机还有信号，王远山连忙向后方求援。这时，一群野牦牛围拢过来，好奇地盯着深陷在齐腰深雪里的车子。

"苏莎，你看那些野牦牛，在离太阳最近的地方追逐着，嬉戏着……"

"好浪漫啊！"

王远山猛地抱住苏莎，疯狂地亲吻她冻得发紫的唇。

"救援的车子到了！"王远山喊着。

苏莎睁开一双美丽的大眼睛："这么快？"

郭炳涛带人把车子拖了出来，雪也停了。

再次上路后，他们走走停停。这天进了一个村落，听了他们大难不死的经历，村民们惊呆了！他们请客人喝酥油茶，还布施给他们一些食物。寺院的大喇嘛特意给王远山打了一卦，说他要经历九死一生，但总能化险为夷。

终于到了古象雄文明的发源地，这里曾建有象雄王国的都城。这个建立于3800年前的王国，在7世纪被吐蕃王朝并吞。在阿里狮泉河上游地带，考古发现了大量的青稞种子和茶籽。

让王远山感到惊奇的是，古象雄人竟然已经有了喝茶的习惯。他对师妹说："青藏高原天寒地冻，不长茶树；这些茶籽表明，茶叶之路是由许多网状的分支组成的，通过穿越青藏高原的线路，1800年前茶叶已经被输送到海拔4500米的西藏阿里地区了。"

苏莎说："看来，我们的论文要增添新内容了。"

在噶尔县待了两天，他们又去阿里南部的普兰县。这是一个被雪山围绕的地方，有闻名于世的神山圣湖，海拔6656米的冈仁波齐峰和玛旁雍措。巴嘎乡山上的转山道长达53公里，最高的地方海拔5700米。高寒缺氧，那些朝拜的信众，有的骑马，有的徒步，需要走三天时间。很多是从印度、尼泊尔过来的香客。

垭口，风中飘舞着红的黄的经幡。"那些经幡，能引导着迷路的转山者走出险境。"王远山对苏莎说，"山民说山口就是生死关头，亲密的人一起走出去，死了也会携手抵达永生的天国。"苏莎紧紧抱住师兄，吻他胡子拉碴的下巴。

玛旁雍措被印度教徒称为湿婆神沐浴的地方，据说饮用湖水可以洗涤百年罪恶。王远山特意用一个军用水壶，装满了湖水，说要带回去泡茶。

苏莎感到奇怪，问："这水泡茶好吗？"

王远山说："我要洗清自己的罪孽呀！"

苏莎追问："你有什么罪？"

王远山沉思了片刻，慨然叹道："我们这些人，有老不能伺候，有小不能照顾，整年在外野着，当然有罪啦！"

十三

出了校门，王远山被分配到环保部门下属的报社工作。他这人闲不住，还充满好奇心，看着各种社团如雨后春笋般地建立起来，就和郭炳涛牵头成立了科学探险协会，时常组织具有挑战性的科考活动。栓子呢，一直打漂儿，身子活，只要王远山出远门，他就鞍前马后地跟着。

这一阵子，湖北神农架的野人事件闹得沸沸扬扬。一天晚上，王远山看到一则资料，转述湖北郧阳府地方志《房志稿》里的记载："房山高险幽远，石洞如房，多毛人，长丈余，遍体生毛，时出山啮人鸡犬。""长丈余，长丈余……"王远山喃喃自语，觉得曾见过这样的描述。拍拍脑门，他从书架上取出《茶经》来，翻到《茶经·七之事》"续搜神记"条，上面果然写着："晋武帝世，宣城人秦精，常入武昌山采茗。遇一毛人，长丈余，引精至山下，示以丛茗而去。俄而复还，乃探怀中橘以遗精。精怖，负茗而归。"

这日王平顺回家来，饭后父子俩品茗闲话，王远山提起《茶经》记载野人的事来，父亲说："古代文献叙述了许多两晋时的灵异故事，不少记载都与茶叶有关。像《茶经》，除了秦精的奇遇，还有鬼魂夏侯恺讨茶喝，卖茶具的老太太飞身越狱……古人认为茶叶是一种神奇饮品，尤其是道士，总把茶叶和神秘事物联系起来。"

王远山托腮听着，寻思：莫非野人就藏在茶山？

这年初春，科学探险协会决定派人去神农架追踪考察野人。王远山主动请缨，带着栓子去打前站。

二人到了三峡边上的宜昌，搭了辆顺风车，沿着山路直奔神农架。

车子进入神农架的地界时，已是暮色幽冥。观察了一会儿，预感到山雨欲来，二人就下车步行，拐进一个山寨，去老乡家投宿。果然，当夜电闪雷鸣，大雨如注。

他们借宿的农舍十分简陋，雨夜里被完全笼罩在静电场了。一阵耀空闪电过后，房梁上吊着的钨丝灯泡晃着晃着熄了，屋角的脸盆在雷鸣声中嗡嗡作响。那夜的静电邪乎得厉害，吓得二人毛骨悚然，衣角也不停地扇动着。王远山拉着栓子趴下，身体紧贴着地面，避免被雷电击中。当时春寒料峭，为了避免被困在山里，待雷雨小了，就连夜撤了，二人一路摸着爬着到了车站，狼狈不堪地踏上了归途。

路上，王远山给栓子讲了野人和茶树的传说。

"哥，你是想找野人呢？还是想找着野人让野人帮你找野茶呢？"

"找野人比找野茶难多了！"

"一来就遇上鬼天气，敢情是野人在作祟？"

"别神经兮兮的！"

王远山懂得，从生物学的角度看，一个群体要避免近亲繁殖，少说也要有几百头个体才能繁衍下去；一个地方若真有数百个野人，就不难发现了。他实在不甘心，一入夏，又带着探险队开进了神农架。

神农架位于湘西尽头，总面积达3253平方公里，是一大片神秘地带。且不说虚无缥缈的远古神话、虚实难辨的野人传说，确有不少动物在这里返祖白变，山间溪流竟然出现过潮汐现象……

为了确定重点搜索区域，王远山让队员们进行适应性训练，自己带着栓子去踩点。

那些目击者，说起野人的样子来大同小异——长着棕红或黑褐色的毛发，两米多高；大脚，长约四十多厘米；直立行走，行动敏捷。

据目击者发现野人的区域，王远山绘了一张图，带着探险队员进入深山老林，在神农顶和大小神农架周围展开搜索。

山间翠竹摇曳，盘旋而上。王远山拾了两支竹竿，递给栓子一支，二人趋前探路。

走在茂密的竹林间，王远山说："这里的箭竹真多！"

栓子问："为啥叫箭竹？"

"像不像弓箭手用的箭竿？"

"像啊！"

"箭竹是我国特有的树种，这里海拔两三千米的地方，满山遍野都是箭竹林。"

前面的箭竹林里，有几只金丝猴正在啃食鲜嫩的竹笋、甘甜的竹叶呢。

"哥，这些猴子的模样，咋和我在云南看到的不一样呢？"

"云南是滇金丝猴，我国还有川金丝猴、黔金丝猴，这些猴子是从四川跑过来的。"

他们观察了一会儿，拍了照，翻过一道山梁，发现了一处竹窝。这窝是用竹竿扭结而成的，王远山数了数，共有24根竹竿。他坐了上去，感觉靠在了有弹性的躺椅上。这是野人造的房子吗？两人里里外外地仔细察看。

在竹窝通向山溪的野径上，散布着一些奇异的脚印，王远山立刻拍下来。在附近搜寻了大半天，栓子找到一些毛发、粪便。王远山看了，摇摇头说："这是金丝猴留下的。"

回到宿营地，有个山民候在那里。那人见着王远山异常激动，说他见过野人。

"怎么称呼您呢？"

"我叫秦精。"

"秦精？"这也太巧了！王远山自然想到了陆羽说的那个"秦精"。

秦精说，大山深处有个洞，野人住在里面，山民们叫毛人洞。

"毛人洞？"王远山立刻想到"石洞如房，多毛人"的话，可探险地形图上并没有标着这个洞穴。有的队员说，一定是忽悠咱儿的；可秦精信誓旦旦地说，他准保能带着找到这个石洞。

王远山决定到无人区探险，便开始训练队员掌握单绳技术。他找到一处山洞，从洞口进去有十几米的垂直段，就指导队员们利用绳索，结合上升器、下降器，练习在洞穴中升降起落。当地山民瞅见了，说是来了一伙"蜘蛛人"，要去毛人洞逮野人。

训练了两天，探险队出发了。跟着秦精，众人在无人区转了整整三天，终于发现了一个灌木丛掩盖着的洞穴。秦精高兴地直跳脚："找到了！找到了！"

王远山在洞口仔细观察，这是一个幽深垂直的洞，就像矿区的一眼竖井。"我先下去看看！"王远山利用单绳下滑了大约五六米，落脚处是小斜坡。他重新打了岩钉，挂好绳子，正准备继续下滑时，脚下的土石突然松动了，他赶忙抓紧绳子，身子却悬在空中。垮塌的声响实在骇人，滚雷一般，随后一片死寂。王远山镇静下来，身子紧傍洞壁，找到了一个可落脚的支点，摸索着将上升器挂了上去。有惊无险，王远山慢慢往上爬升。出了洞口一看，好几个发青的手指都在渗血。

王远山讲了自己下洞遇险的情形，叮嘱队员："不要让绳子在洞壁上摩擦，磨坏了会出危险的。可别冒失！一定要多试试脚下踩的东西结实不结实。"他特别强调，"换挂绳时，也不能同时解开全部绳子。"

这一次，在王远山的指挥下，队员们顺利地进入洞中。王远山琢磨着，若真有野人的话，长丈余，力气肯定蛮大的；要是野人群居的话，他们这些入侵者还有被群起反击的危险。他特意叮嘱大家："警惕些，小心被野人活捉了去！"队员一个挨着一个，像在地道里和日本鬼子周旋，气氛稍显紧张。王远山用手电照了照，发现深处没啥动静。大家的胆子壮了起来，一阵喧哗，回声很大。搜寻的结果空空如也，洞里没有任何动物留下的痕迹。

王远山只好悻悻然带人撤退，出了洞口，又在周边展开地毯式搜索，也没有任何发现。

半个多月的搜寻一无所获，正准备打道回府时，王远山探着一个信儿：警察在临近的长阳县追捕逃犯时，意外发现了一个猴娃，据说是人猿杂交所生。王远山解散了探险队，自个带着栓子赶往长阳，费尽周折，终于找到了猴娃家。

两人走过去，猴娃裸着上身，在门口蹲着，见了生人，随手捡起几块石子扔过来，栓子吓得往后躲。王远山镇定自若，从挎包里摸出一把香蕉来，走过去递给猴娃。猴娃变得老实了，不再搭理人，独自吃起香蕉来。

猴娃属猴，比王远山小三岁，33岁了，个子很高，脚很大。王远山盯着猴娃的锁骨看，常人呈"一"字形，而猴娃是"V"字形，而"V"字形锁骨正是大猩猩区别于人类的骨骼特征。

这时来了个村民，说猴娃娘当年进山给丈夫送饭，走在途中被野人劫持，逃回来后就生下了这个娃。猴娃遍体黑毛，不会说话，冬天还裸着身子在冰天雪地里乱跑。

王远山想和猴娃唠嗑，但他要么哇啦哇啦地叫唤，要么沉默不语。最后弄烦了，猴娃直跳脚，还使劲地拍打自己的胸脯。

王远山以为会从猴娃身上找到与野人有关的信息，就将视频资料交给古人类学家贾兰坡、黄万波，专家认为猴娃的状况属于病态。不久猴娃死了，尸骨鉴定表明，猴娃面颅像人，脑颅像猿；额骨、顶骨、枕骨、眉弓、眉脊以及第三臼齿，都与猿近似。鉴定结果是，猴娃属小脑畸形愚人。

王远山是那种愈挫愈奋的主儿，两次无功而返，反而坚定了他追根究底的决心。不过，他改变了做法，就是一边找野茶一边找野人，这样对单位也好交差。回京后，他足足做了两个多月的功课，研究野人资料。

一天，王远山在海子边练完拳回家，一进院迎头碰上了栓子。栓子回来就去电视台打杂了，他见王远山抱着一大摞资料，便问："还惦着野人呢？"

回到屋里，王远山放下那摞子资料说："我打听到，有一支奇异动物考察队，在神农架搜集到了一些不明粪便、毛发，还测了疑似脚印，初步判断野人是一种接近于人类的高级灵长类动物。"他挤了挤眼睛又说，"你猜队长是谁？"

"谁？"

"曾建军。"

"不打不成交啊！这些资料都是他给你的吗？"

"是呀！见了面，好像先前没啥过节，还挺亲热的。"

"大爷们儿，哪能小肚鸡肠的！"

"曾哥他们发现了一些疑似野人留下的实物，可没能捕获到一个活体。"

"野人还是个谜。"

"马打滚儿的地方总有落下的毛呢。"

"你想解开这个谜，是吧？"

"曾哥有点儿泄气了，就将手头的资料全给我了。"

"啥时再去神农架？"

"春夏两季都去过了，入秋后再去。"

"带上我吧，我现在摄像不比你差。拍好素材，你允我剪个短片子，就算电视台派我出了趟差。"

"那好，这两天，咱们一起琢磨这些资料。"

王远山泡了茶，两人边喝边聊。喝到第三泡时，滋味全出来了。

"哥，这茶茶气冲，喝着肚子里热乎乎的，是你做的吧？"

"上次去神农架，看到不少野茶树，我采了些叶子，做了几两红茶。你若喜欢，剩下的都拿去喝吧。"

"哥，你不要死心眼，找不着野人，咱找野茶啊！"

"这次去，就是去考察鄂西北山区的生态和野茶分布情况的，找野人是搂草打兔子捎带的事儿，要不然盛老师该生气了。单位也警告过我了，要我做好本职工作。"王远山说，"我得想个两全其美的考察方案，再画一张实用的考察线路图。"

中秋节快到了，王远山带着栓子又到了神农架。这次的考察线路，是在曾建军团队考察的基础上确定的，同时考虑了野茶分布等因素。

神农架挨着十堰。这个汽车城原是个小镇子，因流经的河流筑有十处拦河坝而得名。十堰市操办世界武术大会时，王远山带着乐队去了，唱了他给汽车城写的歌曲。二汽的总工与他一见如故。王远山团队在神农架的考察逐渐扩展到了十堰一带的山区。当时，二汽研制出了东风轻型卡车，定型后，总工赞助了团队一辆蓝色四轮轻卡。驾驶室设有双排座，可坐四人。王远山派人去接车，路过牧野大桥时，司机违章驾驶，和一辆装满石灰的拖拉机撞上了，司机当场死亡。王远山急忙飞过去处理善后事宜。死者的家属，认为车辆在设计上有问题，要和二汽打官司。王远山特窘，人家好意送车，现在却惹上了官司。经过长时间的协调，最后撤诉了。调解的结果，王远山应允自己掏钱赔付3万块钱了事。栓子说，卖些茶叶吧。王远山铁青着脸说，不卖！为这事，苏莎也憋屈得慌，但她识大体，悄悄兑换了父亲给自己的卢布，替他凑足了赔款。二汽总工觉得王远山讲义气，又赞助了探险队一辆白色轻卡。王远山决定自己开车，因为总走山路，苏莎总是为他提心吊胆的。

这次，两人轮流驾着轻卡，照既定的路线图往山里走。他们常把车停在路边，在山间徒步搜索。

农历八月十四，他们来到大山深处，准备在一个山村过中秋节。停好车，二人就在村子周围寻寻觅觅。走在前面的栓子，在山谷玉米地的田埂上，发现了许多奇特的大脚印，形状与人脚差不多，但比人脚要大得多，他忙将王远山招呼过来。王远山一看，除了大脚印，松软的田垄上还有一块凹下去的圆坑，像是坐出来的。他让栓子坐下去，再站起来。栓子身高 1.8 米，体重 180 斤，但留下来的凹窝比旁边那个浅得多。

"你觉得这个窝坑是野人留下的吗？"栓子边摄像边问。

"说不准！这么深，就是日本相扑手也坐不出来的。"王远山蹲下来，用尺子仔细地测量着，把数据记在随身携带的本子上。他们又在附近搜索，发现不远处，整整齐齐地码着一排啃过的玉米棒子。一点数，竟有 38 个。王远山拿起一个看，玉米粒被啃得干干净净，上面的齿痕清晰可见。

"前两次来，村民就说，收庄稼时野人就来偷吃粮食。"

"好！我多拍些资料吧。"疲惫的栓子又打起了精神。

拍摄完现场，两人并肩坐在田埂上歇着。

王远山说："到现在，还从未发现过野人的遗骸。"

"深山老林里，有狼，有熊，还有猛禽，野人的尸体很快就会被这些动物吃掉的。"

"可总不至于连骨头、牙齿都被吃得干干净净吧？如果我们能找到一颗牙齿，那也是重大发现。"

"前前后后，发现了那么多毛发，难道不是证据吗？"

"那些人啥也不懂，说是野人的毛发，一鉴定，都是熊呀豹子呀，其他动物的毛发。有的根本就不是毛发，是他们不认识的野草，或是某种真菌。从毛根上残存的细胞中提取 DNA，就能依据基因序列确定其所属物种；可现存的毛发都没有毛根，这些只能属于不明毛发。至于脚印，像我们刚才看到的、拍下来的，还不足为凭。因为我们还不知道是什么动物留下来的，轻易下结论会弄出笑话的。有人声称发现了喜马拉雅山雪人的脚印，最后弄清楚了，那是雪豹留下来的脚印，由于冰雪融化变形，看起来像是人的脚印。"

"那么多人声称见过野人，都是瞎说吗？"

"不仅见过，还有人说杀死野人吃了肉的，离奇的故事多了去了，既有村妇上山打柴遭野人强暴怀孕得子的，也有庄稼汉被母野人劫持到山洞有了小野人的……"

"有靠谱的吗？"

"13 年前春夏之交的一天，凌晨一点多，林区的六位工作人员，乘吉普车经过椿树垭时发现了一个奇异动物，相距只有四五米远，竟然还对峙了几分钟。这些人不会瞎编，但三更半夜的看不大清楚，也有可能是幻觉。"

"你究竟信不信有野人？"栓子追问。

"眼不见，差一半。我只相信科学根据，现在呢，只当它是一个谜。"

"那你花这么大气力图啥？"

"科学是一个严谨的求证过程，解开一个个自然之谜，就是科学家的责任啊！"

两人站起来了，栓子看了看形体比自个儿小一号的远山哥，感觉他更加魁梧伟岸。

收拾好东西，又把那些玉米芯统统装入一个袋子里，他们背着行囊，沿着河谷进了依山傍水的村子。

王远山认识这个村的村主任，他准备了不少红包，让村主任领着，去走访那些发现过野人的农人。村里有两个男人、一个女人，说是见过野人，那个女的还吓得大病了一场。

他们先去最初发现野人的农民家里，那人叫胡岩，五十多岁了。说起野人来，胡岩眼光贼亮："三年前秋收，我正在地里掰玉米棒子，忽听到响动声，抬头一看，来了个野人，远看像猴子，走近一看，浑身长着红毛，两米多高，走起路来腰板挺直。看他冲着我走来，我吓得扭头就跑。这是前晌的事，到了后晌，我又带着村里几个年轻人过来，发现野人啃吃了好多玉米棒子。"

"野人啃完的玉米，啥样子？"王远山问。

"啃得可干净了，一粒都不剩下。"胡岩说。

栓子取出一个玉米芯来让他看，胡岩叫道："就是这个样子的，牙印也一样。"

王远山讲述了他和栓子看到的情形。

胡岩对村主任说："赶紧通知村民，野人又来偷食了。"

王远山和栓子又去找另外两个目击者打听情况，他们口中的野人，几乎和胡岩说得一模一样。

那天夜里，山里的月亮又大又圆，王远山和栓子埋伏在玉米地里。

夜深了，王远山打了个盹，梦影里看见：神农在茶树旁架起一口锅，用竹瓢舀来泉水烧开。山风吹来，树叶飘落，纷纷掉入锅里，水变得发绿起来，茶香也溢了出来。神农长啸一声，聚拢来好多野人，一边啃玉米棒子，一边喝茶。

"野人来了！"

"在哪儿呢？"

"是我梦见野人啦！神农氏请他们喝茶呢。"

"穿越啦！"

等到下半夜，也不见野人的踪影，他们只好回到村里。

栓子说："村里见过野人的，说得差不多，不像编瞎话。"

王远山说："这些山民没念过书，看到不明动物时，就以为遇到了传说中的野人。老胡先看到了，他的描述全村的人都记住了，再有人看到模模糊糊的东西，因有了先入之见，说得就和前面的人差不离了。"

"真是这么回事。"栓子说，"刚才在月光下，总感觉远处有野人的影子，仔细一看没有了，都是幻觉。"

王远山说："这个村子是最僻远的居住点了。明儿咱俩儿再往里走走。村里有人说，野人都躲到山那头去了。"

第二天，天蒙蒙亮，两人就出发了。栓子问老乡讨了两根锹把，说是这玩意儿用处大，可以当登山杖，若遇到野兽还是防身利器。

半晌午时，王远山抬头望去，前面几十米处的峭壁间，有一处横向的褶皱，被密密的灌木丛掩遮着，好像长着好几株野茶树。

"野茶树怎么会长在峭壁上呢？"

"飞鸟带过去的，鸟屎里有没消化的整粒茶籽。"

他们想爬上去就近观察，可山壁如刀削过一般，根本上不去。于是找了个地方，用摄像机拍了下来。

"没找到野人，找到不少野茶树。"栓子说。

王远山哈哈大笑："我老爸说我没找着野人，自个儿变成野人了。"

"我和你妹子，都有孩子了。你是老大，也不成家，整天在外面颠儿，老人有点急了。"

"我在这里处上对象了。"王远山一本正经地说。

"哥，你和那个混血丫头吹了？"栓子急切地问。

"哥又找了个野丫头。"

"哪个村的？你真要找山妹子？是不是长得特水灵？"

"我的对象居无定所，来去无踪，身高丈余，大脚丫子，浑身长着毛。"

"去你的，没句正经话。"

两人离开神农架，开车返回北京。这天后响，王远山驾车出山，忽然遇到了瓢泼大雨，雨刷也不起作用了。拐了个急弯儿，透过被雨浇得模糊的车窗，他忽然看到前面有个挑夫，仓促间急刹车，车轱辘直打滑，轰地摔到山崖下了。挡风玻璃全碎了，把王远山抛了出去。那车触地后又打了个滚儿，四轮朝天，跌在一块白薯地里。那一刻，王远山失忆了，过了几分钟，他醒过来，发现距离坠落的车只有不到一米。他想起车里的栓子，忙去察看。车门被甩开了，驾驶室摔扁了，顶棚比方向盘还矮了一拃。哎呀！栓子头上黏糊糊的，被削得"脑浆"都出来了。不料看到王远山，栓子竟踏实了，蛮利索地从车子里钻了出来。王远山想替他包扎伤口，一看，只是额头擦破些皮，那些黏汁是副驾驶座位下电瓶破损后溅出来的电解液。汁液里有腐蚀性强的硫酸，王远山赶紧为他清除掉，又取出照相机拍摄现场状况。然后上公路拦住一辆车，把栓子送到附近的医院。

听到出了车祸，苏莎连忙赶了过来。栓子受了轻伤，住进医院观察。

这天，去医院看过栓子，王远山带着师妹进山游玩。入夜，月光皎洁，漫天的星星向他们眨着眼睛。两人并排躺在一个崖头上，仰望星空，轻声聊天，真的在聊"天"。

"远古时代的人，也会像我们这样，在野外看星星，观测天象。"

"真的吗？"

"阴山，贺兰山，好多地方都发现了上万年前的星象岩画。也许，人类的老祖宗也在探寻地外生命呢。"

"找野人就这么难，怎么找外星人呢？"

"使用无线电通信呗，这是人类寻找外星智慧生命的主要手段。"

"外星人也在找我们吗？"

"他们若是更高级的智慧生命，就可能实行星际殖民计划。"沉思片刻，王远山又说，"或许他们在等待，看我们是否有能力先拯救我们自己的星球。"

"外星人是不是和我们很像？"

"为什么要像呢，我们总是依照地球的环境和生物进化趋势、人类的面目和行为进行联想和描述。比如大片里的外星人，总离不开人的基本模样。"

"那你觉得是啥样子的？"

"也许就是一片辞枝的茶树叶子，四处漂泊。"

"说的是你自己吧。"

"说实话，外星人是难以推测的，更不用说跟他们交流了。"

"那你为啥乐此不疲？"

"如果连兴趣也没有，那我们永远也不可能找到了。"

苏莎沉默不语，定定地望着一颗最亮的星星。

王远山侧身看她："想啥呢？"

"我等外星人娶我呢。"

夜深了，风也急了。王远山找了处避风的地方，搭好宿营帐篷。他在周围撒了不少茶渣，又喷上了风油精，还把靠近帐篷的杂草和树叶清理干净。他对苏莎说："荒山野岭坡坡多，须防坡坡有蛇窝。"

"蛇有毒没毒，咋分辨呢？"

"看脑袋、尾巴、颜色纹状。"

"咋看脑袋？"

"毒蛇，像五步蛇、竹叶青蛇，大多长着三角形的脑袋。无毒的乌梢蛇、灰鼠蛇，头部一般是椭圆形的。"

正说着，不远处的草丛里窜出一条蛇，长着椭圆的脑袋，苏莎竟笑着向它走过去。

王远山喊道："躲开！毒蛇。"

"我看清了，圆脑袋。"

王远山把师妹一把拽回来，"这是银环蛇，有毒。"

他们钻进帐篷后，王远山说："做学问，最难的是特殊性。"

"噢，我懂了，你就是圆脑袋的毒蛇！"

"你才是美女蛇呢。"

王远山将帐篷拉链拉上了，又仔细检查了一下："毒蛇进不来了。"

"可你比毒蛇还危险哪！"

王远山忽地生猛起来，使劲儿搂住了师妹活色生香的娇嫩身躯。

"你不是外星人。"苏莎半推半就。

王远山反而抱得更紧了。她快乐地呻吟起来："你，你是个野人！"

那夜，没有虫蛇来侵扰，山风却绕着帐篷呜呜地呻吟，好像它也发情了。

过了两天，栓子出院了，三人一起返回北京。

王远山与师妹难分难舍了，快过新年时，他们领了证，举行了一个简朴的婚礼。结婚一年后，一入冬就生下个大胖小子。

从第一次进入神农架起，这两年来，王远山跑了七八趟神农架找野人，发了工资，就增添些野外用品和考察设备。他和媳妇说："咱家的财富，过去就是爷爷留下的茶具、陈茶，现在呢，就是寻找野人行踪的胶片资料了，还有照相机，好多考察设备。"

苏莎问他："你一向嗜茶，怎么又对野人着迷了？"

"我从小也喜欢动物呀！我总在琢磨，动物是怎样形成的？人类是究竟是从哪儿来的？上大学时，我在广州看过一次野人考察展，后来一直在想，也许野人与我们人类祖先有神秘的关联。于是，野人就像披着神秘的面纱，始终在召唤着，牵引着我，让我无法停下探寻的脚步……"王远山吻了吻媳妇说："我喜欢在野外跑，希望儿子长大也和我一样，多去接触大自然。"

"女人嘛，都喜欢把丈夫拴得紧紧的，可我不这么想。"

"那你怎么想？"

"别人圈养，我呢，野放！"

"啥话呀！男人成畜牲啦。"

"听说你又要去神农架了，孩子都没满月呢。你不是野兽，也快成野人了！"苏莎说，"你还想着让儿子长大也跟你一样，要是那样，这孩子就叫'王野'得了。"

本是句怨言，王远山听了一拍大腿："好极了！我这就去给孩子上户口，就叫王野。"说着，不待媳妇回话，推着自行车就出了门。

从派出所回来，王远山把户口本递给媳妇看："报上户口了，就叫王野。"

苏莎一时啼笑皆非："你也不和爹妈商量一下。"

"一出院门，就遇上咱爸了。你猜他怎么说？"

"挨骂了吧？"

"爸说这个名字不俗，符合我们的专业精神。"

"是说我们搞生态的成天在野外吧？"

"爸是啥人？北大文学教授啊！他说'野'的繁体字是'埜'，就是树林的林下面是土字。"

"这么写意思好。"

"我连儿子的字号都想好了，字云龙，号天马。"

"啥意思？想天马行空吗？"

"是呀！云龙远飞驾，天马自行空。"

"果真如此，那倒像你的儿子。"

王远山朗声吟道："水击三千里，抟扶摇而上者九万里。"

苏莎说："你是庄子说的大鹏，儿子是天马，我怎能追得上去。"

王远山抱住苏莎亲了又亲："我媳妇才是真正的达人，早已进入无我之境了。"

苏莎开心地笑了。睡着的小王野被吵醒了，哇啦哇啦地哭起来！

王远山赶紧把孩子抱起来，踮着脚在地上转圈儿。把孩子哄乖后，又交给媳妇。他给媳妇端来一杯红茶水，说："有了孩子，当娘的最辛苦了。你不是想找个安稳些的工作嘛，我托了熟人，让你去《自然奇观》杂志社当编辑。"

"那敢情好，专业也用得上。"

"总编看上了你，也看上了我。他们要推出一个《高原探秘》栏目，要你做编辑，要我做专栏作家，当下的选题就是神农架野人。"

"那我是沾老公的光了。"

"孩子还没满月，我本不该离开你们娘俩的；不过总编说，有个外国人要去神农架考察，让我陪着去呢。再说，一年四季，我只有冬天没去过那里，这次也是个机会。"

"去吧，去吧。"苏莎不情愿地说着，把创可贴、消毒纱布、手电筒、小刀、绳子等，一件一件装入丈夫的背包里。

"我媳妇通情达理！"王远山俯身吻了苏莎，"我走了，让妈和近泉照顾你和孩子。"

出发那天，王远山在北京站与一个外国人会合了。那人叫波伊里尔，美国人，俄亥俄州立大学人类学教授。

波伊里尔风趣健谈，说起野人来更是滔滔不绝。他说，世界各地都有类似野人的传说。这些年，他在北美山区追踪过大脚怪，去南美洲找过大猴，去年又和悉尼大学的同行一起，参加了追寻澳洲"幽微"科考活动。

"这些都是野人吗？"王远山问。

"根据考察报告分析，应该是像人一样会直立行走的未知猿类。"波伊里尔强调，"这也是推测，野人之谜是很难破解的。"

"澳洲'幽微'是什么？有什么新发现？"

"一无所获，还是幽微。"

"澳洲连猿类进化的化石记录都没有，怎么会有未知猿人呢？"

"这些年，我们团队接触过不少野人目击者，也看过不少来自民间的野人报告。我发现，很多动物、熊、长臂猿，还有猴子，都曾被当地人称为野人。"他回头问，"你们也一直在找野人吗？"

王远山介绍说，好多年前的一个春日，神农架有六名干部下乡，路上遇到了一个野人，从头到脚，躯体的各个部位，都看得很清楚。这件事上报后，也惊动了我们这些科研人员，走了一拨又来一拨，野人考察活动的规模越来越大。这些年消停些，但民间组织还在坚持搜寻，我也不甘心，仍在大山里搜寻，还在重点区域安置了红外相机。

"有收获吗？"

"有人在茅庐垭发现过连续的野人足迹，因为地表成形条件好，当时便做了石膏印模，应该是直立行走大型动物直接踩踏而成的。"王远山让波伊里尔看图片。

"您有什么发现吗？"

王远山又取出一张图来，上面是一个赤身裸体的男人，大个子，臂长脚大，在一个围墙边半蹲着，傻乎乎的样子。"这是我在湖北长阳拍到的。这人不会说话，一急了就一边跳跃一边用力拍胸脯，那姿势挺像大猩猩的。当地老乡传说，他的母亲进山做农活时被野人劫走，后来产下这个娃子。这人很抗冻，冰天雪地里也不穿衣服。不过，专家说他是小脑症患者。"

波伊里尔很兴奋："但愿我们这次有新发现！"

到了神农架后，已是天寒地冻。王远山怕冻坏波伊里尔，给他借了件皮大衣。

进山的第二天，他们就在山坡的雪地发现了一串大脚印。波伊里尔很激动，顺着脚印追踪。奇怪的是，脚印突然就消失了。王远山早听人说过，也见过奇特的脚印，总是追踪到半道就不见了，匪夷所思。

一天，他们在深山里发现在两块大石笋间匿着一个小洞，难道是秦精说的那个毛人洞吗？王远山兴奋起来。他们进入洞口，发现这个山洞左拐右拐的，走了半个多时辰，也没动静。于是撤退，却怎么也寻不着洞口了。大家又渴又饿，在山洞里沉闷地坐着，忽有冷风吹来，王远山兴奋地站起来，寻找风吹来的方向。他明白，天热的时候，是洞里往外吹凉风，冬季则反之，这风是从外面吹进来的。爬上去一看，果然有条窄小的通道。他激动地喊了起来，指挥大家逐个爬出洞口。当大家沐浴在冬阳之下时，好像在阴间走了一遭，死里逃生了。

回京时路过武汉，王远山见候车大厅有间茶室，便走了进去。里面只有一个样子清秀的女孩子，没有客人。

那女孩取出些形状卷曲的绿茶，泡上了。

王远山看了茶汤，嗅了嗅："像是北方茶。"抿了一口又说，"是山东日照的雪青新茶。"

那女孩说："您说的，都对，只是冬日了，哪有新茶？"

王远山笑着说："这是早熟的冬暖大棚茶。"

"好久没遇上懂茶的人啦！"女孩惊喜地说，"我泡壶好茶，不收费的。"

说着拿茶泡了，茶汤金黄透亮，喝了几秒后就喉间生津。

女孩说："冰岛茶，回甘快。"

王远山回道："这是勐库山上的茶，但不是冰岛寨子的茶。"

"你咋知道？"

"香气不够柔和呀，还有，冰岛茶条的底端没有马蹄。"

"你去过勐库山吗？"

"去过呀！"

"听说勐库有十八个寨子，茶叶的味道寨寨不同。"

王远山告诉女孩，勐库一带，自明成化年间引种茶树以来，经五百多年的繁衍演化，形成了勐库大叶茶群体种。勐库山以冰岛为界，分东西半山。东半山茶香高，西半山茶气足，居中的冰岛茶兼具二者之长。

女孩说："这茶，我出了大价钱，喝着也好，真以为是'冰岛'呢。"说着，又泡了一壶正山小种。

王远山喝了说："江墩姜家的茶？"

女孩被惊到了，问："你认识姜赣、姜闽吗？"

"认得，姜家的大虎、小虎。"王远山反问，"你咋认识他们？"

"我家是星村的，经营小种。"

"怎么跑这么远？"

"去年我来旅游，在山里发现了茶介鸟。回去跟爹说了，爹说神农架一定有好茶。我就过来开了这个店。"

"你莫不是姓黄？"

"是呀，我叫黄玲玲。"

王远山喝着茶，和玲玲讲了在星村认识她爹的往事。

玲玲请求："不经一师，不长一艺，收我做个徒弟吧！"见王远山不吭声，她又泡了壶红茶，"要是还能喝出这是哪儿的茶，这事就算罢了！"

王远山点头称是，他品了再品："这茶，从没喝过的。"玲玲得意地笑着。

"喝着温润，像是南方的茶树种；细品丰厚，像是云贵川高海拔的山地茶。"

"您能喝出海拔来吗？"

"1500 米左右。"

"神了！"黄玲玲惊奇不已，她向王远山鞠了三个躬，"您毕竟没有喝出是哪里的茶，从今日起，我就是您的徒弟啦。"说着，取出一块勐库茶饼送给师傅，"这是拜师的小礼品。"

这次冬日考察，依然是无功而返。可刚回到北京，王远山就接到神农架村民打来的电话，说是发现野人了。一问时间、地点和具体情形，王远山忍俊不禁！原来，那天他们在一条冰冻的河里行走时，拖后的波伊里尔蹲下来大便，被从未见过洋人的村民远远地瞭见了，以为发现了野人。波伊里尔得知后，一本正经地说："回去写考察报告，一定要写上，当地村民发现的'野人'，有熊、长臂猿、猴子，还有美国的波伊里尔。"

回家后，说起这事儿，苏莎总结出一条规律：找野人的人都变成了野人了。

王平顺一见到儿子，也训斥道："你真成野人了，家里啥事也不操心！"王远山看到面容憔悴的妻子，心有愧疚。让他感动的是，妻子除了操持家务，还抽空为他整理《茶叶生态学》的书稿。他扭头一看，妻子正在凝视窗台花瓶里的茶花。

茶树、茶花树和油茶树，都属于山茶科植物。苏莎特别喜爱茶花，前几天，她又插了重瓣茶花，有白的、粉的，还有红的，外层的花瓣已经蔫了。她看着心疼，泪水在眼眶里打转儿。

山茶花凋谢时，不是整个花朵掉落下来，而是一瓣一瓣地枯萎，直到生命结束。如此依依惜别的凋谢方式，恰如缠绵的恋情。人说山茶花表达的是男人爱慕女性的情感，可苏莎觉得，山茶花的花语该是多情女子的心意。

苏莎看着茶花，王远山看着妻子，两人的心泉都不平静。

这天夜深了，王远山冲了澡，熄了灯，钻进了媳妇的被窝。小别如新婚，小两口有说不完的话。很久没亲热了，搂着抱着，互相抚摸着对方的身子，苏莎还使劲儿地亲吻丈夫的肩膀头儿。

忽然，她惊叫起来："怎么尽是伤疤啊！摔了吗？"

"没有呀！"王远山说，"都是蚂蟥叮的。"

苏莎不放心，打开床头灯仔细察看，只见丈夫的身上伤痕累累，心疼地掉出了眼泪。

王远山就像读课文一样："背上是蚂蟥咬的，脖颈上这片是马蜂蜇的，腿上胳膊上是蚊子叮的……"他顿了顿，用食指指着肩膀上的啮印问："这是美女蛇咬的吗？"

苏莎被逗乐了！把头紧紧地贴在丈夫的胸口上……

苏莎说："你走后，栓子在鼓楼西大街开了间茶叶店，听说生意还不错，明儿你去看看吧。"

原来，栓子从神农架回来后，用拍摄的素材带，剪了个10分钟的短片，叫《神农架野人追踪记》，被好几家电视台看上了。本是件好事，但没想到，他们单位的领导把编辑好的片子据为己有，署名删掉了王远山，虽说留了栓子的名儿，却在他头上添了好几个不相干的人。这不是剽窃吗？栓子气得独自喝了通闷酒，又跑去和领导论理，借着酒劲儿抢了领导一拳，结果被单位除了名，还被拘留了一周。从看守所出来后，栓子寻思王家是茶叶世家，就借着这个名头，租房开了间"王家茗屋"。

王远山问媳妇："开店，总要花一笔钱的，他哪里有钱？"

"栓子丢了工作，咱妹子回家哭了好几回。爸妈看着可怜，就拿出多年的积蓄让他们开店。"苏莎说，"我们结婚时，爸妈给过我一万块钱，让我添些衣物。我没舍得花，也给了近泉。"

王远山有些愧疚地说："难为媳妇了！"说着关了灯，钻进被窝里，紧紧抱住了媳妇，动作粗野激烈。"魔鬼！野人！"苏莎快乐地叫起床来。

第二天吃过早饭，王远山从胡同里出来，沿着鼓楼西大街往东走了几十步，就发现了"王家茗屋"的横幅招牌。原来这个店是卖杂货的，现今修葺一新。推开门，只见栓子正在揩拭货架呢。

"哥，啥时回来的？"栓子打着招呼，话音却有些怯。

"不错嘛，你把家里的东西都倒腾到这里了！"王远山看到，靠墙的竖柜，地上的茶台、茶凳，包括茶台上的茶具，都是从家里搬来的。

栓子赶忙解释："爸妈说了，家里有的，不要再花钱买了。"

王远山心里不甚舒畅，因为这些物件都是爷爷留下的，自己喜爱的东西。他抬头看了看货柜上摆放的茶叶，立刻沉下了脸："怎么？你把爷爷的茶，也拿到这里来了。"

栓子有些慌张："架上有货才招客，这个店顶着王家的牌子，没有稀罕茶叶，镇不住呀？"

王远山疾言厉色地训斥道："你和近泉，一对儿败家子！"他气呼呼地到柜台上清点，"爷爷留下的茶，真的卖了吗？"

栓子讷讷地回答："是出了些货。"

王远山大喊："什么？货？你帮我藏过茶叶，就成你的货啦？那些茶叶都是我爷爷的心血啊！"说着就冲过去，当胸给了栓子一拳。栓子赶忙向后躲，靠在屋里的角落里不敢吭声，更不敢还手。

这当儿，近泉来了，看到哥哥真动了气，知道闯了祸，忙关了店铺，让哥哥仔细清点一下，将珍贵的茶叶拿回去。

王远山气咻咻地说："抄家的都没抄走，让你俩作践了。"

栓子一脸愧色："哥，卖茶的钱都收着呢，晚上给你拿过去。"

"混蛋！我在乎钱吗？我在乎的是茶叶，哪里都找不到的茶叶！"

冷静下来后，王远山说："你俩混到这般田地，我也无话可说了。"他仔细清点后，将珍贵的茶叶装在大提包里，拎着出了店。

回到家里，王远山又盘点了一回，一部分自己留下来，一部分准备交给妹子。庆幸的是，具有研究价值的茶叶大多还在。

当晚，近泉和栓子过来了。栓子抱着账本和一个存折，交给王远山："一笔一笔都记着呢。"

"不看了！卖掉的想找也找不回来了，折子上的钱留着经营茶店吧。" 王远山说，"煤市'永安茶庄'的牌匾是于右任写的，西单'元长厚茶庄'是萧劳写的，你们那个牌匾的字太俗气了，我去求萧兵先生写个牌匾吧。"

栓子连连点头称是。

苏莎这时说："远山很疼你们的，你俩一定要勤快些，过好日子，让爹妈放心。"

两人忙说："谢谢嫂子！"

临走时，王远山让他们把打包好的一纸箱茶叶带上："这些茶，给熟客品尝吧！经销的茶，一定要照规矩进货出货。"

回到自己的房间，栓子对媳妇说："挨了一拳，给个甜枣吃，实惠呀，值得！"

近泉说："厚脸皮！"说着软绵绵地给了丈夫一拳，"值不？"

熄灯睡下后，栓子伏在枕头上说："嫂子不光漂亮有学问，做人还这么厚道。哥是个野人，总不着家，以后咱多关照些嫂子、侄子。"

近泉说："算你还有些良心。"

十四

小野过周岁这天，王家照例举办品茶会。曹平章带着大孙子山杰、陈文彦带着儿子戎剑来了。来客还有萧娅萍，她在中科院院部工作。

王平顺平素谨慎严明、少言寡言的，今儿却一反常态，说起来滔滔不绝："据女作家三毛观察，阿拉伯人饮茶有三重境界——先是苦涩，若人生多艰；复又回甘，像甜蜜的爱情；终至味淡，淡如轻风吹拂。我已年过六旬，'晚年唯好静'，饮些茶，读点儿书，逗逗孙子，蛮惬意的。远山他们年轻，如好茶回甘，正是做事的年头。他尽管野着，我们老两口帮着苏莎带孙子。"说着抱起孙儿颠了又颠，亲了又亲。

在座的，顶数曹平章年岁大了，相逢之际不觉悲至："老哥们儿都走了。"他看看王平顺，"还是平顺晓得茶理，悟得透彻呀！"

远山妈开口了："老爷子在世时，总说平顺与茶无缘，其实他很走心的。"

萧娅萍接过话头说："王老师一直在研究茶叶在古典文学中的表现和审美意义，还抽空编写中国文人论茶的集子呢。"在座的都向王平顺投去钦佩的目光。

王平顺说："王家'茶叶世家'这块牌子，还得远山扛着，我只是偶尔为之。"他转向儿子，"提灯的人要走在最前面！"说着将孙儿举过头顶，"小野长大了，也要子承父业哦！"

萧娅萍说："在校时，王老师给我们讲《红楼梦》，特意讲了栊翠庵饮茶那一段。"

陈文彦说："说的是宝黛等小兄妹结伴夜访，妙玉烹茶待客吧？"

萧娅萍说："是呀！如何选择泡茶的水，如何掌握烹茶的火候，使什么茶具？那情状，曹雪芹写得细致入微。王老师懂茶，诠释得淋漓尽致，让我们了解了古人的文雅生活。"

陈文彦说："现在喝茶没那么讲究了，年轻人都爱喝罐装饮料，可口可乐、健力宝什么的，可我家戎剑从小就好喝茶。"他问儿子，"在王伯伯家喝茶，感觉如何？"

陈戎剑不假思索地说："都是平日喝不到的好茶呀！喝起来也不像潮州工夫茶那么费事。"他转身对王远山说，"您该研制罐装茶饮料的。"

王远山笑了："你这个中学生，点子不少啊！"

曹平章说："日本人已经在做罐装茶了，用料少，效益好，只是茶味差些。"

他的孙子山杰说："我上学时总带着水壶，壶里装着爷爷泡的凉茶，味道好极了！"

王平顺说："喝茶尽可不拘形式，要紧的是把茶的味道泡出来。"

萧娅萍被单位外派到英国工作，刚回来没多久。她介绍说，英国人说茶是不醉的酒，喝茶也没有烦琐的仪式，甚至看不到冲、洗、泡等程序，端起杯子就喝。不过，他们喝下午茶讲究些，要准备好多精制的茶点。

王远山聊起了喝下午茶的故事：英国的安娜·玛丽女公爵，午后饿了，加了一餐，可又吃不下去，就悠闲地喝起茶来，茶台上配了几样甜点、小吃、干果，还有蔬菜沙拉。他乐呵呵地说："欧美人是又吃又喝，茶汤也添加了牛奶和糖。咱中国人就是喝纯粹的茶，细细品味，不过喝好茶容易饿。"说着，招呼大家吃些点心。

王平顺说："我家老爷子最讲究喝早茶了，远山从小跟着喝惯了。"

陈文彦说："我爹也一样，说是睁眼先喝三杯茶，清茶入腹，可冲涤一夜的滞气。"

王平顺来了兴致，侃侃而谈："世上最有情趣的，莫过于喝茶了！'晚来天欲雪，能饮一杯无？'家中无酒，杜甫嘿嘿一笑道，'寒夜客来茶当酒，黄泥小炉火初红'；思乡情切，苏轼说'休对故人思故国，且将新火试新茶'，显然茶可代酒，还可解乡愁呢！有茶联云，'青山个个伸头看，看我尘中吃苦茶'，这才活得潇洒呢！最潇洒的是东坡大侠，他放言'烹茶可供西天佛，把酒能邀北海仙'，这比李白月下独酌浪漫多了！酒留着与北海仙对饮，烹好茶却要供奉西天佛。为名忙为利忙的，忙里偷闲喝杯茶去；劳心苦劳力苦的，苦中作乐拿壶酒来；都有消遣的法子。"

曹平章情不自禁地吟道："自从陆羽生人间，人间相学事新茶。"

王平顺感觉自己就站在讲台前："对明代的文人来说，饮茶还是修身养性的一种方式，他们不仅琢磨着怎么品饮，用啥茶具，好多人还著书立说呢。朱权是明太祖的第十七子，怕朱棣害他，就隐居在南方，写了本《茶谱》。还有陈继儒的《茶董补》，田艺蘅的《煮泉小品》，都是讲茶的。"

曹平章说："宋代文人活得洒脱！斗茶品、行茶令，还有茶百戏呢。"他提议，"咱们也品着茶，吟诵些茶诗吧。"

"其实，诗是有茶味的，所谓'诗清只为饮茶多'，这清有点苦涩，是诗中茶味，也是茶中诗味啊。"王平顺一扬头，"那我先起个头儿吧——'天赋识灵草，自然钟野趣'，这是陆龟蒙《茶人》里的句子。"

萧娅萍说："'山实东吴秀，茶称瑞草魁'，杜牧的诗句。"

陈文彦接道："我喜欢韦应物的《喜园中茶生》，'洁性不可污，为饮涤尘烦；此物信灵味，本自出山原'。"

王远山抱着小野，嘴里一直念叨着老爸念的诗句："天赋识灵草，自然钟野趣。"他把孩子举过头顶，大声说："这个'野'字用得妙啊！"

这时，盛昌之、盛晓晶也赶过来了。依礼，王远山忙泡了壶新茶，先给盛家父女斟上："客来茶当酒，意好水也甜。"

盛昌之饮了说："桂圆香！地道的正山小种。"

曹平章大笑："王家的朋友没有不懂茶的。"

陈戎剑问："茶叶怎么会有花香果香呢？"

王远山说："你学过生物、化学了，这都是生物氧化的结果。茶多酚氧化程度不高时会产生花香；若氧化到三四成，果香就冒出来了。茶叶干物质里，多酚类物质占到三成多。茶汤里的浸出物，一大半都是它。这东西异常活跃，在外界条件下会发生一系列化学反应，生成新的物质。"他抓起一撮干茶闻了闻，"这茶是姜赣托人捎来的，红茶村也开了茶厂。"

盛昌之对王远山说："环保部门新成立了生态环境研究所，请我担任首席顾问。所长听从我的建议，打算设一个生态产业研究室，我就推荐你去担任主任。"

王远山连忙谢过老师，大家都说这是个好消息。盛昌之说："好消息还没讲呢。"他啜了口茶水，说了起来——

林业部组建了新班子，有位专家型的陈司长，被提拔上来做了部领导。当年，他还是处长时，曾参与处理过武夷山砍树事件，非常钦佩力主保护武夷茶山的王传茗先生，虽然人微言轻、有心无力，但他一直留着王老写的调研报告和建议书。陈副部长履新不久，就收到福建省的报告，建议加强武夷山自然保护区的工作。他一看文件，主要内容就是当年王老陈述的理由和提出的建议。在论证会上，陈副部长讲了这桩往事，还痛心疾首地说："王老是有识之士啊！可惜那时我们非要和老天爷拧着干。听说王老为此挨了整，含冤死去了。现在拨乱反正，我们一定要认真汲取教训，把武夷山自然保护区的事情实实在在地办好！"

在座的听了，个个喜上眉梢。

盛昌之说："我就是开这个会，才来迟了。"他笑着对王远山说，"领导说了，你爷爷是有识之士啊！以后就看你了，能不能成为有为之士。"

王远山告诉盛老师，他做了个方案，准备启动"生态环境与茶山保护"科研项目，想为武夷山扎扎实实地做些事情。

盛昌之建议，要进一步修改方案，前言要讲讲事情的原委，把王传茗建议的核心内容增补进去，然后趁热打铁，赶紧报上去。

门哗啦一声开了，阿拉坦风风火火地进了屋子，冲着王远山嚷："这场合，咋能没有阿家的人呢？"

王远山和阿拉坦紧紧拥抱，问："不是去乌兰巴托了吗？"

"刚回来，从我姐哪儿得了信儿，就赶来了。"

阿拉坦向在座的长辈和盛老师一一请安。

王远山介绍说："这位阿拉坦，是我阿尔泰爷爷的孙子！"

王平顺看看在座的人，唏嘘道："只差于家人啦！"

阿拉坦说："女婿为半子，我也算于家人呢。我有女儿啦，刚出生两个多月。"说着，他取出一张相片让众人传看。

"好乖巧的丫头！"王远山问，"啥名儿？"

"露雅。"阿拉塔说完，又从怀里掏出把蒙古刀。

王远山眼睛一亮："这刀,我在于爷爷哪儿见过。"

阿拉坦把刀子递过去,让王远山仔细看那刀柄。刀柄上有一个记号,像是蒙古文字。

"于爷爷离世前,在病床上将这把刀交给我了。这把刀是我们阿家的传家宝,我家被抄前,我爷爷托付给于爷爷的。早在元末,我们铁木真部落的一支族人到了云南,南去的族人带走了刀鞘,留下的人保存着这把刀,说好日后相逢,以此为凭。"阿拉坦郑重地对王远山说,"这把刀先留在你这里,你总往云南跑,帮着打探下消息。"他又转身对曹平章说,"曹老伯的老家在云南,也请您和曹勋费心打听了。"

苏莎、盛晓晶和萧娅萍,一直聚在一起悄声嘀咕。王远山过去给她们斟茶,萧娅萍说:"晓晶姐要出国了。"

"去哪儿?"

"巴黎。"

"留学?"

"不!工作。"

萧娅萍说:"联合国教科文组织有个'人与生物圈计划',咱们国家也加入了。这个机构的秘书处设在巴黎,姐是去当翻译的。"

"太好了!有啥生态方面的学术信息,姐记着给我传回来。"

"没问题呀!"盛晓晶凑在王远山的耳边说,"有好哥们儿,介绍给娅萍。"

"你不也单着吗?"

"姐可不是一般的剩女,姐是'齐天大圣'级别的了。"她说着取来墙角立着的大提琴:"小侄子过生日,姑姑助个兴!"说着,拉起了那首曾打动王远山心扉的《光影》。

"晓晶姐,远山烦闷时,哼哼这支曲子就变得开心了。"苏莎说。

"是吗?"盛晓晶漫不经心地说,心底却涌上一股暖流。

苏莎找来好几张报纸,《中国文化报》《科技报》……她指着报上登的消息说,"远山上报了!"

盛晓晶赶忙凑过来看,原来王远山发明了乐理演示板,这是用于音乐基础理论教育的教学工具，通过琴声、灯光、谱表、键盘图和活动尺的配合演示，可以生动地呈现乐谱、音阶、调号、音程、和弦等基本乐理内容，已获得了音乐家协会的新产品鉴定书。

"看图片，像一架电子琴哦。"盛晓晶说。

"我第一次听晓晶姐拉琴时就想找个法子，快些学懂音乐呢。"王远山说着，脑际闪现出盛晓晶当初拉琴的样子。

苏莎对老公说："晓晶姐是你的音乐启蒙老师呀。"

王远山频频点头，盛晓晶却笑道："他是无师自通！"

"不！我常溜进恭王府，偷听音乐学院附中的课呢。"回忆起往事，王远山很开心。

品茶聚会后不久，陈副部长看到了报告，当即批示："方案可行，即组织实施。"这个项目最后落到了王远山头上，由他主持完成。甭提多高兴了！那以后，王远山总往武夷山跑，与社区协调，尝试在保护生态的基础上发展生产。

一晃几年过去了，王远山决定亲自带人到武夷山建立前方科研基地。

闻讯后，栓子跑来跟王远山说："这件事是爷爷的未了心愿，说是公事也是家事。我的店有近泉打点，还雇了金凤站柜台，请了银凤照顾老人、孩子。我跟着你一起去武夷山创业吧！"

"你打的小九九，不错啊！"王远山直视着妹夫的脸。

"我想顺便了解一下那边的茶叶市场，联络些茶商，好建立稳定的进货渠道啊。"栓子说，"听不如看，看不如干嘛。"

"这话实在多了！你我是该好好学，茶叶是门大学问。"

"我听哥的，路是走熟的，茶是做顺的。"

"明白就好。"

"看来哥要带我去武夷山了。"栓子对苏莎说，"嫂子放心！我一定听话，跟着哥学些真本事。"

王远山对栓子说："你抽空去趟邵家，我想带山娃一起上武夷山。"

"远山哥仗义！我明儿就去。"栓子一脸喜色。

一过惊蛰，王远山带着栓子、邵峰等人来到武夷山，与武夷山国营林场合作，建立种茶基地。

武夷山国营林场不仅在山里有茶园，还在城里建了个茶厂，厂区面积很大。厂方腾出一排平房，交给王远山团队使用。协议的主要内容是，林场为团队提供硬件方面的一切便利，团队的科研成果林场可无偿分享。

安顿下来后，王远三一边拜访当地茶人，一边带人满山看茶园。

一天来到景区入口，许多贩子正在向游客兜售茶叶。"大红袍，贱卖了！"听着叫卖声有些熟，栓子循声望去，竟然是那个假小子赖萍萍。王远山看了她的茶叶，条索松碎，还掺着残叶、叶梗和沙砾呢。栓子不客气地对她说："你也叫卖，搞投机倒把呀！"赖萍萍认出了他们，样子很窘，匆匆收拾好东西走人了。

过了几日，王远山带人来到岩茶村的叶家。叶家老小得知他们要在这里建立科研基地，高兴得不得了。叶青说，民国时，山里就来过许多科学家，还成立了茶叶研究机构。他让儿子叶岩跟着王远山，多学点科学知识。

叶岩带着王远山团队的人进山，去看自家承包的茶园。

一场杏花烟雨后，辛勤的茶农上山了，精心地修剪枝条，让茶树更新复壮，让茶芽应时萌发。绝壁巉岩间竟也有茶株逸出，越冬后的茶树经春雨浸润，初萌的芽叶嫩碧如玉。春茶开采了，茶农们在自家茶园的山头供祭茶神，然后齐声喊山："茶发芽！茶发芽！"跟着大人的孩子们，腰间缩着母亲用绸绢扎的春娃，在茶田边敲着铜铃唱着："金嘴雀，银嘴雀，莫吃我家的茶树叶。"俗语云："茶不到武夷不香。"走在哪里都弥漫着沁人心脾的茶香。邵峰等人都是第一次上武夷山，眼睐着翠岭秀水，心旷神怡，不禁跟着茶农喊了起来："茶发芽！茶发芽！"

武夷山本是红色岩层构成的丹霞地貌，因植被茂密，山体大多被碧草绿树笼罩着，偶尔看到酒红色的山体，绿里透着红。王远山说："这山，外柔内刚，看着草木葱茏，内核都是花岗岩呀，坚硬得很呢。"

栓子说："听着，就像远山哥的性格。"

一行人在山间走着，看着。

邵峰说："山泉、瀑布、溪流，数不清呀！"

王远山说："这水就是这座大山的造型师，日复一日，不知疲倦地切割着山体，还在岩石上刻呀画呀，历经千万年的劈山裂谷，才形成了大大小小的河谷。弯弯绕绕的九曲溪，绕着大王峰日夜流淌，水流就在群山中汇聚起来。"他拉着邵峰望下看，"湖水在晨光下流金溢银，这是一座茶山，也是金山银山啊！"

叶岩说："这茶山呀，'头戴帽，腰系带，脚穿鞋'。"

邵峰问："啥意思？"

叶岩自豪地说："'头戴帽'嘛，你看那山头覆盖着常绿阔叶林；'腰系带'呢，连绵的茶田就像是缠绕山间的绿绸腰带；'脚穿鞋'呢，往下看山脚坑涧里生着一丛丛茶树。"

邵峰说："这个我得记住了，太形象了。"

走入茶丛间，叶岩带着大家采鲜叶。

"这样采芽头，你们看——"说着，叶岩灵巧地用右手捏住一片，轻轻一提，沾着露水的嫩茶尖儿就落入了手心。

叶岩不厌其烦地做着示范，见栓子的动作有些鲁莽，就说："这是个巧活儿，不要用指甲掐哦，也不能硬扯！"

邵峰心灵手巧，不一会儿就找到了窍门儿："用拇指和食指的第二个关节，顺着劲儿，捏住了这么一提，妥了。"

叶岩笑道："一巧胜百力。"他介绍说，"做岩茶，一般采一芽三叶，讲究的是'开面采'，就是把芽头和叶片一起采下。叶片也好，茶梗也好，都含有芳香物质，一摇青，一走水，这些芳香物质就会均匀地分散开来。"

四周峰也峭，沟也深，数不清的小溪哗啦啦地流，形成了悟源涧的源头。叶岩说："涧水一直流到山脚的村子里，最后汇入崇阳溪。"

走着走着，前面的峰头形若马首，所邻山岩亦若五马联辔。叶岩说："这就是出'马肉'的马头岩了。"

王远山仔细观察，这里崖峻谷阔，坡上铺满乱石，日照也比其他山场强烈，怪不得"马肉"茶味重些。

从马头岩出来，叶岩带着大家继续在山里转悠，一路讲着采茶常识："小武夷的茶季早些，头采先采单丛、八仙这些早生种。茶树发芽有早有晚，通常从四月中旬开始采，要采一个多月。晴天，多云的天气，都适宜采摘。晌午九点到十一点、午后两点到五点采的茶青，质量最好。茶农是看天吃饭的，遇上春雨连绵，一个茶季就会减产，质量也不大好。"

栓子问："为啥不机采呢？"

叶岩用手指点着："那岩头长着一片，这边坡上一垄，下面坑里一丛，地形这么复杂，茶树这么分散，机械不好使呀！"

一路上，除了采茶的，就是挑着茶青的挑夫。叶岩说："茶青采下后，得赶紧运到山外的茶厂去。为了保护山林，三坑两涧一直没有修走车的路，茶青都是挑夫一筐一筐地挑到山口，再装车运走。"

栓子看着一个个挑着鲜叶，在山路上摇摇晃晃行走的挑夫，感叹道："好辛苦啊！"

叶岩说："还有个传说呢。有位茶农采完茶青后，将鲜叶放在竹篓里背着下山。山路崎岖，竹篓里的鲜叶随着人体上下颠簸、左右摇晃，茶青鲜叶经过碰撞后，释放出花一样的清香。茶农将这个偶然的发现，用于茶叶加工，形成了摇青工艺。当时，茶农无法解释这种神秘现象，于是，将这种茶称为乌龙茶。"他看了看栓子说，"在我们福建方言中，'乌龙'的意思是'糊里糊涂'。"

午后来到村头，只见平坦的地方铺满了茶青，一方方，一块块，远看像摊开的绿色绸缎。

叶岩告诉大家："采来的叶子不能混在一起，要按品种、山场和采摘的时间，分别晾晒。不能暴晒，通风还要好，所以要不时地翻动、搅拌。"

栓子说："我在北京卖茶，顾客总是问，茶叶干净不，有农残吗？武夷山出的可都是生态茶啊！"

叶岩说："茶树若是上化肥、打农药，那茶味就淡了，茶气也没了，残留的东西还会伤人。"

栓子问："不施肥，不打药，也不浇水，这茶叶的营养能保证吗？"

叶岩说："能呀！我们祖祖辈辈都是这样种茶的。"

王远山指点着说："大家看这茶山，茶树枝头上挂着瀑布，茶树根底下淌着溪流，山坡的土壤下是厚厚的沙岩，蓄积着层层过滤的水，水里含有稀土等丰富的矿物质，这样的水土滋养着武夷山的茶树。弥漫在山间的云雾里，也带着许多营养物质，浸润着每一片叶子。不假人工，自然天成，所以这里的茶农才会说'懒人种茶'呢。"

叶岩说："眼下茶叶市场越来越火了，看着茶叶赚钱，有人就抢山头种茶了，村里也有以次充好的，我爹很着急，正想法子整顿呢。"

王远山说："我听说，上面要村民都搬到山下去住。"

叶岩说："为这事，我爹正犯难呢！在山上住惯了，乡亲们舍不得离开。"

众人来到叶家，叶青早已在院子里摆放了茶桌茶凳，招呼大家坐下来茶叙。

叶青泡了一大壶新做的毛茶，栓子饮了一口说："青叶味好浓，只是苦些。"

叶青说："还没焙火呢。"

栓子问："啥时能喝到今年的好茶？"

叶青说："入秋吧，不过新茶焙火后火味重，最好喝隔年的。"

王远山一边听着，一边用笔记本记着。

叶青说："你是读书人，我这些话没什么好记的。"

王远山说："叶老伯，您说的都是实践经验啊！您说隔年茶好喝，确实如此啊。新茶存放一年后，茶多酚的各种元素就出来了，滋味自然醇厚。"

叶青听了起身回屋，找来一个木制茶叶筒，取出些茶叶倒在王远山的手心里。

王远山一看，这茶呈乌褐色，做工精细，一个个条索紧结。

叶青说："喝了毛茶，再尝尝隔年茶吧。"说着就泡了一壶。

栓子说："这汤色，像陈年红酒啊！"

众人品尝起来，果然入口顺滑绵柔，饮后润滑生津，嗓子眼里像有细流汩汩流动。

叶青让王远山瞧那叶底，一看厚实乌亮。他问栓子："有青涩味没有？"栓子摇摇头："嗓眼里甜滋滋的，还有点爆米花的香味。"

叶岩说："这是轻火焙的茶。"

王远山问："耐泡吗？"

叶岩说："能泡十多泡。"

叶青对栓子说："卖茶，就要卖这样的好茶。"

栓子说："那是，那是！"他问，"听说岩茶还能治病？"

叶青说："山里人很少生病，病了也不找大夫，只采些草药熬汤喝。喝陈茶，真能暖胃祛寒，喝了发热出汗，打嗝通气。"

叶岩说："喝茶还能减肥哦，我们村老老少少几百号人，没有一个大胖子。"

栓子说："若真是这样，我这个胖子就有救了。"大家都笑了。

王远山说："武夷山自古就有陈饮的习俗。明末有个进士叫周亮工，写过一首《闽茶曲》：'雨前虽好但嫌新，火气未除莫接唇，藏得深红三倍价，家家卖弄隔年陈。'"

叶青听了很感兴趣，又让王远山解释了一遍，末了对儿子说："人家是外来的，比我们还晓得多。"

喝了几泡茶，黄林生、尤岩生都过来了，说起当年去桐木串联的往事，大家分外亲热。

聊了一会儿，又说起搬迁的事来。叶青缓缓地讲起岩茶村的村史："闽北山区交通不便，进山就得靠两条腿。有点钱的，用牲畜驮上东西，就很阔气了。这里山多田少，人烟稀少。康熙八年，清王朝害怕洋人倾销洋货，就把海给禁了，不少靠海吃海的人失掉了生计，就来深山老林讨生活。从那时起，临海的闽南人、广东潮州人、浙江平阳人，先后迁徙到崇安县居住。我们村上的人，往根子上说，好多人也是这三个地方的人。"说着，叶青问黄林生，"你家祖上是哪里人？我记得是永春的。"

黄林生答道："叶叔好记性，我家先人是乾隆爷时从永春县亭上村迁来的。"

王远山插话说："这几个地方的人，都有喝乌龙茶的习惯，还善于种茶做茶、经营茶叶。"

叶青说："是呀！"他指着黄林生说，"像黄氏家族，代代都是做茶的里手。我家做茶，遇到棘手的事，也要向你爹请教呢。"

黄林生说："我们黄家打乾隆二十八年起，就开始在这里开茶厂了。岩茶村有四百多户人家，三百多户是种茶做茶的。"

叶青接着介绍："我们村里，大姓是陈、郑两族，他们都有族谱和祖传的制茶法。"他指着尤岩生说，"他家是从外地搬过来的，住在马头岩下，祖上也是做茶的。"

尤岩生说："清朝同治年间，我们尤家老祖宗从绍兴府迁到江西上饶，又到了南丰。听说武夷茶很火，就随着茶商来到崇安，在同治十年秋，花了80两洋银，买下了武夷山铁炉窠等三片茶山。我爹是解放后搬到马头岩的，听说要让搬家，心里不落底儿。"

王远山说："上面让村民搬到山下集中居住，我看过那片规划地，挺开阔的，路也修好了。如果办个茶厂弄个作坊，比山上方便多了！"

叶青说："上面的精神，主要是为了保护武夷山的环境。我们这边是风景区，保护的压力更大。"

王远山说："若是破坏了环境，茶田也就毁了。"

栓子问："究竟为啥不愿下山呢？"

叶青说："说白了，是个利益问题。"

黄林生说："我们祖上都是移民。早来的住在山下，靠着几亩洲田过日子；晚来的，就给有田的富户打工。我们这几户穷，就在山里造个房子住下来，种些茶树，每年做些茶到山下换点儿吃穿用的。基本上，种茶的穷，种田的宽裕些。没想到，现在岩茶值钱了，就翻了个儿啦，谁家有茶田，谁家的日子就好过。"

栓子说："乡亲们是舍不得山里的茶田。"

叶青说："乡亲们担心村子迁下山，山里都划成风景区，自家的茶园日后会保不住的。"

叶岩说："上面也掌握这个情况，正在研究实施方案。我替我爹到县里开过几次会，初步意见是，山里不再住人，统统搬到山口的规划区域，建个新茶村。山里的茶树继续承包给村民，就像别的地方承包土地，政策是一样的。"

王远山问："进风景区是要门票的，茶农进山怎么办？"

叶岩说："肯定不会向村民收门票的。麻烦的是，到了茶季，外来的客户很多，这些人进山怎么办？村里正在和景区管委会协调呢。"

王远山说："但愿上面能保护好茶农的利益。"

黄林生说："难得你替我们茶农着想！"

尤岩生也说："只要优惠政策能落到实处，我们不会为难老村长的，我会说服我爹带头搬迁。我看过好几回了，在规划区里办茶场，水、电、路，都是通的，比山上做茶便利多了。"

叶青赶忙握住尤岩生的手说："谢谢大侄子！"他斩钉截铁地说，"我叶青，也一定会替乡亲说话的。"

黄林生、尤岩生起身告辞。尤岩生出门前掏出一包茶叶递给王远山："自家做的茶，尝尝，多指点。"

村民们散去后，叶青对王远山说："岩茶村虽说地处偏僻，但民风淳朴。村上的大户人家，像黄家尤家都有祖传的家训，行事都守规矩的。我们在山里住着，吃啦喝啦的，全靠着山林呢。我们祖祖辈辈种茶做茶，懂得敬畏天地。其实搬到山下去，村民们集中居住，更好管理了。"

叶青挺起腰又说："虽说年岁大了，但我还没老糊涂，晓得你们来了，是帮我们茶农的。"

王远山说："哪里，哪里，我们是来学习的，传统制茶工艺丢不得啊。"

这时叶岩问："还记得陈老师吗？"

"正想找他呢，陈老师在哪里？"

叶岩说："陈老师是老中专生，一直在研究岩茶。省里农科院的茶研所要调他去，他舍不得离开武夷山。现在陈老师是武夷山茶研所的所长，正带着他的徒弟陈见贤搞无性繁殖呢。"他顿了顿说，"陈老师知道你们来了，请你们明天去茶研所看看。"

第二天，叶岩带着王远山一拨人前往茶研所。

一幢白色的建筑坐落在武夷山麓首，这里曾是元代的御茶园。得知王远山团队要过来，陈斌召集全所人员在门口迎候。

众人上了二楼会议室，坐定后互相认识了。副所长陈见贤让服务员泡了茶，茶香弥漫开来。

陈斌对王远山说："尝尝味道如何？"

王远山啜了一口说："母株大红袍吧？"茶研所的人听了都惊呆了！

陈见贤说："天心岩那几棵茶树太稀罕了，我们做了些茶也是为研究用的，没多少人喝过，你怎么喝得出来？"

王远山说："串联时，我和栓子来过，在九龙窠幸遇陈所长。那天，陈老师请我们喝过这茶，那味道永世难忘啊。"

于是，陈斌给大家详细叙说了往事，末了动情地说："大红袍安然无恙，远山他们也有功啊！"

王远山问："记得是四株，怎么多了两株。"

陈斌说："原有四株是清代留下来的老茶树，我们把一二号压了条，新增了五六号两株，也算是正本副本吧。山洪暴发，新栽的树株被冲走了，我们又补种上了。"

陈见贤说："我早听说过你们保护母株'大红袍'的事情。前两年，陈老师去了趟省茶科所，找回了九龙窠那几棵母本茶树的枝条，开始做无性繁殖试验。"

王远山问："扦插吗？"

陈见贤说："是，这是最简便的方法了。我们已经实现了母株大红袍的无性繁殖。你们来得正好，可以助我们一臂之力。如果能批量产出成品大红袍茶来，武夷山的茶叶生产就会突飞猛进了。"

王远山说："可得抓紧啊！"他掏出一盒茶叶，上面赫然写着"大红袍"三个字。

陈斌忙问："哪儿做的？"

王远山答道："惠安的一家茶厂，我查过了，他们还没有抢注商标。"

陈斌脸色变得凝重起来："武夷山的品牌，若成了他人的囊中之物，我们这些搞茶的愧对父老乡亲啊！王老师这个信息很重要，我们要抓紧了！"

陈见贤一拍桌子："事不宜迟！赶紧组织人力，从现有的一万斤茶叶里，精选出几百斤来，做成小包装茶，就叫'大红袍'，立刻投放市场，同时去注册商标。"

陈斌说："过几天，陈椽老要过来，我请陈老为大红袍商品茶题字吧。"

王远山建议："现在引种的大红袍数量太少了，我觉得这个概念应当放宽些，凡是在正岩区产出的，大红袍和肉桂、水仙等岩茶品种拼配的，都可叫大红袍。"

陈斌说："这个主意好。"

喝了一杯茶，栓子问："喝岩茶时，总提到'岩骨花香'这个概念。听了这话，也喝了好茶，还是丈二和尚摸不着头脑。"

陈斌笑着说："岩骨花香，绝不是凭空想象出来的文学概念，好的岩茶，是由特殊的系列化学有机组分构成的。老茶人已感知到它们的存在，只是不知它们是什么，更不知道它们是怎么来的。这就需要我们进行扎实的科学研究，从多方面入手把它搞清楚。"

王远山说："陈所长说得好！岩骨花香是一种主观的感官评价，但一定包含着科学道理。我们需要用科学数据说话。"他转向陈斌说，"听说武夷山来过许多大科学家。"

陈斌说："没错，'当代茶圣'吴觉农先生，民国时就在我们这里创办了中国第一个茶叶研究所。张天福、庄晚芳、陈椽、王泽农这些著名的茶叶科学家，都在这里辛勤工作过。"说着，他起身带着王远山看会议室四壁上的照片。

王远山钦佩地说："这是吴觉农老先生呀！吴老最早提出中国是茶树的原产地。"陈斌说："武夷山托吴老的福，是他在这里创立了我国第一所茶研机构，吸引来一大批专家和有实际经验的茶人。"

陈斌说："这是庄晚芳先生，茶叶栽培专家。1939 年，他亲自到崇安筹办示范茶厂，开辟了数千亩茶园。"接着依次介绍："这是我的本家陈椽先生，他当过示范茶厂的技师兼政和制茶厂主任，过几天要来的。"

王远山指着一幅画像问："这是李联标先生吧？我读研究生时看过李先生的书。在国内，他首先发现了野生乔木型大茶树，一直在研究茶树的起源与原产地。"陈斌补充说："快解放时，他在崇安待了一年多，担任过实验茶场的技术指导。"

"这个吴振铎，是台湾茶叶界的泰斗人物。1938 年，他在崇安示范茶厂当过技师、副场长。"陈斌说，"这是蒋芸生，你该知道的，中国现代茶学奠基人。"王远山说："读过他的《植物生理学》。"陈斌接着说："他也在崇安的茶叶研究所工作过，担任代理所长，后来是福建农学院、浙江大学农学院的教授。"

王远山看到一个熟悉的面容，兴奋地说："这是庄任先生啊！他也做过茶叶出口贸易工作，对白茶、茉莉花茶及乌龙茶等有系统研究，和我爷爷很熟的。他也在武夷山待过吗？""是的，1941 年，他在茶研所负责制茶。"陈斌说。

陈斌又指着一张照片对王远山说："这位王泽农也是茶研所的元老，管过化验工作。"

王远山凝视着王泽农的画像，说："王老是我们本家人，他的老师王世严，就是我的曾祖父。"

陈斌说："原来王世严老前辈是远山的曾祖父啊！"

王远山说："是啊！清末民初，我太爷爷参与建立了江南植茶公所。"

陈斌说："王家果然是茶叶世家！清朝末年，朝廷派王世严等大臣出国考察过茶产业呢！"

王远山接着说："我太爷爷写了考察日记，详细记录了印度、锡兰茶叶的茶叶种植、制作和消费状况，以及制茶公司的管理办法，并对国内的茶叶生产提出了好多建议。日记里有句话：'武夷天心绝壁之茶株，乃天赐嘉木，山人呼之为大红袍。若能以扦插之术遍植九龙窠一带，当冠绝青茶。'"

陈斌感慨不已："我们要把王老前辈这句话，记在心里啊！"

最后一幅是张天福的照片，众人都熟识的。

再次落座后，陈见贤说："如今武夷山大面积种植的名丛品种，都是这些科学家培植起来的。可以说，没有科学家就没有武夷岩茶。"

栓子急切地问："这个研究所在哪里？我们该去看看的。"

陈斌说："哈哈！就是这里呀！民国那个茶科所就在御茶园这边。咱们出去走走吧。"说着，众人都站起来，跟着陈所长走出会议室。

茶研所外面是连成片的试验茶田，这里保留着"纯正血统"的岩茶种子资源和濒危的稀有老丛。陈斌一边走一边讲武夷山茶叶科研的旧事。

1938年秋，日本鬼子封锁了沿海地区，原设在福安社口的省农业改进处茶叶改良场，迁到了崇安县赤石镇。张天福先生带着研究人员，还有图书、仪器和档案等物品，在武夷山扎下了根。转年初冬，又在崇安创办了福建示范茶厂，张天福当厂长。这个茶厂下设福安分厂、福鼎白琳分厂、政和制茶所、星村制茶所、武夷直属制茶所。福建茶叶改良场也并入了福建示范茶厂。1941年10月，吴觉农先生在浙江衢州筹建的东南茶叶改良总场，正式组建为财政部贸易委员会的茶叶研究所，吴觉农先生任所长。这个茶研所，就设在了崇安赤石的示范茶厂。至1942年春夏之交，茶研所筹建处的全部设施和人员，由衢州万川迁到了赤石，展开了各项茶叶科研工作。此后几年，研究所招收培养了大批茶叶专家，如茶学家庄晚芳、陈椽、庄任等。他们对武夷山各茶区名枞的栽培、制作，做了详细的调查。抗战胜利后，南京国民政府农林部中央农业实验所茶叶试验场接管了茶研所，张天福任中央农业实验所技正兼崇安茶叶试验场场长。解放后，这个茶叶试验场改为福建省人民政府实业厅崇安茶厂，张天福留任当厂长。1950年2月，改称中国茶叶公司福建省分公司崇安实验茶场。从1953年开始，就普查过岩茶名丛，专家还剪了大红袍母株的几枝长穗，在试验园里扦插，结果只活了两棵。吴觉农先生给起的名字，叫北斗一号、北斗二号。可惜大红袍无性繁殖的研究时断时续。

王远山说："一代代科学家在接力跑啊！"

陈斌说："是啊！我们茶研所主要任务是繁育茶树品种，推广优良茶树品种，研究加工茶叶技术与工艺。可说起来，压力还蛮大的，因为这个茶研所，寄托着好多前辈的心愿呢。"

栓子问："我听说，天游峰上有一个茶科所，那是哪里办的？"

陈斌说："就是我们所呀！这个所当初建在天游峰的峰顶上，挂的牌子是'崇安县茶叶科学研究所'。你们见到我时，茶叶局都被砸了，科研人员也散了。后来恢复了，并到了供销公司，改成了天游茶叶试验场。10年前，县上恢复了茶叶局，我们又改回旧称呼，还是叫茶科所。以后又从天游峰搬下来，回到了御茶园遗址这个老地方。"

回到会议室后，双方开始讨论合作事宜，谈得非常投机，达成了多项合作研究岩茶的意向性意见。

陈斌对秘书说："你整理一下会上的合作意向，再草拟一个协议。回头我和王老师他们商议一下，定下来的事情就抓紧办。"

十五

春山泛绿，茶树始萌，栖息在武夷山的动物也活跃起来，时常可以看到野鸡、野兔、四脚蛇，还有白鹭、长尾雀……

以三坑两涧为中心，武夷山方圆 70 平方公里的茶区内，一代代茶农沿岩凹、石隙、石缝边缘砌筑石岸种茶。这些年来，有人使用化肥、农药，造成茶区局部地方水土污染、富营养化。在王远山的指导下，邵峰试着在茶园里种植万寿菊、紫云英等花草，观察测试花茶间种的效果。他还带人在一块茶田里间种了油菜花，准备沤制绿肥滋养茶树。王远山逢人便夸："山娃成了种茶专家啦！"

邵峰还和当地科技人员合作，试着在茶园里套种大豆苗。王远山亲自做了测试，发现大豆可以给茶树补充氮肥。邵峰指着茶树间绿油油的大豆苗说："有了这些大豆苗，茶树的病虫害也减轻了。"王远山说："如果茶农们普遍采用有机肥＋绿肥的生态种植模式，不施化肥，不打农药，茶树、病虫害和天敌就能处在有效的动态平衡之中，岩茶的质量才有保证。"

不久，茶研所开始在三坑两涧一带择地种植"奇丹"。"奇丹"与 2 号母株大红袍具有相同的基因物质，属于纯种大红袍。

王远山带着邵峰去看，"奇丹"的叶子呈长椭圆形，叶尖儿微微下垂，碧翠的叶面稍稍隆起，叶缘上还挂着露珠呢。"真水灵！"邵峰说，"不知味道变了没有？"

去了科研所，陈斌给他们泡了壶"奇丹"，汤色橙黄透亮，王远山脱口吟道："玉碗盛来琥珀光。"

邵峰尝了说："桂花香。"

陈斌说："喝下去，棕叶香也出来了。"

王远山钦佩得不行，硬要拜陈斌为师。

陈斌说："你是大博士，我一个中专生，怎敢收你为徒呢？"

王远山说："我是学生态的，这和茶隔着行呢！能者为师嘛，我是诚心诚意地学茶。"

见王远山如此诚恳，陈斌就说："我当着所长，杂事多，就让见贤教你吧。"

过了几日，赶上个礼拜天，众人聚在陈见贤家里喝茶。

陈斌郑重其事地讲了王远山拜师的心愿，不待陈见贤推却，王远山就上去恭恭敬敬地鞠了三躬："辛苦陈老师了！"说完掏出《茶道茗事续集》复印本，赠送给师傅。

陈见贤翻着看，激动地说："里面记着不少武夷茶事呢，太珍贵了！为了这份礼物，我就斗胆收你为徒了。"

陈斌接过去，一看便爱不释手。王远山从挎包里又取出一册递过去："这本儿，您收着。"

在座的有个青年女子，姿色俊俏，凤眼明媚。她一直坐在茶台前泡茶，这时开口了："陈老师收了新徒弟，那我算是师姐呢，还是师妹？"

陈见贤说："你比远山小十多岁呢，当然是师妹了。"

陈斌嘿嘿一笑："若论入门先后，该是远山叫师姐的。"

陈见贤对王远山说："她叫姚采青，建阳坳头那边的，家里也是茶农。他爹跟我是老交情了，就收她做了徒弟。"他又对姚采青说，"我和远山实际上是互为师徒，他跟我学茶，我跟他学生态，懂吗？往后你就叫他王师兄吧。"

姚采青嘴巴甜甜地说："王师兄日后多指教！"

王远山连忙说："姚女士客气啦！"

陈见贤笑了："这样叫着生疏，我们都唤她幺妹，你就跟着叫吧！"

姚采青喜盈盈地说："难得有缘，我再给师兄泡壶茶吧。"她泡了今春头采的龙井茶，喝着清香淡远。

王远山说："这该是龙井御茶园的茶！"他也动手泡了潮州茶友寄来的茶，

姚采青喝了说："凤凰水仙。"

陈见贤说："为了移植宋种 1 号，我曾上过乌崇山。李仔坪村有棵茶树，树姿开张，就长在顶厝几块巨大的泰石鼓之间。这株茶树是群体种，是从自然杂交的后代中筛选出来的单株，被称为凤凰单丛的活化石，做出的茶就是这个味道。"

王远山说："还是师傅厉害！这株茶树是南宋末年李氏先人选育后留下来的，已有六百多年了，现在每岁只够做两斤茶。"

"泡这个吧！"陈斌掏出个信封袋子，放到茶台上。他端坐在茶台前亲自泡茶，一注开水，瞬间奇香扑鼻。王远山拿起信封一看，上有陈斌手迹："牛栏坑肉桂，1970 年陈斌制茶"。

姚采青惊喜地说："陈所长拿出压箱底儿的宝贝啦！"

陈斌说："武夷山茶人有句老话，'陈三年是药，陈五年是丹，陈十年是宝'。我方才翻阅远山送我的这本册子，上面也记载了一首诗。"他翻到折起的那页，念道，"岩茶十余担，汤滑百日香"，合上书又道，"独藏七年载，欲问落谁家？"

王远山说："我跟着爷爷喝过好多陈茶，听说岩茶的烘焙、存放是大有讲究的，我想弄清楚岩茶在陈化过程中，它的化学物质究竟是如何转化的？"

陈见贤说："说到点儿上了。陈茶好不好？首先，你存放的是好茶才行。再则，收藏也要得法。"

陈斌说："我存的茶大多是三坑两涧的。哪儿的茶青，哪个茶师做的，用了啥工艺，都标记着呢。据我的经验，手工茶耐放，也容易保持住原有风味。"

王远山赶忙询问："想要久存，是否发酵度要高些，焙时火要大些？"

陈斌说："摇青还要重些，保证达到三红；火功呢，也要焙到中足火以上，茶叶才不会返青。"

"岩茶要多久焙一次？"

"若发现潮了，喝着涩了，就要焙焙。通常每年焙一次，三年后隔两三年焙一次就行了。"

"复焙用啥火候？"

"中等火温就可以了。"

"存放时有啥好法子？"

"最主要的就是两条，放茶叶的地方要干燥，不能有异味；另外，注意保持一定的室温，夏天不要超过摄氏 30 度。我是放在二楼的专用储藏室里。"

待王远山放连珠炮似的问完，陈斌对陈见贤说："你这个徒弟不耻下问，你可要做到百问不厌呀！"

这时，姚采青已将泡好的陈茶一一斟好了，大家举杯品饮。

王远山舔舔热嘴唇说："这茶，初入口时涩些，喝着喝着就回甘了，那种甘甜绵长悠远。"

陈斌说："好茶，舌面略感苦涩，转瞬间就回甘了。若是苦在舌根之下，久久不去，甚至发麻，那就是劣质茶了。"

陈见贤补充道："回甘也有两种情形，有的生津回甘，有的只觉得舌齿清爽。"

栓子说："喝了陈所长的茶，嘴就刁了，日后还咋喝茶呀！"

这时，陈见贤的夫人拿来一罐子果酱酒："既是拜师，也要喝些酒。这酒，是我用山里的浆果酿的。"

姚采青给大家满酒。王远山依次给陈斌、陈见贤、陈师母敬了酒。陈师母是山里人，生性豪爽，满饮一杯后唱起了山歌——"清明过了谷雨边，背起包袱走福建……"

栓子眼尖，瞅见墙角上挂着把二胡，就取下来递给王远山。王远山调了下弦子，拉起琴来伴奏，屋子里顿时热闹起来，会唱的都跟着哼唱起来——

"想起崇安真可怜，半碗腌菜半碗盘。茶叶下山出江西，吃碗青茶赛过鸡。采茶可怜真可怜，三夜没有两夜眠。茶树底下吃冷饭，灯火旁边算工钱。武夷山上九条龙，十个包头九个穷。年轻穷了靠双手，老来穷了背竹筒……"

王远山叹口气说："旧时茶工太苦了！"说完，又拉起了凄楚的《江河水》。

陈斌见王远山拉弓揉弦甚为娴熟，便赞道："远山多才多艺啊！"

姚采青嘴巴甜："师兄能耐，我也长脸了。"

午时，王远山打发栓子就近找了家饭馆，订了包间。盛情难却，众人相跟着去下馆子。陈师母常在这里请客，熟悉馆子的菜品，王远山就请她点茶。果然是地道的闽菜，大家吃得香，聊得也开心。

散席时，陈斌对王远山说："你们一来就和茶场合作，开局这步棋走对了！

说起做茶，叶老是真正的专家。"

陈见贤说："过去闽北茶区，还有江西铅山一带，茶农做成毛茶后，要送到建瓯茶厂去深加工。叶童就带人过去，学了精制技术，回来改造了老工艺，现在又办起了茶厂。陈所长让我们茶科所和叶老合作，专门建立了大红袍加工车间。往后咱们三家合作，众人拾柴火焰高嘛。"

陈斌说："还有一位武夷茶人，远山须去拜访的。"

"可是种子专家罗田夫？"

"正是。"

"还要烦您引荐呢！"

"过些日子，我带你去见老罗。明天上午，我和见贤要去茶厂大红袍车间，顺便去看看你们的基地。"

"明儿见！"

第二天，二陈到了茶厂，叶童和王远山已在厂子门口候着了。

大红袍车间位于茶厂中心地带，一列厂房长逾百米，依照工艺流程，依次设有不同的作业点。

"下个茶季，这个车间就能开工了。"叶童说。

"茶青量远远不够啊！"陈斌说。

"起初也不可能满负荷工作。"叶童说，"有了批量生产，也就改写了武夷山的茶叶史。"

"下一步重点是扩大优质茶树的种植面积，切实保证茶青质量。"陈见贤说。

叶童对二陈说："远山这个团队了不得，通过检测化验，取得不少有价值的数据。更厉害的是，他们正研制有机肥料呢，能有效地增加茶青里的有益物质。"

王远山说："我们和许多茶农签了协议，尝试科学种茶，高效管理。"

"干活拿要领，一干一个成。"陈斌很兴奋，"去你们那边瞅瞅。"

相距只有一箭之地，说话间就到了。

栓子带着人在门口迎候，请客人到会议室就座。陈斌说："先去看看实验室吧。"

王远山说："这里是前方实验室，只做些急活儿，大的试验都要到北京去做。"

实验室夹在办公区和生活区中间，只有三间，但非常考究，像是制药企业的化验室，一尘不染。众人在门口穿上白大褂，套上鞋套儿，通过隔离栅，顺通道进入实验室。

一看那些设备仪器，陈斌眼都直了："毕竟是国家科研机构，这些设备我一样也没见过。"

王远山说："统是进口的。"他给客人介绍自己的员工，"我们只有十来个人，做实验的全是大学生啊！"

陈见贤说："你想和我学传统工艺，那就得教我现代技术啊！"

陈斌笑了："一个戏台，众人唱戏，资源共享呗！"

参观完实验室，众人移步到会议室议事。

王远山说："我们团队前期研究的对象，就是武夷山的两种茶：岩茶、小种。这个月，我带着人在景区这边跑，过些日子再去桐木关。"

叶童说："你们要跑得远些，桐木周边的环境差不多，生产的茶叶都叫武夷小种。"

陈斌说："跟外山相比，桐木关，还有挨着的光泽、建阳一些茶山，叶子肥厚，外形粗壮些。"

栓子又问："喝得出来吗？"

"口感不一样啊！"陈斌指着茶壶说，"这茶就是桐木小种，有独特的桂圆松香味；外山的茶发甜，有点像工夫茶。"

栓子说："陈所长老道！这茶是姜闽送的。"

陈斌说："是老姜，姜振华的大儿子吗？"

王远山说："是。"

陈斌说："听说他在改进红茶的老工艺呢，年轻有为啊！"

陈见贤发问："你们研制的有机肥料，怎么样？"

王远山答道："正在茶园里试验呢，我会把化验结果、进展情况和相关数据及时通报你们的。"

陈斌说："我们所也划一些茶田出来，用你们的肥料做实验吧。这事要抓紧办，见贤负责落实吧。"

转年，王远山团队研制的肥料在实验中获得成功，茶叶里氨基酸等有益成分显著增加。消息传开后，不少茶农上门求购，但王远山说，还要进一步验证肥效和可靠性，暂不推广。有一天，邵峰回来说，有的茶农用上了咱们的肥料啦。王远山就去查，发现是栓子偷着卖高价肥料。王远山恼怒极了，回到单位，立马召集人员开会，重申了团队纪律，还把栓子撵回北京，让邵峰顶替了他的岗位。

茶田耕翻除草时，王远山认真看了曾祖父在南京试验茶场时的工作记录，借鉴了那时的深耕法，播种前打碎土垡，深耕深翻，开了又宽又深的播种沟，扩大了茶树根系伸展的范围。

试验茶田一部分使用土灰、人粪尿，还有苕子、紫花豌豆、紫花苜蓿沤成的绿肥；一部分使用团队研制的有机肥料；进行对比试验。

邵峰真是个好帮手，每天从早忙到晚。天刚蒙蒙亮，就拿着农具下地了。他管的茶田施的是粪肥，双脚时常泡在肥水中，腿脚被烧得尽是水泡。邵峰不只勤劳，还很好学。他领着农工进行扦插育苗作业，起初用的是长插穗，因数量不足，难以大量繁育苗木，就带人向茶农学习，很快就掌握了短穗扦插育苗技术。

再说栓子，灰溜溜地回到北京，不敢把实情告诉近泉，只说武夷山那边的事情插不上手，还是回来经营自家的店。栓子利用王远山的关系，在武夷山结交了不少茶人，他把自家的茶店迁到了马连道茶叶一条街上，开了家专门经营武夷岩茶的专卖店。

这年崇安县改为武夷山市了。武夷山也建立了自然保护区，风景区这边没有划入，正山小种的原产区被划进去了。姜赣在保护区管委会工作，负责社区管理工作。入秋了，他在市里开完会后，就拽上王远山，要他到桐木看看。

从市区出发，公路一直通到了保护区境内。

进山的路，是从西北绕着上去的。山上是九曲溪的源头，也是闽江的源头。流下来的水，从平缓的地段淙淙流过，遇到坡度大的地段便掀起水浪。越往上走，溪水越是碧绿澄澈。

王远山："路修得这么好，一路看风景，惬意啊！"

姜赣说："雨季刚过去。上个月我开车下山，洪水漫上了路面，小半个车轱辘都泡在水里。有些地段路基被冲毁了，只好绕着走，花了五个多钟点才进了城。"

王远山透过车窗一看，路边还堆放着抢修备用的砂石。"今非昔比了！记得我第一次和爷爷来桐木，搭车走了一段路，后来都是步行上山的。"

"若不是你们来，那次青山哥可能被老虎吃掉了。"姜赣说，"修了路，交通便利了，可管理的难度也大了。"

"寻茶的人多了吧？"

"是，新茶下来时，茶客蜂拥而至。过去桐木像世外桃源，来个生人，狗就会扑过去。现在人多了，狗见了人还摇尾巴呢。"

"进入保护区，要用通行证吧？"

"这里都是原住民，以茶为生，茶商要来，也不好硬拦着。"姜赣说，"这就到皮坑了，前面就是我们设立的关卡。"

姜赣把车子停在检查站门口："咱下车撒泡尿，透透气。"

"桐木之内，方为正山。"王远山问，"小种原产地的范围究竟有多大呢？"

"东至麻栗，西至挂墩，南从皮坑、古王坑这里算起，北面至桐木关，占地50平方公里。"

"这个区域就是'正山'吗？"

"从历史上看，所谓'正山'，就是真正的高山产茶区，它涵盖的范围比原产地大得多。一般指以桐木的庙湾、江墩两个自然村为中心，北至江西铅山石陇，南到武夷山曹墩百叶坪，东至武夷山大安村，西至光泽司前干坑，西南至邵武龙湖观音坑，方圆600平方公里。这些地方，大部分在我们保护区内。"

"你们管的是一座大茶山啊！"

"这山，就是你惦记的那座'远山'啊！"

路边就有丛生的小种茶，没有明显的主干，枝叶繁乱。有的茶树开了小白花，吐着金黄的蕊，素淡喜人。

王远山问："有做秋茶的吗？"

"没有。"车子一直在走上坡路，姜赣说，"保护区这边海拔高多了，低的1200米，高的1500多米；气温呢，年均18摄氏度；年降水量在2300毫米以上，相对湿度80% ~ 85%；植被也好呀！这都是长好茶的条件。"

车到叉路口，姜赣打方向盘："拐过去，到吴三地看看。"

"我喝过那里的水仙老丛，甜甜的，隐约还有青苔味呢。"王远山说，"听说吴三地的茶农是吴三桂的后人。"

"这个村子不大，六十多户人家，大多数姓吴。据地方志记载，清代吴三桂叛乱被剿平后，族中有三兄弟逃到这里避难，后来'吴三弟'被叫成了'吴三地'。"

车子停了下来，山坡上长着不少水仙老丛，铁干老枝上覆满青苔，看上去大约有两千多株。

有几株茶树开花了，玉白色的瓣，金黄色的蕊，在秋风中摇曳。

王远山说："在植物学家眼里，茶树的花是完美之花，本是雄雌蕊同花，却舍近求远，只接受异花授粉。虽说增加了授粉的难度，却能促使基因重组，让更优异的植株出现。"

姜赣也感叹道："正是这样的繁育方式，让茶树千姿百态、品种繁多，在自然演替中长盛不衰。"

身旁有棵茶树开着花，还挂着褐色的果实，王远山拍了张特写照片，笑着对姜赣说："茶树的果实是慢性子，熬上一年半才会成熟，显得练达老成；它未及成熟，便有性急的花朵绽放了，于是花果争荣，同树媲美。我喜欢茶树的叶子，也喜欢她的花朵和果实。"

他们又上了路，窗外景色宜人。姜赣说："一入秋，云也淡了，雾也少了。从春天到夏末，终日云雾缭绕。山里的气温通常比市区要低四五度，日照短，霜期长，昼夜温差也大。"

王远山说："茶树就喜欢这样的环境。"

姜赣开着车，走走停停，陪着王远山看山看茶树。一垄垄、一丛丛，低矮的茶树依着山势零星地散布着，有的夹在成片的竹林间。

姜赣说："这些茶树都是天生天养的，不用浇水施肥，就是每年锄两次草，清明节前后锄一次，七八月间再锄一次。"

车子开到一处开阔的路面，路侧立着一块石碑，刻着"联合国教科文组织世界生物圈保护区"的字样。

姜赣介绍说："1971 年，联合国教科文组织发起了'人与生物圈计划'。这是一个研究人与环境关系的全球性科学计划。我国于 1973 年加入了该计划，1978 年又成立了中国国家委员会，正式实施这一计划。我们武夷山也加入了这个计划。"

"我知道这个计划。"王远山说，"还记得陈强吧？"

"当然记得，他和你一起来过的。"姜赣问，"他在哪儿？"

"陈强现在是外交官了，他有个叔伯弟弟陈戎剑，大学一毕业就被分到这个组织的秘书处了。以后你们会有工作往来的。"

"这么巧啊！快给我戎剑的电话号码，我会主动联系他的。"姜赣说，"天色还早，我带你随便走走吧。"

离开盘山公路，沿着小路走了约摸一刻钟，到了一处恍如仙境的地方。只见岩头飞瀑，溪水奔流，溪上还砌着石头拱桥，远处山间的古栈道时隐时现，四围都是葱绿的松树和高低起伏的块状茶田。两人在石桥边上坐下来聊天。

"真不想走了。"王远山说，"宜茶的地方也宜人啊！"

"是呀！杭州出龙井，苏州出碧螺春，也都是人间天堂。"

"过些日子，我要去杭州找师傅学炒青。"

"人到中年不学艺。"

"别忘了，活到老，学到老！"

"这次来，你在桐木多待些日子吧，也好帮帮我。"

"遇到棘手的事啦？"

"我也是村里的人呀，做社区工作难免与乡亲发生纠葛，有人骂我是'白眼狼'。"

"华南虎没了，'白眼狼'来了。"

想起第一次来遭遇老虎的往事，王远山开怀大笑，问："究竟遇到啥难处了？"

"这得从头说起，你才会晓得利害关系。"姜赣把红茶村这十几年的大事情，一五一十地讲给王远山听。

1983年，姜赣从林学院毕业那年，县里要求尽快落实承包责任制。边茂盛很挠头，这里东一块茶山，西一片竹林，真不知怎样分村民才满意。村干部议了好几回，决定先分毛竹。原想一棵棵清点，按人头均分，可点来点去总是点不清。大家烦了，就改了法子，估算后划片分了。转年分茶山，麻烦就大了。只好每户出个人，一起上山察看，估算每片茶田的产出量，直折腾了个把月，大概摸清了底数。开村民大会时吵来吵去的，总是达不成皆大欢喜的分配方案。最后呢，就照户口本上的人头分，把茶田按地形、产量和优劣分成甲乙丙丁四档，抓阄分配。保护区成立后，原计划把核心区的茶农统统迁出去。人与生物圈组织的人说，在保护生物多样性的同时，也要维护原住民的利益，我们村才保留下来。村子在保护区内，不能损坏松树等自然资源，村民的生计就靠茶叶和毛竹。那时，这两样东西都不值钱，加上交通不便，乡亲们的日子还得紧巴巴的。后来毛笔厂来村里收毛竹做笔杆，毛竹的价格就涨起来了。茶叶呢，还是统购统销。毛竹3年一砍，一个8米长的毛竹，能卖六七块钱，竹根、竹尾巴还可以单独卖。那时，好多村民砍了茶树种毛竹。后来，武夷山红茶的元气恢复了，茶价一路上涨。有的村民私下扩大茶田面积，还有的偷偷砍树。我们采取了严厉的措施，惹恼了一些村民，他们就派代表进城，跑到管委会去讨说法。

"你成了风箱里的耗子啦，两头受气。"

"我只是做一般工作的，最头疼的是青山了，他刚被提拔成管委会副主任，村里人总找他的麻烦。我实话告诉你，是青山兄让我搬救兵的，他说你爷爷当年保住了茶山，在村里有威望，让你帮着出主意呢！"

"青山兄不在城里吗？"

"在桐木蹲点呢。"

刚才还是天高云淡，蓦地山风大作，天上彤云翻滚，黄豆大的雨点溅落下来。

两人连忙跑到路边上车，姜赣开足马力疯跑。雨水越来越大，瓢泼一般。幸好路上几乎没有车，路又熟，大约半个钟头，赶到了红茶村村口。一看，边青山在路边的检查站候着呢。

"管委会一上班就打过电话来，说你们出发了，怎么刚到？看这雨势，弄不好还会断路的。"边青山上了车说。

"山里的天气娃娃的脸，说变就变。没料到啊！"王远山说。

"我料到了，下雨前天气晴好，你们定是下车看风景去了。"

姜赣笑了："料事如神啊！"

车子在管委会工作站的房子前停下来，雨也住了。

边青山说："我爹听说远山要来，早就让我媳妇烧好了菜，都到我家吃饭去！"

边茂盛见了王远山，乐呵呵地说："贵人来了，大雨也挡不住啊！"

很快，饭菜上了桌，好几样凉菜是山野菜做的，清凉爽口；有几道热菜有粤菜风味。

王远山问："嫂子跟广东的厨子学过手艺？"

边青山说："我娶的可是广州伍家的名门闺秀啊！"

"可是十三行的伍浩官？"

"是呀！"边青山找来一张旧报纸，上面有个顶戴花翎的人："他就是伍浩官。"

"捐来的官吧？"

"士农工商，那时商人地位低，就捐了个挂名的三品官。"

"我看过不少史料，在茶叶世纪，伍家可是富可敌国啊！"

"那时，伍浩官称得上是世界首富。伍家的财产，差不多等于清政府全国年财政收入的一半。"边青山说起了妻子伍家的旧事。

原来伍家世世代代在武夷山种茶。清初，伍家有人赴粤做茶叶生意，就定居广州了。这支伍家人到了第五代，开始到洋行做账房先生，积累了和洋人做生意的经验。后来伍家创办了怡和行，出了个商业天才，外国商人称他"伍浩官"。伍家借助十三行"一口通商"的垄断地位，把武夷山的茶叶卖到欧美地区。边青山妻家的先人，返回故乡，负责给怡和行收购运输茶叶。后来也没有回广州，就算落叶归根了。

"怪不得你花工夫研究茶叶外销史呢，有家族情结啊！"王远山说，"伍家真不容易！我爷爷说过，那时运茶分外艰辛！"

"从武夷山出发，走山路到江西河口镇装船，经信江通过鄱阳湖到南昌，顺着赣江一直到南安。到了江尽头，又换成挑夫，翻越南岭，经浈江梅关到南雄后再走水路，由浈江运到曲江后，小船换作大船，再顺北江直下广州十三行。水旱交替，风雨兼程，这一路的艰辛是难以言说的。"

吃过了，边青山的媳妇又沏上了今年的新茶。

喝着茶，边青山就说起了犯难的事儿。

"路上，小虎都和我唠叨过了。"王远山说，"你不是让我出主意吗？我还真有些想法。"

"快说呀，我和小虎正发愁呢！管委会里，我俩是村里人，连我爹都说我忘本了，让乡亲们戳着脊梁骨骂呢。"

王远山说："乡亲们只认一条理：靠山吃山，靠水吃水。现在不让砍树了，可不有意见啦！"

边茂盛说："还是远山的话在理。"

"边叔，你一直当村干部，懂得政策。桐木在保护区的范围内，若是闹得过火了，惹恼了大领导，可能把整个村子迁出去，那样好吗？"

"你有啥好法子？"

"咱们想想，山里的树绝对不能砍的，保护区是生物多样性的示范区，山林里的资源都要整体保护。剩下就是竹子和茶，这毛竹啊，到处都有，金贵的是茶叶啊！咱桐木的茶叶可是独一无二的。"

"你的意思是在茶叶上做文章。"边青山说。

"是啊！"王远山说，"你不是专家嘛。小种红茶，历史上多辉煌啊！可好多人知道工夫红茶、红碎茶，不知道有烟熏味的小种才是红茶的始祖呢。"

"正山小种的历史可以追溯到明末，大约在公元1567至1610年就出现了。"边青山说，"我读研究生时，学的是外贸史专业，我写的硕士论文就是《正山小种外销史考略》。"

姜赣说："小武夷那边，借着大红袍的品牌，茶叶开始走俏了。桐木这边缺一个叫得响的牌子。"

"这就是我想说的事情。要让村民明白，也要让喝红茶的人都知道，小种为什么好喝，因为它产自生态良好的正山。保护区的茶没有污染，是天赐的饮品。没有保护区，正山小种迟早要毁掉。我们这里的茶叶生产，要走高端路线，打生态的牌子，强化原茶地的概念。管委会该把这项工作作为社区服务的主要内容，扶持一批新茶人，争取让桐木的茶再次走向世界。另外，我听猴哥说，他现在是保护区的护林员。你们可以吸收一些年轻村民参加工作，正式的，临时的，帮工的，都可以，如果大多数人家有了保护区的工作人员，茶叶的收入也增加了，矛盾就会少多了。"

"这个思路好。"边青山说，"远山你知道的，姜家是我们桐木庙湾的茶叶世家，到他哥哥姜闽这一代，已经是第24代传人了。"

姜赣说："族谱上有些零星记载，究竟如何，我也不大清楚。"

"咱不往远里扯，我们看得到的，起码就有三代了吧？你们哥俩儿，你爹，还有你爷爷姜春梅，都是桐木关的制茶师傅啊。"边青山说，"回去告诉你爹，茶叶的事，姜家要带个头。"

姜赣告诉王远山，红茶村的茶农过去只做毛茶，做好后送到城里精制。去年，村里办了茶厂，从崇安茶场请人来当师傅。实际上，请过来的师傅也不太懂得后期加工，毛茶出来没面筛就让人切，全都切烂了。青山爹就派人去外面学技术，培养村里的制茶师傅，又去星村和镇子上沟通，整修了公路，长途公交车可以直接上山了。

边青山说："远山说得对！桐木这个茶厂，一定要咬着牙办下去！从种茶到做茶，从初制到精制，一步步来，一定会见效益的。厂子实在困难时，也不要撂了，让能干的人承包。总之，不能像空心的茶苞，要让乡亲们得到实惠。"

王远山说："过去，茶叶基本上是农业属性，茶农一直是农民的一个群体。但茶叶也是经济作物，茶树是山林的一部分，所以茶业兼跨'农林牧副渔'中的'农林副'三大类。过去茶叶统购统销，红茶村的茶农也是吃商品粮的。现在茶农又开始做茶卖茶了，横跨了茶叶种植、生产和流通全领域，亦农亦工亦商，将来还会扩展到文化、旅游、康养、自然保护等上下游和相邻产业，连接起乡村、城市，乃至国外茶叶消费区呢。"

姜赣说："还是远山哥视野开阔，境界也高。"

边青山也激动了："没错！茶叶和茶农的多重属性，要求中国茶产业必须实现传统模式的突围！我们带个头，让红茶村的村民变成茶产业的规模经营者，乃至行业巨头，实现老一代人'振兴华茶'的美好愿望！"

三个人的手紧紧地攥在了一起！

十六

在北方，"立秋十日遍地红"，武夷山还是满目翠色，唯有御茶园故址那两株老枫树，像烧天烛一样溢红流丹。

这日凉风习习，陈见贤带着王远山去拜访罗田夫。兴田镇打算建一个茶叶种子基地，请罗田夫过去勘察地界，老罗昨日刚回到岩茶村这边来。

路上，陈见贤说起了罗田夫："大红袍母株，农场管过，庙里管过，老罗他们也管过。这些年，老罗撒开人马，漫山遍野地找菜茶单丛，凡是不一样的，都种在水帘洞附近了。"

王远山说："这样才留得住岩茶群体种的基因啊！"

两人从鹰嘴岩过来，抬头望去，山洞前两股泉水飞泻，集成一挂水帘，宽约丈余。水帘洞底下有一方稻田，罗田夫正弯着腰观察晚稻的秧苗呢，看到来人便乐呵呵地迎上来。他戴着顶破草帽，挽着裤脚，脸色晒得黧黑。经陈斌介绍后，三人站在田埂上聊了起来。

王远山好奇地问："还种水稻呀？"

"我和袁隆平是同行，本是研究水稻二系化的。"罗田夫笑着说，"在南平农专读书时，听了你爷爷的讲座，我就迷上茶叶了。"

陈见贤呵呵一笑："提起王老，武夷茶人无人不晓。"

"去茶田看看吧。"走走停停，罗田夫不停地介绍着，"菜茶可是个大家族哦，老丛'铁罗汉'还有宋代的基因呢。菜茶繁衍至今，子子孙孙多了去啦。十年前，北京来了个大领导，让农场一定要保护好菜茶基因。接着上面拨来一笔款子，我们派基建队整理山头，跑遍了正岩区，当时找到一百多种单丛，都种在九龙窠里，建了一个石壁梯田茶园。接着，又在这里平整了十多亩地，移植了一千多种单丛。"

王远山说："您是农委的头儿，还整天在地里忙呢！"

"我就是个'种子迷'。"罗老师正色道，"岩茶不能只剩下肉桂、水仙呀！我估计，这些茶树，一定会留住一半。"

"岩茶的品种好多啊！"

"茶树呢，雌雄花同株，雌雄蕊同花，但在自然繁殖中，同一株母树上结的茶籽，遗传也是不同的。加上小环境千差万别，有许多奇种呢。"

王远山请教："为啥叫'奇种'呢？"

"奇种多是百年老丛，物以稀为贵嘛，像大红袍，天心岩所产不足一斤。过去讲'八大岩'，都有特产啊！天心岩的大红袍、金锁匙，天游岩的人参果、吊金龟、马头岩的白牡丹、铁罗汉，慧苑岩的品石、金鸡伴凤凰……"罗田夫如数家珍。

"听说您刚从兴田回来？"

"转了半个多月，那里的环境和这边差不多，我建议他们也种些好茶树。"

陈见贤说："远山是学生态的，又懂茶，得空儿也过去瞅瞅。"

王远山说："处在北纬27到28度间的丹霞地貌区，因为岩石的红色碎屑沉积，形成了陆羽说的'烂石'环境，都该是出好茶的地方。"

罗田夫说："清顺治以来，茶农们利用岩凹、石隙、石缝，沿边砌筑石岸种茶，有人叫'盆栽式茶园'。武夷山号称'三十六峰九十九岩'，真的是岩岩有茶，非岩不茶，岩茶也因此得名。"

王远山说："下一步，该考察一下外山的生态环境了。"

罗田夫兴致来了："过几天，咱们搭伴儿去趟兴田，远山帮着我选块地方，建一个岩茶种质资源繁育保护基地。镇子上决心搞，我就帮着弄。要是他们拿不定主意，那就等我退休了，筹些资金租些地，把这里的菜茶都移植过去。"

陈见贤说："这路子对头！只有扩大优质茶树的种植范围，才会让更多的人富起来。"

王远山问："听说民国时农林部的茶研所，也在示范茶田里研究过无性繁殖技术。"

罗田夫说："总共有八块示范茶田呢，飞机场附近，还有陈所长那里，都有的。"

陈见贤补充道："天心寺的庙田也是示范田。"

罗田夫说："奇种是有性系，源于武夷菜茶。菜茶里选择优良的叫单丛，优中选优，叫名丛。五大名丛，都是菜茶大家族的成员。首先要把岩茶的共性讲透，再来研究这个家族成员的差异性。有着特殊基因的茶树，做出的茶别有滋味。不少茶商并不懂茶，尽瞎编故事，说得天花乱坠。"

王远山说："您该正本清源呀！"

罗田夫说："我正在写《武夷岩茶名丛录》呢，等初稿出来，请二位指点。"

王远山问："您认为岩茶的关键因素是种子吗？"

罗田夫说："不！首先得感激大自然的赏赐！没有武夷山得天独厚的生态环境，就没有武夷茶；其次才是种质资源，特殊的品种群体；再就是武夷的茶树栽培法和制茶工艺。"

陈见贤说："很少有人研究种子了，可这是基础啊！"

罗田夫说："我们都是在农学范围内搞点研究，远山来了，就扩展到大生态系统了。"

王远山说："通过系统性研究，才能创新茶树生态种植的可推广模式。"

过了几天，三人结伴去了兴田镇，在南源岭梅子桥发现了一块风水宝地。这是一块弧形山坡地，三面环山，岚雾弥漫，坡上的山头泉眼丰富，溪水从上面流下来浸润着田地，又流入谷底汇入九曲溪。

王远山激动了："好地儿啊！建种质基地太棒了。"

陈见贤说："这个村子与景区只有一水之隔，来去也方便。"

罗田夫对王远山说："树挨树，人靠人，咱搭手做吧！你先整一份生态考察报告吧。"

王远山应允下来，团队成员经过多次实地考察，写出了报告，交给罗田夫一份，同时也上报了北京总部。结果令人满意，上面支持这个合作计划，在南源岭建立岩茶种质繁育基地。

接下来的日子，为了弄明白菜茶的"族谱"，王远山跟着罗田夫满山遍野地搜集奇种。

秋分一过，他们在麻粟岭四方块发现了几十株老茶树，散落分布在海拔1400米左右的山坡上。最大的一株基干粗壮，树下土壤肥沃。

罗田夫说："这株树的根系深度，能够超过树冠的周长。"他问王远山，"有两百年树龄吗？"

王远山仔细观察了旁边一棵倒木的剖面："我对比着估算了一下，应该超过两百年了。"

"这边种茶，也有四百多年了。大多是高山种，历经迁徙和种群扩散，小乔木都变成了灌木丛了。"

"适应生存环境的需要嘛。"

"正岩正山之外，也生长着许多菜茶呢。"

"我们要扩大搜寻范围，为外山的茶农提供良种。"

说着，两人会意地相视一笑。

不久，罗田夫的女助手戴瑛，在半山区建立了种子基地，培植特殊品种的岩茶。王远山特意把邵峰派过去，一边帮着戴瑛打理，一边学习茶籽育苗、扦插、嫁接、压条等多种繁育技术。

深秋的一日，罗田夫邀王远山去看戴瑛的茶园。

戴瑛泡了一壶茶。罗田夫说："我从止止庵讨了些插枝，让她种了一垄白鸡冠。味道可好？"

"香气清爽，真是道家茶。"王远山吮了吮舌头说，"我得去止止庵看看。"

当日，王远山就带着邵峰去了止止庵遗址。

大王峰头云封雾锁，阳光从云雾间钻出来，投射在峰下，映照着遗址上搭建的竹寮。不远处的白蛇洞，掩映在翠木碧草间。

二人从一曲溪走过来，还隔着百米远，就看见白鸡冠那抹醒目的嫩黄色了。

走近了，一个道人正在痴痴地看着那些茶树。茶树鹅黄色的叶片在微风中荡漾。道人突然拽住一个枝条，想要折断它。邵峰三步并做两步，跑过去拦阻。那道人一挥手，要动粗的样子，邵峰立马出手架住了。

"咋就打起来了？"王远山过来拉架。

"这道人蛮不讲理！"邵峰说，"仗着他学过三丰拳。"

"你也练过拳的。"道人睁圆了环眼。

王远山把邵峰拉到一边，笑着吟道："他强任他强，清风抚山岗；他横由他横，明月照大江。"然后又对那道人说，"草木有本心，何须他人折？"

那道人说："唐突了！贫道见这茶树不凡，想折一枝引种在武当山上。"

王远山说："扦插需要大量插枝，回头我送你一包茶籽便是。"

那道人单掌施礼，问："这茶树可是白鸡冠？"

"正是！"

"贫道来此寻茶问道，我看施主仙风道骨，必是云中高人。"

"过奖了！我就是个种茶的。"王远山说，"这些白鸡冠茶树，就是宋代白玉蟾大师亲自培育的。"

"可是药茶？"

"常喝可调气养生。"

王远山给他留了名片，又指着邵峰说："我这位兄弟喜欢拳脚功夫，我让他去帮你种茶，你们南拳北腿，一起切磋中国功夫。如何？"

那道人看了名片，笑言："贫道道号宏远，远而不远，我们有缘了。"

邵峰从衣兜里摸出一小袋白鸡冠茶叶来，送给宏远品尝。

宏远朗声笑道："不打不成交！"

王远山也笑了："止止庵前，止其所止，止戈为武。"

光阴荏苒，王远山团队在武夷山已经待了整整 10 年了。

刚开春的一个礼拜天，姚采青一大早就来寻师兄，手拍着窗棂呼喊："快起来！师傅唤你呢。"

昨夜在实验室加班，天麻麻亮时才睡下，王远山迷迷糊糊地回道："幺妹，夜里加班了，补觉呢。"

姚采青说："有正经事呢！有个日本茶人要来拜访师傅。"

王远山只得起床，洗了把脸，搭着幺妹的车子同往师傅家。

陈见贤家里已来了两位客人，一位是香港教授，一位是与师傅同宗的美籍华人陈先生。王远山和师妹刚落座，日本茶人来了，他叫泉下清，在东京开着一家禅茶馆。泉下是个中国通，汉语说得很流利，人也健谈，说起日本茶道来一脸矜色。

泉下自豪地说，一个多世纪前，日本思想家冈仓天心写了本《茶书》，向西方介绍日本茶道。他认为，北方游牧民族的入侵结束了宋朝文化的繁荣，茶文化也戛然而止，反而在引入地日本得到了发扬光大，渐渐地诞生了茶道。

姚采青听得很认真，还用笔记本记录着，眼里放出钦羡的目光。她给泉下斟上茶，请教："先生，饮茶究竟有什么好处？"

"喉吻润，破孤闷，搜枯肠，发轻汗，肌骨清，通仙灵，清风生。"泉下得意地说，"这是日本茶道的三字经。"

姚采青请泉下再说一遍，如获至宝地记了下来。

王远山发问："您听说过卢仝这人吗？"泉下摇摇头。

王远山说："卢仝是唐初四杰之一卢照邻的后人，只爱喝茶，不爱做官。朝廷两次召他做谏议大夫，他都谢绝了。他写过《茶谱》，最出名的就是'七碗茶诗'。"说着，他吟诵起来，"一碗喉吻润，两碗破孤闷；三碗搜枯肠，唯有文字五千卷；四碗发轻汗，平生不平事，尽向毛孔散；五碗肌骨清，六碗通仙灵；七碗吃不得也，唯觉两腋习习清风生。"

泉下大为吃惊："出处在这里啊！"

王远山说："这首诗说明，那时中国北方的文人已盛行饮茶了。"

泉下对陈见贤说："你这个徒弟十分了得！"

这时陈师母岔开话题，说："老陈近来瘦了许多，精神头儿也差，恐是病了。"

泉下道："生病的原因很多，万不可忽视情志因素，学茶禅的人才会身心两健。"

姚采青听了不得要领，便问："茶，禅，哪个更重要呢？"

"所谓禅茶一体，是禅是茶，非禅非茶，禅固非茶，茶亦非禅，须慢慢领悟。"

姚采青更是丈二和尚摸不着头脑了，寻思：那禅，恐是只可意会了。

陈先生惦着堂弟的病，就问："整日喝茶究竟好不好？"

那个香港人是茶疗专家，他介绍说，美国政府资助了一百五十多个项目，开展绿茶、红茶内含成分的研究，都证明茶是健康饮品。

陈先生道："愿闻其详。"

"那就简单地说几条吧。茶叶中的多酚类有抑制破坏骨细胞物质的活力，可强壮骨骼；多种水溶性维生素、丰富的微量元素钾、锰等，抗衰老的效果比大蒜头、西兰花和胡萝卜都要好；咖啡碱呢，有兴奋作用，可消除疲劳。"那个专家看了一眼羸弱的陈见贤说，"茶叶还有很强的抗癌功效呢，茶叶里的抗氧化剂，能破坏癌细胞中化学物质的传播路径。"

"是吗？"陈师母赶紧给众人续茶。

"尤其是绿茶，富含儿茶素，确实具有抗癌作用。"泉下掏出一张印刷物接着说，"上面有条资料：日本的流行病学机构对八千多人进行跟踪研究，证明每天饮 10 杯绿茶，可延缓癌症发生。女性平均延缓 7.3 年，男性 3.2 年。"

陈见贤发滞的眼睛亮了，立刻让妻子找些绿茶来。陈师母找来两筒茶叶，姚采青看了问："泡瓜片，还是银针？"

陈见贤说："这个君山银针是黄茶，先泡一壶。"

那个茶疗专家凑过来看，那茶形细如针。陈见贤说："君山银针产于岳阳洞庭湖中的君山，都是用尚未展开的肥嫩芽头制成的，雅称'金镶玉'。"

泉下道："诗人夸说，'金镶玉色尘心去，川迥洞庭好月来。'银针是好禅茶。"

茶疗专家说："前不久，有人送我一盒，但不知真假？"

姚采青已泡好了茶，先斟了给茶疗专家品尝。只见芽尖冲向水面，悬空竖立，徐徐又下沉杯底。陈见贤说："看着，像群笋出土呢，还是银刀直立？"

茶疗专家品了一口说："我那茶泡了后凌乱得很，也没有这茶温润，恐是假的。"

陈见贤说："你把这筒茶带回去吧，对比着喝，就知真假了。"

陈见贤吩咐："泡瓜片吧！"

陈先生好奇地察看，瓜片的叶片微微向上重叠，真的像瓜子。

陈见贤说："瓜片产于六安、金寨两县的齐云山，不带芽不带梗，泡着喝香气清高，滋味回甜。"他看着杯里舒展开来的叶片说，"比起发酵茶来，绿茶保留了鲜叶内更多的天然物质。"

茶疗专家说："和鲜叶比，绿茶保留了 85% 以上的茶多酚、咖啡碱，50% 左右的绿叶素，维生素的损失也比较少。"

陈见贤说："我只在夏天喝些绿茶下火，其他三季都是喝岩茶和红茶的。看来，往后要喝绿茶了。"

王远山知道师傅得了癌症，担心茶叶治癌的话误导了师傅，赶忙说："据中医古籍记载，茶的功效共有二十多种，被誉为'万病之药'。不过，我以为喝茶可养生，治病还需找大夫对症下药。没有确证说，茶叶的哪一种成分能够抑制癌细胞生长。我认识一些茶人，从小就喝茶，但也因癌症离世了。"

陈见贤连忙打圆场："我这个徒弟口无遮拦。"

陈先生却说："我就喜欢直性子的人！"说着，与王远山交换了名片。

末了，陈见贤说："泉下先生要去杭州，我身体不好，远山陪着去一趟吧。"王远山本来要去杭州学炒茶的，便欣然应允。姚采青自告奋勇，说她也要陪着去。

次日，王远山师兄妹陪着泉下乘火车前往杭州，抵达后就住在龙井村的农家旅舍里。

龙井茶的核心产区都在西湖周边，所谓"狮龙云虎梅"，说的就是狮峰、龙井、云栖、虎跑和梅家坞这几个地方。明代高濂在《遵生八笺》里说："山中仅一二家，炒法甚精。近有山僧焙者，亦妙。但出龙井者方妙，而龙井之山，不过十数亩。"王远山从《茶道茗事》中得知，"炒法甚精"的祖传茶师就在翁家山，这次来，还要去访师拜师的。

一大早，王远山三人就来到西湖狮峰山下。王远山想起了明代俞思冲的话："狮子峰，在一片云之上，高出群岫，可瞰江浒。北望天竺，诸峰叠秀如画。"走到山下的胡公庙前，很快就找到了乾隆皇帝御封的茶树。姚采青依次数了数，果然是18株。

王远山给泉下讲了一个传说——

宋代，龙井村有个老婆婆，守着这18棵茶树过日子。有一年春雨连绵，炒出的茶味道差，老婆婆快要断炊了。一天，一个老叟走进老婆婆的院子来，要用五两银子买下扔在墙角的破石臼。老婆婆正缺钱花呢，就应允了。老叟找搬运工去了，老婆婆清扫了石臼上的尘土、腐叶，把垃圾埋在茶树下边。过了一会儿，老叟带着搬运工来了，一看清扫过的石臼，忙问那些杂物哪儿去了。老婆婆如实相告，哪知老叟听了拂袖而去。眼看着白花花的银子从手边溜走，老婆婆很难过。不料几天后奇迹发生了：这18棵茶树的新枝上嫩芽萌发，茶芽儿又细又嫩，沏出的茶汤清香爽口。消息传开后，邻近的茶农都来找老婆婆买茶籽。渐渐地，龙井茶便在西子湖畔栽培起来。乾隆皇帝好喝茶，还在重华宫举办过六十多次茶宴呢。下江南时，乾隆听到这个传说，特意来看这些茶树，下诏封为"御茶"。

王远山对泉下说："'绿茶数龙井，龙井数狮峰'，这里的茶是极品。"

"为什么呢？"

"首先是生态好呀！狮峰山就是一道天造地设的屏障，既挡住了干燥的西北风，又隔断了东南向的阴湿雾气，还沐浴着钱塘江的和风细雨。我们可从土水肥光和气候五个方面来观察：土，'牛背脊'上都是白砂石风化土壤，有机质含量高；水，产茶区内年均降水 1500 毫米以上，泉水四流；肥，用的是有机肥料"菜饼"；光，日照均匀；气候呢，处在亚热带季风气候区，气温在零上 15 到 20 摄氏度之间。"

"神奇！"泉下激动了，"除了苏杭，出好茶的黄山、庐山、武夷山、峨眉山，还有西双版纳，都是人间胜境啊！"

王远山说："一个'茶'字，是'人在草木间'的组合。茶，让您悟出了禅，也让我加深了对天人合一的理解。"

在半山上的一间茶室，王远山点了龙井。那茶叶扁平光滑，叶芽肥厚，色泽鲜亮。姚采青动手泡茶，少顷便溢满一屋子香气。看那汤色呈嫩绿色，清而不浊，明亮澄澈，俯身可见人影儿。大家品尝，果然入口滋味醇和，细品回味甘美。

泉下问茶室主人："新茶吧？"

茶室主人说："明前，头采。"

王远山解释说："西湖龙井讲究的就是头采，早采的茶叶鲜嫩呀！特别像龙井 43 号这样特早熟的品种，头采正是一芽一叶初展时，芽叶中的氨基酸含量高，茶多酚含量适中，炒出来的茶鲜爽，口感、香气都特别好。1730 年开张的杭州翁隆盛茶号，专售'三前摘翠'的西湖龙井茶，就是春前、明前、雨前茶。"

泉下问："这就是明前茶金贵的原因吧？"

"就采茶而言，清明是一个重要的时间界限。一过清明，茶叶里的氨基酸含量就开始下降，茶多酚却逐渐升高。与明前茶相比，茶叶有了苦涩味。受气候影响，龙井茶在清明后才会渐入盛产期，一直持续到谷雨前。因此，明前茶就更稀罕了，当地人叫'女儿红'。" 王远山端起玻璃茶杯来，杯中的芽叶个个细嫩挺秀，舒展呈朵，他不禁吟了那名句，"院外风荷西子笑，明前龙井女儿红。"

泉下又问："怎么好多地方都有龙井茶？大佛龙井、萧山龙井，连四川也有龙井茶了。"

这时茶室主人也坐下来了，微笑着说："哪有那么多西湖龙井？西湖龙井的核心产区不过几千亩地。"

王远山说："龙井茶本是一个地理属性的名茶，现在转变为绿茶的一种制作方式了。"

茶室主人说："摊上那些便宜的龙井茶，都不是西湖龙井，大多是用富阳、临安、桐庐这些地方收来的鲜叶炒制的。"

王远山说："正宗的西湖龙井茶，是有特定产区的，就是以龙井村为中心的168平方公里的范围；原料呢，用的是龙井群体、龙井43号、龙井长叶茶树的芽叶；还有，采用摊青、青锅、辉锅这些老辈儿传下来的工艺，都是在当地加工的。'色绿、香郁、味醇、形美'，这四样是品质特征。"

转过几个弯子，一行人来到翁家山。王远山逢人便打听，村里可有杭州城"翁隆盛"老茶庄的后人，问了数人皆言不知。于是，改问村里的炒青师傅谁的技术最好？村民都说，当然是村头翁家的常胜啦！经人指点，他们很快找到了翁家。

翁家院里的灶台上支着口炒锅，一个中年茶师正在炒萎凋叶，他向来人点头示意后，把半簸箕叶子倒入锅里杀青，一直炒至七八成干时起锅。

王远山对泉下说："炒制也有几道工序呢，这叫'青锅'，之后是'回潮'，要将青锅后的茶叶摊凉筛分。"

接着，茶师又把一大竹筛回潮的青叶放入热锅里翻炒。王远山说："这就是'辉锅'，要将茶叶的水分全炒干的。"那茶师手活儿利索，用手将茶叶按在锅内，抓住叶子翻转掌心，再扬起手掌抖落，反复地抓、按、捺、抖，过了十几分钟，一直是茶不离锅，手不离茶，直到锅里的叶片变得紧实起来。泉下走近锅台，觉得炙烤难耐，忙又退后几步。

王远山说："锅温最高时会达到150度呢！这么娴熟的手法，至少也有十年工夫。"泉下听了直吐舌头。

王远山又说："做蒙顶翠芽，杀青时炒锅底的温度高达二三百度呢！若是温度低了，就要反复炒，弄不好就炒焦了。"

这时，姚采青问那茶师："做茶多久了？"

茶师答道："二十多年了。"

王远山问："几斤鲜叶出一斤茶？"

茶师应道："大约 12 斤鲜叶，手炒 10 个小时，能炒出 3 斤干茶。"

姚采青说："这活儿费力气，该让徒弟做了。"

茶师说："我初中毕业就学着做茶，刚炒茶时，手上烫起过几十个水泡。现在的年轻人，谁愿意碰锅呀！"

泉下说起汉话："怎么不用机器？"

茶师说："炒茶，讲究的是火候和手感，用机器炒了，味道差远了。"

王远山说："清代乾隆爷六下江南，先后写了七首赞美龙井茶的诗。现在用土法做龙井茶的越来越少了。"他问茶师，"翁常胜师傅在吗？"

茶师问："找我有事吗？"

王远山惊喜地问："阿洪大师是您的父亲吧？"

"您怎么知道？"

"您用的是小青锅、大辉锅的炒制法呀！"

"行家啊！"茶师收拾了一下锅台，招呼众人坐下喝茶。

总算找到了！王远山找到了阿洪的后人，也就找到了"翁隆盛"家族的第十四代传人翁常胜。

阿洪大名翁天洪，清宣统初年生人。他的先祖拥有西湖边上最大的茶园，早在 1730 年就开了中国第一家经营茶叶的翁隆盛茶庄。20 岁那年，他改进了翁家祖传秘法，创造了新的炒茶工艺。旧法青锅是大锅头，投叶量大，炒出的茶叶外形像虾皮，他一反旧例，把辉锅改为大锅头，手法也做了变化，炒出的茶又好看又好喝。梅家坞有个茶商叫阿德，把阿洪高薪请去，闭门炒茶多年。后来阿洪被国营茶厂请去当了技术顾问，帮助茶厂建立了完整的技术规范和体系。在初制阶段，对鲜叶验收、摊青、青锅、回潮、辉锅、分筛和挺长头，都有严格的控制标准。到了精制阶段，从毛茶检验、飘筛、风选去片、拼配匀堆直到收灰干燥，更是精益求精。

翁家炒的茶确实好喝，泉下品得咂咂有声，他问王远山："唐代都是蒸青茶，我们日本沿袭至今。中国何时开始炒青的？"

"宋末就有人开始用铁锅炒茶了。许次纾在《茶疏》中解释说：'生茶初摘，香气未透，必借火力，以发其香。'显然，炒青也是为了提香。"

"古时如何炒茶呢？"

"张源在《茶录》中描写道：'新采，拣去老叶及枝梗、碎屑。锅广二尺四寸，将茶一斤半焙之，俟锅极热，始下茶急炒。火不可缓，待熟方退火，撤入筛中，轻团数遍，复下锅中，渐渐减火，焙干为度。'明代不少文人，在笔记中详细地记载了炒青绿茶的做法，一般都是炒前拣净，炒后焙干，与今日炒茶工艺并无大异。"

泉下赞叹道："翁家祖上，必是得了炒青的真传啊！"

王远山掏出《茶道茗事》，给翁常胜讲了有关西湖龙井和翁家的史料。

翁常胜不胜感慨："我家家谱弄丢了，祖上的事情我也说不清楚，今日遇到贵客了！"

离开翁家时，王远山说，过些日子他还要来学艺呢。

下了翁家山，一行人又去远一点的梅家坞。

梅家坞与西湖隔山相望，茶山面积、茶叶产量，在西湖龙井产区均居首位。

一拐进梅家坞的地界，王远山的眼睛就亮了。这真是一块风水宝地呀！三面环山，南面接着钱塘江与西湖，山场是大片山丘坡地，植被茂盛。

登上一个山丘，姚采青忙着和泉下相互拍照，王远山拿出携带的仪器，测量海拔、经纬度、气温、湿度等数据。他观察到，梅家坞北部的山脉形成了一道天然屏障，冬季可以阻挡寒流的侵袭。而南部呢，钱塘江和西湖形成季风气候，雨水多，雾气重，非常湿润。上午，太阳从东向南移动时，阳光穿过云雾，形成漫射光，让茶树惬意地享受着和煦的日光。这里的茶园，白天积蓄的热能，夜里又很快散发出去了，昼夜温差大，宜于茶树生长。他俯首抓了一把茶田的土壤，典型的白砂土，矿物质、微量元素丰富。这么好的条件，在绿茶产区实在罕见。

隔日，杭州城的茶人，在紧傍西湖的茶室请泉下一行人品茶。

这间茶室是仿日式风格装修的，一进去，迎头悬挂着"禅茶一味"的茶挂。

泉下笑笑说："日本茶道最初叫'茶之汤'，'禅茶一味'是'茶之汤'的灵魂。

我到中国来，看见到处写着这四个字。"

姚采青跟着说："都是从你们日本学来的。"

泉下解释说："其实呢，这四个字，最初是中国宋代圆悟克勤禅师书写的，传到日本大德寺之后，临济宗禅师一休宗纯又传给了日本茶道的开创人之一村田珠光。"

茶室主人带着客人观看茶室各处的茶挂，兴致勃发："宋代文人讲究'四艺'：焚香、挂画、插花、点茶。饮茶场所的挂画就叫茶挂，大多为卷轴，内容通常是富有禅意的诗、词、字、画。"顺着他的手势看过去，有几幅字画写着"西湖之西开龙井，烟霞正接南山岭""蛰雷一夜展旗枪，东风吹送兰芽香"等诗句，都是赞美西湖龙井茶的。

泉下一边看，一边讲起了日本茶道发展的过程："唐高宗时，日本遣唐使来华学习大唐风物，其中就包括点茶。在茶文化的交流上，有几个出名的日本僧人。一个叫最澄，他把末茶带回日本。一个叫永忠，归国后向嵯峨天皇献茶。于是天皇下旨，日本开始种植茶树了，宫廷还兴起'品香茗、赋汉诗'的时尚。到了南宋，僧人荣西归国后在九州栽培茶树，推广禅茶文化。"他指着写有"十之德"的条幅说，"荣西将茶种赠予明惠上人，明惠在栂尾山高山寺种植茶树，还将茶事引入佛事中，倡导'茶十德'。"他又指着"和敬清寂"四个字说，"'茶之汤'衍生出不少流派，最著名的就是千利休开创的千家流抹茶道，'和敬清寂'就是他提出来的。千利休离世后，又衍生出表千家、里千家和武者小路千家三派，原本居于庙堂的抹茶道进入了寻常百姓家。"

姚采青一直紧随泉下，她钦佩地说："先生好学问！"

茶室主人带客人进入雅间，室内陈设甚为古朴，墙上的茶挂只写着"清苦"二字。众人坐下来品茶时，泉下指着这幅茶挂说："这才是地道的日本茶挂！禅宗中大量的偈语有着深邃的哲理，仔细体会一下，禅茶的境界就是'清苦'啊"。说着，他品了一小口茶水，"清苦，就是这种味道。"

王远山在家里听父亲讲过禅茶知识，晓得不少茶挂箴言的来历，这时他缓缓地说："泉下先生，不知您读过晋人葛洪写的《抱朴子》没有，这本书里就说过：'以清苦称高，以无金免危。'"

泉下有些发窘，顿了顿说：“中国文献里还有谈到‘清苦’的吗？”

王远山说：“古代中国，‘清苦’也是茶的代名词。元人杨维桢还专门写了《清苦先生传》，赞扬茶之‘清’明净洁纯，茶之‘苦’味良甘美。”他端起茶碗，“就像虎跑泉水泡的这西湖龙井茶。”

在座的都把钦佩的目光投向王远山。姚采青插话说：“茶文化博大精深啊！我太无知了。”

王远山说：“遗憾的是，茶挂虽源于我国，却被日本茶人发扬光大了。”

茶室主人问：“泉下先生，这是什么原因呢？”

泉下慢悠悠地说：“从外表看，这和日本茶道中的茶室空间构成有关。诸位去过我们茶室的，很容易理解的。往深里分析，主要原因是，日本茶道的创始人都具有禅宗背景。从入宋求法，兼修禅宗的日本禅师荣西、道元、圆尔辩圆、南浦绍明，再从一休宗纯到村田珠光，从武野绍鸥到千利休，这些开创了日本茶道文化的重要人物全都是参禅之人啊！”

王远山说：“我记得千利休在《一页书》中说过，‘煮水止渴，是谓喝茶，无他’。”

姚采青颇有悟性，接着说：“在这里，我想起了李叔同，他写过‘悲欣交集’四个字。大师原是艺术家，遁入空门后，在西湖边上修行，悟出来人生真谛。命运，如同一杯茶水，有甘有苦，苦尽甜来，甜久了也会吃苦头。悲与喜、忧与乐，合着大自然的节拍呢！草枯草荣，回黄转绿，都是佛在主宰。人生也如江水，有涛峰便有浪谷，跌宕间演绎雄奇，转换中展现壮美。无论人生多么精彩，最终都将归于平淡。耐泡的茶，像‘牛肉’，因为蕴积深厚。前几天，我在老师家里喝茶，一壶存放了将近十年的肉桂，竟可得十五六泡。但终究也会变得清淡起来，直至寡然无味。什么是禅茶？喝茶就是做样子，悟禅才是根本。品茗者若是悟出了禅理，就不在乎什么绿茶红茶，繁华散尽，无须刻意最好。”

泉下笑着说：“姚女士和王先生师出同门，却各有领悟啊！”

这一次出来，姚采青一路随着泉下探讨禅茶，而王远山的注意力却在茶山生态上，和他两个确实说不在一搭儿。三天后，泉下从杭州经上海飞回东京去了，王远山回京，姚采青独自返回武夷山。

十七

　　岩茶村迁到山脚后，村民们几乎都办起了茶厂，至少也开间作坊。新鲜事儿越来越多，叶青虽说在村上德高望重，毕竟上了年纪，觉得赶不上趟儿，就辞了职。补选村主任时，乡亲们信任叶家人，又把他的儿子叶岩选上了。

　　叶岩上任后，提出了"生态当先，以茶兴村"的发展思路，还聘请王远山做科技顾问。村上建了一个科技小组，王远山指导年轻茶人科学种茶、做茶，还帮着岩茶村做了个绿色发展远景规划。

　　迎着新世纪的艳阳天，茶农们又忙碌起来。放眼茶山，一株株茶苗在春风里轻轻摇曳。过去茶农是守着茶山候客购茶，随着山区交通的改善，大红袍声名鹊起，岩茶一路走俏。两年前，横南铁路一开通，村民老黄就坐不住了，他带着儿子林生，每人挑着两筐茶叶，坐上火车去福州城卖茶，卖了个好价钱。回村后，就投资租了好山场。不少村民眼热了，叶岩的头脑也发胀了，主张扩大茶叶种植面积。有些胆子大的村民，偷偷地在自家承包的山林里砍树种茶。

　　这日晴好，山里群芳缀树，花气袭人。一路听着啁啾的雀鸣声，王远山进山去看茶园。拐进悟源涧时，眼前闪过两个熟悉的身影。他加快了脚步，噢，看清了：一个是栓子，一个是黄林生。王远山知道，涧边坡上有黄家承包的林子，那栓子干吗来了？事情有些蹊跷，他就尾随了过去。走到黄家的林子一看，王远山惊呆了，一片水松被砍倒了，几个江西过来的打工仔正在清理现场。栓子回头一看，是大兄哥跟上来了，有些尴尬地打招呼。

　　王远山没理睬栓子，转向黄林生："干吗砍树呢？"

黄林生说："栓子要包销我的茶青，可产量太少了，我想在坡上扦插些茶树。"

"不能随意砍树的。"

"这个我晓得！岩茶越来越金贵了，栓子帮我算过账，就算罚点款也划得来。"

王远山一听，顿时怒火中烧，扯住栓子的袖口踹了一脚。两人一攻一守，耍起了邵家功夫。黄林生忙过来拉架，一收手，栓子顺势溜了。消停了片刻，王远山苦口婆心地劝起黄林生来，可黄林生说："好多人都在砍树种茶呢。"

"村委会啥态度？"

"你去问叶主任吧？外面砍树时，他让我们不要跟风。后来村里有人砍了，他也没硬拦着。今儿我看见，他家在马头岩也开始砍了。"

王远山听了，顺着涧旁的石径往上走，赶到马头岩时，果然叶岩正带着帮工砍树呢。王远山走过去，正色道，你是村主任，这样干要犯错误的。他还从生态上分析后果，说毁了山林最终会毁了岩茶村。

"这林子，我家承包了，砍几棵树不打紧吧？"叶岩不以为然。

"一步错，百步歪，开了口子就控制不住啦。"

"不多种些茶树，咋富起来？以茶兴村嘛。"

"以茶兴村没错，可你忘了生态优先了吧？"

叶岩理亏，不吱声了，可还是不肯收手。

王远山拦不住叶岩，就去市里反映。茶叶局长叶维林是叶岩的堂兄，他已注意到了这个情况，听了王远山的意见，就上报给市政府。没过几天，红头文件下来了，要求把新种的茶树全部砍掉，重新种上生态树种。市政府还划了道红线，不许大规模种植茶树。叶岩一千个不情愿，也只能照办。他认为王远山告的是刁状，窝着一肚子邪火。

二月二，龙抬头。叶青老爷子整八十啦，叶家张罗寿宴，十里八乡的来了许多乡亲。叶岩恼着王远山呢，就没跟他打招呼。可王远山不请自到，还带来一份厚礼，就是自己团队培育的305号茶树种子。

寿宴上，叶青动情了："俗话说'好马一鞭，好人一言'，若不是远山大侄子拦着，咱茶山就危险了。"老人说着激动起来，点着儿子的鼻尖训斥，"锅里没有碗里空，山林毁了哪有茶？作践呀！造孽啊！"

叶岩被骂得灰头土脸的，也不敢言声儿。众人劝住老爷子，气氛方缓和过来。

王远山对叶青说："您老定会高寿的！拆开这'茶'字看，还是几个数字呢。草字头是二十，中间的'人'形似八，木字拆开是八十，三者相加计一百零八岁，那就是'茶寿'啦！我看，您老定会得享'茶寿'！"

叶青听了笑得合不拢嘴："大侄子会哄人开心。"

王远山摸出几件自制的响器："我吹个曲儿逗个乐子吧！武夷山是鸟雀天堂，老爷子让我学啥我就学啥。"

叶青乐呵呵地说："学布谷鸟吧。"

"布谷，布谷……"王远山模仿得惟妙惟肖，听着仿佛布谷鸟从九曲溪飞了过来。在众人的叫好声里，他接着吹下去，黑鹳、中华秋沙鸭，还有好多山雀，学得活灵活现。

叶青挺直了身子问："像不像呀？"

"像！"祝寿的人异口同声。

老爷子语重心长地说："杜鹃花逢春开，树林子招鸟来。咱要是把山林毁了，鸟雀也会飞走了。"

叶岩听出了弦外之音，忙给父亲赔不是："爹，是我错了！给您老祝完寿，我就召集村干部开会。我带头做个检讨，一定刹住砍伐风，回头再做补救工作。"

过了几日，叶维林也来岩茶村蹲点。他找到王远山说，想法子让茶农得到实惠，才是长远之计。

他们与村干部开了好几次会，决定走一条讲科学、讲生态的路子，尽快让茶农都学会做茶。

从谷雨到立夏，茶农们采来鲜叶制作水仙茶。从采摘开始，王远山就忙着指导茶农了。他和叶岩商量了，一般以"中开面"，就是三叶为标准。从萎凋、做青、杀青、揉捻到烘焙，每道工序都派人手把手地指导。

快一个星期了，阴雨连绵，采来的鲜叶不好晾晒，只好加温萎凋。好茶师也怕遇到阴雨天，加温萎凋耗费柴炭不说，也不易掌握火候。适度与否，全凭各人经验。

这天，尤岩生把王远山叫过来，指着一筐箩茶叶说："咋就有焖红味呢？"

王远山仔细察看尤家作坊，先看了做青机的滚筒，投放的茶青还算适量；再看吹风作业，凉风吹得透，热风温度也适宜。排除了这些因素，就找到毛病了，原来加温萎凋时间过长、温度也偏高。他指导尤岩生的儿子尤长寿做了调整。

王远山抓起一把鲜叶说："做茶，就是要把茶青里面的营养物质，从复杂的叶子构造中做出来，喝茶时能溶解在水中。"他又进一步解释说，"刚采下来的青叶，从土壤中汲取的无机盐可以继续维持它的代谢活动。茶叶好不好，关键靠萎凋。萎凋叶还有活性呢，它们摊在地上，好像懒洋洋地晒着太阳，其实呢，这是持续产生的最后的光合作用。所以说，萎凋是做茶的关键一环，借着阳光来提高碳水化合物的转换率。还有，做茶一定要打碎植物存储营养物质的'坛坛罐罐'，揉捻这道工序就是要撕破叶片的细胞壁，把营养物质解脱出来，让它们更容易溶到水里，变成香喷喷的茶汤哦！"他又指着碗里的茶底说，"被倒掉的这些茶渣，就是在加工中被打碎的'坛坛罐罐'，如果加工不得法，好多营养物质也会被丢掉的。"

尤长寿连连点头，心里琢磨着这些话。

离开尤家时，王远山对尤岩生说："做一回，精一回，长寿做茶走心。"

尤岩生说："他还嫩着呢，王老师多栽培呀！"

天黑了回到叶家，叶岩泡了壶水仙。王远山一喝，舌面有些苦涩，就说："这茶像是暑茶，做青不足啊！"叶岩说："我让制茶师傅按传统做法做的呀，用了九个时辰呢。王远山说，明天我去看看吧。"

第二天，王远山带着邵峰来到叶家茶厂时，两个师傅正在摇青呢。他们将萎凋后的茶叶薄薄地摊在竹筛里，端起筛子来回晃动。王远山让邵峰跟着师傅学艺，一个老一点的师傅教他："碰青时脚要站稳，腰要挺直，手要灵活，一手推一手拉，让茶青随着筛子上下左右摇晃。"他们摇一会儿放一会儿，摇青、摊青交替着操作，重复若干次后，静置的时间拉长了，摊叶的厚度也加厚了，接着开始两筛并一筛。在这个过程中，王远山一直记录着各种数据，仔细观察叶片变化的情况。他从管箩里取出几片茶青来："这些叶子宽大厚实，做青时间要加长些，才会达到走水和氧化的标准。"师傅听了继续并筛作业。

邵峰问王远山："这里管摇青叫'走水'，那氧化是啥意思？"

王远山回答说："做茶时，茶叶中的内源酶也在缓慢地促使叶芽氧化，摇青等制作工艺能够缩短自然氧化的时间。"他沉思了片刻又说，"我觉得，茶叶也可分成四类：第一种是绿茶这样的灭活类，迅速杀青，终止酶的活性；第二种是不杀青、只脱水的半灭活茶；还有先脱水补碳、适时杀青的乌龙茶，算是酶促氧化类；再就是黑茶、熟普，有外来的微生物菌群参与，才是真正的发酵茶。"

邵峰似有所悟："照这么说，做岩茶关键是要控制好酶促氧化的过程和程度啦。"

王远山高兴地拍了拍邵峰的肩头，表示赞许。

叶岩在一旁说："只要没有彻底杀青，茶叶里的酶就会促使茶叶氧化吧？"

王远山说："是呀！做好的茶叶也一样，像老白茶储存多年，实际上已不是当初的白茶了，内含物变化很大。"

邵峰说："老生普年头越久越接近熟普的汤色，也是一个道理吧！"

王远山进一步讲解说，做青是乌龙茶的核心工序，是非常耗时和需要经验的，摇青、晾青和等青结合在一起，就是为了促进香气等内含物质的转化。走水有多有少，做青有轻有重，就形成了氧化程度不同的乌龙茶。

叶岩说："做青最轻的包种茶，喝着和绿茶差不多。"

王远山说："台湾的'东方美人'却是接近红茶了！"他取出已经摇成了螺旋状的茶叶说，"瞧！绿叶红镶边出来了，岩茶要的就是三红七绿。"

过了几天，叶岩专门给王远山送去新茶，泡了一喝，苦涩味没了。

黄林生的爹，也拄着根拐棍找到王远山问："我家做的茶，咋叶底不展呢？"

"你家用焙笼还是烘干机？"

"一直是焙笼，刚使的机器。"

"恐是设置的温度偏高了，烘过了。还好，若是温度再高些，还会焦条呢。"王远山叮嘱老黄，"老人家甭操心了，您有三个能干的孙女呢，有啥事让她们找我。"

这些事很快就传开了，寻王远山讨教的茶农越来越多。

从清道光年间到民国，闽粤的有钱人纷纷跑到武夷山来，有租茶田的，有收毛茶的，山场的产权渐渐落在了两帮人手里：一是下府帮，来自泉州、厦门的茶商；另一帮是广东帮；也有人把潮汕人另算作一帮的。不少山场的新主人懂得技术，就亲自督造岩茶。他们还带来一大批精明勤谨的带山茶师，从采摘叶青起，就做得非常精细了。武夷岩茶都是在山就地制作的，不论是带山的、做青的、簸茶的，还是归堆匀堆的茶师，包括检验的巡茶师、秤茶记账的起秤先生，都会受到茶农的礼遇。这个茶季下来，王远山成了村上的贵人，走到谁家都是好茶好饭款待着。

崇安茶场这边，种茶，做初制茶，都是很有经验的，但不善精制工艺，旧日就有人跑到建瓯去学手艺。王远山和叶岩一商量，就在村里办了个精制工艺培训班。

转年开春，叶岩带着一个中年人，到王远山这里来。来人叫邬亮，原是武夷山电视台的记者，妻子傅晔也是台里的播音员。因为他们是最早报道茶山的人，又认识茶界大佬，久而久之就迷上了茶叶。后来夫妻俩双双辞职，带着女儿晓霞进山种茶。邬亮很有眼力，很早就租下了水土好的茶园，过着神仙般的悠闲日子。

王远山早就听说过邬亮，见了脸熟，便问："您是当地人吗？"

"是呀！武夷山姓邬的不多，祖上是从闽南迁过来的。"

"认识做建盏的邬师傅吗？"

"他是我爹啊！"

"你是亮亮？"

"你就是北京王家大哥哥吧？"

"是呀！那年来武夷山，你还是个光屁股小毛孩儿呢。"

"原来是老交情啊！"叶岩说，"你们叙旧，我进城办些事。"

王远山和邬亮相跟着进了茶山。

一年四季，唯有春生的芽叶最鲜最嫩，枝干上新萌的顶芽纤细娇嫩，还挂着白毫呢。可那鲜嫩的样子却很短促，不过数日就会变老。武夷人家采茶，都是抢在早春。一进坑涧，到处都是戴草帽背竹篓的采茶女。

邬亮说："进山采摘是个辛苦活儿，旧时都使唤男工。到了民国，在平地和缓坡上的茶园，才能看到些采茶女。如今呢，都是清一色的娘子军啦，吃得苦的女汉子还能挑青。本来男人是'岩骨'，女人是'花香'，这么厉害的女人，'岩骨花香'统占全了。"

"产茶的地儿，大多是女人采茶的。"

"别的地方也忙着采明前茶吗？"

"大半个中国都产茶，十里不同天，采茶期也不一样。海南岛惊蛰一过就能采了，北方茶区清明后茶树才萌芽，差着五十多天呢。"

"桐木关那边海拔高，虽说只隔着几十里，春茶比这边晚十来天呢。"

"春茶好啊！积了一冬的养分，有机物充足，春雨一淋，茶芽肥硕饱满。"

"早茶也嫩呀！喝着口感好。"

"这个早，这个嫩，须自然天成，若是温棚里产的，或是用了催芽素产出的新茶，品质就大打折扣了。春茶也不是越早越好喝，毛茶中茶多酚、咖啡碱含量高，带着些火气呢。"

"武夷山人炒出毛茶，放上个把月才喝。"

"放一放，茶叶会自然退火，再泡着喝就温润了许多。"

"这边做出毛茶来，精制也需要一两个月。先要仔细挑拣，剔除粗老的叶片和硬梗，接着还要多次炭焙。"

"炭焙不只去寒湿，还能挖出茶叶深藏的好东西。刚焙过的茶，内含物质处于分离状态，性状火燥。存了转年再喝，那滋味才纯正饱满呢。"

谈到茶，两人有唠不完的话。

出山口时，几个装扮入时的女青年正在路边收购鲜叶。邬亮笑着说："旧日那些'带山茶师''起秤先生'，恐怕想不到会出现女同行。如今的'起秤女士'，拿着手机就能遥控指挥，连茶事的细节也尽在掌控之中。"

王远山说："正岩区的茶叶确实好，可惜产量有限，有时掏钱也买不着啊！"

邬亮说："地方志记载，'岩茶，远近买客于九曲内觅购，市中无售。洲茶皆民间挑卖，行铺收购。'从清末直到民国，采制武夷岩茶实行的是包价制，全部用黄金结算工钱，南北两山出产的岩茶就是金贵！"

晚上，王远山跟着邬亮进城去看邬师傅，叶岩办完事也来了。周末照例是邬家聚友品茶的日子，客人们陆续登门，围着茶台坐了十多人。

一进去，一位长者就高兴地喊起来："是远山啊！"

王远山一看，正是邬师傅，忙过去作揖请安。

落座后，邬师傅向大家讲述了王远山与他相识的往事。

泡茶的是位文静的少妇，叫杨亭亭。邬亮对王远山说："亭亭开着一家三霖茶庄，人机灵着呢，你就收她做女徒弟吧。"

王远山摆手说："我是学茶来了，岂能班门弄斧呢？"

邬亮对杨亭亭说："王老师是科学家，带研究生的。你若真有心，就要好好表现了。"杨亭亭凝眸不语，只是点头微笑。

王远山问邬亮："你爱喝什么茶？"

邬亮答道："水仙、肉桂，还有矮脚乌龙。"

杨亭亭沏了壶水仙，饮过两泡之后，她让王远山看叶底。

王远山问她："你是如何看叶底的？"

杨亭亭知道王远山在考她，粲然一笑："捏着柔，看着亮，就是好茶。"

邬亮对王远山说："这姑娘心细，好琢磨事情。"他吩咐夫人傅晔，"快取黑陶坛子出来！"

因跟随制茶大师姚银轮多年，邬家存有姚老亲手制作的母本大红袍等珍稀岩茶。不一会儿，傅晔从地下室上来，把一个黑陶坛子小心翼翼地放到茶台上。邬亮拍拍坛口说："封了十多年了，上好的肉桂。"

邬亮剪开缠着的麻绳，撕去桐油浸过的桑皮油纸，刮掉坛口和盖子缝隙处的白蜡。一揭开盖子，便有茶香溢出。邬亮先取出一个麻布袋子来，里面是黑乎乎的东西。有人惊叫："这茶放坏了！"邬亮闻言大笑。

"木炭干燥剂吧？"王远山问。

"正是。"

邬亮是个有心人，十多年前就开始储存数十个品种的岩茶，他的心思是，存放四五十年，看哪些岩茶"岩骨"还在？倘若到时"岩骨"尚存八成，那就证明只要工艺得当，岩茶也可经得住百年时光。他对王远山说："武夷岩茶是很耐存放的，特别是种植在'五者母岩'土壤里的岩茶，只要存放得法，一般是不易变质的。"说着，他从坛子里取出一包"牛肉"。

泡好茶后，大家逐一闻那杯盖香。斟茶、饮茶，整个过程像是一个仪式，有人引颈注目，有的侧耳谛听，只是静心品茶，体味茶汤里那沉淀的岁月和大自然的精华。

238

邬亮说："肉桂，老茶客说它霸道，姚老说它'香气易成，滋味难求'。新丛做的茶，喝起来是嫩嫩的花香，但略有涩味。八年以上的茶树，茶汤有明显的桂皮香。十几二十年的，茶没那么香了，但桂皮香味愈加稳定。"

"经验之谈呀！"王远山赞道。

邬亮说："我家存的茶叶多，还有姚老亲手制作的'北斗1号'呢，那是真正的母株大红袍啊！媳妇总担心放坏了。"说完，他询问王家是如何储存茶叶的。

王远山说："茶叶有三性：吸湿性、吸味性与陈化性。先要明白，茶叶为什么会变质？头一个是氧化。氧化后，不少可溶性的有效成分变成了不可溶的物质啦，这茶还咋喝呢！氧化与茶叶本身的干湿、外部的温度、光线和氧气密切相关。贮存茶叶的含水量最好控制在3%左右；再就是避光，更不能曝晒。茶叶含有很多亲水性成分，如醣类、多酚类、蛋白质、果酸物质等，还会有高分子棕榈酸和萜烯类物质，这些物质具有很强的吸附作用，因此要密封储藏。不发酵茶、半发酵茶与全发酵茶的储存要求与方法有不同的讲究。岩茶既有不发酵茶的特性，又有全发酵茶的特性。要根据烘焙的轻重，发酵的程度，确定储茶的方式和时间。"

傅晔此时奏起了古琴，琴声悠悠而来，初听清淡，再听深沉，余音久久不绝。

邬亮小饮了一口陈年"牛肉"说："古琴，岩茶，其韵其味，皆醇厚而悠长。"

王远山应道："琴之声，余音袅袅犹在耳畔；茶之味，回甘津津于唇舌间。"

邬亮咂咂舌尖说："喝了地道的武夷岩茶，半日尤津津。要是喝了大师做的茶，舌本常留甘尽日，一整天都在回甘呢！"

傅晔归座，一边给客人添茶，一边说："一弹琴，一饮茶，我们立马变成了雅人，说话也文绉绉的。"

在座的都笑了起来。王远山说："我祖父和他的那些茶友，都是饱学之士。老茶人在一起茶叙，真的是雅集啊！"

邬亮说："武夷山电台开了个栏目，叫《岩茶夜话》，隔三差五地向我催稿，我是江郎才尽了，远山兄可要帮我呀！"

王远山说："还是你讲你的茶文化，我讲我的茶科学吧。"

邬亮说："咱们各有侧重，但不是唱对台戏，我非常支持你的工作，希望建设有科学支撑的茶文化。"

品着老茶，众人议论起了岩茶的特点。

杨亭亭问："现在都说'花香岩韵'，花香好理解，岩韵究竟是什么呢？"

邬亮说："乾隆皇帝认为，岩茶'气味清和兼骨鲠'；清代大才子袁枚寻觅的是'味外味'，'杯中已竭香未消，舌上徐停甘果至'，回甘时有果香呢；晚清名人梁章钜，游武夷时夜宿天游观，与道士静参品茶论茶。静参说茶品有四等，一般是香茶，好些是清茶，再好些是甘茶，最好的茶特征是'活'。"

杨亭亭追问："这个'活'，怎能感受到呢？"

"若有明显的岩骨滋味，自然能体会到活的口感。"邬亮指了指泡茶的那罐泉水，又伸了伸舌头，道出古人的话："须从舌本辨之，微乎，微乎！然亦必瀹以山中之水，方能悟此消息。"他小饮一口茶水，"梁章钜由此将武夷岩茶的特征概括为'香、清、甘、活'四个字。"

王远山说："乾隆也好，清代名士也好，他们对岩茶的理解都停留在口感上。到了近现代，有人探究起'岩韵'的本源来。林馥泉是福建示范茶厂的老茶师，写过《武夷茶叶之生产制造及运销》一书，他认为武夷岩茶"可谓以山川精英秀气所钟，岩骨坑源所滋，品其泉冽花香之胜，其味甘泽而气馥郁"。书里还列举了当时'山骨''嘴底''喉韵'等品茶术语。"

邬亮说："据古籍记载：'岩茶，烹之有天然真味，其色不红。'倘若茶汤红艳艳的，那是发酵过了头。好茶，必有天然真味，就是我们说的花香岩韵。花香其他茶里也有，而岩韵是岩茶独有的特色。张天福先生认为品种香显、水中香味融合、饮后有回味是岩韵的表现。"

王远山说："陈斌老师认为，岩韵表现出了'武夷地土香'，其实就是武夷岩茶独有的矿物质。"

傅晔找出一本书来，上有一篇周圣弘的文章——《武夷岩茶"岩韵"新解》，她字正腔圆地念道："'岩韵'是指在品饮武夷岩茶过程中所产生的以感官体验、化学特征、诗性精神及审美升华为内容的从生理感官到精神审美的综合感受。"

王远山说："这是一段概括性的说法。亮亮是老茶人了，您怎么解释呢？"

邬亮说："岩韵嘛，应该是武夷岩茶独特的生长环境、适宜的茶树品种、优良的栽培方法和传统的制作工艺等综合因素形成的香气和滋味，香气芬芳持久，滋味厚醇甘爽，饮后齿颊留香。"

王远山说："您概括了四个因素，生长环境、茶树品种、栽培方法、制作工艺，应该是贴近科学的解释。对于岩韵的理解，古今茶人均有独到见解；但我觉得，还是应该拿出令人信服的科学数据来。"

邬亮说："女士们喜欢喝香气浓的茶叶。"他找出一小包茶叶让杨亭亭泡上，顷刻间香气四溢。

王远山抽抽鼻子说："比较起来，'花香'似乎比'岩韵'好体会些。这泡茶，隐隐有苹果的香味。"在座的嗅嗅，舔舔，都说有股苹果香。

邬亮说："姚老认为，不同的茶树有不同的香味，采摘青叶的时间，青叶本身的老嫩度，都会影响香气的形成。岩茶的香味太多了：乳香、桂花香、兰花香、桂皮香、蜜桃香、杏仁香、苹果香、板栗香……喝得出喝不出，不止看味觉，更要看道行！在座的都是高人，这壶春茶确是苹果香气味。这是我用特殊工艺做出来的，茶人叫作'工艺香'。说有工艺，更是巧遇而得，再做就杳然不可寻了。"

王远山说："茶叶的制作与贮藏，关键在于控制温湿度。"

邬亮说："温湿度主宰着地球上的一切生物。"

"你快成生物学家了。"王远山拍了拍邬亮的肩膀，"我有个建议，以后您用好鲜叶做茶时，要记录一下使用的工艺步骤和温度、湿度、发酵度等基本数据。"

邬亮连声说好。

从此，王远山与邬亮过从甚密。端午节前，武夷茶人已制好了毛茶。接下来就是烘干、焙火、复焙、退火。农历七月的一个大热天，王远山去作坊找邬亮。

邬亮正要指导女儿晓霞焙茶呢，他手里拿着一个小本子，不时地记录下有关数据，写得密密麻麻的。

"听说晓霞考上了武夷山大学，啥专业？"

"茶学系制茶专业。"

"傅晔不在啊？"

"回娘家去啦。"

"娘家在哪儿？"

"桐木红茶村。"

"哦，你娶的是桐木茶厂老厂长傅安顺的女儿吧？"

"是呀？"

"你小姨子傅晓可是鼎鼎有名啊。"

"她是学外语的，在电视节目里采访过巴菲特。你认识她？"

"贵州有一个跨界科考活动，她是主持人，我是特邀专家。"王远山问，"傅晓在贵阳说，她回到了故乡，咋回事？"

"我岳父是贵州安顺场的人，年轻时到星村制茶所学茶，讨了梁家的女人，就留在武夷山了。"

"这茶人，都是亲套亲啊！"

"就像拼配茶一样。"两人都乐了。

邬亮一边和女儿干活儿，一边和王远山聊起了烘焙工艺。

炭焙的过程一般分打焙、披灰、上焙和翻焙四个阶段。邬亮把小块硬木炭放在焙炕里。生着了火后对王远山说："我一直在探究古法炭焙法。"

"这是正路子，大红袍的关键工艺就是炭焙啊！"

"武夷焙茶，实甲天下。"

"这话是梁章钜说的吧？"

"不错！他在清朝当过两江总督呢。"

"他还是个大茶人，写过不少论茶的文章呢。"

说话间，王远山已是大汗淋漓，邬亮忙递过去一条湿毛巾："大热天炭焙，太遭罪了！"

王远山说："暑天地表温度高，空气对流强，有利于炭火发挥辐射热能，火功才吃得透茶条。"

炭火燃着红焰，邬亮看着木炭烧透了，就和女儿把小炭块打碎了，堆成塔状。他一边干活一边说："盖灰刮灰不能马虎，灰厚了火才慢，才是文火慢炖呢。"

王远山帮着盖灰，瞅着厚厚的灰堆说："就得厚实些。焙坑相当于一个一氧化碳发生器，炭火在缺氧状态下才能释放一氧化碳气体，与茶叶中的氨基酸、茶碱、芳香烃及其衍生物产生反应。若灰薄了，火自然急，只释放二氧化碳。叶子在树上时，二氧化碳能参与光合作用，受焙的叶子早失去了活性，二氧化碳还有什么用呢？这都是我的初步看法。茶叶的这些代谢变化，也可能是在一氧化碳造成的厌氧环境中发生的。究竟是怎么一回事？需要在下一步的科研中寻找答案。"

"您这么说，就把道理讲透了！"邬亮带着女儿开始上焙，将铺好叶子的竹焙笼架在焙坑上。他对女儿说："看茶施焙，就是看叶子是生绿还是熟绿，几分绿几分红，然后再调控焙坑的温度和焙火的时间。"他指着一屉竹笼说，"笼里不少叶子还鲜嫩着呢，放放再焙吧。"

晓霞一脸茫然，王远山解释道："这些叶子还有不少活性酶呢，自然还会发生酶促氧化，待边缘红了再焙吧。不然，即使杀灭叶子里所有的活性酶，也缺少大分子量营养物质，做出的茶不耐泡，茶水也薄。"

邬亮接着说："许多茶人杀青不到位，叶子返青了，只好靠焙火了。"

走到另一个焙坑前，邬亮移开焙笼，指导女儿翻焙。他说："这是个细活儿，不能马虎！"转身又对王远山说，"我一直在思索，干吗要焙火？有人说是固定条索，有人说是去除杂味，有人说是防止霉变……"

王远山说："其实，最紧要的是两条：一是把'三红七绿'绿的部分里的苦、涩、麻味道去掉，我们一定要找到去掉茶碱、软脂酸和花青素的科学方法；还有一条，能不能利用焙坑中释放的一氧化碳气体为叶张补碳呢？有的茶苦，有的茶甜，其实苦茶只差一个碳原子。补上了，就使五碳糖变成了六碳糖，苦涩的茶就变得甜润啦！怎么补碳？二氧化碳是惰性气体，无能为力，只能靠一氧化碳大显身手啦！顺着这个思路，我的朋友试着做了一台一氧化碳补偿机，正在做实验呢。究竟怎么样，需要大量的实验数据来说话。总之，如果有办法留住茶叶中化学性质不够稳定的营养物质，使其分子量继续加大，比重继续增加。这样焙出来的茶才有滋味呢。"

邬亮夸道："补碳，您说到了点子上了！"他放好一个焙笼接着说，"有人图省事，干脆用电烤箱烘焙，那怎么能补碳呢？没有一氧化碳的参与，又怎么能稳定营养物质和留住茶香呢？"

晓霞请教王远山："炭焙真能补碳吗？"

王远山解释说："这茶叶，有三次获得碳原子的机会。先是树上的叶子在自然生长时吸纳，然后是在进入摇青桶后糊里糊涂地在撞击中获得的，最后一次机会就在炭焙时被强行揣入了碳原子。"

晓霞听得入了神，感叹道："碳原子好神奇呀！"

王远山俯首看一屉焙笼，一边观察叶子一边说："一氧化碳是具有还原性的，想办法增加碳原子，就会让茶叶的内含物更稳定，喝起来滋味也浓。"

晓霞说："这里面的学问好深哦，您得空给我详细讲一讲。"

王远山说："你们最好能整理出数据来，我们一起改进传统的烘焙工艺。"

邬亮把手里的笔记本递过去："我记着呢，可该做的化验做不了啊。"

王远山说："往后，我帮你做一些重要的化验。"他翻了翻笔记本，问，"根据你的经验，焙法的奥妙在哪里？"

"传统焙法大有讲究，可现在越说越玄了，什么要烘焙100个小时啦，退火要花费一年半载啦。有人毛茶没做好，只好用中高火烘焙。这种茶旧日归入'下堆茶'，如今却被捧为'神炭火'。我听姚老说过，在过去的二三百年间，炭焙都在八小时之内，退火半个月，顶多一个月。烘焙的关键，在于有没有真功夫。好厨师翻炒青菜时，锅柄要得活，火候拿得准，烧不焦，熟得通透，还能保留住青菜的新鲜味。这样的烧菜功夫，好比武夷岩茶的焙火技术，把岩茶焙透了，却没什么焦味，这便是'火而不火'的真功夫，'似火非火'的玄妙，也是'武夷焙法甲天下'的真谛！"

"无厘头多啦！多酚类氧化不足，青涩未除，被说成是'清香'；而做过了头，焦了，却说是'熟香'。我刚去过一家作坊，摇青时温湿度过高，烘焙凉索时摊放得也过厚，生了酵味，只好用高火烤焙，对外吹嘘说是'火功香'。"

"还有人说'铁罗汉'的特征是铁锈味呢。照这种逻辑，'水金龟'该有金龟味，'白鸡冠'该有鸡肉味了。"

"鱼目混珠啊！"

"所以，晓霞他们这些新茶人一定要讲科学。"

"亮亮真用心！"

"我这人任性，迷上这茶山后就辞职上山了。前不久，我在山口遇到一个茶客，他问我是做啥的？我说没正经干的，倒有两个闲差：义务看管茶山，兼着摄影。那人笑着说，挺牛掰的呀！我自豪地说，我守护的可是天下第一茶山啊！"

"这山，离我远，离你近。你可得好好看护呀！"

感觉鼻孔有些呛，王远山叮嘱邬亮父女俩："灰蒙得足够厚了，屋里缺氧，赶紧通风，小心煤气中毒啊！"邬亮吩咐女儿打开了换气扇。

分手时，邬亮叮嘱王远山："有个茶商在京卖岩茶，假冒我的名义。劳您帮着打听一下，这李鬼究竟是谁？"

王远山说："好的，你也在网上发个声明吧，以正视听。"

十八

王远山总不消停，开春就带着探险队跑到南美，从巴拿马运河向南，沿着大陆西部的安第斯山脉，一直到了德雷克海峡，又向东北进入亚马孙谷地，整整野了三个月。他回京那天，刚好入伏。

回家时，王远山穿着一身制服，浅绿色半袖衫上的袖标绣着"MAB"的英文字母。

"噢，'人与生物圈'的英文缩写，戎剑给你们发衣服啦。"苏莎帮着丈夫整理了一下衣领，"挺精神的。"

"我是专家组的成员嘛！这是夏装，还有春秋装、冬装呢。戎剑说，还要发户外用品、帐篷、睡袋，啥都有。"王远山说，"现在好多企业都在支持 MAB 的工作，有了他们提供的专业设备，我们外出考察就便利多了。"

"野了一季了，得圈养你个把月了。"苏莎扑哧一笑。

"圈在家里要生病的。开学后小野要上高二了，趁着暑假，咱带着孩子去北戴河吧，我都安排妥了！"说着，王远山端来一杯茶，"尝尝，马黛茶！"

"哪儿的茶？"

王远山打开电脑，让媳妇看他在南美洲拍摄的图片："这是马黛树，树高二十来米，野生的。你看，翠绿的树叶间开着小白花，远看像挂着雪片。那里的土著人把树叶采下来，就做成这种马黛茶。"

过了两天，王远山开车，带着妻儿到北戴河休假。他们住的友谊疗养所紧挨着大海，三口人白天在海水浴场游泳，晚饭后沿着海滩散步。

一天傍晚，看着海平面上渐渐西沉的夕阳，苏莎轻声对丈夫说："给小野改个名儿吧。"

王野听了急着问："为啥？"

苏莎挽着丈夫，牵着儿子，动情地说："这样子，感觉真好！"

王远山愧疚了："我老不着家，对不住你和孩子。"

王野也听明白了，忙说："妈妈，我爸出门，家里还有我呢！"

王远山拉过儿子来，并肩一比，父子俩的个头儿一般齐了。他说："儿子懂事了，往后多做些家务活儿。"

突然，传来几声凄厉的呼救声。王远山扭头一看，浴场远端靠近警戒线的水面，粼粼波光里有个上下翻腾的身影。他扯下外衣扑入水里，快速地游向呼救者。近了，那人呛了水，还在扑腾着去抓漂浮在水面的塑料球，身子沉浮不定。王远山游过去，一把抓住溺水者的胳膊，扶起脑袋一看，竟是个金发碧眼的洋姐儿。那女人刚从惊恐中缓过来，就紧紧搂住王远山，还就势亲了他满是胡须的下巴。"别乱动！放松。"王远山有些恼火，托着她光滑的身子往回游。

爬上沙滩，那姑娘调皮地对王远山说："你就是传说中的雷锋吧，我该怎么报答您呢？"她的中国话说得很流利。王远山撂了句"再不要到深水区了"，便牵起妻儿的手，继续散步去了。

这是个周末，一家人散步归来，路过疗养所的花园时，一伙俄罗斯人正围坐着喝茶呢，茶桌上放着俄式茶炊。

苏莎驻足听了听，说："远山，他们在争论什么茶好喝呢。"

"说到什么茶啦？"

"大吉岭茶、锡红，还有肯尼亚的凯里乔。"

"提到正山小种了吗？"

苏莎明白丈夫的意思，摇了摇头。

"你们等着，我去房间取些茶来。"

"要斗茶吗？"苏莎一看，丈夫一溜烟地跑远了。

泡壶茶的工夫，王远山大步流星地赶回来了。

一家子走过去，苏莎用俄语打招呼，做了自我介绍。俄罗斯人很热情，连忙搬来椅子请客人就座。

桌上的茶炊是铜制的烧水壶，样子像涮羊肉用的火锅，中间有一个空心圆筒，烧着木炭。一个中年人清理了泡茶壶，打开茶炊下部的开关，用滚开水把泡茶壶烫了一下，添了茶叶和方糖块儿，再倒入开水，然后给茶壶蒙上一条餐巾。

王远山仔细观察俄罗斯人怎样泡茶，苏莎和他们搭着话。

约摸过了5分钟，中年人给王远山一家人倒茶，只盛半杯茶水。苏莎看看茶水的浓度，又打开茶炊的龙头，续了些水。王远山明白了，这是让客人依据口味控制茶汤浓淡的。

王远山抿了一小口，便知泡的是立顿红茶，就问："喝过中国茶吗？"苏莎在一旁做口译。

那个中年人用流利的汉语说："我叫安德烈，恰克图人。我爷爷有个老朋友，就是做茶叶生意的，我打小就喜欢喝中国茶。"

提起恰克图，大家都兴奋了。苏莎说："'恰'就是'茶叶'，'克图'是'地方'，恰克图就是'有茶的地方'。"

安德烈说："我家就住在色楞格河岸边，北面是贝加尔湖。中俄签订《恰克图市约》后，我家先人就去了。两国茶人挨着搭了两座木头城，中间用木栅栏隔开。我们叫恰克图，你们叫买卖城。听老人说，那时大批货物囤积在恰克图，双方以货易货。"

苏莎说："我听爷爷说，每年入秋开始，直到初冬，山西人的驼队陆续到达买卖城，带去丝绸、作料、酒，最多的还是茶叶。"

王远山说："当年中国输入俄国的茶叶，有浙江的花茶、皖南的绿茶和建德的珠兰茶，还有鄂南湘北的砖茶……"他取出一包茶叶晃晃说，"最出名的就是武夷山的红茶啦！"

安德烈说："那时，来恰克图的华商都会讲俄语。买卖人坐在一起，喝着茶讨价还价。"说着，他从手机里调出一张图片来，"我爷爷和老朋友喝茶呢，茶壶里泡的就是烟小种，旁边这个孩子就是我。"

苏莎接过手机一看，顿时惊呆了，照片上的老人有一个就是自己的爷爷啊！她激动地掉下了热泪，赶紧从手机里找出爷爷的图片给安德烈看。

安德烈大吃一惊："你是谁？怎么有彼得爷爷的照片呢？"然后让在座的同伴传看那张照片，还用俄语嘀嘀咕咕的。

苏莎冷静下来说："彼得是我的祖父呀！"

安德烈一听，立刻走过来，紧紧地拥抱苏莎，拍着她的肩膀说："亲人哪！"

王远山也傻了，真是无巧不成书。他指着那包茶叶说："泡这个，武夷山桐木关产的，那里可是红茶发源地，也是万里茶道的起点呀！"

茶泡好了，溢出了混合着烟熏松脂味的茶香。"烟小种啊！"安德烈激动地说，因为彼得爷爷的缘故，他上大学时就读了汉语，毕业后又开始研究中国的非物质文化遗产。他请教王远山，"中国啥时往我国出口茶叶的？"

"有的资料说，唐宋时就开始了。比较可靠的说法是，明穆宗隆庆年间，有两名哥萨克人把中国茶带到了俄罗斯。到了 16 世纪，中俄两国间的贸易空前繁荣，满载着茶叶的骆驼穿过戈壁大漠，进入贝加尔湖以南一带。"

"我听老人说过，驼队一来，就像过节一样，人们跳舞唱歌，争着用皮毛、牲畜换取茶叶。那时，中国茶甚至能替代银子，在布里雅特蒙古人等土著居民中流通。不过，茶叶刚进来时，有人认为是恶魔草，可沙皇喜欢喝茶。"

"19 世纪，茶叶已在俄罗斯流行开了吧？"

"那时茶叶还是军供品呢，军官随身携带的东西，除了武器，就是烟斗和茶壶。"

"中俄间的茶路非常遥远，运过去的大多是砖茶。"

"有明细的路线吗？"

王远山从挎包里取出一张万里茶道图，指着终点对安德烈说："这是你居住的城市恰克图。"然后又指着起点说，"这是我心中的茶山——武夷山！"

在历史上，有四条陆上的"茶叶之路"：一条经西域通向中亚、西亚及欧洲；一条从西南地区通向南亚诸国；一条经东北通向朝鲜半岛、日本，还有一条经蒙古通向俄国、欧洲。王远山讲起了茶叶之路的由来，安德烈和苏莎忙着翻译，在座的俄罗斯人听得津津有味。

安德烈一边听，一边紧盯着那张示意图。

王远山在图上指指点点：从 1765 起，在中国山西商人的推动下，逐渐形成了一条以山西、河北为枢纽，北越长城，贯穿蒙古高原，经西伯利亚通往欧洲腹地的陆上商路。在南方，又开辟了新路线，由福建崇安过分水关，入江西铅山县，顺信江下鄱阳湖，穿湖而出九江口入长江，溯江抵武昌，转汉水至襄樊，贯河南入泽州，经潞安抵山西，连同向北之道，一直贯穿蒙古草原到库伦，直至安德烈的家乡恰克图。

安德烈赞叹道："这条路好长好长啊！"

王远山道："全长 1.3 万公里呢！"

安德烈说："彼得爷爷当年就在这条路上奔波呢。"说着，他又从手机里找出一张图片。王远山一看，激动地说："驼铃！"

"这个驼铃是彼得爷爷送给我的。"

"草原的茶道也叫驼道，全盛时驼队'首尾难望，驼铃之声数里可闻'。"

"中国红茶到了恰克图，彼得爷爷他们又转运到欧洲各地。"

"沿着这条茶叶之路和海上通道，17 世纪中期，中国的茶叶输入了英伦三岛。1717 年，伦敦开了第一家茶馆。当时，英国人把茶叶视为尊贵豪华的标识。慢慢地，茶叶普及开来，英国人养成了喝下午茶的习惯。"

"听说彼得爷爷年轻时，还跟着来俄国的中国人种过茶呢！"

小野听了很惊讶："俄罗斯那么冷，能种茶吗？"

王远山告诉大家，19 世纪末，有个叫波波夫的俄国人到宁波茶厂考察，归国时带走了大量茶籽和数万株茶苗。过了几年，波波夫又聘请了十几名中国茶师，在阿扎里亚开辟了 150 公顷茶田，还就地建立了茶厂。领头的叫刘峻周，直到1924 年才返回家乡，在外待了 30 年。

这时，一个俄罗斯姑娘走过来。太巧了！正是那个溺水的女人。

安德烈介绍说："她叫佳佳，我的媳妇，学国际贸易的。"

佳佳异常激动，依次拥抱了王远山、苏莎和小野，然后用俄语向同伴们讲述在浴场发生的事情。

这一来，大家愈发亲近了！喝着茶，聊着茶，了无隔膜。

安德烈站了起来，对着王远山恭敬地鞠了一躬："王先生懂茶，能不能收我为徒？"佳佳也跟着鞠躬："我也要拜师！"

王远山笑着掏出一包茶叶，让苏莎泡上。泡好了，他一一斟上，让大家品尝。之后发问："这是什么茶？"

俄罗斯人面面相觑。安德烈又呷了一口："好像是另一种茶。"

王远山说："对，这是乌龙茶，它的发源地也在武夷山。"他接着说，"乌龙茶，也叫青茶。主要产地在中国的福建、广东和台湾地区。武夷山的自然环境最好，加上精湛的制茶工艺，出产的乌龙茶叫岩茶，最出名的是大红袍。"

一说到大红袍，安德烈两目闪亮："听说这茶是给中国皇帝进贡的。"

王远山又掏出一包大红袍，亲自冲泡后让大家分享。这些俄罗斯人喝了，都说有一种说不出的香味。

安德烈问："做这种茶，一定很费力吧？"

"首先要采上好的青叶，采来后均匀地铺在竹筐里，放在户外的竹架上风干晾晒，这道工序叫'晒青'；等水盈盈的青色渐渐淡了，然后放入大铁锅里翻炒，再用火焙干。等到茶叶半青半红时，乌龙茶就做好了。这是古法，如今的制作工艺复杂多了，摇青呀，揉捻呀，嘴上是说不清楚的，有机会带你们去茶厂参观。"王远山看看佳佳，又看看安德烈，说，"我不敢当你们的老师，还是互相学习吧。"

安德烈遗憾地摊摊手。

王远山将摊开的地图折叠好，递给安德烈："收着吧，这条茶道连接着沿线二百多座城市呢，希望它再度复兴！"

安德烈又呷了一大口茶水，激动地说："茶，好茶！"他说的"茶"听起来像"恰"。

佳佳也喝了一口，陶醉地用英文说："Good tea！"

王远山对小野说："外国人读'茶'，好多发'cha'的音，俄罗斯人读'чай'，伊朗人读'Chayi'，日本人读'Ocha'；'tea'呢，是从海路传出去的，欧美人学福建方言发这个音。"

安德烈说："遇到王老师一家，喝到了最好的中国茶，我们该庆祝一下吧！"在座的俄罗斯人都拍手赞同，"那就准备一下吧。"

只一刻钟时间，桌子上就摆满了各种饮料、茶点和水果，有人拉响了手风琴。佳佳换了条漂亮的红裙子，邀王远山跳华尔兹舞。众人结伴跳舞，安德烈也和苏莎跳了起来。跳了几只曲子，大家又开始一展歌喉，有的用俄语，有的用中文，合唱《在莫斯科郊外的晚上》。临散场时，王远山取出一个自制竹笛，吹起了《山楂树》。那些俄罗斯人听了都惊呆了！佳佳扑上来，当着苏莎的面，抱着王远山吻了好几口。

这是一个浪漫而又美好的夜晚！

从北戴河疗养归来，苏莎的身体渐渐康复了。又休息了一个月，她开始到编辑部上班了。野惯了的王远山，在家待不住，天不亮就跑到后海边上打拳，遛弯儿。

栓子的茶叶买卖越做越红火了，从零售发展到批发，从岩茶扩大到普洱茶。为了赚大钱，他竟然和那个假小子赖萍萍勾搭起来做投机生意。前些日子，赖萍萍收购了大量的洲田茶，甚至还用劣质乌龙茶冒充大红袍，顶着邬亮等武夷山茶人的名号，在北京栓子的茶店批发销售。戴瑛打探到实情后，就在电话里告诉了王远山。

王远山恼了，放下电话筒就赶到栓子的茶叶店来。

走近门口，只见一个大腹便便的茶客问："有长金花的普洱茶吗？"

赖萍萍笑脸相迎："先生懂茶啊！'普洱满地，台地为下，拼配为次，古茶上佳，古纯巅峰，银霜可见，金花难觅'。今儿，您找着地儿了。"

"有啊！"栓子赶紧找来一饼茶，满脸堆笑："你看，金花闪闪哦！这是罕见的冠突散囊菌，它分泌出的淀粉酶和氧化酶，刺激茶叶产生营养物质，喝着也香。"

赖萍萍又找出一饼来："瞧！挂着白霜呢。它俗称单宁，是茶叶本身氧化中凝结的结晶哦！"

栓子说："这两饼茶，是我家的镇店宝贝，一直舍不得出手。"他瞅瞅赖萍萍，"媳妇想换辆好车子，为凑些钱才卖的。您呢，逮着机会了。"

那茶客仔细端详那两饼茶，嘴里嘀咕着："真有金花、白霜啊！"他闻了说，"怎么有霉味呢？"

赖萍萍说："那可是难得的老仓味啊！"

王远山疾步走过来，一瞅，这是两饼霉掉的茶。他怒斥道："什么金花、白霜，除了唾沫都是谎，这茶霉了！"他对客人说，以后不要找这些狗男女买茶，说着气愤地把两饼茶扔进了门口的垃圾桶。

那客人惊诧地看了看王远山，吐了吐舌头离开了。

栓子一看情势不妙，赶忙赔着笑脸招呼大兄哥。王远山厉声质问："为啥卖假茶？"他一怒之下，要去工商局举报。栓子连忙告饶，金凤也过来为他求情。王远山说："那就给你一次悔改的机会吧，可你不能再打王家的牌子了。"他转身又对金凤说，"辞了工，回头跟着山娃干吧。"说罢，他当众砸了栓子店里的招牌，气咻咻地走了。

晚上，妹子妹夫过来，给王远山赔不是。

王远山呕着气呢，半晌不说话。

苏莎泡了茶，给栓子、近泉斟好，说："谢谢啦！妹子妹夫时常照顾我们娘俩儿。"她对丈夫说，"你刚去了美洲，我得了急性喉炎，天黑了发病，喘不过气来。栓子夫妻俩把我送到协和医院抢救，忙得整夜都没合眼。半个多月里，近泉照顾我，栓子接送小野，这就是亲情啊！"

王远山听了眼圈红了，他取出一小块黑茶递给栓子，问："看看是什么茶？"

"六堡茶？"

"是，放了六年的老茶。"

"听说这茶越放越好。"

"我刚做过化验，单纯从成分上看，六年的紧压茶和新散茶没啥区别。除了咖啡碱，其他物质反而降低了。"

王远山将茶泡了，分给大家品饮。

栓子说："有槟榔的香气。"

王远山说："陈茶口感确实好，但也不能吹破天！"说着，他讲了一段故事——明洪武末年，欧阳伦仗着自个是驸马爷，竟然无视茶禁之律，"数遣私人贩茶出境"，牟取暴利。朱元璋盛怒之下，就将女婿赐死了，茶货赃款全部没收入官。

王远山看着栓子、近泉说："当年，有人说咱爷爷是'茶霸'，那是乱扣帽子！爷爷是茶人，更是堂堂正正的君子！"他的话音严厉起来，"知道不？做茶叶生意的人，也要知法守法，不可欺行霸市，不可以假乱真，不可乱编故事坑蒙拐骗！你就是欧阳驸马，多行不义，终会有倒霉的一天！"

说完了，王远山取出一个装满茶叶的纸箱子说："都是各地茶人给我寄来的茶，你们拿去喝吧。"

挨了一通训斥，却得了一箱子茶叶，栓子夫妻俩唯唯诺诺地离开了。

周末，苏莎早早回家下厨，准备了一餐丰盛的俄式西餐。

王野回来了，看着垂涎欲滴："好多美味呀！"

"给你爸钱行。"

"又要出门啦？"

"再不放野，要憋坏的！"

王远山回来了，看到一桌子饭菜，喜滋滋地问："啥好日子？"

苏莎只是笑着，摆放停当后，待一家人围坐在饭桌前，她才讲了事情的缘由。

原来，曹勋在云南普洱茶研究会当秘书长，最近要在普洱市组织一次国际研讨会，邀请苏莎主编的期刊做媒体支持单位，同时编一期普洱茶专辑。编委会开会时，苏莎本着"内举不避亲"的古训，提议请自己的老公做特约记者，前往云南采访。大家一致赞同，都说王远山是最合适的人选。曹勋在电话里对苏莎说：这个安排太好了，本来我就打算请远山过来呢。

王远山听了，动情地对儿子说："这世上，你娘最懂我了！"他郑重地向妻子敬了一杯红酒，然后叮嘱儿子，"爸出门后，照顾好你妈妈！"

启程那天，夫妻俩对坐饮茶。

苏莎总是用一个晶明剔透的玻璃茶杯泡茶，冲泡时，她会坐在那里，盯着看茶叶浸泡后动感的样子：有的像伸展的雀舌，有的像花卉初绽，有的像草叶舒展。今天，她泡的是"金骏眉"，那些浸泡开的芽叶像游动的金鱼。忽然，她有些忧伤地说："孩子大了，我也老了。"

王远山从冷冻箱里取出一筒茶叶，叮嘱媳妇："这是我春天做的绿茶，你喝吧，抗衰老的。"

"又在哄我。"

"有个日本人，叫酒户弥二郎，二十多年前就从绿茶中分离出了茶氨酸。茶氨酸有许多生理作用，最明显的就是能清除自由基。你知道吗，让我们衰老的罪魁祸首就是自由基。喝茶，不能返老还童，但可以长精神呀！"

王远山又找出一筒茶，对媳妇说："这是我做的晒红茶。"

苏莎接过去问："没炒过吗？"

"最初小种红茶的制法，就是不炒的，晒青后揉捻，转色后过红锅，再揉再焙后，摊在水筛上过夜，次日再拣去茶梗和碎片。"王远山吻了一下妻子的颊，"红茶里的黄酮类化合物，也能抗皱的，对你皮肤有好处。"

十九

王远山飞抵昆明后，曹勋驾车来接，久别重逢，两人在车上就热聊起来。

曹勋说这次论坛是他组织的，还说普洱茶研究会要办一本专业期刊，想请王远山当顾问。

"普洱茶，我没啥研究呀！"

"老弟跑遍了大西南的茶山，是最熟悉茶叶生态的人了。"

"内刊吗？"

"公开发行。"

"要紧的是发行呀！"

"有个台商和我们签了承包协议。"

"文人最棘手的就是经营啦，我媳妇她们杂志社，自负盈亏后就忙乱了。"

"听说栓子管发行。"

"是，当了发行部主任。"

"回头得向他取经呢。"

曹勋告诉王远山，他和程杰，一位留美归国的生物医药博士，正在研制普洱茶膏呢。厂子和研究所都设在那个博士的家乡——大连，这次程杰也会来。

"茶膏？好像唐宋就有了，我爷爷存着几丸清代宫廷的秘制茶膏呢。"

"古代是压榨制膏，程博士汲取了传统精粹，采用现代液态发酵技术、低温萃取方式制作茶膏。"

"见了面，我得好好请教一番。"

车到大理，二人走进街边小馆吃午饭，点了一碟炒洱块，一碟乳扇，两份凉鸡米线。

曹勋泡了壶自带的晒红茶："景迈山的古树茶。"

王远山请教："晒红，好在哪里？"

"活性物质多呀，自然陈化的效果好。"

"喝着确实滋润。"

饭后，曹勋又泡了壶滇红。他介绍说："20世纪30年代，云南开始做滇红。现在茶厂大多采用现代工艺，晒干也改烘干了。"

"我媳妇的许多俄罗斯亲友，都爱喝滇红。"

"茶叶统购统销时期，云南大量生产滇红，出口到苏联和东欧。市场放开后，因成本居高不下，滇红外销不畅，不少茶厂改做滇青了。"

"晒青绿茶。"

"对呀！它的特点是，杀青时焖抖结合，在日头下晒干。"

"好像云南做绿茶的历史也不长。"

"1938年，凤庆试制出了烘青绿茶。过了几年，墨江茶厂引进了日本蒸青技术，宜良茶厂聘用龙井技师生产炒青茶，绿茶才慢慢发展起来。滇青分5个花色：春蕊、春芽、春尖、滇配、春玉。"

"我在外地见过压制成沱茶的滇配。"

"销往外地的一般都是做拼配茶，当地烤茶大多用绿茶做原料。"

"云南民族多，茶品也多。记得第一次来，就喝过傣家的竹筒茶，真有股竹子的清香呢；到一个彝族人家，挨着火塘喝过罐罐烤茶；苦聪人呢，喜欢嚼生茶叶，冷水泡茶。"

"还多着哩，这次我陪你多跑几座茶山。"

快到思茅城区时，天色尚早。曹勋开车拐入便道，在近郊的一个茶园前停了车，两人徒步入园。

茶园前有个牌坊门，上面挂着诸葛亮的人像。

曹勋说："茶农传说，武乡侯率军南征到达勐海时，带人在南糯山种过茶。"

王远山说："史书上也说，汉代澜沧江中下游流域就开始栽培茶叶了。"

茶园大多是人工扦插的密植茶树。王远山摘了几片叶子，叶缘的锯齿比野生的整齐，主副叶脉明显。

曹勋望了望说："这些无性系茶树，每亩大概有 2500 株。"

行至一处低山缓阜，坡上有一大片茶树，长势凌乱。

一群外地茶商凑在一起，七嘴八舌地交流着茶市行情。

一个说："一种买，千种卖，卖茶的门道多去啦！"

另一个说："卖啥吆喝啥，总得懂点茶呀！"

"这些倒腾普洱茶的，揣着票子满山转悠。"曹勋说。

有个少妇听到他俩说茶，款款地走过来，微微一笑："这不是野茶树吧？"

少妇穿着浅蓝色的半身裙，紧裹着曲线玲珑的臀部；上身着一件白短衫，连肚脐也遮不住，活泼俏丽的样子甚是撩人。王远山看看她，有些面熟。

少妇又问："这是摞荒的茶树吧？"

曹勋回答："是野放茶，栽种后就没人打理了，时间久了才锄锄草，翻翻土。"

王远山说："如果完全摞荒了，就是荒野茶了。这些茶树在自然状态下随意生长，像乔木一样高，样子就像野茶树了。"他又察看了一下，茶树的叶质肥厚，色泽也深，"这片茶树该有四五十年了。"

一个茶商插话了："有人说好几百年了。"

王远山说："茶树在自然状态下，可存活百年以上，但人工种植的茶树，经济年龄为五六十年。幼苗期，半年左右；幼年期到开花时，三四年；青年期形成树冠，三四年；壮年期第一次自然更新，十七八年；人是三十而立，而种植的茶树，就进入衰老期了。"

那人追问："树龄与茶叶质量有关系吗？"

王远山说："有啊！30 年算是个分界线吧。30 年以下的茶树，氮的代谢较为活跃，容易生成氨基酸、蛋白质、茶多酚等与氮元素相关的物质成分，做出来的茶鲜爽，但甘甜度差些；30 年以上的茶树，碳的代谢明显，宜生成单糖、寡糖、多糖和糖蛋白、蛋白聚糖和糖脂等，做出来的茶甘甜醇厚。"

有人又问："那如何区分古树茶、台地茶呢？"

王远山答道："古树茶的叶子肥大粗壮，叶脉凸起，叶边的锯齿深，但杂乱无章。

台地茶是栽培的，单薄些，叶边的齿状排列规律，叶背的茸毛也多。"

那几个茶商都凑了过来，有人问："古树茶究竟好在哪里？"

王远山回答："茶树的根儿是营养器官，根深叶茂嘛。老树根系发达，能从土壤深层汲取养料，让新梢嫩叶生成丰富的营养物质。"

曹勋说："野放茶的酯型儿茶素含量少，非酯型儿茶素含量高，做好了，香气、汤质和口感，比野生茶还香，比茶园茶回甘好。"

有人问："真的吗？"

曹勋说："50年以上的野放茶，陈化后不比野生茶差。"

王远山补充道："那些没有驯化过的野生种茶，有好多种呢，茶树的DNA也不尽相同。随意采来叶子做茶喝，还可能中毒呢。"

巧遇专家，茶商们算逮着了机会，有人又问："喝着，古树茶和台地茶的区别在哪里？"

曹勋说："古树茶药性高些，台地茶茶性高些。"

王远山正色对那几个茶商说："哪有那么多古树茶、野生茶，就连乔木茶也不多，一路上的茶园都是台地茶嘛。你们卖茶先要懂茶，什么茶就是什么茶，不要巫婆似的信口开河。"

那几个茶商听了，唯唯诺诺地点头。

山里的空气清爽极了！山沟里种植着天麻、贝母……散养的土鸡，在树林里悠闲地散步。林子里摆放着许多蜂箱，戴着头罩的养蜂人挥手和他们打招呼。

少妇定定地站着，望着远方，沉思有顷，喃喃地说："我家周围长满了野茶树，真正的野茶树！"

走到一个山崖边上，兀然立着一株大茶树。王远山目测了一下，高约八米。

跟过来的茶商说："这就是茶树王！有人说是宋代的。"

王远山说："至多也就200年吧。"

大树四围的植物都被砍了，围上了铁丝网栏，木桩上还拴着两只大黄狗，守护着这棵"摇钱树"。

由于过度采摘，茶树尽显颓态，王远山看了直摇头。

茶商问："这叶子是不是采多了？"

王远山说："树叶利用叶绿素，吸收水分和二氧化碳，并通过光合作用转变为碳水化合物，同时释放氧气。茶树也一样，不止扎在地下的树根汲取营养，上面的每一片叶子都在抓取着弥漫于空中的光、水和养分。过度采摘，就是摧残它的生命啊！"

茶商说："如今'单株'火啊。"

曹勋说："过去都是混采，单采大树就是为了卖个好价钱。"

王远山指着围栏里那株孤零零的茶树说："砍了那么多伴生植物，有害无益呀。"

曹勋说："这些茶树，都当文物保护起来了，还安着监控器呢。"

王远山一回头，发现那少妇脚步轻盈，像莲花顺着溪水漂浮而至。

少妇凤眼明媚，直瞅着王远山："您不认识我啦？"说着，从手机里调出一张照片来，是一个基诺族姑娘！上身穿着绣花胸兜，套着花格子无领对襟上衣；下身是红布镶边的短裙，裹着蓝色绑腿；头上还戴着砍刀布对折而成的尖顶帽。

王远山看清楚了，这是十多年前他在云南采风时拍摄的："这是我拍的呀！"

"拍的就是我呀！"

王远山想起来了，那是在思茅民族中学拍的。看着眼前这个女人，记忆的闸门打开了，不只回溯到十多年前，还想起了30年前上基诺山的情景，眼前现出小阿嫫破涕为笑的样子。他忙问："你家在哪里？"

少妇说："基诺山。"

王远山从挎包里摸出了响器，吹起了曾经吹过的那支曲子。

少妇惊眸闪烁，摊开手，手心有一个竹哨，正是当年王远山留给那个女婴阿嫫的。

"这是我做的呀！"王远山话音未落，阿嫫上前抱住他，在额头上亲了一口："我妈说了，总会遇到送我哨子的那个人。"

"这么好的风景，您再给我拍几张照片吧！"王远山端起了单反相机，取景框里，阿嫫不停地变换着姿势，望着白云曲臂支颔，依着茶树俯仰顾盼，后来索性躺在草坪上横斜欠侧。阿嫫看镜头，不，看王远山的眼神楚楚可怜，是一种纯然的诗意美。

这个打小就见过王远山的阿嫫，大名叫王惠，现在山下的茶叶仓库做主管呢。

她热情地发出邀请："到我们那里看看吧。"

一下山，山口有个大型茶叶仓库，阿嬷领着二人进去参观。

先进了间茶室，王远山仔细对比着干湿仓的样茶。湿仓茶看起来黯淡、粗糙，干仓的条索素净多了。

阿嬷抓起一把散茶说："茶梗没拣干净。"

曹勋说："这是机械拣的梗，人工才拣得净。"

王远山拣出一条茶梗说："这梗很嫩的。"他告诉阿嬷，"它保留了不少待输送的营养物，适当留一些还有助于存放时后期转化呢。"

阿嬷认真地听着，心想：大叔真有学问！

离开茶室后，阿嬷带客人参观储茶间。

王远山问："如何控制温湿度呢？"

阿嬷在一个操作台前进行演示，屏幕上出现了相关的曲线图标和数据，温湿度都处在合适区间。

王远山又问："干湿仓如何区分？"

"相对湿度 80% 是一道线，以下是干仓，以上是湿仓。"

"这两种方式，对茶叶有何不同影响？"

"干仓干燥通风，茶叶自然发酵得慢；放在湿仓能加速茶叶发酵，但弄不好会霉变。"

王远山拿出本子记录温湿度数据，曹勋在一旁说："仓内温度超过 15 度后，生茶里面的微生物黑曲霉孢子就萌发为菌丝体。茶叶的细胞虽然死了，微生物还是会对它进行后发酵。"他补充道，"程博士正在研究呢，最终要靠数据来说话。"

阿嬷说："有句老话，'品老茶，喝熟茶，藏生茶'。"

曹勋说："好长一段时间里，云南这边的茶厂将生产的普洱茶运到香港去，在那里仓储几年后再上市交易。"

王远山对曹勋说："看来，研究普洱茶的关键点就是后发酵技术。"

"没错！熟茶渥堆发酵，生茶仓储陈化，把这两样琢磨透了，尤其是弄清楚微生物菌群的变化和作用，才能喝上好茶。"

"经过自然陈化的晒青毛茶是生茶，那进了'湿仓'算什么，存入人工深度干预的'科技仓'算什么？还有，中小叶种能不能做普洱茶？"

"你都问到了点子上去了。"曹勋说，"普洱茶最讲究的是熟成，它的发酵进程，从鲜叶制成晒青毛茶那天就开始了。做熟茶是催熟，通过渥堆发酵，让茶多酚等生化成分，氧化、聚合、水解，产生一系列生化反应。做生茶过去靠自然熟，一放就是好多年。所谓湿仓、科技仓，都是加速转化的法子。因存放地点不同，就有了港仓、莞仓、昆明仓、北美仓等。'热藏熟，冷藏香'，存放地的温度湿度有差异，陈化的效果也不一样。"

"发酵方式不同，生熟茶的微生物活跃程度也不同。"

"讲得没错！生熟茶，如同普洱茶的阴阳二气，但都有微生物参与发酵。"

"许多人并不清楚生茶的后发酵是咋回事。"

"生茶属于固态发酵，学问很深，这也是我们团队研究的一个重点。"

王远山请教："生茶放久了会有陈香，啥原因？"

"黑曲霉会产生柠檬酸、醇类与脂类物质，尤其是芳香酯；这些都是多数发酵食品香气的源泉。生茶属于自然发酵，在年复一年的储藏过程中，会产生并保留住芳香性物质。"

"过去黑茶分为六大类：广西六堡茶、湖南黑茶、湖北老青砖、四川边茶、滇桂黑茶，还有云南普洱茶，现在就不好说了。"

"究竟该如何分类，还是多讨论一下为好。"

王远山发现，有一排储茶室装饰得像宾馆一样，每间门口都写着"私家茶窖"，还编着序号呢。

阿嬷说："有句老话，'爷爷做茶，孙子卖茶'，意思就是做出茶饼放着，越放越好卖，越放越值钱。"她打开一间，让客人站在门口看，"这窖，是大明星买下来储茶的，现在讲究原产地窖藏。"

王远山一看，茶窖是自动化控制温湿度，地面上铺着土壤，墙面布满了菌斑。

曹勋说："生茶的分子量大，窖仓要具备微生物菌群活跃的环境。"他看了看门前的数据显示屏，"这才是真正的科技仓呢。"

阿嬷说："这是科学家设计的茶窖。"

曹勋问："是程杰老师吧？"

"你怎么知道？"

"我们是熟人呀。"

阿嬷觉得，这两个人都像是诸葛亮转世的。基诺人认为，诸葛亮就是茶神。

参观完仓库，他们和阿嬷告别。阿嬷一副恋恋不舍的样子，王远山给她留了张名片。

拐了一道弯儿，他们又到了一家私营茶厂，主人姓傅。

傅先生让妻子泡了他亲手制作的熟普，让客人品尝。王远山抿了一小口，顿觉两颊生津，再啜一小口，似有多年普洱生茶的力道和口感，便啧啧称奇。他从挎包里找出袖珍显微镜，对着茶叶观察。这些熟普的显微结构，竟然相当于陈化了十多年的生茶！真有点儿不可思议。

曹勋说："做熟茶，关键是渥堆。渥堆这个词儿有意思，渥的本义是沾湿的意思，拆开看，就是在屋子里洒水，一下子就点出了工艺特征。"

王远山说："清代，像四川沱茶、湖南安化黑茶，都有类似的工艺。"

曹勋接着说："清末民初，勐海还叫佛海，当地人'筑茶''潮茶'，便是洒水发酵的原始做法。做紧压茶前，也须土法蒸制，有开灶蒸熏的，有洒水后将潮湿的毛茶装入布袋、铜筒、竹筒、竹篮发酵的。那时的说法是'熏蒸''蒸酵'，因发酵程度不同，故茶行有'几分熟'的说法。"

王远山啜了口茶汤，对傅先生说："不管土法新法，您必有独到的渥堆技术。"

傅先生笑而不语，领着客人到车间参观。

茶厂有许多堆状物，两尺多高。茶工洒上水，往上面覆盖麻布。

王远山问，初发酵需多长时间？师傅说一天一夜就可以了。

王远山对曹勋说："四川过去做蒸压黑茶，湿坯堆积要二十多天呢。"

曹勋说："这就是所谓'养堆'。渥堆发酵还要包括养堆，一般发堆需要一个多月到两个月；但真要做出好熟茶，养堆的时间要长得多。"

"我们这里是在 1973 年开始泼水渥堆试验的。"傅先生笑着说，"其实勐海一带，早就讲究红汤红叶了。"

王远山说："香港人最喜欢喝红汤红叶的普洱茶了，他们发明了潮水渥堆工艺，制成发水茶，慢慢发展成为渥堆发酵。看来，普洱茶的发酵是一个系统工程。"

曹勋说："首先是毛茶醇化，接着是快速渥堆发酵，还要经过养堆、长期仓储这些后发酵工序，要花费工夫的。"

傅先生说："曹老师说得对！做熟茶不能只靠催熟，花工夫慢养才能做出好茶来。"

王远山点头道："慢工出细活嘛。"

车间里，有个师傅正在往茶堆上洒水，洒过后，就苫上发酵布。

王远山问："怎么控制洒水量呢？"

师傅回答："看茶做茶嘛！叶子嫩的少洒些水，老一点儿的多洒些。"

有人在翻堆、揉碾，还有人在拣小茶块。

曹勋说："因潮水量、发酵温度不同，茶叶会分泌出果胶，粘成疙瘩茶。再陈化几年，就变成老茶头了。"

王远山请教："挂霜的老茶头，咋回事儿？"

曹勋说："你看那些茶工，他们定时翻堆、开沟，就是为了保证茶叶能均匀地发酵。一般堆子中间的温度高，一掀开很快凉了下来，发酵有益菌就懒住了。老茶头的白点，主要是茶碱、咖啡碱随着水分析出来造成的挂霜。"

车间里好几位师傅说着闽北方言，王远山问傅先生："请了福建师傅？"

傅先生说："我堂兄在武夷山桐木关，他帮我请来的，还请了杭州师傅呢。"

王远山问："你堂兄可是傅安顺？"

傅先生说："是呀！你们认识啊？"

"熟人。"王远山说，"你做得对！不同茶区的茶人走动开来，交流工艺的机会就越来越多。比如做正山小种，姜凋学过白茶工艺，烘干也学过绿茶工艺。"

"晒红的工艺，也是由云南传统晒青和白茶工艺演变而来的。"曹勋说，"不过，现在烘青茶越来越多了。"

王远山问："为什么不炒呢？"

曹勋说："晒青毛茶上附有黑曲霉、青霉、酵母菌、木霉等好多有益真菌，低温烘制就是避免高温杀死它们。这样，从茶树鲜叶到晒青毛茶，直至后期陈化，茶叶都处于一个不断与环境进行物质交换的过程。"

傅先生说，我用的人都有绝活儿，还有几个是大学生。

一些工人正在对培养料进行巴氏消毒。王远山询问如何控制温度。技术员回答说，控制在60℃左右，通过好气嗜热微生物活动，茶叶会进一步分解、转化营养物质，培养料中的双孢蘑菇菌丝生长起来，成为有选择性的培养基。熟普的后发酵，需要真菌参与。这些真菌，需要一定的温湿度才能存活、繁殖并作用在茶叶身上。

回到品茶室，傅先生又泡了壶茶，香气冉冉而来，王远山一拍手："云香！"

曹勋笑道："狗鼻子！"

傅先生惊呆了："嗅出来了？"

王远山说："这是用细嫩的大叶茶青做的绿茶吧。"他尝了一口又说，"喝过广东的白叶工夫茶吗？那是烤红薯的香味，还夹带着蜜兰香味。这些茶，香气独特，地域性很强，很容易辨别的。"

曹勋说："跟着远山弟长知识啊！看来生态环境和茶香的关系很大啊！"

王远山说："头一条与海拔有关，喝着有栗子炒熟的味道，必是高山茶。第二，有的与伴生植物有关，像种植在樟树林的茶树就有了樟香，而樟香较弱者融合青香后成为兰香。还有，一些茶树和野生枣树长在一起，枣树叶、枣子落下来腐烂后成为肥料，茶叶也略微有了枣香。"

"过去，我们只关注工艺，很少考虑生态的。"他接着说，"当然工艺也很重要，像云南大叶种的芽茶，经过适度发酵与陈化，会有漂汤的香气，如同冉冉荷香。火香一般是在茶叶干燥时，或适度焙火带来的。"

傅先生请教："茶香和存放时间也有关系吧？"

曹勋说："当然了。像普洱，青叶的味道经陈化后，青叶味就变成了青香。放上十几年、二三十年，就会有药香、木香，稀罕的还有参香。"

王远山说："我看了渥堆作业，不管大堆小堆，都堆在水泥地上。我想，如果采用精细化生产流程，保证干干净净的，茶叶发酵时益生菌就会活跃，杂菌也少。"

傅先生仔细听着，连声说受教了。分手时，他取来两包茶，上面写着"月光白"三个字，他说，"这茶，用的是当地茶青，借鉴了福鼎白茶工艺。您二位带回去尝尝。"

王远山说："这茶算是介于白茶与普洱茶之间的茶品。"

傅先生说："白茶是最原始的制茶工艺了。在云南的老茶山，老辈人采来鲜叶，就像腌菜时先要晾晒一样，把青毛茶放在坝子上摊晒。这种阳光自然萎凋法，就是白茶工艺。"

曹勋说："月光白，上片是白的，下片是黑的。传说做这种茶，从采收到加工，都需在夜间月光下进行。因采茶的都是美貌少女，人们又叫它'月光美人'。"

王远山问："萎凋是白茶鲜叶自然蜕变过程吧？"

品着"月光白"，曹勋情不自禁地抒起情来："摊着晾着，清风轻拂，柔光微射，鲜叶缓缓地失水，摸起来带有皮革的质感。渐渐地，青草气退了，花香、果香隐隐沁出。酶活跃起来了，大分子物质开始转化分解，生成了更多的鲜甜味的氨基酸、葡萄糖，多酚类物质的氧化，也让茶香冉冉而来。哦，与其说白茶是做出来的，不如说是自然天成！"

论坛在普洱市江城县整董镇举办了两天。

滇茶出口，最初是从勐海到缅甸。民国时，江城的茶农用马驮运茶叶到坝溜渡口，从李仙江水运到太平洋的海防港，易武茶也借用这条水路。江城的茶道，自然成了论坛的一个热门话题。

会议结束后，曹勋对王远山说，去趟老象坡吧。

两人骑着马，跟着向导，穿过竹林中的小道，来到一个山坡垭口。向导说，这条路是老土司的爹活着时带人修的，土司骑着大象出行时，往返都要经过这里，因而得名"老象坡"。这一带山高林密，过去马帮到易武等老茶山驮茶，无论来自何方，老象坡都是必经之地。这条小道，一直延伸到老挝、越南呢。那些去老挝茶山驮茶的赶马人，一路艰辛，归途到了老象坡就感觉回家了。

走进垭口时，那条羊肠小道不见了，前面灌木丛生，还覆盖着茂密的藤蔓植物。三人只好下马，向导在前面用砍刀砍开密不透风的藤条枝蔓，牵着马摸索着往前走。

走在腐烂了的枯枝败叶上，一脚深一脚浅的。连马都紧张起来，腿肚子直打抖。王远山用一根木棍拨开脚下的腐蚀的枝叶，下面竟然是覆满青苔的石板。没错！他们就走在旧日的茶道上。

二十

这年年初，思茅改立为普洱市。一入夏，曹勋就打来电话，请王远山过来考察采访。苏莎叮嘱丈夫，这次去云南尽量多跑些茶山，多写点儿稿子。

一到思茅区，曹勋就让人把王远山送到澜沧县，元青已在县城候着呢。一见面，王远山急不可耐地说："带我上景迈山！"

景迈山也是王远山梦中的茶山！布朗族为濮人后裔，其中一支于公元 675 年在景迈山建寨定居，遍山植茶，累代不辍，繁衍为万亩古茶园，历经千年风霜，犹自郁郁葱葱。

元青介绍说："早在傣历 600 年，澜沧县就有茶叶交易市场，旧时叫'嘎轰'。"

王远山说："我家先人留下的笔记说，到了明代，这里的茶叶已成为孟连土司乃至朝廷的贡品，还远销到缅甸等国呢。"

澜沧江边的山林里匿着许多古村落，茶农们伴着茶树过日子，宛如桃花源中人。

进了惠民镇，街边有家茶馆，挂着"私家紫笋"的招牌。王远山见了好奇，便和元青走了进去。

老板三十多岁，人精瘦精瘦的，招呼客人坐下后发问："泡什么茶？"

元青回说："土茶就好。"

王远山闻闻老板泡的茶，有股烟熏味。元青接连洗了两遍茶，然后解释说，这茶采来后碰上了连阴天，主人就把茶叶摊放在屋里了。山里的茶农都是在家里生火做饭的，烟味便黏附在叶子上了，洗洗就去掉了。

老板听了很惊讶，晓得高人来了，就说："泡壶稀罕茶，请二位尝尝。"他从内屋取来些茶叶，泡在一把玻璃壶里，只见笋形芽叶跃跃漂浮，汤色艳艳，上红下紫。

"这便是'私家紫笋'吧。"王远山呷了一口问，"可是大雪山的野生茶？"

"正是！"老板接着道，"谷雨后采的，只做了几斤茶。"

"陆羽认为'紫者上，绿者次；野者上，园者次；笋者上，芽者次'。你这茶，三样都好哇！"王远山品着，咂咂有声。

老板得意了："果真是茶圣讲的好茶吧！"

王远山取出手提电脑来，打开一个文件夹，指着图片介绍说——云南南部的原始森林里，有零散和小片的野生紫芽茶树。它是一个变异种，主要生长在勐海、易武、临沧等高海拔地带。"你们看，这几株就是大叶种，乔木型，嫩叶是紫红的，老叶子是深绿色的。"

老板请教："为何会长紫叶子呢？"

王远山回答："芽叶里花青素高，比一般的绿芽茶高得多。"他抬头对那茶人说，"我在山里跑久了，就喜欢野茶这种山野味。"

老板又从罐子里取出三四两茶来，包好了，递给王远山："您收着，好茶要给懂茶的人喝！"

王远山也从背包里取出一小包茶叶，回赠给老板。

包皮上用毛笔写着"贡山碧玉"四个字，老板有些诧异："什么茶？"

"自个儿做的，在高黎贡山采的老树叶子。"

老板等不及，忙泡了一壶。壶里那些茶叶缓缓舒展开，翠色如玉。打开壶盖，茶香四溢。举杯啜饮，唇齿间隐隐有鲜玉米的香甜味。

王远山说："我还做了首五言诗呢。"接着朗朗吟道，"扑鼻百果香，入口玉米鲜。产自高黎贡，海拔两千三。高原古茶树，叶如碧玉颜。科学制茶法，品位独占先。"

老板夸说："没料到大叶种绿茶也这么好喝。"

王远山说："好就好在生态上。"

老板是个好学之人，硬要留客人吃午饭："难得遇到大茶人，多聊会儿吧！"

王远山对着电脑里的图片，讲起了茶叶生长的宏观环境和大生态。云南多云多雨，沿着百褶裙状的峡谷，来自太平洋的东南季风与来自印度洋的西南季风在此交汇，云蒸霞蔚，雨水丰沛。层峦叠嶂又成为阻挡寒流的道道屏障，形成了哀牢山以南、澜沧江流域产茶区湿润温和的气候。别处是小家碧玉型的小叶种灌木茶树，这里却是大家闺秀型的大叶种乔木茶树。

元青自豪地说："我们有老天宠着呢！"

王远山接着讲道："中国的生态系统有三个台阶，云南在二台阶上得天独厚，上有青藏高原和一道道峰岭的庇护，下有山谷河流的滋润。六千多米的落差，植物垂直分布十分明显。地处北回归线上的产茶区，是太阳转身的地方，也是水汽云团的降落地。云彩一过，植物就滴水，高山云雾，非常适合山茶科植物的生长。云南的大叶种茶树，所制茶叶氨基酸是最丰富的。"

老板的媳妇将准备好的饭菜端了上来。老板指着一盆酸蚂蚁汤说："我媳妇叫山楂，这是她的拿手菜。"

王远山看了看山楂，身材高挑，模样儿俊俏，似曾相识。

老板卖了个关子："你们肯定见过她的。"

"见过，见过！"王远山、元青异口同声地说。原来山楂是拉祜族歌手，还是布朗山的形象代言人，进山路口矗立的宣传牌上就画着笑脸相迎的山楂姑娘。

一高兴，王远山取出响器伴奏，山楂唱起了山歌——"吉祥的日子里一起喝茶，把心中的歌儿唱起来……"

热闹过了，大家边吃边聊。

元青说："说到云南茶，人们只晓得普洱。其实，大栗树茶、云雾茶，还有下关沱茶，都很好喝的。"

王远山说："云南产出最多的还是绿茶嘛。普洱市，还有临沧、保山、德宏，都是滇青的主产区。我在大理看到，许多云南人是泡绿茶的。"

老板说："我就是大理人。记得小时候，我爷爷总是守在火塘边，老人喜欢喝烤茶。火塘上的水烧开了，他把茶叶放进陶罐中，在炭火上抖动着煨烤，焦香味出来后，就猛地将开水倒入瓦罐里，顿时雷鸣一般水汽升腾。待水汽散去后，再用文火煎煮，煮沸后开始饮用。他老人家总是先给我盛一碗茶。"

元青说："你们白族人，敬神祭祖也要烤一罐子茶。祭司说茶叶能驱邪，跟米和盐搁一起，用来做法物。"

老板说："我家不是白族，是蒙古族。"

"蒙古族？"王远山忙问："您贵姓？"

"免贵，姓罗，我叫罗永善。"

"晓得祖上的事吗，怎么迁来的？"

"不晓得呀！说是蒙古族，现在和白族差不多了。"

听了有些失望，王远山拿起茶台上的一饼老沱茶掂了掂。

元青说："下关沱茶，才是大理最出名的茶呢。"

沱茶外圆内凹，样子像窝窝头。王远山指着凹处说："这形状，有利于茶的发酵和后期转化。发酵，起先以厌氧菌为主，然后有氧菌加入了，这样就缩短了陈化周期。沱茶的样子，实际上是一种后发酵模型。"

"云南沱茶是用晒青茶压制的，熟茶做的被称为普洱沱茶。"罗永善说，"这老茶，是我家先人做的，存了半个多世纪了。难得遇到大茶人，咱们尝尝吧。"说着，拿起一把茶锥，沿着沱茶的内涡边沿用力插入，慢慢剥撬，撬散后取了些泡了。

"好茶！醇浓干爽。"王远山品了大赞。

"我家好几辈子都在下关做沱茶呢。"罗永善得意地说，"罗家沱茶，还卖到了意大利。先运到港口城市的里雅斯特，再分销到各地。"

元青说："云南茶人叫'销意茶'。"

王远山说："沱茶早就销到国外了。"他取出《茶道茗事续集》，找到一则记载念了起来："清光绪二十六年，景谷人李文相土法蒸压饼形团茶，又名谷茶。之后下关茂恒等号仿制碗形茶，运往川蜀沱江等地销售，故得名'沱茶'。亦有一说，称沱茶乃由团茶转化而来。喜洲、鹤庆、腾冲三大马帮，运滇南思茅诸地散茶，至下关紧压成饼坨，销往藏地，远市域外。"他又低头打量起那饼茶来，只见上面塑着一尾鱼，还刻着个"余"字，便指着那个"余"字问罗永善，"啥意思？"

"年年有余呗。"

王远山又念起来："下关茶厂有余姓茶师，虑及途经之地多雨湿热，故将所制沱茶以棉纸裹之，并覆以笋壳，如此一则便于驮运，二则可防止霉变。茶商尽仿而效之。据传，余氏一族并支系俞姓、于姓，为元末战乱时辗转迁来，本系蒙古大汗铁木真后人，入滇后部分族人觅得镇沅县振太乡余家坡为落脚地，世代以种茶为生。清末民初，族人易余姓为铁姓后，于紧傍滇藏茶马后道的难搭桥内侧建立铁家货栈，聚壮年十多人，驱马远贩茶叶等货物。出行时，马锅头牵马于前，面北抛洒茶水一碗，遂高张铁字大旗，率众呼啸前行。此乃哀牢山最为彪悍的一支马帮，方圆百里的土匪闻风丧胆尽远避之。"

罗永善想了想说："听下关茶厂的老人说过，早年是有个姓余的，后来跑到汉口去了！"

离开时，王远山递给罗永善一张名片。

罗老板一看，惊喜地问："您就是王远山老师啊！"

"听说过？"

"我师傅程杰总提起您的。"

"我们是好茶友。"

罗永善高兴极了，嘱山楂看好店，自己带着王远山、元青上山看古茶园。

一进园子，头上裹着布巾的布朗族妇女，正爬到大茶树上采茶呢。王远山看了感叹道："喝口好茶，多不容易啊！"他发现茶树上衍生出了茶茸，那样子像螃蟹的两只肢脚，绿绿的，就趋前查看，还拍了照片。

元青说："当地人称茶茸为'螃蟹脚'，这玩意稀罕啊！山民上火了，积食了，就采回去煎了治病，喝着有梅子香味呢。"

王远山一测，海拔 1450 米，气温零上 20℃。

罗永善说："这个古茶园，平均海拔 1400 米，年平均气温 18℃。"

走在穿越茶园的路上，王远山的眼睛亮了，这可是一个天然林啊，他发现了思茅木姜子、红椿，都是珍稀树种啊！他对元青和罗永善说："在天然林下种茶，是最古老的，也是最生态的种植方式。"

坡上斜躺着一株风倒木，躯干上的树洞可容纳一人。王远山钻入树洞，让元青给他拍了张照片。下坡时，他发现裸露的岩石像是铁矿石。

罗永善说："这个古茶林，地下就是大铁矿，据说储量有 22 亿吨呢，有家大型钢铁企业想和普洱市合作开矿。"

王远山一听急了："要开矿吗？"

元青笑着说："不会的，市里禁止开发景迈山铁矿，地方人大还要立法呢。"

罗永善也说："市政府为了保护古茶林生态，正在申报世界文化遗产呢。"

王远山频频点头："这就好！这么好的园子，是一座天然的茶叶自然博物馆，可不能作践了！"

走出园子，罗永善说："我带你们去芒景村吧。"

走到村头，忽听到一阵呵斥声，有个老人孱弱却很威严，正在教训一个年轻人。原来小伙子偷着砍树，被老人逮住了，令他再补种10棵。

罗永善悄声说："那人是苏老师，退休后回村居住。他是布朗族末代头人苏里亚的儿子。"

见到远道而来的客人，苏老师十分热情，请大家回他家茶叙。

苏家门前是块宽敞的平台，上有挑檐遮阳挡雨，檐下摆着茶桌、茶凳。靠着屋前的墙壁，立着一排木橱，摆放着茶叶、茶具，木橱上面的墙上贴满了字画和照片。王远山仔细察看，有写着"道法自然"的条幅，还有扩印的苏家老照片，最引人注目的是苏里亚穿着黑色中山装的照片。

众人坐下喝茶，听苏老师讲述芒景村的故事。

苏老师说，这个寨子有680多户，村民多数是布朗人。因为种茶的日子过得宽裕，寨子里没人外出谋生。我搞了一辈子民族教育，回村来还是爱管闲事。有句布朗话叫"阿百腊"，它不是一个词，而是布朗人对茶的理解，大概是"茶魂"的意思吧。布朗村寨有山茶节，就是祭奠茶魂的。茶魂是大自然赐予茶人的，茶人首先要懂得爱护山林！村里有人砍木头，我说不行！逮住了，带到村委会当众训诫，还要他们补种树木。景迈山是老祖宗留下的，要想办法保护古茶林。布朗族是个茶叶民族，原有五块石碑，详细记载了祖先开辟茶园的历史。我回乡来，就是想引导村民科学种茶，教他们遮阴的立体种植法，让茶树接受散漫光。

听说景迈山有一条通往缅甸的茶道，王远山请苏老师讲讲贩茶的旧事。苏老师说，我父亲贩茶，一年间，5月、12月，各跑一趟。从芒景出发，路上过两夜，第三天到缅甸那边。他一般只牵两匹马，身上带着枪，贩的是沱茶。缅甸的布朗人都说，我家的茶味道最好。

王远山一边听，一边手绘了一张苏家贩茶路线图，深有感悟地说："南方丝绸之路和茶马古道，是呈网状式分布的。茶山的每一条羊肠小道，都是毛细血管般的茶叶小路。"

苏老师带着客人参观寨子里的寺庙。寺侧有一条画廊，无声地讲述着景迈山的历史——1800多年前，英俊的布朗族首领帕艾冷，率领族人沿着澜沧江迁徙，来到景迈山时，但见青山浓翠、山泉四溢，就在这里造屋建寨，定居下来。帕艾冷娶了傣王召孟勐的七公主南发来，七公主带来了纺织技术和种植水稻、驯化野茶的技术，她被布朗人尊称为"茶母"。帕艾冷去世前对子孙说："景迈山的茶树就是摇钱树，它会让你们享用不尽！"

来到一户人家门前，苏老师指着一株茶树说："帕艾冷和南发来离世后，他们的灵魂化成了一片片茶林。我们寨子里，家家户户门前都种着一株天人感应的'茶魂树'。"

王远山说："说起来，人和茶树也有相似的基因呢。"

"阿百腊，阿百腊……"苏老师念叨着，王远山也跟着念叨着。

离开芒景村的路上，罗永善说："景迈山上真有一位活着的七公主呢！"他讲起了"茶婆婆"的故事——

20世纪上半叶战乱频仍，景迈山的古茶园也一片凋零。四十多年前，山上来了一批种茶人，可不久运动来了，只有几个人熬了下来。其中有个奇女子，四十多年如一日，带人种茶做茶，让古老的茶山又焕发了生机，人们亲切地称她"茶婆婆"。有人说，她就是七公主转世的。

元青不好意思了，低声说："我姐没那么神。"

罗永善吃惊道："原来茶婆婆是你姐呀！"

王远山也想起了年轻时在元青家听到的事情，说："是你大姐吧，这么厉害，快带我去找她！"

元青说："我姐的厂子就在山上呢，我这就带你们过去。"

到了元青姐的厂子，一问，元青姐回县城了。元青就带着王远山、罗永善在厂区参观，当晚就在职工宿舍住下了。

第二天天还黑着呢，王远山听见窗外有人嚷嚷，说是有贼爬墙进来了。他急忙披衣出门，跟着保安去抓贼。在发酵车间的堆子前，王远山看到一个人影，就一个箭步冲了过去。看清了，是个老太太，正拿着仪器测量呢！原来是偷技术的，王远山招呼保安过来，说抓住贼了。保安跑过来一看，赶忙止步立正，对着老太太敬礼！王远山明白了，这就是传说中的茶婆婆。可她为什么要越墙而入呢？

原来，元青姐夜里看到程杰写的文章，谈到渥堆温湿度对菌群生成的影响，感觉正在渥堆的这批茶有问题，好歹睡不着，天不亮就赶到厂里，又恐影响门卫休息，就翻墙进来了。

元青也赶来了，得知王远山是个科学家，元青姐就和他讨论起渥堆工艺来。

王远山问："厂里做熟茶，收的是晒青毛茶吧？"

元青姐说："是的，收了毛茶，渥堆发酵。"

"那可要好好研究微生物菌群了。"

"我正在看程杰老师的文章呢。"

"回头我请他过来看看，他是专家。"

"你们认识？"

"老朋友啦！"

"您知道吗？后发酵时主要有什么微生菌？"

"多啦！像曲霉菌、酵母菌等真菌的孢子和菌丝体，就是以茶叶为营养基，在适宜的温湿度条件下生长繁殖的。不同微生菌产生的酶类，能够转化儿茶素、醣类、淀粉、纤维素等茶叶有机物质，加上菌类大量繁殖时所产生的热能，可同步改变茶叶的颜色、滋味和香气。"

"做熟茶，不能不懂得科学啊！"

"是呀！加温加湿是物理法，用酶催熟是生物法，添加氧化剂和酶促剂是化学法。"

"看来，一定要抓住渥堆这个关键工艺。"元青姐说。

两人一见如故，聊得分外投机。

天大亮了，元青姐带着王远山他们，去看她新建的果茶混栽林。

好大好美的茶园！园子里还间种着柑橘、桃、李子、杨梅等果树。

王远山说："我国的老茶园，多数是间作茶园。茶树从丛栽改为条栽后，间作的就少了。其实，间作的好处还是挺多的。像这些果树，夏天能为茶树遮荫，冬季能为茶树挡风，经济上也合算。但间作不当的话，也会造成茶树与果树之间争肥、争水、争光，甚至引起或加重病虫害。"

元青姐说："这是一个有机茶园，我们在防病虫害上投入很大。"

王远山在林间看到一块竖起的牌子，写着"智能虫害防治示范基地"。

元青姐说："这个系统，声、光、电都用上了，还采用了杭州陈院士的技术，通过干扰视听觉通道，阻断害虫交配繁殖，大大降低了茶田间次代虫害的虫口数量。我们根据上年的数据进行预测，采用无人机播撒天敌、微生物制剂等方式，有效地防控虫害发生。过去假眼小绿叶蝉很多，现在几乎见不到了。"

众人走到一行柑橘树前，元青姐说："我准备开发小青柑，就是把普洱散茶装入干燥后的柑皮里泡着喝，所以种了不少柑橘树。你们看，每隔一行柑橘种植两排茶树。"

王远山说："还有个法子，先修梯田，在梯壁基部种茶，上面种柑橘。"

元青姐说："来年我试试。"

分别时，王远山看着茶婆婆想，这么羸弱的身躯，却蕴藏着那么大的能量，她可能真的是七公主的化身！

罗永善也要回去了，王远山叮嘱他："记着，帮我打听下关余家的消息！"

离开惠民镇后，元青驾车向东，进入西双版纳勐海县，又带着王远山上了布朗山。

这里的盛夏也是多雨时节，一场雨过后，就会凉爽许多。虽说阳光的紫外线强烈些，可道路都在茂林浓荫下，也晒不着行人。

元青在路上介绍说，布朗乡有老班章、新班章、老曼峨等五个自然村落，特产是班章普洱茶。他说："'班章'是音译，源自傣语'巴渣'，意思是'一条鱼'。"

布朗山山峦起伏，沟谷纵横。这里的风是绿风，碧绿莹然的生态环境构成了天然的净化系统，使得茶树纯净而生机盎然。

元青说："好多茶客喜欢勐海味，说'无勐海，不普洱'。尤其是老班章，有一种山野气韵。"

王远山说："勐海味的形成和茶树的生境有关系。深林中的大叶茶，在活性矿物质水的沐浴中成长，发酵场地也有丰富的微生物群落。"

他们进了寨子，四围遍植茶树。数百年前，这里的布朗族先人举族迁徙，哈尼族的先祖——邻近山头的爱伲人搬过来居住。近两个世纪里，不少村民迁到交通便利些的地方，老班章村留下的大多是茶农。

村里有一家农村信用社营业部，进进出出的人很多。

元青说："守着几棵老茶树，就有人把钱送进山来，交易的现金都在向茶山流动。"

王远山叹口气说："这么好的茶山，过度开发不仅影响生态环境，也会对古茶树资源造成威胁。"

"有些大茶树快枯死了。"

说话间，乡政府的副乡长崔刚迎过来了。原来曹勋给崔刚打过电话，听说来了个生态茶叶专家，他喜出望外，连忙赶了过来。

崔刚说："我是布朗山的当地人，在昆明读完大学又回乡来工作。"

王远山问："啥专业？"

"我是云南师大生物系毕业的，回来后先在县中教了几年书，去年才回乡的。"他介绍说，过去这里伐木盖房，砍柴做饭，还有倒卖木材的。砍了树挖树苑，村寨周围的山都变成光秃秃的了。痛定思痛，我们开始封山育林，从立法治理、替代能源、发展生态产业等方面对山林实施'立体呵护'。经过休养生息，大山又重新披上了绿装。现在好多了，茶叶卖得很火。可我又担心不能长久，你可要帮我们出出主意啊！"

不一会儿，一个村干部听到消息也赶过来了。

王远山问："不让砍柴了，村民们烧什么？"

村干部带着他们来到一个养猪场，旁边就是一个沼气池。

"这个池子利用了猪的排泄物，沼气通过管道输送到周边的农户家中。"村干部说，"这样做，还解决了猪场的污染问题。"

他们走进一户农家，那家人正在煮茶呢。主妇在一口锣锅内放了茶叶，水煮开了，又添了几块燃着的木炭，茶叶、木炭在锅里不停地翻滚着，冒着一缕青烟和浓浓的茶香味。主妇把茶叶和木炭一起倒入铜盆，用筷子把木炭拣出去，再把茶叶倒回锣锅内，煮了几分钟就给客人端上来了。

王远山喝了，甜而滑润，甘润感久久不散。

主妇高兴地说，现在家里一日三餐都用沼气，费用还不到液化气的一半。

村干部告诉王远山，"有了沼气池，山上的灌木再没有人去砍了。每年秋天灌木长得又高又密，挡住道路的时候，村委会还要组织人力去清理呢。"

离开老班章，一行人又到了老曼峨山寨，山坡上长满了香竹和茶树。

寨子里有个百年作坊，老茶师正在往灶里填加果木炭，站在烤架前掌控着火候，不停地翻烤内盛茶叶的细长竹筒。沁出的鲜竹汁滋滋作响，竹子的精华一点点渗透到茶叶里。茶师的额头上直冒汗，他已花费了两个多钟头，刚烤好十来支。

王远山说："这是香竹茶吧？"崔刚点头称是。

作坊里正在加工手工压制的茶饼，用的是古树纯料，使的是传统技法。

做茶师傅泡了一壶茶，王远山品过后对崔刚说："这茶苦中有甘。"

崔刚说："这茶饼还没名号呢？劳您给起一个。"

王远山略一思索："就叫'老曼峨茶饼'吧，一听就晓得哪里是产地了。"众人都说好。

村干部找来笔墨宣纸让王远山题字，他略一思索，提笔写道——"布朗山上鸟雀鸣，远来闻香识茶饼。"

崔刚有事告辞了。村干部对王远山说："我带你们去我家吧，明天一早陪你上山看茶园。"

入夜，主人在老火塘边的沼气炉上焖了红米饭，凉拌了几样野菜，摆上了自酿的苞谷酒。王远山端起碗来，初吃有些粗糙，嚼一嚼，米香盈口。

"这米，我们叫'大红谷'，自家种的。"村干部说。

村干部端来一碗肉汤，王远山喝了一口，感觉别有滋味，问："汤里添了什么？"

村干部说："添了些大疙瘩菜，山林长着的野菜。"

大通铺铺在竹楼上，王远山后半夜才沉沉睡去。天明前来了一阵山雨，骤雨初歇，山岚便从谷底升起来了，飘浮在半山腰的茶园上方。

村干部带着王远山、元青上山看茶园。

寨子的茶民沿用老规矩养护茶树，坚持手工采摘鲜叶，依着土法日光晒青，从不使用化肥、农药等无机物。茶树长在山野里，都是大叶种老树。其中有一棵特别沧桑，躯干粗壮，一个人也抱不拢；树干挺直向上，十米多高，树冠亭亭如盖。

"太高了！采茶时人要踩着竹梯上去。"村主任说，"这么大的一棵树，每年采的茶青，不到 40 斤。"

王远山细细观察，发现有几株古树茶，叶上有虫啮的留痕，旁边有一棵已枯死了。

王远山对村主任说："这些茶树都有百多年了，不可过度采摘，要让它们休养生息。"

"这几年古树茶走俏，人们就尽可能地多采叶子。"

"古树茶讲树龄，你们怎么分类？"

"不到 50 年树龄的，叫小树茶；50 年到 100 年的，叫中树茶；上百年的才叫古树茶。"

王远山笑了："是茶商这么说的吧。"

下山的路边有块混栽林，好几棵树枯死了。王远山走过去一看，原来有人偷偷地用锯子环树干切割了一圈，还剥去了树皮。他拍了照，对元青说：树皮像是树干的一件外衣，挡着风寒日晒和害虫呢。布满气孔的树皮，能让树体顺畅地呼吸。树皮里还有一层韧皮部组织，排列着密密麻麻的运送管道，树叶通过光合作用制造的养料，再通过这些管道运送到根部及其他器官中去。他气愤地说："俗话说'人怕伤心，树怕剥皮'，这是要伴生树木的命呢！"

到了景洪，元青带着王远山去参观正在开发建设的告庄。

这是一座城中之城，傣语叫"告庄西双景"，意思是"九塔十二寨"。街面门头的招牌上，到处悬挂着六大茶山的村寨名号。

这时，有人过来向他们兜售老陈茶，说是闻着有仓味。王远山一闻，一股刺鼻的六六粉味儿，便对那人说："这茶受潮了，扔了吧。"

那人又掏出一饼茶，指着黄色斑点说："带金花的好茶，要不要？"

元青接过来看看说："这茶也放坏了！黄斑是黄曲霉菌，也扔了吧。"

那人悻悻然退下，元青说："好多蒙人的。"他请教王远山，"黄花究竟是什么？"

"就是一种真菌，学名是冠突散囊菌，是做茶时偶然产生的。"王远山说，"现在做茶砖时，可用人工手段附着菌种，并进行培植。"

"实际上，茶农都喝大碗茶，泡的是生茶、散茶，那些熟茶和压制的饼子茶都是销往外地了，以前有些人家新茶下来就把陈茶倒掉了，现在炒作得太离谱了。"

"在大城市的茶市，还有标价数十万的茶叶呢。"

回到普洱市，王远山来到《普洱茶研究》杂志社。曹勋组织了一队马帮，举行重走滇藏茶马古道的活动，邀请王远山和栓子一起参加。车到德钦后，人们就换乘马匹，向西藏昌都进发。一路跋涉，风餐露宿。

路过丽江时，他们来到大宝法王噶玛巴的圣迹，这里还有一个噶举派的煮茶处。听说，噶举派有饮茶修行的传统。每逢经会，僧侣群聚，煎茶的巨釜径长丈余。

临近的寨子里，有个老人正在用小陶罐煨茶。他夹出一块岩盐，放在炉火上烧红，在沸腾的茶水中蘸了一下。茶煨好了，老人请大家品尝，喝着有淡淡的咸味。晚上寨子里举办祭祀仪式，在祭司的指点下，寨民祭拜神祇，恭敬地供奉上头道酒，还有纯净的酥油、炒小麦和爆米粒。王远山说："东巴教讲究纯净。"他也随着献上一盅头泡茶。

这天到了中甸县，就是传说中的香格里拉，马队在这里要休整几天。中甸县也有一个藏传佛教噶举派的古寺。王远山说，当年徐霞客来到这里，想去寺里看看，却被木土司婉言劝止了。我们这次来了，一定要去看看。

栓子说："我知道，徐霞客去过的地方，你一定要去的。"

王远山说："他想去而没有去过的地方我更想去！"

原寺早就被烧毁了，他们看到的是汉藏建筑风格的孜夏新寺，是由明代木氏土司出资、六世噶举派红帽系活佛却吉旺秋指导修建的。新寺正殿供奉着一尊三丈六尺高的铜铸弥勒佛像，看了令人震撼！

这天寺里举行祭祀强巴佛的仪式，祭司恭恭敬敬地将托盘放在祭台上。

王远山眼尖，看到供品里有一饼黑茶。

忽地，祭祀音乐大作，装扮成神灵的人舞之蹈之，在场的信众们激情洋溢地呼喊："加察热！加霞热！加梭热！"

栓子问："喊什么呢？"

一个懂汉语的僧人说："茶是血！茶是肉！茶是生命！"

王远山听了，热血沸腾，他立刻想起了《茶道茗事》里的话："由滇入藏之茶道既开，过往马帮络绎而至，中甸茶市、驿站因之兴盛。彼地藏人亦嗜茶如命，视之为上天所赐也。"

　　栓子对那僧人说："这个人，也是视茶是生命的人。他的祖先，当过云南的茶马大使！"

　　那僧人听了，连忙双手合十，向王远山致意。

　　出发的时候，马帮的头儿以为带了两个累赘。没料到，这二人的脚力和野外生存能力超强，无论爬雪山过峡谷，还是穿越茫茫草地、大森林，一点儿都不孬。

　　考察结束后，刚回到普洱市参加总结会，曹勋就跑来向王远山催稿。

　　"我们特意为你开了专栏，赶紧动笔啊！"

　　"我媳妇也盯着我要稿子呢！"

　　"我这边是火烧眉毛，后天就发稿了。你赶紧些，还有好事等着你呢？"

　　"啥好事？"

　　"临沧大雪山，想不想去？"

　　"当然想去，10年前，那里发现了野生茶树林！"

　　总结会一散，曹勋带着王远山、栓子，驱车前往双江县勐库镇。上山前，他们跟着大户赛的茶农，在山脚下的神农祠上了三炷香。

　　他们先上了勐库山的西半山，来到海拔1750米的懂过。

　　曹勋问："懂过古树茶的叶形略小些，不知是不是野生茶变种而来的？"

　　王远山回答："属于野生与栽培间的过渡性茶树。"

　　来到大雪山的中下部，冰岛、公弄和大中山一带。阳光透过一层层云雾，漫射到山坡的茶树上，细密的水珠浸润着茶树的枝丫和叶片。王远山察看那墨绿色的叶片，长大肥厚，一捏，软软的，汁液也渗了出来，一看就是典型的勐库大叶乔木树。

　　走进冰岛老寨，只见许多茶园都挂着牌子。王远山说，我之前来过这里，寨子的茶树都是茶农承包的。他指着一大片茶树说："这六百多棵茶树，都转包给外面的茶商了。"山坡上长着不少零散的茶树，曹勋说，每棵树都有主儿呢。王远山走近一株茶树，叶子是褐黑色的，肥厚硕大。茶树上还挂着块牌子，上面写着"黄玲玲"，王远山觉得有点意思，就用手机拍了张照片。

走进一户曹勋熟悉的人家，主人泡了茶，汤色黄亮，喝着始终有甜润的感觉。曹勋说："这是老黄片做的，用的是老叶子，甘甜醇厚，持久耐泡。"

王远山说："巧匠手里无弃物！"

主人又拿出"龙珠茶"来招待贵客，那汤色漂亮极了，看着就馋人。

曹勋说，茶虫专拣好茶吃，死了就混在茶里了。说白了，就是虫屎茶，可老茶客好这口，还起了个好听的名儿。

王远山问："现在老茶火了，可我喝过好多有年头的生茶，没什么陈香啊。"

"我们做了多次化验，陈化效果好的生茶不过十之二三。"

"转化不良的茶，是仓储不当呢，还是工艺有问题？"

"收藏生茶，一般都是晒青茶，许多人都不晓得，杀青过重，蒸得太软，压制太紧，干燥温度过高，这些加工不当的生茶，放多久也不好喝。"

栓子指着一饼陈茶上的广告语说，"不是越陈越香嘛！"

曹勋解释道："在陈化过程中，有一个山形曲线。往上走时有益成分会分解、氧化，适饮口感越来越好。大约五六十年达到顶峰，之后急转直下，呈现出一条抛物线，品质越来越差。那些文物级的老茶就喝不得了。"

栓子说："我喝过一百多年的宋聘号，还是很香啊！"

王远山说："你喝的本是做旧的假茶，可能只有十来年。"

曹勋大笑："这就像寻死的农妇喝了假乐果，反倒活了下来。"他接着说，"陈化是个时间概念，放了多久？有人从外表就看出来了。转化强调的是内在物质变化，需要用化验数据说话。二者有联系，但强调的重点不同。"

栓子问："宋聘号究竟是啥意思？"

曹勋说："一百多年前，风行的是宋聘、同庆等号级茶，原料多为大树茶。后来呢，用小树料的圆茶又走俏了。三十多年前，又时兴七子饼了。十几年前，还是大树小树混采呢。这两年又刮起一股风，开始论山头，追捧单株古树茶了。"

王远山说："喝普洱茶，最要紧的是品。倘若你满脑子想着，这茶是哪个山头的，是哪里仓储的，放了多久，一饼多少钱？心有旁骛，味蕾也会迟钝的，哪里还有饮茶的乐趣呢！"

向东往下走，他们来到坝糯大寨。曹勋说，这里是勐库的东半山，也是古茶树最多的寨子了。

三个人在寨子里过了夜。第二天曹勋请了向导，他们骑马去大雪山深处考察大叶茶种群落。

茶树群落地处大雪山中部，海拔 2200 米到 2750 米。

听向导说，自然保护区的红外相机拍摄到好多动物呢，监测画面里有金钱豹、雪豹、藏雪鸡、马麝、赤狐、兔狲……

骑马行走了小半天，他们找到了几棵高大的野茶树。

好高好大的茶树啊！它们和其他乔生灌生树木和花草藤蔓一起，静悄悄地生长在澜沧江畔的雪山上。大茶树的树干上覆满苔藓，缠绕着密密的藤蔓，潮湿的空气里游走着远古的信息。这些茶树都被编了号，禁止采摘鲜叶。密林深处，到处是凸起裸露的树根、散乱的石头，一切都是那么古朴。大树的树冠像一块块布幔，遮天蔽日，森林里只有稀疏的散光透进来，一切又是那么神秘。

在海拔 2700 米的地方，有一棵"茶树王"，树干有一人高，分出六七个枝杈；基部粗壮，他们四个人都抱不拢。向导说，这树王活了 1700 年了。山民们怀着对大自然的敬畏，在大茶树下设置了一个石龛，里面摆满拜谒者敬奉的各色贡品，居然还有好几饼茶叶呢！

王远山观察了一会儿，没有吭声，附近有棵枯死的茶树，王远山和向导把它锯开，从截面上看年轮，那棵树有 60 年树龄。王远山量了直径，又去量了"茶树王"的周长，求出直径，来推算"茶树王"的真实树龄。

曹勋问："有多少年？"

王远山答道："顶多 300 年。"

栓子说："茶商的话太离谱了。"他问，"有办法测活树的树龄吗？"

王远山回答："有啊！测活体茶树，就是把一个锥子打到树的中心去，戳出来看年轮。可这些树，我们不能伤害它们！"

王远山在大雪山顶部和上端转了半天，估算山上有好几千株野生茶树呢，最高的有 28 米。除了山茶科树木，还有石栎、樟树，顶部是云南铁杉。好多野茶树的根部裸露出来，覆满青苔和纠缠的藤蔓。这里的高海拔原始植被保存完整，野生古茶树抗逆性、抗寒性强，对抗性育种和分子生物学研究具有重要价值。他兴奋地说："在北回归线上的高海拔地带，有几万亩以野生茶树为主要树种的森林系统，是极为罕见的，对整个大雪山的生态具有重要的价值。"

曹勋说："5年前，当地政府听了专家的意见，把这块地方保护起来了！"

王远山说："我会向'人与生物圈'国家委员会建议，组织专家进行多学科考察。"

从大雪山下来，他们又去忙麓山看茶园。忙麓山是临沧大雪山向东延伸靠近澜沧江的一部分，背靠昔归山，向东延伸至澜沧江，山脚便是嘎里古渡。在澜沧江边海拔1000米左右的山坡上，生长着勐库大叶普洱茶的优良品种。山上的茶树，矮的三四米，高的五六米。树龄最老的，据说有二百多年啦。途径邦东时，还看到烂石堆里生长的野茶群落，当地人也把这种茶叫"岩茶"。

隔年春天，汶川地震了！王远山夫妇都是研究高原生态的，知道在这个地带发生地震，肯定是一场大灾难。他们没有迟疑，找民航的朋友搞到三张机票，一家人立即飞往成都，开着四川探险协会的越野车，赶往映秀镇。路上，夫妻俩你一句我一句的，创作了一首歌曲《我们都是汶川人》。王野跟着爹，也痴迷音乐，他在手提电脑上配了曲。车子在残破的路上走走停停，七绕八拐。看着沿途的片片疮痍，他们含着眼泪唱着——

穿过风穿过雨，踏着废墟问大地：美丽的家园在哪里？越过山越过水，踩着瓦砾问苍天：我们的亲人在哪里？天不语地不语，天地愧对汶川人，愁云惨雾洒泪雨……

到了映秀镇边上的一个寨子，车子进不去了，他们与赶来救灾的人组成小分队，开始寻找幸存者，掩埋遇难者的尸体。在这个残垣断壁的村寨里，每一户人家都有伤亡。一个礼拜过去了，他们夜里半躺在车里休息，没有睡过一个囫囵觉儿。苏莎身体虚弱，气喘得厉害。这天早上，王远山带着儿子出去，让妻子留在车里休息。半晌午时，苏莎待不住了，又去帮助运送食物、药品。她身上背着沉甸甸的食品包，手脚并用地往上爬。在半山腰上的一个羌族居民点，她刚进去一家农户的门，就遇到了猛烈的余震，她放下东西，拼命地把一个男婴抱出来，房屋就坍塌了。苏莎被掩埋在一堆碎瓦砾下，等人们赶来把她刨出来时，人早就断气了。刚满 50 岁的苏莎，献出了宝贵的生命。

王远山父子听到噩耗后赶来，从苏莎的衣袋里，找到一份灾后发展茶产业的建议书。里面写着："依照我先生王远山的茶叶生态理论，这是一个适宜种茶的好地方，土壤呈酸性或微酸性，震后地表植被虽毁损严重，但土壤物理性质和养分循环无明显变化，平均气温在 10℃左右，年降雨量为 1000 毫米。我查阅了相关资料，汶川土壤的酸碱值及所含矿物质成分非常适宜种茶。"

王远山和儿子把亲人葬在山坡下，他们把从山里挖来的几株野茶树，移植在坟墓四周。

王远山对儿子说，拆开看，这"茶"字是"人在草木间"；再看"葬"字，人死了，归土了，还要回到草卉间。人活着，吃驯化了的植物，谷物、蔬菜，喝驯化了的茶树叶子汁。草木有枯荣，人亦有生死，看大了，说神圣如崇岭，实则温馨若小草。"我就是一棵小小草"，这歌词才参透了人生。

儿子凝视着父亲，体味着他话里的人生哲学。

王远山在坟头撒了好些茶叶，然后深深地鞠躬。小野扑通一声跪下，朝着坟头重重地磕头。父子俩发誓，一定实现亲人的遗愿，让这片洒血的热土变成碧绿的茶林。他和儿子在坟头上一遍一遍唱着那首歌——

"震不塌震不垮，站起身来对天说：美丽的家园在手里！生相守死相望，擦干眼泪对地说：我们的亲人在心里！天震动地震动，五月一震惊天下，真情激荡如潮起。这一刻，我们都是汶川人，四海之内皆兄弟。这一刻，有难同当见大义，牵手穿过风和雨。我们都是汶川人！"

二十一

光阴如梭，王远山年近六旬了。这些年来，他的团队和叶维林、陈斌、叶岩等人一起，为武夷山岩茶村打响了"大红袍"这个品牌；帮助黄家三姊妹建立了现代化茶厂，开办了私营茶叶研究所和茶博馆；帮助刘钊专门加工和经营各个山场的"肉桂"；帮助尤长寿在北京茶叶一条街开办了"只卖正岩茶"的专卖店。王平顺说，我儿子变成武夷山人啦！

阳和起蛰，陈戎剑来武夷山保护区调研，王远山带着他看茶山，正山、正岩区都跑遍了。王远山说，该往远走走了，先去趟岚谷吧。

这天一早，杨亭亭驾车过来，三人一起前往岚谷。

岚谷居北偏东，是个"九山半水半分田"的山乡，距市区七八十里。

杨亭亭说："我姨妈住在岚谷，她有一对儿龙凤胎，女孩叫曾岚，男孩叫曾谷。"

王远山说："曾岚是'小岩茶'吧。"

"那是网名，师傅认识她？"

"她听我讲过课。"

车至吴屯，杨亭亭说："走了一半路了。"

四望皆山，山上的树木新枝如盖，山谷烟岚变幻，连依山而筑的民居挑檐上也缀着云朵。王远山想起了辛弃疾的词："浮天水送无穷树，带雨云埋一半山。"

路边的稻田里，不时有鱼扑腾跃起，映着阳光鳞片闪耀。

陈戎剑问："什么鱼？"

杨亭亭说："清明前后，吴屯人会把鲤鱼苗撒在稻田里，待稻子扬花时，飘落的花粉就是好鱼食。这里地势高，水也凉，鱼苗要两年后才能长大，但鱼肉鲜美呀！人们夸它是'鱼中人参'呢。"

王远山说："先去看看叶家的茶园吧。"

车子拐向了通往小际村的乡道。

叶维林的儿子在山坡上租了片茶田，开了家小茶厂。叶维林退休后，索性搬到山里来住，帮着儿子打理。

看到王远山带人来了，叶维林喜滋滋地泡了一壶茶。

陈戎剑尝了说："兰花香。"细品了又说，"隐约还有寒梅的清香呢。"

王远山问："是'水金龟'吧？"

"没错！我在茶园种了不少稀罕品种。"说着，叶维林又泡了壶自家茶。

陈戎剑品了说："哦，外山的茶也有岩韵啊！"

叶维林笑了："过去，武夷、星村、五夫、城关、吴屯、岚谷，这六个地方都有茶叶收购站。吴屯这边环境蛮好，茶青也不赖。我这茶是高火焙的，所以叫'黑森林'。"他也啜了一口，"初喝岩茶，好喝轻火的，像黄观音、金牡丹，香气高啊；喝久了，口味自然重了。"

陈戎剑请教道："过去我常喝铁观音，跟着王老师又喝上了岩茶。依您之见，喝什么茶好呢？"

叶维林说："茶有千味，适口为珍。"

王远山说："茶通人性，所好不同嘛。想喝好茶，最要紧的是保护好茶山的生态。"

叶维林赞道："说得好！武夷山市政府早就提出'稳定茶园规模，提升品牌价值'，还建立了生态保护机构，设立了专项资金，严禁任何人以任何理由毁坏山林。我当茶叶局长时，心里总惦着环保，因为好山好水出好茶！"

陈戎剑喃喃重复着："好山好水出好茶！"

叶维林问王远山："听说您在写《茶叶生态学》，写好了吗？"

"改着呢。"王远山说着，脑子里浮现出苏莎帮他改稿子的情景，"像这茶一样，得多次烘焙。"

喝过茶，大家一起去看叶家的茶园。

这是个智能化有机茶园，从选育、种植，到生态与质量监测，都能进行可视化管理、专家在线指导。

陈戎剑说："通过人工智能，种子、肥料、杀虫剂、人力都能得到数字化管理，各种要素投入更加精细化。我们应该引导茶农科学种茶，最终实现茶叶生产的自动化、智能化。"

叶维林说："我儿子正在省城学习呢，接下来还想建立起全程质量追溯体系。"

王远山建议："最好把可追溯体系和茶叶贸易平台结合起来做，直接对接市场。天南海北的消费者，只要用手机扫个码，就能获取茶叶的全部生长信息、生态安全指数和配送信息。"

叶维林说："远山啊！万事开头难，你可得帮我啊！"

陈戎剑说："王老师的儿子是计算机专家，正在研究茶产业的智能化控制呢。"

王远山说："回头我让他和您联系。"

叶维林高兴得直拍手："这王家人，一代代都和武夷山有缘啊！"

陈戎剑正在写武夷山茶叶史话呢，见着茶叶局的老局长，就连珠炮地发问。

说起这些来，叶维林如数家珍——

20 世纪 50 年代末，崇安成立了茶叶管理局。运动来了，茶叶局的牌子也被砸烂了，后来撤局设科，连同茶科所一起归了供销部门。过了几年，建立供销社茶叶公司，茶科所改建为天游茶叶试验场。崇安撤县改市后，又成立了岩茶总公司，下属茶科所、茶叶批发中心和茶厂三个单位，算是产供销研一条龙管理。进入新世纪，岩茶总公司被私人企业并购了。大体就是这么个情况。

叶维林高兴了，起身找出一张老照片。陈戎剑接过来一看，是叶维林年轻时站在单位门前照的，门口的牌子上写着"崇安县茶叶局武夷茶叶站"。

陈戎剑说："岩茶火了，您老很开心吧。"

"我看有点儿虚火。牛栏坑不过四里长，山谷狭窄，土层薄，崖下也就二三十亩茶田，年产千把斤茶；可市场上呢，到处是'牛肉'。"

王远山说："还有'牛首''牛肚''牛尾'……名目繁多。"

陈剑戎说："'唐僧肉''五花肉''山羊肉'也出来了。"

叶维林说："这样下去，迟早会砸牌子的！"

王远山说："一方面要保护好这些特殊山场的茶树，另一方面也要发展周边的茶产业，才能让更多的茶农富起来。"

离开小际村，车沿着岚溪继续上行。

"到了！"杨亭亭说。但见群山抱谷，岚光滴翠。岚溪畔有个古村落，住户的房子散布在茂林繁荫间。

走过一座木桥，一行人进了村。在一个古朴的祠堂前，曾岚笑盈盈地迎了上来。她带大家进祠堂看了一下，里面供着曾家祖先的牌位，还有一尊陆羽的瓷像。

王远山说："这祠堂，守护着千年茶道呢。"

曾家人是宗圣曾子的后裔，先人南迁后有一支脉从福安辗转过来，定居在闽赣交界处的这个小山村了。

杨亭亭说："我姨父是曾子75代世孙。"

曾家依山傍水，老宅子是闽北传统的砖木结构，厅堂开阔，屋子陈旧，但木雕甚为精细。屋里的家具等器物，也多是老物件。墙角立着个陶瓷罐子，两尺许，鼓肚圆口，王远山俯身一看，是大清乾隆年间烧制的。曾岚说，这罐子是装茶叶的。

杨亭亭指着老宅的楼梁式木仓说，还挂着"龙籽袋"呢。她解释说，闽北山区有个习俗，老人过世后，后人将入殓时用过的茶叶、谷粒，还有钱币装进一个布袋子里，象征逝者留给家人的财富，据说能庇佑子孙呢。

紧挨着老屋，曾家又造了座三层小楼。曾岚说："花了二十多万，都是这几年卖茶赚的辛苦钱。"说着，她带客人逐层参观，最后登上了顶端的露天平台。这个平台约有二十多平方米，周边砌有矮墙，墙体覆满藤蔓，中间摆着樟木茶台和几把藤椅。

陈戎剑赞叹道："居高临下，饮茶时可沐风听雨。"

王远山接着说："古人说过，'喝茶当于瓦屋纸窗之下，清泉绿茶……得半日之闲，可抵十年的尘梦'。"

岚谷南宋时叫石臼里，至今还保留着不少古代茶俗。老人常说"早晨起来七般事，油盐酱豉姜椒茶"，宋代都是煮茶喝的，女人们都会修习诸如汲水、备器、煎水、涤器、备茶、瀹茶、奉茶等技艺，好些茶俗至今犹存。

王远山说："欧阳修说过，品茶须是新茶芽，水甘冽，器洁美，天气好，宾客佳，五美俱全。"他看着曾岚笑言，"此时此地，多了一美。"

陈戎剑说："苏东坡有诗云：从来佳茗似佳人。我看也可以倒过来说：从来佳人似佳茗。"

说笑着，茶已泡好了。

陈戎剑啜了些茶汤问："水仙吗？"

"跟着我师傅的人，都懂茶。"杨亭亭乐了。

王远山察看那叶底，叶面舒展柔软，叶缘有红边，片中淡绿浅黄，便说："这是典型的'绿叶红镶边'。"

陈戎剑又问："进村来咋没见男的？"

杨亭亭说："都忙着做茶呢。"

曾岚说："做毛茶，就有萎凋、做青、杀青、揉捻、毛火、足火好多道工艺，过了端午，还须把做好的毛茶烘焙、退火，加上捡剔、风选、归堆拼配、质检包装，精制又要两个多月呢。"

王远山抿了口茶水，问曾岚："泡茶的水，哪儿打的？"

"起早从十里外打来的。"

"屋后便是山泉，为何舍近求远？"

"往上走是铜钹山，山间有一眼泉，水流过的坡上长着野茶树。我采回来让爹做了茶，喝了的人都说好。我寻思，这山泉水可能含有稀罕的矿物质，就从那里取水泡茶，招待贵客。"

"茶香茶味，都要经过水来渗出、分解和释放，最好用泉水泡茶。"

"我们都用泉水泡茶。"

"古人还有用井水、雪水的，乾隆爷还用荷露烹茶呢，'秋荷叶上露珠流，柄柄倾来盎盎收'。看过《红楼梦》吧，妙玉用已埋在地下五年的雪水烹茶，当初是从梅花上采集来的。三分在茶，七分在水，曾岚懂得这个道理。"

杨亭亭说："师傅这么夸她，也收她为徒吧！"

"不急。"王远山说，"她先要带我去看那眼山泉，那些野茶树。"

曾岚娘烧好了一桌农家菜，在外面帮着做茶的曾谷也回来了，众人围坐在一起边吃边聊。王远山最喜欢吃岚谷熏鹅了，那鹅肉经长时间熏制，还融入了茶香、桂叶香和糯米香。

吃过饭，大家去看曾家承包的山林。半山坡上约有七八亩地，茶丛、桂花树、马褂木、竹林，还有各种鸟雀昆虫，构成了一个小而完整的生物多样性环境。

王远山说："坡上风化的土质粗糙刚性，可长出来的茶树叶子却柔嫩无比。"

陈戎剑说："刚柔相济嘛。"

几只黑山羊在茶树间寻寻觅觅，不时低下脑袋啃食地面的杂草。

曾岚抓住一只小羊的犄角，拍拍它的脑袋说："它们帮着除草松土呢。"她指着地面的羊粪蛋儿说，"帮着施肥呢。"那些山羊像是听懂了赞扬的话，高兴地咩咩叫了起来。

茶树丛上挂着不少白色蜘蛛网。曾岚又说："帮着除虫呢！"

王远山说："这是种植加养殖的绿色生物链啊！"

看完这片山林，杨亭亭留下和姨妈拉家常，其他人直奔铜钹山而去。

山路崎岖，七拐八折，狭窄处须侧身而过，脚下不时有爬虫从草丛里窜出。走了约半个时辰，转过陡峭的山崖，找到了泉下的那片野茶树。

日光穿雾而来，它的七色可见光里，红光、黄光从烟雾里凸显出来，温和地沐浴着一株株茶树。王远山说："这种光照能促使氨基酸、叶绿素的生成，增加水分含量，茶叶中的风味层次也更丰富了。"他仔细观察野茶树的形态和细枝末节，嚓嚓地拍了许多照片。

众人走近山泉，用手掬水饮之，果然清冽甘甜。王远山采了些野茶叶子，准备做标本。

远远望去，青山浓翠，一道瀑布从天而降，宛若白练，喷溅起晶莹的水珠。曾岚说，山里人说这是"白米落锅"。王远山说，听说瀑布的落差将近百米，也有叫"百米落锅"的。他郑重地叮嘱曾岚："我测过前溪后溪的水质，都是一类水。俗话说'水为茶之母'，你们不仅要做好茶，还要保护好茶山的水源地！"

下山时，大雨瓢泼而至。一侧的峡谷深不可测，陈戎剑有些战栗。王远山在前开路，曾家姐弟俩扶持着陈戎剑，在湿滑而逼仄的山道上缓慢前行。

踏上归程时，暮色中的茶村，静谧、美丽，茶乡人家"小灶灯前自煮茶"，别有一番闲逸。王远山建议曾岚、曾谷去北京卖茶，同时经销武夷山的矿泉水。

这天，王远山在内鬼洞一带转悠着，这里长着许多野生小乔木茶树。他找到一株老树，量了量叶子，有13厘米长呢！便高兴地唱起了自己写的新歌——

"人在草木间，寻茶走天下。山高云雾起，嘉木绿山崖。明前春来吐新芽，山间谁人忙采茶？

"山是茶山美，朝岚复晚霞。水是茶水香，客来话桑麻。长风万里开茶道，冉冉清香漫天涯。

"捧起一碗茶，让心有个家。四时走茶山，有茶便有家！"

"有茶便有家，怪不得你不顾家呢！"王远山吓了一跳！定睛一看，父亲就在眼前，身后还跟着母亲、妹妹和栓子，姚采青和一个男娃娃。

"我和近泉把二老带过来散散心。"栓子说。

王远山拍着妹夫的肩膀说："你这个半子，比我孝顺哦！"他又和师妹打招呼，"谢谢你，好向导啊！"

这时，那个男娃指着野生茶树问姚采青："娘，这是野茶树吗？"

姚采青指着师兄说："问他，王伯伯是大专家！"

王远山掐了片叶子，蹲下来对娃说："你看，这野生茶树，叶子又肥又长。"

那娃听了，开心地笑了。王远山纳闷了：师妹还没结婚，咋就有了孩子，难道也是野生的？！

"远山，武夷山是三教名山。你抽些空儿，陪着我和你妈去看看文物古迹。"

"我啥也不做了，就陪着二老！"接连好几日，王远山带着家人，走遍了山里的寺庙、道观和人文遗址。

这日天气晴好，一家人登上六曲溪北面的天游峰，凭高眺远，欣赏溪水回环的美景。

来到天游寺时，看着寺前"遨游霄汉"的匾额，王平顺对家人说，历史上的佛寺，大多兼有学堂的教育功能。佛寺后面有藏经楼，除收藏佛教经典外，还有诸子百家图书，学者可来此借阅研习，故佛寺尚有公共图书馆的作用。历史上很多读书人，包括范仲淹、朱熹、王阳明这些大学者，还有陆羽这样的大茶人，都曾长时间在寺院里挂单读书。

王远山也说，武夷山繁盛时，佛寺道观人文荟萃，谈经论道的，讲学授徒的，文化甚为兴盛。受此濡染，武夷山茶山有许多耕读人家。

王平顺又说，茶是中国文化的一个活水源头，古今学者都会从中汲取智慧；茶还是一个载体、一个媒介，借茶可说禅，亦可诠释"和而不同""天人合一"等儒家道家的观念，三教九流都用得上。茶是门大学问，不仅融汇了博大多元的文化风尚，也蕴含着精深睿智的科学道理。他拍拍儿子的肩膀说："学无止境啊！"

在一个茶寮歇脚喝茶时，王平顺讲了一个传说：

大才子袁枚是浙江人，素好家乡龙井茶，而不太喜饮武夷茶，"嫌其浓苦如饮药"。一年秋日，他"到曼亭峰天游寺诸处，僧道争以茶献"。喝了僧人和道士给他泡的岩茶后，从此贪上了这一口。袁氏写了笔记，所述饮茶状甚为生动。茶具呢，"杯小如胡桃，壶小如香橼"；饮时也颇讲究，"每斟无一两，上口不忍遽咽，先嗅其香，再试其味，徐徐咀嚼而体贴之"；茶果然是好，好在"清香扑鼻，舌有余甘"，最厉害的是，"一杯之后，再试一二杯，令人释躁平矜、怡情悦性"。

王平顺饮了一口茶水："袁枚说得没错！我名平顺，但也有烦躁的时候。远山爷爷教我的法子是喝杯武夷茶，喝了就心平气和了。"

王远山对栓子夫妻说："小时候犯了错，看爸爸恼了，我的法子也是，泡了武夷茶给咱爸端过去！"

就这样，一家人说笑着四处游玩。

在朱熹讲学的故址，王平顺夫妇看得异常仔细。朱熹创办了武夷精舍等书院，听课求学的有二百多人，形成了理学学派。王平顺说："蔡尚思教授说过，'东周出孔丘，南宋有朱熹'。朱熹从14岁到武夷山，直到71岁去世，在武夷山从学、著述、授徒，生活了五十余年。"他对儿子说，"朱熹还是个大茶人啊！爱茶、品茶、写茶、论茶，'武夷高处是蓬莱，采取灵芽余自裁'，他还自己种茶呢。"

王家人在九曲溪坐竹筏时，王平顺问女儿："你哥像一个古人。"

"徐霞客。"近泉不假思索地脱口而出。

王平顺摇摇头。近泉有点蒙圈儿，只听见娘说："像陆游！"

"还是娘懂得儿子！远山不是旅行家，他跑遍茶山，是为了振兴中国的茶产业呢！"王平顺说，"大诗人陆游也做过茶官呢。《陆游全集》中涉及茶事的诗词就有三百多首，其中一百多首就是吟诵武夷茶的。陆游曾任福建路常平茶事，在武夷山当过茶官，主管过建茶，促进了武夷山茶业的发展。"他揽着王远山说，"我儿子不着家，我没怨气。"

王远山听了没吭声，像小孩子一般，把脑袋深深地埋在父亲的怀里。

这天云雾缥缈，王远山一家来九曲溪泛舟。老排工鹤发童颜，麻利地撑着船，张口唱起了船歌："武夷山上有仙灵，山下寒流曲曲清……"

王平顺对儿子说："这是朱熹写的《武夷棹歌》啊！"他望着山间峭壁的缝隙，也情不自禁地哼唱起来："三曲君看架壑船，不知停棹几何年……"哼着哼着，由不得老泪纵横！

王远山连忙取出纸巾给老爸擦眼泪，可自己也已泪目了！提到武夷山崖葬的架壑船，父子俩都想到了故去的亲人。

过了几天，近泉陪着父母回去了，栓子去了杭州。隔天，曹勋的儿子曹山杰来了。山杰已是测绘专家了，毕竟生在茶叶世家，耳濡目染，对茶也颇感兴趣。

王远山带着曹山杰满茶山转，请他帮着绘制茶山山场位置图。来到坳头时，王远山发现这里的鲜叶好，收购了整整一卡车。看着曹山杰疑惑的神情，王远山说："跟我去趟杭州，咱试着用这边的叶子做些绿茶！"

说走就走，颠簸了六七个小时，车子直接开上了翁家山。在路上，王远山打电话和翁常胜师傅说好了，翁家院子里早早就支起了三连灶。一卸下茶青，翁师傅就带着助手开始炒茶。

这些年，翁师傅在杭州茶研所和国营茶厂的帮助下，总结了父亲阿洪的炒茶技术，归纳为"抓、抖、搭、拓、捺、推、扣、甩、磨、压"十大手法。先是摊炒青锅，接着是辉锅，有人筛选大叶和没炒透的，又入锅炒了一会儿。在一口锅头，翁师傅不停地做着示范，耐心地教王远山炒茶。

炒好后晾晒了几个钟头，大家泡了一壶品尝。因是高山采来的茶青，味道比西湖龙井浓些，但因一路颠簸，叶子略有些氧化，喝着鲜爽度差了。

王远山、曹山杰刚在宾馆住下，栓子找上门了。这些年，栓子还算勤快，茶店经营得不错。毕竟牵着胳膊扯着腿呢，王远山经常关照他的。栓子转悠了好几天了，发现城外有块茶田的茶青特便宜，想包销又吃不准，请大兄哥去看看。

五十多里的路，开车竟用了两个时辰，路上的车流量很大，大多是货车。到了栓子说的茶田，王远山一看，这些茶田紧挨着公路，茶树叶子上蒙着一层灰垢。

于是，王远山给栓子讲了个故事——

晋代有个叫王戎的，从小聪明伶俐。有一次，一群孩子在路边玩耍，发现了一株果实累累的李子树。玩伴们抢着去采摘，小王戎却说："长在路边的李子树，果实是苦涩的。"那些伙伴采来一尝，果然是苦的。

"路边茶的质量不会好吗？"栓子听出了弦外之音。

"车水马龙的，灰尘，尾气，茶叶难免受到污染。"

"这灰尘糟蹋了好叶子。"

"知道吗，'尘'的繁体字是啥意思？是一群鹿飞奔过来，扬起了细土。那样的尘埃，洗洗就好了，可现在带着污染物呢！"

"有法子在加工中清除掉脏东西吗？"

"没啥好法子！这样的地方，压根儿就不该种茶。"

栓子轻声嘟囔着："这叶子贼便宜啊！"

王远山恼了："你这人，总是见利忘义！"

栓子挠挠头皮，悻悻然地跟着王远山撤了。

姚采青正在杭州举办禅茶讲座呢，要师兄到迎客轩茶馆捧场。这个茶馆在杭州享有盛名，门口的楹联是："得与天下同其乐；不可一日无此君"。他们进入一间包房。房间正中摆着一张长桌，竹篾编的桌面，配十余把藤椅。

姚采青还带来几个粉丝，她招呼大家坐下来。

茶台上摆着一个白釉大肚子瓷坛，上书"清净妙茶"等几行文字。姚采青说："这坛子是明代的老器物，盛放的是供奉菩萨的佛茶。"她指着"赵州盏内"四个字说，"这里提到了赵州，我先给诸位讲一个赵州禅师的故事吧——"

那是一千多年前的事了，有两位游方僧来到北方赵州，寺庙监院带着二人来见赵州禅师，探讨究竟如何是禅。禅师先问其中一位："来过赵州吗？"那人答道："没来过。"禅师说："吃茶去！"禅师又问另一位是否来过，那僧人回说来过，禅师又说："吃茶去！"监院听了纳闷，问道："怎么来过的，没来过的，都让他们吃茶去呢？" 禅师唤了监院的法号，监院应了一声，禅师还是那句话："吃茶去！"

众人听了，似懂非懂。

姚采青从坛子里取出一撮龙井春茶，话锋一转："绿茶被称为茶之长子，它还可以做成花茶、速溶茶等其他茶品。这是西湖龙井，还有黄山毛峰、六安瓜片、碧螺春、信阳毛尖、都匀毛尖，都是名茶呀。我先教大家泡绿茶吧。"

一个学生匆忙盛满一杯水，投入一撮茶叶。姚采青说："这是上投法，不宜泡龙井的。"接着做起示范来，她将水烧至90度，注入少半杯水后，放入茶叶提香，稍后又往杯中倒满了水。"这是中投法，还可以用下投法。"她又取一只杯，先放了茶叶，注入少半杯水，提香后再注满水。

听众活跃起来，开始学着泡茶。"我不是给你们讲泡茶的。"姚采青话锋又一转，"我要讲的是禅茶。"说着，调整呼吸，开始闭目养神了。

听众学着姚采青的样子，没有一个人言语，时而端起杯来啜一小口清茶，所谓"静中求禅"。

姚采青睁开眼睛，缓缓地说："我再给大家讲个故事吧。一个行者问和尚：'您得道前，做什么？'和尚说：'砍柴、担水、做饭。'行者又问：'那得道后呢？'和尚说："还是砍柴、担水、做饭。"行者说：'得道前后都一样，何谓得道呢？'和尚说："不一样啊！得道前，我砍柴时惦记着担水，担水时惦记着做饭；得道后，砍柴即砍柴，担水即担水，做饭即做饭。"

"她想说啥呢？"曹山杰瞅着他心仪的女人。

姚采青解释说："当下清净即为清净，这是多么简单的道理呀！我们总说'茶禅一味'，可又有几人能够破除杂念，做到善用其心，安心吃茶呢？"她环视四围，复又端坐凝神，啜了一小口茶水，接着说，"把你向佛的心浸在茶汤里，细细地品味。你品着品着，就会将岁月沉淀下来的美好记忆，与茶叶中的精华融合，体悟到茶禅一体的精妙，从而剔除人生繁杂琐碎的记忆，让心灵变得纯净而愉悦。"

曹山杰盯着姚采青看，不禁心旌摇曳。见旁人似已进入禅境，便也闭上了眼睛，可那张粉脸总在眼帘前晃来晃去的。睁开眼，看到墙上的茶挂，上书"如是禅，如是茶，如是禅茶，如斯心"。

这时，姚采青总结说："要想懂得茶，就要学习日本人的茶道。"

王远山听了有些恼火，他饮了口茶水问师妹："知道径山茶吗？"

"不晓得。"

"这杯里便是径山的平地茶。"说罢，王远山说起了径山和径山茶。

杭州城西去七十余里，就是径山了。为什么叫径山呢？因为天目山从这里延伸出东西两条路，向东可通余杭，往西可达临安。唐代宗时，有一个法钦法师在那里建寺，还手植数株茶树，采以供佛，逾年蔓延山谷，就是茶味特异的径山茶。径山茶以寺院山门为界，分高山茶和平地茶，滋味差别很大。寺内的高山茶海拔高，一般要清明后采摘，制法多是烘青，比龙井茶更清淡含蓄。径山寺以茶待客，形成一套礼仪，后人称为"茶宴"。805 年，日本僧人最澄从浙江天台山带回茶籽，种在背振山麓，这就是日本早期的茶园，叫"日吉茶园"。宋代，荣西禅师也从我国带回茶籽种植，还在日本鼓吹禅风。到了 1241 年，日本僧人圆尔辨圆到径山学禅，归时带回日本《禅院清规》、茶种和饮茶方法，创立了京都东福寺，后经村田珠光、武野绍鸥和千利休等人的完善，逐渐形成了日本的茶道。王远山提高声调说："这些都说明，日本人的禅茶是从我们这里学去的。"

姚采青对她的粉丝说："我这位师兄，知识渊博，如果钻研禅茶，定是大师级的。"

王远山听了冷笑道："我可不敢为人师呀！"

姚采青听了，脸色绯红。

王远山说，我们还要去龙井村看看，说罢就带着曹山杰离开了。

二十二

　　回到崇安镇不久，陈师娘让王远山给幺妹送些家酿的果酒。王远山有事，就托曹山杰把酒送过去。

　　曹山杰到了，姚采青刚刚出浴，身上披着件粉红色浴袍。

　　收好果酒，姚采青便牵着曹山杰，带他在客厅茶台前坐下。她泡了壶茉莉花茶，斟了递过来："茶是有灵魂的，也是有情商的。苏东坡说'从来佳茗似佳人'，细究起来，该看是怎样的茶了。像铁罗汉那么酽的茶，若是女人也是孙二娘那种泼辣货。古代有个叫陈古秋的茶商，将茉莉花加入茶里，才让世上有了芬芳的茉莉花茶，也让多情的女子追随而来，更让饮茶的男人添了怜香惜玉之心。"

　　茶香四溢，莺语宛转，曹山杰听得有些发晕。

　　姚采青换了茶："尝尝，'白瑞香'。"

　　"我喝过'百瑞香'的。"

　　"这是'白瑞香'，慧苑坑的叶子。"

　　这回听清楚了，曹山杰觉得这名字有趣，瞥过去，姚采青倾身斟茶时，露出了半拉白嫩的奶子。他喃喃自语："白瑞香。"

　　姚采青说："这茶，还有'百岁香'，都是武夷山原生的名丛。你说的'百瑞香'是一个牌子。'瑞香'呢，是十年前省茶科所培育的一个新品种，母本是'黄旦'。"

　　"岩茶好复杂呀！"

　　"人心更复杂！"曹山杰听姚采青这么回他，略有些窘，垂首看着茶台。

　　姚家的茶台长丈余，是用整棵大樟树主干做成的，桌面上还留着原木的纹理和疤痕呢。

曹山杰忙岔开话题："这么大的茶台，太浪费林木资源了！"

姚采青瞭了一眼曹山杰："回头我在山上补种100棵树，赎罪！"

说着，姚采青把茶水浇到一个茶宠上。那茶宠是童子造型，一浇上茶水，便淘气地撒起尿来。她又把茶水洒到周围的茶宠上，那些树脂茶宠变成了五颜六色的样子，煞是漂亮。

姚采青抓起那个童子茶宠很享受地把玩了一阵子，又递给曹山杰："摸摸吧，都是用岩茶滋养出来的。"

曹山杰一摸，温润顺滑，手感妙极了。

姚采青俯下身子来，接过茶宠盈盈一握："养茶宠和养小动物一样的，须有耐性，更要有爱心。"她说话时媚眼欲开还闭。

曹山杰心神缭乱，觉得手心有些湿热，原来是童子茶宠没有撒完的"尿液"，闻闻，"白瑞香"的香气扑鼻而来。

姚采青斟了茶水道："我家去年做的茶。"她曲臂支颔，情态悠然地说，"品茶，品的是禅意。与一盏清茶相对，看着缓缓舒展的叶片、渐渐变色的茶汤，深藏于心的童话和儿歌，穿越曾经的风和雨，甘苦悲欣都融入冉冉漂浮的茶香里了。你再去品茶，就会感知到一份暖意和温情，随着茶汤的回甘复流归你的内心，进入茶禅的境界。"

曹山杰痴了，恍惚间闻得一声轻语："陪我去趟茶园吧。"

姚采青回内室换了衣裳，下身是黑色休闲宽腿裤，上面是红点白底半袖衫。看上去鬓影衣香，娉婷媚好。

姚采青骑着白色摩托车，曹山杰坐在车屁股上。她乌黑的长发随风飘拂，不时撩着曹山杰的脸颊。上坡时颠簸得厉害，她回眸一笑："小心摔了，抱紧我！"曹山杰顺势搂上了，感觉那腰肢柔柔的，一颠，还会微微碰触到软玉温香般的奶子。

停下车子，两人缓步走上山坡。"你瞧那些漂浮的云雾，变幻莫测。"姚采青瞭了一眼曹山杰说，"人生也是烟雨迷离啊！"

曹山杰有些魂不守舍，心想：这个女人也像云雾般让人捉摸不透。

在茶田巡视了一番，忽有山风吹来，姚采青捋捋散发，斜倚过来，一只手托在曹山杰肩上。曹山杰抑不住灵与肉的颤动，害怕一阵风把美人儿吹走。欲念翻腾着，孟浪着，他想变成一头贪婪的野兽……这时，姚采青把手从他的肩头移开："迷离也好，茫然也好，是你心头缠着千丝万缕的杂念。"她盯着曹山杰，那眼光似有一种穿透力，"懂吗？心不净。"

曹山杰听了，像一个做错事的小学生，俯身聆听老师的教诲。

"缘从心起，缘亦从心灭，是与非，善与恶，喜与悲，喝茶时的甘与苦，统是由内心产生的幻化。你若做到看云非云，饮茶非茶，遇事淡然处之，就懂得禅茶的自在之意了。"姚采青浅浅一笑，又牵起曹山杰的手走下山坡。

迎面过来几个老年游客，羡慕地看着这对儿年轻人。一个银髯飘拂的老叟说："年轻好哇！"听了，姚采青一副风流妙曼的样子。曹山杰意乱情迷，打了个趔趄，姚采青反应敏捷，一把扶住了他。曹山杰有些狼狈，姚采青拍拍他的背，叮嘱道："走山道时，不可胡思乱想！"一本正经地说完了，却滴溜溜地抛过一个媚眼来。

没过几天，姚采青约了曹山杰，去逛天游峰。已是茶季末了，进山采茶的人也稀了。来到峰下，曹山杰发现有几株茶树刚刚发芽，便问："这是什么品种？"

姚采青答道："雀舌，它可是大红袍的正宗后代呢。"

曹山杰想起了刘禹锡的诗句："添炉烹雀舌，洒水净龙须。"又问："雀舌不是绿茶吗？我喝过贵州的湄潭翠芽，也叫雀舌茶，还有把都匀毛尖叫雀舌茶的。"

"四川宜宾也有雀舌茶，江苏常州还有金坛雀舌呢，我国好多产茶区用芽头做的绿茶都叫雀舌。"姚采青一扬头，用手攥着发梢接着说，"但我们这里的雀舌是做乌龙茶的，算是一个例外。"

曹山杰连连点头："噢，明白了。"

姚采青看着曹山杰谦恭的样子，心里发笑，她采了一片芽叶说："雀舌，过去指的是一个采摘标准。老茶人按照外形特征，把茶叶分为莲心、旗枪、雀舌和鹰爪：莲心是早春采的单芽，旗枪是指以芽为主已生嫩叶的芽叶，雀舌的芽已有两片嫩叶，鹰爪已有三到四片叶子了。但现在做雀舌茶已不采一芽两叶，而是一芽一叶初展。"她把手中的叶子递给曹山杰，又说，"这茶晚熟，老人叫它'不知春'。"

"不知春，不知春……"曹山杰喃喃自语。

路上，姚采青讲了一个传说——旧日有个书生，平素喜好饮茶，就来武夷茶山游玩。来时谷雨已过，春茶也采过了。书生走到天游峰下时，忽有奇香扑鼻而来，定睛一看，岩洞口长着一株根深叶茂的茶树，便情不自禁地说："春过始发芽，真是不知春哪！"一个年轻茶姑听闻后，就称呼这种茶树为"不知春"。

听了这个传说，曹山杰感觉自己也有些像"不知春"，三十好几了，才春情勃发。

姚采青的手机铃响了。原来她想租用栓子闲置的库房，栓子唤她赶快过来看场地。

栓子的库房紧挨着进山的路，离几个出名的山场近。姚采青想把茶叶生意做大，打算把这个地儿包租下来。

栓子看出曹姚有些暧昧，就想作弄二人。晓得他们要来看仓库，就早早地打开冷气。远远瞭见姚采青的车子开过来了，栓子悄悄地躲了起来，还把手机关了，又把库房的门虚掩上了。

姚采青停好车子，就给栓子打电话，可怎么也接不通。

走过去一看，门虚掩着，二人便推开进去了。这是一排仓库，进门后右拐进去，是间冷藏室。里面冷飕飕的，却不见人影。只听见当啷一声，门竟被锁上了。曹山杰大声呼喊，无人应答。里面越来越冷，两人穿着单衣，冻得瑟瑟做抖，先是搓手搓脸，实在难忍，就在仓库里原地踏步。曹山杰看见姚采青冻得双颊通红，连忙脱下衫子，给她披上。姚采青就势抱住了这个裸着上身的男人。两人热血贲张，紧抱着，身体像是要融化在一起了。曹山杰眼前是一个桃绽似的红唇，亦感受到了胸前丰乳的颤动。他抱起这个妖媚的女人，顺势倒在一堆废纸板上……忽然，耳边似闻警钟，"使不得！"他挣扎着站起来，又把姚采青拉起来。

姚采青身子哆嗦着，说话却镇定如常："人生如茶，从喝不出味道到喝得出来，再到茶本无味的境界，卑微的生命才会升华。"

恍惚间，眼前一片佛光闪耀，姚采青轻声说："打坐吧。"

相对而坐，曹山杰学着她的样子 ——两足跏趺，分置于腿上，肩部舒张，双手结定放在脐下。

姚采青正首端坐，叮嘱道："两目定住了。"二人眼睛半闭，不一会儿，但见眼前一片光明……库门被打开了，栓子站在门口。

栓子好像很吃惊："怎么钻进冷库了？"

姚采青气吁吁地质问："跑哪儿去了？电话也打不通。"

栓子从上衣兜里取出手机，看了看说："啊！静音了。"

曹山杰追问："门是开着的，谁又锁上了？"

"库工吧？"看着二人狼狈不堪，栓子心里好笑，却装出关心的样子问，"没冻坏吧？"

来到办公室，栓子赶紧沏了壶热茶，让二人暖身子。看到曹山杰直打哆嗦，栓子忙找出感冒冲剂，让他服用了。这恶作剧太过分了！也许有些内疚吧，租用库房的事情，栓子没有讨价还价，扫了一眼姚采青拟的协议，麻利地签了字。

姚采青是山里长大的妞儿，受了寒抗抗就过来了；但曹山杰抵抗力差，裸着身子在冷库里待了许久，染上一场重感冒。姚采青上山采了草药，用紫元、百部、连翘、川贝母、陈皮等，在家里配伍熬好了，把药汤和好吃食送到曹山杰下榻的酒店，用小勺子给他喂药喂食。她还帮着曹山杰洗脸洗脚，真是千般爱惜，万种温存。过了几日，曹山杰的病已无大碍，便回京去了。

曹山杰在武夷山大病一场，可他却留恋姚采青照顾他的那段日子。卧床之际，想起每一个细节，都让他情思飘远。夜深人静时，他想挂个电话，可没啥由头。有一次，他无意中发现，姚采青是直播平台上的ASMR主播。以后，每当子夜时分，曹山杰就会披上一件"爱你没商量"的"马甲"，进入姚采青的直播间，戴上耳机听她讲人生讲禅茶。激动起来，就会抠字传递信息，赠送各种"礼物"，花销越来越大。姚采青是坐在茶台前直播的，背景是武夷山的云雾。她说话时总是压低声音，从唇间喁喁发出柔和的语音，像是在枕上与你耳语，更多的时候，她只是用手指和小器具摩挲拾音器，或用茶匙搅动茶汤，或是揉搓自己的秀发，制造出千奇百怪的蛊惑声响。这些声响像是催眠，却令人毫无睡意，反而被撩拨得心头发麻、颅内生痒，像是前戏，但止于当止之处，微微的诱惑又不会让你真的冲动起来。

有一天夜里，曹山杰躺在床上看姚采青直播，忽然灵机一动，发了条信息："你是网红了，如果利用直播带货，在网上推销武夷茶，一定走俏。"姚采青看了脑洞大开，立刻问道："爱你没商量，这个主意好！我们私聊吧。"曹山杰恐露了马脚，赶紧退出了直播间。

过了几天，曹山杰接到了姚采青的电话，说她在火车上，晚上九时车抵北京。曹山杰一下班，随意吃了些东西，就驾车去接姚采青。

到了车站，曹山杰在候车大厅遇到了王远山，一问也是来接人的。曾谷参军去了部队，曾岚决定来京闯荡。

曹山杰接上姚采青后，送她去了马连道。在马连道街上，姚采青有一间茶叶铺子。

王远山带着曾岚回来，他早已收拾好一间客房，安排曾岚住下。王远山的妈妈刚出院回家，身子骨弱。曾岚善解人意，让王远山料理自己的事儿，她帮着近泉照顾王奶奶。王远山妈妈的病情渐渐好转了，有空时就帮着曾岚补习文化。

过了个把月，姚采青来到王家，说要回武夷山，想让曾岚帮她打理茶店。

又过了半年，在王远山的支持下，曾岚开始在茶叶街上租房售茶了。

春节到了，曾岚和弟弟把父母接到北京过年。初一，一家人去师傅家串门儿。路过后海时，看到冰封雪裹的样子，曾岚爹娘异常兴奋，让女儿给他们拍了不少照片。

曾岚娘问："这是啥池子？"

曾岚笑着说："娘，北京人管这个叫海，这是后海！"

曾岚娘说："这就是海？我去过厦门的，大海是望不到尽头的。"

曾岚爹说："还是京城人气势大，武夷山的水那么大，咱只叫溪。"

曾谷说："我姐刚来北京，人家问她是做什么的，她只说是卖茶的，现在呢，名片上印着'武夷山茶叶专营部销售经理'。"

曾岚佯装气恼，一巴掌打过去，曾谷连忙躲开。曾岚弯腰捧起一团雪，抟成雪丸扔过去。曾谷还手反击，姐弟俩打起了雪仗。

忽听得一声惊叫，前面有人被曾岚击中了脸面。看过去，挨打的竟是师傅！原来王远山接到曾岚的电话，就来海沿儿迎曾家人了！

曾岚赶忙掏出纸巾给师傅擦脸。她把爹娘介绍给师傅，挽起师傅来，带着家人进了王家的院子。

初一上门拜年的客人很多，陈戎剑带来一个叫黎捷的白茶专家。说来确是缘分，这个黎捷就是福州"近泉茶苑"黎老板的孙子，王远山少时见过的。

黎捷带着好几款白茶，先取出一些白毫银针来，那白毫密集地覆盖在芽头上，闪着银灰白的光泽。

黎捷亲自泡茶，那茶汤在透明玻璃茶海中，清澈透亮，光圈闪动，白毫如浮游生物一般活跃灵动。

陈戎剑说："汤色有变化呢。"

黎捷说："好白茶，能让色素以最自然的状态呈现和变化。"他说着又泡了寿眉，初泡汤色浅白，再泡鹅黄，三泡浅赤金色，四泡浅黄，五泡冲似柠檬黄……

王远山用手触摸，叶底柔软，富有弹性。

曾岚在一旁说："听说老白茶很值钱的。"

黎捷说："不是有句话嘛，'一年茶，三年药，七年宝'。"他取出茶来，让曾岚先泡了一壶。

王远山说："隐隐有棕香味。"

曾岚娘说："就是棕叶的味道。"

黎捷说："这白茶是越久越好喝。起初是毫香、青叶的味道，放四五年棕叶香就出来了；待六七年后，棕叶香又混合了枣香，放得越久越浓烈。"

黎捷还带来了一饼获金奖的福鼎老白茶。王远山仔细端详这饼"寿眉"，经过七年自然陈化，依旧五彩斑斓。古铜、黄褐、墨绿、银灰，饼面的色彩富有层次感，闻着毫香混着陈香。黎捷掰一块泡了，枣香、药香尽出来了。五泡后，荷叶香冉冉溢出。十泡之后，木本植物的原有香气又隐隐而归。大家一泡一泡地喝着，都说口感不错，黏稠而光滑，香气变化多。

王远山夸赞道："七载寿眉胭脂红，玉碗盛来琥珀光。"

黎捷健谈，也风趣。当王远山询问白茶的制作要领时，他说首先要掐着时辰采茶，"早采一天是宝，晚采一天是草"。最要紧的环节是萎凋，就是日晒、阴干或用人工热风吹干，这与古人做草药的法子差不离，该是最原始的制茶法了。

二人一见如故，王远山问："听说你们使用人工光源萎凋，效果如何？"

"我们做萎凋，从600度至1500度，分5个档次，常用的是1000度左右。"

"LED是冷光源，热度不够，也不是纯光谱，即使是全光谱，也比较窄。还是用仿日光光源好些。"

"是啊！可我们自己测光源时，一片云飘来，光谱就乱了，老是测不准。"

"弄清日光在萎凋中对茶叶成分变化的影响作用，才能通过模拟用人工光源萎凋。"

"戎剑父亲有个学生，是研究新光源的。那个专家帮着我们调整光谱，已经成功地实现了模拟日光的茶叶萎凋，做出来的白茶还获了大奖。"

陈戎剑提议："开春我们去福鼎看看。"

"好哇！"临别时，黎捷送了王远山、陈戎剑一些已存放了十年的老白茶，并叮嘱最好贮藏在紫砂罐里。

春天来了，黎捷打来电话，催王远山、陈戎剑赶快来一趟福鼎。

福鼎地处闽浙交界，依山傍海。有专家考证说，这山就是陆羽《茶经》里提到的"白茶山"。传说尧帝时山上有个老婆婆，采制"绿雪芽"茶治疗麻疹，救了不少患病的小孩子，人们称她为"太母"，连带着把这座山也叫作"太母山"，后称"太姥山"。山间遍植茶树，大多是群体种"福鼎大白""福鼎大毫"。在六大茶类中，白茶算是稀罕的，不足茶叶总产量的2%；但福鼎一地就占了白茶产量的一半，这里是名副其实的"白茶之乡"。

萎凋是做白茶的关键工序，若常赶上连阴雨，鲜嫩的茶芽采下来了，阳婆总不露面，会误了一季的茶。一到福鼎，王远山、陈戎剑就参观了黎捷厂子的萎凋车间，还询问了有关数据。

第二天，黎捷带他们上山看畲家茶园。

山上温度低，日照短，早晚云雾笼罩。王远山说："在这样的气候条件下，茶树生长缓慢，但茶青能够蓄积足够的养分，茶芽又柔软又厚实。"

在海拔六七百米的山坡上，长满了茶树，还有许多荒废的茶园。黎捷介绍说，福鼎有上千亩这样的茶田，茶贱伤农嘛，不少就撂荒了。过去生产队荒废的茶园，这几年又有人采摘了。这些园子平日无人管理，随茶树自由生长。

不少野放的茶树长得高大粗壮，远看像是野生茶树。

王远山说："在逆境中生长的荒野茶，光合作用也充分，积累了更多的次生代谢产物，做出的茶有野茶风味。"

黎捷说："白茶与常茶不同，为什么呢？古人说了，'林崖之间，偶然生出，虽非人力所可致'。"

山坡上有个茶姑正在采芽头，茶树的芽头儿肥嫩光鲜，布满了白毫，远看如银似雪。

黎捷说："这是要做白毫银针呢。"

陈戎剑采了一个芽头看，那芽头短小却肥嫩，还带着小叶壳，便问："这就是俗称的'一旗一枪'吧？"

"是啊！样子有些像红缨枪。"黎捷说，"过几日叶子舒展开来，叶面青灰，叶背银白，茶农叫'天青地白'。那时采一芽一叶或一芽二叶，可做白牡丹。到了秋日，还有采一芽三四叶的，采来做寿眉茶。"

那是一个阴天，还淅淅沥沥地下着细雨。他们走进一家茶叶作坊，看到采下来的鲜叶无法摊晒，也不能上筛萎凋，只好堆积在一个棚子里。王远山蹲下身子察看，茶青里已有了红梗红叶。

黎捷介绍说："萎凋时，茶师通常用水筛晾制白茶，晾好后把两三筛茶叶并作一筛，看茶叶与天气变化情况，进行细微处置。再萎凋时，还要日晒、炭焙，直到茶叶干透了。并筛，能提升茶叶微环境的温度，促使茶叶中的生物酶活性转化。"他低声对王远山说，"这家做法不太一样。"

茶师正在干活儿，他们把鲜叶小心地摊放在木槽里。

黎捷说："畲家茶人的这些木槽，底部全打着孔呢！"

王远山看了说："上下通风，芽叶才新鲜。"

"畲家做白茶，采用复式萎凋，阴凋与阳凋交替进行。"

"这法子好，虽说耗时费工，却能让叶芽反复吐故纳新，夜里稍稍吸收些空气中的水分，白天再晒干，去掉了青草味，留下了芳香物质。"

作坊主人姓魏，是畲家稀密白茶的传人，他愁眉苦脸地说："天一直阴着，只好阴凋，再不放晴，青叶就要坏掉了。"

老魏领着他们看过去，有人正在将萎凋叶放在竹制的容器中，厚度在30-45cm之间，堆积好了又用麻布苫住。

王远山说："白茶也要渥堆发酵吗？"

黎捷说：“这便是畲家做茶的奥秘处，这样做出来的茶别有风味。”

王远山问老魏：“温度、时间，如何控制？”

老魏含糊地说：“跟着感觉走呗。”

陈戎剑悄声对王远山说：“人家这是不传之秘啊！”王远山笑了，他凭经验感觉到，堆积的温度大约在30度左右，时间会用三四天的。

老魏请客人品饮他做的白茶，已经放了七年了。那老白茶色白隐绿，泡出来汤色黄白，喝着清香甘美，还有特殊的渥堆熟香。接着，又泡了一壶野茶。一泡下去，叶子便勃然而起，像风骚的吉卜赛女郎与汤水共舞，说柔情缠缠绵绵，说野性奔放无羁，既柔润又充满劲道。饮着山野气息扑鼻而来，喝着喝着，淡雅的二月兰花香，复又变作馥郁的八月桂花香，令人不忍释杯。

老魏说：“这茶，叫荒野牡丹王，产自海拔达六七百米的磻溪山区，统是山间零散的老茶树叶子做的。”

王远山说：“铁观音五年，普洱生十年以上，算是老茶。”他问黎捷，“白茶呢？”

“至少三年吧。”黎捷反问，“明代李元阳说，藏之年久味愈胜也。如今人说越陈越香。有道理吗？”

王远山说：“茶里的黄酮是天然营养物质，老茶确实比新茶含量高。但黄酮类化合物，水果蔬菜里都有，并不稀罕。除了黄酮，其他营养物质，都是越放越少。我们做过对比化验：20年的白茶，可溶性糖剩下六七成，茶多酚剩下三成多，氨基酸只剩下不到一成，咖啡碱也减少了将近一半。”

老魏问：“那为什么人们爱喝老茶？”

王远山说：“经多年陈化，老茶会产生新茶没有的香气，口感好呀！”

黎捷笑呵呵地泡了一壶茶：“品品这款白茶，是我创制的。”

王远山见茶汤是杏黄色的，杯底还沉着碎渣子，便问：“添加了什么？”

“粉碎的金花茶茶花。”

“是人工培植的金花茶树吧？”

“你怎么知道？”

“广西防城港的野生金花茶树，人称‘植物熊猫’，那可太金贵啦！我和戎剑见过中科院在那里培植的金花茶树，花开时，流金溢彩，漂亮极了！”王远山喝了说，"味道不错，营养价值高。"

黎捷说："我们正在想法子把成本降下来。"

王远山说："金银花的植物碱含量非常高，一般人喝了心脏受不了。你们在添加时一定要去除掉有害物质，添加量也要适度。"

黎捷频频点头称是。

王远山又对黎捷和老魏说，"你俩儿，一个有祖传秘法，一个掌握了人工萎凋技术，如果携手合作，福鼎白茶的质量就会更上一层楼！"

听说黎捷可以人工萎凋，老魏眼睛都亮了："得听王老师的，搭帮着做茶！"

分手时，黎捷告诉王远山一个消息：安徽农大科研团队历经十年，破解了中国种茶树的全基因组信息，可以从基因组层面系统解开茶叶的风味物质之谜。

陈戎剑先回了北京，王远山独自去合肥，到农大拜访这个科研团队。

团队的负责人是个女的，两人见了，似曾相识。忽然，王远山记忆的深处浮现出一个姑娘的面容，听那声音，更是熟悉，便问："您在武夷山岩茶村插过队吧？"

"对呀！我是张媛媛，你是远山吧，咱们几十年没见过面了。"

原来，张媛媛被推荐到福建农大上大学，之后又考上了安徽农大的研究生。也是在武夷山下过乡的缘故，她一直在研究茶叶。

"远山哥，咱俩有缘啊！"

"茶缘啊！我这次是来请教的。"

"哪里哪里，我读研究生时，导师给我指定的学习资料，就有您和盛昌之先生论述茶叶生态的文章呢。您才是我的老师呢！"

张媛媛正要沏茶，王远山找出一包茶叶说："泡这个吧，肯尼亚红茶。"

张媛媛品了说："别有风味啊！可我觉得，还是正山小种好喝。"

"我知道，茶叶的风味，是由儿茶素、茶氨酸、咖啡碱和萜烯类等次生代谢产物决定的。可一直没有找到有实验数据支持的论据，你们从基因入手进行研究，了不起啊！"

"我们团队是采用二代和三代测序技术进行测序的，采取了杂合组装策略，获得覆盖基因组93%区域的高质量序列草图，注释出了33000多个高可信度的茶树基因。结果表明，中国种茶树基因组大小为3.1Gb，重复序列含量为64%。研

究还发现，茶树基因组发生过两次全基因组复制事件，最近一次发生在 3000 至
4000 万年前，也导致了与儿茶素类物质和咖啡碱生物合成相关的基因拷贝数显著
增加。"

王远山一抬头，发现接待室墙上的茶挂写着宋代僧人释宝昙的诗句："鼻观
舌根留不得，夜深还与梦魂飞。"他指着茶挂说："这梦绕情牵的茶香究竟从何
而来呢？"

"我们的研究还发现了一个参与茶氨酸合成的关键酶基因，通过比较基因组
分析，萜烯类等物质的合成酶基因拷贝数在茶树基因组中也发生显著扩增，这将
有助于从基因层面来解释茶叶独有的香气。"

聊了一会儿，张媛媛带着王远山参观实验室。当日晚上，又尽地主之谊，请
王远山吃了一顿徽菜。席间，双方达成了合作意向。王远山团队负责搜集各种茶
叶青叶和成品，由张媛媛团队进行化验和基因分析。

走出饭店，旁边是一家电影院，贴着电影《茶亦有道》的海报。

张媛媛说："主演游本昌。"

王远山说："主持斗茶大会的太子，是我儿子客串的。"

"噢，那得看看。"

两人走进了放映厅，看到斗茶大会的情节，张媛媛说："岩茶村也该办斗茶
大会的。"

"我也有这个念头。"

散场了，夜空星月依稀，街上冷冷清清的。

分手时，张媛媛问："听说你老伴儿没了。"

"走了好几年了。"

"我那位，肝癌，走了三年了。"沉默片刻，张媛媛叮嘱道，"你也六十多岁了，
多保重啊！"

"我没啥毛病，就是血糖有点高。"

"说不定，以后喝茶就能控制血糖了。"

"真的吗？"

"原儿茶酸是绿茶在人体内的一种代谢物，我有个同门师弟，正在利用它来

调控转基因表达控制系统。植入这种智能化的细胞后，饮用绿茶就能在体内生产特定基因编码的蛋白药物，像胰岛素什么的。"

"看来，科学利用茶叶，大有文章可做啊！"

"是呀！接下来我们想建立样品库数据模型，结合近红外光谱法，通过测定茶叶内的矿物元素实现高精度的产区识别。"

"太好了！有了这项技术，名优特产茶叶打上原产地标签，就能做到货真价实了。"

"采集样品的工作量太大了。"

"我们合作吧！先从武夷山的正岩区和附近采集样品，从岩茶做起吧。"

张媛媛灿烂地笑了，像小女孩一样过来与王远山拉勾勾："说定了！"

二十三

　　王远山退休后当了科学顾问，身子活了，时常参加"人与生物圈"专家组的科考活动。茶季又到了，陈戎剑约王远山一起去贵州考察："这次要跑遍贵州茶区，深入了解生态与茶叶生产的关系，你回来得写篇大文章。"

　　栓子得信儿后跑来问："贵州有啥好茶？"

　　王远山打开电脑，在投影屏幕上播放自制的幻灯片："你看，这是都匀毛尖，也是很有名的呀！还有湄潭翠芽、梵净翠峰茶、石阡苔茶、凤冈锌硒茶、贵定云雾贡茶、雷公山银球茶……"

　　"哟，这么多啊！"栓子说，"带我去开开眼吧。"

　　"野茶树是国家二级保护树种，你要去就带上摄像机，多拍些资料。"

　　"好啊！"栓子问，"那里野茶树多吗？"

　　"贵州是山茶科植物的起源地之一，野生树不会少的。你看这张图，这是在团龙发现的灌木茶树，好几百年了，叶片肥厚，叶芽是紫红色的。"

　　"真该去看看。"

　　王远山三人飞抵遵义后，借了部越野车，驱车去找景成。景成也是生态专家，管过好几个自然保护区，后来上调到省林业厅，如今带人在湄潭县扶贫呢。

　　贵州近年来修了好多高速公路，遇山有隧道，逢谷有高架桥。王远山大发感慨："这地无三尺平的地方，已是四通八达了。"

　　三人在湄潭县城会着景成，一起去他蹲点的苗寨，那里也是王远山团队的扶贫点。

沿途山坡上到处是茶田，路边的墙上写着——"奔小康，开茶园！"

"湄潭种茶很久了。抗战时内迁，浙江大学搬到这里，农科的老师就教山民种茶，留下不少老茶园。" 景成说，"湄潭是省里的茶叶第一县，我们得感谢王老师团队的无私支持啊！"

寨子前有一大块坝子田，山脚下是茶园。由于河流冲刷，加上山体滑坡，泥石滚落至山脚形成了厚厚的堆积层。

"这里石土混杂，间隙也多，利于茶树根系呼吸和生长。"王远山和景成聊起来。

"在贵州，乌江、可渡河等河流的中下游宽阔平地，都有大面积的土石堆积层。乌江流域一带的务川，北盘江一带的普安，还有湄潭，古茶树都生长在这种堆积层上。"

"湄潭的气候也适宜种茶。"

"是啊！年均 15 摄氏度，雾多晴少。"

"发展茶产业，就要找这样的地方。"

"是该合理选址，统筹布局的。"

说着，他们来到王远山团队帮助建设的有机示范茶园。

垄间长着绿油油的草，栓子问："啥草？"

景成一指，田头立着木牌呢，上面写着"1 号绿肥"。他对栓子说："是邵峰传授的技术，以草治草！"

王远山说："这是在做绿色防虫试验呢，这些绿草可以替代草甘膦，能把杂草撵走。"

景成说："我跟村主任说了，宁可长满草，不要草甘膦。"

茶园安装着信息素诱捕器、粘虫板，还挂着诱杀飞蛾的杀虫灯。

"这灯，为啥有黄有红呢？"栓子问。

"刚用灭虫灯时，把益虫也粘住了。邵峰调整了波长，还用了物理方法，黄灯能消灭害虫，红灯能保护害虫的天敌，现在用的是天敌友好型 LED 灯。"景成说，"茶园还引入了白僵菌、捕食螨等益虫，让它们收拾甲虫、小绿叶蝉这些害虫。"

王远山说："这些法子，都是邵峰去杭州，在茶研所跟陈院士学来的。"

茶园的每一垄茶树下都立着白色的塑料圆管，非常醒目。

"干吗使的？"栓子问。

"养蚯蚓。"王远山取下上有镂空方格的盖子，又揭开一层孔眼密布的苫布，往里面给蚯蚓投食，都是地里收拾起的枯枝烂叶，还有间种果树掉落的果实。

栓子一看："哇噻！蚯蚓多得结成坨儿了。"

王远山说："蚯蚓吃饱了，就会顺着管道钻进地里，窜到茶树根部，又能松土，又能肥田。"

邻近坡上的茶田，泛起一层"白霜"。王远山说："碱性太大了！邵峰做过土壤分析，用蚯蚓这个法子能有效改良酸性不足的茶园土壤。"

栓子说："邵峰是种茶老专家了！嫁汉随汉，金凤也成了种茶能手。"

"他们的女儿也跟着张媛媛研究茶叶呢。"王远山对景成说，"这里茶园多，产量大，有条件建立符合欧洲标准的生态茶园，像湄潭翠芽、遵义红这些茶，都该走出国门啊！"

"你是生态专家，发展生态产业是扶贫的正路子。"景成说，"最近县里确定了一个扶贫项目，准备从浙江安吉移栽优质茶苗'白叶1号'。你就好人做到底吧，让邵峰带人过来再帮帮我们。"

王远山说："没问题呀！邵峰他们负责技术指导，你们还要和安吉茶区加强合作，形成茶叶种植、加工、销售的一条龙，早点拔掉穷根儿！"

"想到一起去了。"景成说，"我们能生产出干净的茶叶，还要争取赢得市场呢。"

王远山说："过些日子，我打发儿子过来，帮你们建立配套的视频监控系统，实现对温湿度和病虫害的精细检测，还能在网上监控茶园种植与管理的全过程。"

景成高兴地说："一言为定！"

他们进了村子，到处是茶叶作坊。扶贫干部帮助村里支起了一百多口炒锅，过去在外打工的村民，这几年都返乡做茶了。

当晚皓月当空，寨民都聚在茶园"跳月"，王远山他们也跟着唱呀跳呀！

景成说："一湾一曲，一乡一俗。寨子有个风俗，小伙子把采来的鲜叶背到恋人家里去，让女方家做成茶叶，做好后男的带些茶回家。"

王远山说："这是古代的采茶遗风呀！《茶经》里写着呢，吉庆之时，亲族们就在茶山上集会歌舞。"

夜深了，景成带客人在村委会住宿。房间里摆满了茶叶制品，除了绿茶、红茶，还有茶香酒。景成兴奋地说："我们开发了十多种深加工产品呢。"

天亮了，景成送给每人一盒茶面膜："让你们媳妇用着，用得好，我再寄给你们。"王远山神情黯然，把给他的那一份悄悄塞给了陈戎剑。

"王老师，我等着你派人来呢！"景成一边挥手告别，一边喊着。

离开后，他们一路向东。穿过石阡县城不久，就看到青山连绵不绝。

王远山一直想考察石阡的苔茶，他们直奔佛顶山的苔茶发源地。佛顶山是梵净山的姊妹山，满山遍野到处是茶园。

走近一个茶寨，路边的茶树上初萌的嫩梢水盈盈的。

栓子问："为啥叫苔茶呢？"

"这里茶树的新芽木质化速度缓慢，就像菜薹一样鲜嫩，当地人就叫它'薹茶树'，后来写作'苔茶树'。"王远山掐了一片发紫的鲜叶，"随着气温升高，鲜叶会由红变紫，所以苔茶又叫'苔紫茶'。"

在寨子背后的山坡上，长着几株老茶树，一个侗族妇女正在采茶。攀谈中得知，村民们祖祖辈辈都种茶做茶，后来只让种粮，茶园都荒废了。那女人说："那年工作组进村，组织人员砍茶树。家家户户都用砍下的茶树做燃料，一个冬天都没烧完。"

王远山一看，附近还有一株老茶树，树桩早腐朽了，被砍后萌发了一簇簇新的枝条，再生枝大约有胳膊粗了。

王远山说："苔茶树是地方良种，茶叶里含钾多，很有特色。"看着石阡河在山脚下缓缓流淌，又说，"这条河连着乌江呢，过去运茶要走水路的。"

陈戎剑说："向东走，就是江口了。"

车子进入梵净山保护区内，常绿阔叶植物蓊蓊郁郁，还有银杏、珙桐、冷杉和红豆杉等孑遗植物。王远山说："这里是中亚热带山地典型原生植被仅存的保护地。"

梵净山深处有千亩茶园，海拔高度恰好也是千米。微风吹来，茶树摇曳多姿。

茶园的周边是繁茂的针叶阔叶混交林。树林里鸟飞上下，鸣声悦耳。

王远山乐了，嘤嘤地学起了鸟叫。他对栓子说："好多鸟，专门捕捉茶田里的害虫呢。"

放眼望去，山峰在茫茫雾海中时隐时现。王远山不停地用仪器测量各种数据。

栓子请教："种茶究竟需要啥条件？"

"首先是土壤，砂质土排水好，土层至少有 1 米厚，不能有石灰石。其次是年降雨量要适中。再就是光照，太强太弱都不行，茶树嗜好紫外线。还需要温暖的气候，冬季也不能低于零下 10℃。自古岭北不植茶，南纬 16 度以南、北纬 30 度以北，就基本上看不到大面积的茶区了。"

"这里适合种茶吗？"

"这里处在矮树林带，湿度大、温度低、风力强劲，往下一层最适合茶树生长。梵净山茶区的特点是高海拔、寡日照。有句老话，'梵净山茶，香溢天下'。不过，在喀斯特地貌区土层薄的地方和碱性大的土壤里，是不适宜种茶的。"

一个茶园入口处立着"江口抹茶基地"的牌子，半山的梯田茶树，有福鼎大白、龙井 43，还有乌牛早。王远山说："全球每年需要一万吨抹茶，还有一半缺口。梵净山发展抹茶，这路子走对了。"

下了梵净山，车子折向西北，来到沿河县麻阳河，他们上山去看黑叶猴。

中午在溶洞口就餐，都是地方特色菜，菜豆花、渣豆腐、红椿板子腊肉，还有火锅。主人拿来一包虫茶，陈戎剑问啥是虫茶。王远山一边泡茶一边说，米缟螟幼虫喜欢采食茶叶，这茶是用它们的粪便做的，清中期还出口呢，东南亚人好这一口。

吃了喝了，日已偏西，三人沿麻阳河而上，考察岩溶洞穴和黑叶猴的栖息地。黄昏时，猴子出洞了，在夕照下的河谷里嬉戏。溪水清澈见底，在乱石缝隙里穿流。下到谷底，王远山走近黑叶猴，猴子也不躲避，他拍了许多猴子戏水的照片。

碧山已暮，到达沿河县城时，乌江岸畔闪烁着万家灯火。

经过林业部门普查，沿河县发现了二十多处古茶园。王远山并不惊奇，因为沿河就是唐代的思州，是我国最早的产茶区。北宋时思州就以茶为土贡，《茶经》里写着呢，"其味极佳"。

进了沿河县城，临着乌江的酒店住了一夜。天亮了，陈戎剑去麻阳河保护区管委会办事去了，王远山带着栓子去乡下考察古茶树。

开车去塘坝镇榨子村，不到二百里路。但山路回环，还要绕行武陵山区腹地的重庆酉阳，早上出发，快晌午了才到。

在一家农家乐，仡佬族老伯招待他们喝擂茶。老伯用双腿夹住陶钵，放了把绿茶，手里握着一根一尺半的木棍，频频地投入五谷杂粮，生姜、芝麻、盐等佐料，不停地捣着，还旋转着钵体，把投入的东西捣成碎泥状，用捞瓢筛过滤了，在铜壶里煮沸，搅拌均匀。老伯兴致来了，哼起了古歌谣："小娘子，叶底花，无事出来吃盏茶。"

王远山仔细听了，掏出手机把唱词记在"便笺"里，他对栓子说："粗茶淡饭能养人，擂茶也叫三生汤。说起来，还有桃江擂茶、客家擂茶等十多种呢。配料不同，滋味也大不一样。我们真要吃茶了！"他们吃着土家擂茶，又要了一锅酸汤鱼，还有折耳根、土腊肉等配菜。

王远山跑过不少茶村，但榨子村别有特色。这里的古茶树不在村外，而是分布在民居周围，舍前舍后触目可见。栓子端着摄像机，不断变换着角度，拍了许多镜头。

这里的古茶树是灌木型，但树干遒劲，枝杈上覆满青苔，饱经沧桑的样子。每株茶树上都挂着标牌，上面写着"沿土家古茶树某某号"的字样，还有二维码，扫一扫，手机屏幕上就显示出树龄、品种等信息。听村民说，每一株古茶树顶多采四斤生叶，只能做七八两干茶。

看到一家手工作坊，栓子进去打听价格。一问，一斤干茶才卖十块钱！这里的村民依着老规矩，只采春茶，做了自家喝。茶农除去"不时不采"，也力求"少采慎采"，仍然恪守着"一年只采一季茶"的老规矩。

"没想到，贵州遍地有茶树啊！"栓子大发感慨。

"贵州人离不开茶叶，不少地方茶也指代其他事物。比如老百姓称礼物为'茶'，青年男女成亲时，要准备24组'茶'，实际上是24样食物礼品。"

"广东人吃早茶，吃的也是各种点心。"

"还有些地方，说'请吃茶'，就是应允或和解的意思。"

栓子感叹说："茶叶的学问可真多！"

作坊的主人给他们泡了"老鹰茶"。

"老鹰茶？"栓子从没听说过。

主人连忙介绍说，这是当地土家族人手工自制的特产。老人传说，老鹰渴了，飞来飞去，就是找不到水源，于是落在一片老树林里，啄啃树叶止渴。后来，人们把这片林子的树叶泡的茶叫"老鹰茶"。

"怎么有股樟叶的香味呢？"栓子啜了口茶水问。

"这茶是用豹皮樟的叶子煮水泡茶的，既可解渴降暑，又能提神醒脑。"王远山端起茶碗抿了一口接着说："山里人喝的茶，好多都不是茶科植物的叶子。"

"听说过去黄金茶用的也不是茶树叶子。"栓子说。

"那是柳叶腊梅，最早是三清山的道人做的茶。"

主人连连点头，夸说："您真有学问！"

离开沿河，沿着黔渝边界向西北而行。在道真县城住了一夜，第二日沿着正在修筑的山道艰难进发。半晌午进入大沙河保护区城门洞地段。王远山一测，海拔 1380 米。此地有一个仡佬族苗族自然村，村民采药为生，并以人工授粉方式种植天麻、党参、黄连等中草药。大家稍事休息，驱车觅荒路而上，至无路可行处，下车徒步攀山。有一个石柱状雪石崖，上端悬崖峭壁间分布着松科植物银杉。"那可是植物中的活化石啊！"栓子上不去，陈戎剑陪他在下面候着，王远山独自攀上去了。大约过了一个多时辰，他兴冲冲地回来了，说是拍了许多银杉的照片。

离开大沙河，向西去习水，王远山要看阿萨姆种茶树。

走在习水自然保护区的山间小路上，忽然传来清脆的鸟叫声，王远山忙取出一个响器吹起来。

这是一只雄鸟，顶着栗红色的羽冠，十分英武。它站在一株茶树的树枝上，对着王远山引吭高歌，一副 PK 的样子。

陈戎剑问："啥鸟？"

"黄腹角雉，它肚皮上的羽毛是黄色的。"王远山收起响器说，"这鸟珍贵着呢，濒危物种，一级保护动物。"

那只黄腹角雉还在得意地鸣唱着。王远山说，"雄鸟为了争夺领地、繁殖权，经常会打斗，还要表演歌舞吸引雌性鸟。"

在棕桶村东南的一条峡谷里，王远山发现，在十几平方千米的范围内分布着不同类型的茶树。

栓子一边拍摄一边问："这里的散生野茶，是否被人工干预过？"

王远山说："不好说，倘若是自然演化的结果，那就稀罕了。"走过了一片片杂散的茶树林，王远山一路采集样本。在车上，王远山反复比较采到的茶叶样本，兴奋地说："这些样本至少包括 4 个变异类型，有的是树形较高的半乔木种，树形有些阿萨姆茶的特征，而叶形又像群体种，更多的是灌木小叶种茶树，但叶形差异很大。"

陈戎剑问："为啥叫阿萨姆茶呢？"

王远山讲起了缘由——

1824 年，有人在印缅交界处的阿萨姆省沙地发现了一株大茶树，后被称作"阿萨姆"，说是茶树最早诞生在印度。可有的学者认为，阿萨姆茶是中国茶的变种。直到 1980 年，研究人员在贵州晴隆县西部的云头大山，发现了一块茶籽化石，共有三粒茶籽，其中两粒发育正常。经鉴定，确认为四球茶籽化石。有了实物证据，茶起源于中国云贵高原的观点才得到业界公认。

王远山动情地说："贵州与茶有缘啊！1939 年在湄潭建立的中央实验茶场，推开了我国现代茶叶生产与研究的一扇大门。"

栓子问："那贵州茶为何没有大牌子？"

王远山说："原因并不复杂——贵州茶产业缺少科技支撑，大量的优质茶青被外地茶商低价收购，当地的茶产业在经营规模、精细化管理、文化内涵和品牌营销等方面还有很大的提升空间。"

在贵州北部，从东到西走了好几百公里，他们又调头往东南，前往宽阔水保护区。到了绥阳县城，陈戎剑说："曹老师要带着我们去双河溶洞。"

栓子问："曹老师是谁？"

陈戎剑说："曹兴中研究员，有名的岩溶专家。他从桂林出来，和我们在双河会合。"

一下车，曹兴中已经乐呵呵地迎过来了，他带领大家入洞考察。

王远山说："喀斯特地貌壮观啊！大峡谷连接着峰丛、峰林、石林、泉瀑，还有地下河、溶洞、钟乳石，千姿百态呀。"

曹兴中说："这个洞穴系统是亚洲最大的，绵延238公里，有多层洞穴，还有天坑、天锅、地下河和瀑布，大家要当心些！"

在洞口的明亮处，陈戎剑发现水里有蟾蜍，就请教曹兴中："洞里还有啥动物？"

曹兴中说："我们考察过多次，目前还没有详尽的资料。再往里走，有虾、娃娃鱼，还有水蛭、盲鱼。"

王远山问："发现过什么化石吗？"

曹兴中说："有啊！犀牛、剑齿虎，还发现过大熊猫的化石呢！"他从石壁间采了一朵蘑菇，"洞里菌菇不少呢。"沉吟片刻又说，"贵州的历史可以追溯到旧石器时代中期，考古学家找到过17万至8万年前的定居点和石器。"

接近洞口的岩面上，苔藓向光而生。曹兴中说："苔藓比较敏感，苔藓群落特征能够很好地反映洞内环境的变化趋势。我们在检测生态环境时，常把它作为一项生物指标。"王远山把镜头对准了苔藓，它们在昏暗的洞穴里闪耀着生命的色彩。

栓子说："好凉快啊！"

曹兴中说："别有洞天嘛！洞里冬暖夏凉，温度常年保持在13摄氏度左右。"

走了一个多时辰，拐了个弯儿，洞壁上挂满了晶莹美丽的石花。曹兴中说："文石花。"

忽地头顶飞过一个黑乎乎的东西，栓子一惊："怪物！"

王远山说："一只蝙蝠就把你惊着了，还探险呢！"

那只蝙蝠忽扇着翅膀又飞了过来，栓子真惊着了，踩在一块湿滑的岩石上，腿一打战，眼看就要摔下去了。王远山手疾眼快，一把将他拉回来，不料自身失去平衡，扑通一声跌入水里，只听见几声划水声，人就不见了踪影。

救援队赶到了，潜水员穿着重装潜水衣下水勘察，发现溶洞水潭下连着一条暗河，水流分外湍急。暗河是地下河和地面河流之间的通道，地下河流速大于地面河流，形成的旋涡非常险恶。潜水员无法掌握流向，随时会被暗流卷入相当于死境的地下河。

曹兴中说，这里的喀斯特溶洞是连环洞，密布着天坑、暗河，一掉进水下有可能滑入另一个洞，被水冲走。潭水向下并非完全垂直，大约有80°倾角。如果冒险从水下断崖进入溶洞，安全绳的拉扯能力也无法保证蛙人的安全。

经过反复勘察，寻找，连一点音讯都没有。为了保证潜水员的安全，救援队只好放弃搜索。

栓子捶胸顿足："远山哥，是我害了你！"

曹兴中沮丧地说："我不该带你们来看溶洞的。"

陈戎剑哭丧着脸说："这趟就不该出来的。"

栓子声嘶力竭地哭喊："远山哥！远山哥！"溶洞里回响着凄厉的声音。

大家入洞后，已过了十几个小时了，没有进食，也没有合过眼，感觉都要晕过去了。

忽然，一个身影出现了，一看，湿漉漉的王远山就站在他们面前。

"哥，真是你吗？"

"栓子，这就是你哥啊！"陈戎剑喜极而泣。

"幻觉吧？"栓子神志不清。

"去了趟阴曹地府，阎王爷不肯收啊。"王远山镇定地说。

原来，王远山跌入水里，被水流席卷到二百多米的深处后，人被抛进旋涡里。他收拢四肢，蜷成一团儿，双手抱紧屈着的双腿，屏住呼吸，使一个"小鬼推磨"，趁旋涡上旋时顺势翻到水面，猛地跃到一侧凸起的洞壁上。黑暗中，他从兜里摸出两块打火石，在撞击的一瞬间借光观察周边的情势，判定方向后开始挪动、攀爬，一尺、一寸，在死亡线上挣扎着。幸好他练过攀岩，有过山洞探险的经历，穿过一段岩壁后，他终于匍匐着爬到一处可容身的石板上。他顺势侧卧下来，取下随身携带的军用水壶，喝了几口水，又从衣兜里摸出两粒巧克力含在嘴里。实在太累了，他竟然睡着了。

睡梦里，他在溶洞里一边走，一边还吟诗呢："地下双河举世稀，层楼四架穴相依。谁持鬼斧开福地，洞里春秋造化奇。"

他又梦见了苏莎，梦见他们乘坐大西洋号破冰船到南极考察的情景。那里的海水含盐量低，雪白晶莹的冰山倒映在蓝色海水里，到处是冰山解体后崩塌的冰雪覆盖体。王远山捡来冰块，融化后一点咸味都没有，纯净清澈。媳妇说："正好用来泡岩茶啊！"于是，他们泡了大红袍，请船上来自各国的探险家品茶。

王远山在梦里想，这可是真实发生过的事情啊！他问自己：究竟是在梦里还是梦外？一个清晰的画面又出现了：他拿着一枝漂亮的文石花送给媳妇，苏莎说："下辈子，我还嫁给你！"身子一动弹，头部被扎了一下，醒了。他又摸出两块打火石，一撞击，亮了，眼前是一片美丽的文石花。简直不可思议！他用手在身边摸着，摸到了一片跌落的石花瓣，就揣在兜里。恍惚间，他又听到苏莎说："这么久了，为啥不来看我？"想想，他已经快一年没去汶川了。邵峰说，那里的茶树都能采摘了！眼前有一丝亮色，他看见苏莎站在一株茶树旁，采了一片鲜叶，对他说："远山，你快来！这芽头好嫩啊！"王远山这个铁打的汉子哭了，在死一般沉寂的溶洞里索性痛痛快快地哭了一场。他用衣角揩干眼泪，定定神儿，发现前面真的发亮，他精神一振，又艰难地向前挪动了几十米，那一丝亮光渐渐弥漫开了，他觉得可能距落水的地方很近了，匍匐着歇了一会儿，就一鼓作气地攀爬过来了。

陈戎剑抱住王远山哽咽着："大难不死，你是外星人吗？"说完，就晕倒了。听到动静，救援队又返了回来。队员们把几人背出溶洞，送到医院检查身体。护士给王远山、陈戎剑输了营养液。

这次溶洞遇险，成了几个人开玩笑的话题。陈戎剑对王远山说："你可能真是外星人，命大福大造化大呀！"

在县城住了一夜，他们直奔宽阔水保护区。

这里保留着北纬28度线上唯一的原始森林和生物多样性的生态环境。曹兴中说："清《遵义府志》记载：'宽阔水山，由响水洞去三十里，其山很高，居民茅屋终年住云雾之中。'这里的水，与双河的地下河是一脉相通的。"

陈戎剑戏言："王老师本可以泅水直接过来的。"

正当立秋日，山雨初歇。大家在保护区管理局大余的陪同下，徒步上山。

大约用了一个多钟头，攀上了太阳山的顶峰。在海拔1762多米的瞭望塔上，凭高眺远，相邻的金林山、亮叶水青冈林和珙桐树林，尽收眼底。

下山途中，复至隐隐青峰间的月亮湖。宽阔水位于大娄山之东，是芙蓉江的源头之一。其地山有太阳蓬勃而升，水有月亮朦胧入浴。山水之间，黑叶猴聚群而居，布谷鸟、红豆相思鸟，竞相引吭高歌。

让王远山惊奇的是，在海拔1500左右的喀斯特峰丛间，竟然生长着百亩茶田。

大余说："这些茶树都是20世纪50年代中期从浙江那边引入的。早先山上有个茶场，最多时有小两千号人呢。场部就建在山坳里，配套建有医院、学校和供销社。一到赶集时，路边就摆满了山货，连猪娃、狗崽也牵来买卖。那时只有一条砂石路通往山外，茶场的车约摸半个月出一趟山，人们出去卖茶，再买回来日用品。"他指着大片的茶树说，"建场时上千人大会战，斧头砍，锯子拉，惨呐！大片的青冈林被连根拔起。山上整日人欢马叫的，有时还燃着松明火把夜战呢。就这样，山坡上都种满了茶树。"

栓子问："这么好的茶树，就遗弃了吗？"

大余说："这些茶田没人管，长得也很好。现在只有一个年轻师傅，偶尔做些茶叶。我们看完茶田，就去他那里看看。"

大家走进茶田，曹兴中观察了周遭的地质状况，坡降明显，这里无疑是熔岩塌陷后造成的台地。

王远山细细观察茶树的生长情况。他蹲下身子，抓了一把茶树下的泥土放在左手手心上，用右手指扒拉着看了一会儿，又凑到嘴边嗅了嗅，然后站起来，问大余："土层多厚？"老余回答："一米多吧。"

曹兴中说："熔岩塌陷后，这里堆积了外来的土壤、水分和种子。这样一来，从地衣、苔藓到草本植物，再到灌乔木，加速了植物演替。"

大余带着客人来到制茶厂旧址，屋里摆着茶台。一个女师傅迎上来，大余说："苗苗来了，她就是茶师。"他又向苗苗介绍了两位客人，说他们都是懂茶的专家。

苗苗指着笸箩里的鲜叶请教说："这样的茶青，适合做什么茶？"

王远山说："不论做绿茶，还是做红茶，只要把握好工艺，就能做出好茶来。"

说着，苗苗取出一包绿茶来。王远山一看，那干茶呈深绿色，芽头肥壮，白毫如雪。

冲泡时，茶叶缓缓舒展，恰是一芽一叶，盈盈然悬于水中。一会儿叶色变绿，又缓缓地变成白玉色，微微透着亮色，壶里的茶汤清澈润泽。

王远山抿一小口，舌尖上的花草香清雅绵长，直冲鼻腔而去。冲到第三泡，茶汤依然甘甜，花香愈加浓烈。再往后泡，花香渐弱，奶香却渐显，隐隐还有焙火的糖香，真是一泡一味，泡泡不同。

苗苗又取出自制的红茶来，一看条索肥实，卷曲有致，色泽乌润，间杂淡淡金毫。泡出的茶汤晶莹透亮，一晃杯子，还会泛起金光闪耀的涟漪。

王远山品尝后说道：“这茶也好，只是火轻了，味道没做足。”

苗苗说：“山上不许用炭火，我用电器加热，火力不足。”

王远山说：“山上阴雨天多，发酵也不充分。”

苗苗说：“您都说到点子上了。”说着，她从门外取过一个筐箩来。王远山一看，由于日晒不足，那些青叶还是绿油油的，只有中间覆盖在下面的叶子有些泛红。

王远山从筐箩里取了一片茶叶，说：“在茶叶的细胞里，儿茶素类在细胞液中，氧化酶主要在细胞壁中。”这时，苗苗捧起竹簸箕摇晃起来。王远山说，“摇青，还有揉捻，都会造成茶叶细胞破损。破损后，里面的氧化酶类会促使儿茶素类氧化。做茶，就是通过控制生物氧化把鲜叶加工成饮用茶的。”

王远山又从筐箩里取出一片叶子，对栓子说：“你看，这片叶子已经由绿转为铜红色了。做红茶，发酵的目的就是让叶子中所含儿茶素氧化。茶叶细胞破损后，里面的多酚类、氨基酸等物质，逐步被氧化了，同时因儿茶素的氧化，一系列化学作用，生成了红茶特有的色香味品质。”

陈戎剑说：“我参观过酒厂的化验室，酿酒要检测各种生化指标。茶厂为什么没有做化验的？”

王远山说：“问得好！”他掏出一张化验单，“这是我给武夷山姜家小种做的化验单，好多茶人都看不懂。他们做茶，基本是师徒授受，凭经验操作。正因为缺少科学数据，有人就故弄玄虚，硬把自己的茶吹得神乎其神。”

栓子指着苗苗说：“应该多培养这些懂科学、肯钻研的新茶人。”

王远山点头称是，回头对苗苗说：“你做的茶不错！”

“都是我师傅教的，她是武夷山过来的，做红茶是里手。”苗苗又说，“这里是保护区的地界，一般人上不来。我们是做试验呢，采一点儿做一点儿，量很小的。"

"今儿立秋了，还采茶来做，也是奇迹了。"王远山又喝了口茶汤，觉得这味道好熟悉，苗苗还说她师傅是武夷山过来的，忙问，"你师傅是不是姓黄？"

"是呀！黄玲玲。您认识她？"

"岂止认识！"王远山哈哈大笑。

栓子告诉苗苗："你师傅是王老师的徒弟。"

苗苗听了，紧紧挽住王远山的手，撒娇地说："见着老师祖啦！"

从宽阔水出来，栓子驾车一路向西，四人去毕节看小韭菜坪的高原茶树。车子到了红星村，天已黑了，在客栈住了一宿，第二天一大早，向导带着他们登攀主峰韭菜坪。

高耸入云的韭菜坪被称为"贵州屋脊"，海拔2900多米。王远山自己都数不清，爬过多少山头。让他兴奋的是，这是一座不同寻常的大山，爬到山顶，眼前是一大片平缓的台地。向导说，当地老乡叫"梁子"。韭菜坪呈西北–东南走向，南坡缓而长，北坡陡且短。

天气晴好，碧空万里。王远山举起望远镜远眺：四周群峰耸立，峰上有峰，岭外有岭，与其遥遥相望的是雨帽山。

忽然一阵山风吹来，接着潲起雨来。大家急忙躲在一块岩石后避雨。约摸一刻钟，雨又住了，梁子上水雾弥漫。

王远山知道，这种特殊的气候条件只适宜矮草和苔藓生长。雨雾慢慢散去了，眼前碧绿的草地上跳跃着金光银光。

王远山在梁子上慢慢走着，大片的草丛苔藓间，生着小片的箭竹和杜鹃矮灌丛。忽然，他的眼睛亮了，竟然发现了几株野生茶树。王远山仔细地观察了这些茶树，又让栓子拍摄下来。

再往下走，就是层层叠叠的泥炭藓了！俗话说，"山有多高水有多高"，凭的就是蓄水保水能力极强的泥炭藓。

王远山说："这泥炭藓，可神奇了！它能吸收自身重量二十余倍的水。"

眼前海海漫漫的泥炭藓无边无际，栓子说："这是潜伏的天然水库啊！"

"没错！"王远山说，"你往远看，高山台地的边缘，是不是有许多瀑布？"

栓子兴奋地说："看样子，水势很大呀！"

曹兴中说："以乌蒙山为中心的水系四通八达，这里是北盘江、三岔河、牛栏江等河流的发源地。在喀斯特和半喀斯特地区，还会形成地下河。"

陈戎剑说："彝族乡亲特别爱护山林，是不是与信仰有关？"

王远山说："彝族人崇拜火，家家都有一个圆形的火塘，火塘里的火终年不熄。火把节实际上就是祭火神。传说天神开天辟地后，人间空空荡荡的，于是天神从天上取来三种树种在地上，从此才有树木。彝族人认为山林是天神所赐，所以从不随意砍伐。"

他们进入了乌蒙山区的大峡谷。听说有个悬崖村有野茶树，就雇了一个向导，跟着上山。好家伙！一道悬崖高约一千多米，直刺青天。崖壁上悬着用木棍和藤条绾结的"天梯"。

向导说："爬上21架藤梯，就是我们悬崖村，村后就是片茶树林！"

抓着"天梯"，王远山嗖嗖地往上蹿，后面的向导喊着："当心啊！"他瞭上去，已不见人影了。便寻思，这人恐是猴子转世的吧。

村头悬崖挡道，寨尾绝壁阻路，悬崖村的几十户人家，挤挤挨挨地住在一块逼仄的山地上。

向导带着其他人上去后，发现王远山正在观察地形，还不停地拍照。

"古茶树在哪里？"王远山问。

"村子后头半山的海雀边上呢。"向导回答。

"'海雀'是啥？"

向导说："这是我们彝族话，就是有山泉的水源地。"

"带我去看看吧！"

向导说："先到我家喝口水吧。"

向导带着王远山他们走近一间权权房，房檐上挂着几串风干猪肉。

"家家都要养头猪的，风干了，要吃上一年。"向导的老婆到田里干活去了，家里的两个娃娃衣衫褴褛，见了客人神情呆滞。屋里昏暗，还散发着霉味。他家没什么家当，木床上摊着破烂被褥，靠床支着一块木板，上面放着个旧暖壶，几个裂了缝的饭甑子，还有一个筐箩，堆满了斑鸠蛋大小的洋芋。

向导找了些茶叶，用暖壶水泡了，顿时清香弥漫开来。向导说："这茶，就是我用野茶叶子晒的。"

陈戎剑尝了口："老木香哦！"

王远山说："就是松脂香，是古树茶的稀有香气。"

向导说："山上地少，只好见缝插针，种些洋芋。青黄不接时，全靠吃救济粮。"他说着唱了起来，"我家马儿扬马鬃，心想出门路不通。支格阿鲁修通路，带着妹子耍省城。"唱完解释道，"支格阿鲁是我们乌蒙山彝族神话中的英雄，他来了，我们才能过上好日子。"说着带着大家去看古树茶。

半山上有一片老茶树林，好多已经枯死了。最老的一株高达十多米，一个人抱不拢树干。

陈戎剑叹道："这树好高啊！"

王远山说："应该有二三百年了！"他接着说，"一般种植茶树，年年都要剪枝的，防止它纵向生长，通常只有半人高。"他从栓子手里接过摄像机，绕来绕去，拍了好一阵子。

陈戎剑说："悬岩村能不能利用这些野茶资源呢？"

王远山对向导说："如果制作得法，能卖出好价钱的。这片茶树是宝贝啊！春秋可采鲜叶制茶；那些枯死的茶树材质细密，能做木雕的。"

向导激动地说："王老师得帮我们啊！你是我们的支格阿鲁！"

王远山给向导留下了联系地址，答应帮他们村加工茶叶、打开市场。

下山后，栓子又驾车南行，一直到了盘县。四人来到妥乐风景区，看到许多银杏树，不少古树已逾千年。

在石桥村，有一株高大的银杏，直插云天。王远山抬头目测了一下："超过三十米高了。"他绕树转了一圈，赞叹道："银杏历经浩劫，包括第四季冰川期，居然幸存下来，生命力太顽强了！"

陈戎剑说："我们这次转了一大圈儿，几乎跑遍了贵州，这里群山环抱，河水奔流，入眼都是绿色。"

曹兴中说："看着满目绿色，但这里大多是喀斯特地貌，一旦破坏了植被，恢复起来就很困难。云南曾大规模种植茶叶，因为无序开发，后来不少地方茶田荒废了，生态也遭到破坏。"

王远山说："贵州也在大力发展茶产业，但应通盘考虑，因地制宜，让不同的自然环境发挥不同的生态功能，产出真正的生态产品来。"

曹兴中说："您说得对！回去后我要写篇论文。"

陈戎剑说："我等着您的大作呢。"

分手后，曹兴中回桂阳，陈戎剑飞北京。王远山带着那瓣美丽的文石花，带着栓子去了汶川。

在历史上，汶川就是川藏茶马古道的重要站点之一，也是西路边茶的产地。大地震过后五年了，王远山团队一直在帮着汶川发展茶产业。

那年安葬了妻子后，王远山带人在映秀四周的山区勘察了一周，发现了数千棵老茶树。羌族老乡采了青叶，做些茶自己喝，他们把这种荒山茶叫"窝窝茶"。王远山充实了苏莎的意见，向当地政府递交了一份振兴西路边茶的建议书，决定在汶川也搞一个试验基地。不久，汶川把茶产业列入灾后发展的重点项目，还向王远山发出了邀请函。

王远山带着栓子、邵峰等人，以亡妻的墓地为中心，帮助村寨辟出了上百亩茶园。他还在映秀镇连续办了十多期培训班，培训了大量的茶农。

王远山一到映秀镇，就见到了露雅。她带着一个摄制组，来了七八天了。她们要拍一部纪录片，反映王远山团队在灾区帮助发展茶产业的全过程。

这天，王远山带着露雅进山寻找拍摄点。

刚下过一场春雨，裸露的岩石上水淋淋的，覆着一层绿油油的地皮菜。

王远山告诉露雅，地皮菜的学名叫"普通念珠藻"，是一种非常古老的生物。

阳光越来越强烈，刚才还湿漉漉的岩石已经变得干燥起来，地皮菜也蔫了似的伏在岩石表面。

露雅说："这么脆弱的生命，被太阳曝晒着，会晒死的吧？"

"不会！它的生命力非常旺盛。干旱时它就休眠了，一遇到水便醒来，依然是一片碧绿。"王远山说，"地皮菜还不怕冻，在南极零下30℃的环境里，还能存活。"

"看来，弱小的生命，反倒有强大的生命力。"露雅感叹不已。

王远山揪了一小块地皮菜，置于手心，讲解道："它还是一座微型化工厂，自我加工所需营养。自己吃饱了，就去做好事，把空气中的无机氮变成有机氮，为裸岩上的其他生物提供氮肥。"

"真不该漠视这些不起眼的生物。"

王远山来了兴致，给露雅讲起了植物生态知识："在自然生态系统中，有些小不点却起着大作用。像地皮菜，吸水性能好，可以在裸岩上制造一个相对湿润的微环境，为地衣、苔藓等生命在裸岩上生存提供了条件。说起地衣来，看着不起眼，细细观察却是美不胜收，有的像珊瑚，有的像蠕虫，有的像油画，有的就像一片茶树的鲜叶……过去认为地衣是植物，其实它们是由真菌与微型藻类结伴相生的复合生命体，现在又检测到了担子菌类的基因，证明地衣是三合一的生命体。"

"仅仅过了五年，人们就在废墟上重建了家园。这种精神，是不是像地皮菜，像地衣啊！"露雅看着王远山说，"我要把它写进片子里去。"

走进山里，突然变天了，一时风雨交加。露雅穿过雨帘发现了一个身影，一晃就不见了。野人？王远山吩咐大家，就地展开搜索。

王远山在前面探路，刚拐过一个山崖，只见那个神秘的影子又出现了，王远山猛地扑过去，只听见哎哟一声，有人跌倒了。仔细一看，竟然是栓子。

王远山忙问："你咋到这里来了？"

"听说你们进山了，我就来寻找，结果迷路啦。"栓子的额头被干枯的树枝划破了，他扑哧一声笑了，"你把我当野人了吧？"

栓子蓬头垢面的，真的像个野人。王远山笑着对露雅说："我领进山里的人，尽变成野人了！"

说笑罢，露雅说："我前一阵子见过陈院士，他不顾年事已高，带人到吉首的大山里培育出了黄金茶。"

"陈院士说现在又有了两样好绿茶，一样是安吉白茶，一样就是湘西黄金茶。陈院士走的路子，就是科学种茶、科学制茶。"王远山对露雅说，"你赶紧联系陈院士，如果能得到他的技术支持，我们就可以在汶川做出第三样好绿茶来！"他决心和合作人一起，打出汶川品牌的茶叶来。

一天后晌，王远山发现天上有漏斗模样的霭叇乌云。黄昏时，沉闷的雷声东一下西一下的。根据经验，他判断夜里会有强降雨，就嘱咐团队的人，小心山洪暴发。后半夜，火车隆隆般的雷鸣声传来，天像个破筛子，大雨如注。忽地传来一阵山崩地裂的声响，王远山趴在窗子上一看，窗外的街道变成了激流，浊浪裹挟着泥石、木头和杂物倾泻而来。宾馆停车场本来泊满了车，此刻已是空荡荡的了。宾馆里哭喊声一片，王远山打着手电，吆喝大家上山避险。栓子带着人们撤离后，他和邵峰又逐层查看了一遍。这时，泥石流已将三层宾馆掩埋大半了。

天大亮了，雨渐渐小了，泥石流也平缓下来。大家下来一看，宾馆的一层二层已被泥沙石块完全淤埋了。露雅哭喊着："远山叔，邵叔叔……"栓子突然发现，楼顶上有两个人背靠背地坐着。栓子和露雅走近一看，就是王远山和邵峰。原来二人指引人们撤离后，就爬到楼顶上了。

露雅噙着泪水，问："远山叔，你真不怕死吗？"

"死了，也死得其所啊。"说完，这个硬汉子掉泪了，泪眼里尽是苏莎的影子。

这天，王远山一大早就来到亡妻的墓地。匪夷所思的是，近来的山洪、泥石流那么厉害，这里竟然安然无恙。四周的茶树都长起来了，风鸣翠叶，清寂而美丽。他带来了那瓣文石花，把它放在坟头。泪眼里，他仿佛看到了苏莎——夫妻俩依偎着说话，王远山讲起了溶洞遇险的经过。讲到那个梦境时，妻子听了，眼眶里盈满了眼泪。王远山找出那瓣文石花递到妻子手里，她拿着那花瓣，看了又看，说："哦，地下世界也有这么美丽的花啊！"

二十四

在汶川待了一个多月了，这天回到宿营地，夜深了，王远山怎么也睡不着，眼帘前亡妻的身影晃来晃去的。他索性披衣起身，在书稿里补充关于汶川生态和灾后发展茶叶生产的内容。正敲着键盘呢，栓子来了，着急地说："曹大哥遇到麻烦了！"

原来是这么一回事：年初，曹勋把杂志承包给了一个姓常的香港人发行。按常某的要求，杂志印好后直接从印厂发往深圳。常某每次都会寄来明细表，表明这些杂志分发到了港澳台地区和东南亚一带，订户增长得飞快。曹勋一高兴，便颁发了嘉奖令，还给常某发了一笔不菲的奖金。可半年多了，一笔回款都未收到。前天，曹勋接到一个电话，是深圳郊区物流仓库负责人打来的，索要刊物的仓储费。起先曹勋莫名其妙，细问之下才晓得，那些杂志原封未动，成捆地堆在仓库里。该结算了，仓库负责人找不到常某，就直接向杂志社讨账了。曹勋急忙和常某联系，电话却总也打不通。

杂志社一下子陷入了困境，办刊经费也周转不开了。去年，曹勋在上海参加期刊协会的会议时，听栓子介绍过发行经验。吃亏学伶俐，曹勋便打电话向栓子求助。栓子说，我跟远山在汶川呢，要是过去帮你，他得点个头呀。曹勋说，远山会袖手旁观吗，你们一起来吧！我安排远山去趟易武，他一直惦着老茶山呢。

王远山得知后对栓子说："这事儿，还真得帮他！戎剑准备和曹勋他们杂志社合作，组织科学家考察茶马古道和茶山生态呢，我们正好去打个前站。"

栓子问："曹勋说哥惦着易武呢！那是老茶山吧？"

"王彬老祖宗在云南时，首先把易武辟为茶叶集散地。"王远山翻开《茶道茗事》，上面记载着："易武茶以津见长，名播四海。唐代濮人先民初辟茶园，明末赣人、滇之石屏汉人相继迁入种茶。雍正朝鄂尔泰督滇，改土归流，设普洱府，辟易武为贡茶收采之地。汉回两族共建弯弓大寨，时茶园相接如带，绵延百里。易武镇茶号云集，作坊林立，马铎之声盈耳，贩夫络绎不绝也。"上面还有王传茗的旁批："可见易武也是茶马古道的始发地之一。创办于清光绪二十三年的同兴号，与同庆号、乾利贞宋聘号、同昌号形成易武茶庄四强的格局。古茶园分布于七村（曼洒村、曼秀村、落水洞村、麻黑村、高山村、三合社村、易比村）八寨（倮德寨、新寨、旧庙寨、大寨、张家湾寨、汉族丁家寨、瑶族丁家寨、刮风寨）。"

"真该去趟易武了。"

"你通知露雅，她也想去云南呢。"

王远山把工作交代给邵峰，第二天就同栓子、露雅赶往云南。一到昆明，曹勋就带着他们，先去了新开张的普洱茶品饮体验馆。

程杰早已在体验馆候着了，馆内的橱窗和茶台上摆满了各款普洱茶。众人刚坐下，崔刚就将沏好的普洱茶膏端了上来。

王远山赶忙打招呼："崔乡长好！"

崔刚笑了："我下海了，跟着程老师学茶呢。"

程杰介绍说："现在是崔馆长了，管着这家店呢。"

看着展橱里陈列的茶品，露雅说："我很少喝普洱茶，生熟茶也分不清！"

曹勋说："让程老师给你启蒙吧。"

程杰说："先给你说点 ABC 的知识吧。生茶是没有发酵的晒青茶，普洱熟茶、滇红、云南晒红，都是发酵茶，原料也都是大叶种，只是工艺不同罢了。滇红是在发酵室里全发酵，主要是焦糖香、熏香等甜香调。晒红也是在发酵室发酵，但只发酵七八成，然后晒干。晒红的特点是后出味，至少要放三年，香气才会从飘香向高香转化。熟茶属于后发酵茶，有十余道工艺呢，渥堆是关键工艺，陈化后出来的是樟香等木系香气。"

露雅说："这 ABC 也够复杂的。"

程杰斟了杯茶递给露雅，汤色浅而清亮。

露雅尝了说："略有些涩，很快就回甘了。"

"这是生普，没有经过渥堆发酵的。"程杰又递上一杯，茶汤是深红色的。他接着说，"这杯是熟茶，因为发过酵，颜色浓得多，口感也比生普温润。"

曹勋说："品茶，一般是从汤色、香气、口感三个方面来评定的。普洱熟茶呢，要从厚度、润度、甜度、纯度、香气、汤色这几个方面综合起来品鉴。"

露雅问："喝什么，怎么喝，有讲究吗？"

程杰说："有啊！白天上班时喝生普提神，生茶中的茶碱等物质，能刺激中枢神经兴奋。晚饭后到就寝前，喝茶性温和的熟茶，助消化，也不会影响睡眠。春天阳气升发，茶里加点菊花下火。"说着又泡了一款茶，他放低了开水壶，让细柔的水流慢慢浸着茶叶。

曹勋说："香靠冲，汤靠吊。这种吊法泡的茶汤好。"

王远山尝了说："古树茶，够味儿！"

栓子也说："有山场韵味。"

程杰笑着说："外行喝回甘，内行喝山韵，栓子上道了。"

王远山又细细地品尝了茶汤："喝着像刮风寨的古树茶。"

"正是。"程杰说，"这茶，气、香、味、韵俱佳，是普洱茶的珍品。"

露雅有些惊讶，问："刮风寨在哪里？"

王远山说："就在勐腊县的易武镇啊！"

"刮风寨有四十多户瑶族茶农，古茶树都长在大山深处。因路途遥远，过去没人搭理的。等古茶树火了，人们又争抢起来。前不久，我去那里，因为争夺茶树王，还发生了械斗，警察都去了。"程杰说，"这壶茶就是茶树王的茶！茶气足啊！"

王远山说："刮风寨茶的茶气是内气，须细细品尝。"

露雅请教："那工艺对茶的质量影响大吗？"

曹勋说："要喝上一泡好茶，哪道工序都不可马虎呀！"

程杰接着说："回国后，我一直和曹老师研究普洱茶，想把老工艺和新技术结合起来，整出一套规范来。"

王远山站起来察看，发现柜橱里的样品是按时代顺序陈列的。

"我们这个店，存的宝贝可不少呢。"程杰指着红印圆茶说，"过两天，我带你们去老茶山。20 世纪 50 年代生产的茶，好多都是用勐腊茶青做的。"

王远山看到一款从未见过的美术字七子黄印，说："20 世纪 60 年代出的普洱茶，我有美术字七子铁饼，没见过黄印。"崔刚取出来让王远山看，黄印也是七子饼形式，包装上印有"中国土产畜产进出口公司"的字样。

王远山看到标有大蓝印的茶，对曹勋说："我家有你爹送的蓝印，和这个不一样啊！"

曹勋说："这是 70 年代出的，为了好卖，就叫大蓝印了。"

露雅看到一款茶，用厚草纸包着，问："7542 是啥意思呢？"

曹勋说："它是 1975 年出来的一个配方，以 4 级普洱茶料为主，2 是勐海茶厂的数字代称，1 是昆明茶厂，3 是下关茶厂，4 是普洱茶厂。除了 7542 之外，2005 年改制后，像金大益，还有各种孔雀茶，现在都很走俏。"他拿出一饼来，用茶针破了些泡了，茶汤是发亮的栗红色。

王远山品了说："稍有些陈年梅子味儿。"

曹勋说："这是勐海茶厂 20 世纪 80 年代做的青饼，我也存着几饼。它独有的勐海味，被看作是评判普洱熟茶的标杆。"

王远山说："你别得意，我爷爷和你爹给我留下的普洱茶，才是宝贝呢。"

栓子说："远山有宋聘号圆茶，红票内飞、蓝票内飞，还有乾利贞号，我不懂得，差点都便宜卖了。"

曹勋说："你这女婿是败家子啊！这两个字号都是老茶庄，后来并了，我爹有乾利贞宋聘号的老茶。"

王远山说："我跟爷爷喝过宝红，上百年的宋聘号，因为存放得当，喝起来樟香隐隐，陈年梅子的韵味更令人迷醉。"

露雅问："宝红是啥？"

曹勋说："滇青存久了，汤色就变成红的了，清朝人把老茶叫宝红。"

露雅说："我没有你们嘴刁，喝着程老师的茶膏就不错。"

王远山说："茶膏汲取了宫廷制茶法，又有科技创新，当然好了！"

从体验馆出来，栓子跟曹勋去杂志社商议发行的事儿；程杰带着王远山、露雅，沿着澜沧江下游的东岸，去了易武。

易武靠近中老边境，属古曼撒茶区，是六大古茶山中面积最大的一个。王彬主持云南茶务时建了易武镇，使之成为滇南茶叶生产和交易的中心地。

露雅问："这个古镇为啥败落了？"

王远山说："清代茶大概分三种，官茶、商茶和贡茶。官茶主要是和边民换马匹的，商茶是民间交易官家征收茶税，贡茶就是进贡给朝廷贵族用的茶。清末兵荒马乱的，贡茶被取消了，又来了场大瘟疫，茶道不畅，古镇就渐渐衰落了。"

程杰说："二十多年前，台湾茶人纷纷跑到易武寻茶，有了买卖，老茶又火了起来。像99易昌号这些茶品，非常走俏。"

在镇上临街的一家茶馆，程杰为王远山点了正山野生茶。虽是野生种，喝着却甜润可口，还带着花蜜香呢。

程杰说："易武茶的特点就是一个'柔'字。"

王远山说："'柔'就对了，像美女蛇。"

露雅迷惑不解。曹勋说："易武是傣语，意思是'美女蛇居住的地方'。"

喝完茶，三人上山考察。整个茶区，东中部高，北西南三面低，从海拔1000多米到刮风寨海拔2023米的黑水梁子，落差很大。王远山说："海拔不同，日照时数不同，接收的热量也大不一样，这种立体特征的气候，造就了多样化的茶园环境。"

程杰说："七村八寨，茶味各有不同。"

来到一棵大茶树下，王远山弯腰查看土壤："这些土壤是由紫色岩和沙岩母岩风化发育而成的，土质呈微酸性反应，腐殖质厚达5厘米以上，透气性也好。"

大路边上有个村寨，程杰介绍说："这里过去尽是茅草房，一不小心就会起火，屋子被烧得麻麻乱黑乎乎的，人们就叫它麻黑村。'班章王、易武后'，易武茶赫赫有名，最数麻黑的茶有韵味啦。"

三人来到落水洞附近，这里有棵茶树王，树冠亭亭如盖。王远山连忙进行测量：树高13米，主干5米，树围80厘米。

忽然，不远处人声鼎沸，还夹杂着鼓乐声。

程杰说："噢，镇子里要开斗茶大会，茶人们是来祭祀茶树王的。"

不一会儿，披红挂彩的队伍开过来了。上百人来到大茶树前，围拢成一个圈子。

有人抬来一张长桌摆在大树下，给桌面蒙上了红布。一个白发苍苍的老祭司一声号令，鼓乐齐鸣。老祭司点燃手中的香，恭敬地插在祭台的香炉里。几个穿着民族服装的少女端着各式祭品，一一摆放在祭台上。祭祀仪式正式开始了，老祭司的几个助手念念有词："茶王显神灵，岁岁佑茶农！今日来供奉，诚心谢恩公！"老祭司抖擞精神，张弓搭箭，嗖的一声，将一支箭矢射向天空！这时鼓号声愈烈，老祭司缓缓端起一碗酒，对着茶王树念着祭词："茶王啊，您就是主宰这茶山的神！您赐与我们青山绿水、稻谷和茶树，让我们世世代代在山林里繁衍下来！这是您的山，这是您的河，祈求您保佑易武的茶人子孙兴旺，幸福美满！"老祭司念完祭词后，在场的人全都跪下来祈祷，感恩自然，追悼祖先，祈求茶王树保佑茶山茶人。

返回昆明后，程杰和王远山他们同机飞到北京。

程杰的茶厂和研发基地都设在大连，他后日要回大连，请王远山一起去看看。正好陈戎剑计划要去大连的自然保护区考察呢，于是调整了时间，王远山、陈戎剑和萧娅萍搭伴，跟着程杰一同飞往大连。

到了厂子，大家先看了程杰团队研制的各种普洱茶膏产品，然后坐下来茶叙。

程杰请客人品饮茶膏。小拇指头大的一小块，就泡了一大壶，茶水红得像葡萄酒一样。

王远山品了说："味道纯正。"

"我整理了宫廷秘制茶膏的古方，又借鉴了现代制药工艺，将普洱茶里的有益成分提取出来，不好的东西尽量剔除掉。"程杰说着，让王远山看他手机上的一幅图片，上面是茶农在水泥地上晾晒茶叶。"这是一个德国朋友传给我的，他认为在水泥地上晾晒是不规范的做法，也不卫生。有人告诉他这是传统晒法，这个德国人反问：那时有水泥吗？"

王远山说："该讲卫生呀！"

"所以，我要求我的团队在这方面做出表率来。"说着，程杰带着大家去参观实验室和制茶车间。

看着整齐洁净的厂房设施，萧娅萍说："好像是在制药厂参观呢。"

"我就是参照制药行业的标准建立的。"程杰说。

进入一间厅子，工作人员请大家披上白大褂，换上专用鞋帽。

实验室里一尘不染，到处是瓶瓶罐罐，工作人员正在进行各种化验和检测。

程杰一面介绍情况，一面和王远山讨论着："我们对茶叶发酵的研究远远不够，没有对生物发酵路径进行过深入的科学解析，对参与发酵的微生物缺乏了解，包括它们具有的生物学意义，以及会对人的健康产生什么影响。"

陈戎剑发问："岩茶能不能做茶膏？"

程杰回答："我去武夷山考察过，茶山上不少微生物已经繁衍了几十亿年，它们也是武夷山最珍贵的资源，有着极高的药用价值与科研价值，应该试着做些精品茶膏。"

陈戎剑点点头："看来，应当扩展茶叶的研究领域了。"

王远山感慨地说："有人做了一辈子茶，从没化验过一次，茶里究竟有什么，总是稀里糊涂的。"

萧娅萍说："所以有的市场乱糟糟的，奸商瞎编故事蒙哄人。"

程杰说："我们就是要坚持科学制茶，产品采用了超级过滤技术，不添加任何成分，也不在模拟口感上费工夫，主要考虑茶叶的营养价值，是否有益健康。我们做的茶，大分子有哪些，小分子有哪些？初级代谢物有什么，次级代谢物有什么？全都有化验结果。"

实验室的架子上，放着许多培育微生物的器皿。

程杰解释说："我做普洱茶的切入口，就是研究普洱茶与微生物之间的关系。与普洱茶有关的微生物不少，主要有三大类：酶菌、细菌、酵母菌。我们重在研究微生物菌群在普洱茶中的变化规律，并以此为重点加强技术创新和管理。"

王远山说："我参观过不少酿酒企业，知道酒窖的窖泥关系着酒的质量。其实这窖泥，起作用的就是里面的微生物菌群。"

程杰说："实际上，茶窖的窖泥也一样，我们着意培育可以提高茶叶质量的微生物菌群。比如嗜热菌，是火山爆发后留下来的，我们就在云南景迈山铁矿上建立了示范茶窖，培育嗜热菌，然后再把窖泥放到茶树的根部。之后再把这些窖泥移入窖里，过一些日子再放到茶树下。如此反复多次，茶树生长的土壤和储存茶叶的茶窖，都产生了大量有助于提高茶叶质量的微生物菌群。"

一个化验员急匆匆地走过来，和程杰嘀咕了几句。程杰走到一个工作台前，用显微镜观察盒式处理器里的菌群，看完对那个化验员说："不要泄气，接着试！我们一定会找到最佳组合的。"回头对王远山说，"我们正在甄选和组合用于普洱茶后发酵的微生物共生体系统，已经失败了二十多次了。"

"这样研究茶叶，很难，但这是正路子。"王远山啧啧称是，又问，"刚才喝的普洱茶膏有成分数据吗？"

程杰让化验员打印出一张化验单，指点着说："我们想掌握这些成分的增减和最佳构成，这样深加工就有了基础，进而还可研发、生产以茶叶为主原料的食品呢。"

王远山看着化验单说："好家伙！光氨基酸就测了二十多种。"

萧娅萍发现实验室有几个笼子，里面养着小白鼠，好奇地问："做茶还需要用小白鼠做实验吗？"

程杰说，我们正在和张媛媛教授合作，开展饮用普洱茶对肝脏有何影响的实验呢。

这时，一个实验员汇报说："程老师，初步实验结果显示，这些移植了茶褐素肠道细菌的小鼠，比起那些移植了高脂饮食的对照组小鼠来，体重、血脂指标都低不少呢。"

"看来，通过改变肠道菌群结构，可以促进肝脏胆固醇、甘油三酯分解代谢呀！"程杰高兴地鼓励道，"继续观察，对已有的实验数据做些初步分析。"

萧娅萍感叹道："科学家做茶，就是不一样啊！"

程杰说："我是一面做茶，一面做科学实验。我们还在研究小胶质细胞和脑部的关系，想弄清楚小胶质细胞是如何促成大脑的发育与维持的。"

王远山问："一个是在肚子中的微生物，一个是脑袋里的细胞，肠道菌群和小胶质细胞有什么关系呢？"

程杰回答："没有肠道微生物的小鼠，在胚胎发育过程中，它脑袋中的小胶质细胞密度更高，并且这些小胶质细胞的形态呈现出更多的分叉。"他接着解释道，"我们在探讨，肠道微生物是怎样引起脑部的小胶质细胞的变化？在雌雄小鼠不同发育阶段中有何不同？我们的研究只是从基因转录水平，探讨可能的基因调节网络。然而，肠道中的微生物千千万万，种类和数量都相当庞大，究竟又是哪些菌群影响小胶质细胞的呢？而这些菌群又是通过分泌什么物质来达到这种变化的呢？这都需要深入探究。"

萧娅萍吐了吐舌头："怪不得养了这么多小白鼠。"

程杰说："这只是从小白鼠上得到的数据，就人体而言情况要复杂得多，因为人体中的微生物无论是种类还是数量都远远大于小白鼠。"

"我关心的是，饮茶对肠道菌群的影响。"王远山说，"期待您的研究取得突破。"

实验室的桌面上放着一块"茶石"，王远山注意到茶膏外表挂了一层"霜"。程杰解释说，这是"泛霜现象"。我们刚刚化验过了剥离下来的"霜"，它是包括单糖、咖啡碱、儿茶素、茶皂甙等几十种功能性成分的络合体。我们还对小白鼠做过代谢症的医学观察，对比组实验发现，它对"代谢症候群"具有非常好的效果。

王远山赞叹道："做茶这么精细呀！"

程杰指了指墙上的一幅标语，上面写着："精工细作，做茶如同制药；一丝不苟，博士也是茶师。"

萧娅萍说："还是一副对子呢。"

陈戎剑说："我发现，喝茶的地方越来越讲究，可谓奢华至极；可做茶的地方却很简陋，大多还是作坊。二者形成了鲜明的对比。"

萧娅萍说："有点儿像娱乐圈，钱都没花到正经地方。"

王远山说："如果都像程老师这样做茶，我国的茶产业才会真正复兴！"

程杰带着大家去车间参观。他说："再加工、深加工上去了，茶叶生产形成的产业链才会越来越长。"

陈戎剑追问："究竟该怎么做？"

程杰说："我指的再加工，就是成品茶＋，比如茶叶加上菊花，做成了菊花茶。深加工呢，是以茶叶为主要原料，加入其他辅料生产的饮品或者食品。"

王远山说："程老师眼界开阔啊！茶确实是一篇值得书写的大文章呀！"

程杰看了看手机，对一个年轻女职工说："三点半了，叫上小高，你俩先走吧。"

萧娅萍很好奇："这么早就下班了？"

"她俩一个奶着孩子，一个有卧床的老人。"程杰又对随行的助理说，"通知大家，今天是周末，四点就下班，晚了路上堵车。"

萧娅萍说："您在尝试人性化管理，弹性上班？"

程杰回答："我办企业，一直在探寻建立快乐团队的模式。要想留住人才，小恩小惠是不行的。我们实行的是股份制，除了我，每个年轻人都有股份，都是小老板。我们企业有点像合伙人模式，资源共享、利益共享。与其说企业姓程，不如说是'百家姓'。"

王远山说："快乐团队？这个提法很新鲜呀！"

程杰说："有人说，中国人活得压抑，有钱的不得闲，有闲的没有钱，所以大家都不快乐，消费也拉动不起来。"

王远山说："喝茶，就需要有点闲工夫的。唐代是煮茶喝的，很费工夫的。"

程杰说："我看过一个资料，大唐时老百姓的欢乐指数高，为啥呢？因为一年三百六十多天，就有一百多个节日。我们企业的假日也多，活儿不多时，我就立些名目给员工放假。"

陈戎剑说："程老师开明，大家都愿意在这里工作啊！"

"当然，我也有严苛的地方，就是不允许职工擅自去普洱茶区旅游，也不许他们和那里的茶人私下往来。"程杰说。

王远山说："都是为了保护茶膏的知识产权吧？"

萧娅萍说："怪不得程老师把厂子办在大连了！"程杰会意地笑了笑。

第三天，陈戎剑又带着王远山、萧娅萍去了旅顺口，考察老铁山蛇岛自然保护区。

神秘的蛇岛，距陆地最近处仅7海里。大家穿上防护服，跟着管理局派来的向导，乘坐执法监察艇上了蛇岛。大约一平方公里的岛上，有将近两万多条蝮蛇。

向导说："这种蝮蛇，世界上只有蛇岛有。"

萧娅萍询问蝮蛇是如何获得食物的。向导说，蝮蛇的毒性大，将毒汁注入鸟雀体内，5分钟就会杀死猎物。萧娅萍听了有些胆怯，走路小心翼翼的，唯恐惊动了蝮蛇。向导说，蝮蛇其实挺温顺的。原来，蝮蛇活着也不容易，只有春秋两季候鸟迁徙路过时才能吃上饭。为了节省体力，它们不止冬眠，夏天也会睡懒觉。因为身处荒岛，平日无人惊扰，蝮蛇一般不会主动袭击人的。

放眼看去，岛上一片安宁！向导说，无人岛上的蝮蛇并不安宁。过去酿蛇酒，盗猎的很多。在20世纪，37年日本兵上岛捕蛇做酒，46年苏联人建靶场也杀了大批蝮蛇，58年又遭遇了一场火灾。自打保护区成立后，蝮蛇才过上了安稳日子。

王远山仔细观察着藏在树洞里的黑眉蝮蛇，抬头瞭望老铁山那一抹碧色，深情地说："这里处在候鸟迁徙的路线上，有了林木葱茏的老铁山，候鸟才会飞过来，有了候鸟才能养活岛上的蛇，真得保护好这条生物链呀！"

回到老铁山，不远处就是密密麻麻的输电线、公路和高楼大厦，海边还回荡着推土机的轰鸣声。陈戎剑说："大连有老铁山，是这座城市的福气呀！但愿它不会被蚕食掉。"王远山有些忧虑："城市，能不能包容这一方净土？"陈戎剑拍拍手说："好！我们的考察报告，就用这句话做题目。"

大红袍的名声越来越大，叶岩想在京城里也搞出些动静来。王远山和露娅谈起这事儿，不谋而合，准备组织一次岩茶品鉴会。

王远山一发出信儿，就在京城的茶人圈里传开了。

说起来，老北京原是北方的水乡呢！明清时，什刹海垂柳掩堤、莲荷满湖，名人雅士纷纷迁居于此，傍水筑屋造园，沿街修寺建庙，这里成为京城最聚人气的地方。这几天，秋老虎肆虐，王远山想，就在家门口的海子边上搞个消暑茶会吧。

他让栓子带着金凤银凤布置场地，请曾岚兄妹、尤长寿夫妻负责泡茶斟茶等茶宴礼仪。叶岩听了，建议王远山顺便做一次岩茶的科学讲座。

让王远山喜出望外的是，盛晓晶刚从巴黎回京，她现在担任联合国教科文组织"人与生物圈"机构的执行秘书。王远山在手机里说："姐，你来参加品茶会吧，也算是给你洗尘了！"

周六夜晚，星光璀璨，水面上凉风习习。参加茶会的有王家的茶友，萧娅萍带来了一帮爱喝茶的科学家，露娅和傅晓招呼来不少媒体记者，叶岩也从村里带来了刘钊和黄氏三姐妹。

王远山租了一家露天咖啡馆的场地，栓子沿着海子沿儿摆开十多张桌子，还竖起了 LED 大屏幕。王远山播放了武夷山茶区的系列地图，其中的"正岩区三坑两涧图"，让岩茶村的人看呆了！这幅图是曹山杰亲自绘制的，几乎把村里的好山场都标上了，含有大量的茶山生态和茶叶生产信息。尤长寿激动地跑过去，用手指头指着马头岩喊道："我家的茶树就在这里！"刘钊也跑过来，戳着牛栏坑说："我媳妇的茶树在'牛心'呢！"

王远山指着二位说："他俩带来了自己做的'马肉''牛肉'，请大家品尝。"他看到有人神情迷惑，就说，"不是肉，是茶。"接着，用自己手绘的示意图，深入浅出地讲起了岩茶的生态环境和品种。

叶岩对众人说："我听到有人说，这岩茶真香！嘿嘿，岩茶还没泡呢，大家喝的是洲茶。"

王远山说："武夷山地方志说，'附山为岩，沿溪为洲'。"他指点着武夷山地图，告诉大家哪里产岩茶，哪里产洲茶。牛肉在哪里，马肉在哪里，大红袍母株在哪里。他指着叶岩说，"这位就是岩茶村的当家人叶主任，他带来了好多品种的岩茶，今儿诸位有口福啦！"

叶岩介绍了岩茶村的茶叶生产情况，笑盈盈地说，咱们还是一边品茶，一边说吧。我们村来了不少人，分别陪着大家，有什么问题尽管问。他让泡茶的泡拼配大红袍，然后说："我们闽北乌龙茶，大多是果香型的香气。有毛桃香、橘子香、桂圆香、苹果香……大家闻香识岩茶，说对香型的，我们会赠送一小盒茶叶。"这么一说，底下热闹起来了，懂茶的向不懂茶的讲如何识别茶香。

王远山说："今儿叶主任好心情，准备了不少茶礼。不多，一份五泡茶。可这些茶都是三坑两涧的茶啊。"底下响起一片掌声。接着，他让女徒弟杨亭亭、曾岚给大家示范如何冲泡岩茶。

杨亭亭说："泡岩茶，最好用矿泉水。"曾岚做着演示，她在旁边讲，"水量以茶量为准，一般 1 克茶叶用 20 到 25 毫升水。水沸了就可以沏茶。"只见曾岚举起热水壶冲泡，将沸水冲入放着干茶的容器，然后刮去壶、杯表面的泡沫，淋净壶盖后，又盖上壶盖。泡好后分杯，放低了壶斟茶，动作娴熟连贯。

杨亭亭说："品岩茶，须三品其味，徐徐入口。好岩茶可冲饮十多泡，今儿我们只品前几泡。我们喝的是拼配大红袍，这是第二泡了，大家感觉一下，茶汤吞下喉后，口腔里是不是余香不绝？"听到众人都说"是"，又说，"第三泡茶是最好喝的，品尝时要体味一个'韵'字，茶汤入口，有没有鲜爽的感觉？刚才讲了花香，其实岩茶最讲究的是'岩骨'。一下子说不明白，喝多了就有感受了。"

尤长寿夫妇和刘钊，分别泡了他们自家的"马肉"和"牛肉"。王远山说："说起饮茶，我是重口味，喜欢老火香的老丛岩茶，有喜欢这一口的，得空到我家品尝。"

这时萧娅萍站起来说："远山，我带来不少爱喝茶的科学家。你再讲讲，我们也多喝些好茶！"

王远山说："福建的乌龙茶里，武夷茶'重味以求香'，安溪茶则是'以香而取味'。说到岩茶的特点，清代有个名士叫梁章钜，他总结出'活、甘、清、香'四个字。'活'，指的是茶汤润滑爽口，不滞不涩，喉韵清洌；'甘'指回甘又快又明显；'清'指茶汤荷叶底清纯明亮；'香'指含有各种花果香味，饮后还有齿颊留芳的感觉。"曾岚递过一杯茶来，他润了润嗓子，接着又从浓、厚、韵、和持久性几个方面，讲解了岩茶的特点。

盛晓晶把萧娅萍叫到一起，两个女人说起了私房话。盛晓晶说："我俩虽然结婚晚些，但都有了归宿。现在远山单着，你们打小就熟，找机会给他介绍一个。"

萧娅萍说："听说他和合肥的张教授走得很近哦。"

盛晓晶说："但愿他老来有个伴儿。"

这时，王远山突然发现了一个熟悉的面影，走过去一看，原来是徐广青。

萧娅萍也走过来，说："广青在话剧团工作，已是资深导演了。"

徐广青说："我也退休了，可心不甘，还想导一出经典戏。"

萧娅萍问："什么戏？"

王远山、徐广青几乎同时说——"新茶馆"。

王远山说："谁来写本子呢？"

徐广青绕着弯儿说："你该知道的，陆羽学过戏，当过伶工，还写过剧本呢。"

王远山说："我可没茶圣那么多能耐！"

徐广青说："远山，你先忙着，这事，找空儿再合计。"

盛晓晶走过来，悄声对王远山说："告诉你一个消息，我们要在纽约举行会议，陈戎剑、边青山要去参加，我建议你也去一趟美国，和美国研究茶叶史的专家接触一下。姐手头有个项目——世界茶叶产区的生态变迁，我推荐你参加课题组，明年安排你去主要产茶国考察。"

王远山激动地拥抱了盛晓晶，悄声说："最好的茶我给你和盛老师留着呢！"

这天，王远山正在家里看张媛媛修改过的《茶叶生态学》呢，电话铃响了，话筒里传来曹勋的声音："阿爷爷家的事情有了新线索。"

"啥线索？"

"铁家坡的人说，他们南下的一支去了大理。我就写了篇《铁家坡寻茶记》，里面谈到了铁家人迁徙漂泊的情节，刊登在《大理晚报》的副刊上。结果有个叫余富水的大理人，通过罗永善找到我，说他就是铁家人。我就陪他去了趟铁家坡，族人后裔相逢，他们激动得不得了。余富水说，他们去大理的这支族人，也是铁家嫡系后代，族长还保留着归宗认祖的信物呢？"

"啥信物？"

"余富水也不知道。不过他提供了一个信息，说是同治年间，余姓族长到汉口经营洞茶，后来北迁山西，成了大茶商。"

"这事奇了，怎么说着说着，好像和于靖边爷爷家也扯上了关系。"

"我也这么想的。于爷爷不在世了，找个机会和阿拉坦聊聊吧。"

"阿拉坦现在阿拉善做草原生态修复工作，他约我去居延海看胡杨林，我一直没有抽出时间来。"

二十五

不久，王远山和陈戎剑、边青山三人同机赴美。飞抵纽约后，陈、边二人到长岛成功湖参加"人与生物圈"国际论坛，王远山转飞波士顿，等着二人会合。

波士顿有个八闽同乡会，会长就是陈见贤的堂兄。自打认识王远山后，二人常在网上相与切磋，研讨茶学。客人一到，陈会长就在自家茶馆举办讲座，请王远山讲茶。

走近茶馆，王远山一惊，门匾上书四个烫金大字——"远山茶馆"。陈会长春风满面："您惦着，我也惦着呢，华侨都惦着远方的茶山呢！"

茶馆里的茶有"天坛""万年青"，还有"海堤""蝴蝶"，都是中茶公司的出口品牌。陈会长说："我只提供中国茶！"

茶馆正中摆着台泡茶机。陈会长兴致勃勃地取出一粒茶叶胶囊来："年轻人叫它'茶泡弹'。"他把胶囊投入后，一摁开关，泡茶机立刻辨认出这是正山小种，自动匹配了红茶泡茶模式。过了几十秒钟，茶水泡好了。

"ok"，陈会长请客人品饮机器泡的茶水，"懒人有了它，喝茶便利多了。"

"这是试制的样机，您一定是从武夷山弄来的。"

"幺妹告诉你了？"

"这台机器就是我设计的嘛。幺妹说，国人的饮茶习惯难改，拿到海外试试吧。"

陈会长捋须大笑："班门弄斧啊！"

王远山指着手触操控屏说："我儿子帮我改进了泡茶机的智能控制系统，可替代人工完成投茶、泡茶、出茶的全过程，每个'茶泡弹'可冲泡五六次了。"

听众多半是洋人。陈会长说："老外大多喝超市买来的袋泡茶，立顿红茶呀，静冈绿茶呀，像喝速溶咖啡一样便利，可这样一来，竟不知茶叶是什么样子的。有个番佬居然跟我说，他只见过咖啡豆，没见过茶豆。"

"我讲茶，他们也听不懂呀！"

"启蒙便可。"陈会长眨眨眼说，"在座的有位史密斯教授，是研究茶叶史的。讲完课，咱们一起茶叙。"

王远山先播了一个短片，介绍茶叶入门知识。就是这样，那些洋人也甚感惊奇。有个姑娘操着流利的汉语说："原来我们喝的是树叶子呀！"那妞眉清目秀的，像有东方人的血统。

王远山举起一个晶莹剔透的玻璃杯，杯里泡的是太平猴魁，叶片长约六七厘米，浸水后叶子渐次舒展，亭亭玉立，听众惊奇地叫了起来。

王远山说："有人以为有绿茶树，还有红茶树，是吗？"台下懂茶的人笑了起来，那个姑娘站起来反问："难道不是吗？"

"看来这不是一个笑话呀！"王远山说着打开多媒体课件，一面在大屏幕上播放茶树图片，一面解释什么是大叶茶、小叶茶。然后说，"绿茶，红茶，不是长在不同茶树上的茶叶，而是使用了不同的制作工艺。"那个质疑的姑娘像是恍然大悟，夸张地摊了摊手。

馆内清香冉冉，讲座进入了品茶环节。

王远山发问："谁知道，有多少种茶香？"

有人应声答道，有十几种吧。

王远山定格了叶芽的特写镜头："就是在这么一片叶子上，中国茶人像魔术师一样变幻出上千种香气。"

"上千种啊！"台下一片惊叹声。

"恐怕还不止一千种呢，这也许是个谜，就像天上究竟有多少颗星星，天文学家也说不清。据气相色谱等分析，'挥发性香气组分'是不同类别的组合以及同类别不同浓度数量的组合。中国茶人已从茶叶中分离出七百多种香气物质，包括醇、醛、酮、酯、酸、氮、氧杂化合物等在内的十余个大类的化合物。"

那个姑娘问："这些香气都是茶叶本身含有的吗？"

王远山说："有茶叶内含的芳香物质，有在制茶时形成的工艺香，还有存放久了陈化的香气。"他自豪地说，"中国是茶叶的故土，茶叶漂洋过海后，演变为日本的抹茶、英国的红茶。英国人喝下午茶，有名的有伯爵茶、大吉岭茶、阿萨姆茶；但过去最讲究的就是诸位品尝的茶——来自武夷山的乌龙茶大红袍，还有正山小种。"

姑娘又问："正山小种，是不是英文的 Black Tea？"

这时史密斯教授插话了："是的，但它不是黑茶，而是红茶，英国人不讲 Red Tea。我们美国人，最初也喝绿茶，后来耐泡的红茶越来越走俏了。"

王远山对史密斯先生说："据我所知，美国人开始也是喝中国茶的。"

史密斯说："没错！早在 17 世纪末，英国的东印度公司就包揽了茶叶生意。他们从广州十三行购买茶叶，通过中间商分销到北美殖民地。"

陈会长说："我的先辈就是东印度公司的高级雇员，专门负责北美的茶叶市场。那时课税过重，茶价居高不下，故走私猖獗，十包茶有八九包都是私运过来的。"

王远山说："听说茶叶贸易与美国独立运动还有些关系，史密斯先生是专门研究茶叶贸易史的，请您给大家讲讲吧。"说着，他把史密斯教授请到台上。

史密斯上来说："先请大家猜个谜语吧——What starts with T, ends with T, and is full of T？"

不少人猜出来了，嚷着："A teapot。"

史密斯举起一把茶壶说："我大半辈子都泡在茶壶里，讲茶，还是有些资格的。"听众都乐了。他对身旁的王远山说："是不是喧宾夺主了？"

王远山笑语："一言堂不好。"

史密斯说，那我也放一个短片吧，里面讲得很清楚——

1773 年 5 月 10 日，英国国会为了让东印度公司重新控制北美市场，通过了一个《茶叶法案》，把茶叶专销权交给这家公司。法案出台后，东印度公司下调了价格，甚至低于走私茶。比如最走俏的武夷山红茶，比走私茶还便宜 1 便士呢。当时东印度公司大约持有 1700 万磅的茶叶，比北美市场的年消费量还多出好几倍。这样一来，茶贩子不干了。波士顿茶党以"自由之子"的名号，制造了震惊世界的"波士顿倾茶"事件。那是 1773 年 12 月 16 日的夜晚，他们装扮成当地土著人闯入码头。当时港口停泊着"达特茅斯"等三艘货船，船舱里装满了中国茶。这些人上船后，把茶叶全部倒入大海中。不到两年，美国的独立革命就爆发了。有个波士顿商人叫约翰·亚当斯，他评价说，"这是一个伟大的时刻……倾茶事件非常果断、勇敢，影响深远。我想不出更好的词来描述这一事件啦，只能将它概述为划时代的历史事件"。

史密斯大声说："这个约翰·亚当斯，就是美国的第二任总统。"

"那一次，被倾毁的茶叶有三四百箱。倒入大海的茶，有许多是来自红茶原乡的正山小种啊！"陈会长沉痛地说，"我的先人也打了饭碗，去英国交不了差儿，回国又无颜见江东父老，就留在波士顿了。"

王远山沏好了一大壶正山小种，让侍者分给听众品尝。接着，他又播放了介绍武夷山桐木关和正山小种的视频。

人们兴奋起来，他们想不到，茶叶竟然牵扯着这么多历史事件。

听众散去了，陈会长请王远山和史密斯留下来深入交流。那个姑娘也没走，原来她是史密斯的女儿爱丽丝，外祖母是福建人，她也想研究东方文化呢。

陈会长取出一套精美茶碗："这是我家的传家宝，请二位过目。"

王远山一看，惊呆了，这些茶碗和爷爷收藏的如出一炉。

史密斯小心翼翼地欣赏着。陈会长说："细细看，黑色之上，还有兔毫、油滴、鹧鸪纹呢。用这碗泡茶，可以看到茶汤中斑纹的变幻。建盏的胎釉材质，还能激发茶香呢！"

王远山端详着陈会长的面容，问："听说过做建盏的陈家吗？"

陈会长说："同宗呀！我们这一支漂泊海外后，若有人回乡，必得去福州老宅的陈家祠堂祭拜的。"

"这就近了。"王远山说起了王陈两家世交的旧事。

陈会长听了老泪纵横："打断胳膊连着筋呢！"

史密斯连忙安慰："故人相逢，该高兴啊！"

"高兴！高兴！"陈会长抹抹眼泪，"我这是喜极而泣！"

史密斯转向王远山说："王家祖上当过大茶官，您手头一定有不少史料，我们该合作研究茶叶史啊！"

王远山说："过两三日，我有两个朋友要来，有一个便是红茶史专家。"

爱丽丝说："这两天，我陪您逛逛波士顿吧，当司机，做翻译，不要工钱的。"

史密斯听了大笑："我女儿想趁便向王先生讨教呢，省了学费。"

王远山问爱丽丝："史密斯先生是研究茶叶史的，你这做女儿的，怎能不懂茶呢？"

爱丽丝顽皮地笑了，史密斯说："她刚才是给您捧哏呢。"

王远山也乐了："我是说相声的吗？"

过了两日，陈戎剑和边青山也到了。陈会长一见到陈戎剑，就揽到怀里，动情地哭了。他把陈氏族人，老老少少上百口子，统召集来，在台湾人开的"滕王馔"餐馆摆了十几桌子酒宴，为故乡的亲人洗尘。

之后，同乡会在波士顿大学举办专题讲座。边青山主讲的题目是《武夷山红茶的前世今生》，他向闻讯而来的美国听众介绍了武夷山红茶和红茶外销史。

边青山开门见山："为什么要讲这个题目呢？因为武夷山的桐木关是红茶的发源地，也是我的家乡。"他指着屏幕上的画面说，"红茶有小种红茶、工夫红茶、红碎茶三大类。最早出现的，就是我们家乡的小种红茶。小种红茶作为特种茶，是由武夷茶派生衍变而成的。许多欧美国家的人喝了武夷茶后，才开始了解中国的。"

讲台上边青山居中，一边挨着王远山，一边是担任口译的爱丽丝。

边青山举着一本中英文对照版的《茶经》说："对茶叶感兴趣的，定要读读这本书。它是中国茶人的圣经。"他又举起一册书说，"这是陆廷灿写的《续茶经》，书里说到武夷茶，'在山上者为岩茶，水边者为洲茶'，其最佳者，名曰工夫茶。工夫之上，又有小种，则以树名为名。每株不过数两，不可多得'。今日请诸位品饮的，就是正山小种。我家乡的茶为什么'不可多得'呢？我身边的王先生是生态茶叶专家，就请他讲讲吧。"

王远山在大屏幕上播放了桐木茶区的片子："古人说过，这些地方'因土壤之宜，品质之美，终未能攘而夺之'。武夷山附近的政和、福安、屏南、古田、沙县等地出产的红茶，统称'外山小种'，质量相对就差些。"

史密斯发问："怎么区分'外山''正山'茶呢？"

"正山小种又叫'烟小种'，因为用松材焙过火，闻着有股松香烟熏味。"王远山一边说，一边用手捧了把干茶，大屏幕上也打出了画面："瞧这茶的外形，条索肥实，色泽乌润；再看茶汤，红艳艳的；闻着呢，香气高扬，混着松烟香和桂圆汤味。倘若加些牛奶，还会形成糖浆状奶茶，汤色愈加漂亮。"

边青山又举起一册书说："这是威廉·乌克斯写的《茶叶全书》，上面说，武夷正山小种作为红茶中的珍品，到欧洲后用来拼配饮料。日本专家高野健次说，在自行调制拼配时，可以在印度或锡兰茶里加入少许的武夷山小种，您就能享受到它独特的气味。"他又举起一本书说，"这是李约瑟博士写的《中国科学技术史》，他说饮用茶叶是人类最早使用植物强身健体的成功范例，把它列为四大发明之后中国的第五大重大贡献。"

讲堂里骤然响起一片掌声，听众起立，向来自中国的茶人致敬！

讲座结束后，陈会长招呼史密斯和他的研究生，又回到远山茶馆喝茶，继续与中国专家研讨红茶历史。

史密斯点了 Earl Grey，侍者还端来了一盘茶点。王远山一尝，是地道的英国伯爵茶。

"Earl Grey 是史上第一款拼配茶。"史密斯笑着说，"说起来，喜欢威士忌的人要感谢茶人的。"

他的一个学生问："为什么？"

史密斯诉说了威士忌的来历——1820 年，苏格兰的约翰·获加在基尔马诺克开了间小店，经营自己亲手拼配的茶叶和包括威士忌在内的各种酒品。当时有不少生产威士忌的酒厂，质量并不稳定。约翰·获加借鉴拼配茶叶的工艺，将各式威士忌调配起来再行出售，结果别有风味，调配威士忌立刻走俏。约翰·获加的儿子亚历山大·获加子承父业，持续改进调配工艺，创造出尊尼获加红牌、黑牌等经典配方，乃至蓝牌和英皇乔治五世等杰作，把调配型威士忌推向了世界。

此时，王远山动手拼配了一壶茶，茶汤像威士忌一样红艳透亮。

史密斯小啜一口，有些疑惑："大红袍？"

王远山笑了："是大红袍，添了些四川雅安的黑茶。"

史密斯赞道："别有风味啊！"他问，"中国有哪些黑茶？"

王远山回答："有句顺口溜呢，'雅安的条安化的卷，云南的饼湖北的砖。'"

史密斯听了说："我家祖上经营过湖北青砖，我喝过雅安茶条、普洱茶饼，也见过湖南安化的茯砖，卷是什么？"

王远山说："安化有一种千两茶，就是卷起来的柱形体。"

陈会长也喝了王远山拼配的茶，说："这茶就叫'威士忌茶'吧。"他又问边青山，"我们中国人究竟何时开始喝茶的？"

边青山回答："据史书记载，萧何渴了，常饮茗汁。说明汉代就开始喝茶了。到了西汉末年，已经有了茶叶市场。普及开来，应该是唐宋两代了。"

史密斯问："武夷茶是何时出现的？"

边青山说："清代有一个闽北人，叫蒋衡，是专门研究武夷茶史的学者，他写了一本《晚甘侯传》，说是南北朝齐朝，有一个叫王肃的官宦子弟，喜欢品饮武夷茶。那时，武夷茶被称为'晚甘侯'。"

王远山插话说："我国古代的茶叶生产，从公元2世纪起，已经由西南传至东南一带了。按说，武夷山早该有茶了。我也翻阅了不少典籍，唐朝的史书中很少说到武夷茶。"

边青山详细地讲述了武夷山茶叶的历史——

自古以来，闽北人烟稀少，交通不便，崇安归属建阳管辖，离崇安三十来里的武夷山，更是"深林人不知"。唐朝还在武夷山实行过采樵之禁，限制生产。所以陆羽在《茶经》里说，"福州、建州等十一州未详，往往得之，其味极佳"。直到宋朝以后，崇安建县，武夷茶才渐渐有了名气，把茶叶碾碎后再制成大小茶团进贡。到了明代洪武二十四年，就是1391年秋季，改为采茶芽进贡。那时的茶芽分成四种，探春、先春、次春和紫笋。立春前采制的芽茶叫探春，但此时茶芽萌发得很少，茶农从早到晚跑一天山也采不到多少。为了上贡，只好采制延平，今南平一带的茶冒充武夷茶。由于以假乱真，茶园荒芜，武夷蒸青贡茶慢慢衰落了。清代，从安徽传入了松萝制法，武夷山的绿茶也由蒸青改为炒青，但销路并不见好。因摊晾的茶青自然发酵，启发了我们家乡的茶人，创制出小种红茶，很快就打入国际市场。

史密斯询问由绿改红的工艺变化，边青山解释道："小种红茶制法，与绿茶相反，鲜叶杀青，改为晒青后揉捻，转色后过红锅，再揉再焙后，薄薄地摊在水筛上过夜，第二天一早，拣掉硬梗，簸除碎片，再过一次火，就做成了毛茶。这种做法费时费工，后来。各产区逐渐简化毛茶加工工序，一般工序是萎凋、揉捻、转色、干燥。"

史密斯追问："工夫红茶是怎么回事？"

边青山说："加工鲜叶简化了，工夫花在了对毛茶的深加工上，所以叫工夫红茶。工夫红茶出口后，也掀起了热潮，反而冷落了小种红茶。这就是武夷小种红茶在中国茶史中的两起两落。"

陈会长问："啥时小种最走俏呢？"

边青山回答："十七八世纪间。"

这时，王远山发现"友人品茗"的微信群里，栓子发来一则消息，内容是美国国会通过了"陆羽法案"，将中国茶圣陆羽认定为美国国父。法案规定：中小学课程中必须增加陆羽与《茶经》的内容，独立日期间需向公众及学生提供免费茶水。这个帖子追根究底，从"如果没有陆羽就没有《茶经》"说起，推论到"没有美国独立战争就不会有美国"，结论是"如果没有陆羽就没有美国"。

王远山觉得好笑，又传给了边青山。

"愚人节笑话。"边青山看过嘿嘿笑了。

王远山说："不过，这些推论也有些道理。像波士顿倾茶事件，确实影响到了美国的历史进程。"

边青山和史密斯隔着大洋干着一档子事，都在研究红茶史，两人叙谈分外投机。可一说到倾茶事件的是是非非，又吵得面红耳赤的。

史密斯说："我不想隐瞒什么，我祖上就是茶党人，也参与了倾茶。我认为，这一事件的发生，矛头对准的是殖民主义者，在历史上有进步意义。"

边青山说："那当时的'自由之子'们，为什么要打扮成印第安人的模样？"

"这不过是一种策略。据我研究，当时在倾倒茶叶时，还是有秩序的，除了茶叶，船上的其他东西，包括瓷器等物品都没有毁损。"史密斯接着说，"这和你们林则徐虎门销烟类似，属于正义行为。"

陈会长听了不以为然："这可不一样，鸦片是毒品，茶叶是饮品。"

王远山说："那些倒入波士顿港的茶叶，大多来自我国闽北山区。春来了，天麻麻亮，茶农进山采茶，采好鲜叶，还要经过萎凋、揉捻、发酵、烘焙、滚卷、木箱装箱、铅皮封边等烦琐的工序，挑夫再把茶叶挑到码头，苦力们再把一箱箱茶叶搬上货船摆放整齐。商船在大海上颠簸好几个月，才能把茶叶运到大洋彼岸。这些茶叶凝聚着大自然的阳光雨露，也凝聚着劳动者的心血汗水呀！"

边青山说："当年的茶党，实际上代表了茶叶走私集团的利益，倾茶也是有商业动机的。一开始他们就散布谎言，说什么茶叶有毒，会摄走饮茶人的灵魂。"说着，他翻出一张当时纽约出的英文报纸，指着一段文字给史密斯看："一艘艘满载茶叶的船，此刻正在朝着我们这个港口驶来，它是被派来奴役和毒害我们所有美国人的。"

史密斯看了无言以对，惊诧地问："边先生怎么会搞到这些资料？"

边青山说："那些人还如此作践我们武夷山茶呢。"他又取出一份报纸，报头上显示，这份《波士顿公报》是在倾茶事件发生四天后出版的，报道说："莱克星顿的爱国者们在近日的集会上，一致通过反对消费武夷红茶，他们收缴了镇上的每一磅茶叶，然后付之一炬。"

史密斯看了，愈发窘了。

王远山说："不瞒史密斯先生，茶党毁掉的那些茶叶，有许多就是边先生媳妇家先人的。"

"谁家的？"

"伍浩官呀！"

"边先生的妻家是怡和行的后人？"

"是呀，还是嫡系呢。"

史密斯激动啦，站起来向边青山鞠躬。边青山连忙劝阻，史密斯说："我本该磕头的。"

原来，当年的怡和行坚持"以品质为王"，凡贴上"怡和行"商标的，准保是好茶。在与东印度公司的交易中，伍家占了将近两成份额，口碑也好。那时有贸易季，做完生意后，东印度公司会把钱存在怡和行。史密斯的先人经营不善，欠了伍家七万多银圆，伍浩官仍善待之，帮助他走出困境。后来史密斯的先人扭转了困境，成立了旗昌洋行，一直与怡和行合作。再后来，伍浩官把怡和行的海外生意全交给旗昌代理。边青山妻家在武夷山区拥有大片茶园，每年做好的茶叶，都经旗昌洋行代理输往欧美各地。在这个过程中，怡和行也积累了丰富的国际贸易经验，开始通过旗昌洋行的股东投资美国铁路建设，参与证券交易。

史密斯和边青山紧紧握手。待情绪稍微平复些时，史密斯摊了摊手说："莱克星顿打响了北美独立革命的第一枪，可我们的祖先销毁了中国茶，确实伤害了武夷山茶人，还有我家的恩人啊！"

边青山爽朗地笑起来："史密斯先生这样说，令人佩服！来美国能见到您这么懂茶的人，祖辈上又打过交道，实在有缘，也有幸啊！"

史密斯站起来，指着墙上挂着的一幅油画说："这是比利时画家约瑟夫·阿肯在18世纪20年代创作的画。你们看！这是英国人喝下午茶的场景。"

陈会长说："我很喜欢这件复制品，一直挂在茶馆的墙上，想家了，就喝着茶看这幅画，瞧！那茶具，也是中国青花瓷的风格。"

史密斯说："维多利亚时代，英国贵族家庭开始流行喝下午茶。18世纪初，英国官方进口的茶叶只有区区6吨，到了世纪末，各种渠道进入的茶叶就激增为两万吨。乞丐、车夫、苦力都喝茶了，还随着移民把喝茶的习惯带来了北美。从波士顿往南，到纽约，再到费城，东部沿海走廊地带，到处有人喝下午茶。茶一直是我们美国人热衷的饮品，除了红茶，也喝绿茶。发明了冰箱后，又开始喝冰镇茶。招待客人时，还要在茶汤里兑点果汁和酒。"

王远山说："英国茶叶消费量猛增的阶段，正是工业革命兴起之时。多喝茶，少喝生水，可以减轻水源污染的危害呢。"

边青山说："反正中国茶的魅力是挡不住的！美国独立后，我记得是1784年2月22日，就是华盛顿总统过生日那天，新诞生的美国派遣'中国皇后号'从纽约港启程，前往中国广州。这次装船的货物就是茶叶。"

史密斯笑了："这说明，我们美国人并不相信茶叶有毒啊！"

"19世纪，英国开始在印度阿萨姆地区大规模开垦茶园，随后又到锡兰种茶。到了19世纪末，印度已超过中国，成为世界上最大的茶叶出口地区。"王远山冷静地说了一句，"现在，中国茶还在路上呢。"

第二天，史密斯带着几个学生，开着一辆中巴，接上中国客人，去波士顿港口观光。在一个港湾里，竟然停泊着十几艘老旧航船。

史密斯带着大家走近紧靠在岸边的一艘船。史密斯抚摸着船身说："瞧瞧，这是用上等柚木打造的，船舷上还镶嵌着闪闪发光的铜饰件呢！"

王远山问："是快剪船吗？"

"没错！这是一种风帆船，它可是茶叶贸易中的一个主角啊！每年新茶下来后，在福州的罗星塔码头装船后，快剪船就开始扬帆远航了。苏伊士运河开通后，不用绕行好望角了，从我国东南沿海到伦敦的距离缩短了数千英里。"边青山指着不远处的一艘船说，"后来蒸汽轮船代替了快剪船，茶叶海上运输更便利了，规模也越来越大。就这样，英国成为地球上最大的茶饮大国，茶叶消耗量越来越大。"

王远山感叹地说："英国人没有那么多白银买中国的茶叶！就开始在印度种植鸦片，试图以此代替白银，换取中国的茶叶，从而导致中国与英国的冲突不断升级。1840 年，鸦片战争终于爆发了。"

边青山接着说："在茶叶史上，鸦片战争同样是一个分界线。之前，中国茶叶占据世界总供应量的十之八九。过了四十多年，印度输入英国的茶叶超过了中国。"

史密斯看着那些船只说："我家先人曾订制过一艘远航船，造好下水时，特意命名为'浩官号'。"他远眺东方，"研究茶叶贸易史，实际上就是研究世界近代史。"他叮嘱女儿和自己的研究生，"从今天起，除了我，边先生，还有王先生，都是你们的导师！"说着，他让几个年轻人向中国老师鞠躬。

一行人站成一排，以港湾里的老船为背景拍了张合影。这时，爱丽丝走过来，紧紧挽住王远山的手臂，喊着让老爸拍照。史密斯开玩笑说："你喜欢喝中国茶，就跟着王先生去吧。"

离开时，王远山发现了一块牌子，看了才知道，这里是波士顿港务局博物馆的老船户外展区。

离开波士顿那天，王远山接到了近泉打来的电话，说是父亲病重住院了。他急忙飞回北京，一出机场，就直奔肿瘤医院。王平顺见着儿子，一句话也说不出来，微笑着闭眼走了。王远山这个从不轻易流泪的汉子，顿时泪如雨下！

办完了丧事，王远山收拾父亲的东西时，发现了一张诊断书，原来父亲早已被查出"占位性病变"，却一直瞒着他。父亲在日记里写道："远山天生是一个'野人'，他的梦想在野外。我爱他，就不能把他圈在家里，圈在我的病房里。只要能为中国的茶产业做些事情，就让他野着好了！"俗话说，少年夫妻老来伴，失去了老伴，只隔了一个月，远山的母亲就在睡梦里平静地走了！

短短一个多月，王远山就失去了至爱双亲，想到自己有家不能常住，有老不能照顾，大颗大颗的泪滴掉入端着的茶碗里。

二十六

黄山管委会正在申请加入联合国"人与生物圈"计划，王远山被申报团队聘为专家，负责撰写生态方面的考察报告，其中茶叶生境是一项重要内容。

王远山根据自己的茶叶生态理论，指出中国东南地区有一条明显的黄金产茶带，黄山地处其间。这年清明一过，王远山、陈戎剑和萧娅萍就飞赴屯溪，驱车前往茶区考察。

车子行进在北纬30度线上。王远山说，暖温带与亚热带的过渡区，雨水多，云雾多，温湿度适中，特别适合茶科植物生长。黄山区域性小环境差异明显，茶树也自然演化为不同的变异种。古代黄山的山民驯化了野生种，进行人工栽培，选育出许多优良群体种。

萧娅萍说："我常喝黄山毛峰。"

王远山说："清代外销的名茶，有屯绿、婺绿、遂绿，也有黄山毛峰、太平猴魁；红茶有宜红、川红、小种红茶，也有这里的祁红。"

萧娅萍问："庐山云雾茶、黄山云雾茶，为何冠以'云雾'二字呢？"

"高山云雾出好茶呀！《黄山志》里有句话：'云雾茶，山僧就石隙微土间养之，微香冷韵。'黄山茶区分布在海拔800到1100米的地方，云雾缭绕，水汽弥漫，茶树又长在岩石风化的土壤里，所以出好茶。"

这几天，黄山周围凡是有茶的地方，不论是台地、丘陵和山区，考察团队都走遍了。

王远山雇了个山民当向导，打算进入无人区寻找野茶树。无人区情况不明，也没有手机信号，听说时有野兽出没，萧娅萍难免担心。陈戎剑笑言："放心好了！野兽见了王老师都会敬而远之。"

过了三天两夜，天擦黑时王远山跑回来了。他的胳膊、腿上，到处是蚊虫叮咬的伤口，但他毫不在意，像顽童一样嚷着："找到了，找到了！"萧娅萍问："找到什么了？"王远山掏出采集到的野茶枝叶标本："纯自然演化的茶树植株呀！大叶、中叶和小叶种，都找到了。"

歇了一夜，一行人沿着麻川河来到新明乡三门村。这里的猴坑、猴岗和颜家，是太平猴魁的原产地。茶园分布在海拔 350 米以上的山地，大多在半阴半阳的山脊半坡上。趋近观察，树根深深地扎在肥沃的黑沙壤土里。

他们沿着曲折的荒径向山头盘行，不时有爬虫窜来窜去的。爬上顶坡，临着太平湖立着块牌子，标示出这里是原产地。海拔超过 800 米的顶坡上长着几亩茶树。最正宗的太平猴魁，采的便是这里的鲜叶。

这块茶园是猴魁先祖郑守庆于 1859 年开出来的，守着茶园的郑太平是郑氏后人。

郑太平拿出自家的茶来，果真是"猴魁两头尖，不散不翘不卷边"。他亲自沏了茶招待客人。猴魁冲泡后舒放成朵，两叶抱一芽，在碧色莹然的茶汤里或悬或沉。

晌午天热，众人坐在高处的树荫里纳凉，一边喝茶一边聊。

王远山说："猴魁，猴魁，是尖茶的魁首呀！"

郑太平说："这茶的特点是兰香猴韵，头泡香高，二泡味浓，三泡四泡还有幽香呢。"

萧娅萍问："远山，叶子怎么能长这么大呢？"

王远山回答："这是'柿大茶'。"他随即带着萧娅萍走入茶田，蹲下来看那叶子，叶片长而扁平，两端略尖，叶脉隐隐有一条红丝线。

这时郑太平走过来，递给王远山一片长长的叶子，王远山目测了一下："足有 10 厘米啊！"

站在猴魁源，俯瞰太平湖，远眺凤凰尖，王远山突发诗兴，吟了一首诗——太平湖映凤凰尖，浮水宕边有茶田。吐翠猴魁染云雾，春岗香漫四月天。

萧娅萍打趣道："快成诗人啦！"

王远山笑了："我只吟茶诗。"

郑太平带着大家下山，来到他家的制茶作坊。

茶师正在拣尖，将采来的一芽三四叶，从第二叶茎部折断，只留下一芽两叶。

王远山拿起一枝问："这就是'尖头'吧？"

郑太平一边点头称是，一边将挑拣出来的"尖头"铺在竹垫子上，进行轻度萎凋。

作坊外面支着阔口铁锅，一个老技师正在杀青。郑太平在一旁说："翻炒要带得轻，捞得净，抖得开。"

出锅了，老技师将杀青叶逐一用手抖直，均匀地铺在绷着铁纱网的木盒里。王远山也学着老技师的样子跟着抖直，用手指将两片叶子轻轻包裹住嫩芽，高兴地说："两叶抱一芽！"

接着，老技师把理直的茶条用木制滚筒轻轻地滚压成型。

郑太平说："接下来就是烘焙了，从毛烘、足烘到打老火，火温须逐渐降低，烘干后还要趁热装筒。"

王远山拿起一个茶筒看，内里垫着层箬叶。郑太平说："茶是草，箬是宝，这样能提香呢。"

紧邻郑家，还有家做毛峰的作坊。

郑太平带着客人过去时，主人韩卫国正在炒青呢。

消停些时，韩卫国拿出自家做的毛峰茶。

王远山捏了一小撮干茶，茶叶状似雀舌，披满银毫，还带着'黄金片'呢。鼻尖凑近一嗅，是约略兰花、板栗的香味。

萧娅萍说："我爹在世时，好喝徽茶。"

王远山说："那就是黄山毛峰呀，因产于徽州歙县一带，老人都叫'徽茶'。"

茶具都是玻璃杯子，泡开后汤色呈黄绿色。

韩卫国听说王远山是专家，就问："这茶可好？"

"黄山毛峰，为啥能在芽尖型绿茶里出类拔萃？它的特点就是清香。恕我直言，这茶香不够清洌。"

"啥原因呢？"

"这些茶青长的地儿海拔不高，采回来又受了挤压，失去了鲜味。"

"确是山下采的，采来天一直阴着，摊晒时又是生手做的，就闷了，我已扔了不少馊叶子。"

"还有，炒锅火力不够，你就拖长了时间。"

"老法子是用烘笼烘干的，为了提高香气，现在炒烘结合，做起来不得要领。"

"听说过 EGCG 吗？"

"没有啊！啥东西？"

"它是儿茶素的一种呀！你抽空读一读《茶叶化学》。EGCG 有益于人体健康，尤其是左旋体的 L-EGCG，被称为茶中黄金。"王远山顺手抓了一把茶青说，"做茶的人为了让香气浓些，汤色亮些，往往过度加工，结果呢，EGCG 大都变成酚酸类物质啦，得不偿失呀！"

韩卫国佩服得五体投地，连忙和王远山连上了微信："王老师，您句句说到点儿上了，往后我会常讨教的。"

隶属黄山市的祁门县，所产红茶名声远播。刚好黄山管委会的胡宏道是祁门人，这天一早，他驾车接上王远山三人，从屯溪去祁门。胡宏道在路上说，他父亲打小就在山里种茶、做茶，读中专学的还是茶叶，毕业后一直在县里负责销售祁红。去年刚退休，闲不住，又跑到茶山上了。

一路上，凭窗望去，山坡上草荣木茂，连绵不绝，在艳阳的照射下春花灿若繁星。

王远山说："祁门的森林覆盖率在安徽是数第一的。"

陈戎剑说："我去过牯牛降，那里可是华东最后一片原始森林啦。"

王远山说："天下灵山必产灵草，生态好茶叶才好。"

胡宏道说："祁门红茶获得过三次世界金奖，一直是我们祁门人的骄傲。"他叹了口气说，"这几年红茶市场不景气，好多茶农改做绿茶了。"

王远山说："这里大多是槠叶种茶树，适合做红茶，再说祁红名满全球，由红改绿，舍本求末啊！"

胡宏道说："没法子呀！茶农务实，什么好销做什么。我爹无可奈何，也随着做过绿茶呢。"

王远山斩钉截铁地说："'祁门红茶'这块牌子丢不得呀！"然后问胡宏道，"晓得胡云龙吗？"

胡宏道说："祁红的创建人吧，我爹最钦佩这位老宗亲了，见着我爹，你们聊吧。"

车行至一处茶田停了下来，王远山走入被常绿阔叶林包裹着的茶田，仔细观察这片茶树的叶芽。他情不自禁地掐了几叶最嫩最饱满的芽头放进嘴里，顿时口腔里清香萦绕。他突发奇想，对身边的萧娅萍说："这么鲜嫩！若是用开水焯一下，浇上佐料，放几滴麻油，定是一道爽口的凉拌菜。"他给青翠欲滴的芽头拍了特写照片。上车后，他对胡宏道说："这些鲜叶，做高香红茶蛮好，做绿茶可惜了。"

将近正午，车子停在一个茶厂的院子里。老胡闻得动静，便从屋里迎了出来。

打过招呼后，老胡先领着客人参观车间。王远山特别仔细地观察发酵工艺，还不时在小本上做着记录。

转进一个车间，茶工正在进行切断筛分作业。萧娅萍问："为啥要切碎呢？"

老胡说："祁红一直是外销茶，老外习惯喝袋泡茶，切碎就方便多了。"

王远山接着说："袋泡茶，还能充分地释放茶叶内含物质呢。"

萧娅萍感叹道："手工精制工序好复杂啊！"

老胡说："从初抖开始，分筛、打袋、毛抖、毛撩、净抖、净撩、挫脚、风选、飘筛、撼筛、手拣、拼配、补火、匀堆，直到装箱，做祁红蛮辛苦的。"

王远山说："俗话说，'快刀铡的草细，慢工做的茶香'，祁红采制精细，焙作考究，与斯里兰卡的乌伐、印度的大吉岭红茶，并列为世界三大高香茶。"

老胡喟叹："祁红大不如前了。"

王远山说："好多茶厂更新换代了，但即使用机器做茶，精制工序也是不可缺少的。"

在品茶室坐定后，老胡动手泡茶。

萧娅萍喝了问："啥绿茶？"

王远山说："大别山里的六安瓜片。"

萧娅萍问："你还没喝咋知道的？"

"看干茶呀！瓜片是唯一无芽无梗的茶。"王远山接着对老胡说，"还是喝您做的茶吧。"

老胡从罐子里取出一些干茶，萧娅萍一看是条索状的，而且紧细匀整，就问："祁红也有不碎的茶吗？"

老胡说："我泡的是'祁红毛峰'，还有'祁红香螺'，和老式做法比起来，这些品种属于新派祁红，它们的条形完整，色泽乌润。"

萧娅萍盯着茶汤赞道："红艳艳的，还泛着亮光呢。"

王远山在一旁说："这汤色，当地茶人叫'宝光'，闻起来也很香啊！"他把泡茶的壶盖伸到萧娅萍的鼻子底下，又说，"做祁门红茶，通常采一芽两叶。一般的祁红，清香中隐隐有蜜糖香味，这茶呢，还有兰花香，就是'祁门香'。"他又让萧娅萍看泡过的茶底，还是又红又亮的，嫩度、匀度都不错。

老胡说："王老师是大茶人啊！"他给客人续茶，"清饮时，祁门香最明显。"

王远山说："我在国外喝过添加鲜奶的祁红，依然可品出祁红独有的香味来。"

萧娅萍追问："究竟是碎茶好，还是条索茶好？"

王远山说："不可一概而论。但我喝着这茶，没有红碎茶味道好，香气也是漂浮在上面的。"

胡道拱手请教："什么原因？"

王远山笑言："做这样条索整齐的茶，工夫都花在做形上了。"

陈戎剑插话说："我爹好喝祁红，我打小也跟着喝。祁门香像花蜜似的，浓香久久地粘在喉咙间。这茶是甜花香，不够浓厚。"

老胡说："陈老师也在行啊！"

陈戎剑笑了："跟着园丁学种花，跟着王老师喝好茶。"

老胡说："18世纪中叶，武夷小种的红茶制法传遍了八闽大地。咸丰年间，福安县坦洋村有个姓胡的茶人，在小种做法的基础上，创制了坦洋工夫红茶。后来，政和、白琳也相继仿效，改制工夫红茶后大量出口，号称三大闽红。两百多年前，我家的先人从福安搬到祁门，试制成功了祁红。"

王远山说："那时祁红不逊闽红，后来居上呀！"

老胡说："三十年河东，三十年河西。金骏眉出来后，武夷山的红茶又火了，祁红却卖不出个好价钱来。"

王远山看见，墙上挂着一幅轮船图片，这是一艘新下水的螺旋桨蒸汽机轮船，船身上喷着"Keemun"的英文。

老胡说："19世纪末，祁红刚走俏几年，英国人就造了这艘祁门号货轮，专门用来运输茶叶。"

王远山说："祁红很快就在国际市场走俏，英国人尤为喜爱。当时有一种威尔士王子茶，就是以祁红为主，专门为温莎公爵夫妇配制的。"

老胡说："是呀！英国贵族喜好祁红独有的醇香味，祁红被誉为'勃艮第之茶'。"

王远山说："祁红是老资格的外销茶，英国人称它为'红茶皇后'，改做绿茶绝非长久之计。现在绿茶过剩，想让祁红再度走红，一定要打开国外市场。传统的祁门红碎茶就是根据外国消费者的习惯加工的，适合做袋泡茶。这个传统丢不得啊！"

陈戎剑说："振兴茶产业，需要从标准化做起；做标准化，应该从外销的红茶做起。"

老胡高兴地说："请你们来，请对啦！"

"不必客气！"王远山说，"我早就想上胡家祠堂，去祭拜胡元龙呢。"

老胡兴奋了："县上有祁门红茶协会，我也是个副会长。每年到了胡老前辈的忌日，都要举办祭礼的。司仪宣读祭文，大家会跟着吟诵并行礼，协会所有理事成员都要依次向胡元龙的雕像献茶。"老胡给大家添茶，"到时请你们来。"

王远山说："我一定会来祭拜的，王胡两家可是世交啊！"看着老胡有点惊诧，他就取出《王家茗事续集》，翻开一页念道："徽州祁门胡氏仰儒，如其所名，乃彬彬儒雅之士。咸丰年间，胡氏还乡，归隐南乡贵溪村，于李村坞筑土房五间，旁植桂树四株，名曰'培桂山房'。胡氏率乡人辟荒五千余亩，兴植茶树。光绪初，绿茶滞销，经祖父介绍，遂亲往崇安求学红茶发酵工艺。归来创'日顺茶厂'，以土产鲜叶，请宁州舒姓茶师试制红茶。历八载之功，终得上等红茶。胡氏为造福乡梓，复四乡传技，历四十载艰辛创业，祁红勃然而兴焉。"

老胡听了忙问："这是谁写的？您可晓得王传茗先生？"

陈戎剑大笑："正是王老师的祖父啊！"

王远山说："民国时，我的曾祖父王世严还带人在祁门建立过示范种植场呢，后来更名为农业部茶叶改良场。"

"就是这些茶界老前辈，帮助祁门开辟了新式茶园。"老胡恭恭敬敬地对着王远山作揖，"我爷爷在种植场当过茶工呢，王家于我们胡家有恩啊！"

王远山哽咽着说："我爷爷生前说过，因了武夷茶、祁红等品牌茶叶，他们做外销茶的才有底气！我们王家该感谢胡家和祁门的茶人啊！"说着连忙还礼。

老胡对王远山说："往后，您就是我们的技术顾问了。"

饭后，大家前往牯牛降西北的茶山。胡宏道把车停在山下，一行人徒步上山。山路崎岖，越走越难走，直到后晌，才爬上了海拔 800 多米的高山茶田。

王远山一进茶田，就蹲下来仔细观察茶丛，茶株长得很茂盛，叶子肥厚。过了一会儿，他起身对老胡说："这些茶树都是群体种，茶青质量好着呢。"

茶园位于偏西的南坡上，东南方向高峻的牯牛降阻挡着太阳直射，漫射光会柔柔地铺展开来。这时日已偏西，茶树枝条四伸，叶面舒展，依然闪着碧玉般的光泽。

王远山说："这种光照柔和、气温偏凉的环境，会让芽叶内的芳香烃及含氮类的鲜爽物质蓄积起来，同时阻碍茶多酚的形成，产出的茶就不涩，汤水清甜，也不会有刺激性的收敛感。"

王远山还要攀上邻近的山头，陈戎剑和萧娅萍双脚像灌了铅，走不动了，胡宏道陪着他们在茶田边歇着。

老胡带着王远山攀爬，他怎么也料不到，自己是山里长大的，却撵不上王远山。只见王远山穿着一双露趾鞋，脚下生风，猴子似的往上蹿，不一会儿就登顶了。待老胡上来时，他已端着相机拍了许多图片。

王远山对老胡说："你看，天上的云就像紧挨着茶田，这天半晴不阴，光柔柔的，水汽润润的，做出的茶也该是甜甜的。"

"这一带的茶青，做的都是高档茶。"

"有化验数据吗？"

"没条件做呀！"

"回头先改进一下工艺，做出茶来我帮你化验吧。"

老胡仰天道："老天开眼，让我遇到贵人了！"

从茶山下来，胡宏道开着车，走进历口小镇。

已是暮霭沉沉，茶叶市场里依旧人声鼎沸。老胡说："这时节，茶农们最辛苦了！把山上采来的生叶挑到市场，须在天黑前卖掉。"

老胡领着大家进了一个熟人办的茶厂。车间的地面上摊放着鲜叶，王远山抓了一把闻了闻，清香扑鼻，就问车间里的师傅："有做好的茶吗？"

那师傅回答："做好就送到县城里的茶叶交易市场了。"

大家回到老胡在县城的家住了一夜。老胡和王远山同住一间卧室，聊起祁红来，从种植、加工技术，又说到市场销售，话像车轱辘一样扯不完，直聊到月落中天。

次日一早，大家来到茶叶交易市场，很快就找到那家茶厂的摊位，看到了夜里加工好的新茶。王远山凑近一闻，顿时皱起了眉头："咋做糟了？"老胡一看，茶叶颜色发灰，再一嗅，也没有新茶的芳香气。悻悻然离开摊位，王远山对老胡说："这些年轻茶人太马虎了，把茶做成这样，糟蹋了那么好的茶青！"

老胡长叹了一口气："这么糙的活儿，真要砸牌子的！"

萧娅萍说："昨天在车间里，远山问起茶叶的内含物，小师傅们一脸茫然，有人还说茶不在好赖，会营销就行。"

分手时，老胡和王远山约定，待祭祀时一起去胡家宗祠参拜。

离开祁门的路上，王远山掏出笔记本，又写了一首七绝——去岁采青桐木关，今转平里祁门南。茶山自古连一脉，清芬冉冉漫云天。

回到京城，王远山写完黄山生态考察报告后，就开始修改《茶叶生态学》。这部书稿倾注了夫妻二人的心血，王远山觉得苏莎在催着他呢。他集中精力，补充了不少考察中的实例，又请张媛媛帮着修改了一遍，终于完成了这部学术著作。为了在出书前验证一下自己的理论，他想再找个生态好的地儿，建立茶叶种植与加工的试验基地。

正巧，关导打来电话，说他到陇南文县当县长了，请王远山和栓子过去指导茶叶生产。

王远山说："那里是北茶马古道的途经之地，我早就想过去呢。"

陇南文县地处秦巴山地、甘川陕三省交界带，深山里长着珙桐，还有大熊猫出没，都是珍稀濒危动植物。王远山他们一到，老关就径直带他们到了碧口镇。

老关介绍说，这里的山区也曾种过茶，但地处偏僻，销路不畅。这几年，县政府在实施退耕还林工程时，引进了龙井 43 号，茶叶生产正在逐步恢复起来。

上了山，远远望去茶树吐翠，白墙红瓦的新建农舍点缀其间。

他们走访了几户茶农，得知每斤明前茶能卖到一千多元了。

"路子对头儿！"王远山兴奋地对老关说，"这一带的茶树，分布在白水江世界生物圈保护区的边缘山地，适宜种生态茶。为官一任，造福一方，你关大县长加把劲儿，争取把碧口打造成北方有机绿茶的新产地。"

栓子说："远山哥，你的茶叶生态学也该走出书斋，在实践中检验了。"

老关说："记得在祁连山野外喝茶时，远山就让我跟着他学茶呢！这不，我真转行种茶了。远山，你可要帮我呀！"

王远山说："我们多转转，看还有哪些地方适宜种茶。"

文县有许多沟沟梁梁的地方，一直没有摘掉穷帽子。王远山经过实地考察后，建议他们改种茶树。他们和乡干部商议时，有人觉得不托底儿，因为这些年组织农民种过天麻等中药材，尽蚀了本。有个直性子的乡长说："种茶，塌火了咋整？"

王远山说："事是死的，人是活的，先搞点试验茶田吧；咱签个合同，弄成了农民得利，蚀了我们兜底。"他这么一说，自然没人反对了。

栓子有些纠结，私下问王远山："真赔了咋办？"

"我看过了，这里的矮山、丘陵，还有土壤、温湿度和降雨量，适宜种茶，一定能打出'白水江绿茶'的牌子。"

回到县城，老关说："看来远山胸有成竹啊！"

"我们先搞几个有机茶园。"王远山说，"我从黄山那边过来，30 年代吴觉农就帮助祁门搞机械制茶，还组织过茶叶运销合作社。我们也该成立茶叶合作社，把种茶、做茶和销售都统起来，实现产业一条龙。"他摊开一张自己绘制的地图继续说，"我号上的地界，种茶没问题，邻近还有一些景点和水库，连接起来，就是一条观光线路。茶业兴，旅游热。你们还可以借势发展生态旅游产业呢。"

老关动情地拍了拍王远山的肩膀："贵人啊！"路边有个酒馆，他邀请贵人喝两盅。

王远山笑笑说："茶人不入酒馆。"

老关也笑了："那就等着喝白水江绿茶吧。"

在老关的主持下，王远山和乡干部签了几份合同。

在乡下，王远山看到好多人家用黄荆叶子泡水喝，尝了尝，味道还不错。

老关说："这地方，灌木丛中、山坡上，到处长着黄荆呢。采了叶子，老乡不只泡水喝，还用来做凉粉呢。"

王远山寻思：若是用做红茶的法子加工黄荆叶子，做出茶来，那可是一个大产业啊！

正琢磨着呢，边青山打来了电话，说他正在考察万里茶道，下一站要到湖北的羊楼洞。王远山听了说，我也要去那里看看。

王远山让栓子留下，又通知邵峰过来，让他们料理文县的有关事宜，自己赶往湖北了。

二十七

绵延于湘鄂赣的幕阜山峰峦起伏，长江水从西南向东北流来。山之北麓江之南岸，翠竹摇曳，桂花飘香，还生长着漫山遍野的茶树。

王远山抵达赤壁市时，边青山已经开车过来了。

一见面，边青山就摊开了一幅泛黄的《大清皇舆图》。

王远山一看就说："这图是俄国人绘制的。"

"见过吗？"

"见过呀！绘图的老彼得就是苏莎的祖父。"

"这就有故事啦！"边青山指着地图说，"你看，我用红笔圈住的地方，就是茶路上大名鼎鼎的羊楼洞。"

王远山翻开《茶道茗事》念道："两湖交界处山地广植茶树，所产丰盛。至明，鄂东南羊楼洞因茶而名，作坊林立，客商云集，斯为青砖茶之原产地。清咸丰年间，太平军起事，武夷茶路阻断，产于鄂之蒲圻、咸宁、崇阳、通山，湘之临湘，赣之修水诸地之老青茶，俱汇于此压制砖茶，称为洞茶，沿北上西行之茶路，远销边土。"他收好笔记本说，"我爷爷说过，开发羊楼洞的大多是山西老财。乾隆年间，山西人在这里开的大玉川茶庄红火得很啊，每年压制的砖茶就有四千多担呢。后来晋商办的茶庄，也多以川字为记，我于靖边爷爷的爹，民国时在这里开过'五川'茶庄，还在镇上办过票号和邮局呢。"

"这里流传着一首《竹枝词》，'茶叶生计即山农，压作方砖白纸封。别有红签书小字，西商监制自芙蓉。'这'方砖'顶数川字招牌厉害了，它几乎成了砖茶的代名词。"

"我那个阿尔泰爷爷，一说到茶，就会伸出三根指头呢。"

"听说蒙古人把川字砖茶当成宝贝。"

"是呀！过去称呼买卖人叫'伙计'，蒙古人念成了'胡扎'。他们见到'胡扎'，也会伸出三个手指的。"

"看来，要写茶叶外销史，短不了说你们几家的事了。"

"苏莎的彼得家族，也在羊楼洞经营过茶叶呢。"

两人驱车向西南进发，公路沿着山谷伸展，两侧秀峦迤逦，洞水潺潺奔涌。王远山说："这里是幕阜低山与江汉平原的交错地带，数不清的泉水汇成了众多河流湖泊。加上气候温和，降水丰沛，也是种茶的好地方。"

路过一条古道，二人下车，在一个老旧的茶亭小憩。亭子曰"留茶亭"，下有石头圆桌，环置四个石凳。边青山说："旧时路边设有许多茶庵，以便行人歇脚，还有人提供茶水呢。"

车行五十余里就到了羊楼洞，泊好车，二人在老镇上的古街上溜达。

边青山说："这个地方因茶兴而兴，又因茶衰而衰，前几年并入了赵李桥镇，连个乡镇都不是了。"

王远山感叹道："当年可是鼎鼎有名的砖茶之乡啊！"

老街宽丈余，铺着青石板，曲曲折折，长约四里路，间有好几条丁字小巷。街旁多是明清建筑，青砖灰瓦，墙根覆满青苔，散发着陈旧的气息。门窗斑驳的红漆，让沧桑的街道存着些亮色和生机。镇子上还保留着八十多间老茶行的店面、几十处深宅大院，多是两进三进的，俱是前店后宅的格局，中间是天井，上面是阁楼。

在庙场街中段，有"洞庄茶号"的遗址。边青山说："这家老字号，是羊楼洞商人雷中万在乾隆爷登基那年开办的，起先叫'羊楼洞茶庄'。"王远山接着说："这就是'砖茶之源，百年洞庄'啊！"

走到老街尽头时，王远山蹲下身子，用手触摸路面上的凹槽，槽深寸余，他抓起槽底的几粒碎石子，复抬起头来，望着通向码头的远路。边青山给他抓拍了几张照片，说："这些车辙，统是当年运茶的独轮鸡公车留下的。"他又看了一眼路边，一家茶店还挂着"洞茶"的牌匾，"一百多年前，周边的茶叶都要在这里加工后行销，鸡公车推到河边，改走水路，经长江运到汉口，再转入汉江到襄阳上岸，接着就踏上了北去的茶叶之路，一直运到国外。"

拐进一条后巷，王远山眼睛陡然亮了，一家作坊挂着"洞茶传人"的牌子，便入门探访。主人姓甘，听说来人是茶叶专家，热情洋溢，当即带着客人去看压制砖茶的过程。

车间里的蒸汽压力机正在工作。王远山问甘老板："您是传人，还保留传统工艺吗？"

"留着呢。"甘老板带客人去了邻近的车间，里面的设备都是木制的，"过去作业都用脚踩，我有时也做些手工茶。"

《茶道茗事》记载着："崇阳羊楼洞,同治年间茶厂林立,男丁筛茶,女工拣茶,昼夜作业,市声鼎沸。此镇居者近五万,繁华一时,被誉为'小汉口'。《天津条约》订立,汉口开埠通商,远来之俄商,亦于兹兴办茶厂,且一度垄断汉口之砖茶产销。"果然，他们在镇子上找到一处俄罗斯商人的茶厂遗址。王远山拍了照片，发给安得烈，让他帮着查证一下，是不是彼得爷爷当年开的茶号。

本来，两人说好要去汉口，然后西去樊城，再一路向北，经洛阳、晋城、长治、太原到大同，沿途考察万里茶道的湖北、河南和山西路段。然而一到汉口，曹勋就打来电话，说是露雅要去考察茶马古道，已在普洱市候着了。王远山只好改变行程，他对边青山说："你去考察万里茶道，我去茶马古道看看，回头再交流信息吧。"

到了思茅，曹勋、露雅已整装待发了。曹勋展开一张地图，指着红色标记说，这是茶马古道的源头，从这里起，统共有 6 条茶马古道，分别通向北方、西藏，向南是缅甸、越南和老挝，最主要的有两条，前路是官马大道，经墨江、玉溪、昆明，一直到北京城。我们去镇沅，走的是后路，这条路是通向西藏的藏马大道。

驱车从思茅区北上，沿着无量山深邃幽远的山道，进入镇沅县境后，直奔振太镇。

曹勋扭头瞥了一眼王远山："你是惦着看野茶树吧？"

"振太是野生茶树之乡，咋能不去呢！"王远山向前探了探身子。

车子拐上一条蛇形路，望过去，就像挂在天上的一串 S 形项链。

"这路险啊！"曹勋紧把着方向盘说，"海拔高差一千多米不说，短短十来公里路竟然有十八道弯儿，一般的车也开不上去。"

曹勋驾的车是一辆改装成四驱车的吉普，他也没把握，神色有些怵。王远山下车，量了一下升高的底盘，检查了加装的涡轮、避震簧和绞盘，说声"我来"，上车抓住方向盘，一踩油门，玩卡丁车似的开了上去。曹勋说："能耐！怪不得戎剑说你是外星人呢。"

穿山越岭，终于到了振太镇。沿街有个茶店，高悬两个幌子，一个上书"茶"字，一个标着"铁"字。露雅觉得奇怪，这两样东西咋能扯在一起呢？于是走进去打听。店里只有一个女孩子，正在整理货架呢。从侧面看，颧骨凸起，约略有些像露雅。

那个女孩子转过身时，操着方言味的普通话问："买茶吗？"

"哦，随便看看。"露雅和那女孩对视了几秒钟，感觉怪怪的。

店里货架上的茶叶包装上，统统标有"铁"字。

"铁？"跟进来的王远山也有些疑惑。

"噢，这茶都是我们铁家坡产的。"那女孩儿说。

王远山问："这'铁'，是铁家坡的意思吧？"

"是呀！我们寨子里，有三十多户人家姓铁。"

"这个姓不多呀！"

"听说过铁木真吗？我们是蒙古族，铁木真的后代。"

"什么，蒙古族？"王远山和露雅都吃了一惊。

王远山急忙问："你们祖上是从草原迁移过来的吗？"

那姑娘说："大概是吧，我年纪轻，不大清楚家族的底细，我家太爷爷晓得过去的事情。"

出了店门，王远山对曹勋说："直奔铁家坡！"

这时，那个姑娘追出门来，冲着露雅喊："姐姐，你是蒙古族吗？"

"是呀！"露雅笑了。

"看着像电视里乌兰牧骑的演员。"女孩子说，"我叫铁鸿雁，关了门，我带你们去吧！"

无量山的余脉峰峦叠翠，古木参天。路过一个茶园时，王远山说要下车去看看。

369

他问："这里离昔归古茶园有多远？"铁鸿雁答道："八十多里吧。"

王远山观察了一下，茶园海拔 1850 米左右，山石与风化的土壤发红。铁鸿雁在一旁说："我们叫'猪肝岩'。"

大片的红壤上长着过渡型茶树，间有不少老树。那些茶树的枝条均匀分布，柔如发辫，山风吹来，轻轻摇曳，样子柔曼优美。

铁鸿雁说："这是会跳舞的藤条茶。"说着，身子不由自主地舞动起来。

露雅一高兴，在山地上跳起了蒙古族安代舞。大家跟在她的身后，围着几株藤条老茶树手舞足蹈。

铁鸿雁说："我们铁家人，都是种茶、种烤烟、种核桃的。"她问露雅，"姐姐会骑马吗？"

"会呀！有机会到草原，我教你骑马！"铁鸿雁听了高兴得直拍手。

车子停在界牌村村委会的院子里，铁鸿雁带着三人徒步上山。

路上，铁鸿雁说，她爹是铁家坡村民小组组长，娘是彝族。听说族人离开草原已经 650 多年了，男人的名字都排着辈分呢，以"振、思、国、麟、登、天、开、洪、文、应"十字为序。寨子里多数人姓铁，也有姓李、姓吴、姓夏的，都是上门女婿。寨子里有老规矩，入赘的外姓男人，必须登记为蒙古族。

铁家坡位于海拔 1800 米的半山坡上，进了寨子，铁鸿雁把客人径直带到自家院子。

露雅眼尖，一进院门就看到，屋门口的对联上写着"蒙古先祖英明千秋；南来子孙吉祥万寿"，横批上是"孛儿只斤"。她说，"成吉思汗出生在蒙古乞颜部，按我们民族的习惯，部落名就是姓。成吉思汗破了例，不姓乞颜，改姓为'孛儿只斤'。作为成吉思汗的后裔，铁家坡人也该姓'孛儿只斤'的。"

王远山说："定是依汉俗取首字姓铁的。"

曹勋说："他们已经南下数百年了！还忘不了是铁木真的后代啊！"

王远山心想：在马背上叱咤风云的民族，如今有一支却成了云南的茶农，这真是一段民族佳话。

铁鸿雁的家人得知露雅是蒙古族后，亲热得不得了。消息像一阵风地传开了，好多村民都凑过来，看北京来的蒙古族同胞。

院子里摆了两张矮脚方桌，众人围坐着茶叙。铁家人做的生茶汤色黄绿明亮，喝着有兰花、稻花香，刚入口时微涩，但回甘持久。

铁鸿雁的太爷爷九十多岁了，依然精神矍铄，有板有眼地讲起了族人的历史："我们这支人，都姓余的，老祖宗是余振太，就是振太乡的振太。到了民国初年，第六代天字辈的，全部改姓铁了，寨子也称铁家坡了。"

"为啥改姓呢？"王远山寻根究底。

说来话长，老人详细讲述了家族迁徙的历史："早啦！元顺帝退出大都时，我们的先人不愿北还，就南来投奔云南的梁王啦。"

王远山插话说："当时梁王以昆明为中心，形成了割据之势，他们依然奉元朝为正朔，收留了不少溃散的蒙古族官兵。"

老人说："你说得没错！我们先人一路遭到红巾军追击，逃到大渡河泸定桥一带时，进也难退也难哪！无奈之下，族人更名易姓，分散逃避。当时看到河里有不少游鱼，认为是吉兆，便改姓为'鱼'。"

王远山问："知道北还的族人去哪里了吗？"

老人说："应昌府啊！我们的故乡。"

露雅说："那就是内蒙古克什克腾旗西达诺尔一带，那里也是我的老家啊！"

老人颤巍巍地把露雅叫到身边，仔细地打量了一番："看着有点像我家鸿雁。"他抓着露雅的手，细话旧事——

为了区分贵贱，族里又将嫡系改余姓，女婿家由金姓改为俞姓，奴仆则改为于姓，并统一把籍贯由应昌府改为应天府。族人渡河后不久，追兵就追来了，盘问农人，都说没见姓铁的人过河，追兵就撤了。族人分散逃难后，有的潜留四川，有的逃到大理。逃到大理的一支，后来不少人迁到景东县乌木山。一部分人定居在接近沙坑河的冷窝，一部分人暂住在景东城东面的龙箐，一直住了十代人，当傣族土司知府陶府家的庄户，看管仓库。清咸丰以后，陶府衰败，又迁到镇沅振太乡草皮街，许多人贫困潦倒，以乞讨为生，不少人再次迁到山沟里栖身，先是迁到界牌山头，后又迁到河边定居，迄今已十多代人。新中国建立后，铁家坡的人全部登记为蒙古族。几百年来，族人不敢暴露族源，服饰婚丧习俗与当地汉族都一样了，但在心里仍牢记着是蒙古族的后代。

老人说完，搂着露雅说："咱们是老乡，有可能还是亲人呢！"他问，"露雅是蒙古名吧？啥意思？"

"其实应该叫'图雅'，或者是'托娅'，'霞光'的意思。上户口时，户籍警写成了'露雅'，就这么将错就错叫下来了。"

老人又问："'铁'，蒙古语怎么念？"

"特木尔。"露雅说罢，老人不停地念着："特木尔、特木尔……"周围的铁家人也跟着念起来。

王远山问："族人分散时留过信物吗？"

"有啊！"老人说。

王远山赶紧从挎包里找出于靖边爷爷交给他的那把蒙古刀，递到老人手里。老人看了看，一脸茫然地问："这是谁的刀子？干什么用的？"

王远山失望了，一边收回刀子，一边说："这是蒙古刀，牧区的蒙古人用它来割肉吃。"他喝了口茶水，咂咂舌头问，"您有什么信物？"

"族人在大渡河边吃了顿散伙饭，砸了口铁锅，分着拿了，然后就分散逃难了。"老人让孙子取出一块铁锅碎片，让王远山看。

王远山端详着那铁片说："人的命运，像极了老曼峨茶，起初很苦，之后又回甘了。"

老人说："是呀！现在做茶饼，往往添些老曼峨茶，这样拼配出来的茶有滋有味，也像我们的人生，有说不完的甘苦故事。"

铁鸿雁的爹娘做了丰盛的农家饭菜，吃了饭，天也黑了，远处的山崖上挂着一弯新月。

分手时，老人颤巍巍地说："我们做的茶，早就沿着茶道进了藏区，藏民用来熬酥油茶。我们铁家坡人揣着一个梦想呢，希望有朝一日让远方的亲人也能喝上蒙古做的茶。"他吩咐家人，"给客人们带些茶！"家人拿来茶叶后，他亲自把一饼晒青茶递给露雅，"一定要带到大草原上啊！"

露雅取出一个祖父留下的鼻烟壶，送给老人。老人戴上老花镜瞅着，高兴地说："里面还画着一行飞翔的鸿雁呢！"他瞅着，摩挲着，口里念叨着："鸿雁啊，鸿雁不堪愁里听……"这时，铁鸿雁掉泪了，重孙女晓得，太爷爷为啥给她起了"鸿雁"这个名字。

铁鸿雁带着王远山三人回到镇子。在旅店住了一夜，第二天，铁鸿雁又带着他们在镇子周围参观。

因紧傍着进藏的茶路，清末民初，振太镇一直是后路的重要节点和茶叶集散地。历经风雨，依然保存着许多茶道遗存，有紫马街古寨、石大富村的马帮客栈，还有绝壁湍流上的难搭桥。从旧日思茅南来的马帮，在此休整，纠集起来过桥。清脆的铎声叮当响着，马儿像是有灵性似的，扇着耳朵，拼命地攀越高高架在山谷上的难搭桥。翻过桥去，也突破了匪徒的阻截，人与马的步履就轻快多了。牵马的人会高兴地唱起山歌："山高谷深挡不住，振太马帮出了名……"马帮沿着无量山继续向西北方向进发，经大理过丽江，穿越莽莽横断山后抵芒康进入藏区深处。

铁鸿雁说："我太爷爷当过马锅头，领着不少铁家坡的男人。他们天不亮就起身了，给马喂了料饮了水，驮上茶包，就从门口的上马石旁上路了。路上遇到雨天，就遭罪了。有时还会把马鞍卸下来，倒扣着，人伸进脑袋去避雨。"

有感于此，王远山在车上哼了两首绝句。一首是——"飘零绝岭镇沅边，铁氏人家匿半山。本是元皇蒙古裔，茶村累代思亲源。"另一首是——"夹岭险途欲走茶，悬桥一架曰难搭。依山紫街铎声起，古道寻踪马帮家。"

曹勋开着车，沿着茶马大道的后路到了大理。在大理，他们到处打听铁家人的线索，也没有发现任何蛛丝马迹。

露雅失望地说："泥牛入海无消息啊！"

分手那天，曹勋来送行，他问王远山："读过《中国茶叶问题》吧？"

"读过呀，我爷爷留下的茶书我都看过了。"

"我爹也给我留下不少书。"曹勋递过来两册，正是吴觉农与人合著的《中国茶业问题》，上下册，商务印书馆的原版书。翻开一看，扉页上写着"振兴华茶"，是另一个作者范和钧先生赠送给曹平章的。书里的空白处，写满了曹老伯的批注和阅读心得。王远山捧着书说："好珍贵啊！"

"范先生留洋回来后，带着我爹他们办起了佛海实验茶场，开始用机械制茶。"

"我爷爷说过，咱中国茶打17世纪起，就在国际市场上称雄二百多年！当年的出口额，茶叶就占了一半。后来不景气了，可老前辈们心不甘呀，他们提出'振兴华茶'，一门心思想着'以茶报国'呢！"

"是啊！我爹临走时，老是念叨吴觉农先生的那句遗言——'我一生事茶，是一个茶人'。"

两人说着，眼眶都湿润了。

曹勋说："我爹走时，你正在极地考察呢。他老人家弥留时嘱咐过我，这两册书要送你做个纪念。我舍不得，留着读了好多遍，现在该给你了。"

王远山把书紧紧抱在怀里，想起爷爷和曹老伯在一起茶叙的情景，泪水啪啪地掉落在封面上，他赶忙用袖口擦干净。

回京后，大约过了半个多月，露雅请王远山去玉渊潭公园知鱼榭茶叙，商量去武夷山采访的事。她还约了傅晓，准备让她担任茶叶之路专题片的主持人。

正是做茶的时候，三人飞到武夷山，先去了桐木红茶村。

进村就去了傅家茶厂。茶厂周边全是山林，鸟雀啁啾，时而还会看到猴子腾跃的身影。厂子背后的山坡上，就是傅家茶园。在青松翠竹间长着小块茶树，东一丛，西一簇的。空气里弥漫着山野的味道和茶香。

傅晓说："桐木以前连路都没有，我爷爷小时候去趟县城，来回要赶百多里的山路呢。"

王远山说："我小时跟着爷爷来这里时，到处都是砍木头的。"

傅晓说："说来说去，要感谢王爷爷的，三十多年了，自打建立了自然保护区，才保护住了武夷茶山啊！"

进了屋子，见到了傅晓的爷爷。傅全生泡了杯绿茶，露雅品尝后问："怎么有点像龙井茶？"

"桐木的芽叶，用的是龙井茶的工艺，这是远山发明的做法。"傅全生说。

"不错，做出了板栗香和花香。"王远山看了看干茶，颜色已经发黑了，便说，"桐木这一带的茶叶，茶多酚含量高，跟空气一接触，就会氧化发黑，还是不做绿茶好。"

"总共做了五六百斤，都送朋友喝了。"傅全生说。

王远山介绍说："傅师傅是红茶村茶厂的老厂长，要了解什么，尽管问他。"

露雅问："村里啥时候办茶厂的？"

傅全生说："计划经济年代，桐木人只管种茶做茶，国家收购外销。改革开放后，村里建立了桐木茶厂。"他回忆说，"我是第一任厂长，姜师傅、章师傅都是管生产技术的。因为经济效益滑坡，后来被迫承包给个人经营。姜师傅是最后一任厂长，由于拿不出承包的钱来，只好离开桐木茶厂。过了一年，姜师傅向亲友借了几千块钱，创办了姜家的厂子。那时村里的人，大多在加工毛竹挣钱，茶叶很不景气。姜师傅办厂时，章骏和几个师傅也跟了过来一同打拼。转机在世纪初，芜湖茶博会上小种拿了头奖。当时在审评现场，有的专家不习惯烟熏味，幸好有几个大师真厉害，说这才是正山小种的独特之处。从那以后，正山小种、金骏眉，越来越走俏。村里呢，有条件的人都开了厂子，各做各的茶。我，章师傅也办了厂子。章师傅的厂子就在去桐木关的路边。后晌，让我孙女带着记者，去章师傅的厂子看看吧。"

"不用了，让傅晓和您聊聊家常，我带着去吧。"

午后，王远山带露雅去章师傅的茶厂采访。

章师傅泡了一壶新做的茶，让王远山品鉴。

王远山喝了一小口："这茶，品着暗香浮动。"

章师傅说："金骏眉走俏后，我的压力也很大。总不能吃老本吧。我就试着做了这款新茶，猴子家的儿媳妇给起了个名儿，叫'千红一窟'。"

露雅笑了，说："老冯家弄了个'十二金钗'，章师傅就整出了'遗香仙露'茶，桐木关要变大观园了。《红楼梦》里描述，这茶产在放春山遗香洞，饮时要用仙花灵叶上的夜露烹茶，记得秦可卿一端上这茶来，宝玉就觉得香清味美。"

王远山说："这茶味道不错，但附会这些故事总觉得牵强。"

章师傅说："都是文化人鼓捣出来的，我只知好好做茶。"说着又泡了一壶茶。

王远山一看，茶汤还漾着金圈呢："章师傅泡了金骏眉。"

露雅品了说："有花香呢。"

茶过三泡后，章师傅问："茶味有变化吗？"

露雅说："又沁入了蜜香。"

章师傅说："这就对了！这是我用黄观音105芽头做的金骏眉。"

露雅问："什么才算是真正的金骏眉呀？"

章师傅说："头一条，原料该是桐木采的芽头；再就是，是红茶村人用老传统加入新工艺做的茶。"

"应该算是一种新型红茶吧。"王远山说，"传统的小种，一是桂圆味，一是烟熏味。这茶喝着，却是幽幽兰香，还有高山韵味。"

露雅问："都是桐木关的茶，同样的海拔，同样的树种，同样要发酵，只因为选料上一个用芽头，一个用一芽两三叶，怎么做出来的茶大不一样呢？"

王远山说："我做过化验的，芽头和叶子的内涵物质差别很大的，再说，章师傅他们还创新了工艺。"

露雅追问："那用外山茶树的芽头能做出金骏眉吗？"

"市场上的金骏眉有多少是用桐木原料的？"王远山抓起一些茶叶说，"桐木的金骏眉，细小紧实，颜色是金、黄、黑相间，看着就秀气。这里海拔高，气温低，茶芽头的内涵物质也比外山的丰富，泡十泡依然香气馥郁。"

章师傅说："你们都看了，桐木没有多少茶树，要采摘上万颗芽头从中挑选出好的来，才能做一斤茶。"

王远山对章骏说："您给露雅讲讲往事吧。"

章师傅回忆说——

那年开春，北京来了几个茶客，突发奇想，说只用芽头做茶，味道必不一般。桐木人怕糟蹋了鲜叶，没人肯做。入秋后，姜赣在路边碰到一个给茶树压枝的村妇，就让她上山采了二斤四两芽头回来，交给我和其他两位师傅试制。当时因陋就简，夜里吊着浴霸代替阳光萎凋，在办公桌上的玻璃板上揉捻，又把茶叶放在木箱里发酵，发了七个多钟头。芽头实在太嫩了，从萎凋开始，揉捻、发酵、烘干，每道工序都小心翼翼的，没料到最后做出来茶汤色金黄，香气浓郁。那年只做了几斤茶，分给了那几位北京茶客。转年做了不到二百斤，被一个姓孙的茶痴买走了一大半。从此，这茶火了。四年后，就是北京办奥运会那年，金骏眉开始批量生产。第一泡金骏眉是薯香味，现在已经固定为兰香味，气味雅致了很多。

章师傅说："一到茶季，老板们就来抢茶青，硬是把价格抬起来了。"

露雅说："市场上有很多冒牌茶呢。"

王远山起身细看货架上的茶叶产品，说，"章师傅也开发了这么多红茶产品。"他请教道，"我记得正山小种的选料早期为原叶，后为两三叶。现在细了，金骏眉只取芽头，其他的品种呢？"

章师傅说："银骏眉取的是一芽一叶，小赤甘一芽两叶，正山小种还是依照老传统采的，一芽三四叶。"

露雅问："芽头茶最好吗？"

王远山说："像金骏眉这样的芽头茶，确实口味独特。但最重要的是产地，桐木关的小种，采三四片叶子做的茶，也都是好茶呀。单芽做的茶成本高，价格也高，但内含的物质成分组合，却不能说是最好的。茶叶中有几种主要成分，氨基酸、茶多酚、咖啡碱等。芽头里氨基酸最多，第一二片叶子里茶多酚、咖啡碱最多，糖类物质呢，第二片叶子里最多。总的来说，一芽一叶、一芽两叶的有益成分最为丰富，成分组合也相对平衡，而单芽茶的不少成分含量不足，味道偏淡，女茶客喝着清淡，老茶客就觉得不够力道。不同品种的茶，要求也不一样，绿茶讲究鲜嫩度，通常的采摘要求是一芽一两叶。特级西湖龙井，也不是细嫩单芽，而是一芽一叶；碧螺春也是采一芽一叶，它讲究的是采初展叶，就是茶树新梢上刚刚舒展的第一片叶子；黄山的太平猴魁，则是一芽两叶，但要求芽尖和叶尖长度相齐。"

从章师傅的厂子出来，王远山又领着露雅去看"青楼"。正好遇上姜家老爹。

看到地下烧着火，露雅问："这是熏烤茶叶吗？"

姜振华说："是的，旧时做茶都用明火在屋里烧。"

露雅说："那容易着火呀！"

姜振华说："可不！先后烧过三座茶厂了！现在大多使电炉子，安全多了！"

王远山问："听青山说，您的过红锅手艺是村里拔尖的。"

姜振华伸出满是斑痕的老手："手艺是烫出来的。"

露雅问："啥是过红锅？"

王远山解释道："老法做茶，发酵后要把茶叶放在热锅里用手翻炒二三十秒，这样可以增加香味，口感更醇。"

杨亭亭听说师傅来了，就驾车赶过来，要带他和露雅去趟下梅村。那里是她的老家，也是万里茶道的起点。

路上，杨亭亭问："师傅，为啥把钱给我退回来了？"

王远山说："我怎能要你的钱呢？"

杨亭亭说："这些年来，多亏您教我做茶，还教我做人。我娘说，命是娘给你的，饭碗是王老师给你的。"

"你娘人善，你可得孝敬啊！"

"您是我师傅，也是我的亲人；您把我当闺女对待，等您老了，我也给您养老！"

师徒情深，露雅听了十分感动。

下梅村四面环山，一条叫当溪，水流穿村而过，将村子一分为二。当溪水面宽不过八米，长不足千米，繁盛时却有八个码头，每天运茶的舟筏超过三百艘。

杨亭亭带着师傅和露雅进入邹氏家祠参观，当溪就从门前流过。她介绍说，这是村里最宏伟的民居建筑啦。1694 年，江西人邹元老携家眷迁徙至此，邹氏家族与晋商合作经营，成为地方首富。邹家一呼百应，带头开凿了这条人工运河。

下梅村人傍河筑屋，两侧都是茶馆、茶铺和茶叶作坊，后面住着人家。沿街走了一百多米，向右拐进一条窄巷，杨亭亭的家就在巷里。

巷口有几个孩子正在玩耍，有个男孩冲着杨亭亭喊："杨阿姨回来了！"看到王远山，又说，"我在内鬼谷见过您！"

王远山一看，原来是幺妹的孩子。他从挎包里取出一块巧克力给他，问："你怎么在这里？"

孩子说："我娘把我送到外婆家来了。"

原来姚采青和杨亭亭是一个村的，杨家、姚家都是下梅村的老住户。当年，从这里开出去的船，装的就有姚、杨两家的茶叶。

进了杨家，坐下喝茶时，王远山说："没想到在这里见到这个孩子。"他问杨亭亭，"你认识这孩子的爹吗？"

"这个孩子叫袈裟，是采青姐领养的孤儿。"

"孤儿？"王远山大吃一惊。

原来，姚采青听到苏莎的事后，深受感动。她特意赶到汶川，辗转打听到了被救孤儿的下落，就从孤儿院里把那个男婴抱了回来。她对外人守口如瓶，除了杨亭亭，没人晓得这孩子的身世。

得知内情后，王远山深感愧疚，觉得自己错怪师妹了。他问杨亭亭："为啥叫袈裟，这么怪的名字？"

"我也问过采青姐，她说，我给孩子起名袈裟，人都说这个名字怪怪的。其实呢，他就该念着袈裟的，这袈裟就是他的佛缘、茶缘，一生一世的缘。陆羽从小就在湖北的一座寺院里长大，后来在江南各地评鉴茶叶，也是居无定所。他的《茶经》也是在庙里写成的。她说她信佛，也懂茶，她觉得这个孩子的命运像极了陆羽。都是孤儿，都是佛家人养大的。不过，我觉得她是念着我师娘呢，感念师娘救了这孩子！这孩子的大名叫思莎，思念苏莎的意思。采青可疼这个孩子啦，为了这个孩子，她吃尽了苦，也不惧闲言碎语。她时常情不自禁地摸着小袈裟的脑袋说：'这孩子可能是当代陆羽呢'。"

露雅问："她为啥不说出实情？"

杨亭亭说："就为了让孩子有个亲娘！"

王远山和露雅听了，唏嘘不已。王远山叮嘱杨亭亭："往后，不要想着给我钱，给我养老，师傅只要你帮着采青照顾好这个孩子。"

杨亭亭泡了茶来，王远山喝了一口问："是用秋茶做的吗？"

杨亭亭点点头说："想请师傅看看，怎么消除掉苦涩味？"

露雅请教王远山："这里为何很少做夏茶、秋茶？"

王远山解释说："夏秋茶的鲜叶，还有茶树花，好多地方是弃之不用的，因为做出来的茶又苦又涩。去年，我们团队以机采夏秋茶鲜叶为原料，研发出了脱苦脱涩和提香技术，已经创制了配套生产设备并形成了相关工艺的雏形，并研制出了'夏芳''秋香'颗粒状绿茶，可以即泡即饮。"说着，他从背包里取出一小包"秋香"，将颗粒倒入矿泉水瓶里，又拧紧盖子摇晃几下，递给露雅，"这就是一瓶冷泡绿茶饮料啦。在常温下水浸后，内含成分浸出率达到了72%。"

露雅给杨亭亭分了一杯，两人喝着，都说味道不错。杨亭亭激动地说："师傅，你可得帮我开发新产品呀！"

这时，王远山的手机铃声响了，叶岩说找他有要事商量。

二十八

从下梅村一回到岩茶村，王远山就直奔村委会。

进屋一看，叶岩正往墙上挂画呢。

"好一幅《风雪茶道图》！立意高远，皴法也灵动，谁画的？"

"邬亮的女儿晓霞画的，为了求这幅画，我送了邬亮半斤'龙肉'，存了十年了。"

"晓霞得高人指点，长进神速啊！"

"听说是你给找了个老师？"

"是的，林咏风可是当代的大画家啊！"

"听晓霞说，林大师家也是做茶的。"

"是呀！林家做的峨眉茶，宋代就出名了，据说苏东坡最爱喝林家茶。"

挂好画，叶岩泡了新茶。王远山说："苏东坡也爱喝武夷茶呢。他在《叶嘉传》里写道，武夷茶移植建瓯后，才有了'北苑御茶'。当时崇安还没有建县，武夷茶便依着叫建茶。那时文人喜欢斗茶，又叫茗战，最早流行于建安一带，有句诗说，'矮纸斜行闲作草，晴窗细乳戏分茶'。"

"怎么个斗法？"

"斗茶用的是团茶，先用小火烤，烤出裂纹后冷却，然后捶碎，碾压，过箩，加工成粉末。斗茶时，将碾细的茶末投入茶盏中，待汤瓶水煮沸后冲入茶盏，调成膏，再注入开水，用茶筅反复击拂，叫点茶。"

"那如何分胜负呢？"

"点好的茶汤，汤花能紧贴住盏沿，持久不散，叫'咬盏'，先出水脚的就算输了。"

"还是老古人会耍哦！"

"元代赵孟頫画过《斗茶》图，文人举行茶会时，斗茶饮茶，还备有馒头、豆腐皮等食物呢。"王远山看了看晓霞的画说，"咱岩茶村藏在深山人未识，知道岩茶的人也不多。我阿爷爷的孙女叫露雅，她和桐木傅全生的孙女正在筹拍专题片，叫《舌尖上的茶香》，第一集就从咱这里拍起。为了吸引观众，她们建议搞个斗茶大会。"

"太好了！最好多拍点武夷山的茶人。"

"出好茶的地儿也出名人呢，傅晓就是著名主持人。"

"我看过她采访巴菲特的电视节目。"叶岩问，"还记得村上那个女播音员吗？"

"张媛媛，我刚去合肥看过她。"

"媛媛也是茶叶界的大名人啦！她一直和村上保持着联系，山里还有她们团队的试验茶场呢。夏天我去合肥，给她送去研究用的样茶，媛媛就建议，村里也该搞个斗茶大会。"

"斗茶时，请她过来讲讲茶科学呗。"

"她讲茶叶基因，你讲茶叶生态，怎么样？"叶岩挠挠额头说，"斗散茶，咋个斗法呢？"

"宋代斗茶太复杂，明代改团为散，直接泡茶叶，文人说这样'简便异常，天趣悉备，可谓尽茶之真味矣'。"

"你的意思是不玩花哨的，但求真味；可总得有个比法呀！"

"咱慢慢筹划呗！你先说说，斗新茶还是斗陈茶？"

"我想一年搞一次，就斗新茶，水仙、肉桂、大红袍，三样。"

"该加上名丛的。"

"啥时节弄呢？"

"过了八月十五选个日子吧。"

"回头儿你和露雅整个方案出来，村委会上议议。"

"露雅已到了，明儿后晌我们去宾馆合计一下。"

次日下午，叶岩特意带来一款"黄玫瑰"，泡了让露雅品尝。露雅喝了说："真有玫瑰清香啊，淡淡的。"

王远山说："这茶，不像肉桂那么烈，也不像水仙那么香，适合女青年的口味。"

露雅说："该是岩茶的清新系代表吧。"

言归正传，叶岩问王远山："选哪些茶农来斗呢？"

王远山说："斗茶像打擂台，有本事就来，我看自愿报名好。各家的山场、茶树，咱心里有数，斗的是精细做茶。"

叶岩说："怎么收取样茶呢？是不是够泡就行啦。"

露雅说："我们还得考虑茶农的利益，获了奖有了名气，水涨船高，多整点茶叶可现场拍卖呢。"

"还是年轻人点子多。"叶岩接着问，"收多少样茶呢？"

王远山说："24斤吧，3斤评审用，1斤用来检测农残，余下的20斤用来拍卖。名丛产量少，收3斤吧。"

叶岩问露雅："斗赢了发奖金吗？"

"除了金银牌，还要发现金，头奖至少3万元。"

"钱从哪儿来？"

"我们剧组垫支吧，等茶叶拍卖了，钱就回来了。"

叶岩心里有了底儿："事不宜迟，辛苦你俩赶紧张罗着。"

第二天，叶岩召集扩大的村委会。王远山讲了斗茶方案，众人听了异常兴奋，七嘴八舌头地议论起来。

刘钊问："谁来评审呢？"

叶岩说："有王老师呢，他会邀请大佬过来的。"

尤长寿说："如果参赛的人多，怎么评得过来呢？"

王远山说："那就先初评一次，差的就淘汰掉了。"

黄霖问："在哪里举办呢？"

王远山说："饮茶赏景，当然是在户外。"

叶岩说："景区北入口前的广场宽敞，就在那里设'百家茶席'吧。"

尤长寿说:"就照着电影《茶亦有道》里的场景布置,请王老师的儿子来主持。"人们哄笑起来。

王远山说:"请傅晓主持最好!"

叶岩说:"咱的场子不会比电影里差,起码茶席多、茶好!"

谈到经费,有人提议收取茶席费。大家议了一下,决定每席收600元。

叶岩说:"我们这些人,除了参赛的,组成斗茶节组委会。"接着分了工,要求各尽其责。

王远山说:"斗茶,细节忒重要了。比如,冲几次、汤色、香气、口感,怎么品鉴?都要弄出个子丑寅卯来,这样输了的人也服气。我这几天就去邀请评委,顺便向大佬们请教。"

叶岩说:"那就辛苦您啦!"

王远山先去了趟师傅家,因事先打过招呼,陈斌老爷子也来了。

说到斗茶的次序时,陈斌说:"水仙花香浓些,岩韵淡些,先斗水仙好。"

陈见贤说:"喝水仙也须从轻火的喝起,再喝火功高的。"

陈斌说:"火功高的水仙又柔和又醇厚,喝到这个份上,该喝拼配大红袍了。之后再喝肉桂,才会感觉到它的劲道来。"

陈见贤说:"末了斗老丛,这就对了。喝岩茶上了瘾,就会寻老丛名丛的。"

王远山说:"那斗茶的次序就是——水仙、大红袍、肉桂和老丛。"

陈斌说:"老茶客喝岩茶,还要看山场的。"

王远山说:"送茶样时要标明山场的。"

陈见贤说:"用不同的工艺,能做出花香、果香、花果香三种大红袍来。现在做的大多是拼配茶,将水仙、肉桂,还有奇丹、黄观音等,按比例拼配在一搭儿。拼配大红袍应当标明品种成分。"他接着对王远山说,"午后,我带你去拜访叶老吧。叶老当过林场场长、茶厂厂长。岩茶制作,国家认定的传人就是陈老和叶老。这事,二老说了一言九鼎啊!"

在陈家用过午饭,师徒俩去了叶童家。叶童刚从紧傍住宅的山上下来,手里还攥着一束新采的鲜叶呢。

王远山开门见山,对叶童说了斗茶的想法。

383

"这是好事呀！输赢无所谓，要紧的是提高茶农的质量意识。"

"叶老一开口就说到点子上去了！"

"你们二位都是科学家，咱武夷山地处偏僻，可也是人文荟萃之地。就说茶叶吧，民国就有不少科学家来过。"叶童站起来，带着二人看客厅里挂着的照片，他指着张天福的相片说，"一个上海人，却把一辈子的心血都贡献给了咱福建的茶产业，不愧是'福建茶皇'啊！张老德高望重，最好把老人家请来。"

陈见贤说："咱崇安的福建示范茶厂，就是张老带人建立起来的。"

王远山说："我在茶厂的库房里，看到过一台手推揉茶机，也是张老研制的。"

叶童说："是啊！这就推动了机械化制茶，省了人工。"

陈见贤说："张老也是我们的老所长。抗战胜利后，他又回到崇安来，接收了茶叶研究所，还成立了农业部直属的茶叶试验场。"

叶童说："是啊！解放后，在张老的指导下又建立了崇安茶场，这可是当时全国最大的机耕茶场啊。"

"老人家居功至伟啊！"王远山对叶老说，"张老快是百岁老人了，行动不便，老人家来不了，我们也会上门请益的。"

叶童指着另一幅照片说："这位老人叫庄晚芳，大名鼎鼎的茶叶栽培专家，专门研究茶树的根系和生物特性。早在1939年，他就在武夷山下组织开辟了数千亩新茶园。"他领着二人回到茶台上坐下，一边喝茶，一边说，"说到岩茶栽培，现在武夷山最厉害的就是罗田夫了，你们一定要请他做评委。"

王远山说："打过招呼了，罗老师非常赞同。"

陈见贤问："叶老还有什么具体意见吗？"

叶童想了想说："我只补充一点，冲泡时要统一供水，取山上最好的泉水。"

王远山说："叶老提醒得好！水质、水温、冲泡时间、茶水比等等，都要有个规范，马虎不得。"

陈见贤说："斗茶，也该是一个科普的过程。取水讲究'轻、清、甘、冽、活'，就是水体要轻，水质要清，水味要甘，水温要冽，水源要活。"

叶童说："煮水时还要把握好火候，刚沸了劲不足，滚的次数多了又老了，两沸最好。"

王远山说："这次斗茶，我们就统一供应泡茶的开水吧。"他接着问，"那茶具要不要统一呢？"

叶童说："这事去问邬亮，他有研究。"

王远山说："刚好亮亮约我喝茶呢。"

当晚，王远山、叶岩和露雅相跟着上邬家茶叙。

邬亮让媳妇先泡了"牛肉"。傅晔缓缓注水，频频翻动，她说："泡茶，要盯着茶叶的性状，像这样火大的、条索粗大的、颜色深暗的，一定要泡透！"果然，喝到第七泡，还有兰香味呢。

邬亮又泡了陈年大红袍："通常，我上午喝温和些的水仙；下午喝肉桂，这种霸气的茶提精神；晚上就喝陈年大红袍，这茶陈化得久，咖啡碱含量低，能降虚火呢。"说到茶具，邬亮说，"喝岩茶，没有喝工夫茶那么烦琐。你看岩茶村人泡茶，瓷杯、紫砂壶、瓷壶，还有透明的玻璃茶具，只要有个盖子就行。举行仪式时表演茶艺，会用两把紫砂壶，搭配成子母壶，一个冲泡用，一个作公道杯。"

傅晔插话说："也有单用一个紫砂壶的，泡法叫'关公巡城''韩信点兵'，泡好了将茶汤直接分入茶客杯中。"

邬亮指着茶台说："我家泡茶，通常用瓷质盖杯，可细细感受岩茶的盖香、水香和底香；紫砂壶呢，保温好，还能醇化茶汤；玻璃茶具的好处是，看得清茶汤的深浅清浊。"

王远山说："细究起来，茶具的形状、材质、手感，都会对茶汤，甚至品饮者的心理感受产生细微影响；若从留香效果来看，用杯身较高、杯口较小的瓷盖杯就好。"

傅晔这时用玻璃壶沏茶，露雅插话说："用这种透明的玻璃茶具，拍出来的照片和视频会好看得多。"

叶岩问邬亮夫妻："究竟用瓷的还是玻璃的？"

傅晔说："评审用的茶具要统一准备，就用白瓷的吧。"

邬亮笑着说："各家茶席上的茶具，自行准备好了。"他指着墙上挂的条幅说，"天下事不了了之。"众人都笑了。

傅晔泡了壶水仙老丛："慧苑坑的。"

邬亮说："要说泡茶，我媳妇是里手。"

于是王远山问傅晔："冲泡还要注意哪些细节？"

"有两样不能马虎，一个是茶水比，太浓太淡都不好。再就是冲泡时间，要根据茶水比的情况来掌握。"

"省里刚出了《武夷岩茶冲泡与品鉴方法》，我们就参照着办吧。"

邬亮说："最好以这个地方标准为指导，斗茶时可根据茶品特色进行微调。"

王远山说："初泡的茶，浸出物主要是多酚类化合物，像酯型儿茶素，涩味较重。最好按规定的茶水比和浸泡时间，冲泡三次来准备茶汤。"

叶岩说："品鉴岩茶，通常要闻香气，看汤色，品滋味，观叶底。最难的是辨别香气，初泡两分钟后带汤嗅闻，可知香气是否纯正；再泡三分钟，可知是哪种香气，岩韵足不足？第三泡，五分钟后品尝，就知道茶香是否悠长？我们斗茶就冲泡三次吧。"

邬亮说："若都照着规范来，就少了茶味的变化，也少了饮茶的乐趣。我家媳妇泡茶，投茶量大，出汤快，连续冲泡四五次后，叶底就触到杯盖了。遇到老茶客，茶就要酽，至少冲泡七次，甚至十多次。"

傅晔说："每泡的时间都要掌握得当，第一次浸泡，一定要让茶条吸足水。之后出水要快，因为泡了一阵子，浸出物容易出来了，待久了，就太浓了。"

叶岩说："斗茶前，村里先办个培训班。弟媳辛苦些，去做一下示范吧。"

过了两天，尤长寿打电话来，请王远山到他家作坊饮茶。

尤长寿的母亲家，祖上传下块匾额，上书"选魁"二字。这块功名匾，是钦命提督福建全省学政太仆寺卿吉梦熊颁赠的，内容是恭贺考中的贡生。尤长寿把匾挂在作坊门额上了。

小尤泡了一壶自家做的水仙，王远山啜了些，噙在嘴里品尝，然后说："三坑两涧的水仙有多种香型，马头岩水仙是石乳香，慧苑坑、牛栏坑一带的水仙有兰花香的，也有桂花香的。你这款有桂花香，还有牛栏坑的山场气息。"

尤长寿闻言大惊："这就是牛栏坑水仙。"他接着说，"好多茶客喝了，只觉得和一般水仙的香气、味道不大一样，还以为是老丛水仙呢。"

王远山说："老丛有青苔味。"

尤长寿问："这茶的条索太紧了，咋回事？"

王远山抓了些干茶放在手心里，感觉又轻又飘："可能是杀青不足，揉捻又偏重。"

"去年做茶杀青过了，茶叶有焦烟味，今年矫枉过正，杀青又不到位了。"

"茶有烟味、焦味，也有好些原因呢，有的是烘干机热风温度过高造成的，也有柴火烧不透造成烟味的。"

"明年做茶时，一定请您现场指点。我家的茶青全是三坑两涧的，做不好，糟蹋了好叶子。"

"到时打招呼吧。"王远山临走时问，"你去斗茶吗？"

"准备着呢。"

王远山出门后，又回头凝视那块门匾。

尤长寿说："这块匾激励着我，一辈子做好茶。"

王远山端着手机拍了照："你家占着好山场，该做出最好的茶来，才不辜负'选魁'二字。"

暮秋，斗茶大会在一个天高云淡的晴天开张了。

现场设立了一百多个茶席，每席一张茶桌、三把椅子。评委的茶席是统一布置的，茶台上摆放着各种审评器具。其他的茶席都是自行设计的，风格不一。茶盘、杯具都是自备的，村民还带来了名片和宣传资料。茶席上都有电热烧水设施，人们都烧了沸水，将泡茶的盖杯、紫砂壶和品茗杯都烫得热热的。现场的气氛更是热烈，当茶界大佬的身影出现时，就像明星出场，引起一阵阵骚动。

叶岩西装革履，精神抖擞。王远山打趣说："外交官来了！"

叶岩将傅晓请到台前，宣布由她主持今天的斗茶大会，现场爆出一片掌声。

村里特意派人接来了陈斌、叶童二老，居中就座的评委还有陈见贤、王远山、邬亮、罗田夫、张媛媛等人，都是茶农们敬仰的大人物。挨着评委席的是茶村元老席，叶青和村里德高望重的长者都到齐了。傅晓说，回到武夷山，和乡亲们在一起，倍感亲切！她一一介绍了来宾和品鉴专家。

现场一直播放着暖场音乐，露雅团队的年轻人还表演了采茶舞。叶岩致欢迎词后，傅晓宣读了斗茶的程序和要求。

审评杯是白瓷质地，杯口留有齿状出水口。取 3 克茶叶以沸水冲泡，第一泡 50 秒出水，第二泡 30 秒出水。茶汤注入配套的白瓷碗里，依泡数次序排列。

评委将从"香、苦、涩、韵、底"五个方面进行标记打分。斗茶关键在品茶，茶叶自己也会说话，茶树品种、生长环境和生产工艺，冲泡下去，答案就出来了。

第一样茶是水仙，茶样只有编号，没有参赛人的其他信息。

叶岩简单介绍了一下水仙："在乌龙茶这个大家族里，水仙可是个大角色。除了咱们武夷水仙，还有闽北水仙、闽南水仙、凤凰水仙、台湾水仙，好多呢。现在武夷山大面积种植水仙，已有上千公顷，成为武夷岩茶的当家品种。水仙分四个等级，咱们村出产的全是特级武夷水仙。特级里选出最好的，就是状元！"

斗茶开始了！评委们先观察干茶的色泽和形状，果然都是好茶：褐绿闪亮，俗称"宝光"色；条索壮结匀整，叶基主脉宽扁明显。只见陈老爷子带头，将茶叶投入烫热的盖杯里，用手摇动盖杯两三下后，揭开杯盖嗅干茶香，看茶叶有无异杂味。

然后开始冲泡，用的都是一个大电热器烧开的山泉水。泡开后，评委们逐一观察茶汤和叶底的色泽，有的汤色清澈明亮，有的就略微暗淡些。

第三泡时，评委们用白瓷汤匙一勺勺地喝过去，尽是啧啧的啜茶声。懂茶的人知道，要品出细微滋味来，茶汤入口，要用力吸气，让茶汤在舌面上滞留舞动，再迅疾冲击口腔，才能让茶香直冲上颚，传到嗅觉器官。好茶，吞咽后还会齿颊留香。

大佬们对香气的记忆力超强，哪些香气纯正，什么特征，什么香型，香气冲不冲，是否持久，早已了然于心。王远山发现一款水仙的香气特殊，反复啜饮，张开嘴巴，嗅那从口腔里弥漫出的香气。罗田夫喝尽了一杯茶汤，将杯子凑近鼻子，嗅那杯底余留的香气，又反复闻了叶底，开心地说："泡了三次，花果香正浓呢。"

叶老闻言，扶了扶老花镜，细瞅叶底，果真是绿叶红镶边，明亮的黄绿色衬着朱砂红，不禁赞叹道："这茶，做青到位啊！"他指着另一把壶里的叶底说，"蛤蟆背。"陈斌说，"火高了，看不到红边了。"

陈见贤对各位长辈说："如此品鉴是有科学道理的，远山团队正在做这方面的研究呢，获得了不少有价值的数据。"

陈斌老爷子、叶童老都赞许地说："远山这个实验做得好！"

王远山说："拜托各位前辈多多指点。茶香的秘密在于如何保存芳香烃，这也是一种高技术。我们结合红茶与岩茶的工艺做过试验，前期采用岩茶工艺，小分子的芳香烃容易挥发，一泡香气就出来了，闻闻杯盖香，就知道了。大分子会充分溶于茶，嗅嗅杯底香就明白了。"

开斗大红袍前，傅晓隆重地介绍了两位大红袍的国家非遗传人。一时掌声雷动，所有的人都起立向陈、叶二老致敬！

傅晓请陈斌讲话。老爷子年近八旬，元气不减，声铿锵若叩铜钟——

"大红袍是咱武夷山岩茶的五大名丛之一，这茶金贵啊！民国时，崇安县长专门派兵守护九龙窠大红袍母株，还特意建造了看守房。五十多年前，武夷山综合农场成立，第二年我就到了茶科所，研究的对象就是大红袍。武夷山的大红袍，40年代有名，60年代发展，80年代兴旺，现在越来越火了。我只想说，新一代的武夷山茶人，要爱护大红袍这块牌子！"

第三样斗的是肉桂。叶岩说："这几年，我们岩茶村的肉桂，可是名声远扬啊！论山场，我们有牛栏坑的牛肉、马头岩的马肉、九龙窠的龙肉，论香型，也有浓香、清香型。说实在的，茶青都是好茶青，斗的就是做茶的手艺。今天我也很好奇，想知道谁家的肉桂能夺得状元！"

罗田夫侧身对王远山说："听说村里有个年轻人，喊出了'我们只做肉桂'的口号。"

王远山说："前几日我还去他家看过，架子上放着二十多种肉桂样品。年轻人肯钻研，我喝了他家的茶，确实有个性。"

罗田夫问："这个年轻人参赛了吗？"

王远山说："这种机会，不会落下的。"

评委们依次评鉴参赛的肉桂茶。罗田夫喝到一款茶，味道特别浓郁。他用清水漱了口，又舔了好几次舌头，舌尖上还有那股味道。

王远山说："我记得这茶的味道，就是那个年轻人做的，他花了三天两夜的工夫研制出这款肉桂，名字就叫'三天两夜'。"

陈见贤说："艺无止境啊！做茶也一样。"

罗田夫说："茶是会说话的，懂茶就听得懂。"

王远山道："这就是天人感应吧。"

斗过了肉桂，叶岩说："这肉桂啊，喝多了会令人醉茶，肚子也饿。咱们稍事休息，让评委们也吃些茶点。"

这时，电视台的摄像师过来了，傅晓现场采访各位评委。她走到陈斌老爷子面前，问："武夷岩茶的茶香有什么特点？"

陈老爷子从容答道："闻香识岩茶。岩茶常见的香型主要是花果香，包括兰花香、水仙花香、桂花香、栀子花香、雪梨香、水蜜桃香，还有桂皮香、花粉香、奶油香、特殊的丛味。"陈老接着说，"像刚斗过的茶，水仙是兰花香、肉桂是桂皮香。水仙的香气像是幽兰，闻起来幽细清高；肉桂呢，闻起来浓郁霸气，直冲鼻腔而至脑门。"

"醍醐灌顶啊！"傅晓又把话筒伸向王远山，"王老师有什么看法？"

王远山说："陈老说得太精彩了。岩茶的内含物多，有浓度，也有厚度，喝多了，就会感受到不同的香气来。林馥泉先生说过：'岩茶之佳者，入口须有一股浓厚芬芳气味，入口过喉，均感润滑活性，初虽有茶素之苦涩味，过后则渐渐生津，岩茶品质几乎全部取决于气味之良劣。'我觉得，林先生这段话讲得实在好。"

最后一轮斗老丛。陈斌把叶岩叫过来说："斗茶也是宣传的好机会。今天来了不少记者，还是请罗老师简单地讲讲岩茶品种和老丛名丛吧。"叶童等人异口同声地说好。于是，傅晓把话筒递到罗田夫手里。

罗田夫站起来说："我呢，是个种子迷。自打上了武夷山，就开始搜集各种岩茶种子了。老乡们都说菜茶菜茶的，细究起来，有一千种多呢，有名目的就有八九百种，有活体的也有七十多个。大家都知道奇种了，奇种的来源就是菜茶呀！说到老丛，实际上整个闽北地区，超过一百年的老茶树极为罕见。20世纪五六十年代种的茶树也不多；成规模的大多是80年代末种的茶树，树龄在二三十年。真懂茶的不单看树龄，还要看丛味，这是'岩韵'的重要特征。像铁罗汉、半天妖、水金龟、白鸡冠这些老丛，最能体现岩骨的特征。不多说了，我们要开始斗老丛了。"

评委们本有些倦了，一闻到冲泡后的老丛味，精神头立马来了。

老丛，也激活了王远山的深藏记忆，他想起了五岁生日时品尝老丛的滋味。

陈斌说："老丛味除了花香岩韵，还有清新的青苔味。岩石上的青苔，雨后放晴时，会散发出甜丝丝的浓烈干草味，穿透力很强。"

　　王远山品尝了一款老丛，隐约有青苔味，又觉得那味道并不清新。这时陈斌转过身来对他说："这是'半天妖'，有股返青味，没焙透啊！"

　　王远山钦佩地说："陈老太厉害了！"

　　斗茶的结果出来了，依照编号再寻主人，黄家三姐妹的水仙、尤长寿的大红袍、刘钊的肉桂，还有戴瑛的老丛，分别获得"状元"称号。

　　傅晓宣布结果后，请叶老讲话。叶童站起来兴奋地说："俗语云，茶不到武夷不香。咱武夷山的茶叶，凝聚着大自然的气息和精工制作的记忆。传统制茶技艺蕴涵着茶师的智慧和经验，体现的是精益求精的工匠精神。我做了55年的茶，家父和我都担任过崇安茶厂的厂长，深知培养好茶师的重要性。早在民国，武夷山就是茶叶教育基地。我们一方面要保护好武夷山的环境和种子资源，另一方面要注重人才培养，让武夷山独特的制茶工艺代代相传！"

　　末了，叶岩作总结发言："听村里的老人讲，康熙八年，朝廷实施海禁，闽南人、潮州人、浙江平阳人，先后迁徙到咱村。这三个地方的人都有喝乌龙茶的习惯，还善于种植、制作和经营茶叶。像获得水仙状元的黄家，是乾隆年间从永春县亭上村迁来的，乾隆二十八年就开始办茶厂了。咱岩茶村四百多户人家，三百多户有类似的经历。村里大姓陈、郑两族，都有族谱和祖传的制茶法。岩茶茶好，最主要的还是环境好。若是破坏了环境，茶树也就毁了。原来我们都是散居在山里的，为了保护山林茶园，都迁到山下来聚居。咱村有不少耕读人家，懂得敬畏天地。一句话，我们不能辜负了大自然的馈赠。"他这一番话，好像离开了斗茶，却说到了点子上，赢得现场一片掌声。叶岩回头会意地看了看露雅，这段话是露雅昨晚上帮他琢磨出来的。叶岩喝了口获奖的老丛，接着说："张天福老人，今年快一百岁了，老人家是乌龙茶王，也是咱武夷山茶农的恩人啊！张老特意打来电话祝贺我们，希望斗茶大会一年一年办下去！还有在座的各位评委，都对武夷岩茶的研究和开发利用做出了突出贡献，我提议，大家起立向他们表示敬意！"人们哗啦啦地站了起来，向着评委席热烈鼓掌。

　　这时，郭英匆匆赶来了！20世纪末，南平市建立新科技支农机制，郭英作为首批科技特派员来到武夷山。这些年，他一面培植更多的岩茶品种，一面下功夫改进制茶工艺，已经是高级农艺师了。

"刚从省城赶回来，来迟了！"郭英抱拳致歉，"可别散了，我请大家品尝我做的新茶吧！"

陈斌说："这是要打擂吗？"

郭英笑而不语，动手冲泡。开汤冲泡之际，暗香浮动，俄而冉冉飘散。

陈斌惊喜道："这茶香得奇了，像是空谷幽兰。"

"好！"郭英一拍巴掌："这茶，就叫'空谷幽兰'吧！"

忽地，评委席前旋起一阵风，只见一个道士似从天而降，耍了几招三丰拳后，立定身子，向众评委作揖道："唐突了！既是斗茶，贫道云游至此，也来献丑了。"说着，从道袍里取出一包茶，走到王远山跟前，恭敬地说："请师傅泡茶！"

这道士一派仙风道骨，又来得突兀，众人都好奇地围观。

王远山泡了茶，分给众评委品尝。陈见贤饮了问："哪儿的白鸡冠？别有韵味。"

王远山连忙说："这位大师，道号惠远，是武当山全真派的掌门人，功夫十分了得。我帮道观移植了白鸡冠茶树，惠远就拜我为茶叶师傅。"众人听了无不称奇。

傅晓激动地说："我主持过一百多场大型活动，都是照程序走的。今天的斗茶大会神奇得很！平添的'空谷幽兰'和武当神韵，都是神来之笔呀！明天呢，还有两场茶叶科普讲座，王远山老师讲生态茶叶，张媛媛老师讲茶叶基因的奥秘。下面呢，请拍卖师上台，主持拍卖今天获奖的茶叶。"她停顿了一下，又提高嗓音补充道，"这次拍卖，同时在网络上进行，全世界的茶客都有机会参加竞拍！"

二十九

"谷雨收寒，茶烟扬晓"，武夷茶山已是春光明媚。

陈见贤收到泉下寄来的请柬，日本静冈茶叶协会邀他去参加富士山赏茶会，可他身患沉疴，卧床不起，便让两个徒弟代为赴会。

那天晚上，陈戎剑收到王远山发来的微信帖子，是一个反映日本茶产业机械化的短视频。看完后他喃喃自语："对对对！就是这个样子，这就是我梦中现代茶产业的图景。"他陷入了沉思：清末民初，我国就开始引入制茶机械了，过了一个多世纪，还在片面强调"纯手工制作"。诚然，手工适宜制作一些特色茶，可不走机械化、智能化、标准化的路子，中国茶怎么能走得出去呢？他夜不能寐，躺在被子里给王远山打了个电话，谈了自己的想法。王远山说："静冈茶叶协会请我师傅访日，他住院去不了，让我和采青代他去参加。你不是正在休假吗，我们一起走一趟吧。"

王远山约了陈戎剑做伴，曹山杰闻讯也跟着来了。

飞抵海滨城市静冈后，泉下把中国客人接到远郊别墅。庭院紧傍着富士山，花团锦簇，四周植满桂花树，院子里种着一畦畦杜鹃花。

泉下见到王远山分外热情："我从杭州回来后，家父看到您的照片说是面熟，得知王传茗老先生是您的祖父时喜出望外，原本是故交啊！"

王远山疑惑了："故交？"

"泉下大郎是我的祖父啊！他带着我父亲去过您府上。"

"噢，听我爷爷说起过。"

走进一间品茗室，陈设雅致，茶台上摆放着中式茶具。陈戎剑一看，竟是红瓷宝莲花，惊叹道："千窑难得一宝，高手也很难烧制出无瑕红瓷，烧出来也不敢私留，古代都是皇家藏品呀！"

泉下指着茶具说："这是我祖父留下的，祥云莲花的图案蕴含着禅理呢。"接着侃侃而谈，"禅茶所使用的茶具简约、内敛、洁净、雅致。禅茶文化呢，讲究的是感恩、包容、分享、结缘。今日我等有缘，结茶缘就是结善缘，结法缘，结佛缘。"说着，又把目光投向王远山，"我祖父是茶具收藏家，老人在世时说过，王家有几只建盏巧夺天工，可惜无缘得到。"

"那是建盏创始人的作品，确是稀世之宝。"王远山说，"陈戎剑先生是现代建盏传人的嫡孙，那些建盏就是陈家老祖宗割爱送给我家先人的。"

泉下一听忙说："陈先生，班门弄斧了！"

泉下收藏的茶具琳琅满目，其中有一套银制茶器，有茶槽子、碾子、茶罗子、匙子等，甚为精致，王远山目不转睛地看着。

"晚唐的东西。"泉下说。

王远山说："我在陕西见到过类似的茶具，法门寺地宫出土的，一套七件。"

"有机会一定去看看。"泉下又问，"远山君对茶具也感兴趣？"

王远山说："在《茶经》里，陆羽描述过自己创制的 24 种茶具。通过各个时期的茶具，可了解史上制茶工序及饮茶过程。嘿嘿，真懂茶具的还是陈先生呀！"

泉下说："我家收藏的茶具有越窑青瓷、黑釉建盏、青花瓷。"说着取出一套茶具请陈戎剑过目，"是宋代的吗？"

陈戎剑细心地看了看："应是元代景德镇白瓷。"

"何以见得？"

"唐朝人喝茶，喜欢用通透的越窑青瓷茶具；宋朝人时兴斗茶，为了便于观察茶花，就用黑釉建盏做茶具；到了元代，白瓷、青花瓷茶具才开始走俏，因为用白瓷茶具容易观察汤色和茶叶沉浮的样子。"

王远山补充说："唐宋时期饮茶方式的改变，造成了越窑青瓷、建窑黑釉瓷的兴衰更替。唐时浮梁本是茶叶集散地，因为元朝崇尚白瓷，卖茶的浮梁镇就过渡为出瓷的景德镇了。"

"见教了！"泉下不禁高兴地吟诵起了白居易《琵琶行》里的句子："商人重利轻离别，前月浮梁买茶去。"

姚采青钦佩地赞道："泉下先生真是中国通啊！"

"过奖了！"泉下接着说，"唐代制茶中心在湖州顾渚山，所产明前紫笋茶是贡茶。到了宋代，制茶中心南移到了武夷山脉东南面的建州。请教二位，建盏的兴起应该与制茶中心的南移有关系吧？"

王远山说："当然了！当时武夷茶品种多，口感好，成为皇家贡茶。制茶业的兴旺自然带动了黑釉瓷器的生产。"

陈戎剑说："我们陈家就是宋代迁入建州开始烧建盏的。"

泉下拱手道："王先生，上一辈子没完成的交易，可否在你我手上成交。"

王远山一摆手，说声"No"。

泉下一脸苦笑："那就让下一辈子的人接着谈吧。"言罢，取来一把铁壶烧水。

王远山说："铁壶烧水，能提升沸点、改善水质，还可释放微量的二价铁离子，有利于人体健康。"

姚采青接着说："过去潮州人喝工夫茶，用陶壶和风炉烧水，需要点火烧炭，实在费事。"

泉下有条不紊地准备沏茶："日本茶人泡一盏茶，规矩多达一千多种。"他摆了几个姿势，"这些规矩叫'手前'。"

姚采青说："茶道中对身姿动作的规定好多啊！"

泉下泡好了茶，灯光下汤色碧绿莹然。

姚采青啜了一口："好鲜！"

泉下说："这是玉露茶，还有煎茶，都是蒸青茶，没有炒青茶香，却有一种新鲜绿感。"

王远山说："湖北恩施玉露也是蒸青茶，中国国内很少见了，但日本依然保留着唐宋时的蒸青制茶法。"

曹山杰发问："为什么要蒸青呢？"

王远山回答："蒸青能杀死鲜叶里酶的活性，稳定住叶绿素。经过蒸青的叶子，无论捣碎还是烘焙，就不会氧化变红了。"

泉下说："蒸青茶喝着鲜爽。"

曹山杰问："酸甜苦咸好辨识，这个'鲜'是什么呢？"

泉下答道："我们日本有个专家叫池田菊苗，他在海带中发现了谷氨酸钠，提炼出了味精，从此鲜味才成为第五味觉。"

姚采青说："'鲜'应是一种感觉，喝茶就该跟着感觉走。"

王远山说："茶叶里有二三十种氨基酸，茶氨酸就占了八成，茶的鲜味源于茶氨酸。春茶为何鲜美？就是茶氨酸的含量比较高。"

看到茶桌上的玻璃罐子里盛着粉状抹茶，王远山想起了唐代诗人卢仝的诗句："碧云引风吹不断，白花浮光凝碗面。"

泉下说："抹茶是随着遣唐使进入日本的，表千家、里千家，是日本最出名的抹茶茶道。"

陈戎剑问："抹茶的工艺复杂吗？"

"采来鲜叶，蒸汽杀青，烘干，再去除叶柄叶茎，最后用石臼碾磨成这样的细末。"泉下说，"做抹茶，从采摘起就大有讲究。"

王远山说："您是指八十八夜的茶摘吗？"

泉下点点头，他看了看腕表，已是晚上 10 点了，就说："去茶园走走吧。"

山峰上的天空星光熠熠，映照着路边的一尊雕像，那人手持一束茶树枝叶，笑容满面。

姚采青问："这是谁呀？"

泉下凝视着雕像说："德川庆喜。"

王远山发问："是幕府时代的最后一位将军吗？"

泉下回道："是的，明治维新后变成了普通人，他就带人回到家乡，在牧野台地上开垦了大片茶田。"

王远山喃喃自语："种茶好，种茶好……"

走进茶园，清香扑鼻而来。

王远山说："采青呢？"姚采青紧追两步说："跟着呢。"王远山用手一指，"采青，在那儿呢。"大家望过去，几个茶姑正在采鲜叶呢。

泉下也语涉双关地说："正是采青该来的时候。"看到姚采青有些茫然，又说，

"算算，打立春到今天，多少天了？"

姚采青答道："八十多天了。"

王远山掐指一算："准确地说，是八十八天了。"他恍然大悟，"原来做抹茶的鲜叶，是在立春后第八十八天的夜里采摘的。"

"八十八夜的茶摘，才是抹茶的特点。"泉下说，"这是个不眠之夜，不知有多少茶农在抢摘生叶呢。"

姚采青问："八十八夜，有什么道理吗？"

泉下没有回答，转身问王远山："您是科学家，这样做有道理吗？"

王远山说："清明、谷雨时节，返青的茶树铺满了叶子，内含的各种物质处于平衡状态，做出来的茶口感也好。"

陈戎剑发现，桌面上放着一册《人与生物圈》杂志。泉下翻开来，指着一篇文章对王远山说："你师妹寄来的，您从生态的视角解读武夷茶，真是别开生面啊！"

"陈戎剑先生就是刊物的副主编，这一期是武夷山专辑，请您多多指教。"

听王远山这么说，泉下道："岂敢，岂敢！"

陈戎剑诚恳地说："我们还要持续关注茶山生态问题，希望和日本茶人多多交流。"

隔日，王远山一行住进了扶桑茶叶酒店，赏茶会也在这里举行。

一行人先进入演艺厅，观看韩国茶人表演的献茶仪式。

泉下介绍说，5月25日是韩国的茶日，岁岁都要举办祭礼与茶道表演。这些仪式有成人茶礼、高丽五行茶礼、新罗茶礼，还有演示陆羽品茶汤法的。今天表演的是高丽五行茶礼，是一种向茶圣炎帝神农氏神位献茶的仪式。

姚采青问："韩国的茶圣是神农氏？"

泉下解释说："韩国有个传说，神农氏中了72种毒，但喝了茶后安然无恙，他们就将神农氏奉为茶圣。"

姚采青又问："这个仪式和五行有什么关系呢？"

泉下回答说："与茶直接相关的是五行茶道，包括献茶、进茶、饮茶、吃茶和饮福；还有五样茶，黄茶、绿茶、红茶、白茶和黑茶。"

姚采青喃喃自语："怎么独缺了青茶？"

王远山逗她："五行茶，再添一样，就真摆了乌龙。"

这时，舞台前的紫幔徐徐升起，露出了祭坛、五色幕、神位和茶具。音乐奏响，四方旗官擎着印有图案的彩旗出场，威风凛凛。两名彪悍的武士拔剑相向，表演了一通剑术。接着，两名身着官服的执事，引领一众女侍上来。女侍两人一组，分别点燃香烛，献上花瓶和茶点。嘉宾们捧着花束，分两列纵队，顺着白色地毯向神家氏牌位献花。接着，一名女主祭官端着个大茶碗，恭敬地放在神位前的圆台上。十名女侍分坐两侧，进行冲泡茶表演。末了，女侍们用青、赤、白、黑、黄五色茶碗，再次向神位献茶，最后女官抑扬顿挫地宣读了祭文。

看过表演，众人移步走向论坛会场。

姚采青恳求师兄："泉下先生要我讲讲禅茶，师兄帮我撑撑场子。"

王远山说："咱俩师出同门，但悟道不同，禅茶我也不懂，若是搅和进去，反倒要砸场子的。"

姚采青说："泉下说了，不论何门何派，只求自圆其说。"

说着，步入一个宽敞的议事厅。中央是一个巨大的椭圆形茶台，参会的人围拢着茶台就座。

泉下逐一介绍中国客人，最后指着王远山说："远山先生的先人名叫王彬，在清代康熙年间是中国的大茶官啊！"

在座的日韩茶人听了，个个肃然起敬。

泉下说："我最尊重的陈见贤先生，不仅是大红袍的研发人，还多年主持武夷山的茶叶研究工作，遗憾的是他因病未能赴会。不过，陈老师的几位高足来了。"说着，他请姚采青主持会议。

这时，姚采青已泡好一大壶绿茶，几位穿着和服的女侍给在座的一一斟茶。

泉下看看干茶——细圆光直，啜了一小口说："信阳毛尖。"

姚采青大赞："泉下先生厉害！这是今年的新茶。"

王远山也啜了一口，说："当年在万国博览会上，得金奖的信阳毛尖是群体种，就是大别山的土著茶树，当地人叫旱茶。旱茶好喝、耐泡，但样子不够整齐，产量也低，白毛毛也少，就引进了外来种。我们喝的不是群体种，是引入的早熟品种乌牛早。"

姚采青说："都是茶叶大师啊！赏茶嘛，大家一边品茶一边聊吧。"

姚采青身穿一袭旗袍，高束发髻，就像是从古画里走出来的仕女。王远山发现，曹山杰一直盯着姚采青，眼神痴迷。他在武夷山就听说，二人过从甚密，山杰也跟着信佛了。

姚采青说："俗话说，天下名山僧占多。在深山老林修行的僧人，认为茶有'三德'，经过不断阐发，形成了禅宗茶道，传到日本后发展为日本茶道。因僧人聚集的大山适宜茶树生长，所以在种茶、做茶和研制名茶上，僧人功不可没。古代寺院大多挨着竹林、茶园，食笋饮茶成为僧人的惯常生活方式。像中国杭州的天竺寺、灵隐寺，黄山的广济寺、铁佛寺，都产上好的绿茶。"她指着茶壶说，"今天呢，先喝些清淡的绿茶，以便由茶入禅。"姚采青巧舌伶俐，看过许多"茶禅一道""茶佛一味"的资料，此时大加发挥，"明代岳纯著有《雪庵清史》，据他记载，当时的居士做'清课'，有焚香、煮茗、习静、寻僧、奉佛、参禅、说法、做佛事、翻经、忏悔、放生等好多功课呢。"

姚采青又沏了桐木红茶，晃晃发髻说："我是武夷山人，这茶就来自我的家乡。诸位知道，桐木关是红茶的发源地，红茶工艺也是在那里形成的。但你们可能不大清楚，红茶工艺是受到松萝茶的制法产生的。清初周亮工在《闽小记》中记载，来自黄山的僧侣改进炒青技术，以松萝法制茶，所制之茶汤色红赤；新的炒青手艺催生了茶叶发酵技术，红茶才应运而生。"她看了看王远山，"师兄，我没说错吧。"王远山频频点头。

姚采青得意起来，拉高声调说："这松萝茶，就是我们佛门人士创制的。明代冯时可的《茶录》讲得很清楚，松萝茶'始比丘大方，大方居虎丘最久，得采造法，其后于徽之松萝结庵，采诸山茶于庵焙制'。大方做的松萝茶，已具备红茶工艺的雏形。佛山上产的茶叶，历来都是贡品，像湖南的君山银针，四川的蒙顶山茶，都是僧人采制的贡品。到了清代，蒙顶茶已经成为至尊之物，皇室在太庙祭祀时，奉献的就是这种茶叶。大家都晓得写《茶经》的陆羽，唐肃宗年间常州刺史李栖筠举办品茶会，泡了僧人种植的阳羡紫笋茶，特邀而来的陆羽喝了，称赞'芳香冠世产'。之后进贡朝廷，被肃宗点了茶状元。这些都说明，茶与佛，茶与禅，那是密切相关呀！"

在座的大多信佛，泉下带头，都使劲鼓起掌来。掌声歇了，曹山杰还在拍着巴掌。

姚采青愈发得意了："我告诉你们，信佛者最有茶缘，越是虔诚，饮来茶味越好。茶因禅名，不信佛者压根就品不出好茶的滋味来。"

王远山直面师妹说："在茶叶史上，僧人的贡献确实很大。17世纪30年代，当时福建崇安县的县令叫陆廷灿，他写了一本《续茶经》，书里引了《随见录》中的一段话：'武夷造茶，其岩茶以僧家所制者最为得法……'早在唐代，有个叫吕岩的，喝了大云寺的茶，写诗夸道：'玉蕊一枪称绝品，僧家造法极功夫'。这些都说明，僧家确实善于制作茶叶。"

姚采青忙说："我师兄引经据典，为我找着依据了。"

王远山冷冷地说："那也不能说，不信佛就不懂茶吧？"

姚采青知道失言了，赶忙解释："我的意思是，懂得禅，饮茶更有滋味。"

王远山说："说禅，我是门外汉；讲茶，也略懂得些。什么是好茶？首先生态要好，茶树也要好，工艺也要到位。"他从兜里掏出一包茶叶递给女侍，让她们泡了分给众人品尝。大家都喝得津津有味。

泉下问："哪里的红茶？味道好极了！"

王远山说："这才是正宗的桐木红茶，是我用江墩的春叶自个儿做的。"

泉下说："方才饮的不也是桐木红茶吗？"

"刚才的茶，大概是从桐木边上采的叶子，做茶时也不精细，味道就大差了。"王远山说。

曹山杰觉得王远山太不讲情面了，抬头一看，自己心仪的人毫不窘迫。姚采青用手扶了扶头顶的发髻，从容应对："像我师兄这样能喝出茶叶细微差别之人，世所罕见。"她微笑着看了师兄一眼，"饮茶是开门七件事的一桩，好看不过素打扮，好吃不过茶泡饭。粗茶淡饭，既是平头百姓的生活，也是高人隐士的愿望，更是佛门子弟的追求。茶贵清淡，不必掺杂多余的东西，也不必说得过于复杂。茶能消除烦恼，我们老古人给它起了个雅名，叫'涤烦子'。喝清淡的茶水，居清寂的山林，过清静的日子，修清净的内心，是我的追求，也该是诸君的追求。"

这些话似乎充满禅理，在座的人大多受到了感染。姚采青真是辩才无碍，取茶小啜一口，又是一番高论——

"茶味，茶香，迟早都会散去，而茶道，你在饮茶时获得的觉悟，远比感官的知觉长久。人有人性，茶有茶性，人性也通着茶性呢。人生若茶，无论甘苦，泡过了，泡至尽头终会舍弃。茶有百滋味，淡然一笑间。品的是茶水，修的是心身，悟的是禅理。臻于这般境界，你不会计较饮的是水仙还是肉桂，也无须弄清楚它是来自哪个山场，是哪个茶师用何种工艺制作的，你甚至不记得你在饮茶，只觉得心无杂念，'万籁此俱寂，惟闻钟磬音'。"姚采青谈锋犹健，"我讲禅茶，我的师兄不高兴了，他是主张科学讲茶的，其实，我并不反对他的主张。没错，茶的确是大自然赏赐给我们的营养物质，它能够提供人体所需的多种维生素，其中的咖啡碱和儿茶素类能助消化，咖啡因能提神，儿茶素还有利于降血脂。可你总是研究这些成分，没几个人听得懂啊。我们饮茶，更重要的是抚慰心灵呀！现代人，像脚上长了车轱辘，整日来去匆匆的，就像中国作家贾平凹那本书的名字：浮躁。这种失去平衡的心态和焦虑感，久而久之，人都会疯掉的。怎么办？我的处方就是喝茶。喝茶的过程，就是静心的过程，禅修的过程，从清洗茶具开始，温杯、投茶、注水、闻香、品饮，你有条不紊地做着这些似乎程序化的事，浮躁的心便会渐渐地平静下来。茶香是大自然中的味道，闻香识人生，辨不出香型，嗅不出品种，都没关系，重要的是有没有愉悦感，有没有获得禅的启示。一片茶叶，长在树上时风吹雨淋的，采下来更是磨难多多，被晒，被炒，被揉，被捻，受难就是历练呀，它成为一泡茶，就是劫后余生，更是凤凰涅槃。"

姚采青斟了一杯茶，走到王远山身边，恭恭敬敬地给师兄敬茶。然后对众人说："刚才我师兄也说了，僧人对茶叶的发展是有贡献的。我师兄在北京的家里挂着一幅图，那是《陆羽皎然品茗论道图》，陆羽诸位都知道，现在就请我师兄说说皎然的故事吧。"

在座的纷纷鼓掌。王远山想不到师妹如此厉害，这是要他为她的理论背书呢。但在此情境下，也不好推辞，就讲起了皎然——

皎然这个人出生江南望族，是大诗人谢灵运的十世孙。年轻时，皎然隐居庐山，跟着道士修炼慕仙之术。到了而立之年，他又一心向佛，学习佛教各个宗派的理论，尤其醉心于南宗禅，领悟和阐释"明心见性""直指人心""顿悟成佛"等南宗禅的主张。皎然是大诗人之后，又喜欢饮茶，一生写了不少茶诗。皎然认为，饮茶也有三重境界，所谓"一饮涤昏寐"，"再饮清我神"，"三饮便得道"。

姚采青赶忙点评："三饮便得道，说得多好啊！"

王远山淡淡地笑了，又讲起来——

在我国传统文化中，儒主"正"，道主"清"，佛主"和"，茶主"雅"，这些理论共同支撑起中国茶道的基本框架。皎然不愧是中国茶文化史上的一个重要角色。他在湖州召集过苕溪茶会，在剡溪，就是今日的绍兴举办过茶会和诗茶论坛，还写过《茶诀》。

姚采青插话说："我师兄学问渊博，真说起来，比我深刻多了。"

陈戎剑觉得蹊跷，心里嘀咕："怎么说到一搭儿去了？"

王远山说："皎然后来上吴兴杼山做了妙喜寺的住持。他是一个文雅的僧人，一边修行，一边跟着颜真卿修撰《韵海镜源》，其间常与文人士大夫打交道，其中就有陆羽。陆羽25岁时，皎然已40多岁了，人们称为'缁素忘年之交'。唐代寺庙饮茶成风，好多僧人也是茶人。在妙喜寺寄宿的三四年间，陆羽与皎然有空就品茗论诗。我给大家讲个小故事吧。陆羽认识了一个女道士，叫李季兰，才貌双全。两人时常对坐清谈，冬季还会煮雪烹茶。李季兰生病时，陆羽就去护理，煎药煮饭，非常周到。经陆羽介绍，皎然也认识了李季兰，三人常诗词酬答。后来，李季兰爱上了气定神闲、才华出众的皎然，就借诗传情，但清心寡欲的皎然不为所动。"

姚采青瞥了一眼曹山杰，又点评了一句："若是懂得禅茶，就会免去儿女私情的困扰。"

王远山听出了她的弦外之音，他看到曹山杰把头深埋在茶台上。心里想笑，忍住了，接着说起来——

陆羽写出《茶经》三卷后，兴冲冲地拿给皎然看，皎然读后写诗说，"楚人茶经虚得名"，认为写得不怎么样。皎然对陆羽说："你该先去茶山，好好看看，茶树是怎么栽培的，茶园是怎么管理的，茶青是怎么采摘的，茶叶是怎么煎制的？弄懂了这些，你再回来好好修改《茶经》。"陆羽按皎然的嘱咐，经过实践后修改的《茶经》，才有了流传价值。

姚采青这时才明白，师兄转了一圈子，又回到茶科学上了。

陈戎剑也忍不住了，站起来说："王老师讲得真好！皎然对陆羽说过的话，其实是对每一个茶人的教诲。"

姚采青事先也是做过功课的，此时她站起来说："我师兄讲得太好了！让大家知道，皎然不仅在中年后一心向佛，还是一个最早研究茶叶种植、制作的人，怪不得我师兄佩服他呢！"她对着师兄说，"我们是不是可以这样理解，皎然是一个主张禅茶一味的古代科学家呢。"

王远山听了，觉得这个师妹像变了一个人，陌生得让他惊愕！他本想和她理论一番，但一边的陈戎剑示意他不必计较，师妹的话语也柔柔的，让他无从发火。这样一来，自己反倒有些尴尬啦。这时，他突然干咳了两声，于是起身对泉下说："夜里偶染风寒，先告退了，抱歉！"王远山早已坐不住，又不能当着日本人的面和师妹硬怼，就借机回到房间休息去了。不一会儿，陈戎剑说要照顾王远山，也离开了会场。

王远山走后，姚采青又请泉下发言。

泉下带来一幅画，叫人挂起来。大家一看是中国画家黄永玉画的吃茶图。

泉下说："何以从容，何以淡定？从谂禅师告诉我们——吃茶去！俗话说，饮酒可成仙，品茶可成道。茶莫如酒热烈，却是温柔蕴藉，像采青女士一般，最富有诗意了！"听到这里，曹山杰不由得喊出声来："说得好！"让姚采青的颊上也泛起一片红晕。

曹山杰醉茶了，歪着脑袋对泉下说："您知道吗？黄永玉是我祖父的好朋友，他最喜欢普洱茶了！"

泉下说："我从黄大师的画里，总能看到一份禅意。你看画中人，手捧一只茶碗，就喜滋滋的，叫人看了，也不禁愉悦起来。"

姚采青说："这就是黄大师的人生感悟——欢喜有理！细细想来，喝茶就是我们日常的生活小事，但能叫人乐在其中。如果你泡茶、喝茶时不再为是什么茶，用什么茶具之类的事操心时，这一片片小小的树叶，才能让你真的欢喜起来。"

茶歇时，人们离座走动起来，拣着吃些茶点。

姚采青侧身一看，见曹山杰向隅独坐，就取了一小碟樱桃，挨着他坐下来。姚采青用手指从碟里夹取樱桃送入口中的姿势，让曹山杰又想到王远山讲的小故事，不免有些茫然。

姚采青轻声问："想什么呢？"

"李季兰有错吗？"曹山杰直截了当地发问。

姚采青取了一粒樱桃，触到唇边后忽又塞入曹山杰的口中。山杰觉得那樱桃分外甜蜜，就用舌头舔来舔去的。挨着身边的心上人，就有袅袅茶香袭来，内心里幻化出一幕幕温馨场景来。

姚采青用温柔的眼光看了他许久，才说："李季兰没有错啊！可是她所爱非人。"看到曹山杰疑惑的神情，又说，"一杯清水，无色无味，投之以茶，才变了色有了滋味。可你真懂了茶，茶还是茶，还是那个味道，但你可以品得出浸泡在茶汤里的东西，不是茶多酚、氨基酸之类的东西，而是禅宗的智慧，那茶依旧淡如清水。"

曹山杰越发疑惑了。姚采青起身斟了杯茶，递给曹山杰，坐下来又说："茶一入水，或浮或沉；人生若茶，无论沉浮分合，都须拿得起放得下。喝茶，最难得的是放下，放下你的欲念，包括茶叶本身，你才能做到饮而无饮，找会回平静的内心，得以宁静致远。"

曹山杰忽然想起读书时看到的一句话：入世之人饮酒，出世之人吃茶。看来，这个姚采青真是非凡脱俗的女子。他抬起头看着姚采青说："你是悟道之人，我们身子挨得近，心却隔得远。"

姚采青听了，又挨紧了这个心仪她的男人，凸起的乳峰触到了曹山杰的肩膀。曹山杰快活地哼了一声，使劲地咀嚼着嘴里的那颗樱桃，幻觉里却在热吻着采青的樱桃小口。忽然听到姚采青在他耳边低吟："你我无他，唯有'茶缘'二字而已！"

姚采青看见泉下带着一个韩国人走过来，于是直身端坐，提高声音说："来来，泉下先生。一人得渴，二人得趣，三人得味。我们一起喝茶。"

泉下介绍说，这位是韩国茶叶研究会的。韩国人请姚女士方便时到韩国宝城去讲茶。

赏茶会散了，隔日泉下带着大家去参观茶园。

一垄垄的茶树上面，都搭着架子呢，上面披盖着稻草帘子，避免阳光直射。泉下说，这种遮阴茶属于"Ooi-cha"。日本科学家的研究表明，遮阴的茶树叶片会变薄一些，鲜叶的茶氨酸、咖啡碱和叶绿素含量都会明显增加，茶多酚、咖啡碱的含量却减少了，这样会降低茶叶的苦涩度。

邻着茶园，就是一个茶叶加工厂。泉下介绍说，日本主要出绿茶，静冈这里生产一点儿"和红茶"和乌龙茶。

王远山问："日本茶有哪些品种？"

泉下说："主要是玉露茶、抹茶和煎茶，还有地方番茶和再加工的烘焙茶和玄米茶。"

王远山又问："被茶是被覆栽培的茶叶做的吗？"

泉下说："是啊！"

众人换上清洁的工作服，走进了加工抹茶的蒸青车间。除了一侧的通道，车间都被玻璃幕墙挡着，茶青平铺在传送带上缓缓地转着，里面蒸汽弥漫。因为实现了温湿度的全自动化控制，车间里看不到工人。

王远山问："蒸青的温度多少？"

泉下回答："150～200℃之间。"

"比炒青的锅温低啊。"

"蒸汽流动着，鲜叶平铺着，受热均匀，杀青效果好。"

"除了遮荫、蒸青，做抹茶粉碎工艺也很重要吧？"

"是呀！为保持茶叶风味，先用磨速很慢的石磨破碎鲜叶，再用气流、振动或球磨方式进行超微粉碎。"

王远山在车间一角看到了几个老式石磨，问："还用石磨吗？"

"乡下有些茶农还用石磨，也有用球磨机的。"泉下说，"日本各地都有茶叶研究机构和学校，除了高档茶，都可以机采机制，这头放茶青，那头出成品。"

王远山心想，我们也该加快科学介入茶产业的步伐啦！

参观完茶厂，又去逛街。静冈真是个茶城！商店里摆着各种各样的茶叶和茶制品。"茶冰"是将冰块放入茶中，或者在制冰的过程中加入茶叶，它是静冈市的代表性美食。

走在车站附近，有个店铺悬着"丸善制茶"的幌子。"这是静冈的老字号茶叶批发商。"王远山说着，就和陈戎剑走了进去。

进去一看，居然是意大利的装饰风格，好多情侣正在吃冰激淋呢！

"走错了吧？"陈戎剑有些恍惚。

王远山眼尖，发现店内设有一个体验操作间，顾客可以进去焙煎茶叶。王远山进去，取了些毛茶操作起来。焙煎设备在 80 ～ 200 度之间设有 5 个温度段，王远山用中火焙了茶叶，又亲自泡了壶茶。

两人坐下喝茶时，服务生端着冰块过来问："加冰块吗？"王远山客气地摆摆手。他们这才发现店里顾客吃的都是茶味冰激淋。

"到了夏天，来这里消暑不错哦！"陈戎剑看到墙上有副招贴画，上面有"茶冰——静冈美食"的字样。

出了店门，路边的自动售货机里摆着好些茶饮料，陈戎剑用零钱买了两瓶。

王远山喝了几口说："日本喝茶已经饮料化了，现在做的饮料茶味也浓了。"

陈戎剑说："我国的茶产业也要瞄准年轻消费者，把品茶店变成一个时尚的体验空间，产品也应多样化，包括冷热饮、原叶茶、组合不同茶叶的拼配茶，外加其他食品的调饮茶和各种茶风味食品，以及佐茶的茶点。"

王远山说："咱们国家的茶饮料，只使用了四分之一的茶叶，产值就将近一半了。深加工，开发多种茶产品，这是个发展方向。"

陈戎剑兴奋了："是呀！茶叶创意存在 N 种可能。通过深加工、体验场景模式、建立网上零售社群，才能吸引年轻人啊！"

泉下驾车把中国茶人送到富士山静冈空港，作别时说："富士山麓有许多野生的杜鹃，过些天就要开花了，希望你们再来！"

王远山说："我参加过考察富士山生态的活动，一直到了伊豆半岛。就是这个时节，三光鸟飞了回来，站在茶树的枝头上唱歌，那画面美极了！"

姚采青问："为什么叫'三光鸟'？"

王远山学起三光鸟的鸣叫声，"荷依荷依荷依……"

泉下笑了："王先生有绝活儿。"他对姚采青说，"这种鸟是静冈县的县鸟，它们的叫声像日语说月亮、太阳、星星，所以被称为三光鸟。"

曹山杰说："静冈面临太平洋，山岳地带物产丰盛啊！"

泉下说："最丰盛的是茶树、橘树这两样。"

陈戎剑说："怪不得王老师说，长橘树的地方适宜种茶呢。"

泉下对曹山杰说："有空带姚女士来伊豆泡温泉。"大家会心地笑了。

从日本回来，姚采青好像有了底气。她四处讲茶，一时声名鹊起。

一天，姚采青在北京的一个茶馆讲茶，曹山杰硬拉着陈戎剑去捧场。厅子里早已坐满了听众，等着听姚采青讲禅茶呢。几个女侍忙着给在座的人斟茶。

姚采青说："大家请用茶！今天我泡的是苦茶。"她喝了一大口说，"苦，才是茶的原味，也是生活的真味。茶也好，生活也好，都是有甘有苦的。由奢返俭，那是很艰难的事情；而苦尽甘来，就是幸福的人生。"

听众安静地听着，觉得这个女人说得句句在理。

"朋友们，大家闭上眼睛，把你向佛的心浸泡在茶汤里，然后啜一小口茶汤，细细地品味。你品着品着，就会忘却所有的艰难苦恨和烦恼，激发起沉淀在心底的美好记忆，让心灵变得纯净而愉悦。"她示范着，听众也依照姚采青的吩咐感受着。

姚采青说："想来，饮茶的全过程，就是人生的简化版。端起杯放下杯，斟满茶饮完茶，就是有得有失的人生，就是起起落落的人生。朝霞会变成夕照，浓茶会变成淡茶。时光，青春，一切记忆中的往事，都会像风一样掠过，都会像茶水一样变淡。如果泡的只是茶，不论是地道的武夷山'牛肉'，还是贵重的普洱茶'冰岛'，沉淀下来的，也不是什么精华，而是可以丢弃的茶渣。如果你把自己的心也浸泡其中，那就不一样了。你可以从苦涩中品味到甘甜，远绚烂而归于平静。淡茶温饮最养人。你喝不出茶味来，是你不懂茶；你喝得出茶味来依然懵懂，是你不懂禅。从无味到有味，再从有味到无味，就是禅茶。懂禅茶的人，喝的是茶，求的是一份超然恬淡的心境。"

姚采青神采飞扬，从讲台上下来，亲手为众人一一斟茶。之后，她又说："千载儒释道，万古山水茶。我们武夷茶山，也是一座文化名山呀！大红袍祖庭，就是永乐寺的禅茶；大儒朱熹的文公茶，'茶烟袅细香'；若是饮了大王峰下的止止庵茶，就会进入'高卧云堂留梦醒，笑骑白鹤归蓬莱'的境界。三教饮茶论道，感悟人生，为武夷茶文化的发展注入了生命的甘泉。不论是儒家的以茶养心，道家的以茶养身，还是我们释家的以茶养性，统统都与武夷岩茶蕴和寓静的禀性相通啊。"姚采青抿了一小口茶水说，"我师兄写过一首五言诗：'武夷出好茶，岩骨兼花香。时常品岩茶，饮来滋味长。'喝茶到了这个份上，算是懂得茶了，然而离禅茶的境界，还远着呢！境界高远的，应是这样的——'茶山雾朦胧，悟禅心自静。寻茶不见茶，品饮本无茗'。"

底下有人惊呼："大师啊！"

姚采青扬了扬头，捋了捋一头秀发，不紧不慢地说："我不是什么大师，我就是武夷山的一个茶姑。这边茶台上摆着的，大多是我家自产的茶叶，我不必说这些茶多么好，只说一条，它们是自然天成的，如同天生丽质的美人，若用脂粉反倒污了颜色。你们也不必挑挑拣拣的，更不要讨价还价，若是有缘，你就拿些去。所有的茶款，在我手里尽是善款，必会用到该用的地方去。如果真懂了，大家就会明白，我其实不是卖茶的，你们也不是买茶的，我们是以茶会友，千年有缘来相会，这个缘，是茶缘，更是禅缘。归结起来，就两个字：禅茶。记住了，你必会得到佛祖的青睐。"

陈剑戎一直在听会，在观察。他发现，王远山这个师妹不得了，她营销茶叶的手段绝对高超。他走过去看，听众们围拢着茶台，争着抢着购买姚家的茶叶。连几个外国人也掏出钱包来，生怕误了这绝好的机会。

陈戎剑回来后对王远山说："幺妹这样子不好啊！她募捐善款用到哪里去了？"

"我知道，全给了汶川的孤儿啦！"王远山激动了，"你知道吗？她的孩子，不是私生子，是苏莎救出来的那个孩子。这些年，她不嫁人，省吃俭用，几乎所有的钱都用在了孤儿身上了。"

陈戎剑说："这真是一个令人敬佩的奇女子！往后我们都要帮帮她！"

王远山说："我想好了，你家先人做的那套建盏茶具就卖给泉下吧，所有的款子都交给采青，她供养着十几个汶川孤儿呢！"

三十

　　这天在机关食堂用午餐时，陈戎剑遇到了萧娅萍，她如今在中科院负责出国人员培训工作。他俩取了餐，在角落里坐下来边吃边聊。萧娅萍说，培训班办了好几年了，主要围绕国际科技组织间的沟通合作，讲授相关专业知识技能。有人提议加点儿中国文化的课程，但不知开什么课，请什么人好？陈戎剑说，请你的老同学王远山啊！二人脱口而出："讲茶！"

　　当晚，萧娅萍就去了王家。

　　王远山将老同学迎入茶室，泡了壶茶。

　　萧娅萍啜了一小口问："是大红袍吗？喝着像，可又有其他味道。"

　　"这是拼配大红袍呀。"王远山解释道，"大红袍母株就有奇丹、北斗、雀舌三个品种，不同品种的岩茶拼配而成叫大红袍；若是单一品种，一般不叫大红袍，就直接称品种名了。"

　　"这茶，也能像鸡尾酒一样调配吗？"

　　"能呀！不过要晓得各个山场和各个品种的特性，扬长避短才行；若胡乱混搭，反而作践了茶叶。拼配大师如同围棋九段棋手，懂得攻守平衡、刚柔相济。"王远山说着，取出一包茶递给萧娅萍，"这款大红袍是我拼配的，你带回去慢慢品着。"

　　"我不是来讨茶喝的，是请你讲茶的。"

　　"讲茶，给谁讲呀？"

　　"在我们办的外宣班上讲呀，听课的都是准备出国工作的科学家。"说着，萧娅萍把培训计划书递过去，"开设这堂课的目的，就是想让科学家了解一下中国茶；在中外交流中，茶是最具亲和力的媒介。"

"这个想法好极了！可我太忙了……"

没等王远山说下去，萧娅萍就佯怒道："我的事儿，你还想推掉不成？"不容分说，她又撂下一句话，"照计划准备吧，咱们课堂上见！"

看着萧娅萍离去的背影，王远山想：娅萍，还有盛晓晶，都是可以摆布自己的女人。想着想着，脑海里浮现出张媛媛的笑容来，他哑然失笑："又添了一个。"

开课那天，曾岚跟着师傅过来泡茶，顺便带来了好几罐子武夷山矿泉水。

尤长寿闻讯也赶来了，也带来好几款尤家茶。王远山一看，里面有瓜子金、石乳、金钥匙、半天腰等稀罕岩茶，连忙道谢。尤长寿说："我是来蹭课的。"

蹭课的还有黄玲玲呢。她听到消息，就从山东日照赶过来了。

几个徒弟和师傅聚在一起，还是三句话不离本行。喝了黄玲玲带来的日照茶，尤长寿很惊奇："北方茶？"

"老话说，自古岭北不植茶。我国的茶园大多在秦岭以南，往北就很少看到茶树了。"王远山指指墙上自己手绘的《名茶分布图》，又指着黄玲玲说，"她这个南方人，跟着男朋友跑到日照种茶去了。"

黄玲玲说："这是'南茶北引'。"

王远山说："南茶北引就是从山东日照开始的，现已出了山海关，一直到了吉林省东丰县的太阳镇。"

曾岚问："东北也有茶树吗？"

王远山说："有啊！太阳镇地处北纬43°，三九天气温会降到零下三十多度，竟然也种了茶树。"

曾岚又问："那茶树怎么过冬？"

王远山说："起先种的茶树，越冬时都被冻死了。为了种活茶树，农民找来干草，给茶树束上腰戴上帽子，还是不行。后来引入了抗冻的黄山茶籽，种在背风向阳的地片上。为了挡风御寒，在茶田周围植了矮蓬，搭上草帘子，还用松柏树围住整个茶园，茶树总算长起来了。"

尤长寿感叹道："好辛苦啊！"

王远山说："现在用上暖棚了，还有光伏太阳能板大棚呢。"

黄玲玲说："咱们喝的就是大棚茶。"

"山东的茶友刚给我捎来些崂山绿茶，咱们尝尝。"王远山一边烧水，一边说，"古代就有南茶北引了，道士们把江南的茶苗移植在崂山背风向阳的山坡上。"水沸了，他提起水壶，倾壶注水，提腕、压腕，连续三次，保持细水长流不断，"这叫'凤凰三颔首'。"

曾岚接过水壶，跟着学起来。

尤长寿啜了口茶水问："师傅，您觉得北方茶好喝吗？"

王远山说："不可一概而论，玲玲的茶滋味差些。"他接着说，"我也在担忧呢！我国的茶叶产能过剩，在北方种茶成本又高，如果做不出风味独特的茶来，很难打开销路。"

黄玲玲说："师傅，您得帮帮我。"

曾岚插话说："帮她，也是帮我呢。"

尤长寿听了有些疑惑，王远山说："玲玲找的就是曾谷。"他叮嘱黄玲玲："在温室里种茶，应走精细化的路子。"

"曾谷想搞一套自动供肥供水系统，遇到了技术难题。"

"我让王野抽空去指导一下，他做过这个，通过自动平台配料，将有机肥料、营养液和水按比例混合后，在布好的管道里有序输送到茶树根部。"

黄玲玲、曾岚听了高兴得手舞足蹈。

茶叶课开讲了，萧娅萍的介绍简单风趣："王老师懂茶，因为他是茶叶世家的后人；大家一定会有共同语言，因为他也是个科学家；我能把这个大茶人请来，因为我们是街坊，还是同学。听课的人，今儿稳赚不赔，不管他讲得如何，品饮的茶可稀罕着呢！"

王远山开门见山："我不谈茶文化。"他对在座的说，"诸位都是科学家，我就想从科学的视角讲述一下茶叶生长的生态环境，以及茶叶生产的全过程，包括育种、种植、采摘、加工等，并尝试分析每个环节的关键点，以及支撑其成立的理论基础。"

王远山一边在大屏幕上播放电子课件，一边说："萧老师说我泡的是好茶，那为啥说这是好茶？你说这茶好，依据是啥？我说武夷山茶叶好，那为啥这个地方出好茶？你说土壤好，土壤好在哪儿？你说气候好，什么温度，什么湿度，什么日照，什么风向？啥时风，啥时雨，和茶株生长有啥关系？我说这是采用传统工艺制作的大红袍，你说工艺好，好在哪儿？工艺过程保护了什么，激发了什么，抑制了什么？今儿沏茶的水是从武夷山空运过来的，你说这水泡茶好，好在哪儿？茶水啥比例，茶水混合后会有啥反应，有什么数据支持？……"

接着，王远山娓娓道来，一一解惑释疑。因时不时要品饮，讲座办得更像品茶会。学员里有不少人也喜欢喝茶，但不知茶叶的学问竟如此高深。

王远山以武夷茶做例子讲解——"各位，如何识得岩茶？先看茶叶外形，条索扭曲紧结，像蜻蜓头；色泽铁青带褐，看着油润；叶背是蛤蟆背，布满蛙皮般的颗粒。喝起来呢，有岩骨花香的韵味。再看叶底，鲜亮柔软，绿叶红镶边。岩茶有三个要素，缺一不可：从品种看，应当是武夷山优良的菜茶品系；从生态环境看，茶树应处在正岩区范围内，若产于三坑两涧更是良品；从做茶环节来看，应是采用武夷山岩茶的制茶工艺和技术。简而言之，就是啥品种，长在哪儿，怎么做的。"

慢慢地，遥感专家、地质专家，好多学科的科学家也成了王远山的粉丝。大家在品茶学茶的过程中，也在酝酿着如何用基础科学的力量为振兴中国茶产业做点实事。

讲座结束那晚，陈文彦亲自下厨做了几道菜，让儿子把王远山叫来一起餐叙。吃过饭，王远山泡了茶，请陈文彦品尝。

"什么茶？"

"安吉白茶，头采。"

"我去过那里，天目山北麓气候温和，茶树多，竹子也多。"

"所以有句话，'川源五百里，竹乡育白茶'。九龙峡景区的山上有棵古茶树，像武夷山九龙窠的母株大红袍一样神圣，被看作是'白茶祖'。安吉白茶树是变种茶树，春叶发白。现在好多地方都种了安吉白叶1号。"王远山又取出一盒茶，"这是我从峨眉山带回来的竹叶青，您习惯喝乌龙茶，以后喝些绿茶。"

"戎剑说了，你的讲座非常成功。咱中国人喝茶，历史悠久啊！如果从神农氏算起，那可是新石器时代的事啦。我抽空读了《茶经》，确是博大精深。从现代科学的要求说来，经验虽总结得相当完备，但缺乏科学数据的支撑。今天我们有条件了，该做这件事了。"

陈戎剑说："我老爸的意思是，应当把老《茶经》升级为符合生态文明要求的，具有现代科学价值的新《茶经》。"

王远山赞道："陈叔不愧是院士，高屋建瓴，见解不凡啊！"他不由得攥紧拳头给自己加油！

过了一个礼拜，陈戎剑邀请王远山、傅晓、露雅，一起商量考察绿色茶叶之路的计划，还打算出本专辑。开会时，王远山叫来了培训班的几个学员。

傅晓说："王老师，我先泡壶茶，您尝尝香气如何？"

陈戎剑说："厉害啦！敢和王老师斗茶了。"

果然，那茶香气扑鼻，喝着唇齿留香。

王远山舔了一下茶汤说："这茶添了植物香料。"

傅晓说："喝出来了？"

王远山反问："是从泉州带来的吧？"

傅晓说："我去那里主持海上丝绸之路论坛，刚回来。"

"这就对了。"王远山说，"海丝，中东叫香料之路。阿拉伯商人利用季风，早在一千多年前，就用帆船运来各种香料，换咱中国的茶叶。"

陈戎剑恍然大悟："原来添加了香料。"

王远山说："泉州'永春香'的传人姓蒲，蒲家的先祖就是阿拉伯商人。"他肯定地对傅晓说，"这茶，添了蒲家'迷迭香'碎末。"

傅晓说："太神了！我去永春县达埔镇时，蒲师傅送我的。"

会议开始后，陈戎剑开宗明义："为什么要做这个选题呢？因为茶是一个集大成的东西，有生态属性、科学属性，还有文化属性。现在呢，茶叶市场混乱，有人假文化之名神说鬼吹，掩盖了茶叶的本来面目。实际上，茶叶涉及一、二、三产业，从选种、育种、种植、养护、采摘、加工，一直到储存、运输、销售、品饮，没有一个环节离得开科学。我们这次准备围绕着'生态''科学'两个关键词展开调研和科考。"

遥感专家王白石建议："应该找最有代表性的名茶产地实地考察，弄清楚茶叶生境的各个组成要素。"

王远山果断地说："去武夷山吧！那里是世界红茶、乌龙茶的发源地，还是万里茶路的起点！"

陈戎剑说："我也了解了，武夷山建立了比较完善的岩茶产地溯源机制，政府对全市的茶园基础数据进行了普查，包括茶山位置、面积、茶叶产量、流向等，这对我们的科考非常有利。"

会上形成了共识，并商定了科考路线。很快，陈戎剑就带领科考队上了武夷山，对茶山的自然环境进行了初步考察，并拍摄了遥感图片。露雅作为随行记者，也参加了科考，还采访了武夷山茶界有头脸的人物。

王远山明白，要想彻底揭穿伪文化茶叶说，必须拿出有说服力的科学数据来。于是，他开始取样化验茶叶，并联系张媛媛等科学家做基因分析等科研工作。

武夷山主要分布着古老的变质岩系，中生代的火山岩、花岗岩和碎屑岩。专家组重点考察了两个区域，一个是九曲溪上游的保护地，一个是三坑两涧两窠为中心的岩茶核心产地。这几天，他们从九龙窠开始，在坑涧里徒步考察。又沿着九曲溪一直向上，进入上游保护区的腹地。

这次科考，遥感专家王白石带着助手，第一次运用遥感这一空间对地观测技术，探测了武夷山的生态环境及其变化情况。

来到武夷山后，满眼碧色。王白石兴奋地对助手说，自己的名字就是拆开来的"碧"字。他的父亲说，仁者乐山，智者乐水，希望孩子亲近大自然，做一个科学家。

这天，陈戎剑把参加科考的专家和边青山、姜赣等人招呼到宾馆小会议室，互通信息。

王白石指着大屏幕上的遥感图说："请看，绿色的是植被，蓝色的是水体，红色的是裸露的岩石。西部这一大片处在保护区范围内，是地球同纬度带现存最典型、面积最大、保存最完整的亚热带原生性森林生态系统。遥感图像表明，这里没有过多人类活动的痕迹；中部是九曲溪上游保护地带，分布着一系列居民聚居的村落，生态环境总体良好；三坑两涧这一带，则是红绿相间分布。"

王远山说："这图魔性啊！正岩区像是一片巨型的岩茶叶子。这块地方红绿相间，就像是三红七绿的岩茶啊。"他对王白石说，"从地质学的角度探讨武夷岩茶的独特性，解读'岩骨花香'，这是从未有过的事啊！"

　　王白石说："通常茶树都长在土层厚实的地方，但大红袍母树却是从岩石缝里钻出来的，这就注定了以母株大红袍为本的岩茶系，必定与岩石有千丝万缕的联系。"他说，"正岩区这边是发育于白垩纪晚期的红色砂、砾岩构成的丹霞地貌。红色砂岩经长期风化剥离和流水侵蚀，形成孤立的山峰和陡峭的奇岩怪石。岩性对武夷山地貌发育起着明显的控制作用。西部海拔1500m以上的山峰，基本上由坚硬的花岗岩、凝灰熔岩和流纹岩等构成；东部红色砂砾岩发育区域则往往发育较宽的谷地和盆地。所以，武夷山丰富的地貌类型是地质构造、流水侵蚀、风化剥蚀、重力崩塌等长期综合作用的结果。"

　　王远山指点着说："这里是九龙窠，岩石裂隙中只有几株母树大红袍，但如果我们把母株生长的岩石裂隙，在自然界放大几十几百万倍的话，那就是小武夷被河流切割的沟壑峡谷！"

　　王白石说："正岩茶核心区的三坑两涧两窠，正是这样的峡谷地貌，其独特的地貌条件、生态多样性、温差、湿度、光照、土质、水分、微生物等，注定了这些生长在放大了的岩石裂隙的茶树，才可能最具备母树大红袍独特的岩骨花香。"

　　王远山说："西北部的大武夷是高山峡谷地貌区，河谷两侧的坡地为正山小种提供了独特的空间环境，其土壤主要源自花岗岩和火山熔岩的风化产物；而其东南的小武夷是丹霞地貌区，主体是白垩纪晚期的红色砂砾岩，石英含量高，沟谷坑涧的土壤富含矿物质和上古生物有机质；特别是正岩区发育的峡谷地貌特征，为高品质的茶树生长提供了优良的微生态环境。山场的母岩主要是石英斑岩、砾岩、红砂岩、页岩、凝灰岩及火山砾岩，相间成层的'五者母岩'分化形成的岩土与多种植被的腐质土，混合为通气透水的茶园土壤。加上不同茗丛品种'体味香'的参与，便造就了'岩骨花香'的基本生成条件。"

　　王白石说："武夷正岩茶还具备独特的水分条件。图像显示，区内有两组水系，一是自东北向西南流，一是自西北向东南流。这些水系主要沿着早期发育的断裂体系分布，这里是桐木关断裂带的水流。它们是茶树生长的水源。对于武夷山三坑两涧两窠的产区而言，都有一个共同的特点，那就是深切峡谷两侧的悬崖峭壁有源源不断的山泉水渗出，整个茶山被建溪上游的崇阳溪、黄柏溪、九曲溪三溪环绕起来。"

王远山进一步阐释道："这里的红色砂岩厚达数百米，被切割成不同的峡谷。砂岩的渗水性极好，自然降水经过厚层砂岩的缓慢渗透，带着其中的矿物质、微量元素，慢慢地从悬崖峭壁的表层渗透出来。实际上，这里的土壤算不上肥沃，甚至由于峡谷地表径流的强大而略显贫瘠，但是源源不断的山泉水就如同给茶树输送了营养液，与特殊的微生态系统以及其他气候要素一起，构成了得天独厚的岩茶生长环境，并造就了岩茶独有的天然韵味。"

王远山对边青山说："1987 年武夷山成为世界生物圈保护区以来，总体生态环境保护较好，但通过遥感图像分析，沿九曲溪上游河谷地区居民聚集区规模在逐渐扩大，就是这片红色圈定的区域。"

边青山说："我们一定要加强对保护区内居民的环保意识教育，并采取切实的保护措施，确保这些保护地周边生态敏感区域的退耕还林与污水集中治理，以实现保护区及周边区域的绿色发展。"

王白石说："下一步，我们还要利用空间遥感技术，开展中国南方丹霞地貌发育区地质地貌与生态环境的专项研究。主要选择与武夷山自然地理环境与地质地貌条件相近的，像福建泰宁、湖南崀山、广东丹霞山、江西龙虎山、浙江江郎山、贵州赤水这些地方。我们将结合地面的地质地貌与生态环境科学考察，以及岩石、土壤样品的实验室地球化学分析测试数据进行深入研究，探索并发现有着相似气候带的丹霞地貌峡谷区，选择试种高附加值的岩茶，推动更大区域的脱贫致富、绿色经济与可持续发展。"

陈戎剑说："王老师的团队，已在惠东莲花山辟了二十多亩茶田，试种肉桂、北斗等岩茶树了。"

王远山说："莲花山早晚云雾缭绕，温差也大，气候温润，日照柔和。往北是西枝江上游的高海拔山区，大森林郁郁葱葱。无论是气候、环境，还是水质，都非常适宜种植岩茶。为了改善土壤，我们把程杰老师请过去，采用微生物工程改良丹霞地貌的沙包土。这种现代客土法，运用生态还原技术培育土壤，能提高茶树根际微生态适宜度，确保茶树的大中微量营养元素的均衡供给。前不久，邵峰要我过去看看，那里的岩茶树长得非常茂盛。"

陈戎剑说："广东、江西、湖南、贵州，好多地方都有广阔的丹霞地貌，王老师他们做的试验非常有价值。"

说话间，王远山泡了一壶茶："这是邵峰送来的，长在白盆珠的铁罗汉。"大家喝了，都说岩韵醇厚。

陈戎剑兴奋地说："我们还会推动国际科技合作，共同开展自然保护区周边高端农业、优质畜牧业区的空间地球科学基础研究。"

考察期间，程杰从大连赶到了武夷山。在叶岩家里，大家一边喝茶，一边讨论产生"岩骨花香"的原因。

叶岩泡了一壶水仙，一打开壶盖，茶香就像水蒸气一样扑鼻而来。程杰说："茶里的芳香物质有挥发性，这时我们鼻腔中的嗅觉细胞会捕获这些物质，形成信号，经过嗅觉神经传递到大脑，又经大脑处理和分析后就形成嗅觉。我们才会说，这茶有兰花香呢。"他用茶匙扒拉着茶底说："茶香并不是单一物质，而是一个组合，叫'挥发性香气组分'。"

王远山递给程杰一张化验单，程杰看了看说："上面列的芳香物质好多好多，这种组分极其复杂，正因为它太复杂了，品茶才成为一门艺术。"

陈戎剑问："'岩骨花香'的成因究竟是什么？是工艺，还是特殊的生态环境？"

王远山说："如果是工艺的话，我们就可以请武夷山的制茶师傅，到别的地方制作岩茶了。"他接着说，"这么多年，很多茶产区都想做出'岩骨花香'的好茶来，没有一个成功的。"

程杰说："我已做过大量实验，主要原因在发酵上。只要是发酵，就会有微生物菌群的干预。岩茶的'岩骨花香'，有一个隐藏在岩茶产区的秘密加工者，它就是武夷山独有的微生物菌群。"

王远山说："最近，伦敦大学做了一项研究，饮茶会改善肠道菌群的多样性，茶叶含有的各种抗氧化剂对人体有益。"

程杰说："所以，我们要了解茶叶生产中的微生物状况，弄清楚菌群构成对饮茶者健康的具体影响……"

叶岩打断了程杰的话："程老师，您讲得太新鲜了，好茶众人品，好话众人听。我们先吃午饭，后晌村上组织一个现场科普会，让做茶的师傅都过来，我们一边参观作坊，一边听您讲课。"

陈戎剑说："这个主意好！"

午后，岩茶村的茶人在作坊街上围成一圈，叶岩说："今天，我们岩茶村又请来一位大科学家，请程杰老师给大家做现场辅导。"

程杰开门见山："岩茶为什么风味独特？习惯的说法是'三好'，生态环境好，品种资源好，制作工艺好。这些都没错！可忽略了一点儿，就是武夷山独有的微生物菌群。乡亲们，你们的先辈了不起啊！他们在生物科技还没有产生前，就凭经验摸索出一套微生物干预的路子来。"

众人跟随程杰往前走。程杰指了指开阔地面晾晒的茶青，又走近一个正在摇青的年轻师傅。那个师傅将萎凋叶薄薄地摊在竹筛里，端着来回晃动。

叶岩也端起一个竹筛，做着示范，指导那个年轻师傅："摇青时，脚要站稳、腰要挺直，手要灵活，一手推一手拉，使茶青随着茶筛上下左右晃动。"

程杰说："大家都会摇青，习以为常了，可这是做乌龙茶的关键工艺，马虎不得。"他问叶岩，"你平日怎么操作？"

叶岩说："我们村里都是摇一会儿，放一会儿，摇青、摊青交替进行，做到后来，静置的时间越来越长，摊的叶子也越来越厚，再后来，就是两筛并一筛，或三筛并两筛、四筛并三筛，直到将青叶摇成螺旋状。"

程杰说："萎凋，做青，你们都会做这些事情，可知道为什么要这样做吗？"

尤长寿说："走水啊，减少鲜叶的水分，还能提香呀！"

刘钊说："摇青时叶片经过反复摩擦，叶缘细胞破损；静置摊晾时又会失水，叶中多酚类在酶的作用下也渐渐氧化。最终形成三红七绿的状态，就达到了走水和氧化的标准。"

"年轻人懂得不少啊！"程杰说。

"都是我们师傅教的。"刘钊指了指王远山。

"从表面上看，这样做是让鲜叶形成生理失水，实际上是要把茶叶自身拥有的酶激活。"程杰从笸箩里取出一片茶叶，说，"这个样子的茶青，你们叫绿叶红镶边。实际上，茶叶的内源酶已经从原本的'结合态'转化为'游离态'了，它的活性增强了，岩茶的清香也出来了。"

茶农们议论纷纷，这些话太新鲜了。

程杰转身问尤长寿："随后为什么要用薪炭加温呢？"

尤长寿回答："是不是要控制内源酶的活性？"

程杰说："没错！岩茶是半发酵茶，关键点就在这个'半'字上，这道工序就是在控制发酵程度，让茶叶从初始的草青香向清香转移。这个阶段的发酵，主要是生物氧化过程。"

说着，程杰领着大家看后续工序。他说："到了揉捻、烘焙这个阶段，茶叶发酵模式的主角变了，变成了外源酶。"

刘钊问："什么是外源酶？"

程杰说："就是源于茶叶之外的微生物，包括霉菌、细菌、酵母菌，它们有一个特性，就是属地性极强。"

刘钊又问："它们是从哪里来的？"

程杰说："武夷山属于红色砂砾岩形成的丹霞地貌，在中生代晚期，发生过强烈的火山喷发活动，有大规模的花岗岩侵入，弥漫在武夷山脉各个角落。这样一来，特殊的岩壤造就了特有的微生物菌群。"

陈戎剑说："我们通常所说的原产地的概念，其实也包括原产地特有的微生物菌群啊。"

程杰竖起大拇指说："总结得好哇！"他指着正在进行的揉捻作业说，"经过摇青，叶片角质层破损了，茶叶细胞开始裸露于空气之中，这时微生物乘虚而入，以茶叶中的糖为养分，开始快速滋生与蔓延，并生产出了大量酶系，这就是外源酶。"

尤长寿问："如果把制茶比作一场篮球赛，是不是上半场的主力是内源酶，下半场是外源酶。"

程杰说："看来你听懂了。在揉捻过程中，打主力的是外来微生物中的霉菌。"

说着，走进了烘焙车间。程杰看着尤长寿说："关键的第四节到了，半发酵的'半'字，像是临场指挥的教练，它通过高温与'走水返阳'，逼迫霉菌退出，而让微生物的另外两大主力：细菌与酵母菌登场。"

尤长寿问："它们上场有什么神奇的作用呢？"

程杰解释道："细菌有极强的附着性与裹挟性，能够腐蚀'岩'的表层，并把它们切割成纳米级的微粒。我们喝岩茶时，有一种糯沙的感觉，那就是'岩'的一种特殊标记。可以说，你们说的'岩骨'，是由细菌完成的。这其中，古老的嗜热菌功劳最大，还有大家熟知的乳酸菌将其'软化与包裹'，使得'岩骨'似有似无。喝岩茶时感觉到的微酸，就是这种特殊的乳酸菌。"

大家都静静地听着，程杰继续讲述："我化验过，三坑两涧的岩壤表层中，存在大量的野生酵母菌。它们最大的能耐是，可以吸附花香，然后在发酵过程中与茶的香气结合，形成特殊的'花香'。烘焙时，在高温条件下，酵母菌内的蛋白质被分解了，使初始的花香诱变为'岩骨花香'中的花香。"他清了清嗓子，总结道，"'岩骨花香'的形成，是由内源酶先发力，然后由外源酶进行精心雕琢，在千呼万唤中得以形成的。"

黄霖问："武夷山有外来的微生物吗？"

程杰说："当然会有啊！我们肉眼看不见的微生物，可以大范围地转移。专家在智利北部的阿塔卡马沙漠发现，样本里竟有源自海洋小鳟鱼的大洋芽孢杆菌。"

黄霞好奇地问："微生物也有翅膀吗？"

程杰说："风，就是它们的翅膀。"

这时王远山在想：这种空中运输，能把地球上的微生物带到其他星球上去吗？如果能，火星上会有生命，甚至是智慧生命吗？

陈戎剑靠近他问："脑子开小差了吧？跑外星球啦？"

程杰，推开了一扇大门；岩茶村人，看到了大门外的别样风光。

黄家三姐妹紧紧围住程杰，问这问那的。大姐黄霖说："程老师，我们刚建了民营茶博馆，你一定过去看看。"二姐黄霞说："我们还要成立自己的茶研所呢。"小妹黄露说："请程老师做我们的科学顾问吧。"

台湾茶人要举办"有机茶园"论坛，《有机世界》杂志的赖主编请王远山、陈戎剑过去，两人乘机飞赴台北。

陈戎剑带了一本《有机世界》杂志，王远山在飞机上看得津津有味。这本杂志的内容蛮新鲜的，比如茶农市集、有机乐活茶城、茶山茶台零距离、有机茶美人、立体茶园、有害物质零检出等。可惜飞机上的灯光昏暗，字迹模糊，看起来很吃力。陈戎剑说："这本刊物采用的是易降解道林纸，用环保大豆油墨印刷的，字迹本身就淡些。"

到了台北，王远山在论坛上做了《好山好水出好茶》的主旨演讲。

茶歇时，侍者给王远山端来一杯珍珠奶茶。

王远山说："我在大街上看到，年轻人爱喝手摇饮料，纸杯，封口的软包装，方便呀！"

侍者说："那是1987年，春水堂四维店的店长林秀慧端着一杯泡沫红茶，一时兴起，将刚买来的粉圆加入其中。一喝，别有滋味。看那茶水中的粉圆晶莹剔透的，便将这种饮料叫作'珍珠奶茶'。"

陈戎剑问："粉圆怎么是乌黑圆润的？"

"后来有人加了黑糖。"侍者又说，"珍珠奶茶、牛肉面，几乎成了台湾饮食的名片。"

论坛结束后，赖主编带着客人去阿里山区，来到一个叫顶笨仔村的村子，参观他们参与管理的有机茶园。

陈戎剑问，"顶笨仔"是啥意思？赖主编说，意思是"最笨的人"。

陈戎剑又问，怎么叫了这么个怪名字？

赖主编说这个村名缘于一场误会，因地形缘故，村名为"顶盆仔"，后来登记时误为"顶笨仔"了，于是将错就错了。

到了村口，山坡上停着不少旅游车。赖主编说："来这里的观光客，主要是看美丽的夜色。趁着天亮，我们先去参观有机茶园吧。"

王远山边走边观察，这里地处高山，空气新鲜，土壤有机质含量丰富，确实是种植高山生态茶的风水宝地。

"这个茶园是杂志社和村里一起搞的，我的堂姐帮着打理呢！"赖主编笑着说，"我这个堂姐呀，一直在老家卖假茶，福是积的祸是作的，结果自己吃重金属大米中了毒。我让她来做有机茶园，算是赎罪呢。"

来到茶园，赖主编说："山里的茶叶长得慢。"

王远山采了一片叶子："这样肥厚的叶片，持嫩性好，做出的茶叶香高味醇。"

说着，三人进了茶园的品茶室。"萍姐，客人到了。"赖主编一招呼，一个妇人从内室里走出来。一见面，几个人都愣怔了，竟然是赖萍萍。

赖萍萍尴尬地笑笑，低下头来泡了阿里山绿茶。

赖主编说："第一泡茶汤，内含营养是最丰富的。"

陈戎剑说："有机茶好呀，省得洗茶。"

赖主编说："我萍姐跑到合肥，跟一个姓张的女专家，刚做过'温润泡'对茶汤品质影响的感官对照实验。他们选了冻顶乌龙、重焙火铁观音、陈年铁观音、陈年普洱茶和新鲜碧螺春五种茶，分成'有洗茶''无洗茶'两组，通过比较鉴定茶汤的品质。结果是，洗茶只洗掉了十分之一的污染物，却损失了不少有益可溶物，茶汤的品质也变差了。"

王远山点头说："茶叶不是团成颗粒，就是揉成条索，冲一下茶叶并未舒展开，窝在里面的农药或纳米级有毒有害微粒，不可能瞬间被冲掉呀。"

赖萍萍的眉头舒展开来了："还是要喝有机茶。"

王远山问："你去张媛媛那里啦？"

赖萍萍凑了过来，递了句悄悄话："媛媛好像对你有意思……"

入夜，天上星光熠熠，草丛里的萤火虫也闪烁着微光。一行人来到一片农田前，不知是什么植物，荧光闪耀。赖萍萍说："这个村的夜色有'五星'，除了星光和萤火虫发出的光，还有地上的荧光菇。"

王远山连忙走过去，蹲下来观察，果然是一种会发光的蘑菇。

陈戎剑说："还有两星是什么？"

赖萍萍说："拐过去就知道了。"

拐过一个山湾，来到一个鱼塘前，水畔有不少游客在围观拍照。一看，水面上波光粼粼，那不是星光映出的光芒，而是带着响声的跳跃的光。"鱼，鱼！"有游客在喊。赖萍萍说："这就是水里星——鱼塘里养的鱼，能发出微光来。"

从鱼塘往下走，王远山发现路边的树上有动静，仔细看，树叶里闪着两道光。"这就是树上星了，闪亮的是飞鼠的眼睛。"

陈戎剑说："好美呀！"

赖主编说："这个顶笨仔村，最美的是乡村风俗。村里有个文化协会，为了保护生态，制定了严格的乡规民约。"说着，他讲了个故事——

早年间，有人射杀飞鼠打牙祭。有个姓刘的，常常干这事儿，他妻子劝道："你埋怨你父亲杀了太多的飞鼠，让你现在很难打到。将来，我们的儿子也会怪罪你，你把飞鼠都打光了，我们看都看不到了。"从此刘某人不但金盆洗手，还劝说村民们保护飞鼠。

赖萍萍说："现在，这个村子的人，不论种庄稼还是种茶，都不用化肥和除草剂，不仅生产出有机农作物和茶叶，还避免了伤害萤火虫、飞鼠和荧光菇。当台风过后，村民们还会自发地帮助飞鼠清理洞穴。"

王远山说："这么偏远的山村，能吸引这么多游客，游客还愿意在民宿过夜，这就是生态旅游啊！"

陈戎剑也感慨万分："'顶笨仔'们实际上是最聪明的人。"

王远山说："这些藏在大山里的生态文化、绿色风俗，原住民世代相传的管护山林、顺应自然的生产生活方式，以及由此形成的文化多样性，应当纳入现代自然保护的概念中来。"

分手时，赖萍萍拿出几本有机茶资料和一包有机茶，托王远山带给她曾经的合伙人——栓子。

王远山回京后，找来栓子，说了在台湾巧遇赖萍萍的经过，把带回来的东西交给他。

栓子看了看说："她让我也学好呢！"

"改邪归正！"王远山笑着泡了茶。

栓子一看，汤色碧绿，白毫明显，便问："啥芽茶？"

"雨花茶！"王远山指着案头上的《茶道茗事续集》说，里面有我曾祖父写的出洋考察笔记。他喝着茶，讲起了旧事。

清末，受朝廷派遣，王世严等人前往印度、锡兰，对两国的茶树种植、茶园管理、制茶工艺与机械、茶叶市场等一一做了考察，归国后对国内茶叶生产提出了建议。两年后，他们就在南京建立了江南植茶公所。王世严正值而立之年，他与茶工一起，在钟山南麓霹雷涧里开发新式茶园，挖掘了一排排规格统一的植茶沟。这样的沟，便于培壅、种作和采摘，且节约土地，产出亦丰厚。辛亥革命后，这个机构改名为江宁植茶试验场，在青龙山又开辟六七十亩茶园。

王远山抿了一小口茶汤，说："据《茶经》记载，陆羽在南京栖霞峰采过茶。后来雨花台一带成了种茶中心，到了清代，南京的江南江北都有茶园了。这雨花茶，是我曾祖父的学生，在 20 世纪 50 年代引种创制的。"

栓子感叹道："想不到呀！一百多年前，老祖宗就出国考察茶产业了。"

"从明代开始，散茶占了主导地位。以后中国茶人又掌握了控制茶叶自然氧化的技术，并开发了半发酵的乌龙茶和全发酵的红茶。现在，满世界都有茶啊！日本人、摩洛哥人爱喝绿茶，英国人、俄罗斯人、中东人和东非人爱喝红茶，中亚一带的人和我国的藏族、蒙古族同胞一样喜欢砖茶。"王远山说得兴奋起来了，"我得去产茶国看看呀！"

"我陪你去，印度、斯里兰卡。"

"还有肯尼亚。"王远山说，"告诉你吧，晓晶姐都安排好了，明年开春要出国考察。她特意叮嘱我，说栓子当年帮过钟家，要我一定带上你，你的费用她包了！"

"晓晶姐念旧情，可哪能让她掏腰包呢，能带上我就好。"

"咱中国是产茶大国，若论产量，占到全球茶叶产量的四成五，但基本上是国内消费的。你看肯尼亚，一个非洲国家，茶叶出口量却数第一。这次也让你长长见识，有本事往后把茶叶生意做到国外去！"

"是不是把小野也带上？他在做网上茶叶交易平台呢。"栓子说，"我俩自费。"

王远山说："那敢情好！"

三十一

春光明媚，王远山三人乘坐的飞机抵达加尔各答后，印度茶协会的主事辛格先生亲自到机场迎接。

路上，辛格和王远山用英语攀谈起来。

"武夷山边先生打来电话，让我好好招待你们。"

"你们认识？"

"祖上就开始打交道了。"

"同伍家做过生意吧？"

"没错！大清朝道光初年，伍浩官就请我家先人在孟买打理怡和行在印度的生意。"

"茶叶家族的故事可真多啊！"

"听说您是中国大茶官的后人。"

"那是祖上的事了，劳您介绍一下印度茶产业的情况吧。"

辛格说，印度几乎所有的邦都产茶。其中有两大产区，一个是阿萨姆，一个是大吉岭。阿萨姆是印度最大的茶区，产量占到一半以上。印度奶茶，还有英国人喝的下午茶，一般都用阿萨姆茶叶。大吉岭的茶叶质量好，主要出口到英国，为大品牌提供原料。

王野正在做"茶叶通"网站，他想编辑一些茶叶史上的趣闻，就向辛格打听东印度公司在阿萨姆开辟茶园的往事。

辛格介绍说，历史上阿萨姆地区曾是苏迪亚王国，后被阿萨姆王朝征服，18

425

世纪末叶又被缅甸控制。1824年爆发了英缅战争，战败的缅甸被迫割让了阿萨姆地区。不久，东印度公司的雇员查尔斯·布鲁斯开始试种茶叶。起初做的是晒青烤茶，采来鲜叶后晒三天，然后将萎凋叶塞满竹筒，放在火上烘烤，最后封口烟熏。1825年，查尔斯将茶叶和茶籽送到加尔各答植物园，请植物学家沃勒帮助培育茶种。过了几年，英国军士查尔顿在阿萨姆东北部的丛林里发现了土生茶树，他也把茶树样本寄给了沃勒，还说这种茶"晒干后有中国茶的香气"。1834年，英国新成立的茶叶委员会宣布，查尔顿发现了印度本地茶种，并开始在阿萨姆地区开辟新的茶园。

"您得便去一趟我国云南，看看邦崴最古老的大叶种茶树。"栓子话中有话，"我听说，最初印度种的茶苗都是从中国带来的。"

辛格笑了："我不是研究茶叶史的，说不清楚；但我知道，大吉岭的茶来自武夷山。"

说着，他停下车子，带客人进了一幢英式老楼房。

大厅的广告栏上，画着一株茶树和一头大象。辛格说："这是阿萨姆茶叶公司的形象标识。"

栓子问："为什么画大象呢？"

辛格回答："当初在阿萨姆种茶的那些人，先驯服了野象，骑着它们出入大森林，后来又用大象运输茶叶和其他物资。"

楼里有一爿茶叶出口经销商的办公区，辛格对王远山说："他们专门经销大吉岭的茶叶。"

"我去英国，高档酒店的下午茶，都有大吉岭茶叶。"

"过几天就要采春茶啦。"

"大吉岭的采摘期有多长？"

"大约10个月吧，春夏秋三季茶。不过，和你们武夷山一样，三月中旬到四月中旬采摘的头春茶，才是最讲究的茶。"辛格说，"我们先去大吉岭看看吧。"

大吉岭位于印度东北部与尼泊尔接壤的高原地带，是廓尔喀人聚居区。沿着喜马拉雅山麓，高地上汇集着八九十处茶园。这里气候温润，远望山间云雾缭绕。王远山测了一下，零上19摄氏度。

走进一个依山而建的小镇子，街道两侧有好多茶叶铺。得知中国大茶人来了，镇子上有头脸的人在俱乐部预备了丰盛的茶点。俱乐部附设的茶店富丽堂皇，货架上摆满了来自各个茶园的茶品货样。

廓尔喀人老板见到中国茶人，热情得不得了，他用笨拙的汉语嚷着："大吉岭的茶，就是从中国来的。"

老板请客人品茶，也是清饮。辛格说："这么好的茶加奶加糖，就喝不出茶味了。"

头一泡，汤色橙黄，喝着有一股麝香葡萄酒的味道。辛格说："这是上品夏茶，去年存下的。"他又吩咐侍者沏了两壶茶，王远山一喝就喝出来了——一壶是新出的早春茶，因为茶青嫩，茶汤是青绿色的，口味清新温和；一壶是成熟的秋茶，弥漫着花果香气。

辛格说："大吉岭的茶叶，三季的口味不同；不同茶园的茶叶因制作工艺的差异，也是各有滋味。"茶台上摆放着十几个茶叶罐子，老板逐一揭开盖子让王远山闻，果然不同的香气扑鼻而来。

王远山说："这里茶产量不大吧。"

辛格说："好茶都这样，大吉岭茶只占印度茶产量的百分之一二。不过，八九十个茶园有好几百种牌子呢，都是高档茶。阿萨姆那边产量大，售价也低。喝阿萨姆茶，要加牛奶、糖或蜂蜜。有一种萨马拉茶，添了姜和小豆蔻。"

王远山说："喜马拉雅山山麓的居民，都有煮茶吃茶的习惯。你们这里的山地人将茶当蔬菜，拌着油和大蒜吃，中国的德昂族、布朗族人也吃茶呢。"

喝完茶去看种植园。刚开春，茶树的侧芽还在休眠，顶芽就赶着萌发了。王远山对栓子说："这就是顶端优势啊！"

茶园里有人正在进行枝条扦插作业。辛格说："印度的茶叶，有扦插引进的，也有自己培育的新品种。"

王远山问："是做红茶吧？"

辛格说："是的，零星做点儿白茶、乌龙茶。"

在园子里干活儿的，不少是黑人。辛格说："当初白人开辟茶园时，除了原住民，还贩来不少非洲黑奴。这个相对封闭的地方等级森严，有监理人，西方大品牌的茶叶买办与当地经营者，还有世袭的茶工，很多茶工都是一辈子在这里劳作，直到离世。"

栓子问："茶工的报酬高吗？"

"比起其他行业来，茶工的工资低些，不过通过行业工会会得到些非货币形式的补偿，比如配给的食物。"辛格说，"这是一个很有意义的话题。不少老茶工还留恋老茶庄呢，日子说不上富裕，但过得安逸。茶工依赖茶树过日子，因此分外关爱茶树，由此形成了茶人与茶山共生的'良心产业'；现在呢，纯粹变成了生意，人员也不稳定了。"

茶园边上有个车间，里面有揉茶机、焙炒机等制茶机械。

车间旁侧的玻璃橱窗，展示了印度发展机械化制茶的过程——1872年，杰克逊制成第一台揉茶机，并在希利卡茶园中使用；1877年，弥尔·戴维德逊发明了焙炒机，用热气焙炒取代了炭炉炒茶；1887年，杰克逊改进了压卷机，提高了效率；到了19世纪末，印度已实现揉茶、切茶、焙茶、筛茶、装茶等各个环节的制茶机械化。

当年在工厂时，王远山和李师傅做过简易制茶机。陈戎剑知道这事后，一直催王远山做一套车载制茶机械。这时，王远山仔细地看着车间里的设备，发现焙炒机上下通气，就问辛格："这台机器是戴维德逊改造过的西洛钩式吗？"

辛格吃惊地说："是呀！王先生还懂机械啊！"

王远山答非所问地说："机械化，也是印度茶后来居上的一个原因啊！"他的脑际间，闪过了先辈王世严穿着马褂考察西洋制茶机械的情景，不禁自言自语："那是一个多世纪前的事了！"想着想着，心里一阵酸楚。

在大吉岭待了几天，王远山接到探险协会的电话通知，说是协会将组织考察恒河源头的探险活动，让他顺便先去踩个点儿。辛格陪着栓子、王野继续考察茶园，王远山独自行动。

恒河有多个源头，正源究竟在哪里？还没有定论。印度的官方说法是，发源于根戈德里冰川区。

沿着恒河上游，王远山溯源而上，到了冰河，又徒步走了六十多里路，在冰河的尽头找到了母牛嘴冰洞。当地人说，这就是恒河源头。

母牛嘴吐出的水流不大，王远山并不奇怪，因为他考察过黄河的源头。黄河有三个源头，分别是卡日曲、扎曲和约古宗列曲。最大的就是卡日曲，从5个泉眼流出来汇聚在一起的水面，宽约3米。那些泉眼，也只有碗口那么大。真是"河水不择细流，故能就其深"啊！恒河也是这样，喜马拉雅山南麓的涓涓细流汇集起来，水势越来越大，在群山中奔腾回旋，经过哈德瓦尔进入平原，流过了印度人口最稠密的几个邦，最后流入孟加拉国，在孟加拉湾入海。

王远山拍了许多照片，传回探险协会。他还建议，考察队多跑一些与恒河源头有关的地区。可以先去一趟西藏阿里地区，考察一下扎达县附近的冰川，再看看甲扎岗嘎河。

返回时，王远山又进入了印度产茶区，满山遍野的茶树枝条舒展开来。有首梵文诗描写道："蜷曲的日子，缓缓地舒展了手足……"人，茶树，都迎来了舒适惬意的日子。

霍利节是印度人的泼水节。在一个镇子上，人们聚集在一起跳舞，扯着嗓子喊着："霍利，嗨！"这些场景，王远山在西双版纳感受过，他仿佛在景洪过泼水节呢。

在哈德瓦尔的乡间小路上，王远山遇到了一个大篷车队，车上载着四处流浪的诺马兹人。

大篷车在路口停了下来，一群女孩子簇拥着一个驯蛇师跳起了舞。

那个领舞的姑娘穿着紧身胸衣和衬裙，外面披着印花纱丽，面部还蒙着一块纱巾，俏丽的五官若隐若现。她的身姿像茶树柔软的枝条一样随风摇曳，一边扭动着，一边向王远山抛来媚眼。

驯蛇师穿着托蒂，就是一块缠在腰间的布，带着头巾，插着五颜六色的羽毛，鼻梁上架着宽边墨镜。王远山想，这装束就是玄奘说的"横巾右袒"吧。

那个耍蛇的盘腿坐在舞者中间，身前是一个竹编的蛇筐，他双手捧着一个带孔的竹筒吹起来，吐着舌头的眼镜蛇随着节拍舞动起来。

领舞的姑娘也跟着跳起了蛇舞，她紧紧地缠住王远山，不时用丰腴的臀部触他的身子，眼神里充满了情色和诱惑。

王远山在大连蛇岛参加科考的日子里，懂得如何与蛇相处。他一点儿也不怵，也随着音乐舞之蹈之，胯部的动作粗犷有力。当他移动到大篷车前时，看到了印度舞蹈之王湿婆的神像。婆湿右上手拿着达莫如鼓，左上手拿着火炬，右脚踩着魔鬼莫亚拉卡，左脚和两只下手，做着舞蹈姿势。这个印度舞神被一个花圈围着，象征着人与生物圈的关系，和"茶"拆开来的意思也差不多。大神湿婆的脖子上，还挂着好几条蛇，它们竟然随着驯蛇师吹出的音乐，有的缠住腰腿，有的缠住脖颈，把王远山"捆绑"住了。

王远山不慌不忙，从衣兜里摸出自制的响器吹起来，那些蛇竟然随着他的音乐节拍扭动起来，各自归位。周围的姑娘们也应着他的曲调翩翩起舞，围拢着王远山争相邀宠。

领舞的姑娘端来一个盘子，上面盛着豆蔻、茴香和冰糖。姑娘用嘴舌叼出一块糖来，毫无顾忌地挨近王远山，嘴对嘴地喂给这位来自中国的大茶客。贴近那一瞬，王远山觉得这姑娘的眉眼一点儿也不陌生。

王远山有些窘，那个驯兽师却恼羞成怒，大喊一声站了起来，从腰里拔出一把寒光闪烁的匕首，一副要玩命的样子。急迫间，领舞的带头，姑娘们把王远山团团围住，保护了起来。

王远山仔细看那驯蛇师，感觉他凶巴巴的样子是装出来的。果然，那人忍不住笑了，一把摘下墨镜，原来是安德烈！

异地重逢，王远山和安德烈紧紧地拥抱在一起。

安德烈伸手掀开了领舞姑娘的面纱："我女儿，热妮娅！"

"长得像佳佳呀！"

"她就是我和佳佳的女儿啊！"

那些诺马兹姑娘们疯了，团团围着他们三个人，踩着激烈的舞步又跳起来，还不住地扯着嗓子喊着："霍利，嗨！"

原来，安德烈带着女儿在印度考察民族风俗呢，得知王远山的行踪，就赶了过来。今天的"巧遇"，其实是他们预谋的一出戏码。

过了两天，辛格、栓子、王野赶来会合。考察团队一下子变成了六个人。

一行人来到印度的最南端，在科摩林角观赏日出日落。从那里向南望去，大海无涯，阿拉伯海、印度洋和孟加拉湾的海水交汇在一起。往西南望过去，就是斯里兰卡。

辛格说："我已和斯里兰卡茶协会联系了，有个叫赛义德的，他会全程陪同你们考察，他家好几代人都跟着我家在孟买经营茶叶的。"

与辛格、安德烈、热妮娅告别后，王远山三人乘船到了斯里兰卡。

"我们学地理时，这里还叫锡兰呢。"王远山对儿子说。

王野说："这里产的茶，有人叫'西泠红茶'，有人叫'惜兰红茶'，应该都是'锡兰'的谐音吧？"

王远山说："没错！世界四大红茶有祁门红茶、阿萨姆红茶、大吉岭红茶，再就是锡兰红茶了。这里有条规矩，未经商会认证的茶叶不能进入交易市场，更不能使用锡红商标。"接着，他讲起了斯里兰卡茶产业的基本情况。

斯里兰卡是个岛国，面积仅有 65000 平方公里，从海平面到海拔 2400 米的山上，种植基地集中在中央高地和南部低地，分为高地茶、中段茶和低地茶，不同层次的农业气候孕育出了多种优质茶叶。锡红和正山小种一样，都是出口茶。

从科隆坡来到乌瓦茶产区，他们见到了赛义德。这里的茶叶是岛国高地茶的代表，质量上乘。赛义德说，茶区几乎家家户户都做茶，通过经纪公司在科伦坡专门的拍卖市场销售茶叶。

去乌瓦最大的茶园参观时，赛义德先带客人进入接待室品茶。

年轻的女侍取出一袋茶叶，上面印着"持剑狮王"的图标。王远山凝视片刻，对栓子说："古代，我们叫它狮子国。"他若有所思地说，"一个印度洋上的岛国，竟然是世界上三大产茶国之一。"

赛义德说："斯里兰卡种植茶树的历史将近 200 年了，现年产茶叶约 30 万吨，主要是红茶，输往土耳其、伊朗、伊拉克和俄罗斯等国。"

听说斯里兰卡每年还向中国出口大量红茶，王远山陷入了沉思。

女侍泡了红茶茶末，添了等量的砂糖，又兑了鲜牛奶。

赛义德说，我们埃及人喝的茶都是从斯里兰卡、肯尼亚进口的，泡茶时依个人口味，还会添加薄荷、柠檬和姜。

王远山不大喜欢喝这样的混合饮料，他让女侍泡了壶纯纯的乌瓦红茶，呡了一小口说："这茶有些涩，可玫瑰香浓，还有些薄荷味儿，清饮才好喝。"

栓子问赛义德："埃及人爱喝茶，你们那里种茶吗？"

赛义德说："埃及气候干燥，不适合种茶的。"

喝完茶去茶园参观。峰谷间的雾被微风吹着，慢悠悠地流动着。茶园里有不少妇女正在采茶。采茶的女人们，大多是浅棕色的皮肤，留着又长又直的黑发。

赛义德说："她们有僧伽罗人、泰米尔人，还有土著和葡萄牙、荷兰和英国人融合的混血儿。"

王远山问："秋季采茶吗？"

赛义德说："采呢，采集量不大，但品质很棒的。入秋时西南季风吹过来了，几乎天天都会起雾的。"

王远山对儿子说："天凉了，芽叶生长变得缓慢起来，但也蓄积了足够的养分；人也一样，要懂得厚积薄发。"

说话间，云雾散去，和煦的春阳暖暖地照射在满山的茶树上。

王远山说："高山气候时阴时晴，最适宜茶树生长了。"

原来，这个岛国是种植咖啡的，因为一场突发的铁锈病蔓延开来，摧残了大面积的阿拉比卡咖啡树。后来，英国人赶走荷兰人，开始在这里种茶。因过去是殖民地，会讲英语的人多，茶叶进入西方国家具有优势；另一方面，斯里兰卡政府高度重视打造茶叶的高附加值。

王远山这次来，还有一个任务：他要与当地的一家茶研所合作做一项试验，分析中斯红茶的品质差异。

回到科隆坡，王远山见到了英国人爱德华，他是合作方的首席科学家。王远山提出两种检测方法：首先以氨基酸、咖啡碱、儿茶素、茶黄素、没食子酸等主要成分为自变量，采用方差分析和判别分析来区分两国红茶；再用多元线性回归方法分析红茶的色素与多酚含量，研究茶汤的红度、黄度、彩度、饱和度以及色相之间的相关性。爱德华觉得这个方案完美无缺，说声"OK"，就组织人干了起来。

做完实验后，爱德华开心极了，邀王远山去喝茶。他们走进一家立顿品牌体验店，店里立着架古典座钟，摆针叩响了铃声，下午四点，正是英国人喝下午茶的时间。

墙上挂着一幅人物肖像。爱德华说，这人就是姆斯·立顿。1890年，这个苏格兰人推出了立顿红茶。

看到冷气橱柜里还摆着香肠、奶酪和各式茶点，王远山笑了："听说姆斯·立顿原来是一家食品店的小老板。"

"没错！他发现斯里兰卡的茶叶质量好，又便宜，就来这里采购原料，加工成红茶后，推出 1/4 磅、1/6 磅的盒装茶叶零售，用这种价低量少的销售模式，让平民也喝上了下午茶。"

"我去过立顿在曼彻斯特的拼配包装厂，他们将世界各地的茶叶，按照标准配方进行拼配后批量制作。"

"所以呢，喝立顿茶，喝不出是哪儿的茶。"

"你们喝下午茶，喝的是味道一样的茶；我们中国人喝茶，各有各的口味。"

爱德华拿来一小包立顿茶粉，一冲，就妥了。他说："听说你们中国人泡茶，要花工夫的。"

"喝工夫茶，讲究的就是仪式感。"

"中国有立顿茶吗？"

"早进入我国市场了。"

"爱喝吗？"

"起初不行，我们习惯喝绿茶和茉莉花茶。立顿很快就调整了策略，不仅推出了绿茶和花茶，还研发出奶茶、柠檬茶、立雅茶，一些年轻人喜欢喝。"说完，王远山陷入了沉思：为什么立顿茶能畅销全球 110 多个国家？我们该做些什么？……

爱德华也沉浸在回忆之中。他缓缓地说："在我祖母的记忆中，她喝的第一杯茶才是真正的茶。年轻时，她去了位于苏格兰西海岸的姨妈家，坐在客厅淡黄色的沙发上，沐浴着透过落地窗的阳光，啜着葡萄酒一般红艳的茶汤，听姨妈讲姨夫在东方异域的探险故事。"

王远山说："那是富有诗意的下午茶啊。"

爱德华激动起来："现在呢，超市里摆着的都是工业化生产的茶包。"他一摊双手，"人们对特色茶的热爱消失了。"

王远山取出一小袋傅晓送他的烟小种："喝这个吧。"

爱德华泡了茶，品了一口："这才是祖母说的真正的茶。"他感慨道，"二战时，那些嗜茶的贵族也只能喝配给的茶叶啦。祖母告诉我，在战前，很多人舍得花50美元喝一壶昂贵的茶。祖母九十多岁了，我去看她时，总会带上一点上好的中国茶。来了稀客，她会用小巧玲珑的杯子请人品尝。"

王远山又取出一盒傅记红茶来："送给你祖母尝尝吧。"

茶盒上印着巴菲特和傅晓茶叙的图片，爱德华看了，问："这个漂亮女士是大明星吧？"

"她是我们国家电视台的主持人，茶叶是她家做的。"

"太珍贵啦！"爱德华连声称谢，对王远山说，"我的愿望是创办一家企业，就采购武夷山的茶叶，和小茶园小作坊合作，打出世界奢侈品牌，让人们喝到过去贵族才能喝到的下午茶。这茶的名字我都想好了，就叫'归来的武夷茶'。"他指着茶盒图片上的傅晓说，"拜托了，我要请她做形象代言人！"

王远山心里想：人各有志啊！

王远山他们跨国考察的最后一站是地跨赤道的肯尼亚。

一出内罗毕机场，王野就被热带风光吸引住了，不停地拍照。当地茶叶拍卖行的人驾车来接他们，按照约定好的行程，前往产茶区考察。

汽车沿着肯尼亚大裂谷一侧的高原公路，来到凯里乔高地。这里茶园遍布，茶树长在火山红土壤上。雨，说来就来，下不久又停了。王远山查过资料，茶区的降雨分布均匀，气候湿润。让他感到意外的是，肯尼亚茶叶种植的科技含量很高。

肯尼亚的茶园分布在海拔1500~2700的山地上，没有任何工业污染源，也没有什么虫害，真的是生态净土。拍卖行的朋友也是翻译，他用汉语介绍说，肯尼亚有个茶叶研究基金会，一直支持茶园进行无性繁殖试验，培育优良的高产品种。他自豪地说："我们种茶从不喷农药。"

他们走进茶叶生态区的一个茶园，几个黑人妇女正在采茶，采一芽两叶。王远山打听到，茶园的嫩梢采定期，也就一两周时间。

茶园里立着一尊雕像。"这是谁？"王远山问。

"凯恩，英国人，他在这里种植了肯尼亚的第一棵茶树。"翻译回答。

"哪儿的茶树？"

"最先引种的是阿萨姆茶，后来又大量引进斯里兰卡的茶树苗，茶园的规模越来越大了。"

王远山陷入了沉思：肯尼亚只用了不到一个世纪的时间，就从无茶国变成了世界上最大的茶叶输出国。他似乎受到了鞭策，眼前浮现出爷爷的清癯的面容，眼里充满期待的目光。

紧靠茶园的是一个茶树苗圃。王远山观察到，这里地理位置优越，背着风口，半山上有水源地，泉水哗哗地流过来。苗圃实行了一整套的科学管理，所有的做法必须符合《茶农手册》中的各种操作规范。

茶田里，一株株小茶树状如宝塔，一些茶工正在修剪枝条。

王野问："听邵大爷说，修剪包括轻修剪、重修剪，挺有讲究的。"

王远山说："在自然状态下，这些幼龄茶树长大了，就会变成纺锤形。"他指着不远处的成年期茶树，"修剪茶枝就是要让侧枝长起来。"

王野说："修剪还能遏制花芽的形成吧？"

王远山点点头："对！修剪就是为了形成理想的树型和宽大的采摘面，同时促进营养生成，对提高茶叶的产量质量都有作用。"

他们走到一片老茶林前，有些老茶树灰白的树干和根部，寄生着大量地衣、苔藓，树冠上已经没什么可采的芽叶了。

王远山说："要更新复壮这些老茶树，那就得重修剪了。得把树头统统割掉，通过台刈彻底改造树冠了。"

翻译佩服地说："王先生还懂得种茶呀！"

王远山说："我在中国种了二十多年茶呢。"

茶园高低起伏的坡地上，均匀地分布着滴灌管道，水肥从滴头均匀地缓缓下滴。翻译指点着说："茶园引进了以色列人的压力补偿滴灌技术。"他指着正在浇水的茶农说，"他们尽量少用水，以减少土壤侵蚀和板结。"

翻译递给王远山一本英文版的《茶树栽培技术规范》，里面对栽培的时间、方法、技术和禁忌，都有详尽的规定。

有人正在修剪茶树，把剪下来的枝条埋在茶树旁边。翻译说，所有的枝叶都会就地进行填埋分解处理，以增加土壤肥力。

翻译带着客人进入主控室，里面有配套的智能化管控系统。从精准选育、智能种植，到生态与质量监测，直至茶叶贸易平台，都能进行智能化感知、预警、分析和决策。实时的海量物联网数据，涉及种子、肥料、杀虫剂、人力等，经过数字化管理，各种要素的投入更加精细，同时还能降低能耗和燃料用量。

王野兴致勃勃地看着，不停地询问着，他对父亲说："以后种茶，做茶，拿着一部手机就能操作了。"

考察过产茶区，大家又来到蒙巴萨，这里有与加尔各答、科伦坡拍卖市场齐名的世界三大茶叶拍卖市场。

翻译说，肯尼亚90%的茶叶是通过拍卖销售出去的。拍卖市场把买卖双方集合起来，由专业评茶师对茶叶进行分级评估，再提供大量稳定的货源，建立透明的价格体系和完善的交易规则。直接交易避免了层层盘剥，价格合理，保障了供需双方的利益。在这样的体系中，市场信息公开透明，便于消费者随时了解茶叶行情。

王远山让儿子用手机接上了虚拟拍卖厅，上了可追溯数据平台。王野说："回去我也要搞这个，消费者买茶叶时只要扫码，就能获取茶叶生长资讯、生态安全指数及配送信息。"

王远山拍拍儿子的肩头说："对头！"

他们走进市场的一个大厅，交易人员正在竞拍茶叶。大厅是光亮派建筑，屋顶是玻璃结构的大盖子。联想到那些"暗箱操作"的交易，王远山对身边的栓子说，"是粥是水，揭开锅盖。交易就该在阳光下进行，做到货真价实。"

在肯尼亚考古专家的陪同下，他们去帕泰岛考察。上岛后，发现这里黑人的肤色与非洲大陆居民明显不同，身材也矮小。岛上的长者说，六百多年前，郑和的船队来过这里，当时有一条船遇浪触礁沉没了，有一些逃生的船员上岛生活，与原住民通婚，现在不少岛民有汉人血统。

岛民也自称瓦上人，是中国人的后代。他们拿来一些老物件，让王远山看。有一个是古代的茶叶盛具，紫砂陶壶，壶底有"宜兴"的字样。据说是从沉船的位置打捞上来的，因为主人总是拿出来擦拭，壶面乌润油亮。王远山摆弄着陶壶，让儿子从不同角度拍了照，然后说："赶紧传给陈戎剑，让他鉴定一下。"

来到岛上的茶园，有个管理人员是个混血丫头，一见到王野就喊："中国的太子来了！"大家有些惊诧，那个女孩用磕磕巴巴的汉语说："我在网上看过电影，这位哥哥主持斗茶大会，太帅了！" 说着就抱住王野亲了一口。

女孩眉飞色舞地说："我是中国武夷山茶人的后裔，叫基普提，'提'就是茶叶的意思。"

基普提热情地邀请他们去家里做客。进了屋子，有个老奶奶正在纺线，她的面孔更像中国人。看见孙女带中国客人进屋，老奶奶满脸放光，竟用闽北方言打招呼。原来老奶奶的爷爷是福建崇安的茶商，清末随茶船至此，相中了一个瓦上人姑娘，就留在岛上了。

王远山仔细打量那架纺车，确实是中国的老式纺车。老奶奶说，瓦上人的养蚕制丝技术，都是祖先从中国带来的。

基普提带着一串项链，项链正中拴着一个银质的麒麟。老奶奶说，大明船队到肯尼亚时，带来了不少茶叶种子，就种在基普提工作的茶园里。麻林国国王，回赠给郑和一头非洲麒麟。

王远山想起来了，赖主编带他们参观台湾博物馆时，曾看到一幅明代画家的画，画面上反映的就是这件事。

老奶奶留客人吃饭，她和孙女下厨，烧了一桌子福建菜。王远山把随身带的大红袍和正山小种全都留下来："这是你们故乡的茶叶。"老奶奶捧起一把茶叶，凑到鼻尖上嗅嗅，又凑到眼皮子底下瞅瞅，一时老泪纵横。

分手的时候，基普提带着他们来到海边的墓地。一个个半圆形的坟墓，墓前都立着石碑。这种中国式的坟墓，墓碑全部朝向中国的方向。

目睹此情此景，王远山父子和栓子黯然泪下。基普提又一次抱住王野，这次王野没有窘，大大方方地亲吻了姑娘的额头。基普提激动地流下了热泪，摘下脖子上的麒麟项链，缓缓地套到王野的项上，深情地说了一声："我的太子！"

赶在雨季前，王远山他们离开了肯尼亚。一飞回广州，就见到了陈戎剑，他刚从鼎湖山世界生物圈保护区回来。这个保护区是中科院建立和管理的，也是中国建立的第一个国家级自然保护区。"人与生物圈"计划在中国实施快四十年了，陈戎剑到鼎湖山采访，要写一篇纪念文章。

陈戎剑将王远山留住，又待了几天，一起考察保护区周边的茶区。回到广州，两人到文化公园附近、光复中路一带，就是广州人叫西关的地方，到处寻访十三行的遗踪。清末民初，十三行是广州口岸的核心，它像块风水招牌，这一带的钱庄、饭店、药店、百货商铺，还有纺织工场，密密麻麻，可如今只留下些老地名。

王远山说："十三行，康熙年间就设立了，一直到咸丰六年被毁，垄断茶叶贸易近两个世纪之久。除了边青山妻子的伍家，还有潘、卢、叶三大家族。那时武夷茶叶，主要是通过十三行商人出口的。"

陈戎剑问："为何舍近求远，不从福建出海？"

王远山说："乾隆爷下过诏，只许在广州港做外贸生意。那时，不少福建人做武夷茶出口业务。"

陈戎剑大发思古之幽情："可惜风光不再！"

王远山说"《南京条约》一签订，改成五口通商，上海取代了广州，成为中国外贸的中心。香港开埠后，也很快繁盛起来。从此十三行惨淡经营，渐渐衰落了。"

陈戎剑说："据说茶叶改走福建沿海码头后，好多人丢了饭碗，引发了激烈的社会矛盾。"

"这段历史，边青山正在写书呢。"王远山说，"我们多拍些照片给他吧。"

陈戎剑建议去茶叶批发市场看看，两人就来到芳村。

芳村地处城西南一隅，老广州人叫它"荒村"。上世纪80年代，有一批精明的茶商来此经营茶叶，经过近四十年的扩展，聚集了1500多家茶商。

走了十几家店铺，大多是批发普洱茶的。他们走进一家转角处的店铺，货架上尽是"出身高贵"的茶叶，包装上打着古树、产地、仓储地、商号、年份、批次等各种标签，唯独没有成分构成说明，标价动辄上万甚至十几万元。卖茶的殷勤地迎上来，喊着"请上座""上好茶"，接着喷着唾沫星子吹起来，说他的茶天下第一。

两人摆脱纠缠，"落荒而逃"。陈戎剑说："讲这种故事的人太多了！"王远山回道："一个鬼投的胎！"

陈戎剑打开手机图片，让王远山看："这是当下时兴的青年亚文化。"

看了网上那些裸露的茶艺妆、茶艺照，王远山忧虑地说："什么茶文化？这些玩意就是性挑逗，撩汉子嘛！"

陈戎剑说："先是绿茶妹，像采青那样，看着蛮清纯的。有人说是心机女，山杰说总比红茶妹好！"

王远山问："红茶妹是什么？"

陈戎剑说："说是红茶代表大胆性感，还有呢，什么奶茶是温柔丝滑型的，黑茶是腹黑霸气型的。"

王远山气愤地说："背离了茶生态、茶科学，茶文化越走越偏了。"

在回京的列车上，郭炳涛打来电话，说是有事商量，王远山请他午后两点到家里茶叙。没料到列车晚点了，下车后王远山匆忙打的回家，他和郭炳涛前后脚到了家门口。

科学探险协会与瑞典的 Tee 组织合作，准备组织探险队去南极考察，还要在考察船上举办"茶叶之路与哥德堡号"研讨活动，请王远山做主旨演讲。郭炳涛希望王远山借机向国外的探险家和茶人介绍中国的茶文化。两人就此聊起来，脑洞大开，连细枝末节的事情都想妥了。

王远山想泡一壶从广东带回来的南华大叶奇兰茶，一看行囊，糟了！摄影包不见了。噢，只顾着心急火燎地往家赶，拉在出租车上了，下车时也没要凭据。包里有价值三十多万元的照相机，机子里还储存着大量的科考图片呢。

郭炳涛接连打了几个电话，让公安上的朋友帮着寻找。不巧的是，调看录像带，上下车的地方都看不清出租车的牌号。郭炳涛手眼通天，识得三教九流的人。他找到刑侦设备公司的专家刘利山，请他帮忙。刘利山利用刑侦设备，很快就辨认出了影像模糊的车牌号。可找到出租车司机后，司机硬说没见车上丢下过包。郭炳涛是老江湖，晓得司机在撒谎，就托派出所的朋友帮忙。民警找到司机，晓之以理，那人无可奈何地交出了原想贪下的摄影设备。

完璧归赵后，王远山订制了一面锦旗，上面绣着"金盾闪耀人民警察恪尽职守；寻物奇迹京城公安为民解忧"两行字，亲自送到派出所向民警致谢。

听说刘利山是广东人，喜欢喝英德红茶，王远山就带着一包"英红九号"登门道谢。

品了家乡的茶，刘利山说："味道蛮好，先前没有喝过。"

王远山说："广东茶人培植出英德红茶，当家的品种就是这茶。"

过了两天，刘利山回访，还带来了礼物。嗬！是一台200倍的德国徕卡光学显微镜啊。

王远山笑言："照相机失而复得，还带了架显微镜回来，赚了！"

刘利山呵呵笑了，"看来我这个利山，是对你这座山有利啊！"

王远山把这架高倍显微镜放在茶台上，又拿来一小块金花普洱茶。调焦，观察，嗬！那一簇簇金花在镜头下漂亮极了。

刘利山也好奇地盯着看起来，问："金花是啥？"

"就是冠状散囊菌。"他摸摸显微镜的机身说，"这可是个宝贝！我能用它分析茶叶的微观结构啦。"

三十二

这年，王远山 66 岁了，可他寻茶的脚步依旧匆匆。

阳春三月，巴蜀茶山花水争荣。王远山、陈戎剑结伴飞抵成都，考察四川的茶山生态。

双流机场大厅的出口处，一位年轻女士举着"峨眉山市茶叶办"的牌子迎过来："王老师吧？我叫梁琪。"梁琪笑盈盈地说，"张老师嘱我一定照顾好您！"

"哪个张老师？"

"张媛媛老师呀！我的博导。"

陈戎剑笑了，对梁琪说："那你可不能怠慢。"

车子进入峨眉市境内。梁琪说："这一带是集中连片的风景化茶园。"

王远山夸道："茶旅结合，好嘛！"

梁琪是茶学博士，离开校门就回乡了，一直从事茶产业的管理工作。她介绍说，这几年市里开发百里茶旅融合长廊，已建成三个 3A 级茶旅融合景区，这样一来，茶家乐也跟着火了。

"游客多吗？"陈戎剑发问。

"每年大约有百万人次吧。"梁琪回答。

车子驰入一条上坡道，从海拔 700 米的地方往上走，沿途茶园连绵不断，相邻的天然林里有大量的川茶群体种和野生茶树。

王远山对梁琪说："原生野茶，基本上分布在北纬 20° 到 30° 地带。你们四川茶区大多位于北纬 30° 附近，如果把这些茶区一块块连接起来，正好是个 C

字型，恰巧都在盆地边缘的山地上，这是老天赏给你们的聚宝盆。"

停下车子，众人步行上了一处海拔1600米的坡顶。王远山找到一些稀稀拉拉的野茶树，忙用手持设备测量起来。

陈戎剑问："为什么陆羽说'野者上'呢？"

王远山解释说："海拔每上升1000米，温度就会下降6.5℃。"他靠近一株茶树，揪下一片叶子说，"生长在高海拔地带的茶树，会用氨基酸和多糖类物质把叶子细胞充斥起来。这样不仅抵御了高山严寒，还生成了一些特有的营养成分。"

陈戎剑似有所悟："怪不得野茶口感好呢。"他贪婪地吸吮着山上的清新空气，远望满眼碧色，情不自禁地说，"好通透呀！"

"空气通透，光照也通透！"王远山说，"这里地势高，避开了污浊的温室气体层的遮挡，茶株能够接受更纯正的紫外线、更广谱的光线照射，大大提高了光合作用的效率。"他指着野茶株周围的高山伴生植物说，"在这样的共生环境下，茶株不仅接受了更多的漫射光，还能呼吸到多种伴生植物制造的芳香物质。一方面减少了多酚与茶碱的合成，另一方面促进了氨基酸的合成。做出来的茶不苦不涩，味道纯正。"

陈戎剑说："喝好茶会上瘾的，我现在只喝你推荐的茶。"

王远山笑了："饱含芳香烃、茶多糖、茶氨酸、儿茶素的好茶，更能刺激人体大脑分泌多巴胺，给人留下长久的记忆，久了还会产生依赖性，就离不开这一口了。"

沿着茶叶观光路线，车子上上下下，走走停停，梁琪带着客人参观沿途的茶厂和有机茶生产基地。

来到一个有机示范茶园，园子里正在进行现场观摩教学呢，内容是"有机＋无机＋微生物菌"产品及施肥模式。

看到梁琪带人来了，园子的负责人热情地迎上来，招呼大家去看新置的采茶机。梁琪走过去，娴熟地操作起了，还给围观的茶技员讲解机采的操作要点。

走到茶园一角，负责人说："有虫害啦。"

梁琪俯身观察，茶树中下部的成叶和老叶，被啃出许多杂乱的孔洞，便说："是蓑蛾咬的。"

王远山拍拍陈戎剑的背包："蓑蛾有护囊呢，俗称'背袋虫'。"

陈戎剑往上拽了拽背带："我是大害虫吗？"众人哄地笑了。

梁琪对负责人说："雌性蓑蛾产卵量大，这片茶树是发虫中心，抓紧布控防治哦。"

负责人指着刚设置好的粘虫板说："这个顶事吗？"

"顶事呀！不过，寄蝇、寄生蜂是蓑蛾的天敌，要设法避开天敌类群发生高峰期，缩短放置时间。"小梁回头对陈戎剑说，"你是背袋蛾，我是寄生蜂。"众人又笑了。

负责人给大家泡了壶"竹叶青"，汤清叶绿，喝着爽口。梁琪讲了茶名的由来——1964年春，陈毅元帅登上峨眉山考察，在万年寺小憩时，与寺庙住持品茗对弈。陈老总询问，喝的是什么茶？住持说是山间产的茶，还没有名称呢。陈老总兴冲冲地说："这茶多像嫩竹叶啊，就叫'竹叶青'吧。"从此，峨眉绿茶"竹叶青"声名鹊起。

出了园子，梁琪说："附近有个山湾，有点像小武夷的坑涧。"

王远山一听就亢奋了，嚷着："这就去！这就去！"

雨，淅淅沥沥地下着。车子拐上便道，来到山湾里的老茶树种植基地。

下了车举目四望，果然是小丹霞地貌。谷畔，坡上，种满了移植过来的古茶树。王远山在坡头放飞了一架3V复合翼无人机。机上搭载着三轴30倍光电吊舱，可以清晰地看到山林态势，王远山不时地拉近察看茶树的枝节。

"好大一片啊！"王远山正赞叹着，有人应声答道："贫道遍访巴山蜀水，历十载风霜雨雪，觅到六千余荒芜茶园之古株，悉数移植于此。如何养育是好？敬请高士不吝赐教！"

王远山一瞧，一个身披白袍的年轻道士飘然而至，正对着他拱手奉揖呢。

梁琪笑着说："他叫白茗，本是敏捷的敏，因痴迷茶叶，刚改成茗茶的茗了。"

王远山用水质检测笔测了水，又取了些土壤准备带回去化验。他问白茗："可有做好的茶？"

"开春只采了几把鲜叶，做了二两茶。"说着，白茗带客人回屋，泡了茶。

王远山品了，入口鲜爽，还有些许岩韵，便说："若是做成乌龙茶，兴许就像岩茶了。"

白茗连忙打拱："还请大师赐以援手，我家只会做绿茶、黄茶。"

梁琪在一旁介绍："白道士的父亲是闻名巴蜀的制茶大师。"

王远山兴奋了："可是峨眉派的白老叟？我正想去拜访老人家呢！"

白茗伸手一指："山上呢，梁博士识得路。"

离开山湾，车子开上了盘山路，七拐八折地进入黑苞山深处。走进村口，几只土狗疾奔而来，猹猹狂吠。

白家屋舍竟筑在悬崖之上，下临万丈深渊。闻有动静，白老叟迎了出来。他身着白衫白裤，仙风道骨，自称是白猿祖师之后。

陈戎剑是个金庸迷，心想果真遇上奇人啦！白猿祖师就是司徒玄空，战国时代人，他模仿山中灵猴的姿态，独创了峨眉通臂拳。因平素身着白衣，故被尊称为白猿祖师，那可是史上中华功夫第一人呀！

铺着青石板的院子里，当院支着口大铁锅，这几日正在炒青呢。

白老叟对来客说："稍候！待老汉炒了这最后一笸箩茶。"

说着，白老叟站在灶台前，念念有词："峨眉山上茶，一树百叶扶。春来采芽头，炒青练功夫。"啪地摆一个起势，便要起了拳。

围观的人都乐了！这是炒茶呢，还是打拳呢？

梁琪说："往后站些，老人要表演自创的峨眉炒茶拳啦！"

身手矫健啊！白老叟手如三春杨柳，步如风摆荷叶，围着灶台转了几圈后，忽地抓起盛着叶子的笸箩，飞身跃起，喊一声"天女散花"，叶片粉粉撒落锅中，再一看，人已稳稳地落在了灶台后。

王远山晓得，峨眉派武术"出手似闪电，发力如雷霆"，这个白老叟也是静如处女，动若脱兔，尤其是那双手，看似青筋暴出，却异常灵巧，在炒锅里翻手为云覆手为雨。

这时，陈戎剑满脑子都是《倚天屠龙记》的画面：仿佛看到郭襄女侠在山间削发为尼，正在修炼峨眉拳呢！

灶火不文不旺，估计锅温只有八九十度！那白老叟一顿足，一竖发，伸缩开合，变化自如，"一撒通身皆是手"，叶片翻腾间，像是"岩石迸裂惊沙走"。

陈戒剑看傻了，幻觉中出尘入仙的周芷若就在面前，"去来星女掷灵梭，夭矫天魔翻翠袖"，白老叟忽地往锅里铺了一层竹叶，那动作实在太敏捷了！

说时迟那时快，白老叟又飞身一跃，抓起一把竹叶苫住茶叶，复操起一个木盖，啪地将锅口扣得严严实实。落身后，拾起一柄火钩，三下五除二，将灶里柴火捅灭。待观者回过神来，白老叟做了一个收势，捻须呵呵一笑："献丑了！"

王远山也是炒青高手，他站在一旁，透过白老叟眼花缭乱的招式，紧盯着他手部接触叶片的细微动作。看明白了：闷黄工艺的雏形，就是用竹叶包裹茶叶放在尚有余温的炒锅里焖烘；白老叟借用了西湖窦家炒青手法，又用余热焖黄，做的是另类黄茶。

这时，有人笑呵呵地从屋子里走出来。王远山一看，原来是他熟识的画家林咏风，忙过去打招呼："你咋在这儿？"

"林白两家是世交啊！"林咏风指着白老叟说，"我的丈人！"

"林老师每年都要回乡写生的。"梁琪说。

回到屋里，众人品饮白老叟做的黄茶。

林咏风铺开一整张宣纸，笔墨淋漓地写了"怪才老人"四个大字。王远山发现，林画家写字，宛若白老叟炒茶的神态。

这天回到宾馆，王远山续写了一段笔记："普兴白氏年逾八旬，隐居深山制茶四十余年，苦研炒青技艺，独创'峨眉炒茶拳'。其精选黑苞山间群体茶鲜叶，采用低温青锅炒焖结合黄茶工艺，其手法神似林氏迷踪敏法，锅头十指翻飞间，若天女散花，似剑走云飞，风情万种，韵致天成。林咏风大师即兴题词，称老丈人白氏为'怪才老人'。"

在峨眉待了一个礼拜，梁琪开车送王远山、陈戒剑去雅安。分手时，梁琪掏出一盒茶叶提取物 EGCG 递给王远山："张老师捎给您的。"她接着说，"张老师与国外科学家合作研究，又有了新成果。DMN 是连接多个大脑区域的网络，可作用于意识、情商和想象力。通过比较研究发现，饮茶者大脑的整体网络比较完善，功能和结构连接的效率更高。研究证明，经常喝茶可延缓脑组织的衰老。"

陈戒剑说："主要是提高情商。看这进度，我们快要吃喜糖了。"

梁琪说："我是张老师带出来的，王老师也该认我这个徒弟的。"

王远山欣然应允："难得有博士跟我学茶，收了！"

隔天一早，四川茶协会秘书长舒谦就带着客人上了蒙顶山。

雅安古称"青衣羌国"，素有"西蜀漏天""雨城"之称。说话间，细雨飘来，山风轻吹。"这是雅雨，为大茶人洗尘呢！"舒谦说，"打开春起，便细雨绵绵，持续到秋，才会有晴天。"

王远山说："大西南，横断山挡住了太平洋的东亚季风，印度洋的西南季风则沿着山脉间长驱直入，山区云雾缭绕，水汽爬升降温后就形成降雨。雅安就处在华西雨屏带，10天就有7天下雨。"

舒谦说："山间平均气温14.5℃，年降水两千多毫米。"

一路上，王远山不停地观察着。雅安位于川西平原向青藏高原过渡的盆周山区，属于砂质壤，还有砂砾质黏土，表土层深厚，有机物质多，组织松软，易于排水。他感叹道："上有云雾笼罩，下有沃壤滋养，水不成涝，夏不干旱，蒙顶山茶可谓自然天成。"

舒谦自豪地说："这里雨多云多雾也多，茶叶鲜嫩，含氮物质丰富，所以古人说'其茶芳香'。"他环顾四围，朗声吟诵起来，"仰则天风高畅，万象萧瑟；俯则羌水环流，众山罗绕；茶畦杉径，异石奇花，足称名胜。"

由上清、玉女、井泉、甘露、菱角五峰构成的蒙顶山，状若莲花。王远山望过去，上清峰头烟云变幻。舒谦说："那是蒙顶最高峰，海拔1456米。"

阳光穿云而洒，柔柔的。王远山说："五峰环峙，互为遮蔽，形成了宜于茶树生长的散射光。"他走到一片茶树前停下来，不远处有几个采茶女。

舒谦介绍说："雅州名山一带，茶丛一年可长两三尺。春采细，夏割粗，采过夏茶，待来年再采。"

王远山说："清明前后正是采茶时节。"

舒谦说："采茶很辛苦的！雅安茶农传下的规矩，不采水芽和病虫芽，只采1厘米半到2厘米长的芽叶。"

陈戎剑凑过来学着采茶。舒谦用食指和拇指夹住一片嫩叶，顺势折下来："要用巧力，不能用指甲去掐。"

陈戎剑问："做一斤成品茶要采多少芽叶啊？"

舒谦回答："大约四五万片芽叶。"陈戎剑听了吐了吐舌头。

王远山说："宋人晁说之写过《晁氏客话》，认为蒙顶山区常阴多雨，适合茶树生长。"说着吟诵起来，"蒙山之巅多秀岭，恶草不生生淑茗。"

"早在汉代，蒙顶山就有七株茶树，雷鸣始发，被称为'仙茶'。"舒谦指着山头一尊雕像说，"僧人吴理真，是传说中最早种茶的人。"

王远山说："驯化野生茶，如同把野狼驯服成猎犬，是一件了不起的事！现在育个新种出来，也要耗费多年的工夫呢。"

雨紧了，众人兴致不减，披上雨衣，冒雨来到天盖寺。天盖寺前，12株千年银杏环抱而生，森森如盖。

雨住了，天晴了，一行人站在山上远眺。舒谦说，蒙顶山是世界茶文化发源地，也是川藏线茶马古道的起点。秦汉以降，蒙顶茶从雅安出发，经泸定、康定、理塘、巴塘、昌都，到达拉萨等藏区腹地，远至喜马拉雅山之南的尼泊尔、印度。除了易马之用，极品蒙顶茶还是贡茶，入贡的历史从唐天宝元年到清末，长逾千年。

一路聊着，众人来到了皇茶园。这个园子不大，四周是石板围栏，正面是一座仿木结构石门楼，横额石刻"皇茶园"三个字，门柱上的楹联是"扬子江中水，蒙山顶上茶"。

走进皇茶园的茶室，大家观看龙行十八式的茶艺表演，品饮蒙顶甘露。王远山仔细打量，那茶叶细长，色黄而碧，茶杯里热气腾腾，像是云雾弥漫，尝了一小口，味甘而清。众人连声夸赞："好茶！好茶！"

舒谦说，雅安的甘露蒸青茶在唐代就出名了，蒙顶甘露是中国十大名茶之一。雅安市正在围绕"蒙顶山茶"和"雅安藏茶"两大区域品牌做好茶文章。通过建基地、搞加工、拓市场、创品牌、促融合五大举措，推动雅茶产业绿色发展和转型升级。

舒谦让人泡了壶黄茶，他问王远山："您喝过什么黄茶？"

"岳阳的君山银针，还喝过霍山黄芽、平阳黄汤、莫干黄茶、远安黄茶、金寨黄大茶……"

舒谦斟了蒙顶黄芽递过来："喝了这茶，出名的黄茶你就喝遍了。"

"这茶，鲜爽，清冽。"

"这里海拔高啊！除了黄芽，雅安还有黄小茶、黄大茶呢！"

"前不久我去皖西，想喝地道的黄大茶，很难找到。"

"在六大茶类中，论产量，论消费量，黄茶都是最少的，占比均不足0.5%。"

"难得喝杯黄叶黄汤的好茶啊！"

"黄茶味道醇，香气浓，茶性温和，常喝可养生的。"

陈戎剑插话了："听说黄茶很难做好的。"

王远山说："我们烧菜时，青菜在锅里焖久了就会变黄，黄茶也是这样，杀青后通过湿热和干热两种方式让茶叶变黄。做黄茶和做绿茶差不多，主要是多了一道闷黄工序，就是用包裹、覆盖或闷堆手法，使得茶叶与茶汤转变为微黄色泽，滋味变得醇柔。说起来简单，但操作起来，黄茶确实是最难做的。不知雅安是否传下了古法？"

舒谦说："清代名山知县赵懿在《蒙顶茶说》中描述过旧时做茶的细节，实际上就是闷黄工艺的雏形：先用竹叶包好，放到锅里烘，再罩住锅口烘干。不少绿茶是一锅搞定，连炒带揉。现在炒蒙顶黄芽却要下三次锅，热揉冷揉讲究很多。闷黄更是关键工艺，焖到什么程度，手工制作是没有生化参数的，都是跟着感觉走。"

陈戎剑叹道："喝到一款好黄茶，还真不容易呢！"

第二天，舒谦带着王远山他们，从名山区茅河乡出发，沿着国道线，穿过雨城区、名山区十多个产茶的乡镇，参观了藏茶村、至美茶园绿道等茶旅结合项目。

舒谦说："这一路，就是雅安百公里乡村振兴茶产业带，核心区有65万亩茶叶基地。"

一行人来到中峰乡牛碾坪，看到了万亩观光茶园，茶株滴翠，排列有序，茶园还配置了从以色列进口的全自动喷灌系统，采用了陈院士团队研制的病虫害防治技术。这里的茶树杂交育种园繁育了两千多种细分的品种，是西南地区最大的茶树基因库。

舒谦吟道："闲将茶课话山家，种得新株待苗芽。为要栽培根柢固，故园锄破古烟霞。"他接着说，"这首古诗写的便是古代茶园管理的真实情况。据《宋史》记载，南宋时川茶占了全国产量的一半。"

王远山感慨地说："今日的巴山蜀水，也是处处弥漫着茶香啊！"

舒谦指着山间的茶田说："20 世纪末，雅安实施退耕还茶，在坡耕地和宜茶荒山荒地大面积栽培茶树。"

陈戎剑说："听说一亩茶可产出四五亩粮食的效益，农民能增收，还有生态价值，一举两得啊！"

傍晚，舒谦带着客人沿着青衣江散步。江畔摆着许多藤竹做的躺椅，有两人跷着赤脚，躺着饮茶摆龙门阵呢。

舒谦眼睛一亮，忙趋前问候，原来那个中年人，是农大茶学系的何教授，上了年纪的是四川茶界的泰斗钟老。

王远山、陈戎剑也跟了过去。舒谦介绍大家认识，然后动情地说："钟老是浙江省诸暨人，和美人西施是老乡。年轻时，他跟着庄晚芳大师学茶，走遍了东南各地茶区。入川后，又花了十年工夫，足迹遍及四川大小茶区，调查地方茶叶品种，培育良种茶树，老人对川茶的贡献太大了！"

王远山说："我研读过钟老写的关于四川野生茶树的论文。"

众人围着钟老聊起茶来。

何教授在雅安开了一家教学示范茶厂，这次呢，是特意请钟老指导科研工作的。

钟老说，我做了一辈子茶，就希望茶农富起来。

何教授说，要想富，就要组织茶农走科学种茶的路子。我在茶叶基地做过机采试验。分三种：全年手采，全年机采，春茶手采秋茶机采结合的。结果表明，结合型的效益最好。

钟老说，现在为了采芽头，滥用农药，因为有农残，出口出不去。

何教授说，我们是采一芽三四叶。茶树是多年生植物，根系深，改变了土壤的构成，如改种其他农作物，两三年内收成不好。我做茶，用乌龙茶的摇青、红茶的发酵、绿茶的提香。香气不宜把握，打采叶开始，香气就变化无穷，从草青香、清香、玫瑰香到桂花香，我想找到控制香气的办法。我们蒙顶山，就是要给世界一杯好茶！

听舒谦介绍，王远山是王传茗的孙子，钟老忙说："王世严老人是我老师庄晚芳的老师啊！"他起身取出一包茶来，让舒谦泡上。

王远山一看，那茶通体呈古铜色，是紫芽茶。他晓得，紫芽是一种零散变异现象，广泛存在于许多植物中，然而茶叶呈现紫芽是较为罕见的。他尝了说："意味高古。"

　　钟老呵呵笑了："果然是王家子弟，懂茶！"他接着说，"我做的这茶，在红茶工艺的基础上创新了技术，用的都是峨眉黑苞山海拔1200米一带的野生茶鲜叶。"

　　何教授说："我做过化验，钟老做的峨眉紫笋富含花青素，喝了有益健康啊。"

　　钟老说："我要保证制出的每一片茶叶都无可挑剔。"

　　王远山忙起身鞠躬："钟老收我做个徒弟吧！"

　　钟老摆摆手："我八十有五，你也快七十的人啦，还学什么茶？"

　　王远山说："钟老是怕我吃不得苦了。"

　　"种茶难，做茶难，做成了茶砖，还要背着走过大山呢！"钟老指着对岸的大山说，"自古以来，茶道上有牵马的，有拉骆驼的，唯独这条路上是背夫背茶的。这路，抬头是绝壁，低头是深渊，真是生死险途啊！"

　　舒谦也感叹道："'多少贫民辛苦状，为从肩上数茶包。'古人这诗，诉说的就是大相岭古道上背夫们的艰辛。"

　　钟老说："还有首民谣呢，背着背夹子，胸吊汗刮子，手上提拐子，脚穿脚码子……"

　　舒谦解释说，背夹子是用木条做成的架子，用绳子收紧以后，茶包才不会掉落；竹片做的汗刮子，用来刮额头上的汗水；拐子是丁字形状的，背夫歇脚时用它顶在背夹子下方，承受起沉重的茶包来；脚码子有两种，有铁钉的走冰雪路，无钉的是糙面走雨天泥泞路；还有用棕叶缝制的扇单，雨雪天气时用来遮盖货物，不背东西时用来包拐子、脚码子和其他东西。后背是一二百斤的分量，脚下是仅容一人的羊肠小道。就这样，背夫们弓着身子，一步一颤地盘绕迂行在崇山峻岭间，最后翻越二郎山口。

　　"从雅安到康定，走一趟需要半个多月，有时甚至走个把月。"钟老说，"我刚入川时，就跟着背夫走过，一包茶20斤，每人背五六包，一天走二三十里山道。"他顿了顿说，"背过茶的人才吃得了苦啊！"

王远山在心里默念："背过茶的人才吃得了苦啊！"

第二天，舒谦早早来到宾馆，他要带客人去天全县。

王远山说："舒秘书长带戎剑去吧，我去过那里，这两日办些私事。"

雅安雨城区往西，就是天全县。本是"天漏"之地，人们渴望晴天，便改称"天全"。古来茶叶入藏，多靠骡马运输；但天全到康定山道蜿蜒逼仄，只能靠人背着过去。

舒谦带着陈戎剑上山，青石板驿道上，还留着不少"拐子窝"，都是当年背夫手中拐杖磨出来的。

二人攀上一个山头，凭高远眺岭间的蜿蜒山道。

舒谦指着西边说："从天全县城出发，背茶走一整天，行二十来里路，才能到达第一站甘溪坡。"

陈戎剑问："过去进藏的茶叶，都是背夫背过去的吗？"

舒谦说："大多背过山，就交给马帮走远道了。'黑茶一何美，羌马一何殊。'在茫茫的康藏地区，常会听到这古腔古调。背夫和马帮这种古老的职业，一直持续到 20 世纪末。"

陈戎剑端起相机拍照，发现远处有个弓着身子的人影，他从镜头里看："怎么还有背夫？"

"是吗？"舒谦也很惊诧，望了望说，"是背着竹篓的采茶女吧？"

陈戎剑说："是个男的，背着的像是背夹子。"他端起照相机拍了一张，图片里的人朦胧不清。

舒谦说："现在哪有背茶的人呢？"

两天后，舒谦、陈戎剑回到雅安。晚上十点多，王远山也回来了，一副疲惫不堪的样子。

"干吗去了？"陈戎剑问。

"去甘溪坡了，背了趟茶。"王远山淡然作答。

"真背茶去了！"陈戎剑惊叹道，舒谦也吐了吐舌头。

"时间太紧了，要不我还想背着茶奔紫石关呢。"王远山用纸巾擦了擦脸。

舒谦对陈戎剑说："紫石关是去康定的第二个驿站，那里还有古城墙和老牌楼呢。"

宾馆顶楼上，有个半封闭的茶室，内部的隔墙都是用茶砖砌就的。茶室主人接到舒谦的电话，早已来到茶室等候客人茶叙。

见到茶室主人，王远山看着面熟："您可是姓甘？"主人点点头。

舒谦说："没错，甘康，他可是黑茶传统工艺的非遗传人，康砖厂的董事长。"

王远山又问："您在羊楼洞待过吗？"

"那是我的老家啊！我堂兄还在那里办着茶厂呢！"

"我见过您的堂兄。"王远山与甘康一见如故，说了去羊楼洞的旧事。

徐风吹来，斜雨丝丝缕缕地飘来，大家没有躲避，感觉这样子清爽。

甘康亲自泡了他做的茶，请王远山指点。

茶汤红艳艳的，闪着光彩。王远山喝了，陈而醇，回甘明显，便说："这茶用的必是蒙顶山上成熟的茶叶梢头，做工也是很讲究的，发酵熟透，可是精致的黑茶啊！"

甘康听了很高兴："王老师过奖啦！不过，我做的就是精致黑茶。过去的藏茶，分两大类，就是云南普洱茶和四川康砖。雅安旧时是西康省的省会，所以叫康砖，我爹给我取名甘康，也是想让我把手艺学好，让更多的人喝康砖茶。"

舒谦补充说："雅安藏茶有 1300 年的历史了，古诗说'蜀茶总入诸蕃市，胡马常从万里来'。藏茶和蒙顶山茶同出一源，相互成就，是中华茶史上的'蒙山双杰'。"

甘康说："藏民出门，离不开三个袋子：糌粑口袋、盐巴口袋和茶叶口袋。我们不仅要把藏族同胞的茶叶口袋装得满满的，还要让内地的人喜欢上藏茶！"

王远山抬头一看，矮墙上有行标语："藏茶汉饮"。他用钦佩的目光看了看甘康，向他了解南路边茶的制茶工艺、边茶流通的历史沿革。

甘康说："我们有个老车间，保留着传统做法。"

陈戎剑问："揉捻也是手工吗？"

甘康说："我们叫蹓茶，茶工用脚不用手，就是把蒸好的茶叶放入麻袋中，利用坡地从上往下踩压三遍，使得茶叶梗叶分离，成为条索，同时破坏茶叶组织，积压出茶叶的内含物质来。"

这时，电视机开始播放雅安新闻。屏幕上出现了蜿蜒的山道，画外音说："本台记者在天全县采访途中，意外发现了一个六七十岁的长者，背着茶包负重前行。旧日背夫的身影又重现了！记者试图采访这位汗流浃背的老人，却被礼貌地谢绝了！也许他过去真的是一个背夫，是来追寻旧日行踪的。"画面推为特写，大家惊呼起来："王老师啊！"

王远山用手指梳理了一下头发："这记者是无处不在啊！"

舒谦的手机铃响了，是钟老打过来的，他说："我刚看了电视新闻，告诉远山，他这个徒弟，我收了。"

在回京的航班上，王远山激动地对陈戎剑说："不虚此行啊！收了个女徒弟，拜了个老师傅！"

在首都机场落地后，陈戎剑回家了。王远山没出机场，又转国际航班飞往莫斯科。应安德烈邀请，他要去参加全球地外文明论坛。

在论坛上，王远山介绍了中国野人的考察与研究现状，还特意讲了《茶经》里野人指点秦精寻找野茶树的故事。宣读完论文后，俄罗斯电视台的记者采访王远山。

这记者是个老年妇女，体态丰腴，一过来就冲着王远山微笑，王远山看着面熟。

女记者支上话筒就问："请问，究竟有没有野人？"

王远山从容作答："我不能说 yes，也不能说 no。中国古籍与古代地方志里，记载了一种高大直立行走的大型灵长类动物，如湖北清代房陵县志里记载：'房山高险幽远，石洞如房，多毛人，长丈余，常噬鸡犬。'中国西南山区，目击或近距离接触'野人'的事件时有发生。中国科学家也用了半个多世纪的时间寻找可能的人类祖先，除化石挖掘之外，对民间流传的'野人'，也做了多方面的实地考察和理论研究，但迄今未能取得实体或遗骸。"

"听说您跑了几十年，没发现'野人'，却找到不少野茶树。"

"我不仅找到了许多野茶树，还在进行茶叶生态学研究。"

"我们一起喝下午茶吧。"

"非常乐意，我会带些自己用野茶做的红茶。"

女记者闻言，放下手中的话筒，扑上来亲吻王远山的脸颊。王远山有些不好意思，心想，真碰上"野人"啦。

那个女记者用透明的蓝眼珠子盯着他："王先生，您真不认识我了！"

王远山这才悟过来，这个女记者就是佳佳。

这时安德烈走过来，笑着说："看来，我的媳妇要被人拐走了！"他一本正经地对王远山说，"如果允许我来翻译《茶叶生态学》俄文版，您就可以带走我的媳妇啦！"

王远山说："我可不想替你背包袱！"

佳佳一摊手："人老珠黄，没人要了，我会变成野人的。"

王远山说："真变成野人，就有人抢了！"

大厅里爆出一片笑声！

安德烈夫妻俩，还有他们的女儿，一家三口陪着王远山在莫斯科参观游览。

热妮娅问："王伯伯，您看过俄国的茶园吗？"

王远山说："没有啊！不过，我知道，早在1883年，俄国茶人就从中国羊楼洞购买茶籽茶苗，栽植到尼基特等植物园内试种。"

"那些老茶人，还从汉口运来12000株茶苗和成箱的茶籽，在外高加索巴统附近的查克瓦开辟了一个茶园。"热妮娅说，"我想拍一部茶道上的片子，您得帮忙啊！"

安德烈说："我女儿厉害了！她正在筹备万里茶道沿线城市的合作论坛呢。"

热妮娅挽起王远山的手臂："您来联系中国的沿线城市，咱们合作哦！"佳佳也牵住王远山的手说，"还有我呢！"

热妮娅努着嘴说："采访本来是我的事儿，我妈硬抢着做了。这不，又来抢风头了。"

安德烈听了，夸张地跳起来，直拍脑袋："我受不了了！"他走过来，对王远山说："我们全家，陪着你走一趟万里茶道。"

从莫斯科回来没几天，王远山接到阿拉坦的电话，请他马上到阿拉善来，说这里有阿家失散的族人，诧异的是山丹家好像也有些牵连。

阿拉坦归国后，一直在内蒙古畜牧部门工作，退休时是总工。前年，他又被聘到阿拉善盟，负责居延海一带的生态修复工程。王远山一直想去那里看胡杨林，就是抽不出时间来。得信儿后二话没说，带着栓子，开着越野车一路向西去了。

车到巴音浩特，接上阿拉坦，三人又上路了。阿拉坦说，咱们先去看胡杨林，然后要骑骆驼去沙漠最深处的一个嘎查。

路上阿拉坦说，那个罗老板，还记着你托付的事呢，在大理下关找到了于家人，还和铁家坡的人联系上了，果然都是失散的族人。大理于家人说，嫡传的后人叫余铁，创制过"余"字沱茶。他们派人去武汉、太原，到处打探余铁的消息。因为山丹家也姓于，又是茶商，就找到了山丹的叔父探听消息。我和山丹找同族的老人询问，觉得和那个余铁没啥关系。那些人就失望地走了。我们内蒙古有个研究骆道的专家，叫高义，正在搜集茶叶之路的文史资料。他找到我了解驼道的历史，我们成了朋友。他也看到了铁家坡的报道，就告诉我，余铁到了山西以后，一直沿着驼道做茶叶生意，有一次从大库伦返回时，在边境地区失踪了。前天，他打电话告诉我一个重要线索，临近中蒙边界的居延海戈壁深处，有一个嘎查，全是姓于的蒙古人。他猜想，这些蒙古人可能和余铁有关系，因为余铁就是在那一带失踪的。

栓子听了说："从大南跑到大北，又是余又是于，怎么听得越来越离奇了。"

越野车穿过吉兰泰盐池和戈壁荒漠，颠簸了两天，进入巴丹吉林沙漠。

王远山发现，沙漠边缘竟然有成片的长柄扁桃与紫穗槐的混交林。阿拉坦说，这些年来，我们摸索到了一些治沙经验。首先，通过栽种方格子的沙蒿，固沙保水；接着在草格子里种紫穗槐等灌木，固氮，提高土壤养分；保水保肥成功后，我们还要栽种樟子松呢。

透过车窗，不时可以看到牛群、骆驼群。栓子说："这里草场上的大牲畜多呀！"

阿拉坦说："养1头牛，4个蹄子践踏草原；养5只羊，20个蹄子践踏草原；而养1头牛的效益不低于5只羊，于是我提出了'蹄腿理论'，主张少养精养，这样收入高，支出少，劳动强度低，生态还好保护。"

王远山看了看年逾古稀的阿拉坦，感觉他就是一位蒙古族英雄！

沿途看到了不少水泡子，阿拉坦说："这得感谢盛老师他们这些老专家了！上面批准实施专家的生态调水方案，控制黑河中上游的用水量，开始给我们这里补水了。"

王远山说："胡焕庸线以西的地方我跑遍了，如果解决了水的问题，我们中国人的生存空间就会更为广阔。"

"什么是胡焕庸线？"栓子问。

王远山从手机里调出一张地图给栓子看："这是地理学家胡焕庸划的一条人口密度对比线。东南部以平原、水网、低山丘陵和喀斯特地貌为主，43%的国土居住着全国94%左右的人口，生态环境不堪重负；而西北方57%的国土以草原、戈壁沙漠、绿洲和雪域高原为主，地广人稀，只居住着约6%的人口，但生态系统异常脆弱。"

阿拉坦说："听说你和一些科学家，为了改变这种状态，提出了一个调水方案，其中有一条线就通向我们这里，是吗？"

"这是一个宏大的构想，不过目前还处在民间论证阶段。我们设想搞三条调水支线，其中有一条就是为内蒙古西部干旱地区调水的。"

"如果真的实现了，居延海就会恢复昔日碧波荡漾的景象了！"阿拉坦激动地说。

栓子问："'居延'是啥意思？"

阿拉坦说："这是古代匈奴语，《水经注》说它的意思是'弱水流沙'。"

王远山接着说："汉代居延地区是通往西域的交通要道，也是防御匈奴的一道战略屏障。"

栓子问："这里也有一条丝绸之路吗？"

王远山说："陆上丝绸之路进入河西走廊后，有一条折向北的支线，从这里穿越蒙古高原；东北游牧民族有一条从东向西的商道，到这里也向北而去。"

栓子似有所悟："这也是一条茶叶之路啊！怪不得余铁会带人来这里。"

夕阳从西边的沙山上落下去了，一轮玉盘似的满月升起来了。驰过一片平坦的沙地，芨芨草、沙蒿等沙生植物多了起来。在一片潮湿的河滩上，王远山看到了月光下的胡杨！眼前真是一幅绝美的画：夜色秋光里的胡杨，丰姿绰约，流丹溢金。

在沙漠里的一户牧民家里歇了一宿，次日一早，他们三人就骑上双峰驼，跟着向导在戈壁滩上行走。

戈壁草原上，长着稀疏的旱生多年生草本植物、旱生小灌木。还混杂着甘草、沙葱等中药材。

栓子说："这边的草原比锡林郭勒那边差多了。"

阿拉坦说："这边降雨量少，干旱，属于半荒漠化的草原。不过，这里的羊经常吃野韭菜、沙葱，羊肉多汁味美、不膻不腻。"

栓子说："看来大哥对沙漠蛮有感情的！"

阿拉坦说："沙漠是牧民们最好的冬营地。冬天，沙漠里比较暖和，沙丘能挡风，沙丘阴面有雪，阳面有草。雪松软，草地和草叶子也都完整，牲畜渴了可以吃雪，饿了可以吃草。阿拉善的牧人说，沙漠是牧民最温暖的家。"

王远山说："说得好哇！盛老师夸你是顶级的草原生态专家！"

"过奖了！还是山丹说得对，我是地道的牧人！"

一个沙丘接着一个沙丘，上来下去的，伏在驼背上整整晃悠了一天，进入一条长长的沙谷。向导说，再骑行两三个小时，出了沙谷就到了那个嘎查了。

令人难以相信的是，在这荒无人烟的沙窝子里，竟然有一片盆湖，沿湖稀疏地扎着十几顶蒙古包。他们遇到一个放羊的孩子，一问，果然姓于，那孩子直接把他们带到嘎查长家里。

王远山一进毡包就愣住了，正中的毡壁上有一个蒙古族汉子的画像，下面悬挂着一个刀鞘。

说明来由后，嘎查长喜滋滋地安顿客人围着茶炉做好。他的父亲白髯飘飘，一副仙风道骨，见了客人连声说着"赛努"问好。

奶茶煮好了，王远山详细地讲述了追寻阿王爷家失散族人的经过，老人家眼睛亮了，急忙问："你说的阿家可是世袭王爷？"

"是啊！"王远山说，"他们的部落最初是在克什克腾草原上。"

"是姓孛儿只斤吗？"

"是呀，他们可是铁木真的嫡系子孙呀！"

老人把手指向悬挂着的刀鞘，话音有些哆嗦："可有信物？"

王远山从挎包里取出那把刀，恭敬地递过去。老人双手捧着那把刀，目不转睛地凝视着。他使了一个眼色，让儿子把挂着的刀鞘取下来。

王远山把刀鞘捧在手里，细细打量。看得出，制坯、刻花、上色，只有宫廷的匠人才有如此高超的手艺。刀鞘上雕着骏马、弓箭和摔跤手的坎肩，代表着蒙古族的"男儿三艺"：赛马、射箭和蒙古式摔跤——博克。刀鞘的上端，刻着蒙古文和吉祥图案，他猜想，那一定是家族标识。

　　老人也在端着刀仔细端详，忽地手起刀落，将挂着的一块风干羊肉从中拉开。"好锋利的刀！"他爱惜地用袍子袖口擦拭了刀刃，又打量起刀柄来！"他指点着刀鞘和刀柄的文字和图案，哈哈大笑道："一模一样啊！"说着，接过刀鞘来，直将刀插入刀鞘，合丝合缝，浑然一体。

　　"长生天啊！我们总算找到亲人了，我们可以姓孛儿只斤了！"老人声音沧桑而有力，说罢老泪纵横，一滴一滴地掉在刀柄上。

　　"烤全羊，把全嘎查的人都招呼来！"老人吩咐儿子。

　　牛粪炉上的奶茶烧好了，众人一边喝茶，一边听老人家讲家族传奇故事。

　　老人说："我们其实是南下孛儿只斤家的仆人，在大渡河分散逃亡时，辗转去了大理。到了同治年间，主人余铁前往武汉经营边茶，后来又带人北迁到山西。余铁说，山西离草原近啊！他对跟着的仆人说，跟着我的都是义仆，胜似亲人！日后没有主仆之分，大家都姓余吧。可下人不敢僭越啊，于是，余铁自己改姓为于。后来，山西于家一直做口外生意，名声大振，但很少有人知道我们的族源。那一年，我爹跟着于铁的后人、我们的主人去大库伦，回来时在边境地区遇到了一股土匪。主人为人豪爽，胆大心细，山西的掌柜子们都叫他"于大胆"。他吩咐众人用好酒好肉招待这帮土匪，把他们灌得烂醉后，都装进了黑山羊毛做的褡裢里，扎好口子后，带人星夜南归。马上就要过境了，一帮土匪追了上来，那一仗真是惨烈，两边的人差不多全死光了。主人身中数枪，我爹和剩余的几个人轮流背着他，来到了我们这个山窝子里，刚扎好帐篷，主人就不行了。临死前，主人挣扎着说："我于大胆，无儿无女，无牵无挂，死在草原，死得其所！"他把刀鞘托付给我爹，说将来认祖归宗时，族人全部改回蒙古族的姓氏。

　　王远山又讲了铁家坡人的事情。

　　老人听了激动地说："一家亲啊！"顿了顿，他疑惑地问，"他们为何姓铁？先祖成吉思汗出生于蒙古乞颜部，依草原民族之习惯，部落名即为姓氏。成吉思汗破例不姓乞颜，改姓为孛儿只斤。既然是成吉思汗的后裔，铁家坡族人也应姓孛儿只斤的。"

王远山说："他们在南方待了650多年啦，姓铁，是依据汉俗取铁木真首字为姓的。"

"我们毕竟是仆人……"老人沉吟片刻道，"好了，我们也跟着铁家坡的人姓铁吧。"

那一夜，整个嘎查都沸腾了。烤全羊散发着挡不住的肉香味，老人用那把蒙古刀，把羊尾巴切成细条，让王远山三人捧在手心里吸食。阿拉坦说："这是蒙古族的最高礼节了。"

王远山把好消息告诉露雅，还给铁家坡的村主任打通了电话，还让他和嘎查长通了话。两边的人都激动得哭了。嘎查长说："铁家坡那边今夜也要闹红火。"

人们围着篝火，又唱又跳，直到东方露出曙色才散去。

离开嘎查时，老人对阿拉坦说："你家一直在做口外生意，帮我打听一个女人。她叫翠叶，是我家主人娶的小媳妇，留在山西大同了，那时才20岁。主人临终时说他身无牵挂，这辈子只对不住一个女人，就是翠叶。主人留给我爹100块银圆，让我爹想办法带给翠叶。我爹曾回过一次口里，但兵荒马乱的，根本找不到人。这些钱，我们分文未动呀！"

王远山说："年头久了，这个翠叶早不在人世了。"

阿拉坦问："有信物吗？"

老人从袍子里掏出一个荷包："这个荷包，我家主人从不离身，是他心爱的女人翠叶绣的。"

阿拉坦接过来端详，这个荷包做工精致，上面绣着一双比翼鸟的图案，顶端绾着丝绦，下方缀着五色丝线流苏。最奇的是，里面装的不是香料，而是一撮茶叶。看了，他把荷包递给王远山，问："怎么装着茶叶？"

"这个荷包的造型也像一片茶树叶子。"王远山说，"翠叶，这名字也该是茶树叶子的意思。"他让阿拉坦收好荷包，"古人说，比翼香囊，合欢罗帕。我猜想，这个荷包一定有故事。"

王远山他们在这个嘎查住了两日，分手时嘎查长说："我们和阿王爷家的后人、铁家坡的后人，都联系上了。等到明年水草丰美的季节，我们要一起回故乡祭祖！"

返回巴彦浩特后，王远山、栓子和阿拉坦告别后回到北京。没过几天，他就接到阿拉坦的电话，那边说："远山，想不到我媳妇真的是蒙古人？"

"怎么？山丹家真是于铁的后代？"

"回了呼和浩特，见到了山丹，说起咱们找失散族人的事，我拿出那个荷包，山丹一看惊呆了，原来她也有一个一模一样的荷包，正是祖母的遗物。"

"太不可思议了！"

"我和我姐，还有高义，急忙回到山西。在高义的帮助下，终于查清楚了，原来山丹就是于铁的后人。那个翠叶，就是她的曾祖母。于大胆离开后，翠叶发现有了身孕，后来生下一个男孩，就是于爷爷啊。"

"啊！于靖边爷爷就是那个男孩！"

"命运作弄人啊！"

"山丹也该姓字儿只斤啦！"

尾声

　　这天，王远山正在家里翻阅刚刚出版的《茶叶生态学》。猴哥打来电话，他激动地喊着："是王老师吗？您祖上的墓，我找到了！快来桐木关！"

　　正逢中秋节，猴哥带着王远山、栓子、还有从肯尼亚赶过来的基普提，登攀到离那个神秘山洞不远的地方，在一处悬岩顶端，找到了一座石筑古墓。墓前有碑，碑高五尺，宽两尺。碑文为汉满合璧，正面是一行魏碑字："大清道员王守礼大人之墓"。后有碑文，述其生平："王大人彬，字守礼，号玉德。乾隆五十六年进士，供职翰林院编修。年逾四十，赴川署理盐茶道事务，复转任云南普洱府督办茶务。越十年，入闽执掌茶政。守礼大人直壮貌奇，为大清茶政殚精竭虑，生平劳绩不能尽述。鞠躬尽瘁，积劳成疾而辞世，遵其遗嘱葬于武夷茶山之巅。"

　　这一年，王远山参与的茶叶之路考察取得阶段性成果，他在《人与生物圈》茶叶专辑上发表的《中国名茶茶区的生态概述》，在茶叶界引起轰动。春节过后，他耗时 30 年精心编撰的学术专著《茶叶生态学》也问世了。这一年，王远山还被评为当代十大徐霞客之一，儿子王野领衔研发的茶叶生产智能化系统也列入了国家项目……

　　阳春起蛰，春雷振天。打宋代起，武夷茶农就有喊山祭茶的习俗。半夜三更，人们在茶山上咚咚击鼓，兴奋地高声大喊："茶发芽喽……"又一个茶季到了！武夷山的茶人集资，把王彬的墓地修葺一新，还在市里的茶叶广场上树起了王彬的雕像。清明节，当地茶叶协会举行雕像揭幕仪式，与王家有交情的茶人，从全国各地赶到武夷山市，隆重纪念王彬老前辈。

傅晓开着一辆新款健康茶概念车来了，她是来主持仪式的。

傅晓请王远山体验一下车内的智能茶饮装置。她触摸操作屏，茶桌便支在了后排座椅的中间，一套茶具也随之缓缓抬起。她在操作屏上点击了"春晓茶"的选项，机械手随即投茶，智能装置自动调节茶壶的水量、温度和加热时间。

茶泡好了，机械手托起一杯泡好的茶，车载音响传来了模拟傅晓的轻柔话音："请您喝茶哦！"

傅晓莞尔一笑，对王远山说："这都是根据我的喝茶习惯智能调节的，不知您喝着可好？"

"好好。"王远山说，"我们老了，跟不上科技发展的脚步了！"

"后继有人哦！"傅晓说，"这套车载饮茶装置，就是您儿子研发的。"

王远山听了深感欣慰，眼帘里定格了王家门簪上的那两个字："传茗"。

"还有个好消息呢。"傅晓说，"我和王野去了趟重庆大学，找到了生物科普试验载荷团队的负责人……"

"嫦娥四号送上月球的棉花种子发芽了！就是这个团队干的事情。"王远山激动了，"能不能把中国茶籽也送上月球呀？"

傅晓说："我们就是为这个事情去的呀！"

仪式开始了。王远山在雕像前对各地的茶人说："正山小种，是红茶的鼻祖啊！它曾风靡海外，是国际茶叶市场的巨无霸。现在呢，我们靠着金骏眉，让正山小种红茶开始走俏国内市场啦！但先人们看着我们呢，看我们有没有能耐再次打开国际市场呢！"这时，随着几声汽笛，一辆卡车驰过来了。姜赣端坐在副驾驶的位置上，开车的是他的儿子。车身上的标语格外醒目："让正山小种再次走向世界！"

傅晓大声说："让中国茶再次走向世界！"引来现场一片欢呼声。

仪式结束后回到京城，王家举办了一个茶会，亲朋好友都来了。王远山亲手泡了来自三处茶树王的茶。一样是云南勐库大雪山的大叶种，一样是福建武夷山的母本大红袍，还有一样是广东乌岽山树龄已逾600年的宋种单丛。他乐呵呵地说："三王会盟，世所罕见呀！"

陈戎剑带来一个消息，在山东邾国故城遗址的战国墓里发现了茶叶残渣。说着，他让王远山看手机里的图片：一个瓷碗的填充土里，露出了茎叶状植物的炭化残留物。

"怎么检测出来的？"王远山问。

"山东大学用红外光谱、气相色谱质谱等技术手段做了鉴定，是泡过的茶渣。"陈戎剑说，"回头给你看详细资料吧。"

"如果是茶渣，容易溶于水的成分就不多了。"

"是的！化验结果表明，咖啡因、茶氨酸几乎不存在了。"

"这么说，战国早期咱中国人就开始喝茶了。"

"没错！这比以往考古发现的茶叶实物，又提前了三百多年。"

王远山谆谆告诫在场的年轻人："中国茶叶史最辉煌的篇章，还需要新一代茶人来续写！"

茶会一结束，王远山就来到爷爷的坟前，跪在了坟头。他想起爷爷临死时的情景，泪如雨下。老人家死不甘心啊，离世时还竭力说了一个"茶"字。依照茶祭风俗，王远山备了一壶清茶、四样干果，还在坟碑四周摆满了爷爷珍藏的茶叶，另有他自制的三样茶王树茶叶。他取下随身带的一个袖珍水壶，将沏好的茶水一点一点洒下去。一边洒，一边倾诉。最后，他对着墓碑磕头，大声喊道："咱王家，就是希望中国茶再次走向世界！"他回头一看，发现栓子、基普提，还有思佳，也跟着他一起磕头呢。再一看，挨着他跪着的，是儿子和傅晓。

王野过来扶起老爸，众人也随之站了起来。父子俩挽着手臂，傅晓也牵住了王远山的另一只手。

不远处，张媛媛定定地站着，含着热泪看着这感人的场景。她手里攥着一个U盘，里面有她和合作伙伴一起绘制的大小叶茶基因组精细图谱。她准备送给王远山，帮助他更深刻地认知茶树的起源与驯化过程。想象着王远山接受这个神秘礼物的样子，张媛媛竟像初恋的小姑娘一样羞涩起来。

那边，栓子正色对王远山说："这些年，我做了不少糊涂事呀！可我也是王家的半子，咱又是发小，日后我跟定哥哥，为了振兴中国的茶产业，多做些正经事情！"王远山热泪盈眶，紧紧地抱住了栓子。

这一对儿发小都已两鬓斑白了，但满山的茶树吐出了新芽，翠绿欲滴……

（完稿于 2022 年 1 月 19 日）

后　记

　　《远方的茶山》是我创作的第一部长篇小说。年轻时也曾发表过中、短篇小说，统是练笔的习作而已。后来一直忙于工作，鲜有闲暇，从未想过写大部头的文学作品。年过花甲之后，有机会参加中国科学院《人与生物圈》期刊编辑部组织的"绿色茶叶之路"科考活动，实地考察了我国主要的产茶区和众多的茶园、茶厂，采访了包括陈宗懋院士在内的数十位茶叶专家和"大红袍"等名茶制作的非遗传人。我在这个过程中发现，欲振兴我国的茶产业，必须坚持生态优先，重视科学种茶制茶，提供饮用便捷的茶饮料和其他再加工的茶叶产品，吸引年轻消费者，走规模化集约化市场化的路子。中国拥有亿万饮茶者，但不少人并没有读过茶叶专著，对茶叶的认识存在诸多误区。说实话，我不是想写一部长篇小说，而是想借助小说这种普通人易于接受的形式讲述茶生态、茶科学、茶文化和茶叶知识。撰写的原则是宁肯文学性薄弱些，也要增强本书的纪实性和科学品质。观茶山而情满于怀，访茶人而事见于书。从一定意义上说，这是一部文学样式的茶叶科普读物。

　　我特别欣赏这句话："好山好水出好茶！"发展茶产业，首先要切实保护好茶山的生态环境。基于这样的认识，我特意将状人叙事置于联合国教科文组织"人与生物圈"计划在我国实施的大背景之下，倡导人与自然和谐共生的理念，也就是分拆开"茶"字所得的真义：人在草木间。我想说的话，都已反映在作品里了，不复赘述。

　　在小说付梓之际，特向所有支持过、鼓励过我的师长与朋友们鸣谢！感谢"人与生物圈"国家委员会前主席、现专家咨询委员会主席许智宏院士！许老不顾年事已高，在疫情下不仅通读了全稿，还提出多处修改意见，并欣然为本书作序。老科学家求真务实、提携后学的精神令人钦佩！感谢"人与生物圈"国家委员会现任秘书长王丁研究员和"人与生物圈"期刊编辑部朋友们的大力支持！感谢著名书法家韩亨林先生题写书名！感谢本书特邀咨询顾问王方辰、陈向军、曹江雄三位专家和董恒宇、傅喻、陈宏、韩亚利、蔡俊、杜羽、刘文勇等各界朋友的鼎力相助！感谢茶叶界泰斗人物陈宗懋院士和姜爱芹、叶启桐、刘国英、陈杰、杜春峰、邹炳良、卢国龄、邱湘衡、陈书谦、梁琪惠、曹春城、黄圣辉、郭作允、吴光明、吴永鹏、寿德俊、杨婷、曾祥英、胡心亭、罗洪波、罗永良、黄素贞、李杰、郑钧等各地茶人接受我的采访并给予各种支持！缅怀业已病故的武夷山茶叶专家陈德华、陈思齐先生！感谢新华出版社及责任编辑、我的同事李成先生！感谢为本书装帧设计的付志峰、华兴嘉誉和参与校阅的杨丽华老师！最后还要感谢全力操持家务、让我专心写作的家人！